Barbara Goldstein arbeitete nach dem Abitur zunächst in der Verwaltung von japanischen und deutschen Banken, nahm dann ein Studium der Philosophie und der Sozialen Verhaltenswissenschaften auf, war als Managerin in der Personalabteilung einer Bank tätig und verfasste zwei Sachbücher. DER GOTTESSCHREIN, ein neues Abenteuer der Buchhändlerin Alessandra d'Ascoli, ist ihr sechster Roman in der Verlagsgruppe Lübbe. Wenn sie nicht für Recherchen auf Reisen ist, lebt und arbeitet Barbara Goldstein in der Nähe von München.

Umfangreiches Bonusmaterial mit Bibliografie und Fotogalerie zu diesem Buch:
www.barbara-goldstein.de

Von Barbara Goldstein sind bei Bastei Lübbe Taschenbücher lieferbar:

15281 Der Maler der Liebe
15467 Die Kardinälin
15609 Der Herrscher des Himmels
15794 Die Evangelistin
15948 Der vergessene Papst

Barbara Goldstein

Der Gottesschrein

Historischer Roman

BASTEI LÜBBE TASCHENBUCH

BASTEI LÜBBE TASCHENBUCH
Band 16363

1. Auflage: Januar 2010

Bastei Lübbe Taschenbücher in der Verlagsgruppe Lübbe

Originalausgabe

Lektorat: Dr. Stefanie Heinen
Textredaktion: Dr. Lutz Steinhoff
Titelillustration: © akg-images / © akg-images / Rabatti – Domingie
Umschlaggestaltung: Atelier Versen, Bad Aibling
Autorenfoto: © Barbara Goldstein
Karte im Innenteil: Dr. Helmut Pesch
Satz: hanseatenSatz-bremen, Bremen
Gesetzt aus der Adobe Garamond
Druck und Verarbeitung: GGP Media GmbH, Pößneck
Printed in Germany
ISBN 978-3-404-16363-2

Dem Weg der Bundeslade werde ich folgen,
bis ich den Staub des Ortes schmecke,
an dem sie versteckt ist –
Staub, der süßer ist als Honig.

Yehuda Halevi

Kloster der Christusritter
Berg Zion
Jakobus-kathedrale
Klagemauer
Tor des Propheten
Al-Aqsa
Haram ash-Sharif
Ställe Salomos
Ölberg
JERUSALEM

Zitadelle
Muristan
Grabeskirche
Felsendom
Via Dolorosa
Goldenes Tor

Prolog

Geheimarchiv des Vatikans in Rom
Sonntag, 21. Februar 1445
Eine Stunde vor Sonnenaufgang

Der alte Mönch schaudert. In den Gewölben des Vatikans ist es kalt wie in einer Gruft. Er steigt eine Treppe hinunter und geht einen langen, düsteren Gang entlang in Richtung der Krypta der Basilica di San Pietro.

Als er mit rasselndem Schlüsselbund die Tür zum Geheimarchiv aufschließen will, stutzt er.

Sie ist nur angelehnt.

Nein, erschrocken oder ängstlich ist er nicht, aber eine gewisse Unruhe kann er nicht leugnen. Er ist sicher, dass er die Tür abgeschlossen hat, als er lange nach Mitternacht die Kammern des Archivs verließ.

Leonardo hält den Atem an und lauscht in die nächtliche Stille der alten Gewölbe. Doch alles ist ruhig.

Er stößt die Tür auf. Die rostigen Scharniere knarzen leise.

»Alessandra?«

Der alte Mönch betritt den Raum. Er ist verlassen.

In den Regalen reihen sich die zu Folianten gebundenen Akten. Neben dem Arbeitstisch steht die Truhe mit der privaten Korrespondenz von Papst Johannes. Leonardo will sie heute ordnen. Der Papst war des Raubes, des Mordes, der Vergewaltigung und des Inzests angeklagt und durch Luca d'Ascoli, den ›Richter Gottes‹, als Pontifex maximus abgesetzt worden. Die unerfreulichsten Briefe wird Leonardo auf Befehl von Papst Eugenius verbrennen und eines der dunkelsten Kapitel der Kirchengeschichte neu schreiben.

Auf dem Arbeitstisch liegen die Werke von Flavius Josephus, die Alessandra letzte Nacht studiert hat, um sich auf ihre Expedition nach Jerusalem vorzubereiten. Die Beschreibung des jüdischen Tempels ist mit einem Streifen Pergament markiert. Alessandras Notizen über die seit der Zerstörung des Tempels verschollene Tempelbibliothek, die sie in den Ruinen zu finden hofft, liegen zwischen apokryphen Schriften verstreut. Alles scheint unverändert.

Erst jetzt bemerkt Leonardo den Lichtschimmer unter der Tür gegenüber. Er zuckt erschrocken zusammen.

»Alessandra?«

Stöbert sie wieder in den antiken Handschriften, in der Hoffnung, dort Hinweise auf die verlorene Tempelbibliothek zu finden? Es ist ja nicht ungewöhnlich, dass sie sich schon vor der Laudes in ihre Arbeit vergräbt, wenn sie nicht schlafen kann.

Keine Antwort.

Leonardos Herz pocht laut in seinen Ohren. Unruhig tastet er nach dem Holzkreuz auf seiner Brust und umklammert es mit zitternden Fingern.

Um Himmels willen! Ist in der Kammer des Archivs ein Feuer ausgebrochen? Alle Akten des Archivum Secretum werden in diesen Gewölben aufbewahrt. Dekrete, Breven, Bullen. Prozessakten der Inquisition. Häretische Schriften. Apokryphe Evangelien. Das Unionsdekret, das das jahrhundertealte Schisma aufgehoben und die Kirche Jesu Christi wieder vereint hat.

Doch es riecht nicht nach Rauch. Kein tosendes Inferno.

Ist jemand ins Geheimarchiv der Päpste eingedrungen?

Ohne sein hölzernes Brustkreuz loszulassen, huscht Leonardo

lautlos zur Tür. Sein Habit streift Alessandras aufgeschlagenes Notizbuch. Es wird vom Tisch gerissen. Mit einem erschreckend lauten Krachen landet es auf dem Boden.

Wieder zuckt Leonardo zusammen. Vor Aufregung wagt er kaum zu atmen. Aber dann fasst er sich ein Herz. Er vermag seine Hand kaum ruhig zu halten, als er die Klinke nach unten drückt und die Tür aufschiebt.

Vorsichtig späht er in den Raum. Er ist dunkel und verlassen. Tiefe Schatten hängen wie Spinnweben zwischen den Regalen. Einige der Truhen, die seit Papst Eugenius' Rückkehr aus dem Exil in Florenz noch nicht ausgepackt worden sind, stehen offen. Augenscheinlich sind sie durchwühlt worden. Pergamente und Folianten liegen verstreut auf dem Steinboden.

Leonardo tritt in den Raum, hebt eines der Dokumente auf und entziffert die lateinische Handschrift.

Die Akten der Inquisitionsprozesse gegen die Templer!

Und Luca d'Ascolis Urteil als Inquisitor!

Durch die geöffnete Tür zur nächsten Kammer dringt Licht, wie von brennenden Kerzen.

Ein leises Knistern!

Leonardos Herz setzt einen Schlag aus. Das Pergament entgleitet seiner Hand und flattert zu Boden.

Jemand ist noch dort.

Das Licht flackert, als ob es von einem Luftzug bewegt wird. Aber kein Schatten regt sich.

Starr vor Entsetzen wartet Leonardo einige Atemzüge lang, doch nichts geschieht. Mit zitternden Knien schleicht er schließlich zwei, drei, vier Schritte auf die geöffnete Tür zu. Ein Geräusch – hinter ihm! Zu Tode erschrocken taumelt er herum.

Aus den tiefen Schatten taucht ein hochgewachsener Mann auf. Die Narbe eines Schwerthiebs zerspaltet sein Gesicht von der Stirn bis zu den verkniffenen Lippen. Doch nicht das Gesicht des Mannes fasziniert Leonardo, sondern der weiße Habit, den er trägt.

»Was wollt Ihr?«, flüstert Leonardo mit tonloser Stimme – er ahnt es bereits.

Der Mann mit der Statur eines Kriegers sagt es ihm.

Leonardo ringt sich zu einer Lüge durch: »Ich weiß nicht, wovon Ihr …«

»Wo ist die Lade?«, herrscht ihn der Mönch im weißen Habit an. »Sie befand sich im Besitz der Templer. Jacques de Molay hat sie 1307 nach Paris gebracht. Zusammen mit dem Templerschatz. Seit den Inquisitionsprozessen ist sie verschwunden. Sie muss die Dokumente enthalten. Wo ist sie?«

»Ich weiß es nicht.« Leonardo weicht einen Schritt zurück.

Er muss Alessandras Leben schützen! Jeden Augenblick kann sie die Tür öffnen und hereinkommen. Sie weiß, wo ihr Vater, der Inquisitor, die Lade der Templer gefunden hat. Und den aramäischen Papyrus.

Der Ritter Christi richtet einen Dolch auf Leonardos Brust. »Wo ist die Lade?«

Leonardo schweigt verbissen. Doch in seiner Todesangst bleibt sein Hilfe suchender Blick unwillkürlich einen Lidschlag zu lang an einer Truhe hängen, die halb verborgen hinter einer Reihe großer Folianten im Bücherregal ruht.

Der Gotteskrieger, der den alten Mönch nicht aus den Augen gelassen hat, wendet sich um und sieht die Bücherkiste.

»Muito obrigado!«, murmelt er und sticht zu.

Mit weit aufgerissenen Augen stolpert Leonardo rückwärts und ringt verzweifelt röchelnd nach Atem. Ein Gurgeln entringt sich seiner Kehle. Blut tritt auf seine Lippen, rinnt ihm über das Kinn und tropft auf seinen Habit. Dann stürzt er zu Boden und bleibt mit ausgestreckten Gliedern auf dem Rücken liegen.

Der Todesengel zieht die Klinge aus Leonardos Brust und

wischt das Blut ab. Sodann bekreuzigt er sich, wispert »Domine Jesu Christe, libera me ab iniquitatibus meis« und küsst andächtig seine Finger.

Er kniet sich neben den Sterbenden, der ihn entsetzt und erschrocken zugleich anstarrt, ergreift die rechte Hand des Fraters und malt mit dem Finger das heilige Symbol in dessen Handfläche. Dann nimmt er die linke Hand und wiederholt die Geste. Sanft legt er seine Hand auf die Stirn des Todgeweihten, als ob er ihm neben dem Sterbesakrament auch Trost spenden wolle. Mit dem Daumen malt er drei Kreuze auf die Stirn. »Benedicat tibi Dominus et custodiat te. Ostendat Dominus faciem suam tibi et misereatur tui. Convertat Dominus vultum suum ad te et det tibi pacem«, murmelt er in beruhigendem Ton und wischt dem Sterbenden eine Träne aus dem Augenwinkel. »Vergib mir, Bruder in Christo.«

Er erhebt sich und eilt zum Bücherregal mit der Truhe, in der er endlich die uralte Lade aus Akazienholz findet. Seine Miene zeigt keine Regung, als er eine große und schwere Papyrusrolle mit verblasster aramäischer Schrift aus der Lade nimmt, die er augenscheinlich nicht lesen kann. Wortlos richtet er sich auf und verlässt den Raum.

Leonardo hört, wie der Assassino an Alessandras Arbeitstisch unvermittelt stehen bleibt, um einen Blick auf die aufgeschlagenen Bücher zu werfen, die sie zur Vorbereitung ihrer Schatzsuche in Jerusalem gelesen hat. Dann folgt ein Rascheln und Kratzen, als würde er ihre Aufzeichnungen und die Folianten von Flavius Josephus zusammenraffen und mitnehmen. Alessandras Notizbuch, das aufgeschlagen unter dem Tisch liegt, übersieht er in der Dunkelheit. Dann fällt die Tür hinter ihm ins Schloss.

Unter großen Anstrengungen hebt Leonardo den Kopf und starrt auf die Wunde in seiner Brust.

So viel Blut … Sein Habit ist nass von seinem Blut. Er weiß, dass ihm nicht mehr viel Zeit bleibt. Ermattet lässt er sich zurücksinken und schließt die Augen. Er friert und zittert. Keuchend ringt er nach Atem, und er beginnt zu husten. Er wird an seinem Blut ersticken.

Nur mit Mühe hebt er die rechte Hand und taucht den Finger in die Wunde. Er muss Alessandra warnen. Der Assassino hat Luca d'Ascolis Buch gelesen, das Urteil des ›Richters Gottes‹ über die Tempelritter. Lucas Tochter ist in Lebensgefahr!

Mit seinem Blut malt Leonardo ein Symbol auf den Steinboden. Das blutrote Kreuz, das er auf dem weißen Mantel gesehen hat. Das ›Kreuz der Unschuld‹.

Es bleibt unvollendet.

Intermezzo

Maryam Tseyon
Fasika, 2. Miyazya 6945
Nach Sonnenaufgang

»Komm nicht näher! Zieh die Sandalen von deinen Füßen, denn die Stätte, die du betreten willst, ist heiliger Boden!«, gebietet der Abuna. Mit seinem Gefolge ist er soeben am Portal erschienen. Neben ihm steht ein Diakon, der eine Schale mit geweihtem Wasser darbietet.

Der König der Könige, angetan mit der prächtigen Staatsrobe seines Vaters David und einem Schleier, der sein Gesicht verbirgt, hält auf den Stufen zum Portal inne. Zwei Diener knien nieder, um die Riemen seiner Sandalen zu lösen.

»Wer bist du?«, fragt Abuna Gabriel barsch, dem uralten heiligen Ritual folgend.

Der Gesalbte des Herrn antwortet nicht sofort. Langsam wendet er sich um. Sein Blick sucht den nur wenige Schritte entfernten steinernen Thron Davids und Salomos und die monolithischen Stelen, die in den blauen Himmel aufragen.

Zwischen den hohen Stelen leuchten die mit Ikonen bestickten Schirme der Priester, die eben noch die Psalmen gesungen haben. Ihre Trommeln und Sistren sind verstummt.

Die in weiße Gewänder gehüllten Gläubigen, die sich seit dem frühen Morgen zwischen den Eukalyptusbäumen drängen, recken die Köpfe. Sie wollen einen Blick auf den Erwählten Gottes erhaschen, der an diesem zweiten Tag des Monats Miyazya im Weltjahr 6945 das Heiligtum betritt. Es ist Fasika, das Fest der Feste. Der Tag, an dem Gott den Bund mit seinem auserwählten Volk erneuern wird.

Atemlose Stille herrscht auf dem weiten, von der Sonne durchglühten Platz, als der Abuna seine Frage in schroffem Tonfall wiederholt: »Wer bist du?«

Der König der Könige wendet sich zu ihm um. »Ich bin der Sohn Davids, der Sohn Salomos, der Sohn Meneliks«, antwortet er mit weit tragender Stimme.

Ein ekstatisches Trillern, ein schrilles Triumphgeschrei von tausend schlagenden Zungen, weht über den Platz.

Der Abuna verneigt sich tief. »Wahrhaftig, dann seid Ihr der Gesalbte des Herrn! Gelobt sei der allmächtige Gott.«

Die Antwort »In Ewigkeit. Amen« verhallt im lauten Trillern der Gläubigen.

Der Geweihte Gottes wäscht nun seine Hände in der dargebotenen Silberschale und trocknet sie an einem Tuch, das der Diakon ihm reicht, ohne ihn dabei zu berühren.

Der Abuna weist zum Portal der Basilika. »Tretet ein in den Tempel Gottes, Euer Majestät.«

Der König der Könige rafft seine Gewänder, steigt die Stufen hinauf, tritt über die Schwelle aus rötlichem Stein, die von den Küssen der Gläubigen glänzend glatt geschliffen ist, und schreitet von der staubigen Hitze des Platzes in die wohltuende Kühle des Heiligtums. Er durchmisst die lichtdurchflutete Vorhalle, deren Wände mit Fresken ausgemalt sind, und betritt die fünfschiffige Basilika durch das mittlere Portal.

Er blinzelt. Dann gewöhnen sich seine Augen an die geheimnisvolle Dunkelheit. In dieser Basilika ist er elf Jahre zuvor gesalbt worden. Wie an jenem Tag während des feierlichen Rituals seiner Krönung ist die Basilika erfüllt vom betörenden Wohlgeruch des Weihrauchs und Hunderter nach Akazienhonig duftender Kerzen. Aus gol-

denen Gefäßen kringeln sich Weihrauchschwaden hinauf zur Decke – bewegte Ornamente aus Licht und Schatten.

Kostbare Teppiche bedecken den Steinboden. Die Wände der Seitenschiffe sind mit farbenprächtigen Ikonen auf Pergamentrollen aus feinstem Ziegenleder geschmückt, die einen herben Duft verbreiten. Die hohen Säulen des Hauptschiffs, das vor mehr als einem Jahrtausend errichtet worden ist, sind mit Engeln bemalt, die ihre Flügel ausbreiten.

Die bunten Brokatgewänder der Priester und die Kronen der Diakone funkeln im Licht der Butterlampen. Zwischen den Säulen der Seitenschiffe drängen sich Mönche in safrangelben Umhängen und weißen Turbanen. Sie tragen lange Gebetsstäbe im Arm. Mit einem weißen Tuch verhüllen sie ihr Gesicht, als der Sohn Davids an ihnen vorüberschreitet.

Abuna Gabriel geleitet den Gesalbten zur Ikonenwand, deren purpurner Vorhang zur Seite geschoben ist. Der nächste Saal, dessen Decke von Säulen getragen wird, ist der Vorraum des Maqdas, des Allerheiligsten. Unter dem Portal erwartet sie Abuna Mikael. Der Patriarch verneigt sich vor dem Sohn Davids, ergreift dessen Arm und hilft ihm, vor den Stufen niederzuknien.

Der Erwählte des Herrn beugt sich vor und berührt, andächtig ein Gebet murmelnd, die Schwelle mit seiner Stirn und seinen Lippen. Dann reicht er Abuna Mikael und Abuna Gabriel seine Hände, lässt sich aufhelfen und küsst die ehrwürdigen Ikonen auf den Wänden neben dem Portal.

Zwei Priester treten aus der Finsternis des Allerheiligsten. Der erste trägt ein mit Brokatstoff verhülltes Tabot, auf dem sich das Wasser, das Brot und der Kelch mit dem Wein befinden. Der zweite hält das Matsahaf Kiddus aus Pergament und Leder an seine Brust gepresst. Sodann küsst er die Bibel und schlägt den uralten Folianten auf:

»In jener Zeit sprach der Herr zu Moses«, liest Abuna Mikael in

der heiligen Sprache aus dem Buch vor, das ihm der Diakon aufgeschlagen darbietet. »Und Gott befahl Moses: ›Haue dir zwei steinerne Tafeln, und steige zu mir auf den Berg! Und mach dir eine Lade aus Holz! Und ich werde auf die Tafeln die Worte schreiben, die auf den ersten waren, die du zerbrochen hast. Und du sollst sie in die Lade legen.‹ Und Moses machte eine Lade aus Akazienholz und hieb zwei steinerne Tafeln wie die ersten. Und er stieg auf den Berg, die zwei Tabotat in seiner Hand. Und der Herr schrieb auf die Tafeln, ebenso wie die erste Schrift, die zehn Worte, die er auf dem Berg mitten aus dem Feuer gesprochen hatte. Und der Herr gab sie Moses. Und Moses wandte sich ab und stieg vom Berg herab. Und er legte die Tabotat in die Lade, die er gemacht hatte. Und dort blieben sie, wie der Herr es ihm geboten hatte.«

Nachdem der Abuna das Pergament andächtig mit den Lippen berührt hat, schließt der Priester das Matsahaf Kiddus und tritt zurück. Der König der Könige schlägt das Zeichen des Bundes über Stirn und Brust. Schließlich tritt er über die Schwelle in das von Butterlampen erleuchtete Sanktuarium.

Abuna Gabriel und Abuna Mikael bleiben in der Basilika zurück. Nicht einmal den Abunas, den Patriarchen des Reiches, ist es gestattet, das Manbar unverhüllt zu sehen. Die ehrwürdige Lade aus Akazienholz, die die allerheiligsten Tabotat bewahrt, ist von mehreren Schichten purpurnen und goldenen Brokatstoffs bedeckt.

Der Gesalbte kniet vor der Lade nieder und verneigt sich tief. Während der Wächter der Lade ein Weihrauchgefäß schwenkt und die Kapelle mit dem geweihten Duft beräuchert, hebt er den schweren Stoff an und gewährt dem Nachfolger Salomos einen Blick auf den Gottesschrein, der vor den Augen von Sterblichen verborgen bleiben muss – das Manbar, das das Symbol des Gottesbundes birgt.

»Juble laut, Tochter Zion! Jauchze, Tochter Jerusalem!«, flüstert Abuna Mikael ergriffen. »Siehe, dein König kommt zu dir: Gerecht und siegreich ist er. Und er verkündet Frieden den Nationen. Und

seine Herrschaft reicht von Meer zu Meer und vom Nil bis an die Enden der Erde.«

Als der Sohn Davids die Hand nach der Lade ausstreckt, um sie zu berühren, hält Abuna Gabriel bestürzt den Atem an: Um Gottes willen! Der Allmächtige bestraft all die, die es wagen, seine Lade zu entweihen. Der Zorn Gottes ist fürchterlich. Für wen hält er sich – für den Messias?

Doch der König der Könige lässt sich nicht beirren. Zart streichen seine Finger über das uralte zersplitternde Holz. Andächtig betastet er die goldenen Verzierungen. Dann hebt er den Schleier, der sein Gesicht verhüllt, beugt sich vor und küsst den Schrein Gottes.

Abuna Gabriel atmet auf: Der Herr beschützt seinen Auserwählten aus der Blutlinie Davids! Der Herr ist ihm gnädig und vergibt ihm seinen Stolz und seine Anmaßung, die tief in seinem Glauben wurzeln, dem Bewusstsein, nach seiner jahrzehntelangen Gefangenschaft nun der Auserwählte des Herrn zu sein. Der König der Könige von Israel. Der Kaiser des neuen Zion. Der Hüter der Lade.

Der Gesalbte hebt den Kopf und lauscht.

Das Hufgetrappel galoppierender Pferde dringt in die Stille des Sanktuariums. Waffen und Rüstungen klirren. Befehle werden gebrüllt. Dann vernimmt er entsetzte Schreie. Vor der Basilika bricht ein Tumult aus.

Wenige Augenblicke später stürmt ein Bewaffneter in die Basilika und drängt sich durch die Reihen der aufgeregt tuschelnden Priester und Mönche. Vor der Schwelle zum Allerheiligsten fällt er auf die Knie und drückt die schweißüberströmte Stirn auf den Boden. »Vergebt mir, Euer Majestät!«, keucht er, noch ganz außer Atem vom scharfen Ritt. Den Blick hält er gesenkt, um dem Gesalbten des Herrn nicht ins unverschleierte Antlitz zu sehen. »Die Ungläubigen greifen an! Das auserwählte Volk ist in Gefahr! Und …«, mit zitternden Fingern deutet er ins Allerheiligste, »… und die heilige Lade.«

Der Kaiser springt auf, drängt sich an Abuna Mikael und Abuna Gabriel vorbei, die bestürzt vor ihm zurückweichen, und stürmt mit wehendem Ornat nach draußen.

Zornig verlangt er nach seinem Schwert.

Alessandra

Kapitel 1

Auf dem Tempelberg in Jerusalem
16. Dhu'l Hijja 848, 19. Nisan 5205
Karfreitag, 26. März 1445
Mitternacht

Außer Atem husche ich die Stufen hinauf zum Tempelberg. Mit der Hand am Griff meines Dolchs durchquere ich lautlos das Tor des Propheten, tauche in die Schatten und blinzele in die Finsternis.

Wenige Schritte entfernt, am südlichen Ende des Haram ash-Sharif, schimmert die silberne Haube der Al-Aqsa wie die aufgehende Mondsichel. Im Norden ragt zwischen hohen Zypressen die goldene Kuppel des Felsendoms in den Sternenhimmel – der Halbmond an ihrer Spitze weist nach Mekka. Außer dem Zittern der Blätter im kalten Sturmwind und dem aufgeregten Zirpen der Zikaden ist nichts zu hören. Still und verlassen liegt der Tempelberg – so scheint es. Ich spähe hinüber zur weißen Marmorfassade des Felsendoms, kann den Assassino aber nirgendwo entdecken.

Ist uns jener geheimnisvolle Mönch vom Funduk an der Via Dolorosa bis zum Tempelberg gefolgt? In der Nähe der Grabeskirche hatte mich ein Geräusch erschreckt – Metall auf Stein. Als ich mit dem Dolch in der Hand herumwirbelte, sah ich einen Mönchsritter in weißem Habit in einen finsteren Durchgang huschen. Als Tayeb und ich die Gasse erreichten, war er verschwunden.

Auf dem Berg Zion schlägt verhalten, fast scheu, die Glocke des Franziskanerklosters und ruft die Fratres zum Gebet.

Es ist Mitternacht.

Fröstelnd zerre ich mein Gewand um mich, verharre reglos im Schatten und beobachte den Tempelberg.

Die Nacht ist kühl. Und windig. Der Horizont hinter dem Schattenriss der Al-Aqsa scheint in Flammen zu stehen. Jenseits des Ölbergs zuckt ein Feuerwerk von Blitzen durch den sturmdurchtosten Himmel und erleuchtet die Wolken von innen mit infernalischem Lodern.

»Alessandra?«, wispert Tayeb.

Während ich zu ihm zurückkehre, streiche ich mir die langen Haare aus der Stirn. Nach dem Willen des Kalifen müsste ich blaue Kleider tragen und ein fünf Pfund schweres Holzkreuz um den Hals. Doch um kein Aufsehen zu erregen, bin ich wie eine Muslima gekleidet.

Mein Freund ist in ein weites Gewand von leuchtendem Indigo gehüllt. Die Falten seines schwarzen Turbans, den er nach der Art der Tuareg gebunden hat, verschleiern sein Gesicht und lassen nur die dunklen Augen frei. Auf seiner Brust schimmert das silberne Tenerelt-Kreuz aus Agadez, das in Rom für ein christliches Symbol gehalten wird. Mit zusammengekniffenen Augen späht er die Treppe auf der Schuttrampe aus antiken Ruinen hinab zum Platz vor der Klagemauer. Seine Hand liegt auf dem Griff seines Schwertes.

»Siehst du ihn?«, flüstere ich.

Tayeb schüttelt den Kopf, ohne die Stufen, die auf den Tempelberg führen, aus den Augen zu lassen.

Mein Blick schweift über Jerusalem, die ›Stadt des Friedens‹, um die so viele ›heilige‹ Kriege geführt worden sind. Jeruschalajim, die Schöne. Al-Quds, die Heilige. Die Stadt Davids und Salomos, in der Jesus gekreuzigt wurde und Mohammed in den

Himmel ritt. Steingewordenes Symbol des Glaubens – und des religiösen Fanatismus. Kein Fußbreit dieser Stadt, der nicht im Namen Gottes, Jahwes oder Allahs mit Blut bespritzt ist, keine Handbreit, die nicht auf eine Prophezeiung oder eine Szene aus der hebräischen Bibel, dem Koran oder den Evangelien verweist. Kein Atemzug, der nicht von einem Gebet oder einer Lobpreisung begleitet wird.

Jenseits der südlichen Stadtmauer erkenne ich den Schatten des Berges Zion mit dem Grab König Davids. Im Christenviertel schimmert matt die Kuppel der Grabeskirche. Und auf der Höhe jenseits des engen Gassenlabyrinths des jüdischen Viertels ragt trutzig die Zitadelle in den Sternenhimmel, einst prunkvoller Palast von König Herodes, dann römische Garnison, byzantinisches Kloster und Kreuzfahrerburg, nun Sitz des Vizekönigs von Damaskus, während er in Jerusalem ist – Al-Quds gehört zum Herrschaftsgebiet des mächtigen Emirs von Dimashq.

Die Zitadelle ist von Fackeln erleuchtet. Die feurige Musik und das trunkene Gelächter eines Gelages wehen zu mir herüber – der Wein scheint in Strömen zu fließen. Gibt der Vizekönig, der sich auf Pilgerfahrt in Jerusalem befindet, einen Empfang für Prinz Uthman, den Sohn des Mameluckensultans, der vor wenigen Tagen von seiner Hadj nach Mekka eingetroffen ist? Yared al-Gharnati, als Vertrauter des Sultans die schattenhafte Eminenz des Reiches, soll dem hoffnungsvollen Getuschel im jüdischen Viertel zufolge den Prinzen nach Jerusalem begleitet haben.

Trotz meiner Anspannung genieße ich das erregende Gefühl, in Jerusalem zu sein. ›Ein unheilbares Leiden‹, so hatte Papst Eugenius mit einem nachsichtigen Lächeln das aufgeregte Herzklopfen, die zitternden Finger und die Euphorie genannt, die mich jedes Mal packen, wenn ich mich durch den Staub ehrwürdiger Bibliotheken wühle, um jahrhundertealte Pergamentcodices und antike Papyrusrollen zu entdecken.

Je mehr Staub ich aufwirbeln muss, um ein Geheimnis zu erforschen oder um eine spektakuläre Entdeckung zu machen, desto größer der Nervenkitzel. Und der Spaß! Rätselhafte Schriftrollen wie jener Papyrus, den der Erbe der Tempelritter aus der Lade genommen hat, vergessene Dachkammern und zugemauerte Kellergewölbe voller Spinnweben und Staub, verschlossene Türen in Klosterbibliotheken, geheime Gänge und verborgene Treppen in den Gewölben des Vatikans – jedes Mysterium zieht mich magisch an!

Ein Kreuz, mit Blut gemalt …

Als ich seufze, wendet Tayeb sich zu mir um. »Was ist?«

»Ich musste an Leonardo denken. Wie gern hätte er uns begleitet, um die verschollene Tempelbibliothek zu suchen.«

In der Finsternis tastet Tayeb nach meiner Hand. Er sagt nichts, aber ich weiß auch so, dass er wie ich Trauer und Zorn empfindet. Bevor Seine Heiligkeit vor seiner Rückkehr aus dem florentinischen Exil Leonardo als Leiter des Geheimarchivs nach Rom berief, ist er mein Sekretär gewesen.

Ich habe ihn an jenem Morgen gefunden und voller Entsetzen das Symbol erkannt, das er mit seinem Blut auf den Boden gemalt hatte. Papst Eugenius, der sofort zu mir in die Gewölbe des Vatikans eilte, als er von der Bluttat erfuhr, hielt das Zeichen zuerst für ein Tau, das Kreuz der Franziskaner, ein Symbol der Erlösung. Leonardo hat dem Orden des heiligen Francesco von Assisi angehört.

Doch das blutige Symbol war kein Tau.

Es war ein Templerkreuz.

»Leonardo wollte mich warnen. Der Assassino ist noch in Rom. Er beobachtet mich, um herauszufinden, was ich über ihn weiß. Und über den aramäischen Papyrus.«

»Habt Ihr ihn gelesen?«, fragte der Papst, der trotz seiner zweiundsechzig Lebensjahre und seiner schweren Krankheit noch immer eine Ehrfurcht gebietende Gestalt war. Das Zittern seiner Hände verbarg er geschickt, indem er sie fest um sein Brustkreuz faltete und nur noch wenigen Auserwählten die Hand mit dem Fischerring zum Kuss darbot. Eine Schreibfeder konnte er schon nicht mehr halten.

Der jahrelange Streit mit dem häretischen Konzil von Basel hatte tiefe Spuren in seinem Gesicht hinterlassen. Wegen der Unterzeichnung des Unionsdekrets von Florenz, das 1439 das jahrhundertealte Schisma beendete und die katholische und die orthodoxe Kirche vereinigte, war er vor sechs Jahren vom Konzil von Basel abgesetzt, exkommuniziert und durch einen Gegenpapst ersetzt worden. Gegen den erbitterten Widerstand der orthodoxen Patriarchen, die die Kirchenunion verdammten, herrschte er jedoch unbeirrt weiter als erster Pontifex einer vereinigten griechisch-römischen Kirche.

»Nein, Heiliger Vater, ich habe die Schriftrolle nicht gelesen. Bei meinen Nachforschungen nach der verschollenen Tempelbibliothek habe ich mich mit den Werken von Flavius Josephus beschäftigt, um den Tempel zu rekonstruieren.«

Ich zeigte ihm eine der Skizzen mit dem Grundriss des herodianischen Tempels in meinem Notizbuch, das der Assassino übersehen hat, weil es unter dem Tisch lag. Er hielt das Büchlein in das Licht der Kerzen und betrachtete mit einem kurzsichtigen Blinzeln meine Zeichnung.

Acht große Tore öffneten sich zum Tempelbezirk, dessen Boden mit einem Mosaikpflaster verziert und der von zweischiffigen Säulenhallen umgeben war. Mit dem Finger auf der Skizze spazierte er in seiner Fantasie durch den vor mehr als einem Jahrtausend zerstörten ersten Vorhof, erklomm die fünfzehn Stufen zum Nikanor-Tor, dessen gewaltige Torflügel mit Gold und Silber verziert waren, und betrat den zweiten Vorhof mit dem Brandopferaltar. Zwölf Stufen führten hinauf zum goldglänzenden Tempel mit dem Allerheiligsten, das völlig leer war. Nur ein Stein lag an der Stelle, wo in Salomos Tempel die Bundeslade verehrt worden war.

Schließlich gab er mir das Notizbuch zurück. »Aber Ihr wisst, was in dieser mysteriösen Schriftrolle steht?«

Ich bekannte, dass mir mein Vater in ebendiesen Gewölben des Vatikans aus dem aramäischen Papyrus vorgelesen hatte, als ich sieben oder acht Jahre alt war. Und dass ich mich trotz der Länge des Papyrus von fast zwanzig Ellen nur an einen einzigen Vers erinnern könne, der mich damals fasziniert und zugleich erschreckt hatte. Wie gern wollte ich die Schriftrolle lesen! Denn ich glaube, dass mich jener Furcht erregende Engel, von dem ich als Kind so gebannt war, zum verschollenen Tempelschatz führen kann …

Papst Eugenius faltete die zitternden Hände um sein Brustkreuz. »Was habt Ihr denn nun herausgefunden?«

Monsignor Fantìn, der Kater Seiner Heiligkeit, strich mit erhobenem Schwanz um meine Beine. Die Dominikaner, die dem Papst aufwarteten, hatten dem kupferrot getigerten Kater aus den Gassen Venedigs im Scherz den Titel eines Monsignore verliehen. Als ich ihm über das seidige Fell streichelte, schmiegte er sich maunzend an mich. Dann sprang Seine Eminenz der Kater auf meinen Schoß, drehte sich zweimal um sich selbst, um die gemütlichste Position zu finden, und rollte sich zusammen.

»In den letzten fünf Tagen habe ich den Tatort untersucht. Mit Unterstützung der Inquisitoren habe ich, soweit möglich, den Raub und den Mord rekonstruiert. Und ich habe die Dokumente gelesen, die der Assassino durchwühlt hat, um herauszufinden, wonach er gesucht hat.«

»Haben Euch meine Inquisitoren Schwierigkeiten bereitet?«

»Das war doch zu erwarten.«

»Und weiter?«

»Einer der Dominikaner wollte sich nicht damit abfinden, dass ich, nicht er, die Morduntersuchung leite. Er hielt mir eine Strafpredigt über Anstand und Moral.«

Der Papst schüttelte missbilligend den Kopf.

»Eine Frau, die alleinverantwortlich das Unternehmen in Florenz führt, das sie gemeinsam mit ihrem Vater aufgebaut hat, die großartige Bibliothek und das Scriptorium mit achtzig Kopisten, Kalligrafen und Buchmalern – mehr als in einem bedeutenden Kloster? Die mit ihrem muslimischen Freund Forschungsreisen in den Orient unternimmt, um seltene Handschriften zu entdecken, die sie übersetzt und an Gelehrte in aller Welt verkauft? Die einen Mönch und Priester verführt hat, seinem orthodoxen Glauben abzuschwören? Gott bewahre die Christenheit vor dieser Frau, dieser … wie nannte er mich in seinem ›heiligen Zorn‹? … dieser *Priesterhure!* Nach einer erbitterten Auseinandersetzung über die ihrem Herrn, dem Mann, unterworfene Frau, über Demut und Gehorsam und die Tugend des geduldigen Schweigens …«

Er schlug mit der Faust auf die Armlehne. »Ich werde dafür sorgen, dass sich der Frater bei Euch entschuldigt.«

»Warum? Er hat doch recht. Ich war die Geliebte eines Mönchs und Priesters, eines Erzbischofs und Metropoliten, eines der höchsten Würdenträger der orthodoxen Kirche. Drei Jahre lang habe ich mit Niketas zusammengelebt, ohne mit ihm verheiratet zu sein. Denn weder die katholische noch die orthodoxe Kirche hätte uns ihren Segen gegeben. Niketas und ich sind doch das beste Beispiel für den sittlichen Verfall von Florenz und der gesamten Christenheit«, stieß ich hervor. »Wusstet Ihr nicht, dass die Dominikaner allmächtig, allwissend und unfehlbar sind, allen voran die Fratres der Inquisition? Ich muss es wissen, denn mein Vater war Dominikaner.«

Zugegeben, nach allem, was mir die dominikanischen Inquisitoren auf Befehl von Kardinal Giordano Orsini angetan hatten, war ich verbittert. Sie hatten mich, ein dreijähriges Kind, als ›Lucifers Tochter‹ in den Kerker von Santa Maria sopra Minerva gesperrt und meine Mutter Adriana Colonna, die ›Satanshure‹, in der Zelle neben meiner grausam gefoltert. Fra Luca d'Ascoli, der ›Richter Gottes‹, mein eigener Vater, sollte als Inquisitor von Rom über uns richten. Welch eine perfide machtpolitische Intrige von Kardinal Orsini, seinem entschlossensten Gegner in der florentinischen Kurie, der meinen Vater als engsten Vertrauten von Papst Martin und mächtigen Stellvertreter Seiner Heiligkeit stürzen wollte!

»Wo ist dieser anmaßende Frater jetzt?«

»Ich habe ihn nach Santa Maria sopra Minerva zurückgeschickt. Sein Getuschel hinter meinem Rücken über meinen Freund Tayeb und die scheinbar unabsichtlich hingeworfenen Bemerkungen über die Gelehrsamkeit als Ursache für Glaubenszweifel, Häresie und meine Vertrautheit mit einem ›Ungläubigen‹ empfand ich als äußerst hinderlich für die Aufklärung des Mordes.«

»Das kann ich mir vorstellen. Ich werde den Dominikaner für sein Verhalten zur Rechenschaft ziehen. Und der andere?«

»Er besann sich rechtzeitig, wer ich bin.«

»Die Tochter des Inquisitors von Rom. Die Vertraute des Papstes. Und – ein noch höherer Rang! – die beste Freundin des päpstlichen Katers.« Der Papst blickte versonnen lächelnd auf Monsignor Fantìn. »Mia cara, wisst Ihr, dass Ihr um diesen alles überragenden Status beneidet werdet? Erst vorgestern zerfetzte Monsignor Fantìn während einer Audienz die Purpursoutane von Kardinal Borgia …«

Beim wohligen Räkeln auf meinem Schoß hatte der kapriziöse Kater die raschelnde Papiertüte in der Tasche meines Kleides entdeckt. Ich trug immer etwas Florentiner Marzipankonfekt bei mir, die Sorte mit den gezuckerten Mandeln, die nach Orangenlikör duftete und die Niketas so geliebt hatte. Ich bot die zerknitterte Tüte dem Papst dar, der jedoch lächelnd abwinkte, weil er das österliche Fasten hielt. Dann stibitzte ich ein Stück Konfekt und gab es dem auf meinem Schoß umhertapsenden und ungeduldig nach der Papiertüte haschenden Monsignor Fantìn, der sich zufrieden maunzend wieder zusammenrollte.

Ganz in mein schmerzliches Andenken an Niketas versunken, streichelte ich sein weiches Fell, bis der Kater wohlig schnurrte.

Stumm beobachtete mich Eugenius. Schließlich beugte er sich vor und legte tröstend seine Hand auf die meine. Er kannte meine Liebe zu Niketas und wusste, wie einsam ich war.

Ich entrang mir ein mattes Lächeln, ergriff seine zitternde Hand und drückte sie. »Danke.«

»Schon gut«, winkte er ab. »Was habt Ihr und Euer Freund denn nun herausgefunden?«

»Einige der Truhen, die seit Eurer Rückkehr aus dem Exil in Florenz noch nicht ausgepackt worden sind, standen in jener Nacht offen. Die Pergamente und Folianten, die Ihr auf meinem Arbeitstisch ausgebreitet seht, lagen verstreut auf dem Boden. Leonardo hat seinen Mörder überrascht, als der Lucas Anmerkungen zu den Templerprozessen las. Und sein Urteil.«

Der Papst nickte langsam.

»Heiliger Vater, was wisst Ihr über die Templer?«

Er hob beide Hände. »Abgesehen von der düsteren Legende, die sich um den Fluch des letzten Großmeisters auf dem brennenden Scheiterhaufen rankt? Nicht viel.«

»Dann werde ich Euch berichten, damit Ihr versteht, was in jener Mordnacht geschehen ist.«

»Ich bitte darum.«

»Also gut. Jerusalem wurde, wie Ihr sicherlich wisst, 1099 während des ersten Kreuzzugs erobert«, begann ich zu erzählen. »Die

Al-Aqsa war damals als ›Templum Salomonis‹ bekannt – daher der Ordensname der Templer: Arme Ritterschaft Christi vom Tempel Salomos. Seit der Gründung des Ordens zwei Jahrzehnte später durch Hugues de Payns, den ersten Großmeister, wohnten die Mönchsritter im alten Königspalast neben der Al-Aqsa-Moschee, die sie als Kirche weihten. 1165 lebten schon vierhundert Ritter mit ihrem umfangreichen Gefolge in ihrem Kloster auf dem Tempelberg.

Heiliger Vater, wusstet Ihr, dass das Templerkreuz aus dem achteckigen Grundriss des Felsendoms gebildet wurde? Luca hat es mir vor Jahren gezeigt, als wir gemeinsam hier im Vatikan alte Handschriften kopierten.«

Monsignor Fantìn sprang von meinem Schoß auf den Seiner Heiligkeit, als ich mich erhob und über meinen Schreibtisch beugte. Unter einem Stapel Bücher zog ich ein unbeschriebenes Pergament hervor und skizzierte mit kratzender Feder den Grundriss. »Seht Ihr? Wenn Ihr die gegenüberliegenden Ecken des Felsendoms, der damals ›Templum Domini‹ genannt wurde, durch Linien verbindet, erhaltet Ihr das Schema eines Kreuzes mit Serifen. Eines Templerkreuzes.«

Papst Eugenius runzelte die Stirn, als ich das Pergament derart ungestüm auf den Schreibtisch warf, dass durch den Luftzug die Feder aus dem Tintenfass kippte. Ahnte er, worauf dieser Disput letztlich hinauslief? O ja! Er kannte mich, seit ich ein kleines Kind war, und wusste, dass ich erneut vor meinen Gefühlen fliehen würde. Wie vor drei Jahren, als ich nach Konstantinopolis aufbrach, um mich nach all den Jahren mit dem byzantinischen Kaiser zu versöhnen. Obwohl mir Ioannis, der mit mir um seinen Bruder trauerte, am Ende vergeben hat, dass ich ihm Niketas wegnahm, konnten seine tröstenden Worte meinen Schmerz nicht lindern und mir meine Seelenruhe nicht wiedergeben. Denn die Flucht vor den eigenen Gefühlen, vor Traurigkeit und Einsamkeit, ist, wie ich aus leidvoller Erfahrung weiß, ein sinnloses Unterfangen – in Byzanz wie in Jerusalem …

Ich besann mich.

»Die Templer waren einst die mächtigste Organisation der Welt. Der Reichtum des Ordens, der nur dem Papst Gehorsam schuldete, war legendär. Die ›armen Brüder Christi‹ waren nicht so arm, wie sie in ihren Mönchsgelübden gelobt hatten, sie besaßen riesige Ländereien in England, Schottland, Frankreich, Portugal, Kastilien, Aragón, Italien und im Deutschen Reich. Zudem Hunderte von Komtureien und Burgen in ganz Europa und im Heiligen Land. Und eine Flotte – ein Herrscher, der einen Kreuzzug ins Heilige Land plante, musste erst den Großmeister der Templer fragen, ob er ihm Schiffe zur Verfügung stellte. Die Ordensritter waren die Bankiers von Königen und Päpsten – kaum ein Herrscher, der nicht bei den Templern verschuldet war und ihnen seine Kronjuwelen verpfänden musste. Wie ein souveränes Staatsoberhaupt empfing der Großmeister, ehrsüchtig und stolz umgeben von seinem ritterlichen Gefolge, die Könige von England und Frankreich in den Tempeln in London und Paris und betrieb eine eigene Außenpolitik – nicht nur im Orient. Der Templerorden war ein Staat im Staat, der sich von Schottland bis Sizilien und von Portugal bis ins Heilige Land erstreckte – nicht mitgerechnet die Geheimagenten des Ordens in den muslimischen Ländern. Nachdem Sultan Salah ad-Din 1187 Jerusalem erobert und den Tempelberg erneut dem Islam geweiht hatte, verlegten die Templer ihr Hauptquartier nach Akko. Erst 1291 wurden sie nach Limassol auf Zypern vertrieben, als die Mamelucken, die von Kairo aus noch immer das Heilige Land beherrschen, die letzte Bastion der Kreuzfahrer stürmten.«

»Das war der Anfang vom Ende, das König Philippe von Frankreich im Jahr 1307 besiegelte, als er die Templer wegen Häresie anklagte und durch seinen Vertrauten, den Inquisitor von Frankreich, verurteilen und auf dem Scheiterhaufen hinrichten ließ«, ergänzte der Papst. »Daraufhin wurde der Templerorden entmachtet und zerschlagen.«

Monsignor Fantìn, der mit seinem goldenen, mit Rubinen besetzten Brustkreuz gespielt und dabei seine scharfen Krallen in den wollenen Habit geschlagen hatte, verbannte er ungeduldig von seinem Schoß.

»Die reichste und mächtigste Organisation der Welt, die außer dem Großmeister nur dem Papst Gehorsam schuldete, gibt es nicht mehr. Doch gingen die tapferen Gotteskrieger und mit ihnen der Mythos der vollkommenen Ritter Christi auf lebenslangem Kreuzzug an jenem Freitag, dem 13. Oktober 1307, wirklich unter?«

»Ein Templerkreuz, mit Blut gemalt …«, flüsterte der Papst.

Ich nickte. »Wem also vermachten die Templer ihr geheimes Wissen, das sie bei der Inquisition in den Verdacht der Häresie gebracht hatte?«

Er starrte mich an. »Alessandra, Ihr *wisst,* wer …?«

Ich hob die Hand und bat ihn um Geduld. »Wie Ihr wisst, hat mein Vater als Dominikaner in Paris Kirchenrecht studiert. Er war fasziniert von den Templern, die muslimisches Wissen ins christliche Abendland brachten. Einige Großmeister leisteten sich muslimische Sekretäre und jüdische Leibärzte, korrespondierten mit den Führern islamischer Sekten wie den Assassinen und gewährten ›Ungläubigen‹ die Aufnahme in den Orden.«

»Kein Wunder, dass die ›Verteidiger des Glaubens‹ ins Kreuzfeuer der Inquisition gerieten«, brummte der Papst und schüttelte unwillig den Kopf.

»Als mein Vater nach dem Konzil von Konstanz als Inquisitor von Papst Martin nach Rom zurückkehrte, hat er begeistert die Akten der Templerprozesse im Geheimarchiv des Vatikans studiert und in einem Buch ausführlich kommentiert.«

»Ja, ich weiß. Als Kardinal habe ich seine Anmerkungen gelesen.« Eugenius nahm den in Leder gebundenen Folianten von meinem Tisch und blätterte durch die steifen Pergamentseiten, die dabei leise knackten. »Der ›Richter Gottes‹, der in Konstanz ein Schisma beendet und drei Päpste abgesetzt hatte, verdammte die französischen Inquisitoren als ›Folterknechte, die ihre Hände mit dem Blut Unschuldiger besudelt und eine nicht zu vergebende Schuld auf die Kirche geladen hätten‹.« Der Papst legte das Buch zurück auf den Tisch. »Euer Vater verurteilte das Machtstreben König Philippes, der sich des legendären Templerschatzes bemächtigen wollte, auf das Schärfste. Die Ritter Christi lobte er als aufrechte Verteidiger des Glaubens und sprach sie frei vom Verdacht der Häresie.«

»Ganz recht. In den letzten Tagen habe ich Lucas Anmerkungen erneut gelesen, um zu verstehen, warum sich der Assassino mit dem Templerkreuz auf dem Habit dafür interessierte«, erklärte ich. »Die Anschuldigungen, die gegen die Tempelritter erhoben wurden, sind wirklich erschreckend. Sie verraten mehr über die geistige Haltung der Inquisitoren als über die ihrer Opfer. Mit raffinierten Fragen haben die Inquisitoren die erwünschten Antworten erzwungen. Wer nicht gestand, wurde gefoltert. Und wer gefoltert wurde, bekannte sich in seiner Todesangst für schuldig. Schuldig, die Sakramente missachtet, das Kreuz angespuckt und Christus verleugnet zu haben. Schuldig, während der Einweihungsriten unsittliche, homosexuelle Akte vollzogen zu haben. Schuldig, ein Häretiker zu sein, der ein Götzenbild anbetet.«

»Den mysteriösen Baphomet.«

»Genau. Das Urteil über die Ritter Christi stand von Anfang an fest. Der Inquisitionsprozess und die reumütigen Geständnisse der Templer unter der Folter dienten nur der Rechtfertigung eines unrechtmäßigen Vorgehens gegen den Orden, über dessen

Schicksal der französische König bereits *vor* der Anklage bei der Inquisition entschieden hatte. Der Prozess war eine infame politische Intrige. König Philippe hatte dem Papst gedroht, ihn als Häretiker absetzen und exkommunizieren zu lassen, falls er den Templerorden schützte.«

»Die Gotteskrieger waren also die Opfer eines erbitterten Machtkampfes zwischen dem König und dem Papst um die Vorherrschaft in der Kirche. Und um den geheimnisvollen Schatz der Templer.«

»Scheint so«, gab ich zu. »Allerdings frage ich mich, wie jener 13. Oktober 1307 angeblich so unerwartet zum Schicksalstag der Templer werden konnte. Der letzte Großmeister Jacques de Molay kannte doch die Pläne des französischen Königs, den Templerorden mit dem Johanniterorden zu vereinigen, um anschließend sich selbst zum Großmeister des schlagkräftigsten und reichsten Kreuzritterordens aller Zeiten zu machen – mit einem gewaltigen Heer, einer mächtigen Flotte und der größten Bank des Abendlandes, die seine Geldsorgen beseitigen würde. Die Geheimagenten des Großmeisters verkehrten an Philippes Hof – wie konnte ihnen eine derartig aufwendige Aktion wie die Erstürmung aller Templerkomtureien Frankreichs am 13. Oktober 1307 entgangen sein? Das ist unbegreiflich.«

»In der Tat!«

»Es gibt nur eine schlüssige Antwort: Jacques de Molay wusste von dieser Razzia. Denn im Tempel von Paris wurde – abgesehen von einem silbernen Reliquienschrein mit einem gold- und perlenverzierten Schädel, dem geheimnisumwitterten Baphomet – nur diese Lade aus Akazienholz, ein langer aramäischer Papyrus und ein Bericht über das Reich des legendären Priesterkönigs Johannes gefunden. Aber kein Templerschatz.«

Der Papst musterte mich aufmerksam. »Mia cara, Ihr habt doch nicht etwa herausgefunden, wohin der Schatz verschwunden ist?«, scherzte er, und als ich nicht antwortete, verging ihm das Schmunzeln. »Oder doch?«

Ich lächelte geheimnisvoll und schwieg.

»Alessandra!«, ermahnte er mich mit erhobenem Finger.

»Einen Augenblick Geduld, Euer Heiligkeit!«

Seufzend lehnte er sich zurück und verschränkte die Arme. »Also schön. Und weiter?«

»Der Assassino hat das Urteil meines Vaters über die Templer gelesen. Doch weder Lucas Anmerkungen noch die Inquisitionsprotokolle haben ihm die Frage beantwortet, die sein Großmeister als so wichtig für das Schicksal des Christentums erachtete, dass dieser seinen Ordensritter nicht nur, wie ich vermute, nach Valencia, Avignon und Paris entsandte …« Ich machte eine dramatische Pause, um dem Papst Gelegenheit zu geben, das ganze Ausmaß der Geschehnisse zu erfassen. »… sondern ihm schließlich sogar befahl, ins Geheimarchiv des Vatikans einzubrechen.«

»Der Großmeister?«, fragte er verwirrt. »Alessandra, Ihr *wisst,* wer den Assassino geschickt hat?«

»Ja, Euer Heiligkeit.«

Ausführlich berichtete ich ihm von meinen Nachforschungen über die Erben der Templer und ihre Suche nach dem mysteriösen Priesterkönig Johannes. Um 1165 hatte jener Priesterkönig eine Botschaft an den byzantinischen Kaiser und den Papst gesandt, worin er gelobte, die christlichen Stätten im Heiligen Land mit seiner Furcht erregenden Streitmacht zu schützen und die Muslime zu vernichten. Mit seinem Brief entfachte er eine Hoffnung, die die Jahrhunderte überdauert hat – obwohl der Priesterkönig seinen heiligen Schwur nie gehalten hat. Der Siegeszug der Muslime, die damals das Heilige Land eroberten, war unaufhaltsam. »Nachdem ich den Brief des Priesterkönigs gelesen habe, glaube ich, dass sein Reich nicht in Asien liegt, wo es jahrhundertelang gesucht wurde, sondern in Afrika, südlich von Ägypten.«

Der Papst zog die Landkarte auf dem Tisch zu sich heran und legte die Hand mit dem Fischerring auf Jerusalem, das nun zum Mameluckenreich gehört. Das Heilige Land war in schimmerndem Blattgold ausgeführt. Das Herrschaftsgebiet des ägyptischen Sultans, dessen Grenzen mit roter Tinte auf der Karte eingezeichnet waren, erstreckt sich vom syrischen Aleppo über Antiochia, Damaskus und Jerusalem bis in die libysche Wüste westlich von Alexandria, in die nubischen Länder südlich von Assuan und umfasst auch die tributpflichtigen Vasallenstaaten der Emire von Medina und Mekka. Ein gewaltiges Reich, größer als jeder christliche Staat in Europa, mächtig und unbesiegbar.

»Ich glaube, dass das Reich des Priesterkönigs an den Quellen des Nils liegt«, offenbarte ich. »Ist es also möglich, an der afrikanischen Westküste entlangzusegeln, die Südspitze des Kontinents zu umrunden, um im Osten, in Äthiopien, die ›Terra do Preste João‹ zu erreichen? Der Großmeister der Erben des Templerordens, der sich selbst als Kreuzritter im Kampf gegen den Islam sieht, glaubt offenbar fest daran. Jenseits der muslimischen Reiche sucht er einen starken Verbündeten in seinem Kampf gegen den Islam, in seinem Kreuzzug zur Befreiung Jerusalems von der Herrschaft der Mamelucken – den Priesterkönig Johannes, den König der Könige, den mächtigsten und reichsten Herrscher der Welt. Mit seiner Streitmacht könnte dem Großmeister und seinen Mönchsrittern gelingen, woran alle Kreuzzüge bisher gescheitert sind – die völlige Vernichtung des Islam.«

Wie gebannt folgte mir der Papst durch das Gespinst aus faszinierenden Mysterien, das ich in den letzten Tagen entwirrt hatte – die Tempelritter und ihr verschollener Schatz. Die Erben der Templer. Der sagenhafte Priesterkönig Johannes. Der Santo Cáliz, der Heilige Gral in der Kathedrale von Valencia. Und der geheimnisvolle Stein ›Lapis ex coelis‹, den die Templer in Wolfram von Eschenbachs *Parzival* in der Gralsburg Munsalvaesche bewachen.

»Der Gralsdichter Wolfram von Eschenbach wusste meines Erachtens von einer Verbindung der Templer zum Priesterkönig und hat sie in seinem *Parzival* verschlüsselt niedergeschrieben«, fasste ich zusammen.

»Ein faszinierender Gedanke, in der Tat! Und Ihr glaubt nun, der Großmeister habe einen seiner Ordensritter nach Rom geschickt, um herauszufinden, ob es tatsächlich eine Verbindung zwischen den Templern und dem Priesterkönig Johannes gab?«

»Ja, davon bin ich überzeugt. Vergesst nicht: Wir reden vom Infante von Portugal. Dem größten Kreuzritter des ›Ordem de Nosso Senhor Jesu Cristo‹. Vermutlich sollte der Assassino im Geheimarchiv unter anderem geografische Berichte sammeln, die es den Kapitänen des Ordens ermöglichen würden, die ›Terra do Preste João‹ auf dem Seeweg um die Südspitze Afrikas zu erreichen.«

Der Papst seufzte erleichtert. »Ihr seid die Tochter Eures Vaters, des Inquisitors von Rom! Ich bin froh, dass ich Euch mit den Untersuchungen des Mordes betraut habe. Denn ich bezweifle, dass meine Inquisitoren einen derart komplizierten Fall hätten aufklären können.«

»Er ist noch nicht aufgeklärt«, mahnte ich ernst. »*Ein* Rätsel bleibt nach wie vor ungelöst: Was steht in dem aramäischen Papyrus? Die antike Schriftrolle hat in der Lade aus Akazienholz gelegen, die aus dem Pariser Tempel stammt. Der Assassino hat den Papyrus mitgenommen. Aber wieso?«

Eugenius runzelte die Stirn. »Was habt Ihr vor?«

Ich erläuterte ihm meinen Plan.

»Um Himmels willen, Alessandra, das ist viel zu …«

»Tayeb wird mich begleiten. Er freut sich darauf, an den heiligen Stätten des Islam in Jerusalem zu beten. Er wird mich beschützen, wie er es in Alexandria getan hat, als wir unseren spektakulären Fund machten.«

»Alessandra, mein Kind!«, beschwor er mich. »Ihr stürzt Euch wieder einmal in ein lebensgefährliches Abenteuer, um den Schmerz und die Trauer um Eure verlorene Liebe zu vergessen. Um Euch nach all den Monaten endlich wieder lebendig zu fühlen. Aber das ist Irrsinn! Als Euer Freund und als Euer Papst verbiete ich Euch, nach Jerusalem zu …«

»Wollt Ihr mich exkommunizieren, wenn ich Euch nicht gehorche? Soll ich Euren Sekretär rufen, damit er Euch die silberne Glocke, die Kerze und die Heilige Schrift bringt?« Ich senkte die Stimme. »Heiliger Vater, ich werde nach Jerusalem reisen! Und wenn Ihr nicht nur mein Papst, sondern auch mein Freund seid, werdet Ihr mich nicht aufhalten!«

»Erwartet Ihr allen Ernstes, dass ich Ja und Amen sage und Euch meinen Segen gebe, wenn Ihr Euch in Lebensgefahr begebt?«, erregte er sich – er hatte Angst um mich. »Alessandra, kommt zur Besinnung! Leonardo wollte Euch warnen, als er das Templerkreuz mit seinem Blut gemalt hat!«

»Leonardo war mein Freund, dessen Tod ich nicht ungesühnt lassen kann. Ich werde seinen Mörder finden.« Und mit einem satanischen Lächeln fügte ich hinzu: »Oder er mich. Und dann gnade ihm Gott!«

»In den letzten beiden Nächten ist uns der Assassino zum Tempelberg gefolgt«, reißt Tayeb mich aus meinen Erinnerungen. »In der Nacht davor hat er im Funduk unser Gepäck durchwühlt. Glaubst du, er hat den Brief des Papstes an den Patriarchen von Jerusalem gefunden? Oder das päpstliche Breve?«

Ist er hier?, frage ich mich beunruhigt und beobachte die von den Sturmböen bewegten Schatten des Haram ash-Sharif. Der weiße Schimmer dort drüben zwischen den Eukalyptusbäumen – ist das die von den unablässigen Blitzen erleuchtete Fassade des alten Königspalastes neben der Al-Aqsa, des Hauptquartiers der

Tempelritter? Oder ein im Wind flatternder weißer Habit mit rotem Templerkreuz?

»Du solltest morgen um eine Audienz beim Patriarchen nachsuchen und ihm den Brief des Papstes geben«, rät Tayeb ernst. Ich spüre seine Anspannung. »Eugenius bittet ihn, alles in seiner Macht Stehende zu tun, um dein Leben zu schützen. Joachim ist ein entschiedener Gegner der Kirchenunion von Florenz. Er hat Niketas exkommuniziert und verdammt, weil er als Metropolit von Athen das Unionsdekret unterzeichnet und damit seinen orthodoxen Glauben verraten hat. Ich habe den Brief gelesen, in dem der Patriarch Niketas' Tod als gerechte Strafe Gottes bezeichnet, und ich weiß, wie verletzt du warst. Der Kaiser von Byzanz hat ihn zur Mäßigung ermahnt – und das trotz eures erbitterten Wortgefechts in Florenz, als Ioannis dich aufforderte, Niketas der Kirche zurückzugeben. Und doch: Wenn Papst Eugenius es wünscht, wird er dir ein paar Bewaffnete zur Verfügung stellen.«

Ich weise auf die hell erleuchtete Zitadelle auf der anderen Seite der Stadt. »Wie, glaubst du, wird der Vizekönig von Damaskus reagieren, wenn er erfährt, dass ich während der Osterfeiertage mit einer Schar christlicher Bewaffneter den Tempelberg stürme? Die Entweihung der Al-Aqsa wird er Yared al-Gharnati melden, dem Vertrauten des Sultans, der vor ein paar Tagen mit seinem Gefolge nach Jerusalem gekommen ist. Und dann sei Allah uns gnädig! Gewiss wird er sich an unsere Namen erinnern. Nachdem wir vor sechs Jahren das Evangelium fanden, wandte sich der Patriarch von Alexandria mit einem Brief des Papstes an Yared, um uns das Todesurteil zu ersparen.« Ich atme tief durch. »Nein, Tayeb, vor dem Patriarchen von Jerusalem werde ich gewiss nicht zu Kreuze kriechen!«

Tayeb seufzt. »Wie du willst.«

»Y'allah – lass uns gehen. Wir haben nicht viel Zeit.«

Im Morgengrauen wird der Muezzin der Al-Aqsa die Muslime

zum Gebet rufen, während sich die Juden, die in diesen Tagen Pessach feiern, an der Klagemauer versammeln, um das Schma Israel zu beten. Die Christen werden an diesem Tag ein schweres Holzkreuz durch die Via Dolorosa tragen. Denn dieser 26. März 1445 ist ein Karfreitag.

»Bism'Allah.« Tayeb schultert die Tasche mit unserer Ausrüstung und wirft einen letzten Blick hinab zur Klagemauer.

Mit der Hand am Griff des Schwertes folgt er mir zur Al-Aqsa. Vor dem Hauptportal der Moschee führt eine schmale Treppe hinunter in die gewaltigen Gewölbe. In der letzten Nacht haben Tayeb und ich das Labyrinth unterhalb der Al-Aqsa erforscht. Einige der Gänge hatten die Tempelritter vermutlich auf der Suche nach dem Schatz Salomos gegraben.

Wenig später haben wir den Einstieg zu den Ställen Salomos an der Südostecke der Tempelplattform erreicht.

Beunruhigt beobachte ich das Gewitter, das jenseits des Ölbergs über dem Toten Meer tobt. Unablässig zucken Blitze durch den Himmel. Im Osten, wo der Himmel im Wetterleuchten silbrig schimmert, regnet es schon in Strömen. Und wenn der Sturm, der ungestüm an meinem Gewand zerrt, das Gewitter nach Jerusalem treibt? Wenn der niederprasselnde Regen den Tempelplatz überschwemmt und durch die Kanäle in die unterirdischen Zisternen rauscht, während Tayeb und ich durch das Labyrinth der Gänge kriechen?

Nach einem letzten besorgten Blick nach Osten folge ich meinem Freund über eine gewundene Treppe hinunter in die Kammer, die ›Wiege Jesu‹ genannt wird. An der Tür streife ich die Sandalen von den Füßen und trete ein.

Die kleine Moschee wird von einer Handvoll Öllampen erleuchtet. In der Mitte des Gebetsraums befindet sich die marmorne Wiege, in die der Legende zufolge Maryam den kleinen Issa legte. Issa ibn Maryam, der von Allah Geliebte, ist nach muslimischem Glauben der letzte Prophet vor Mohammed, dem ›Siegel der Propheten‹.

Tayeb kniet sich auf den Boden und holt die Pechfackeln und die Seile aus der Tasche. Wortlos reicht er mir mein Notizbuch.

Ich halte die Pergamentseiten ins Licht und blättere durch meine Anmerkungen zum Mord an Leonardo und meine Vermutungen zu jenem geheimnisvollen Assassino, die ich noch in Rom verfasst habe. Dann betrachte ich die Seiten mit den Skizzen des Labyrinths unterhalb der Al-Aqsa. »Was hältst du davon, wenn wir das Buch hierlassen?«

»Er wird es finden und mitnehmen«, gibt Tayeb zu bedenken.

»Na hoffentlich! Dann wissen wir immer, wo er ist. Drei Schritte hinter uns.« Verschmitzt lächelnd zeige ich ihm meine Notizen, die ich seit unserer Ankunft in Jerusalem in Tifinagh niedergeschrieben habe. Tifinagh ist die Schrift der Tuareg, die Tayeb mich vor einigen Jahren lehrte, als wir uns gemeinsam auf die geplante Reise nach Timbuktu vorbereiteten.

›Salz kommt aus dem Norden, Gold aus dem Süden, aber das Wort Gottes und die Schätze der Weisheit sind nur in Timbuktu zu finden‹, lautet ein Sprichwort der Tuareg.

Ich bin überzeugt, dass es einen Teil der Handschriften der Bibliothek von Alexandria noch gibt. Als Abschriften in arabischer Übersetzung. In den Bibliotheken von Timbuktu. Mein Vater hatte versucht, jenen geheimnisumwitterten Ort im Herzen der Sahara zu erreichen, um dort Bücher zu kopieren und nach Florenz zurückzubringen, und war gescheitert. Tayeb, der Gelehrte aus Agadez, der an der Universität von Timbuktu den Koran studiert hatte, hatte Luca das Leben gerettet und vor acht Jahren zurück nach Italien begleitet.

Eines Tages will ich die gefährliche Reise nach Timbuktu wagen, die Papyri und Pergamente der antiken Bibliotheca Alexandrina kopieren und die Abschriften durch mein florierendes

Scriptorium in Florenz an Gelehrte in Venedig, Rom und Byzanz verkaufen. Und natürlich an Papst Eugenius für seine geplante vatikanische Bibliothek.

»Der Assassino wird die Schrift aus Punkten, Linien, Kreuzen und Kreisen für einen Geheimcode halten. Und das Templerkreuz, das ich mit roter Tinte neben die Skizze des Felsendoms gezeichnet habe, wird ihn verwirren.«

Ich werfe meine Notizen zurück in die leere Tasche. Tayeb verbirgt sie in einer Nische. Dann entzünden wir die Fackeln, legen uns die Seile um und verlassen die Moschee.

Breite Stufen, deren Ende der Schein der Fackeln nicht erreicht, führen hinunter in die Ställe Salomos. Die Tempelritter hatten dieses ausgedehnte Gewölbe unterhalb der Al-Aqsa als Pferdestall genutzt. Ich weise auf das Tempelportal in der Südwand, das Sultan Salah ad-Din zumauern ließ. »Durch dieses Tor sind in der Antike die Gläubigen in den Tempel geströmt.«

»In den Vorhof, wo Jesus die Tische der Geldwechsler und Taubenverkäufer umstieß?« Tayeb mustert die mächtigen Pfeiler der zwölfschiffigen Halle.

Ich nicke. »Herodes hat das Tempelplateau über den Felsen Morija hinaus bis zur zehn Ellen dicken Südmauer erweitert und es mit diesen gewaltigen Tonnengewölben um zwanzig Ellen angehoben. Nach der Zerstörung des Tempels durch die Römer und der Vertreibung der Juden aus Jerusalem hat Hadrian einen Jupiter-Tempel über den Ruinen errichten lassen. Ein Symbol römischer Staatsmacht. Die Al-Aqsa wurde später auf den Fundamenten des römischen Tempels errichtet. Und der Felsendom steht auf den Ruinen des jüdischen Tempels. Wenn wir die Gänge im Tempelberg erforschen, werden wir vielleicht das Allerheiligste finden.«

Tayeb lacht vergnügt, obwohl er nicht ernsthaft daran glaubt, dass wir im Labyrinth irgendetwas finden werden – weder die verschollene Tempelbibliothek mit Tonkrügen voller antiker Schriftrollen noch einen Hinweis darauf, was die Tempelritter hier unten gesucht und gefunden haben: Gold, Papyri oder die seit zwei Jahrtausenden verlorene Bundeslade? Der Heilige Gral kann es nicht gewesen sein, denn die Tempelritter bewachten ihn ja nicht nur in der dichterischen Fantasie des Wolfram von Eschenbach, sondern, wie ich in Rom herausgefunden habe, tatsächlich in der Gralsburg San Juan de la Peña in Aragón.

Hatte der aramäische Papyrus die Gotteskrieger veranlasst, in diesem Labyrinth zu graben? Ist die antike Handschrift eine Schatzkarte? Oder ist sie …

Tayeb bleibt plötzlich stehen, zieht den Schleier vom Gesicht und lauscht mit geneigtem Kopf.

»Der Assassino?«, wispere ich atemlos.

Yared

Kapitel 2

Auf dem Davidsturm der Zitadelle
16. Dhu'l Hijja 848, 19. Nisan 5205
Karfreitag, 26. März 1445
Eine halbe Stunde nach Mitternacht

»Führe uns in die Freiheit, Yared, Prinz von Ägypten«, hat Benyamin gesagt. »Und schenke uns den lang ersehnten Frieden!«

Gemächlich steige ich die Stufen zur Plattform des Davidsturms empor, wo mich der kühle Nachtwind umfängt, und lausche auf das trunkene Gelächter der Mamelucken, die ich im Empfangssaal des Emirs zurückgelassen habe.

Fröstelnd ziehe ich meine Djellabiya enger um mich, schlendere durch den kleinen Garten auf dem Festungsturm und betrachte die erleuchtete Zitadelle zu meinen Füßen – die zinnenbewehrten Wehrmauern, die mit Schwalbennestern bekränzten Türme und die kleine Moschee. Schon vor Stunden, nachdem in einem feurigen Inferno aus purpurnem und violettem Licht die Sonne untergegangen ist, hat der Muaddin die Gläubigen zum Nachtgebet gerufen.

Zwischen den duftenden Myrtenbüschen hindurch gehe ich auf die andere Seite des Davidsturms.

Ich will allein sein. Ich muss nachdenken, bevor ich diese unvermeidliche Entscheidung treffe. Erst jetzt, da ich nach all den Jahren endlich in Jeruschalajim angekommen bin, kann ich diesen Gedanken, der mich seit Monaten nicht mehr zur Ruhe kommen lässt, zu Ende denken. Noch vor wenigen Wochen, in Mekka und Medina, war es mir unmöglich.

Dies ist die Nacht der Entscheidung.

In der Ferne schlägt verhalten die Glocke der Grabeskirche.

Eine halbe Stunde nach Mitternacht.

Gegen die Brüstung gelehnt, blicke ich über die Dächer des armenischen und des jüdischen Viertels hinweg zum Tempelberg.

Unablässig zucken Blitze über den Himmel und lassen die Klagemauer in gleißendem Licht erstrahlen. Darüber glänzt die goldene Kuppel des Felsendoms. Sturmzerfetzte Wolken, die von innen heraus in Purpur, Gelb und Violett aufleuchten, fegen über den schwarzkristallenen Himmel.

Der Gewittersturm, der sich jenseits des Ölbergs entlädt, tobt auch in meinem gequälten Gewissen.

»Der Trunk der Freiheit!«, murmelte Benyamin in seinen Becher, nachdem wir den Kiddusch über den Wein gesprochen hatten. Das war vor fünf Tagen. Am Sederabend.

Nach meiner Hadj nach Mekka – so nannte Uthman meine Pilgerreise, die letztlich eine aufwendig inszenierte Bekehrung zum Islam war – waren Benyamin und ich an diesem 14. Nisan in Jeruschalajim angekommen. Dem rituellen Sedermahl gaben wir den Anschein eines fröhlichen Gelages mit engen Freunden, die glücklich waren, endlich ans Ziel ihrer Träume gelangt zu sein.

Benyamin stellte seinen Becher auf das weiße Damasttuch, das zwischen uns ausgebreitet lag, und ließ sich seufzend in die Kissen seines Ruhelagers sinken. Der Empfang durch den Vizekönig am Davidsgrab und der Einzug nach Jeruschalajim hatten ihn ebenso ermüdet wie mich.

»Pessach in Jeruschalajim!«, murmelte er mit leuchtenden Augen, strich sich über den Bart und lauschte auf den Klang seiner

Worte. Mein Freund sprach Arabisch mit dem kastilischen Akzent von Isbiliya, das die Christen seit der Reconquista Sevilla nennen. »Wenn du mir vor sechs Wochen in Mekka prophezeit hättest, dass wir zum Pessachfest in Jeruschalajim sein würden – ich hätte dir nicht geglaubt.« Er räkelte sich auf den seidenen Kissen. »Stell dir vor, Yared, an diesem Pessach werden wir zum ersten Mal in unserem Leben nicht sagen: ›Leschana haba be'Jeruschalajim – Nächstes Jahr in Jeruschalajim!‹ Denn wir sind endlich angekommen! Ein Traum ist in Erfüllung gegangen. Ein Traum, den ich nicht mehr zu träumen wagte, seit wir beide aus Gharnata geflohen sind. Und deine messianische Vision wird hoffentlich ebenso Wirklichkeit werden!«

Ich wusste, was er meinte. Aber ich schwieg.

Saphira kniete sich neben mich und bot mir eine silberne Schale mit kühlem, nach Orangenblüten duftendem Wasser dar, damit ich mir vor dem Mahl die Hände wusch. Dann reichte sie mir ein Tuch, an dem ich mir die Finger trocknete. Dabei glitt ihr Blick über das schlichte Gewand aus Wolle, das ich an diesem Abend anstelle einer Djellabiya aus bestickter Seide und Brokat trug.

Benyamin und ich hatten es nicht gewagt, dem Ritus des Sederabends gemäß unsere Totengewänder anzulegen. Nach meiner Hadj nach Mekka und Medina und meiner Taqdis nach Jeruschalajim als Abschluss der Pilgerreise hoffte Uthman, ich würde mich nach all den Jahren unserer innigen Freundschaft, nach all den Jahren als Arzt und engster Vertrauter seines Vaters Sultan Jaqmaq nun endlich zum Glauben des Propheten bekennen. Auf Knien flehte Uthman Allah an, ich möge mich besinnen und Muslim werden, während Benyamin auf Jahwe vertraute, dass ich Jude blieb – trotz aller Verlockungen am Hof des Sultans von Ägypten: Freiheit, Reichtum, Macht, das Vertrauen des Sultans und die Liebe seiner Tochter Jadiya, Uthmans Schwester, mit der ich seit drei Jahren das Bett teile.

Obwohl mir als Dhimmi, als Schutzbefohlenem, die Liebe zu einer Muslima verboten ist, hat Sultan Jaqmaq bis vor wenigen Wochen dazu geschwiegen. Er hofft, dass ich Jadiya heirate, weil sie mir den ersehnten Erben schenken kann, und hat mich nach Mekka geschickt, damit ich mich Allah unterwerfe.

»Lass uns allein«, bat ich Saphira, nachdem Benyamin sich die Hände gewaschen hatte.

Sie erhob sich geschmeidig. »Wünscht ihr nach dem Mahl einen heißen Qahwa?«

»Ja, gern«, nickte mein Freund. »Für mich einen stark gerösteten Kaffee. Mit karamelisiertem Zucker.«

»Bitter wie das Leben und süß wie die Liebe«, ergänzte ich.

Benyamin grinste verschmitzt. »Genau so.«

Saphira wandte sich zu mir um. »Und du, Sidi?«

»Ich nehme dasselbe.«

Sie wollte sich schon abwenden, da hielt ich sie auf: »Ein friedliches und besinnliches Pessachfest!«

Ein warmes Lächeln huschte über ihr Gesicht, als sie niederkniete, mir über den Bart strich und mich zärtlich küsste. »Das wünsche ich dir auch, Sidi.«

Nachdem Saphira leise die Tür hinter sich geschlossen hatte, zog ich eine Mazza unter dem bestickten Tuch hervor, brach ein Stück ab und legte es auf die Seite.

Auf dem Damasttuch waren die Sederspeisen angerichtet. Die drei Mazzot. Der gegrille Lammknochen, ein Symbol für das Pessachlamm, das einst beim Auszug aus Ägypten geschlachtet wurde. Das süße Mus aus Äpfeln, Nüssen, Rosinen und Wein, eine Erinnerung an den Lehm, aus dem die Israeliten in Ägypten die Ziegel formten. Der scharfe Rettich als Mahnung an die bittere Unterdrückung. Die Schüssel mit dem Salzwasser, dem Symbol der vergossenen Tränen. Und der bis zum Rand gefüllte Becher für den Propheten Elija.

Daneben stand in silbernen Schalen das eigentliche Abendmahl: Kofta-Bällchen aus Lammfleisch. Goldbraun frittierte Falafel aus Bohnen und Kichererbsen, die mit Koriander und Knoblauch gewürzt waren. Kandierte Zitronenscheiben. Und Baklava, die süßeste aller Versuchungen, denen ich mich hingab, eine Köstlichkeit aus Blätterteig, gefüllt mit gehackten Mandeln und Pistazien, eingelegt in Zimtsirup, der mit Rosenwasser verfeinert wird. Oder, wenn Jadiya mich auf eine besonders sinnliche Weise verführen will, mit Haschisch – was unsere leidenschaftliche Vereinigung meist zu einer äußerst intensiven Sinnenfreude höchster Lust, euphorischen Glücksgefühls und wohliger Entspannung in ihren Armen macht.

Nachdem ich das Brot gebrochen hatte, gab ich Benyamin die halbe Mazza.

»Das Brot des Elends, das unsere Väter in Ägypten gegessen haben«, murmelte er feierlich. Obwohl dieser Teil der Pessach-Liturgie auf Aramäisch gesprochen wird, nicht auf Hebräisch, redete mein Freund sehr leise. Denn er fürchtete Uthmans Zorn, falls der herausfand, dass ich trotz meiner Hadj nach Mekka mit ihm Pessach feierte.

»Dieses Jahr hier, nächstes Jahr in Israel. Dieses Jahr Sklaven, nächstes Jahr freie Menschen«, brachte Benyamin dem Ritus gemäß die unvergängliche Hoffnung der Juden zum Ausdruck. Dabei sah er mir beschwörend in die Augen.

Bedächtig trank ich meinen Becher mit dem berauschenden Wein aus Galiläa leer, ließ mich wohlig in die Kissen sinken, schloss die Augen und entspannte mich, um diesen friedlichen Augenblick zu genießen. Und schwieg beharrlich.

Vor unserer Abreise nach Mekka waren mein Schwager und ich in Al-Kahira heftig aneinandergeraten, weil ich, wie er glaubte, den Übertritt zum Islam ernsthaft in Betracht zu ziehen schien. Dass ich in Mekka trotz Uthmans Drängen nicht die Schahada gesprochen habe, um mich damit zu Allah und seinem Gesandten Mohammed zu bekennen, hat Benyamin besänftigt. Und seit ich Uthman in Medina am Grab des Propheten gebeten habe, mich nach Jeruschalajim zu begleiten, hofft Benyamin erneut, ich könnte meine Vision von einem unabhängigen Reich Israel doch noch verwirklichen.

»Yared, weißt du, warum sich diese Nacht von allen anderen Nächten unterscheidet?« Leise und doch sehr eindringlich stellte Benyamin die erste der traditionellen Fragen des Sederabends.

Dem Ritus folgend hätte ich antworten sollen, dass an diesem Abend der Auszug aus Ägypten gefeiert wird, das Ende der Knechtschaft, die Geburt unseres Volkes. Doch ich nickte lediglich stumm. Ich ahnte, worauf er hinauswollte.

»Wir waren Knechte des Pharaos, und der Herr führte uns aus Ägypten«, erinnerte er mich. »Was hat sich geändert? Auf dem Thron des Pharaos sitzt nun ein Sultan. Aber wir Juden sind immer noch ein armes, rechtloses und unfreies Volk!«

»Wir sind Dhimmis«, korrigierte ich ihn in ruhigem Tonfall. »Als Juden stehen wir unter dem Schutz des Islam.«

»¡Por Dios!«, rief er zornig aus. »Wovor schützen mich die Muslime, wenn nicht vor sich selbst? Vor der Unterdrückung durch den Islam! Vor der Erbarmungslosigkeit und der Gewaltgier der Mamelucken, die uns Juden blutig prügeln und unsere Töchter vergewaltigen! Verfluchte Gojim! Malditos infieles!«

»Wenn du noch ein wenig lauter schreist, wird Uthman dich in seinen Gemächern hören!«, ermahnte ich ihn ernst. »Dein Hass auf die tscherkessischen Mamelucken wird ihn ebenso wütend machen wie die Entehrung als ›infiel‹, als Ungläubiger.«

Stolz betrachtet sich Benyamin, der Rabbi aus Sevilla, als Erbe des Goldenen Zeitalters der Juden in Spanien, die sich als große Gelehrte und Vermittler der arabischen Kultur an das christliche Abendland hervorgetan haben. Hochmütig und, wie ich finde, ein wenig zu selbstgefällig wandelt Benyamin auf den Spuren von Chasdai Ibn Shaprut, Yehuda Halevi und Moses Maimonides und blickt hinab auf die ungebildeten Gojim aus dem Kaukasus. Die Herrschaft der Tscherkessen bezeichnet er als moralischen Tiefpunkt der jahrtausendealten ägyptischen Geschichte, die nun in Blut ertränkt wird.

»Ich bin ein Dhimmi, ein Schutzbefohlener, du nicht!«, fuhr Benyamin nun deutlich leiser, doch nicht minder eindringlich fort. Mein Schwager fürchtet den Zorn des Prinzen, der glaubt, nur Benyamin habe mich in Mekka noch davon abgehalten, endlich den wahren Glauben anzunehmen. »Du bist ein freier Mensch. Ganz ungeniert nutzt du die Sonderrechte, die der Sultan dir als seinem Freund und Vertrauten zugesteht.

Du musst auf der Straße nicht die schwere Steinkugel um den Hals tragen, die deinen Nacken beugt und dich als Juden kennzeichnet. Denn Yared al-Gharnati demütigt sich vor niemandem, weder vor dem Sultan noch vor Gott. Du musst nicht verkrümmt auf dem Packsattel eines Esels reiten, sondern besitzt einen Stall voller herrlicher arabischer Rassepferde, die der Sultan dir geschenkt hat. So wie die Felukka mit den weißen Segeln, die auf dem Nil ankert. Und die große Villa bei den Pyramiden, deren Gärten mich an die der Alhambra erinnern.

Du besitzt einen ansehnlichen Harem voller ägyptischer Sklavinnen, die nachts deine Lust stillen. Vermutlich gehört auch die schöne Saphira zu deinen Gespielinnen. Du schläfst doch mit ihr, nicht wahr?«

»Ja.«

»Du Glücklicher genießt alle Freuden und Lüste des muslimischen Paradieses! Und als sei das alles noch nicht genug, hast du eine Affäre mit Prinzessin Jadiya. Und der Sultan schweigt und hofft …«

Benyamin beugte sich vor, um seinen geflüsterten Worten mehr Nachdruck zu verleihen.

»Glaub mir, Yared, Prinz von Ägypten, ich bin es leid, in die Gosse zu springen, um nicht von einem Muslim umgeritten zu werden. Ich hasse es, mich demütig zu verneigen, wenn ich einem von diesen hochmütigen Mamelucken begegne, die allzu schnell zum Schwert greifen, um ihre Macht mit Gewalt zu rechtfertigen. Diese unzivilisierten Wilden aus den Steppen nördlich des Kaukasus! Die tscherkessischen Mamelucken sind ungebildete Kriegersklaven, die nichts als Vergewaltigung und Massaker im Kopf haben und denen das Blut von den Händen trieft! Sie sind Fremde in Ägypten, wie wir Juden!«, ereiferte sich Benyamin, trank durstig einen Schluck vom ›Wein der Freiheit‹, der offenbar eine berauschende, zu messianischen Visionen inspirierende und zur Aufsässigkeit verführende Wirkung auf seinen sonst so besonnenen rabbinischen Verstand hatte. Dann fuhr er fort:

»Ich bin es leid, verachtet und geschlagen und mit Dreck beworfen zu werden. Deshalb bin ich damals mit meiner Schwester Rebekka von Sevilla nach Gharnata geflohen. Deshalb würde ich heute nur zu gern aus Al-Kahira fortgehen.«

»Und wohin?«

»Nach Israel, ins Gelobte Land.«

»Wozu?«

»*Wozu?* Ich will endlich frei sein!«

Erstaunt hob ich die Augenbrauen. »Bist du denn in Jeruschalajim freier als irgendwo sonst auf der Welt?«

»Ja!«

Ich lache vergnügt. »Benyamin, du bist erst seit wenigen Stunden in dieser Stadt und leidest bereits an akuter ›Hierosolymitis‹.«

»An *was?*«

»Eine Geisteskrankheit, ein religiöser Wahn, der sich seit Jahrtausenden in Jeruschalajim ausbreitet und Juden, Christen und Muslime gleichermaßen befällt. Vor allem in der Nähe des Tempelbergs und der Via Dolorosa. Die Symptome: Fanatismus, Gewalt, der Glaube, Gottes Willen zu tun, und Visionen, die an Irrsinn grenzen. Manche Menschen halten sich für gottgesandte Propheten oder den endzeitlichen Messias. Die Krankheit ist nahezu unheilbar und endet meist tödlich.«

»*¡Por Dios!* Du weißt genau, was ich mit Freiheit meine! Ich will Benyamin ben Yoel Halevi sein, nicht der ›verdammte Gottesmörder‹, nicht der ›verfluchte Ungläubige‹, nicht der Dhimmi, dem man im Islam die Gnade gewährt, weiterleben zu dürfen. Ich will ein Mensch sein, der die Mizwot hält, die Gott Moses gab, die Zehn Gebote, die für alle gelten, für Juden, Christen und Muslime, und die doch von allen missachtet werden. Ich bin ein Mensch, der sich nach Liebe und Geborgenheit sehnt. Ein Mensch, der im Land seiner Väter endlich in Frieden leben will. Glaubst du, dass Gott mir nach allem, was ich in den letzten Jahren erlitten habe, diese Gnade gewährt?« Benyamin klang verbittert, und ich konnte es ihm nicht verdenken.

Als ich immer noch nicht reagierte, hob er erneut seinen Becher und kippte mit einem »¡Salud!« den Wein hinunter. Dann sang er den Psalm des Sederabends:

»Als Israel aus Ägypten zog, da wurde Juda sein Heiligtum und Israel sein Reich.«

Den Becher stellte er so schwungvoll auf den Boden, dass der Rotwein über den Rand schwappte.

»Führe uns in die Freiheit, Yared, Prinz von Ägypten, und schenke uns den lang ersehnten Frieden!«, forderte Benyamin eindringlich und kramte gleich noch einen weiteren Psalm aus seinem schier unerschöpflichen Vorrat von Weisheitssprüchen und Prophezeiungen hervor. Mit Thora und Talmud kann ich als schriftgelehrter Rabbi – wie die Christen mit den Evangelien und die Muslime mit den Suren des Propheten – jede Vision rechtfertigen, jeden vorgeblich von Gott inspirierten Wahn.

»An den Strömen Babylons, da saßen wir und weinten, wenn wir an Zion dachten. Wie sollten wir das Lied des Herrn singen auf fremder Erde!«, rezitierte Benyamin den Psalm zu pathetisch, zu selbstbemitleidend und zu wenig würdevoll, wie ich fand. Denn die Hoffnung der Juden, dass Gott sich irgendwann seines auserwählten Volkes erbarmen könnte, lebt immer weiter, während wir gedemütigt, misshandelt, unseres Glaubens, unseres Besitzes und unserer Rechte als Menschen beraubt, vertrieben und ermordet werden. Oder auf christlichen Scheiterhaufen brennen, die mit unseren heiligen Büchern entzündet wurden.

»Das Babylonische Exil ist noch nicht beendet, Yared!«, beschwor mich Benyamin sehr eindringlich. »Babylon ist überall – in Granada und Florenz, Konstantinopolis und Köln, Bagdad, Isfahan und Sanaa wünschen wir uns am Sederabend des Pessachfestes: ›Und nächstes Jahr in Jeruschalajim!‹

Der Tempel ist zerstört, und Jeruschalajim ist verloren. Nur unsere Sehnsucht nach Israel und unsere Hoffnung auf Freiheit sind auch nach eintausendvierhundert Jahren ungebrochen. Führe uns zurück nach Jeruschalajim! Ins Reich Davids und Salomos, den souveränen Staat Israel, von dem dein berühmter Vorfahr Chasdai Ibn Shaprut, der Vertraute des Kalifen von Córdoba, nur zu träumen wagte – du kannst ihn neu erschaffen.

Das Reich, das du seit Jahren suchst, wo Juden in Frieden und Freiheit leben und sich selbst regieren können, gibt es nicht.« Benyamin beugte sich vor und legte mir beschwörend eine Hand auf den Arm. »Erschaffe du es, Yared! In Israel. In Jeruschalajim. Hier und jetzt, am Pessachfest! Gott hat dich auserw…«

»O ja, er hat mich auserwählt: zum Leiden!«, begehrte ich auf. Verbittert. Zornig. »Jahwe ist ein grausamer und unbarmherziger Gott. Den Bund, den er mit Moses geschlossen hat, hat er mit mir gebrochen. Er hat mich verraten! In Gharnata hat er zugelassen, dass die Muslime in einem furchtbaren Massaker meinen Vater ermordeten, meine Mutter, meine vier Brüder und meine drei Schwestern, dass die Christen im Blutrausch meine hochschwangere Frau und meinen kleinen Sohn erschlugen, der gerade zwei Jahre alt geworden war. Er hat zugesehen, wie mir meine Freiheit genommen wurde. Wie ich in Ketten durch die Wüste gezerrt wurde, bis ich vor Erschöpfung zusammenbrach. Wie ich als Sklave verkauft wurde. Wie ich misshandelt, gequält und gedemütigt wurde. Er hat mir alles genommen, bis ich nichts mehr besaß außer dem nackten Leben.

Soll ich ihn dafür lobpreisen, wie Ijob es getan hat? ›Der Herr hat gegeben und der Herr hat genommen, der Name des Herrn sei gepriesen.‹ Nein, Benyamin, ich habe nicht Ijobs Nachsicht mit einem Gott, der mit Satan um ein Menschenleben spielt. Oder soll ich Jahwe vorwerfen, dass er sich an mir versündigt hat, und ihm sagen, dass ich bereit bin, ihm zu vergeben? Nein, Benyamin, was er getan hat, kann ich ihm nicht verzeihen!

Die Christen haben Rebekka ermordet, die ich sehr geliebt habe, und Yona, meinen kleinen Sohn! Er kann sie mir nicht wiedergeben, denn sie sind tot. Und es gibt nicht einmal ein Grab, an dem ich um sie trauern könnte.«

Benyamin nickte traurig. Von dem furchtbaren Tod seiner Schwester und seines Neffen hatte er erst erfahren, als er mich nach all den Jahren der Suche in Al-Kahira wiedersah.

»Und er hat mir das größte Unglück widerfahren lassen. Ich habe kein Kind. Und ich bin unfähig, eines zu zeugen, weder mit Jadiya noch mit einer der Sklavinnen, die sie mir ins Bett schickt. Keine von ihnen wird mir den ersehnten Erben schenken, der mir eines Tages nachfolgen kann! Gott ist Furcht erregend in seiner Macht, unbarmherzig, selbstherrlich und stolz. Aber *gerecht* ist er nicht.«

»Ich weiß, wie enttäuscht, wie verzweifelt du bist, Yared. Doch bedenke: ›Wen Gott liebt, den züchtigt er wie ein Vater den

Sohn, den er lieb hat‹«, zitierte Benyamin eine Weisheit König Salomos, um mich zu besänftigen.

Na, wenigstens kein Spruch aus dem Buch Ijob!, dachte ich im Stillen. Einem Gott, der sich mit donnernder Stimme aus dem Sturm rechtfertigt, weil er dem Menschen gegenüber eben *nicht* gerecht ist, einem Gott, der sich zu seiner vollen majestätischen Größe aufrichtet und selbstgefällig verkündet, dass seine Gerechtigkeit über Ijobs Verstand geht, dem verweigere ich mich. Seit jenen furchtbaren Jahren der Sklaverei, der Gewalt, der Armut und des Hungers habe ich Jahwe trotzig Widerstand geleistet. Ich werde keine Selbstgespräche mit einem beleidigt schweigenden Gott mehr führen um Macht und Recht und den Sinn eines gebrochenen Bundes zwischen Mensch und Gott.

»Der Herr liebt dich, Yared, denn er hat dich all die Leiden überleben lassen«, redete Benyamin unbeirrt weiter auf mich ein. »Der Herr liebt dich, wie er Joseph geliebt hat, der dem ägyptischen Pharao als Wesir diente wie du dem Sultan von Ägypten. Der Herr liebt dich, wie er Moses geliebt hat, der sein Volk in die Freiheit führte.

Nach all den Jahren der Gewalt, der Unfreiheit und der Demütigungen hat Gott dir alles zurückgegeben, was du zuvor in Gharnata besessen hast: Erfolg, Respekt, Ruhm, Ehre, Reichtum, verschwenderischen Luxus, Liebe, Glück und Lebensfreude. Das Vertrauen des Sultans. Und Macht – mehr denn je! Ja, ich weiß, es ist üblich, dass muslimische Herrscher ihren Leibärzten hohe Regierungsämter anvertrauen, um sie an sich zu binden. Aber dich hat Sultan Jaqmaq, dessen Leben in deiner Hand liegt, mächtiger gemacht als jeden anderen: Fürsten liegen vor dir im Staub und fürchten deinen Zorn.«

Ich schüttelte den Kopf. »Benyamin, du …«

»Ist Tughan al-Uthmani etwa nicht heute Mittag auf dem Berg Zion vor dir auf die Knie gefallen, als er den Steigbügel hielt, um dir vom Pferd zu helfen?«, unterbrach er mich hitzig. »Hat er nicht den staubigen Saum deines Gewandes geküsst, *bevor* er Uthman, den Sohn des Sultans, begrüßte? Tughan ist der Vizekönig von Dimashq, der Stellvertreter des Sultans in Jeruschalajim!«

»Tughan hasst mich. Er glaubt, dass ich ihm Jadiya weggenommen habe. Er wollte sie heiraten und als Schwiegersohn des Sultans sein Nachfolger werden.«

»Soll er dich hassen, Yared! Soll er dich, den Juden, den Dhimmi, fürchten!« Sein kastilisches Temperament ging wieder mit ihm durch. »Aus dem Sklaven von einst, der nicht mehr als das nackte Leben, seine Trauer und seinen Zorn besaß, ist ein Mächtiger geworden. Einer, der mit Gott ringt. Ein Sohn Israels!« Benyamin holte tief Luft. »Wie alt bist du? Erst einundvierzig! Was könntest du als Messias noch alles erreichen!«

Erregt sprang er auf und rannte zur Tür des Gemachs, um sie wie jedes Jahr am Sederabend weit zu öffnen für den Propheten Elija. Als letzter Prophet vor dem Tag der Erlösung im Reich Gottes soll er zur Umkehr aufrufen und das Kommen des endzeitlichen Messias ankündigen.

Ungestüm riss er die Tür auf, aber dort stand kein Elija.

»Sei der Messias, Yared!«, forderte Benyamin. »Sei der Messias, auf den wir Juden schon so lange warten!«

Er hat recht, besinne ich mich, während ich mich gegen die Zinnen lehne und zum Tempelberg hinübersehe. Ich kann wie ein König herrschen, Israel neu erschaffen und meinem Volk die ersehnte Freiheit schenken. Doch um welchen Preis! Ich muss alles aufgeben, was mich in den letzten Jahren am Leben gehalten hat. Ich werde kein Jude mehr sein.

Vom Ölberg fegt eine Sturmbö über Jeruschalajim und reißt an meiner Djellabiya. Der stille Garten hinter mir erwacht zum Leben, als sich der Wind in den Myrtenzweigen verfängt.

Der kleine Lustgarten erinnert mich an meinen Palast in Gharnata. Vom flachen Dach hatte ich einen unvergesslichen Blick auf den grünen Hügel der Alhambra, die im goldenen Licht des Sonnenunterganges tiefrot glühte. Dahinter schimmerten die schneebedeckten Gipfel. Auf der anderen Seite lag das Fruchtland mit den Granatapfelbäumen, deren erotisch-sinnliche Früchte einer spanischen Legende nach der Stadt ihren Namen gaben. Granada – Stadt der Granatäpfel.

Trotz allem, was damals zwischen Sultan Muhammad und mir geschah, trotz des blutigen Massakers an meiner ganzen Familie, dem ich nur mit knapper Not entkommen konnte, trotz Muhammads Verrat und meiner überstürzten Flucht, sehne ich mich zurück nach Gharnata. Nach den unbeschwerten Tagen einer glücklichen Kindheit im Haus meines Vaters, Netanya ben Yona Ibn Shaprut.

Ich bin der letzte Spross einer angesehenen, jahrhundertealten Dynastie von Rabbinen, die wie mein berühmter Vorfahr Chasdai Ibn Shaprut den Kalifen von Qurtuba und den Sultanen von Gharnata als Berater und Wesire gedient haben. Die Machtkämpfe der Nasriden, die sich gegenseitig in ihrem Blut ertränken, um für einige Monate in der Alhambra zu herrschen, und die Reconquista, die Al-Andalus in Fetzen reißt, haben alles zerstört.

›Als Feinde des wahren Glaubens sollte man die Juden auf Schiffe laden und auf dem offenen Meer ertränken‹ – diesen Spruch von Giovanni da Capestrano, dem Inquisitor von Papst Eugenius, habe ich als Gesandter von Sultan Muhammad am Hof von König Juan von Kastilien gehört. Mit den Mauren haben diese fanatischen Anhänger des jüdischen Bergpredigers, der sagte: ›Liebt eure Feinde und betet für die, die euch verfolgen‹, vermutlich nichts anderes im Sinn als Taufe oder Tod!

Tragisches, blutendes, sterbendes Gharnata.

Eine Windbö fegt durch den Garten und reißt mich aus meinen traurigen Erinnerungen. Ich muss mich besinnen. Und mich endlich entscheiden …

Blätter rauschen. Zweige knistern.

Und war da nicht noch ein anderes Geräusch?

Nur wenige Schritte entfernt, an der Südecke der Plattform, befindet sich ein Taubenschlag. Ist eine Brieftaube mit einer Nachricht des Sultans für mich aus Al-Kahira eingetroffen? Mit angehaltenem Atem horche ich in die Stille.

Einen Augenblick lang schweigt der Wind.

Von fern höre ich die Geräusche des Gelages, die feurige Trommel- und Flötenmusik der tscherkessischen Musiker, das ausgelassene Gejohle, das vermutlich den herumwirbelnden Tänzerinnen gilt, und das dröhnende Gelächter. Die Mamelucken sind längst sturzbetrunken.

In den Dattelpalmen im armenischen Viertel zu meinen Füßen singen die Zikaden. Die Tauben sind ruhig.

Dann höre ich leise Schritte auf der Treppe, ein kaum vernehmbares Rascheln, ein Knistern der Myrtenzweige, nicht weit entfernt. Irgendjemand nähert sich mir von hinten, und es ist gewiss kein Diener mit einem Becher Wein!

Ich drehe mich nicht um, denn ich will den Attentäter nicht warnen, dass ich ihn bemerkt habe.

Mein Herz pocht, und das heiße Gefühl drohender Gefahr pulsiert durch meine Adern. Ich spanne meine Muskeln an und lasse meinen Blick hinüber zur Grabeskirche schweifen.

Hat der Hashishin sein Schwert schon gezogen, als er die Plattform des Davidsturms betrat? Wie sehr muss Tughan mich fürchten, wenn er es wagt, das Gebot der Gastfreundschaft zu brechen und mich in seiner Residenz ermorden zu lassen!

Der Emir fürchtet, dass ich ihm als Vizekönig nachfolgen werde, sobald ich mich zum Islam bekannt habe. Und dass Uthman mir die vom Sultan gesiegelte Ernennungsurkunde heute Mittag vor dem Freitagsgebet in der Al-Aqsa überreichen wird, um mich vor allen Gläubigen zum Herrn von Jeruschalajim auszurufen. Es ist die Nacht meiner Entscheidung – Tughan *muss* handeln!

Der Wind weht den Protestschrei eines widerspenstigen Esels aus der Gasse unterhalb der Zitadelle zu mir herauf. Und einen unterdrückten tscherkessischen Fluch.

Ich lehne mich über die Brüstung und spähe hinunter zum Wehrgraben. Zwei Schatten huschen durch das Portal über die befestigte Zugbrücke zu einem dritten Mann mit einem Eselskarren. Ihre Kettenhemden und Helme schimmern im Licht der Sterne. So also will Tughan meine Leiche loswerden – auf einem Müllkarren!

Hinter mir knackt ein Stück Holz, als der Attentäter in der Finsternis einen abgerissenen Myrtenzweig zertritt.

Er bleibt stehen.

In der Stille zwischen den aufbrausenden Windböen kann ich seinen Atem hören.

Ein greller Blitz zuckt über den Himmel, und ein gewaltiger Donner erschüttert Jeruschalajim. Ich wende mich halb um, als blickte ich empor zum sturmdurchtosten Himmel.

Das unablässige Flackern der Blitze und die glühenden Wolken tauchen den Garten in ein geheimnisvolles Licht. Im Schatten der zinnenbewehrten Nordmauer, keine zehn Schritte entfernt, verharrt der Hashishin mit dem erhobenen Schwert.

Aus dem Augenwinkel bemerke ich, wie sich von der Treppe ein zweiter Schatten nähert.

Zwei Attentäter?

In seiner Hand funkelt silbern eine Klinge. Doch er ist nicht von Kopf bis Fuß in Schwarz gehüllt wie der andere, sondern trägt, wie ich selbst, einen weiten Mantel aus Seide und Goldbrokat, der im Licht der Sterne glitzert. Sultan Jaqmaq hat mir das kostbare Gewand geschenkt, bevor ich vor einigen Wochen nach Mekka abgereist bin, um dort …

Lautlos huscht der schwarze Schatten einen Schritt näher.

Dann noch einen.

Unterhalb des Turms iaht der Esel laut und durchdringend.

Ich wende mich ab, um wieder zum Tempelberg hinüberzublicken, ziehe unauffällig meinen Dolch und verberge ihn unter dem weiten Seidenmantel. Mein Herz rast. Die Angst jagt mir einen Schauer über den Rücken.

Wieder knistert ein Myrtenzweig. Er ist schon ganz nah.

Mit erhobener Klinge stürzt sich der Attentäter auf mich. »Im Namen Allahs! Stirb, du Kafir, du gottloser Jude!«

Alessandra

Kapitel 3

In den Ställen Salomos im Tempelberg
16. Dhu'l Hijja 848, 19. Nisan 5205
Karfreitag, 26. März 1445
Eine halbe Stunde nach Mitternacht

Tayeb zieht den Schleier vom Gesicht und lauscht mit geneigtem Kopf.

»Der Assassino?«, wispere ich atemlos.

Mein Freund hebt die Hand und gebietet mir zu schweigen, denn das Echo meiner geflüsterten Worte hallt durch das weite Gewölbe.

Totenstille.

Dann ein leises Donnergrollen.

Erleichtert atme ich auf.

Keine Schritte auf der Treppe zur Moschee!

Ich folge Tayeb zum Ende der Halle. Durch einen Durchgang betreten wir den nächsten Saal, der sich von einem zweiten Portal in der Südwand weit in die Finsternis des Tempelbergs erstreckt. Auch dieses Tor hat Sultan Salah ad-Din zumauern lassen.

Tayeb kniet sich vor ein Loch im Boden, lässt das Tau von der Schulter gleiten, beugt sich vor und lugt mit der Fackel in der Hand hinunter in die schwarze Tiefe. Der Steinboden ist vermutlich während eines Erdbebens gerissen und der zerborstene Quader in den Gang darunter gestürzt. An diesem schmalen Spalt mussten wir gestern aufgeben, weil wir keine Seile mitgenommen hatten.

»Nichts zu erkennen.« Tayeb rutscht zur Seite, als ich mich neben ihn hocke. »Das Licht der Fackel reicht nicht aus, um … Warte! Da schimmert etwas. Auf dem Boden des Ganges. Siehst du?«

Ich blinzele in die Finsternis. »Was ist das?«

»Eine römische Münze. Erstes Jahrhundert. Mit dem Bildnis von Kaiser Tiberius«, frotzelt Tayeb und richtet sich auf. »Ganz sicher eine der Münzen, die zu Boden fielen, als Jesus im Tempelvorhof die Tische der Geldwechsler umstieß. Der Regen hat sie in diesen Gang gespült.«

Ich lache herzlich. »Ich will sie mir ansehen.«

»Dachte ich's mir doch.«

Tayeb wickelt das Seil ab und verknotet es an einem der Pfeiler, die das Gewölbe unterhalb der Al-Aqsa stützen. Mit beiden Händen ergreife ich es, schiebe mich durch den engen Spalt und krieche in den zwei Ellen hohen Gang, der einige Schritte nach Süden führt.

Der Boden ist mit scharfkantigen Steinsplittern bedeckt, und ich muss achtgeben, dass ich mich nicht verletze. Die Decke besteht aus behauenen Quadern.

Vor mir schimmert die Goldmünze. Ich halte sie in den Schein der Fackel, die Tayeb durch den Gewölberiss geschoben hat. »Ein Golddinar. Ägypten. Fünfzehntes Jahrhundert.« Ich schmunzele. »Soll ich dir die Inschrift vorlesen, Tayeb? Sie lautet: ›Sultan Al-Ashrafi az-Zahir Sayf ad-Din Jaqmaq. Al-Kahira, 847‹. Diese Münze ist letztes Jahr in Kairo geschlagen worden. Der Dinar ist sehr selten, denn florentinische Fiorini und venezianische Zecchini sind seit zwanzig Jahren Hauptzahlungsmittel im Reich des Mameluckensultans. Ich habe einen kostbaren Schatz gefunden! Das müssen wir feiern, Tayeb!«, scherze ich übermütig. »Ich bezahle das Abendessen!«

»Und ich dachte, du finanzierst die gesamte Expedition«, kommentiert Tayeb trocken.

Ich stecke die Münze ein und krieche weiter durch den Gang, dessen Wände nun nicht mehr aus Quadersteinen bestehen, sondern aus dem Fels geschlagen wurden.

»Vor mir teilt sich der Gang. Ich kann nicht erkennen, wohin er führt. Wirf mir deine Fackel herunter.«

Der brennende Kienspan bleibt polternd im Geröll neben mir liegen. Auf allen vieren rutsche ich weiter.

Der Korridor ist aus dem massiven Fels gehauen. Er endet in einem großen Gewölbe, dessen Ende ich nur schemenhaft erkennen kann. Es muss vierzig oder fünfzig Schritte lang sein. Der Boden liegt zwanzig Ellen unter mir.

»Eine ausgetrocknete Zisterne.« Ich schiebe mich einige Handbreit vorwärts und hebe die Fackel, um besser sehen zu können. »Es gibt einen Gang, der nach Norden führt. In Richtung Felsendom.«

»Warte! Ich komme zu dir.«

Wenig später steht Tayeb neben mir auf dem mit Sand und Steinen bedeckten Boden der Zisterne.

Als ich ihn zu dem Gang führe, der nach Norden weist, bleibt er plötzlich stehen und deutet auf den Sand unter unseren Füßen. »Da sind Fußspuren! Irgendjemand war vor uns hier!«

»Die Tempelritter?«, flüstere ich.

Yared

Kapitel 4

Auf dem Davidsturm der Zitadelle
16. Dhu'l Hijja 848, 19. Nisan 5205
Karfreitag, 26. März 1445
Eine halbe Stunde nach Mitternacht

Mit erhobener Klinge stürzt sich der Attentäter auf mich. »Im Namen Allahs! Stirb, du Kafir, du gottloser Jude!«

In diesem Augenblick wirbele ich mit einer geschmeidigen Bewegung herum, springe auf ihn zu, ducke mich unter seinem niedersausenden Schwert hindurch und stoße ihm meinen Dolch mit aller Kraft in die Brust, sodass er zurücktaumelt.

Schwankend weiche ich einen Schritt zurück.

Mein Herz pumpt Eiskristalle durch meine Adern.

Mit weit aufgerissenen Augen starrt er mich an. Ungläubig. Und zu Tode erschrocken. Dann stürzt er rückwärts zu Boden.

Mit wehendem Gewand stürmt der andere Schatten heran, drei Schritte, vier, fünf, dann reißt er in einer weit ausgreifenden halbmondförmigen Bewegung sein im Flackern der Blitze schimmerndes Schwert hoch, flüstert »Bism'Allah!« und tötet den Assasinen mit einem einzigen kraftvollen Hieb.

Erleichtert atme ich auf und lehne mich gegen die Zinnen.

Meine Knie zittern, und ich fröstele, als die Anspannung von mir abfällt.

Uthman wirft einen verächtlichen Blick auf den Toten, kommt

zu mir herüber und umarmt mich. »Ich habe mir Sorgen gemacht, als du auf den Turm gestiegen bist, um allein zu sein. Einer von Tughans Dienern ist dir gefolgt – das Silbertablett mit dem kandierten Ingwer hat er im Empfangssaal stehen lassen.« Als er zurücktritt, fällt sein Blick auf meine blutbespritzte Djellabiya. »Bist du verletzt?«

»Es geht mir gut.«

»Allah hält schützend seine Hand über dich«, seufzt der Prinz und hilft mir aus dem Brokatmantel, den er achtlos ins Rosenbeet wirft. Dann zieht er seinen eigenen aus und hängt ihn mir um die Schultern. »Du zitterst, Yared«, sorgt er sich. »Leg deinen Arm um mich. Ich bringe dich in deine Gemächer. Du musst dich ausruhen.«

»Ich will erst mit Tughan reden.«

»Das dachte ich mir«, meint er trocken.

Arm in Arm gehen wir durch den Garten zur Treppe, die zu den Wohnräumen hinabführt. Uthman hat seinen Arm um mich gelegt – aber nicht, weil meine Knie unter mir nachgeben und ich auf den Stufen stürzen könnte, sondern um mich seiner unverbrüchlichen Freundschaft zu versichern.

Uthman braucht mich, meinen Einfluss und meine Macht. Denn nach dem Tod seines sterbenskranken Vaters, dessen Leben in meiner Hand liegt, will er den Thron von Ägypten besteigen. Die Mamelucken kennen keine dynastische Erbfolge und dulden keinen Sohn als Nachfolger des verstorbenen Sultans. Die Emire, die Befehlshaber, bilden eine Militäraristokratie, in die nur Mamelucken aufsteigen können, die als Ungläubige geboren, als Sklaven nach Ägypten verkauft, zum Islam bekehrt, im Kampf ausgebildet und schließlich freigelassen worden sind. Die Emire dieser elitären Herrscherkaste wählen ihren Sultan selbst – den Mächtigsten und Gewissenlosesten unter ihnen, der so umsichtig war, seine Gegner, deren Familien und Mameluckengefolge durch ein Massaker zu beseitigen.

Um seine Macht zu sichern, will der neue Sultan Uthman al-Mansur mich, seinen engen Freund und künftigen Schwager Yared al-Gharnati, zu seinem Wesir ernennen – sobald ich konvertiert bin.

Langsam und betont entspannt, für einen aufmerksamen Beobachter scheinbar in ein vertrauliches Gespräch vertieft, schlendern Uthman und ich die Stufen hinunter in den Empfangssaal des Vizekönigs von Jeruschalajim. Am Ende der Treppe bleiben wir stehen und sehen uns unauffällig um.

Die Wände des Saals, der kaum zwanzig Schritte lang ist, sind mit Koransprüchen auf Seidenbannern geschmückt. Tief atme ich den aphrodisierenden Duft nach Moschus und Rosenwasser ein – Tughan scheint meine Vorlieben genau zu kennen, nicht nur die für sinnliche Versuchungen wie Baklava oder einen berauschenden Wein von den Hängen des Karmel, dem ›Weinberg Gottes‹. Die jungen Mädchen, die mir während des Mahls aufwarteten, sollten gewiss meine Vorfreude auf erotische Stunden im Haschischrausch in meinem Bett wecken – und mich in Sicherheit wiegen.

Auf Kissen und Teppichen liegen die Mamelucken um niedrige Esstische herum und feiern. Die meisten sind sturzbetrunken, viele schlafen schon, einige torkeln mit dem Becher in der Hand umher. Zu den feurigen Rhythmen tscherkessischer Musik wirbeln halb nackte Mädchen zwischen den johlenden Betrunkenen hindurch, die sich bemühen, die goldbestickten Säume ihrer Gewänder zu erhaschen.

Keine zwei Schritte von mir entfernt hat einer der Kriegssklaven ein junges Mädchen auf sein Lager gezerrt. Er kniet zwischen ihren Schenkeln und nimmt Uthman und mich nicht wahr. Mit der einen Hand fährt er ihre Beine hinauf, mit der anderen fummelt er ungeduldig am Verschluss seiner Hose herum. Unter dem ausgelassenen Gejohle seiner Gefährten legt er sich zwischen ihre Schenkel und stößt lustvoll seufzend in sie hinein.

»Nun mach schon!«, drängt ihn einer seiner Freunde und fasst sich dabei an die harte Wölbung in seiner Hose. »Ich will sie auch.«

»Du wartest gefälligst, bis ich mit ihr fertig bin!«, lallt ein anderer und packt grob seinen Gefährten, der keuchend zusammensinkt, um ihn von dem Mädchen herunterzuzerren.

Am anderen Ende des Saals thront der Emir hinter einem durchscheinenden Vorhang auf einem Diwan neben Uthmans und meinem Ruhelager.

»Sei vorsichtig, Yared. Tughan kauft seine Mamelucken nicht wie du auf dem Sklavenmarkt in Al-Iskanderiya, sondern lässt sie in den tscherkessischen Dörfern im Kaukasus rekrutieren, ohne sie in der Zitadelle von Al-Kahira ausbilden zu lassen. Sie sind noch keine Muslime, sprechen nur Türkisch, und sie sind anscheinend noch nicht gezähmt«, raunt Uthman mir zu und weist verächtlich auf die völlig enthemmten Betrunkenen zu unseren Füßen. »Sie sind bewaffnet. Und erhitzt vom Wein. Wenn Tughan bedroht ist, und damit ihr eigenes Leben, wird es ein Massaker geben!«

Ich spanne die Schultern an. »Ich weiß.«

»Du solltest den Emir in deinem Arbeitszimmer empfangen, inmitten deines Gefolges und beschützt von deiner Leibwache, wie es deinem hohen Rang bei Hofe angemessen ist. Bekleidet mit dem Staatsgewand, das der Sultan dir geschenkt hat, und mit allen Insignien deiner Macht solltest du ihn in die Knie zwingen und …«

»Nein, Uthman, ich werde seine Intrigen gegen mich nicht länger dulden. Meine Geduld und meine Sanftmut sind endgültig erschöpft. Das Attentat auf mich kann ich ihm nicht vergeben. Ich werde hier mit ihm reden. Vor seinen Mamelucken.«

»Um Gottes willen, Yared! Du riskierst dein Le…«

»Das weiß ich. Wenn sie glauben, dass ich ihn ermordet habe, wird es zum Kampf kommen. Tughans Unterwerfung unter meine Autorität und sein demütiger Kniefall vor mir sind die einzige Möglichkeit, ein Blutvergießen zu vermeiden.«

Furchtbare Erinnerungen an das Massaker an meiner Familie steigen in mir auf.

Bewaffnete mit blitzenden Schwertern, die mit Gewalt in das Haus meines Vaters in Gharnata eindrangen … in den Innenhof unterhalb der Galerie stürmten … zwischen den Rosenbüschen meinen Vater erschlugen … meine Mutter, die neben ihm in einer Blutlache kniete und trotz der Gefahr nicht von seiner Seite wich, während er in ihren Armen sein Leben aushauchte … meine Brüder, die sich verzweifelt gegen die Übermacht verteidigten … die furchtbaren Schreie meiner Schwestern … ein unerhört verhallender Ruf zum Allerhöchsten, er möge sich erbarmen, doch vergebens … ein atemlos geflüstertes Schma Israel … und das Blut, das viele Blut … Ich war bis auf die Haut nass von ihrem Blut, als ich vergeblich versuchte, sie ins Leben zurückzuholen …

Uthman, der mich besorgt beobachtet, legt mir eine Hand auf die Schulter. »Du hast recht, Yared. Es darf kein Blutvergießen geben. Möge Allah schützend seine Hand über dich halten!«

Ich winke den Befehlshaber meiner Leibwache zu mir.

Arslan ist achtundzwanzig, ein junger Tscherkesse aus dem Kaukasus mit schulterlangem goldblondem Haar und tiefblauen Augen. Er trägt einen Brustpanzer und einen Helm mit Nasenschutz – was ihm ein verwegenes Aussehen verleiht und seinem türkischen Namen ›der Löwe‹ alle Ehre macht.

Seit Sultan Jaqmaq ihn mir vor drei Jahren geschenkt hat, ist er mir treu ergeben. Bevor ich ihm seine Freiheit gab und ihn zum Befehlshaber meiner Leibwache ernannte, lebte er im königlichen Harem, gehörte Jaqmaq selbst und wurde zusammen mit dessen Söhnen erzogen – eine herausragende Stellung, die Arslan mit einem verschmitzten Grinsen schamlos ausnutzt. Nicht nur zu seinem eigenen Vorteil, sondern auch zu meinem. Denn diesem unverfrorenen Lausebengel, der selbst den Sultan lässig um den Finger wickelt, ist es zu verdanken, dass seine ›Schwester‹ Jadiya die strengen Regeln des Harems missachten kann und sich ungeniert in meinem Bett vergnügt.

Ich vertraue Arslan. Denn wenn ich sterbe und er mich nicht mit seinem Leben verteidigt hat, wird er getötet. In meinen Diensten tun sich jedoch für ihn, den privilegierten Königssklaven, die Tore zur höchsten Macht auf – er kann in der Militäraristokratie aufsteigen und eines Tages Emir werden, vielleicht sogar Sultan. Ich fördere ihn, wo ich nur kann.

In kurzen Worten erkläre ich ihm, was auf dem Turm geschehen ist, und weihe ihn in meinen Plan ein.

»Allah steh dir bei!« Besorgt blickt Arslan hinüber zum Emir, der uns noch nicht bemerkt hat. Mit einer schlichten Geste warnt er meine Mamelucken, sich auf einen Kampf vorzubereiten. Ihre Hände ruhen auf den Griffen ihrer Schwerter, während sie zwischen den Feiernden umherschlendern, um sich im Saal zu verteilen.

»Wir werden dein Leben mit unserem schützen«, verspricht mir Arslan.

»Ich will kein Massaker.«

»Yared, das wird sich nicht vermeiden lass…«

»Ich sagte, ich will kein Massaker!«, wiederhole ich ruhig und eindringlich. Meine Stimme duldet keinen Widerspruch.

Arslan nickt ergeben. »Also gut. Wie du willst!«

Uthman berührt mich am Arm, und ich drehe mich zu ihm um. »Ich bin an deiner Seite. Du wirst siegen. Insh'Allah!«

Zwischen den betrunkenen Mamelucken hindurch folgt er mir zum Vizekönig von Dimashq.

Tughan hat uns bemerkt. Er starrt mich, den Totgeglaubten, mit aufgerissenen, vom Haschischgenuss glänzenden Augen an. Als ich mich seinem Diwan nähere, scheucht er das junge Mädchen fort, das seine Hand zwischen seine Schenkel geschoben hat, um ihn sanft zu erregen. Hastig bringt er seine Kleidung in Ordnung. Verunsichert erhebt er sich. Seine zitternden Hände verbirgt er in den weiten Ärmeln seiner Djellabiya, gleichzeitig wirft er seinen Mamelucken einen Hilfe suchenden Blick zu. Doch niemand springt auf, um ihm beizustehen.

»Prinz Yared?«, murmelt er blass.

»Ich danke dir für diesen unvergesslichen Abend, Emir. Du hast dir wirklich Mühe gegeben, Prinz Uthman und mich zu unterhalten.« Ich lächele beherrscht, auch wenn meine Nerven zum Zerreißen gespannt sind. Die Situation ist sehr gefährlich und kann jeden Augenblick außer Kontrolle geraten. »Das Mahl war köstlich, der Wein hervorragend, Musik und Tanz haben mich bezaubert. Du hast wirklich keine Kosten gescheut! Sag, woher weißt du, dass ich Überraschungen liebe? Die eben auf dem Davidsturm war wirklich gelungen.«

Tughan senkt den Blick und schweigt mit verkniffenen Lippen.

Einer seiner Vertrauten erhebt sich langsam und tastet drohend nach seinem Dolch. Ich werfe ihm einen warnenden Blick zu, und er lässt die Hand wieder sinken.

»Du bist blass, Tughan. Fühlst du dich nicht wohl?«, frage ich und sehe zu Arslan hinüber. Er nickt. Meine Mamelucken sind Herr der Lage. »Du solltest Jeruschalajim verlassen – zumindest solange ich hier bin«, rate ich Tughan. Der wagt es immer noch nicht, mir in die Augen zu sehen. »Eine bewaffnete Eskorte wird dich im Morgengrauen nach Jericho geleiten. Im Frühling, wenn die Mandelbäume blühen, soll es dort sehr schön sein.«

Tughan blickt ungläubig auf.

Sein Vertrauter zieht den Dolch und will sich auf mich stürzen. Doch Arslan ist schneller. Er wirft sich zwischen mich und den Attentäter, packt dessen Arm, reißt ihn herum, sodass der andere taumelt, und rammt dem Tscherkessen seinen eigenen Dolch in den Hals. Das Blut spritzt. Mit einem gurgelnden Röcheln sinkt Tughans Gefolgsmann in die Knie, kippt vornüber und bleibt liegen. Er ist tot.

Schreiend vor Wut und Entsetzen springen Tughans Mamelucken auf und ziehen ihre Schwerter. Doch bevor ein Tumult ausbricht, der nur in Blutvergießen enden kann, greifen meine Mamelucken ein.

Ich atme tief durch. Mein Herz rast, und meine Hände zittern.

Schließlich fällt der Emir vor mir auf die Knie, berührt mit der Stirn den blutbespritzten Teppich und küsst den Saum meiner Djellabiya.

Atemlos beobachten seine Mamelucken das Geschehen. Sie ahnen wohl, was eben auf dem Turm geschehen ist, und fürchten meine Rache. Kein Herrscher, der vernünftig handelt, lässt die Mamelucken seines Todfeindes leben, wenn er die Macht übernimmt. Die Regeln im Mameluckenreich sind denkbar einfach: Töte, um zu überleben! Und verschone niemanden, der Blutrache an dir nehmen könnte! Doch Tughans Geste der Unterwerfung ist so offenkundig, dass nur wenige seiner Offiziere ernsthaft Widerstand leisten, als sie von meinen Mamelucken entwaffnet werden.

»Möge Allah dir Gerechtigkeit widerfahren lassen und dir Frieden schenken«, wünsche ich Tughan kühl. »Leb wohl!«

Der Emir erhebt sich taumelnd, rafft mit zitternden Händen sein Gewand um sich und zieht sich hastig in seine Gemächer im Turm zurück. Auf meinen Wink folgen ihm ein paar meiner Männer. Sie sollen ihm beim Packen helfen.

Uthman tritt neben mich. »Mit welch königlicher Geste du ihn in die Verbannung geschickt und die Macht übernommen hast! Ohne Blutvergießen! Siehst du die bestürzten Gesichter seiner Gefolgsleute? Damit haben sie nicht gerechnet!« Er lacht übermütig, als die Anspannung von ihm abfällt. »Unser Vater wird sich köstlich amüsieren, wenn ich ihm morgen mit einer Brieftaube die Nachricht übermittele, dass du dich heute Nacht selbst zum Vizekönig gemacht hast.« Mein Freund hüllt mich in eine herzliche Umarmung, küsst mich auf beide Wangen und flüstert gerührt: »Yared, mein Bruder, ich bin sehr glücklich, dass du dich nun endlich entschieden hast, zum Islam zu konvertieren!«

Alessandra

Kapitel 5

Im Labyrinth des Tempelbergs
16. Dhu'l Hijja 848, 19. Nisan 5205
Karfreitag, 26. März 1445
Ein Uhr morgens

»Der Gang endet in einer Zisterne!«, rufe ich Tayeb zu, der sich hinter mir durch den engen Felsspalt schiebt.

»Alessandra, wie tief ist sie? Kannst du am Seil hinunterklettern, wenn ich dich sichere?«

Ich rutsche ein kleines Stück vorwärts, halte die Fackel vor mich und blinzele in den Abgrund. »Nein, es ist zu tief – zwanzig Ellen glatter Fels. Und in diesem Gang gibt es keinen Vorsprung, an dem wir das Seil festbinden könnten.«

»Und wenn ich es mir um die Schultern lege?«

»Vergiss es! Ich würde dich mit in die Tiefe reißen. Ohne Seil können wir diese Felswand nicht wieder hinaufsteigen.«

Tayeb schnauft. »Willst du umkehren?«

»Noch gebe ich nicht auf. Wir sind fünfzig Schritte vorangekommen, ein Fünftel der Entfernung zum Felsendom.«

»Was nun?«

Ich blicke in die Tiefe. »Die Zisterne ist mit Wasser gefüllt. Wie tief es ist, kann ich nicht erkennen. Ich werde hinunterspringen und einen Gang suchen, der uns weiter nach Norden führt.«

»Und wenn es keinen gibt?«

»Die Zisternen sind miteinander verbunden. Es muss einen Zulauf geben.«

»Und wenn er eingestürzt ist? Oder zugemauert wurde?«

»Dann musst du mich am Seil wieder hochziehen.«

Er antwortet nicht sofort.

»Also gut«, brummt er schließlich und nimmt mir meine Fackel ab.

Ich rutsche vorwärts, bis ich bis zu den Schultern über dem Abgrund hänge. Um mich herum ist es finster wie in Dantes Inferno – ich kann nicht sehen, wohin ich springen werde. Zu beiden Seiten des Ganges taste ich nach einem Halt. Ich spanne die Muskeln an und schiebe mich mit aller Kraft vorwärts. Dann stürze ich in die Tiefe.

Im Fallen rolle ich mich zusammen, damit ich mich beim Aufprall nicht verletze. Doch in der Dunkelheit kann ich mich nicht orientieren. Schmerzhaft schlage ich mit der Schulter auf dem eisig kalten Wasser auf.

Als ich prustend auftauche, leuchtet mir Tayeb mit einer Fackel. »Alles in Ordnung?«, fragt er. »Wie tief ist das Wasser?«

»Ich muss schwimmen.«

Tayeb flucht leise. Er ist in der Sahara nahe dem Aïr-Gebirge geboren und hat das Schwimmen auch in Florenz nicht gelernt.

Als wir vor sechs Jahren aus Alexandria zurückkehrten, wo wir die verschollene antike Bibliotheca Alexandrina gesucht hatten, war die Lagune von Venedig zugefroren. Der Canal Grande war eine schimmernde Eisfläche gewesen, und ich hatte mir einen Spaß daraus gemacht, den Canalazzo entlangzugaloppieren und über die Gondeln zu springen, die festgefroren vor den Palazzi vertäut lagen. Tayeb hatte sich geweigert, ein Pferd zu besteigen, und war zu Fuß über das Eis geschlittert. Er fürchtete, einzubrechen und unter dem Eis zu ertrinken.

Ich schwimme durch die Zisterne, die dreißig Schritte lang ist und drei große Nischen nach Osten aufweist – zumindest glaube ich, dass sie nach Osten ausgerichtet sind.

Es ist so dunkel, dass ich kaum die Hand vor Augen sehen kann. Der Schein der beiden Fackeln reicht nicht bis hierher.

»Hier ist ein Gang!« Dass der Eingang drei Handbreit unter der Wasseroberfläche liegt und der Korridor bis zur Decke mit Wasser gefüllt ist, erwähne ich vorsorglich nicht. »Ich werde nachsehen, wohin er führt.«

Tayebs Antwort kann ich nicht mehr hören.

Ich tauche in die undurchdringliche Finsternis und taste mich mit angehaltenem Atem an den glitschigen Felsen entlang. Furcht schnürt mir die Kehle zu. Albträume kommen mir in den Sinn, in denen ich gejagt werde, während meine Bewegungen immer langsamer werden, bis ich schließlich von der Kälte und der Angst gelähmt feststecke und eine Flucht unmöglich ist. Nein, nur nicht daran denken!

Drei, vier, fünf Armlängen krieche ich vorwärts, dann steigt der Gang an. Eine Treppe!

Ich kann auftauchen und Luft holen. In der nachtschwarzen Dunkelheit vermag ich nicht zu erkennen, wohin die Stufen führen. Oder ob der Gang nach wenigen Schritten endet. Was nun? Wenn Tayeb mit dem Seil in die Zisterne springt, ist uns der Rückweg verwehrt. Und wenn …

Plötzlich bemerke ich einen kalten Luftzug auf meiner nassen Haut. Fröstelnd taste ich mich einen Schritt vorwärts. Jetzt kann ich es deutlich spüren. Ein leiser Windhauch weht durch den Gang. Es muss eine Verbindung zum Tempelplatz geben!

Hat der Gewittersturm Jerusalem schon erreicht?

Und noch ein anderer Gedanke beschäftigt mich: Werden wir in diesem nassen Labyrinth überhaupt noch Reste der jüdischen Tempelbibliothek finden, die die Regenfluten der Jahrhunderte nicht vernichtet haben? Nur wenn die Papyrusrollen, wie in der Antike üblich, in Tonkrügen versiegelt sind und in einer trockenen Kammer lagern …

»Habt Ihr den aramäischen Papyrus gelesen?«, hatte mich der Papst gefragt.

»Nein, Heiliger Vater. Luca hat ihn mir übersetzt, als ich ein Kind war. Nur an einen einzigen Vers kann ich mich erinnern, weil ich in jener Nacht einen Albtraum hatte: ›Und plötzlich hob mich eine starke Kraft über die Mauern von Jerusalem. Vier Engel standen in allen vier Himmelsrichtungen, jeder mit einer flammenden Fackel in der Hand. Und ein anderer Engel stieg vom Himmel herab.‹ Ich entsinne mich, dass dieser Furcht erregende Engel das Allerheiligste des Tempels betrat und den Vorhang niederriss. Davon träumte ich in jener Nacht.«

Die antike Schriftrolle lag in der Lade aus Akazienholz, die aus dem Pariser Tempel stammt. Ist jene aramäische Handschrift eine Karte, die zum legendären Schatz des jüdischen Tempels führt?, habe ich mich in Rom gefragt. Der Engel, der vom Himmel herabgestiegen war, betrat das Allerheiligste des Tempels!

Titus hat nach der Eroberung Jerusalems im Jahr 70 die Menora nach Rom gebracht, nicht aber die Bundeslade, die seit zwei Jahrtausenden verschollen ist. Die Tempelritter haben im Tempelberg gegraben. Wonach haben sie gesucht?

Ist der Papyrus selbst der geheimnisvolle Schatz der Templer, der seit der Erstürmung des Pariser Tempels verschwunden ist? Stammt diese Schriftrolle aus der Tempelbibliothek von Jerusalem, die ich zu finden hoffe?

Ich kehre um und tauche zurück in die Zisterne.

»Tayeb?«, rufe ich und schwimme zu ihm hinüber.

Keine Antwort.

Wo steckt er denn? »Tayeb!«

Nur das hallende Echo von den Felswänden.

Beunruhigt rufe ich ihn erneut: *»Tayeb!«*

Dann: ein scharrendes Geräusch. Geröll auf Fels.

Mein Herz setzt einen Schlag aus. Panik steigt in mir hoch. Meine Hand zuckt zum Dolch unter meinem Gewand. Der Assassino! Hat er Tayeb angegriffen?

So schnell ich kann, schwimme ich zurück und verberge mich im tiefen Schatten einer Nische.

Eine Gestalt erscheint im Gang. Das Gesicht kann ich nicht erkennen, denn das Licht der Fackel blendet mich. Schimmert dort nicht weißer Stoff?

Ich halte mich am Felsen fest, luge um die Ecke und bemühe mich, kein Geräusch zu machen. Jedes leise Plätschern der Wellen könnte mich verraten. Jeder fallende Tropfen riefe ein viel zu lautes Echo hervor.

Ich kann seinen Atem hören.

»Alessandra?«

Es ist Tayeb!

»Ich bin hier!« Erleichtert schwimme ich zurück. »Wo warst du denn nur? Ich habe mir Sorgen gemacht!«

»Ich dachte, ich hätte ein Geräusch gehört – hinter mir im Gang. Ich bin zurückgekrochen und habe nachgesehen.«

»Und?«

Er winkt ab. »Nichts.«

»Ratten?« Beunruhigt blicke ich mich um.

»Gesehen habe ich keine. Was ist mit dem Gang, den du gefunden hast?«

»Er führt aufwärts. Wie weit, kann ich nicht sagen. Aber es scheint eine Verbindung zur Tempelplattform zu geben.« Dass der Gang unter der Wasseroberfläche liegt, erwähne ich nicht.

»Willst du es wagen?«, fragt er.

»Nicht ohne dich.«

Tayeb antwortet nicht.

»Es ist nicht tief«, beruhige ich ihn. »Ich halte dich fest. Du kannst nicht ertrinken.«

Trotz seiner Angst gibt er schließlich nach, bindet eine der beiden Fackeln ans Ende des Seils und lässt sie zu mir herunter. Ich erhasche sie, bevor sie im Wasser versinkt und erlöschen kann. Dann hebe ich die Hände, um die andere Fackel aufzufangen, binde sie los und schwimme zur Seite, damit Tayeb springen kann. »Und jetzt du!«

Er murmelt irgendetwas auf Arabisch – ein Gebet zu Allah? Dann lässt er sich fallen.

Hustend taucht er auf und schlägt um sich.

»Ich bin bei dir!«, beruhige ich ihn. »Halte dich mit beiden Händen an mir fest. Ja, genau so. Wir schwimmen jetzt ans andere Ende der Zisterne.« Mühsam halte ich beide Fackeln hoch.

Wenig später haben wir den versunkenen Durchgang erreicht. Ein Blick genügt – ich muss ihm nichts erklären. Tayeb stöhnt verzweifelt.

»Halt die Luft an, und lass mich nicht los. Es ist nicht weit.«

Ich lösche die Fackeln. In der Finsternis ergreife ich Tayebs Hand und führe ihn, während ich mich unter Wasser an der Wand des Ganges entlangtaste.

Wenig später haben wir es geschafft. Tropfnass und frierend steigen wir aus dem eisigen Wasser und lassen uns auf den Boden sinken.

Tayeb holt tief Luft. »Alessandra, ich …«

»Schon gut, Tayeb. Ich hatte auch Angst. Und wie!«

Wir schweigen.

Dann: ein Rascheln. Ein scharfes Kratzen. Ein Funke glimmt auf. Tayeb entfacht einen Zunder aus seiner wasserdichten Silberdose und hält ihn an eine Kerze. Der Docht ist nass geworden und zischt leise. Doch schließlich brennt er und erhellt einen Gang, dessen Wände aus Steinquadern bestehen.

Tayeb drückt mir die Kerze in die Hand und entzündet eine zweite am brennenden Docht. Dann springt er auf und rafft sein nasses Gewand um sich. »Y'allah! Wir müssen weiter!«

Nach wenigen Schritten endet der Gang in einem Haufen Geröll und Sand.

»Der Korridor ist verschüttet. Vielleicht sogar eingestürzt«, murmelt Tayeb enttäuscht und bemüht sich redlich, mich seine Panik nicht spüren zu lassen. »Ein Gewitterregen auf dem Tempelberg kann hier unten eine Katastrophe auslösen«, beurteilt er die Lage mit Blick auf den Steinhaufen vor uns. »Das Plateau neigt sich leicht nach Süden und ist von einem Labyrinth aus Kammern und Kanälen durchzogen. Das Regenwasser strömt durch diese Gänge in die Zisternen unterhalb der Al-Aqsa. Das Gewölbe vor uns ist vermutlich herabgestürzt, als die Steinquader der Wände dem immensen Druck des reißenden Wassers nicht mehr standhielten.«

Beunruhigt denke ich an das Gewitter über dem Toten Meer, an die unablässigen Blitze, die Regenwolken und die Sturmböen, die von Osten heranfegten. Das Tote Meer ist nur fünfzehn Meilen entfernt.

»Du hast recht, Tayeb: Wir sollten so schnell wie möglich verschwinden.«

Doch wie? Der Gang vor uns ist verschüttet, der Weg zurück ist uns verwehrt.

Mein Herz rast, und das Atmen fällt mir plötzlich schwer. Das in sich zusammengefallene Gewölbe und die feuchte, abgestandene Luft versetzen mich in Panik und geben mir das Gefühl …

Nein, nur nicht daran denken!

… das entsetzliche Gefühl, lebendig begraben zu sein.

Yared

Kapitel 6

Auf dem Weg zum Tempelberg
16. Dhu'l Hijja 848, 19. Nisan 5205
Karfreitag, 26. März 1445
Zwei Uhr morgens

»Du und Uthman, habt ihr gestritten?«, fragt mich Arslan mit einem besorgten Seitenblick, als wir die Zitadelle verlassen.

Nach meinem Gespräch mit Uthman habe ich den Befehlshaber meiner Leibwache gebeten, mich zum Tempelberg zu begleiten – allein. In dieser Nacht erwarte ich kein weiteres Attentat mehr. Tughan wird im Morgengrauen nach Jericho eskortiert werden, wo er bleiben wird, bis ich nach Al-Kahira zurückkehre.

»Uthman wirkte enttäuscht, als du ihm sagtest, du wolltest nicht Vizekönig von Dimashq werden«, fügt Arslan an, als ich nicht sofort antworte. »Dann ist er dir in dein Arbeitszimmer gefolgt, um unter vier Augen mit dir zu reden. Aber durch die geschlossene Tür konnte ich beim besten Willen nicht verstehen, worüber ihr gesprochen habt.«

»Arslan, mein Junge, das ist der Sinn von geschlossenen Türen«, erwidere ich trocken.

Nicht zu fassen, dieser verzogene Bengel hat doch tatsächlich gelauscht!

»Und nun verlässt du mitten in der Nacht die Zitadelle, um zum Haram ash-Sharif hinüberzugehen«, stellt er völlig unbeeindruckt von meinem Rüffel fest, während wir das Gassenlabyrinth des armenischen Viertels rechter Hand liegen lassen. Die Fackeln an den Häusern rund um die syrisch-orthodoxe Kirche, die dem Evangelisten Markus geweiht ist, sind längst gelöscht.

Hinter dem Ölberg tobt noch immer der Gewittersturm, der sich mit irrlichternden Blitzen und bedrohlichem Donnergrollen rasch nähert. »Ich will beten«, sage ich nur, als wir nach rechts in die stille Davidstraße einbiegen, die zur Klagemauer führt.

»Im Felsendom?«, fragt Arslan ungläubig. »Wo der Prophet Mohammed – die Güte Allahs und sein Friede seien über ihm! – in den Himmel entrückt wurde?«

»Im Felsendom, ja. Wo Gott von Abraham forderte, ihm seinen Sohn auf dem Blutopferaltar zu opfern.«

»Aber er hat seinen Sohn doch nicht geopfert.«

»Nein, denn Abraham hatte niemals die Absicht, sich dem Allerhöchsten zu unterwerfen, als der auf dem Felsen Morija von ihm verlangte, sich zu entscheiden. Zwischen seinem Sohn – seiner Liebe, seiner Hoffnung, seinem Glück – und seiner Treue zu seinem Gott.«

»Yared, ich flehe dich an: Bekenne dich zum Propheten Mohammed! Konvertiere zum Islam!«

Traurig starrte ich Uthman an, als er vor einer Stunde in meinem Arbeitszimmer ein gefaltetes Dokument aus der Tasche seiner Djellabiya zog.

»Vater will dich zum Dawadar ernennen, zum mächtigsten Mann des Reiches.«

Ich barg das Gesicht in den Händen.

Der Dawadar, der ›Bewahrer des herrscherlichen Tintenfasses‹, der Kanzler des Mameluckenreiches, der engste Berater und Freund des Sultans, der mit Kaisern und Königen, Päpsten und Kalifen korrespondiert … Uthman hat recht: Er ist der mächtigste Mann des Reiches. Und der gefährdetste. Denn wie leicht könnte ein Dawadar seinen Sultan stürzen, um selbst den Thron zu besteigen …

Uthman setzte sich neben mich auf den Diwan. Auf dem Schreibtisch vor mir breitete er die Ernennungsurkunde aus.

»Unterwirf dich dem Propheten, Yared! Begleite mich morgen Mittag zum Freitagsgebet in die Al-Aqsa, und sprich die Schahada: ›Ashadu an la ilaha illa-llah, wa Muhammadan rasulu-llah. Es gibt keinen Gott außer Allah, und Mohammed ist der Gesandte Gottes‹. Bekenne dich zum Islam! Nimm das hohe Amt an, und herrsche an der Seite meines Vaters!«

Blicklos starrte ich die türkischen Schriftzüge an.

»Ich bin kein Mamelucke«, gab ich zu bedenken. Ein Argument, dessen einziger Sinn darin bestand, ein entschiedenes ›Ja, ich will‹ oder ›Nein, ich kann nicht‹ hinauszuzögern. Denn mein Herz und mein Verstand sagen: ›Ja, ich will. Aber ich kann nicht.‹

»Das stimmt, Yared, du bist kein Mamelucke. Du gehörst niemandem. Aber in Timbuktu warst du jahrelang ein Sklave der Tuareg. Geschlagen und gedemütigt. Aber nicht gebrochen. Mein Gott, Yared, was hast du in den sieben Jahren alles erreicht, seit du in Al-Kahira bist! Du hast eine Karriere gemacht, auf die Joseph, der Wesir des Pharaos, neidisch wäre: Hofarzt, engster Berater und vertrauter Freund des Sultans, der ihn in besinnlichen Stunden, wenn er mit ihm allein ist und ihm sein Herz ausschüttet, liebevoll ›seinen Sohn‹ nennt. Und wenn Allah unserem Vater seinen Herzenswunsch erfüllt, wirst du bald der Dawadar des Reiches und der Gemahl einer begehrenswerten Prinzessin sein, um deren Hand schon so mancher Emir angehalten hat. Unter anderen der Vizekönig von Dimashq. Die Mamelucken am Hof unseres Vaters haben den allergrößten Respekt vor dir.«

»Weil ich mit der Tochter des Sultans schlafe und dein Vater mich gewähren lässt? Weil deine Schwester mich ungestüm in ihr

Bett gezerrt hat, bevor Tughan den Sultan um ihre Hand bitten konnte?«

»So unwillig scheinst du nicht gewesen zu sein, als sie dich verführt hat. Jedenfalls habe ich in jener Nacht keine verzweifelten Hilferufe aus ihrem Schlafzimmer gehört; du scheinst also nicht übermäßig gelitten zu haben.

Eure Affäre dauert nun schon drei Jahre. Und obwohl Jadiya manchmal nach einem Streit mit dir in ihrem Zorn chinesische Vasen zertrümmert und persische Teppiche zerschneidet, weil sie dich nicht *beherrschen* kann wie die anderen Mamelucken, an denen sie sehr temperamentvoll ihre Launen auslässt, so fleht sie dich doch immer wieder an, zu ihr zurückzukehren. Und du kommst – nachdem du sie ein paar Tage hast warten lassen.«

»Ich kann sie nicht heiraten, Uthman. Ich will es auch nicht. Wenn ich nach Rebekkas Tod noch einmal heirate, dann nur aus Liebe.«

»Wie oft haben wir bei einem Becher Wein darüber gesprochen! Ich weiß, dass du Jadiya nicht liebst. Vater weiß es auch. Doch er hofft, dass du sie trotzdem heiratest. Schließlich genießt du es über alle Maßen, dich von ihr lieben zu lassen.«

Ich antwortete nicht.

»Yared, ich weiß, es ist nicht leicht, mit meiner kleinen Schwester auszukommen – sie hat das Temperament unseres Vaters geerbt. Wenn Jadiya dich nicht glücklich macht, dann hol dir zwei oder drei Geliebte in dein Bett, um mit ihnen die Freuden der Liebe zu genießen, zärtlich oder leidenschaftlich, mit einer oder mehreren gleichzeitig, ganz nach deinem Belieben. Jadiya wird nichts dagegen sagen, gleichgültig, gegen wie viele Frauen in deinem Harem sie um deine Aufmerksamkeit kämpfen muss, damit du …

Lass mich bitte ausreden, Yared, ich bin noch nicht fertig!

Ja, ich weiß, nach dem letzten Streit hast du entnervt deine

Truhen gepackt, bist mit deinem Gefolge in deine Villa bei den Pyramiden umgezogen und hast dich geweigert, sie zu empfangen.« Uthman legte mir die Hand auf den Arm. »Sie liebt dich, Yared. Sie will dich nicht verlieren. Nie wieder.«

Ich schüttelte den Kopf. »Ich kann nicht als jemand leben, der ich nicht bin. Ich bin kein Muslim.«

»Und wer bist du?«, fragte Uthman sanft. »Ja, ich weiß, was du sagen wirst: ein jüdischer Rabbi und Hakim, der letzte Spross einer angesehenen Dynastie von jüdischen Gelehrten, die den Kalifen in Qurtuba und den Sultanen von Gharnata jahrhundertelang mit Rat und Tat zur Seite standen. Als Hofärzte und Wesire. Als Vorsteher der jüdischen Gemeinden. Dein berühmter Vorfahr Chasdai Ibn Shaprut war vor fünfhundert Jahren Leibarzt und Erster Ratgeber des Kalifen Abd ar-Rahman III. von Qurtuba.«

»Chasdai ist nicht konvertiert!«, erinnerte ich Uthman. »Im Gegenteil: Er schrieb, er wolle sein hohes Amt am Hof des Kalifen mit Freude niederlegen, um dem König eines unabhängigen jüdischen Reiches zu dienen. Das war sein Traum: ein souveräner Staat Israel.«

Und es ist nach all den Jahren noch immer mein Traum …

»Nein, Chasdai ist nicht konvertiert«, gestand Uthman mir zu. »Sein Enkel jedoch schon – Abu al-Fadl Ibn Chasdai trat zum Islam über und wurde Großwesir.«

»Die jüdische Gemeinde bezeichnete ihn als Verräter, der um der Macht willen seine jüdische Herkunft und seinen Glauben an den Gott seiner Väter verriet.«

Und die Muslime haben ihn am Ende gestürzt, weil er ihnen zu mächtig wurde, fügte ich im Stillen an.

»Also, Yared. Wer bist du?«, wiederholte Uthman seine Frage. »Heute kannst du noch Jude sein. Und du kannst als Hakim arbeiten, wenn du nur Juden behandelst. Doch ich bezweifele, dass du künftig zugleich Jude und engster Vertrauter des Sultans sein kannst, der die Juden … wie nennt es Benyamin in seiner biblischen Sprache? … ›der die Juden knechtet wie einst der Pharao‹. Und der in Ägypten einen muslimischen Gottesstaat errichten will. Yared, du weißt doch, was unser Vater mit Christen und Juden vorhat!«

Ich nickte stumm.

Sultan Jaqmaq will die herabwürdigenden Gesetze für Dhimmis weiter verschärfen. Jeder, der über seine Stellung als Wasserträger, als Latrinenreiniger oder als verachteter Handwerker hinaus aufsteigen will, muss ein Muslim sein. Christen werden gezwungen, ein Holzkreuz zu tragen, Juden müssen sich eine Steinkugel umhängen. Es ist ihnen verboten, Pferde oder Kamele zu reiten – sie müssen auf dem Packsattel eines Esels hocken und innerhalb von großen Städten wie Al-Kahira und Al-Iskanderiya zu Fuß gehen. Das Tragen von Waffen steht unter Strafe. In den letzten Monaten sind viele Juden aus ihren hohen Stellungen in der Verwaltung des Reiches entlassen worden. Jüdischen Ärzten wie mir ist es mittlerweile bei Strafe untersagt, kranke Muslime zu behandeln.

Benyamin hat recht mit seinen Befürchtungen: Es wird noch schlimmer kommen, auch für mich. Die Glaubensfreiheit der Juden ist in Gefahr – wie die der koptischen Christen, deren Papst Yoannis gefoltert wurde und mit dem Tode bedroht wird. Eines Tages wird sich der Zorn über die Demütigungen in einem Feuersturm aus Hass und Gewalt entzünden. Dann werden die Muslime die ersten Synagogen niederreißen.

Und dann? Ein neuer Exodus?

Und wohin dieses Mal?

Benyamins Worte vom Sederabend dröhnten in meinen Ohren: »Führe uns in die Freiheit, Yared. Das Reich Davids und Salomos, den Staat Israel, kannst du neu erschaffen! Sei der Messias, auf den wir Juden schon so lange warten!«

Ich atmete tief ein und sah Uthman in die Augen. »Wer ich bin, willst du wissen?«

Mein Freund nickte kaum wahrnehmbar.

»Ein Mensch, dessen Herz und Verstand miteinander ringen und der sich entscheiden muss, was ihm wichtiger ist: sein Ansehen als Vertrauter des Sultans, seine Macht als Dawadar, sein Liebesglück mit Jadiya, seine Hoffnung auf ein Kind, seine Freiheit … oder sein Judesein.«

»Bist du überhaupt noch ein Jude? Vor einigen Wochen hast du dem Drängen unseres Vaters nachgegeben und eine Hadj nach Mekka gemacht, um dich zu besinnen. Du missachtest die Gebote der Thora. Du betest nicht mit Tallit und Tefillin. Du lebst nicht koscher. Du ehrst den Sabbat nicht. Du hast nach Rebekkas Tod nicht wieder geheiratet. Du schlägst das Gebot des Propheten Ezra in den Wind, indem du mit Jadiya schläfst.«

Ich nickte stumm.

»Und du hast keine Kinder, an die du das kostbare bisschen Judentum, das du dir nach den Jahren des Leidens noch bewahrt hast, weitergeben könntest.«

Ich schluckte trocken und senkte den Blick. »Nein.«

Uthman strich mir tröstend über den Arm. »Ich weiß, wie traurig und wie hoffnungslos du deshalb bist. Ich bete darum, dass Jadiya dir den Sohn schenkt, nach dem du dich so sehnst.« Er wies auf meine Ernennung zum Dawadar, die auf meinem Schreibtisch lag. »Und dass du endlich deinen Frieden mit Gott machst, Yared, Prinz von Ägypten.«

Arslan und ich folgen der Davidstraße, die im Licht der flackernden Blitze still und verlassen vor uns liegt. Der Gewittersturm, der nun den Ölberg erreicht hat, wirbelt uns den Staub entgegen.

Tagsüber ist die Davidstraße ein farbenprächtiger orientalischer Souk. Im Gewühl der spanischen, italienischen und byzantinischen Pilger und der Jungen, die mit Messingtabletts voller Teegläser durch die Gassen flitzen, wird man beinahe mitgerissen, wenn man an einem der Läden stehen bleibt.

In den Auslagen findet sich alles, was das Herz eines Christen höher schlagen lässt: lateinische Gebetbücher und Pilgerführer, Rosenkränze, byzantinische Ikonen, geschnitzte Gekreuzigte, die sich unter Qualen am Kreuz winden, und Grabtücher aus weißem Leinen, die sehr aufwendig mit dem Abbild des Leichnams Jesu bestickt sind – trotz der Kirchenunion von Florenz alles streng getrennt nach katholischem und orthodoxem Glauben.

Wir verlassen die Davidstraße und biegen nach rechts ab ins verwinkelte Gassengewirr des jüdischen Viertels.

Arslan folgt mir durch enge, uneben gepflasterte und in Stufen angelegte Gässchen. Die verwitterten Hauswände zu beiden Seiten ragen nur zwei oder drei Armlängen voneinander entfernt in die Höhe. Nicht selten wölben sich Stützbögen über die Gasse hinweg. Granatapfel- und Feigenbäume ragen über die Mauern der Gärten, dazu Dattelpalmen, die so hoch sind wie die Minarette im muslimischen Viertel.

An der Synagoge, die Rabbi Moses ben Nahman gegründet hat, bleibe ich verwundert stehen, weil ich an der Wand ein Schild entdecke, das die Sturmböen mit sich zu reißen drohen. Es ist in Kastilisch beschriftet. Hat ein Pessachpilger aus Sevilla oder Córdoba es angefertigt?

»Wir sollten weitergehen, Yared!«, mahnt Arslan ernst. »Bald wird sich der Gewitterguss über dem Tempelberg entladen. Im Felsendom …«

»Einen Augenblick noch!«

Arslan leuchtet mir mit der Fackel, damit ich den Text entziffern kann. Es ist ein herzbewegendes Zitat aus dem Brief, den Moses ben Nahman an seine Familie in der Heimat schickte, nachdem er nach Jeruschalajim gekommen war:

›O Jeruschalajim, Tempel Gottes und Tor zum Himmel. Ich habe deine Ruinen gesehen. Einst warst du die Krone des Ruhms, doch nun bist du zerstört. Je heiliger der Ort, desto verwüsteter. Von Jeruschalajim ist nichts geblieben.‹

»Amen«, flüstere ich schwermütig. Ein gewaltiges Donnergrollen, so ohrenbetäubend laut, als stürze der Himmel ein, reißt mir das Wort von den Lippen.

Dann wende ich mich ab.

Alessandra

Kapitel 7

Im Labyrinth des Tempelbergs
16. Dhu'l Hijja 848, 19. Nisan 5205
Karfreitag, 26. März 1445
Zwei Uhr dreißig morgens

Erschöpft und zitternd vor Kälte lehne ich an der Wand der Zisterne, zerre das tropfnasse Gewand um mich und schließe die Augen.

Wie lange hat es gedauert, den verschütteten Gang frei zu räumen? Wie lange sind wir schon lebendig begraben? Zwei Stunden? Drei? Vier?

Längst habe ich das Gefühl für die Zeit verloren. Oder für die Entfernung und die Richtung, in der wir unterwegs sind. Wie weit ist es noch bis zum Felsendom? Wie viel Zeit bleibt uns noch, unser Leben zu retten?

»Alessandra!«

Tayeb ist zurückgekommen. Mit einer brennenden Fackel steht er vor mir im schwarzen Wasser der Zisterne, das ihm bis zur Hüfte reicht. Sein indigoblaues Gewand schimmert vor Nässe. Es sieht aus, als wäre es mit Tropfen aus Silber bestickt. Das schwarze Tuch seines Turbans hat er sich um die Schultern gelegt. Er reicht mir die Fackel, setzt sich neben mich auf die kleine Plattform und zieht die Beine an. Wie ich friert er erbärmlich in seiner nassen Kleidung.

»Wie sieht es aus?«, frage ich.

Mit ausgestrecktem Arm weist Tayeb auf das andere Ende der Zisterne. »Dort drüben gibt es eine kleine Kammer, in die zwei Gänge einmünden. Der eine, der nach Osten führt, ist eingestürzt. Dort kommen wir vermutlich nicht weiter. Aber wir könnten in der Nische Schutz suchen, wenn sich das Gewitter über dem Haram ash-Sharif entlädt und die Wassermassen durch das Labyrinth rauschen. Die Kammer liegt mehrere Handbreit über dem Wasserspiegel.«

»Gut zu wissen.«

»Es gibt noch einen dritten Gang.« Tayeb zeigt zur westlichen Wand der Zisterne. »Unter der Wasseroberfläche führt ein Kanal nach Westen. Er ist sehr schmal.« Mit seinen Händen deutet er die Breite meiner Schultern an.

»Na dann.« Mit der Fackel in der Hand springe ich ins Wasser und wate hinüber zur Wand. Der Kanal gehört zu einem Wasserleitungssystem, wie ich es aus Rom kenne. Nur die obere Wölbung ragt eine Handbreit aus dem Wasser – genug Luft zum Atmen.

»Westlich des Tempelbergs gibt es ein römisches Aquädukt, das in der Antike das Wasser zu den Zisternen unterhalb des Tempels geleitet hat.« Ich richte mich wieder auf. »Wenn die römische Wasserleitung in dieser Zisterne endet, dann liegt am anderen Ende das Aquädukt nahe der Klagemauer.«

»Scheint so.«

»Und was liegt zwischen dem Ende des Aquädukts an der Westmauer und dieser Zisterne? Erinnere dich an den Plan, den ich letzte Nacht gezeichnet habe!«

»Der Brunnen des Kelches vor der Al-Aqsa.«

»Richtig. Ich erkunde diesen Gang, während du hier auf mich wartest.«

Tayeb verknotet das Seil um mein rechtes Knie. »Solltest du es nicht schaffen, eine Kammer zu erreichen, in der du atmen kannst, dann gib mir ein Signal mit dem Seil. Ich ziehe dich dann so schnell wie möglich zurück.«

»Ich dachte schon, der Sprung in die nachtschwarze Tiefe wäre der aufregende Höhepunkt unserer Expedition gewesen«, murmele ich mit Blick auf den engen Durchlass. »Ich habe mich getäuscht. Eine finstere Röhre unter Wasser, die so eng ist, dass ich mich nicht umdrehen kann, und deren Länge ich nicht abschätzen kann. Das ist vorerst der unvergessliche Höhepunkt dieser Nacht.«

»So Gott will.«

»Ja, Tayeb. Insh'Allah.«

Er umarmt mich und haucht mir einen Kuss auf die Wange. »Allah schütze dich!«

Ich atme ein paarmal tief ein, dann tauche ich unter, schwimme in die antike Wasserleitung und taste mich Armlänge um Armlänge vorwärts durch die bedrohliche Finsternis.

Ich muss achtgeben, dass ich mich dabei nicht verletze, denn der Boden der Röhre ist mit scharfkantigem Geröll bedeckt. Sind es Trümmer des zerstörten Tempels, die die Regenfluten in diesen Kanal gespült haben?

Weiter!

Das Blut rauscht in meinen Ohren, und mein Herz pocht, als wäre ich die Treppen zur Domkuppel von Santa Maria del Fiore hinaufgerannt. Ich muss Luft holen! In der Finsternis spüre ich die Furcht in mir aufsteigen.

Um Gottes willen, bleib ruhig!, denke ich, während ich mich vorwärtstaste. Keine Panik! Und keine unbedachten Bewegungen!

Quälend langsam drehe ich mich auf den Rücken und hebe den Kopf über die Wasseroberfläche, um japsend Atem zu holen. Das Wasser läuft mir über das Gesicht.

Ich atme tief und langsam durch, um mich zu beruhigen.

Tayeb hat mein Keuchen gehört. »Alles in Ordnung? Soll ich dich zurückziehen?«

»Nein, lass nur.« Ich atme tief durch. »Weiter geht's.«

Ich tauche wieder unter und taste mich Armlänge um Armlänge durch den Kanal. Jetzt scheint er sich nach unten zu neigen. Unter die Wasseroberfläche! Großer Gott, ich kann nicht auftauchen, um Luft zu holen!

Mit einem dumpfen Brodeln steigen die Luftblasen auf.

Plötzlich spüre ich etwas an meiner Stirn!

Starr vor Entsetzen halte ich inne und wedele mit der Hand vor meinem Gesicht. Was war das? Gibt es Würmer oder kleine Krebse in dem feinen Sand, den ich aufwirbele, während ich durch den Tunnel tauche? Da, schon wieder! Irgendetwas Lebendiges krabbelt in mein rechtes Ohr. Ich schüttele mich vor Ekel.

Nur weg von hier!

Der Tunnel steigt nun wieder an.

Verdammt, wie lang ist er denn noch? Werde ich es schaffen, eine Kammer zu …

Das Seil hängt fest! Es hat sich irgendwo verfangen. Ich bin so erschrocken, dass ich beinahe Wasser geschluckt hätte! Ich zerre daran, kann es aber nicht befreien.

Wie soll ich Tayeb jetzt ein Signal geben?

Ich tauche auf, um tief durchzuatmen.

»Tayeb?«, rufe ich.

Keine Antwort.

»Tayeb!«

Er kann mich nicht mehr hören.

Was nun? Soll ich ohne seine Hilfe zurückkriechen und versuchen, das Seil zu lösen? Und dann?

Kurz entschlossen ziehe ich meinen Dolch, zerschneide das Seil und taste mich weiter durch die Röhre.

Dann – endlich! – habe ich es geschafft.

Prustend tauche ich auf und ringe keuchend nach Atem. Das Wasser reicht mir bis zur Hüfte. Immer wieder muss ich husten. Mit beiden Händen wische ich mir das nasse Haar aus dem Gesicht und blinzele.

Wie groß ist die Kammer? Ich lausche auf das Echo der Geräusche, die ich im Wasser mache, als ich mich an der rechten Wand entlangtaste. Die Zisterne muss gewaltig sein.

Da ist ein kleiner Sims! Ich nehme eine Kerze aus der mit Kork verschlossenen wasserdichten Silberdose und lehne sie gegen die Felswand, dann nestele ich nach dem Feuerzeug. Nach mehreren Versuchen gelingt es mir trotz meiner tropfnassen Finger, einen Funken in den Zunder zu schlagen und die Kerze zu entzünden.

Der nasse Docht zischt und qualmt. Die Flamme flackert, wird heller und … verlischt.

Mit vor Kälte steifen Fingern taste ich in der Finsternis nach dem Feuerstein – nur nicht ins Wasser fallen lassen! – und wage es noch einmal. Mein Vorrat an trockenem Zunder ist nicht unerschöpflich. Doch dieses Mal brennt der Docht fauchend weiter. Ich stecke das Feuerzeug ein und warte, bis ich ein wenig flüssiges Wachs auf den Fels tropfen lassen kann. Dann drücke ich die Kerze hinein, bis es hart geworden ist.

An der Flamme entzünde ich eine zweite Kerze und wate durch die Kammer, deren Ende sich in der Finsternis verliert. Wie riesig sie ist! Ich ahne, welche Wassermassen durch die Gänge schießen werden, falls sich das Gewitter über dem Tempelberg entlädt. Wir müssen so schnell wie möglich weg von hier.

Gewaltige, unregelmäßig geformte Felspfeiler, die die hohe Decke stützen, tauchen vor mir auf.

Und was ist das dort drüben in der dunklen Wandnische? Eine Treppe nach oben! So schnell ich kann, wate ich dreißig, vierzig Schritte hinüber, steige die Stufen hinauf und gelange in einen

Gang, der zehn Schritte geradeaus führt und dann nach rechts abbiegt. Ich muss mich direkt unter der Al-Aqsa befinden!

Hoffnungsvoll biege ich um die Ecke und bleibe abrupt stehen. Beinahe hätte ich die Kerze fallen gelassen.

Der Gang ist zugemauert!

Fluchend wende ich mich um, haste die Treppe hinunter in die Zisterne und suche weiter nach dem Zulauf des römischen Aquädukts, der uns zum Brunnen vor der Al-Aqsa führen kann. Endlich finde ich ihn.

Doch er ist zu schmal, um hindurchzukriechen.

Zitternd vor Enttäuschung starre ich den Durchlass an. Dann atme ich tief durch, schütze die Flamme der Kerze mit der Hand und kämpfe mich weiter durch das eisige Wasser.

Dort, in jener dunklen Nische – was ist das?

Ein aus den massiven Quadern der Zisterne gemauerter Gang.

Ich zögere. Wie lange bin ich schon in dieser Zisterne? Tayeb macht sich bestimmt große Sorgen.

Doch dann betrete ich den Korridor und folge ihm vermutlich nach Norden, in Richtung Felsendom. Nach wenigen Schritten stoße ich auf eine Treppe. Ich haste hinauf. Dann stehe ich vor einem massiven Portal aus Zedernholz.

Mit klammen Fingern berühre ich das alte Holz. An manchen Stellen splittert es schon. Stammen die schwarzen Brandspuren von der verheerenden Feuersbrunst, die ausbrach, als Titus den Tempelberg eroberte und den Tempel zerstörte?

Was verbirgt sich hinter diesem Tor?

Im Lauf der letzten zwei Jahrtausende sind etliche Gotteshäuser auf dem Berg Morija errichtet worden: Salomos Tempel für Jahwe, zerstört durch die Babylonier. Serubbabels Tempel, errichtet nach dem Babylonischen Exil. Der Tempel des Herodes, zertrümmert durch die Römer. Hadrians Kultstätte für Jupiter, von der kein Stein auf dem anderen geblieben ist. Synagogen, die dem

Erdboden gleichgemacht worden sind, niedergerissene römische und byzantinische Kirchen und eine Handvoll Moscheen.

Als ich die Kerze hebe, um das verrostete Schloss zu untersuchen, entdecke ich in der Wand neben der Tür einen in den Stein gekratzten Spruch. Mit dem Finger fahre ich den Linien nach:

NON NOBIS, DOMINE, NON NOBIS,
SED NOMINI TUO DA GLORIAM!

Der Wahlspruch der Tempelritter: ›Nicht uns, o Herr, nicht uns, sondern Deinem Namen gib Ehre!‹

Sie sind hier gewesen!

Die Euphorie der Schatzsucherin, die sich vor einer spektakulären Entdeckung wähnt, packt mich, als ich die Zedernholztür aufschiebe und in die Finsternis leuchte.

Die Kammer, die an die Genisa einer Synagoge gemahnt, ist zwanzig Schritte lang und zehn Schritte breit. An den Wänden lehnen Hunderte Tonkrüge zur Aufbewahrung von Papyrusrollen. Sie ähneln jenen, in denen Tayeb und ich vor sechs Jahren in der versunkenen Synagoge von Alexandria das Evangelium des vergessenen Papstes gefunden haben. Einige der Krüge sind zerbrochen, die Scherben liegen über den Boden verstreut. Dazwischen Fetzen von Papyrus.

Ist dies die verschollene Bibliothek des jüdischen Tempels?

Mit zitternden Knien hocke ich mich vor einen der Tonkrüge. Er ist aufgebrochen. Und leer.

Der nächste enthält nur eine Handvoll Papyrusfasern.

Dort drüben ist eine versiegelte Amphore!

Mit gekreuzten Beinen setze ich mich vor den zwei Ellen hohen Tonkrug. Er ist noch unversehrt. Haben die Templer ihn übersehen?

Mein Herz rast, als ich mit meinem Dolch das Siegel breche

und das Gefäß schräg ins Licht der Kerze halte, um die Schriftrolle herauszuziehen. Behutsam entrolle ich den brüchigen Papyrus und lese die antiken Schriftzeichen. Obwohl ich das Hebräische nicht so vollendet spreche wie Niketas, fällt es mir nicht schwer, hebräische Texte zu verstehen. Doch dieser Text ist in Aramäisch niedergeschrieben worden, der Sprache Jesu. Wenngleich das Hebräische und das Aramäische eng verwandt sind, kann ich die Wörter nicht lesen.

Ein aramäischer Papyrus ... ähnlich jener Handschrift, die Leonardos Mörder aus dem vatikanischen Geheimarchiv mitgenommen hat. Haben die Templer jenen aramäischen Papyrus in dieser Kammer gefunden? Was enthielten die Tonkrüge einst – die legendäre Weisheit Salomos? Unbekannte Apokryphen, die bei der Entstehung des Alten Testaments verworfen wurden? Das Geheimwissen der Templer, das den Orden bei der Inquisition in den Verdacht der Häresie brachte?

Und was ist mit den Schriftrollen geschehen? Wurden sie vor der Eroberung Jerusalems durch Salah ad-Din nach Akko gebracht und von dort in den Pariser Tempel? Bei der Erstürmung durch die Schergen der Inquisition wurde nur ein Papyrus gefunden. Waren die anderen an Bord eines der achtzehn Templerschiffe, die in der Nacht zuvor den Hafen von La Rochelle verließen, um nach Portugal zu segeln? Befinden sich die Buchrollen der Tempelbibliothek nun in der Festung Tomar, dem Hauptquartier der portugiesischen Christusritter, der Erben der Templer?

»Ihr *wisst,* wer den Assassino geschickt hat?«, hatte Papst Eugenius mich in Rom gefragt.

»Ich nehme an, dass Dom Henrique de Aviz, der Infante von Portugal und Großmeister des Ordem de Cristo, des Christusordens, seinen besten Mann als Geheimagenten nach Rom entsandt hat.«

In kurzen Worten erklärte ich dem Papst, dass der Orden der Ritter Christi wenige Jahre nach den Templerprozessen durch den portugiesischen König Dinis gegründet wurde, der die aus Frankreich geflohenen Tempelritter aufnahm.

Während der Papst den Templerorden auflöste und seinen Besitz dem Orden der Johanniter überschrieb, fiel das Vermögen der portugiesischen Templer zunächst an die Krone Portugals und dann an den 1319 gegründeten Christusorden. Nach der Vertreibung der Mauren aus Portugal sollte der Ritterorden die Reconquista in Nordafrika fortsetzen. Prinz Henrique führte seine Christusritter zu Kreuzzügen gegen Ceuta und Tanger und schickte sie auf Entdeckungsfahrten entlang der westafrikanischen Küste, um die ›Terra do Preste João‹, das Reich des Priesterkönigs, zu suchen.

»Ich stelle mir vor, der Großmeister hat den Mönchsritter in der Festung von Tomar ermahnt, bevor er ihn auf seine Mission schickte: ›Wenn Ihr in Gefahr geratet, dann bedenkt: Die Absicht und das Ziel heiligen die Mittel – der triumphale Sieg der Christenheit über die Ungläubigen, die endgültige Vernichtung des Islam! Der Orden befindet sich auf einem Kreuzzug. Ihr wisst, wie lebenswichtig diese Angelegenheit für Portugal, für die Schwertbrüder des Ordens und für die gesamte christliche Welt ist. Der letzte Kreuzzug gegen Tanger ist gescheitert, und Ceuta ist verloren. Doch ich gebe nicht auf, denn Gott ist auf unserer Seite!‹«

Der Papst nickte bedächtig. »Ja, das klingt ganz nach Prinz Henrique«, seufzte er. »Dem größten Heidenapostel unseres Herrn Jesus Christus.«

»Vor zwei Stunden empfing mich der portugiesische Botschafter«, erklärte ich dem Pontifex. »Seine Exzellenz verriet mir, dass Prinz Henrique eine Flotte von sechsundzwanzig schwer bewaffneten Karavellen ausrüstet, die noch in diesem Jahr an der Westküste Afrikas nach Süden segeln sollen. Auf meine Frage, wonach die Schiffe des Christusordens suchen, antwortete er ausweichend: ›Wir suchen Christen und Gewürze.‹ Damit ist im Grunde alles gesagt!

Dom Henrique sucht den Priesterkönig, mit dessen Heer er mit Feuer und Schwert den christlichen Glauben verbreiten und die Macht des Islam vernichten will. Mit den geografischen Erkenntnissen seiner Entdecker, mit Gold aus Mali, mit schwarzen Sklaven aus dem Herzen Afrikas, mit Seide aus China und mit exotischen Gewürzen aus Indien, die er auf dem Seeweg nach Lissabon bringen will, trachtet er danach, die Macht italienischer und arabischer Handelsfürsten zu brechen und die Vorherrschaft in Europa zu sichern. Portugal als Weltmacht.

Das Symbol, das Leonardo mit seinem Blut gemalt hat, ist kein Templerkreuz, sondern das Kreuz der Unschuld des Christusordens!«

Hat der Infante von Portugal seinem Agenten befohlen, auch mich zu ermorden? Das war …

Ein Geräusch – hinter mir!

Der Hauch einer Bewegung, die angstvolle Ahnung, dass noch jemand hier ist! Meine Nackenhaare richten sich auf, und ich beginne zu zittern.

Zu Tode erschrocken reiße ich den Dolch hoch und wirbele herum.

❧ Yared ☙

Kapitel 8

Auf dem Tempelberg
16. Dhu'l Hijja 848, 19. Nisan 5205
Karfreitag, 26. März 1445
Drei Uhr morgens

»Komm nicht näher! Zieh die Sandalen von deinen Füßen, denn die Stätte, die du betreten willst, ist heiliger Boden!«, murmele ich, während ich das Tor des Propheten durchschreite und dann stehen bleibe. Vor mir erstreckt sich der Tempelbezirk. »Dann sprach er: Ich bin der Gott deines Vaters, der Gott Abrahams, Isaaks und Jakobs.«

Ich knie nieder und löse die Riemen meiner Sandalen. Dann richte ich mich auf, taste nach dem gefalteten Tallit in der Tasche meiner Djellabiya, schließe einen Herzschlag lang die Augen und sauge tief die Luft ein, die erfüllt ist mit den hoffnungsvollen Gebeten aus Jahrtausenden, sodass das Atmen schwerfällt. Mein Herz krampft sich schmerzhaft zusammen, als ich zur weißen Marmorfassade des Felsendoms hinübersehe.

Arslan hebt die Sandalen auf. »Ich dachte, ihr Juden betretet den Haram ash-Sharif nicht, weil ihr fürchtet, ihr könntet auf die Stelle treten, wo sich das Allerheiligste befand.«

Um ihre Alleinherrschaft über den Haram ash-Sharif zu besiegeln, von wo aus der Prophet der Legende nach in den Himmel entrückt wurde, leugnen die Muslime, dass jemals ein jüdischer Tempel auf dem Tempelberg errichtet wurde.

Und wenn eines Tages ein mit geflügelten Cherubim verzierter Stein aus dem Tempel Salomos gefunden wird? Und wenn die Bundeslade entdeckt wird, die dem rabbinischen Glauben zufolge seit zwei Jahrtausenden in einem vergessenen Labyrinth unter dem Felsendom begraben liegt? Sie ist das Symbol des Gottesvolkes Israel und seiner Hoffnung auf den Sieg im Kampf um das Gelobte Land. Dann wird das Volk Israel aus dem Exil zurückkehren und wieder eine Nation sein. Stolz und unbesiegbar.

Ich wende mich zu Arslan um. »Warum sollten wir Juden den Tempelberg denn nicht betreten? Der Talmud gebietet Ehrfurcht vor der heiligen Stätte. Ein Jude soll den Tempel Gottes nicht mit Sandalen betreten. Und er soll sich den Staub von den Füßen waschen, bevor er in der Schechinah wandelt, in der Gegenwart Gottes.«

Arslan deutet auf den Platz vor der Moschee. »Vor der Al-Aqsa befindet sich ein Brunnen.«

»Na, dann komm!«

Vom Sturm abgerissene Blätter und kleine Zweige der uralten Olivenbäume wehen uns ins Gesicht und knistern und knacken unter meinen Füßen, als wir zum Brunnen des Kelches hinübergehen, um uns rituell zu reinigen. Ein nutzloses Unterfangen angesichts des aufwirbelnden Staubs und des Gewitterregens, der aus den Wolken niederzurauschen droht, die den Tempelberg verdunkeln.

Arslan folgt mir die Stufen hinauf zum Felsendom, unter dessen Fundament die Ruinen des Tempels begraben liegen.

Vor meinem geistigen Auge richtet sich mit Donnergetöse der Tempel Salomos wieder auf, ein Heiligtum von sechzig Ellen Länge, zwanzig Ellen Breite und dreißig Ellen Höhe. An drei Seiten umgeben von Schatzkammern, drei Stockwerke übereinander, in denen die Schätze des Tempels aufbewahrt werden. Im heiligen Saal, dessen Wände und Türflügel mit Zedernholz und Gold verkleidet und mit Cherubim, Palmetten- und Blütenornamenten verziert sind, befinden sich die Menora, der Räucheraltar und der Schaubrottisch für die zwölf Brote. Sie symbolisieren das Volk Israel. Im Westen, durch einen Vorhang abgetrennt, liegt das Allerheiligste mit dem Felsen Morija, wo Abraham nach dem Willen Gottes seinen Sohn opfern sollte, den Stammvater des Volkes Israel. Auf diesem Felsen steht die Bundeslade, die die Steintafeln mit den Geboten birgt, die Gott Moses gab.

Als die Lade ins Heiligtum gebracht wurde, so lautet eine fromme Legende, mit der mich mein Vater als Kind in den Bann schlug, da erwachten die Blütenranken an den Wänden zum Leben. Und die goldenen Bäume, die König Salomo im Tempel hatte aufstellen lassen, trugen Früchte. Das Zedernholz trieb grüne Sprosse. Und die Tragstangen der Bundeslade wuchsen derart, dass sie den Vorhang des Allerheiligsten berührten. Selbst die beiden goldenen Cherubim, die im Allerheiligsten die Lade bewachten, breiteten ihre Flügel schützend über die Schechinah, die Gegenwart Gottes …

»Yared?«, zerrt Arslan mich aus meinem imaginären Tempel. Er deutet auf den nur wenige Schritte entfernten Felsendom. »Glaubst du, dass Gott hier ist?«

»Ja, das glaube …«

Den Rest meines Bekenntnisses übertönt ein ohrenbetäubender Donnerschlag, als ob der Himmel zerbirst. Die Wolken reißen auf, und wie eine Sintflut prasselt plötzlich der eisige Regen auf uns herab.

»Bei Allah! Es hagelt Eiskristalle, groß wie Taubeneier!«, schreit Arslan. Im Tosen des niederrauschenden Eisregens kann ich ihn kaum verstehen. Er reißt die Arme hoch, um seinen Kopf vor den herunterprasselnden Hagelkörnern zu schützen, und rennt in Richtung Felsendom. Ich folge ihm.

Nass bis auf die Haut tappen wir durch das aufspritzende Wasser, das in breiten Rinnsalen durch die Abflüsse in die unterirdischen Zisternen strömt.

Dann haben wir das Portal des Felsendoms erreicht.

Alessandra

Kapitel 9

Im Labyrinth des Tempelbergs
16. Dhu'l Hijja 848, 19. Nisan 5205
Karfreitag, 26. März 1445
Drei Uhr morgens

Ein Geräusch – hinter mir!

Der Hauch einer Bewegung, die angstvolle Ahnung, dass noch jemand hier ist! Meine Nackenhaare richten sich auf, und ich beginne zu zittern. Mein Atem geht beklommen, meine Nerven sind zum Zerreißen gespannt.

Zu Tode erschrocken reiße ich den Dolch hoch und wirbele herum. Doch da ist niemand. Kein Christusritter im weißen Habit bedroht mich. Ich bin allein in der Tempelbibliothek.

Einige Herzschläge lang rühre ich mich nicht, wage nicht einmal zu atmen, starre mit aufgerissenen Augen in die Finsternis und lausche angestrengt in die tiefe, beunruhigende Stille. Und auf das wilde Pochen meines Herzens.

Dieses merkwürdige Geräusch … dieses dröhnende Grollen … ist verhallt. Doch woher kommt das leise Zischen, das rasch zum tosenden Rauschen anschwillt? Ist es meine Aufregung, das Erschrecken, die Angst, oder …? Großer Gott, ich ahne es!

Geschwind stecke ich den Dolch ein, nehme die Kerze, werfe einen letzten bedauernden Blick auf die an den Wänden aufgereihten Tonkrüge und die Papyrusfetzen auf dem staubigen Boden: Werde ich jemals hierher zurückkehren, um diese Schätze zu erforschen?

Dann verlasse ich die Tempelbibliothek und husche in den Korridor, der zur Zisterne zurückführt.

Das Rauschen ist lauter geworden. Bedrohlicher. Ich folge dem Geräusch, schütze die Flamme der Kerze mit der Hand und haste den Gang entlang, so schnell, dass ich auf dem unebenen Felsboden beinahe stolpere.

Dann sehe ich es! Ein Rinnsal von Wasser, das Eiskristalle mitgerissen hat, fließt aus einer Wandnische, sammelt sich in einer Vertiefung auf dem felsigen Boden des Korridors und bahnt sich seinen Weg zur Treppe, die in die Zisterne hinabführt.

So schnell ich kann, renne ich zur Nische und starre durch den schräg nach oben führenden Abfluss hinauf zur Tempelplattform. Eisiges Wasser, durchsetzt von großen Hagelkörnern, strömt mir entgegen. Gischt spritzt mir ins Gesicht. Ich muss achtgeben, dass meine Kerze nicht erlischt.

Dann ein blendender Blitz, gefolgt von einem ohrenbetäubenden Donnerschlag, der in bedrohlichem Grollen verhallt! Und wieder ein grelles Gleißen und ein neuer Donnerhall, lauter als der letzte!

Das Gewitter hat den Tempelberg erreicht. Der niederrauschende Regen fließt über die Bodenplatten und ergießt sich in diesen Kanal, um sich in der Zisterne am Ende der Treppe zu sammeln.

Der Kanal ist zu schmal für mich, zu steil und durch die nassen Algen zu glitschig.

Das steigende Wasser wird die Gänge des unterirdischen Labyrinths unpassierbar machen! Ich muss zurück zu Tayeb!

Ich haste zur Treppe, über die das Regenwasser in die Zisterne hinunterfließt, eile die Stufen hinab, rutsche auf den Hagelkörnern aus und stürze, kann aber gerade noch rechtzeitig die Kerze retten, bevor sie verlischt. Ein Schmerz durchzuckt mein Bein. Doch ich rappele mich auf, springe die letzten Stufen hinunter und haste in die Zisterne.

Durch ein vielfaches Echo schwillt das Tosen des Regenwassers zu einem apokalyptischen Donner an.

An der Wand der Zisterne entlang wate ich durch das hüfthohe Wasser, doch ich komme nur langsam voran. Endlich kann ich zwischen den mächtigen Pfeilern des Gewölbes den schwachen Schein der zurückgelassenen Kerze erkennen.

Dreißig, vierzig Schritte kämpfe ich mich vorwärts, dann habe ich den Tunnel erreicht, den ich ohne mein ›Leuchtfeuer‹ niemals wiedergefunden hätte.

Ich lösche beide Kerzen, verstaue sie in meinem Gürtel, hole tief Luft und tauche hinab in den finsteren Kanal. Es kommt mir wie eine Ewigkeit vor, bis ich schließlich den Lichtschimmer von Tayebs Fackeln am Ende des Ganges erkennen kann.

Mit letzter Kraft erreiche ich die Zisterne und tauche auf. Geblendet vom eisigen Wasser und vom grellen Licht der Fackeln schließe ich die Augen. Keuchend ringe ich nach Atem.

Erschrocken zucke ich zusammen, als ich eine Hand auf meinem Arm spüre.

Es ist Tayeb!

»Allah sei Dank! Du lebst!«, ruft er erleichtert, reißt mich ungestüm in seine Arme und küsst mich auf beide Wangen. »Ich hatte solche Angst um dich!«

»Es geht mir gut!« Den Schmerz in meinem Bein beachte ich nicht.

»Hast du einen Fluchtweg gefunden?«

Ich schüttele den Kopf und erkläre ihm hastig, dass ich stattdessen die verschollene Bibliothek des Tempels entdeckt habe. Und dass sich über dem Tempelberg ein apokalyptisches Inferno mit einem sintflutartigen Wolkenbruch entlädt. »Wir müssen so schnell wie möglich …«

Ein leises Plätschern lässt uns erschrocken herumfahren.

Ist uns Leonardos Mörder ins Labyrinth gefolgt?

»Das Wasser strömt in die Zisterne!«, ruft Tayeb aufgeregt und zeigt auf die Nische, in die zwei Gänge einmünden. Ein schmales Rinnsal tropft an der Wand herunter und verursacht das Plätschern, das nun vernehmlich zum Rauschen anschwillt.

»Hast du nicht vorhin gesagt, dass der eine Gang, der nach Osten führt, eingestürzt ist?«, frage ich, noch ganz außer Atem, und weise auf die Nische. »Was ist mit dem anderen?«

»Keine Ahnung! Ich vermute, das Wasser fließt durch diesen zweiten Gang.«

»Y'allah! Wir haben keine Zeit zu verlieren!« Mit einer der Fackeln wate ich hinüber zur Nische, die wenige Handbreit oberhalb der Wasseroberfläche liegt.

Tayeb verschränkt seine Hände, damit ich den rechten Fuß hineinsetzen kann, und hilft mir hinauf. »Was ist mit deinem Bein? Du blutest!«

»Ich bin gestürzt!«

»Hast du Schmerzen? Soll ich dich …«

»Nein!« Ich reiche ihm die Hand, um ihn in die enge Nische zu ziehen. »Komm!«

Dann richtet er sich neben mir auf, schiebt sich an mir vorbei und geht mit erhobener Fackel voran.

Der Gang ist so niedrig, dass wir auf allen vieren durch das Wasser kriechen müssen, das uns entgegenrauscht – mit einer Fackel in den vor Kälte tauben Händen kein leichtes Unterfangen! Zuerst umspült das Regenwasser nur unsere Handgelenke, doch schnell steigt es bis zu unseren Ellbogen.

»Wenn die Fackeln verlöschen, sind wir verloren!«, murmelt Tayeb so leise, dass ich ihn in dem Tosen kaum verstehen kann.

Was ist das für ein Rauschen?

»Hörst du das?«, frage ich Tayeb, der sich vor mir durch den engen Gang schiebt.

»Es klingt wie … Allah steh uns bei!«

»Was ist?«, rufe ich.

»Ein Wasserfall! Der Regen ergießt sich von der Tempelplattform aus in einem reißenden Sturzbach in diesen Stollen. Ich kann nicht erkennen, ob der Gang hinter dem Wasserfall endet.«

Schweigend schleppen wir uns weiter durch die steigende Flut, die uns auf dem glitschigen Felsuntergrund mit sich zu reißen droht.

Wenig später haben Tayeb und ich den Wasserfall erreicht. Wir halten kurz inne und lehnen uns erschöpft gegen die Wand.

»Der Gang führt weiter nach Norden«, verkündet Tayeb. »In Richtung Felsendom.«

»Können wir durch den Wasserfall zum Plateau hinaufklettern?«, frage ich mit Blick auf die herabstürzende Kaskade.

»Ich kann nichts erkennen. Aber ich befürchte, dass der Stollen zu …« Ein lautes Donnergrollen verschluckt Tayebs Worte.

»Ich versuche es.« Entschlossen reiche ich ihm meine Fackel und zwänge mich an ihm vorbei, bis ich genau unter dem Wasserfall hocke. Ich kann nicht nach oben blicken, weil mir das Wasser schmerzhaft ins Gesicht schlägt, und halte die Augen fest geschlossen. »Hilf mir!«, keuche ich.

Mit den Händen ertaste ich einen Haufen Steine und steige darauf nach oben. Bei jedem Schritt spüre ich, wie die geborstenen Quader unter mir wegrutschen und in den engen Gang poltern. Ich keuche vor Schreck, schlucke Wasser, beginne zu husten und schlucke noch mehr Wasser.

»Komm sofort zurück!«, schreit Tayeb. »Das ist viel zu …«

»Nein!«

Mit gesenktem Kopf – das Wasser strömt mir derart über das Gesicht, dass ich kaum noch atmen kann – klettere ich durch die mir entgegenrauschende Kaskade weiter nach oben. Immer wieder rutschen Steine unter mir weg und poltern in den Gang hinunter.

Mit ausgestreckten Armen suche ich nach einem Halt. Da ist eine Nische! Trotz meiner Erschöpfung und meiner vor Kälte schmerzenden Finger gelingt es mir, mich wenige Handbreit hochzuziehen. Dort ist ein weiterer Halt für meinen rechten Fuß. Vorsichtig verlagere ich mein Gewicht. Ein stechender Schmerz durchzuckt mein verletztes Bein. Ich beiße die Zähne zusammen. Nicht aufgeben!

Quälend langsam schiebe ich mich durch den immer enger werdenden Stollen hinauf zum Abfluss in der Tempelplattform. Wie groß wird er sein? Da ist ein Halt, und da noch einer! Handbreit um Handbreit klettere ich durch den Wassersturz hinauf zur Oberfläche.

Endlich habe ich den Spalt erreicht, durch den das Wasser hereinströmt. Durch den Sturm abgerissene Olivenzweige schlagen mir ins Gesicht.

Verdammt! Der Spalt ist zu eng für mich!

Verzweifelt taste ich, so weit ich es vermag, in alle Richtungen, doch es ist sinnlos. Es gibt nur diesen einen.

Mit Gewalt schiebe ich mich noch ein Stück nach oben, doch dann stecken meine Schultern fest. Ich atme aus, strecke die Arme nach oben, um mich ganz schmal zu machen und mich durch das Loch zu zwängen – jedoch vergeblich. Ein kleiner Stein, der vom Wasser mitgerissen wird, trifft mich schmerzhaft an der Stirn oberhalb des rechten Auges. Panik lodert in mir auf.

Dann geschieht es! Ich verliere den Halt, stürze mit dem Wasser in den Gang unter mir und schlage mit dem verletzten Bein auf. Benommen bleibe ich liegen.

Tayeb taucht mit seiner Fackel neben mir auf und zerrt mich aus der niederprasselnden Kaskade heraus in den niedrigen Gang. Dann umarmt er mich fest, streicht mir das nasse Haar aus dem Gesicht und wiegt mich wie ein kleines Kind. Zärtlich küsst er mich auf die Wange. »Ist dein Bein gebrochen?«

»Nein«, presse ich durch zusammengebissene Zähne hervor und rappele mich mühsam auf. »Ich bin nicht verletzt.«

»Du blutest. Da ist ein Riss über dem rechten Auge.«

Ich wische mir das Blut aus dem Gesicht. »Komm weiter!«

Als ich mich umwenden will, um den Gang entlangzukriechen, halte ich erschrocken inne.

»Siehst du das Licht auf der anderen Seite der Kaskade?«, flüstere ich atemlos. »In dem Gang, aus dem wir gekommen sind!«

Der Assassino?

»Das ist eine unserer Fackeln«, beruhigt mich Tayeb. »Sie steckt in einem Felsspalt. Warte, ich hole sie.«

Kurz darauf ist er zurück.

»Komm, Tayeb!« Durch das reißende Wasser krieche ich voran in Richtung Felsendom. Tayeb folgt mir.

Nach zwanzig, dreißig Schritten biegt der Gang nach rechts ab – nach Osten? –, um sich wenig später nach links – nach Norden? – zu wenden, wo er schließlich durch eine Kammer und ein vermodertes Portal in eine große Zisterne mündet. Sie hat die Form eines lateinischen Kreuzes und gemahnt an eine christliche Kathedrale mit einer Apsis und zwei großen Seitenschiffen. Direkt vor mir rauscht das Regenwasser über etliche Stufen hinab in die Basilika, deren riesiges Hauptschiff sich in der Finsternis verliert.

Liegt diese Zisterne, die wohl fünfzig oder sechzig Schritte lang ist, unter den mächtigen Fundamenten des herodianischen Tempels? Sind wir in unmittelbarer Nähe des Allerheiligsten?

»Wie tief ist das Wasser?«, fragt Tayeb misstrauisch.

Ich senke die Fackel und betrachte die reflektierende Wasseroberfläche. »Zwei Fuß. Höchstens drei.«

Er folgt mir die Treppe hinab in die unterirdische Kathedrale, deren hohes Gewölbe im Schein der Fackeln funkelt wie der Sternenhimmel. Staunend deutet Tayeb nach oben. »Was schimmert da?«

»Sieht aus wie Tropfen aus Gold. Als ob … Mein Gott!«

»Was ist?«

»Als Titus im Jahr 70 den Tempelberg eroberte, brannte der Tempel bis auf die Grundmauern nieder. Das Inferno war so vernichtend, dass die Hitze die Goldplatten schmolz, mit denen der Tempel Flavius Josephus zufolge verkleidet war. Das flüssige Gold rann in die Ritzen zwischen den Steinquadern.« Ich weise auf die schimmernden Tropfen im Gewölbe der Basilika, die wie ein byzantinisches Mosaik funkeln. »Es heißt, dass die römischen Legionäre die Ruinen des Tempels Stein für Stein abtrugen, um das geronnene Gold zu finden. Einige der tonnenschweren Blöcke, die damals über die Tempelbefestigung hinabgeworfen wurden, liegen noch immer nahe der Klagemauer, halb im Boden begraben.«

»Als Jesus den Tempel verließ, sprach er zu seinen Jüngern: ›Wahrlich, ich sage euch: Hier wird nicht ein Stein auf dem anderen gelassen werden.‹ Matthäus, Kapitel 24«, erinnert sich Tayeb. »Wurde der Tempelschatz während der langen Belagerung durch Titus in diesen Kammern verborgen?«

Ich nicke. »Wo sonst? Das Gold, das Titus nach seinem Sieg über die aufständischen Juden nach Rom geschleppt hat, reichte aus, um das Colosseum zu errichten. Auf dem Titusbogen auf dem Forum Romanum sind die wichtigsten Kultgegenstände des Tempels wie die Menora, der Schaubrottisch und die Posaunen in Stein gemeißelt. Weißt du auch, was dort *nicht* abgebildet ist?«

»Die Bundeslade.«

»Genau!«

Tayeb starrt mich ungläubig an. »Du glaubst …?«

»Es ist möglich, dass sie seit der Zerstörung des Tempels durch die Babylonier in diesem Labyrinth verborgen ist. Wenn ich nur wüsste, was in dem aramäischen Papyrus geschrieben steht, den der Assassino gestohlen hat! Wenn er aus der Tempelbibliothek stammt, die ich vorhin entdeckt habe, könnte er uns zum größten Schatz der Menschheit führen – zum Schrein Gottes mit den Steintafeln der Zehn Gebote, die Moses auf dem Berg Sinai von Gott erhielt.«

Welch ein faszinierendes Gespinst aus Mysterien!, denke ich im Stillen. Die Tempelritter und ihr verschollener Schatz, die Christusritter, der Priesterkönig und Parzivals geheimnisvoller Gral aus Stein …

»Vermutlich hat der Großmeister einen seiner Ordensritter in geheimer Mission nach Rom geschickt, um herauszufinden, ob es eine Verbindung zwischen den Templern und Preste João, dem Priesterkönig Johannes, gab«, offenbarte ich dem Papst. »Wolfram von Eschenbachs Gralslegende legt diese Vermutung nahe.«

»Wolfram von Eschenbach?«

»Er hat den *Parzival* verfasst, neben der Heiligen Schrift vermutlich das meistgelesene Buch unserer Zeit.«

»Ich muss gestehen: Den Gralsroman habe ich nie gelesen. Ich weiß nur, dass der Ritter Parzival aufbricht, um den Gral zu suchen. Er findet ihn in der Gralsburg Munsalvaesche und wird am Ende Gralskönig.«

»So ist es. In Wolframs *Parzival* bewachen Tempelritter den Heiligen Gral«, erklärte ich ihm. »Die Gralsburg Munsalvaesche erinnert an den Palast, den der Priesterkönig in seinem Brief an den byzantinischen Kaiser beschrieben hat. Und der Priesterkönig Johannes ist der Sohn von Parzivals Bruder, dem heidnischen Ritter Feirefiz, und der Hüterin des Grals.«

»Aber was hat denn nun Wolframs Priesterkönig mit den Erben der Templer zu tun?«

»Wolframs Gralslegende ist ein unentwirrbares Geflecht aus Fakten und Fiktion. Ein großartiger Mythos! Doch ist er auch wahr?«, fragte ich mich. »Eines ist gewiss: Der Großmeister entstammt derselben Familie wie Wolframs Parzival.«

»Der Großmeister? Ihr meint Prinz Henrique!«, staunte er.

»Dom Henrique de Aviz, der Infante von Portugal. Durch seine Mutter ist der Prinz mit der Familie Anjou-Plantagenet verwandt, der auch der Kreuzfahrer Richard Löwenherz entstammte. Wolfram von Eschenbachs Gralskönig Parzival und dessen Bruder Feirefiz kommen aus ebendieser Familie. Wie auch Feirefiz' Sohn, der Priesterkönig Johannes.«

Gespannt wartete ich, ob er mir durch dieses Labyrinth von Rätseln folgen konnte. Eugenius rutschte auf seinem Sitz herum, als säße er auf glühenden Kohlen. »Und weiter?«, drängte er ungeduldig.

»Im Geheimarchiv habe ich in den Akten von meinem Cousin Papst Martin das Protokoll einer Papstaudienz entdeckt. Zwei Kardinäle, Pierre de Foix und Guillaume Fillastre, wohnten vor siebzehn Jahren in Valencia dem Empfang der Botschafter des Priesterkönigs Johannes bei König Alfonso von Aragón bei – der übrigens der Schwager von Dom Henrique ist. Der Großmeister des Christusordens weiß also, was damals in Valencia geschehen ist. Nach ihrer Rückkehr nach Rom haben die Kardinäle Papst Martin berichtet.«

»Eine Delegation des Priesterkönigs war bei Alfonso von Aragón?«, fragte er nach. »Das wird ja immer mysteriöser.«

»Beide Kardinallegaten haben den Priesterkönig als Sohn Davids bezeichnet, als gesalbten König der Könige, Besitzer der Tafeln des Gesetzes und Inhaber von Salomos Thron«, fasste ich zusammen. »Sie berichteten Papst Martin über die Korrespondenz des Königs von Aragón mit dem Priesterkönig und dessen Pläne einer dynastischen Verbindung beider Reiche. Der Priesterkönig wollte die Infantin Doña Juana heiraten, der Infant Don Pedro sollte die Tochter des Priesterkönigs ehelichen.«

»Heilige Maria Mutter Gottes! Das ist ja unglaublich!«

»Es wird noch besser! Die Verhandlungen über das Bündnis des Priesterkönigs mit dem König von Aragón sind vor siebzehn Jahren ausgerechnet in Valencia geführt worden, wo in der Kathedrale der Santo Cáliz, der Heilige Gral, verwahrt wird. Das ist nicht der geheimnisvolle Stein ›Lapis ex coelis‹, den Wolfram von Eschenbach im *Parzival* beschreibt – der Stein mit göttlicher Macht und einer wunderbar erscheinenden Schrift, die zur Gralsritterschaft beruft. Sondern der echte Gral, der Kelch des letzten Abendmahls, mit dem das Blut unseres Erlösers Jesus Christus am Kreuz aufgefangen wurde. Die Königin von Saba überreichte ihn einer Legende nach in Jerusalem König Salomo. Von den ersten Christen wurde der Santo Cáliz nach Rom gebracht, während der Christenverfolgungen nach Huesca in Aragón geschafft und während der arabischen Invasion im Jahr 711 im Bergkloster San Juan de la Peña versteckt.«

»San Juan de la Peña?« Der Papst hob die Augenbrauen.

Mit erhobener Hand bat ich ihn um einen Augenblick Geduld. »Der Priesterkönig, der sich selbst Sohn Davids nannte, hatte dem Bericht der beiden Kardinallegaten Pierre de Foix und Guillaume Fillastre zufolge geschrieben, dass jene Königin von Saba, die in Jerusalem König Salomos Weisheit prüfte, die Begründerin seiner Blutlinie sei. Der salomonischen Dynastie, die das neue Israel regiert. Diese Dynastie sei von einem Sohn König Salomos und der Königin von Saba gegründet worden, dem Sohn eines weißen Königs und einer schwarzen Königin. Das erinnerte mich an Feirefiz in Wolfram von Eschenbachs *Parzival* – den Sohn eines weißen Gralsritters und einer schwarzen Königin. Das *kann* kein Zufall sein!«

Der Papst umklammerte sein Brustkreuz. »Die Delegation des äthiopischen Kaisers, die vor vier Jahren zum Konzil in Florenz erschien, um mit mir über die Kirchenunion zu verhandeln …« Er verstummte, als ich bedächtig nickte.

Wie gern hätte ich Gebre Christos, der so oft in meinem Palazzo und meiner Bibliothek in Florenz zu Gast gewesen ist, zum Priesterkönig befragt, zum König der Könige, zum Gesalbten des Herrn! Doch vor zwei Jahren kehrte der Abt der Grabeskirche, der die äthiopischen Mönche zum Unionskonzil nach Florenz geführt hatte, nach vierjährigem Aufenthalt in Italien nach Jerusalem zurück.

»Der Santo Cáliz, der Gral in der Kathedrale von Valencia«, entsann ich mich, »ist ein Kelch aus Achat und Gold. Das hat mir Kardinal Alonso Borgia, der Bischof von Valencia, erzählt. Er erachtet ihn für den echten Kelch des letzten Abendmahls. Die Schale besteht aus orientalischem Achat, der golden schimmert. Sie ruht auf einem Sockel in Form einer umgedrehten Schale, die mit Goldbändern, Perlen, Rubinen und Smaragden geschmückt ist. Zwei geschwungene Henkel aus Gold halten den Kelch auf seinem Sockel.

Kardinal Borgia hält das Bergkloster San Juan de la Peña in den Pyrenäen für die Gralsburg Munsalvaesche in Wolfram von Eschenbachs *Parzival.* San Juan de la Peña liegt unterhalb des Mons Salvatoris, der in Aragón Mont Salvatge genannt wird.

Wolframs Darstellung der verborgenen Gralsburg ist so detailliert, dass man annehmen könnte, er wäre wirklich in San Juan de la Peña gewesen. Der Weg dorthin ist ebenso beschrieben wie die Gemächer der Klosterburg.

Nur den Gral, den die Tempelritter schützen, beschreibt er

nicht sehr genau. Und ich frage mich: Ist Wolframs Gral der Santo Cáliz in Valencia, der Kelch aus Achat und Gold? Obwohl Wolfram *mit keinem Wort* das letzte Abendmahl oder das Blut des Erlösers am Kreuz erwähnt – eben jene heilsgeschichtlichen Ereignisse, die aus einem Kelch das Mysterium des Heiligen Grals gemacht haben?

Oder meint Wolfram einen nichtchristlichen Kultgegenstand – einen ›Lapis ex coelis‹, so nennt er den Gral, einen ›Stein aus dem Himmel‹, der göttliche Macht besitzt und eine wunderbar erscheinende Inschrift trägt?

Wie auch immer. Wolframs Gralskönig Anfortas ist König Alfonso von Aragóns illustrer Amtsvorgänger Alfonso I. el Batallador, der 1134 in seiner Gralsburg, dem Kloster San Juan de la Peña, starb und sein Reich den Templern hinterlassen wollte.«

»Den Templern?«, ächzte der Papst.

»So ist es! Sie sind der rote Faden in diesem unentwirrbaren Gespinst aus faszinierenden Mysterien: die Tempelritter und ihr verschollener Schatz, die Erben der Templer, der sagenhafte Priesterkönig und Parzivals geheimnisvoller Gral ›Lapis ex coelis‹.«

Der ›Lapis ex coelis‹!, schießt es mir nun durch den Kopf. Wolfram von Eschenbachs ›Stein aus dem Himmel‹! Habe ich mich geirrt, als ich Papst Eugenius sagte, dass San Juan de la Peña die Gralsburg ist?

»Verbergen sich hinter dem geheimnisvollen steinernen Gral, den die Tempelritter in Wolframs *Parzival* bewachen, in Wirklichkeit die Steintafeln der Bundeslade?«, überlege ich laut. »Und ist der Mons Salvatoris oberhalb der verborgenen Gralsburg womöglich … der Tempelberg?«

»Ein faszinierender Gedanke, nicht wahr? Daran habe ich auch gedacht, als ich den *Parzival* gelesen habe«, ertönt plötzlich eine Stimme mit portugiesischem Akzent.

Erschrocken wenden Tayeb und ich uns um.

Auf den Stufen, die in die Basilika hinabführen, erkenne ich im Licht der Fackeln einen hochgewachsenen Mann mit einer furchtbaren Narbe, die sein Gesicht zerrissen hat. Er trägt den weißen Habit der Christusritter mit dem roten Kreuz der Unschuld, das Leonardo mit seinem Blut gemalt hat.

Mit zum Kampf erhobenem Schwert watet der Gotteskrieger durch das knietiefe Wasser und kommt bedrohlich näher.

»Werft die Waffen weg!«

Yared

Kapitel 10

Im Felsendom
16. Dhu'l Hijja 848, 19. Nisan 5205
Karfreitag, 26. März 1445
Drei Uhr dreißig morgens

Staunend blicke ich zur goldfunkelnden Kuppel empor, die sich auf zwölf schlanke Säulen und vier massive Pfeiler stützt. Eine hohe Galerie umgibt den Innenraum des Felsendoms. Als ich die schwarz-weiß abgesetzten Rundbögen betrachte, denke ich unwillkürlich an die Mezquita, die Moscheekathedrale von Córdoba. Ich habe sie besucht, als ich im Namen des Sultans von Gharnata mit Juan von Kastilien verhandelte. Das war bevor Muhammad unsere Freundschaft durch seinen Verrat an mir zerstörte und ich überstürzt aus Gharnata fliehen musste.

Noch ganz in meinen traurigen Erinnerungen an Rebekka und Yona versunken, betrachte ich die herrlichen Glasfenster unterhalb der Kuppel des Felsendoms, die das grelle Licht der Blitze nur als mystischen Schimmer ins Innere des Raums lassen, ein Juwel byzantinisch-islamischer Architektur.

Kostbare Teppiche bedecken die Marmorfliesen rund um den drei Ellen aufragenden Fels Morija in der Mitte des Raums, der keine Moschee und kein Jesus Christus geweihter ›Templum Domini‹ der Tempelritter mehr ist, sondern ein Gebetsraum für Muslime, Christen und Juden.

Am Hof des Königs von Kastilien erzählte mir Dom Tristão de Castro, ein Christusritter und enger Vertrauter des Großmeisters des Ordem de Cristo, das Kreuz der Unschuld, das er auf seinem Habit trage, sei ursprünglich als Templerkreuz aus dem Grundriss des Felsendoms entstanden.

Unterhalb der goldenen Kuppel liegt der Berg Morija, der Gipfel einer einst hoch aufragenden Felszinne, die von Dornengebüsch umgeben war. Auf diesem Felsen sollte Abraham Gott seinen Sohn opfern. Und genau hier, auf diesem zerklüfteten Stein zu meinen Füßen, dem höchsten Punkt des Bergs, ließ König Salomo das Allerheiligste errichten.

Welch ein ergreifender Moment, nach all den Jahren der Sehnsucht nach Israel an diesem heiligsten aller Orte zu sein!

Doch plötzlich stutze ich und richte mich auf, um besser sehen zu können. Was ist das?

Auf dem Felsen entdecke ich eine rechteckige Vertiefung, deren Maße genau denen der Bundeslade entsprechen …

»Allmächtiger Gott meiner Väter!«, flüstere ich bestürzt und lehne mich über das Geländer.

Alessandra

Kapitel 11

Im Labyrinth des Tempelbergs
16. Dhu'l Hijja 848, 19. Nisan 5205
Karfreitag, 26. März 1445
Drei Uhr dreißig morgens

Mit zum Kampf erhobenem Schwert watet der Gotteskrieger durch das knietiefe Wasser.

»Werft die Waffen weg!«

Plötzlich taucht ein zweiter Christusritter aus den Schatten des Portals auf und kommt die Treppe herunter. Er ist jünger als der erste, vielleicht sechzehn oder siebzehn. Sein schulterlanges Haar ist kastanienbraun, doch seine Augen sind von demselben strahlenden Blau wie die des älteren Ritters. Trotz seiner Jugend ist er eine imposante Gestalt in seinem durchnässten weißen Mantel. Ein Kreuzritter. Ein Glaubensstreiter, bereit, im Namen Gottes zu töten.

Meine Hand zuckt zum Dolch.

Tayeb wirft mir seine Fackel zu, zieht sein Schwert und sucht einen sicheren Stand im Wasser der Zisterne. Mit beiden Händen hebt er die scharfe Klinge über seinen Kopf und wartet mit gespannten Schultern auf den Angriff.

»¡Maldito musulmán! Bastardo de un infiel!«, brüllt der junge ›El Cid‹ auf Kastilisch. Mit wehendem Habit stürmt er die letzten Stufen hinab, drängt sich an dem älteren Mönchsritter vorbei, der ihn noch aufzuhalten versucht – »¡Rodrigo, por amor de

Dios!« –, und stürzt sich mit blitzendem Schwert auf Tayeb, der ihn bereits erwartet.

Während der junge Rodrigo mit verbissenem Gesicht auf den kampferfahrenen Tayeb einschlägt, der seine Hiebe im aufspritzenden Wasser kraftvoll abwehrt, reiße ich meinen Dolch hoch und weiche vor dem Portugiesen zurück, der mich mit seinem Schwert bedroht.

Im Licht der Fackeln erkenne ich, dass er etwas in der anderen Hand hält.

Mein Notizbuch! Er hat es in der kleinen Moschee gefunden!

Der Portugiese presst mir die kalte Klinge an die Kehle und zwingt mich, den Dolch ins Wasser fallen zu lassen. Immer wieder schaut er beunruhigt zu Tayeb und Rodrigo, die miteinander ringen.

Mit klammen Fingern schlägt er die aufgeweichten Pergamentseiten auf, zwischen denen das Wasser herausrinnt. Meine Notizen, die ich mit einem Silberstift niedergeschrieben habe, sind verblasst, jedoch noch deutlich zu erkennen. Das Templerkreuz neben dem Felsendom ist verschwunden. Das Wasser hat die Tinte aufgelöst.

»Was hatte das Kreuz zu bedeuten?«, herrscht er mich an. Sein Italienisch hat einen weichen portugiesischen Akzent.

Ist er Leonardos Mörder?

Rasch werfe ich Tayeb einen Blick zu.

»Ihr habt das Templerkreuz an der Stelle eingezeichnet, wo Ihr vorhin die Tempelbibliothek entdeckt habt. Ihr habt Eurem heidnischen Gefährten davon berichtet. Woher wusstet Ihr …«

»Va all'inferno!«, fauche ich ihn an. »Ihr habt meinen Freund Leonardo ermordet! Dafür werdet Ihr exkommuniziert!«

»Ihr habt das Kreuz an der Stelle eingetragen, die auch der aramäische Papyrus bezeichnet«, lässt er sich von meiner Drohung nicht beirren. Er zeigt mir meine Skizze auf den durchnässten

Pergamentseiten. »Ganz in der Nähe des Allerheiligsten des Tempels.«

Trotz meiner Überraschung bemühe ich mich, keine Miene zu verziehen.

»Das Templerkreuz in Eurer Schatzkarte markiert den Ort, wo der größte Schatz der Menschheit verborgen ist, nicht wahr? Die verschollene Bundeslade.« Er presst die scharfe Klinge seines Schwertes an meine Kehle. Ich sehe, wie die Adern an seinen Schläfen pulsieren. »Die heilige Lade, die die Tafeln mit den Zehn Geboten birgt, die Moses von Gott empfing. Die Grundlage für Judentum, Christentum und Islam. Wer den Schrein Gottes besitzt, wird die geistige Oberhoheit über drei Religionen ausüben und die Macht haben, in einem Kreuzzug Judentum und Islam ein für alle Mal zu vernich…«

Ein erschreckter Schrei – »Dom Tristão!« – lässt uns herumfahren.

Der junge Rodrigo ist im knietiefen Wasser gestolpert und gestürzt und versucht verzweifelt, wieder aufzustehen. Er hebt sein Schwert, um sich gegen Tayebs Hiebe zu verteidigen. In einer weiten Bewegung schwingt er die Klinge und trifft meinen Freund in die Seite.

Tayeb stöhnt vor Schmerz, presst die Hand gegen die blutende Wunde und lässt die Waffe sinken. Dann richtet er sich wieder auf, reißt sein Schwert hoch und stürzt sich zornig auf Rodrigo, der noch im Wasser kauert. Mit einem gewaltigen Hieb schlägt er dem jungen Mönchsritter die Klinge aus der Hand und rammt ihm, der ihn zu Tode erschrocken anstarrt, das Schwert mitten ins Herz.

Rodrigo sinkt ins blutrote Wasser. Er ist tot.

Mit einem zornigen Schrei lässt der Christusritter von mir ab und geht auf Tayeb los, der schwankend seine Wunde untersucht. Die Hand, die Tayeb unter seinem weiten Gewand hervorzieht, ist blutüberströmt.

Während ich mit tauben Fingern im dunklen Wasser nach meinem Dolch taste – Gott sei Dank, da ist er! –, stürzt sich der Mönchsritter auf Tayeb: »Verfluchter Kamelficker!«

Tayeb, geschwächt von dem Schwerthieb in seiner Seite, weicht mit erhobener Klinge vor ihm zurück. Einen Schritt, zwei, drei, dann bleibt er stehen und erwartet den zornentflammten Angreifer, den der Tod des jungen Rodrigo offenbar sehr erschüttert hat.

Tayeb duckt sich, prescht durch das aufspritzende Wasser nach vorn, schwingt sein Schwert in einer weit ausholenden Bewegung um seine verletzte rechte Seite und stürzt sich auf den Mönchsritter, der auch die Klinge hochreißt.

Mit unglaublicher Wucht prallen die Schwerter aufeinander. Als der Portugiese im knietiefen Wasser einen Schritt zurückweicht, setzt Tayeb ihm nach und schlägt ihm die Faust ins Gesicht.

Der Kreuzritter reißt den Arm hoch, um sich vor einem zweiten Schlag zu schützen. In den aufwirbelnden Wellen taumelt er rückwärts und droht zu stürzen, doch er kann sich im letzten Augenblick fangen, um den Schwerthieb seines Gegners abzuwehren. Die schweren Klingen prallen wieder und wieder aufeinander, während Tayeb den Mönchsritter, der immer wieder geschickt ausweicht, mit kraftvollen Hieben vor sich hertreibt.

Dom Tristão pariert die Schläge, packt seinen Gegner an der Schulter und reißt ihn um. »Stirb, du gottloser Heide!«

Tayeb taumelt, stolpert vorwärts …

… da trifft ihn das Schwert des Christusritters in die ungeschützte linke Schulter.

»*Tayeb!*«, schreie ich entsetzt, als mein Freund kopfüber ins aufspritzende Wasser stürzt, das sich von seinem Blut rot färbt.

Mit dem Dolch in der einen und den brennenden Fackeln in der anderen Hand wate ich zum Assassino. Der beugt sich über

Tayeb, um ihm den Todesstoß zu versetzen. Im letzten Augenblick wehrt er meinen Dolchstoß ab, schlägt mir dabei fast die Waffe aus der Hand und will mich mit der blutüberströmten Klinge zurückdrängen.

Da stoße ich ihm die brennenden Fackeln ins Gesicht.

Er brüllt auf vor Schmerz und Zorn. Seine Hand zuckt zur Brandwunde in seinem Gesicht, berührt vorsichtig das rechte Auge, mit dem er offenbar nichts mehr sehen kann.

Ich nutze die Gelegenheit, wate hastig zum toten Rodrigo, der wenige Schritte entfernt im aufgewühlten schwarzen Wasser treibt, und taste nach dem Schwert. Da ist es! Ich stecke den Dolch in meinen Gürtel, ducke mich unter einem Hieb des Assassinos hindurch, packe den Griff der Klinge und reiße die schwere Waffe aus dem Wasser. Dann weiche ich zurück, um den Christusritter von Tayeb wegzulocken, der sich schwer verwundet bemüht, nicht zu ertrinken.

So schnell wie möglich muss ich Hilfe für Tayeb holen!

Ich taumele noch einen Schritt zurück. Doch der Christusritter drängt mir nach und steht zwischen mir und der Treppe. Wohin soll ich mich wenden? Durch das aufspritzende Wasser haste ich durch das Hauptschiff der Basilika. Er springt vorwärts, packt mich grob am Arm und schleudert mich ins Wasser. Ich verliere das Schwert, und die Fackeln verlöschen zischend. Schlagartig wird es finster in der Zisterne.

Ich blinzele in die Dunkelheit. Wo ist er? Da! Ein Plätschern – ganz nah! Sofort springe ich auf und renne um mein Leben durch die undurchdringliche Finsternis des langen Hauptschiffs der Zisterne. Hoffentlich gibt es ein zweites Portal, durch das ich entkommen kann!

Durch meinen keuchenden Atem und das aufspritzende Wasser kann ich nicht hören, ob er mir folgt.

Plötzlich spüre ich eine Strömung im Wasser. Ist das ein Zulauf, durch den das Regenwasser von der Tempelplattform in die Zisterne rauscht? Um Gottes willen! Das Wasser steigt! Tayeb wird ertrinken, wenn ich ihm nicht helfe!

Wenig später erreiche ich eine Treppe. Eine Kaskade flutet über sie herab, und es ist schwierig, gegen die Fluten hinaufzusteigen. Zweimal rutsche ich aus und werde wieder mit nach unten gerissen. Beim dritten Mal schaffe ich es.

Ich bleibe stehen und lausche. Wo ist der Christusritter? Warum ist er nicht hinter mir? Was hat ihn aufgehalten? Großer Gott! Lebt Tayeb noch?

Oberhalb der Treppe bleibe ich stehen und strecke die Arme nach beiden Seiten aus. Nichts. Als ich vorwärtsgehen will, stoße ich mit dem Fuß gegen eine Wand. Ein Gang, der sich nach links und rechts erstreckt. Doch wie weit? Wohin soll ich mich wenden? Der Felsendom liegt nördlich von hier – zumindest nehme ich das an. Also nach rechts? Ich weiß es nicht.

Kurz entschlossen husche ich durch die Finsternis des Korridors, der nach rechts führt, und taste mich durch das entgegenströmende Wasser vorwärts. Ein eisiger Luftstrom weht mir entgegen – ich folge ihm, denn er zeigt mir den Weg nach oben.

Ich schiebe mich an der Wand entlang. Unvermittelt stößt meine Hand ins Leere. Der Stollen biegt nach links ab und öffnet sich zu einer Höhle. Wie groß sie ist, kann ich nicht erkennen. Ich halte inne und blinzele in die Dunkelheit hinter mir. Falls der Mönchsritter mir folgt, hat er seine Fackel zurückgelassen, damit der Feuerschein ihn nicht verrät. Seine Schritte kann ich ohnehin nicht hören, denn das Rauschen des Wassers verschluckt jedes andere Geräusch.

Mit dem Feuerzeug schlage ich mühsam einen Funken. Der Zunder glimmt und erhellt die Höhle wenige Schritte weit. Monolithische, aus dem Fels gehauene Säulen stützen eine hohe Decke. Trotz des matten Lichtscheins erkenne ich die verblassten

Bilder an den Wänden – schimmernde Cherubim mit ausgebreiteten Flügeln. Das geheimnisvolle Glitzern stammt von einem jahrtausendealten Überzug mit feinem Blattgold, der sich jedoch nur noch erahnen lässt.

War dieser Saal einst eine Schatzkammer im Tempel Salomos? Bin ich nun direkt unter dem Felsendom?

Bevor der Zunder verglüht, sehe ich nach, wie viel mir noch bleibt. Nur zwei Zündschwämmchen!

Dann wird es wieder dunkel.

Schritt für Schritt bewege ich mich an den bemalten Wänden entlang und suche, im reißenden Wasser immer wieder stolpernd und beinahe stürzend, nach einem Ausgang.

Der vorletzte Zunder zeigt mir zwei Portale zu Gängen, die sich in der Finsternis verlieren. Aus dem linken strömt das Wasser über eine Treppe nach unten. Der rechte, der auch über mehrere Stufen erreicht werden kann, liegt trocken.

Ich halte das glühende Zündschwämmchen hoch, um zu prüfen, woher die Luft strömt. Aus dem linken Gang! Ich lasse den Zunder fallen, bevor ich mir die nahezu gefühllosen Finger daran verbrenne. Dann stolpere ich die Stufen hinauf, verschwinde in der rechten Galerie und haste sie so leise wie möglich entlang.

Es riecht nach trockenem Staub. Ein seltsames Gefühl beschleicht mich, als bewegte ich mich mit jedem Schritt weiter zurück durch die Jahrtausende. Wenn ich doch nur sehen könnte, wohin ich gehe!

Nichts ist zu hören außer dem Knirschen meiner Sandalen und dem Rauschen des Regenwassers.

Unvermittelt stolpere ich über einen großen Stein, der polternd wegrollt. Ich bleibe stehen und entflamme noch ein Zündschwämmchen. Das letzte.

Der Gang vor mir ist eingestürzt!

Entsetzt starre ich hinauf zur geborstenen Decke, von der etliche Steinquader herabgefallen sind. Mehrere Quader hängen gefährlich schief, gerade noch von morschen Holzbalken gehalten, die so aussehen, als würden sie zusammenbrechen, wenn ich sie versehentlich berühre. Auch die Wand am Ende dieses Korridors scheint vor langer Zeit eingebrochen zu sein. Plötzlich schrecke ich auf – war da nicht ein Geräusch?

Mit angehaltenem Atem horche ich in die Stille.

Nichts.

Dann: ein metallisches Klingen am Eingang der Galerie! Der Schlag eines Feuersteins?

Sofort werfe ich den glühenden Zunder fort und trete ihn aus. Geschwind reiße ich mir das tropfnasse schwarze Gewand vom Körper und drücke es in den feinen Staub zwischen den zerplatzten Gewölbesteinen, damit es die Farbe von Sand annimmt. Dann lege ich mich hinter einem Haufen von Quadern auf den Boden. Zitternd und frierend zerre ich das staubige Gewand über mich, um mich darunter zu verbergen.

Gerade noch rechtzeitig!

Als Dom Tristão mit einer Fackel den Gang betritt, um nach mir zu suchen, wird es plötzlich hell. Durch einen schmalen Spalt zwischen Stoff und Stein beobachte ich ihn. Im Lichtschein bemerkt er den Steinhaufen im eingestürzten Korridor, bleibt am Eingang stehen und blickt unschlüssig in meine Richtung.

Hat er die Tropfen im Staub bemerkt, die ich mit meinem Gewand hinterlassen habe?

Ich halte die Luft an.

Irgendetwas Scharfkantiges drückt sich in mein rechtes Knie, doch ich verdränge den Schmerz. Nur nicht bewegen!

Obwohl das Regenwasser rauscht und das Gewitter tobt, kann ich seinen keuchenden Atem und seine Schritte auf dem mit Sand und Geröll bedeckten Boden hören. Ein Knirschen, langsam, bedächtig, aufreizend bedrohlich.

Er ist schon ganz nah.

Dann bleibt er plötzlich stehen. Hat er mich entdeckt?

»Dona Alessandra? Ich bin Dom Tristão vom Ordem de Cristo. Ich möchte gern mit Euch sprechen.«

Yared

Kapitel 12

Auf dem Felsen Morija im Felsendom
16. Dhu'l Hijja 848, 19. Nisan 5205
Karfreitag, 26. März 1445
Kurz vor vier Uhr morgens

»Allmächtiger Gott meiner Väter!«, flüstere ich bestürzt, steige über das schmiedeeiserne Schmuckgitter der Kreuzfahrer und klettere auf den Felsen Morija.
In der Mitte des unebenen Felsens erkenne ich ein ausgemeißeltes Rechteck von der Größe der Bundeslade.

Es ist wahr!, denke ich, in der Seele aufgewühlt. Es ist also wirklich wahr! In dieser Vertiefung stand, von zwei goldenen Cherubim bewacht, die allerheiligste Lade …

»Yared?«, fragt Arslan besorgt. »Was ist denn?«

Ich antworte nicht. Mit brennendem Herzen knie ich nieder und berühre den geglätteten Untergrund des Felsens Morija, der vor zwei Jahrtausenden im Allerheiligsten des Tempels den Schrein Gottes umschlossen hat.

Jüdische und muslimische Legenden berichten von einer versiegelten Kammer unter dem Brunnen der Seelen, der Höhle unterhalb des Morijafelsens. In dem geheimnisumwitterten Labyrinth, von dem Flavius Josephus berichtet hat, soll noch immer ein Teil des Tempelschatzes verborgen sein – und die verschollene Bundeslade.

Nach einer Weile erhebe ich mich, zerre fröstelnd die tropfnasse Kleidung um mich, springe vom Felsen hinunter und begebe mich zur Treppe, die zum Brunnen der Seelen hinabführt. Es ist ein kleiner, kaum sieben Schritte langer Gebetsraum, in dessen Fußboden eine Marmorplatte eingelassen ist. Sie bedeckt den Brunnen, in dem sich nach islamischer Tradition die Seelen der Verstorbenen zum Gebet versammeln. In diesem Raum verehren die Muslime vier Leuchten des Judentums: Abraham, den Stammvater der Söhne Israels wie auch der Söhne Ismaels, König David, dessen Sohn König Salomo und den Propheten Elija, der nach jüdischem Glauben eines Tages wiederkehren wird, um das messianische Zeitalter anzukündigen.

Arslan, der mit verschränkten Armen lässig an einer Marmorsäule lehnt, blickt mir erwartungsvoll entgegen und drückt mir den Koran in die Hand, den er vorhin in der Gebetsnische gefunden hat.

»Allah ist mit dir, Yared«, ermutigt er mich. Er lächelt zuversichtlich und zitiert die Fatiha, die erste Sure des Korans: »Bism'Allahi ar-rahmani ar-rahím. Im Namen Allahs, des Barmherzigen, des Herrschers am Tage des Gerichts. Möge er dich auf den rechten Weg des Glaubens führen. Den Pfad derer, denen er gnädig ist, nicht derer, denen er zürnt, und nicht den Weg der Irrenden.«

Ich nicke stumm.

»Wenn du dich heute Nacht Allah unterwirfst, wird es mir eine Ehre sein, das morgen Mittag beim Freitagsgebet in der Al-Aqsa vor aller Welt zu bezeugen.«

Ich lege ihm eine Hand auf die Schulter und blinzele die Tränen aus meinen Augen. Ich bin froh, dass ich mich an ihm festhalten kann, denn meine Knie zittern. Ein beängstigendes Gefühl von Endgültigkeit lähmt mich. Ich weiß, ein Zurück gäbe es nicht. Ein Abwenden vom Islam wird mit dem Tod bestraft. Ich schlucke und presse den Koran an meine Brust. »Ich werde dich rufen, sobald ich bereit dazu bin.«

Dann gehe ich zum Felsen Morija zurück und knie nieder. In dieser Nacht will ich meinen Frieden mit Gott machen. Und mich endlich entscheiden.

Alessandra

Kapitel 13

Im Labyrinth des Tempelbergs
16. Dhu'l Hijja 848, 19. Nisan 5205
Karfreitag, 26. März 1445
Vier Uhr morgens

»Dona Alessandra? Ich bin Dom Tristão vom Ordem de Cristo. Ich möchte gern mit Euch sprechen.«

Mein Herz rast. Zitternd vor Angst und Kälte presse ich mich in den kühlen Staub und wage nicht zu atmen.

Zögernd kommt er noch einen Schritt näher. Jetzt ist er keine zehn Schritte mehr entfernt. In der einen Hand hält er die Fackel, in der anderen sein Schwert. Hat er mich entdeckt? Erschrocken lasse ich das Tuch sinken, sodass ich nichts mehr sehen kann.

»Dona Alessandra, ich weiß, dass Ihr hier seid. Nun kommt schon, lasst uns miteinander reden! Ich verspreche Euch, ich werde Euch nichts tun.« Seine Stimme kommt immer näher! »Was wisst Ihr über den Papyrus der Tempelritter? Ihr müsst mir sagen, was das Templerkreuz bedeutet, das Ihr in der Skizze neben dem Felsendom eingezeichnet habt!«

Ich presse die Zähne aufeinander.

Plötzlich bricht der Zorn aus ihm hervor. »Es ist sinnlos, dass Ihr Euch versteckt. Ich werde Euch finden!«, knirscht er drohend. »Und dann gnade Euch Gott!«

Er wird mich töten, wie er Leonardo getötet hat!

Mein Herz hämmert so laut, dass ich glaube, der Assassino

kann es hören. Mit der rechten Hand, die sich noch ganz taub anfühlt, taste ich nach dem scharfkantigen Gegenstand unter meinem Knie. Da ist er! Er fühlt sich an wie … ein Schwertgriff. Auf dem verzierten Heft ertaste ich ein Templerkreuz. Die Klinge ist zerbrochen und bildet eine dolchartige Spitze.

Langsam, ganz langsam ziehe ich das Schwert zu mir heran, spanne meine Schultern an und …

Der Christusritter stößt einen Fluch aus, wendet sich abrupt um und entfernt sich durch den einsturzgefährdeten Gang.

Es wird dunkel.

Ich bleibe still liegen und horche, doch Dom Tristão kehrt nicht zurück. Verbirgt er sich hinter einer der Säulen in der Halle der Cherubim und wartet auf mich? Oder sucht er mich im anderen Korridor?

Ich kann nicht länger hierbleiben. Falls Tayeb noch lebt, schwebt er in Lebensgefahr. Er ist schwer verletzt und hat vielleicht nicht genug Kraft, um sich vor dem steigenden Wasser zu retten.

Ich ziehe mir das tropfnasse Gewand wieder an, nehme das zerbrochene Templerschwert und taste mich durch die Finsternis zurück zum Saal der Cherubim.

Wo ist der Christusritter?

Ein Lichtschimmer dringt aus dem zweiten Gang. Ich haste zur Treppe und kämpfe mich durch das Regenwasser die Stufen empor in den anderen Korridor, der, wie ich hoffe, zur Oberfläche führt. Ist dort der Assassino mit der Fackel? Schritt für Schritt taste ich mich weiter durch den Gang. Dann habe ich die Fackel erreicht, die in einer Wandhalterung steckt.

»Da seid Ihr ja!«, sagt eine Stimme hinter mir.

Ich drehe mich nicht um. Meine Faust umklammert den Griff des Templerschwertes.

Dom Tristão stapft mit gezückter Klinge auf mich zu.

Ich werfe mich herum und fliehe den Gang entlang.

»Ihr entkommt mir nicht!«, ruft er und folgt mir.

Meine Knie zittern vor Erschöpfung, und ich muss mich an den Wänden festhalten, um nicht zu stürzen und mitgerissen zu werden.

Vor mir verzweigt sich der Korridor. Links stürzt das Regenwasser in mehreren Kaskaden herab in den Gang, wenige Schritte dahinter führen Stufen empor. Geschwind haste ich sie hinauf und betrete einen Gang.

Dann stehe ich vor einer massiven Wand. Eine Treppe führt nach oben und endet unvermittelt unter der Decke. Ich bin jetzt direkt unter dem Felsendom.

Hinter mir keucht der Mönchsritter die Treppe herauf – er ist schon ganz nah!

Wohin führen die Stufen? Ich haste hinauf und versuche mit beiden Händen, den schweren Schlussstein anzuheben. Vergeblich.

Mit aller Kraft drücke ich mit den Schultern gegen den Stein. Knirschend gibt er ein wenig nach. Staub rieselt auf mich herab. Noch einmal presse ich mit Gewalt nach oben. Mit dem lauten Krachen von Stein auf Fels ruckt die Deckplatte eine Handbreit. Meine Knie zittern. Meine Schultern beben. Ich keuche vor Anstrengung. Verzweifelt stemme ich mich ein letztes Mal gegen die Bodenplatte. Endlich richtet sie sich auf. Doch sie ist so schwer, dass ich sie nicht festhalten kann. Sie rutscht mir aus den Fingern, kracht mit einem ohrenbetäubenden Getöse auf den Marmorboden des Felsendoms und zerbricht.

Geschwind zwänge ich mich durch das enge Loch und klettere hinauf in eine Säulenhalle, die von Öllampen erleuchtet ist. Jetzt bin ich im Felsendom. Vor dem Felsen Morija.

Aufschluchzend vor Erleichterung schiebe ich die geborstene Marmorplatte zurück über die Öffnung – vielleicht verschafft mir das ein wenig Vorsprung. Keuchend ringe ich nach Atem.

Ich bin in Sicherheit – doch was ist mit Tayeb?

Plötzlich höre ich ein metallisches Geräusch hinter mir – als ob ein Dolch gezückt wird.

Und Schritte, die sich rasch nähern!

Allmächtiger Gott, noch ein Christusritter?

Erschrocken reiße ich das Templerschwert hoch …

Yared

Kapitel 14

Im Felsendom
16. Dhu'l Hijja 848, 19. Nisan 5205
Karfreitag, 26. März 1445
Vier Uhr morgens

… dann stürzt sie sich mit einer zerbrochenen Klinge auf mich, um sich gegen mich zu wehren.

Mit einem zornigen Aufschrei wirft sich Arslan zwischen uns. Im Schein der Öllampen blitzt das Schwert, das er gegen sie erhebt, um mein Leben zu schützen.

Doch in ihren weit aufgerissenen Augen sehe ich weder Zorn noch Hass, sondern Todesangst. Wovor ist sie geflohen?

Flehend blickt sie mich an. Sie ringt nach Atem und bringt kaum mehr heraus als ein heiseres »Bitte hilf mir …«.

»Lass sie in Frieden!«, befehle ich Arslan, und er senkt langsam sein Schwert. Seine Schultern sind angespannt – er ist bereit, sie zu töten, sobald sie die Hand gegen mich erhebt.

Sie zittert am ganzen Körper und kann sich kaum noch auf den Beinen halten. Erschöpft taumelt sie gegen eine der Marmorsäulen. Hat sie meinen tscherkessischen Befehl verstanden?

»Arslan wird dir nichts tun«, beruhige ich sie auf Arabisch. »Wer bist du? Und woher …«

In diesem Augenblick hebt sich die geborstene Marmorplatte, weil sich jemand von unten dagegenstemmt. »Du entkommst mir nicht!«, ertönt eine heisere Stimme auf Italienisch.

Mit einem gehetzten Schrei springt die junge Frau zur Seite und flüchtet an meine Seite.

Arslan reißt sein Schwert hoch, als schließlich die schwere Bodenplatte angehoben wird und ein Christusritter aus der Finsternis auftaucht. Geblendet vom Licht der Öllampen, hält er unvermittelt inne.

Ungläubig starre ich ihn an.

Es ist so viele Jahre her … in der Mezquita von Córdoba … doch dieses von einer Narbe zerspaltene Gesicht vergesse ich nicht! Eine grässliche Brandwunde, die vermutlich von einem wuchtigen Schlag mit einer brennenden Fackel herrührt, hat sein rechtes Auge verletzt.

Dom Tristão de Castro.

Erschrocken weicht er zurück, als er Arslan und mich bemerkt. Hastig zieht er sich die Kapuze seines Skapuliers über den Kopf, um das Gesicht zu verhüllen, und verschwindet wieder in der Öffnung.

Hat auch er mich erkannt?

»Folge ihm!«, befehle ich Arslan. »Ich will wissen, wohin er flieht. Aber sei vorsichtig. Vor acht Jahren hat er den portugiesischen Kreuzzug gegen Tanger angeführt. Er ist ein Christ, der sein Schwert mit muslimischem Blut weiht.«

Arslan, der vor seiner Bekehrung zum Islam ein Christ gewesen ist, schnaubt verächtlich. Er deutet auf die junge Frau an meiner Seite. »Was ist mit ihr?«

»Sie ist verletzt. Ich kümmere mich um sie.«

»Und wenn sie dich …«

Ich werfe ihr einen Blick zu, den sie mit weit aufgerissenen Augen erwidert. »Das wird sie nicht tun.«

»Wie du willst, Yared.« Mein Befehl missfällt Arslan, denn der Sultan hat ihn angewiesen, mein Leben mit seinem zu schützen. Wenn ich sterbe, wird er hingerichtet, gleichgültig, was ich ihm zu tun befohlen habe. Fluchend wendet er sich ab und verschwindet im finsteren Gang, um Dom Tristão zu verfolgen.

»Du und dein Freund, ihr habt mir das Leben gerettet«, bedankt sie sich mit heiserer Stimme und streicht sich mit zitternden Fingern das lange Haar aus dem Gesicht, das es wie ein Schleier verborgen hatte.

Ihr von der Sonne gebräuntes Gesicht, die geschwungenen Augenbrauen, die funkelnden blauen Augen, die Nase und die sinnlichen Lippen sind ohne jeden Zweifel römisch. Über dem rechten Auge ist die Stirn aufgerissen. Eine kleine Wunde. Das Blut ist verschmiert.

Sie ist schlank und so groß wie ich, und ihre Bewegungen sind geschmeidig, obwohl sie im Augenblick am ganzen Körper zittert, weil sie in ihrer nassen Kleidung friert. Sie ist nicht atemberaubend schön und begehrenswert wie Jadiya. Und doch schlägt mich ihre verhaltene Sinnlichkeit in den Bann, die aus ihr hervorzuströmen scheint wie der verführerische Duft aus einer Blüte.

»Bism'Allahi ar-rahmani ar-rahím. Im Namen Allahs, des gnädigen und barmherzigen Gottes, hilf mir, meinen Freund zu retten.« Sie spricht das Arabische mit dem mir vertrauten harten Akzent, dem Tamashek der Tuareg des Aïr oder des Ténéré. »Er ist im Kampf mit dem Christusritter schwer verwundet worden. Er wird verbluten, wenn wir ihn nicht …«

»Wo ist er?«

»Im Labyrinth, nicht weit von hier.«

»Einen Augenblick!« Ich haste zum Felsen Morija, wo ich eben gebetet habe, reiße meinen Tallit an mich, den ich zu Boden fallen ließ, als ich den Dolch zog, um mich gegen den vermeintlichen Angriff zu wehren. Schwungvoll lege ich ihn mir um die Schultern. Dann nehme ich zwei Öllampen aus ihren Halterungen und gehe zu ihr zurück.

Sie starrt mich an, als ich ihr eines der flackernden Lichter in die Hand drücke. Sie wirkt verwirrt und sogar ein wenig beunruhigt. Wieso?

»Y'allah – komm!«, murmelt sie schließlich und wendet sich um. Sie humpelt leicht, als wäre sie gestürzt und habe sich dabei den Fuß verletzt.

»Hast du Schmerzen?«, frage ich sie.

»Nicht der Rede wert. Bitte lass uns gehen!«

Hinter ihr zwänge ich mich durch das Loch und folge ihr eine Treppe hinunter in einen Gang, durch den das Regenwasser strömt. So schnell wir können, waten wir mit der Strömung den Korridor entlang, der aus dem Morijafelsen gehauen wurde. Dann hasten wir eine Treppe hinunter in eine hohe Säulenhalle, deren Wände …

Allmächtiger Gott meiner Väter!

… deren Wände verblasste Malereien mit Palmetten- und Blütenornamenten und goldenen Cherubim zeigen!

Ist dies eine Schatzkammer des salomonischen Tempels? Und was schimmert dort drüben? Verwirrt stolpere ich an der Wand entlang und erleuchte das einstmals goldglänzende Bild mit meiner Öllampe. Nur schemenhaft erkenne ich zwei Cherubim, die mit ausgebreiteten Schwingen eine goldene Lade mit langen Tragstangen bewachen, die zwischen ihnen steht.

Mir stockt der Atem.

Die Bundeslade mit den steinernen Tafeln, die Gott Moses …

»Y'allah! Komm weiter!«, drängt sie, packt mich am Ärmel meiner Djellabiya und zerrt mich hinter sich her.

Durch das knietiefe Wasser folge ich ihr in einen Gang, der bald nach rechts abbiegt. Ich bleibe abrupt stehen, als ich einen Schatten bemerke, der taumelnd vor uns zurückweicht, sich dann jedoch erschöpft gegen die Wand lehnt und die Hand auf eine Wunde an seiner Seite presst.

»Tayeb!«, ruft sie und hastet auf ihn zu. Ihre Umarmung ist so ungestüm, dass sie ihn beinahe umwirft.

Er schließt sie in seine Arme und küsst sie. »… bin froh, dich zu sehen, Alessandra!«, keucht er so leise, dass ich ihn im Rauschen des Wassers kaum verstehen kann.

Tayeb ist ein schlanker, hochgewachsener Mann um die vierzig. Sein Gewand und die schier endlose Stoffbahn seines schwarzen Turbans, die er sich um die Schultern gewunden hat, und seine Aussprache verraten mir, dass er dem Volk des Schleiers entstammt.

Er ist ein Targi, ein gefürchteter Krieger der Tuareg, die mich in Timbuktu fünf Jahre lang als Sklave hielten. Die mich demütigten und misshandelten. Die mir meine Freiheit nahmen, meine Würde, meine Hoffnung.

Doch als ich Alessandras flehenden Blick bemerke, besinne ich mich. Er ist schwer verwundet. Und ich bin ein Hakim – ich muss ihm helfen.

Ich wate zu ihm hinüber. »Wo bist du verletzt?«

»An der rechten Seite. Und an der Schulter.« Er hält sich an Alessandra fest und deutet mit einer flüchtigen Geste auf den blutdurchtränkten Riss in seiner nassen Djellabiya.

Ich drücke Alessandra meine Öllampe in die Hand. »Leuchte mir! Ich versorge seine Wunden.«

Tayebs Seitenwunde ist gewiss sehr schmerzhaft, aber sie ist nicht tief. Die Verletzung an der Schulter ist viel gefährlicher. Sie kann ihn seinen linken Arm kosten.

»Du kannst von Glück reden, weil das Schwert deine Halsschlagader verfehlt hat. Sonst wärst du längst verblutet.«

Ich nehme den Tallit von meinen Schultern, entfalte ihn und reiße einen handbreiten Streifen der Länge nach ab. Ich verknote ihn und hänge ihn Tayeb über die Schulter. Sofort tränkt sich die weiße Seide mit dem Blut aus der Wunde.

»Steck deinen Arm in die Schlinge, Tayeb, und winkele ihn an! Ja, genau so. Und nun halte ihn um Gottes willen ruhig.« Dann lege ich Tayeb den abgerissenen Tuchstreifen um die Schultern, ziehe ihn stramm, um seinen Arm in der Schlinge festzuzurren, und verknote auch ihn. »Leg deinen rechten Arm um mich, Tayeb. Ich werde dich hier herausbringen.«

Wenig später haben wir den Felsendom erreicht. Ich lasse Tayeb auf die Treppe sinken, die zum Brunnen der Seelen hinabführt, hocke mich neben ihn auf die Marmorstufen und untersuche im Schein der Öllampen seine Verletzungen.

»Und?«, keucht er außer Atem.

»Die Wunde an deiner Seite ist nicht tief, aber sie muss genäht werden. Und du brauchst Opium gegen die Schmerzen.«

»Und meine Schulter?«

Ich schüttele stumm den Kopf.

Er sieht mir in die Augen. »Werde ich den Arm verlieren?«

»Das weiß allein Allah«, entgegne ich. »Aber ich werde alles tun, damit das nicht geschieht. Es ist jedoch möglich, dass du nie wieder ein Schwert führen kannst.«

Er senkt den Blick und zieht sich seinen Tagelmust, den Schleier der Tuareg, über Mund und Nase, um seine Gefühle zu verbergen. »Ich bin kein Krieger. Sondern ein Gelehrter.«

»Tayeb vom Volk der Kel Aïr. Ein Korangelehrter aus Agadez, der an der berühmten Sankoré-Universität in Timbuktu studiert hat. Theologie und Rechtswissenschaften, wenn ich mich recht entsinne.«

Verblüfft starrt er mich an. »Und Geschichte.«

»Und du bist Alessandra d'Ascoli aus Florenz«, wende ich mich an sie.

Alessandra nickt – beunruhigt, wie mir scheint. Ahnt sie, wer ich bin? War sie deshalb vorhin so verstört?

»Ich habe eure Namen schon einmal gelesen. Sie standen auf einem Todesurteil, das vor sechs Jahren auf meinem Schreibtisch lag. Und das ich auf Bitten von Papst Eugenius zerrissen habe.«

»Du bist Yared al-Gharnati.«

»Ja.«

Alessandra blickt mir fest in die Augen. »Dann liegt unser Leben heute Nacht wieder in deiner Hand.«

Ich nicke langsam. »Ich weiß, dass ihr damals nach Ägypten gekommen seid, um antike Papyri aus der verschollenen Bibliothek von Alexandria zu suchen. Was habt ihr in jener versunkenen Synagoge entdeckt? Der Patriarch von Al-Iskanderiya hat getobt, als er erfuhr, dass ich das Todesurteil aufgehoben habe. Was habt ihr gefunden?«

»Ein vergessenes Evangelium aus dem ersten Jahrhundert. In einem Tonkrug der Genisa.«

»Ein fünftes Evangelium?«, frage ich überrascht. »Ein neues Evangelium, das ihr während des Unionskonzils nach Florenz gebracht habt, als der römische Papst und der byzantinische Kaiser um die Kirchenunion rangen? Um Gottes willen!«

»Das waren wohl auch die entsetzten Worte Seiner Seligkeit, des Patriarchen Philotheos, bevor er einen seiner Assassini nach Florenz schickte, um mich zu ermorden und das Evangelium nach Ägypten zurückzubringen.«

Ich blicke ihr in die Augen. »Und warum seid ihr nun nach Jeruschalajim gekommen? Wieso riskiert ihr im Labyrinth unter dem Tempelberg euer Leben? Die Entweihung des Haram ash-Sharif wird mit dem Tod bestraft.«

»Tayeb und ich suchen die verschollene Bibliothek des jüdischen Tempels. Ich forsche nach apokryphen Handschriften, die vor zweitausend Jahren nicht in den Kanon des Alten Testaments aufgenommen wurden.«

Ich runzele die Stirn. »Apokryphe Bücher? Wie das äthiopische Buch Henoch? Oder das Testament Salomos?«

»Du kennst dich gut aus mit den verborgenen Schriften.« Sie lächelt. Langsam gewinnt sie ihre Selbstsicherheit zurück.

»Warum suchst du nach solchen Handschriften?«

»Der Papst plant die Errichtung einer Bibliothek im Vatikan.«

»Mit hebräischen Büchern? Einer seiner Inquisitoren, Giovanni da Capestrano, fordert, die Juden auf Schiffe zu verladen und ins Meer zu werfen, um sie zu ertränken wie Ratten«, erinnere ich sie und bemühe mich, nicht allzu verbittert zu klingen. »Du interessierst dich für das Judentum, nicht wahr?«

»Das stimmt.«

»Wieso?«

»Weil ich …« Sie atmet tief durch und wirft ihrem Freund einen raschen Blick zu.

Aus den Augenwinkeln nehme ich wahr, dass Tayeb unmerklich nickt.

»… weil ich erst vor Kurzem herausgefunden habe, dass ich jüdische Vorfahren habe.«

Wen meint sie?, frage ich mich und betrachte sie aufmerksam. Die Colonna, die mächtigste Familie Roms, der ihre Mutter, eine Cousine des letzten Papstes, angehörte? Oder die Verwandten ihres Vaters Luca d'Ascoli, des Inquisitors von Rom, der aus ärmlichen Verhältnissen stammte und in Ascoli, einem winzigen Spatzennest nördlich von Rom, geboren wurde? Das alles hat mir Patriarch Philotheos erzählt, als er mir den Brief des Papstes überbrachte.

Aber … ein jüdischer Inquisitor? Nein, das ist undenkbar!

»Bist du Jüdin?«

»Nein, ich bin Christin. Mit jüdischer Herkunft.«

»Das muss … schwierig sein«, vermute ich.

»Nicht schwieriger, als die illegitime Tochter eines exkommunizierten Dominikanermönchs und ehemaligen Inquisitors zu sein. Nicht schwieriger, als die Cousine des letzten Papstes zu sein, eine Colonna, deren Familie in den letzten Jahren seit dem Tod von Papst Martin immer wieder Opfer von Inquisitionsprozessen war und wegen Hochverrats gegen Papst und Kirche gefoltert und hingerichtet wurde.«

Sie weicht meinem forschenden Blick nicht aus.

»Und warum wirst du von einem Christusritter verfolgt? Du bist schließlich eine Vertraute von Papst Eugenius.«

»Das ist eine sehr lange Geschichte voller Mysterien.«

»Ich würde sie gern hören, bevor mir mein Sekretär morgen ein Todesurteil vorlegt und der Sohn von Sultan Jaqmaq mir die gespitzte Feder in die Hand drückt, damit ich es sofort unterzeichne. Als frommer Muslim wird Prinz Uthman gewiss nicht begeistert sein, wenn er erfährt, dass ihr den Haram ash-Sharif entweiht habt. Wenn *ich* das Todesurteil nicht unterschreibe, wird *er* es tun …«

Alessandra nickt beklommen.

»… und deshalb schlage ich vor, dass wir so lange Stillschweigen darüber bewahren, bis du mir deine Geschichte erzählt hast. Heute Nacht steht ihr unter meinem Schutz.«

Bevor sie antworten kann, stemmt sich Arslan aus der Öffnung im Marmorboden und kommt zu uns herüber.

»Er ist mir entkommen«, gesteht er außer Atem auf Tscherkessisch. Irritiert mustert er Tayeb, der neben mir auf der Treppe hockt. »Ich habe ihn den Gang entlang verfolgt. Bis zum römischen Aquädukt. Dann war er plötzlich verschwunden. Tut mir leid, Yared.«

»Schon gut. Ist er noch im Labyrinth?«

»Ich glaube schon. Wenn ich ihn mit meinen Männern suche …«

»Nein!« Uthman darf auf keinen Fall wissen, wo ich heute Nacht gewesen bin. »Tayebs Wunden müssen versorgt werden. Er hat Schmerzen. Und auch Alessandra blutet. Wir gehen zur Zitadelle zurück.«

Alessandra

Kapitel 15

In Yareds Schlafgemach in der Zitadelle
16. Dhu'l Hijja 848, 19. Nisan 5205
Karfreitag, 26. März 1445
Kurz vor Sonnenaufgang

Der erste Gebetsruf reißt mich aus meinen Träumen.

»Allahu akbar! Allaaaaaaahu akbaaaaaaarrrrr!«

Seufzend räkele ich mich im Bett, einem weichen orientalischen Ruhelager mit goldbestickten Seidenkissen und einem Baldachin aus weißem Damast. Tief atme ich den Duftrauch ein, der sich aus einer Räucherschale neben dem Bett zur Decke kringelt. Noch ganz in den Erinnerungen an letzte Nacht gefangen, lausche ich auf den eindringlichen Gesang, in den bald ein Chor von Muezzins, jeder in seinem eigenen Rhythmus und seiner eigenen Tonhöhe, einfallen wird.

Was für eine furchtbare Nacht! Wie hätte ich denn ahnen können, dass sie so … ja, so sinnlich endet! Yareds Hand auf meinem Knie … sein Atemhauch auf meinen Lippen … seine schönen braunen Augen mit den langen Wimpern, die im Schein der Öllampen geheimnisvoll funkelten und die mir sein inneres Glühen offenbarten …

»Ashadu an la ilaha illa-llaaaaaaah …«

Leise wehen die zarten Vorhänge im kühlen Morgenwind.

Der sternenklare Himmel, den ich durch das Fenster von Yareds Schlafgemach sehen kann, ist noch dunkel. Nur ein tiefes, kühles Blau leuchtet im Osten über dem Ölberg – eine erste Ahnung von einem rosenfarbenen Sonnenaufgang, der den weißen Marmor des Felsendoms erglühen lassen wird, und von einem warmen, sonnigen Frühlingstag.

»Ashadu an na Muhammadan rasulu-llaaaaaaah …«

Hell strahlt der Morgenstern über Al-Quds. Trotz meiner Müdigkeit – ich habe wohl kaum zwei Stunden geschlafen – schlage ich die Bettdecke zurück, springe nackt aus dem Bett und husche hinüber zum Fenster, um einen Blick auf die erwachende Stadt zu werfen.

In der ersten Morgendämmerung sind viele Muslime unterwegs zum Tempelberg und strömen die Stufen an der Westmauer hinauf zum Brunnen vor der Al-Aqsa. An der Klagemauer, die jetzt von Fackeln hell erleuchtet ist, sehe ich etliche Juden mit schwarz-weiß gestreiftem Tallit ihr Morgengebet halten. In einer Gasse im armenischen Viertel unterhalb des Turms eilt ein armenischer Mönch mit spitzer schwarzer Kapuze zur Kathedrale, die Jakobus geweiht ist, dem Bruder Jesu.

Muslimische Händler, die sich in den Gässchen mit arabesk verschnörkelten Segenswünschen begrüßen und einander die Annehmlichkeiten und Genüsse des Paradieses wünschen, werden nach dem Morgengebet in der Moschee ihre Läden für die christlichen Pilger aus Byzanz, Venedig und Rom öffnen. Viele der muslimischen Pilger, die nicht letzte Woche die Hadj nach Mekka gemacht haben, sondern die Taqdis nach Al-Quds, der drittheiligsten Stadt des Islam, sind noch immer hier.

Die zerlumpten Bettler werden sich heute um die besten Plätze in der Via Dolorosa prügeln. Besonders beliebt scheint die fünfte Station zu sein, wo Simon von Kyrenai Jesus das Kreuz abnahm. Denn dort führt die Via Dolorosa einen engen, mit Bögen überwölbten Treppenweg empor zur Grabeskirche. An dieser schmalsten Stelle sind die Pilger, die mit einem Holzkreuz auf ihrem Rücken die steile Treppe hinaufstolpern, den Bettlern hoffnungslos ausgeliefert. Zum Glück beherrschen die christlichen Wallfahrer meist das Arabische nicht gut genug, um die boshaften Christenwitze zu verstehen. Die Kinder, die durch die Gasse flitzen, spotten mit Vorliebe über jene frommen Pilger, die ein antikes Folterinstrument durch die Stadt schleppen, das zum Symbol ihres Glaubens geworden ist, und die den Propheten Issa ibn Maryam allen Ernstes für den Sohn Gottes halten. Dabei weiß doch jedes Kind im muslimischen Viertel rund um die Via Dolorosa, dass Allah keinen Sohn hat. La ilaha illa-llah. Es gibt keinen Gott außer Gott.

Aber die zynischsten Witze über den Messias am Kreuz werden vermutlich im Judenviertel erzählt, wo viele Aschkenasim leben, die König Philippe, der nicht nur die Templer auf seinem allerchristlichsten Gewissen hat, aus Frankreich vertrieben hat.

»Hayya ala as-salat, hayya ala al-falaaaaaah …«

Sobald der dissonante Gesang von den Minaretten der Stadt verstummt ist und die Muslime in die Moscheen geeilt sind, um auf Knien ihren Glauben an Allah und seinen Propheten zu bekennen, ist es still über Jerusalem. Nur das aufgeregte Zwitschern der Schwalben, die an der befestigten Mauer des Turms ihre Nester gebaut haben, ist noch zu hören.

Die Glocken der Grabeskirche schweigen, denn heute ist Karfreitag. Jüdisch-muslimisch-christlicher Ausnahmezustand in einem von Fanatikern aller Konfessionen heiliggesprochenen Glaubenskrieg.

Seufzend kehre ich zu Yareds Bett zurück, lasse mich in die Kissen sinken, vergrabe das Gesicht im seidenen Laken und atme tief Yareds betörend männlichen Duft ein. Es riecht noch nach ihm, nach seinen dunklen, seidigen Haaren, die in weichen Locken sein sonnengebräuntes Gesicht umrahmen, und nach seiner nackten Haut, die er mit einem orientalischen Duft parfümiert.

Niketas hat immer ein wenig nach Weihrauch gerochen, obwohl er, als wir in Florenz zusammenlebten, kein Mönch und Priester mehr war. Yared hingegen riecht nach … ja, nach was? Das erste Wort, das mir in den Sinn kommt, ist: Verführung.

Obwohl ich Yareds Berührungen sehr genossen habe, sehne ich mich nach Niketas. Nach seinem Lächeln. Nach der wohligen Geborgenheit in seinen Armen. Nach seiner zärtlichen Liebe und seiner ungestümen Leidenschaft, wenn wir glücklich lachend im Bett herumtobten.

In manchen Nächten liege ich stundenlang wach und denke an ihn. Wie unsere Körper eins geworden sind. Seit er fort ist, war ich mit keinem Mann mehr zusammen. Nicht, dass es an Gelegenheiten gefehlt hätte – einen Mann zu verführen ist für eine attraktive Frau, auch wenn sie schon dreißig ist, keine Herausforderung. Aber ich wollte es nicht. Nicht mit Cesare Orsini, der mich nach all den Jahren immer noch umwirbt, obwohl er inzwischen verheiratet ist, und nicht mit Cosimo de' Medici.

Wie viel Glück hat Niketas mir geschenkt, als er im wahrsten Sinn des Wortes in mein Leben gestürzt ist, und wie wenig ist mir davon geblieben! Als er mich für immer verlassen hat, glaubte ich, ich könnte nicht weiterleben, denn ein Teil von mir war gestorben.

Ich setze mich auf und wickele mich in das Bettlaken, um das Schlafgemach zu erforschen und dabei herauszufinden, wer dieser rätselhafte Yared al-Gharnati ist, der mich zu sinnlichen Wunschträumen verführt.

An der Wand gegenüber steht ein Tisch aus altem Zedernholz. Er sieht aus, als stamme er aus einer Kreuzfahrerburg und Richard Löwenherz habe schon an ihm gespeist. Davor steht ein Sessel mit hoher Lehne.

Auf dem Tisch ruhen eine Silberschale mit kandiertem Ingwer

und eine halb geleerte Glaskaraffe mit einem rubinroten Wein, vermutlich aus Galiläa. Daneben stapeln sich arabische, hebräische und aramäische Bücher, die wahrscheinlich aus der Bibliothek des armenischen Patriarchats neben der Jakobuskathedrale entliehen wurden.

Während ich mit den Fingern über die tintengewellten Seiten eines aramäischen Buches streiche, frage ich mich, ob Yared den Papyrus lesen kann, den der Christusritter aus der Lade der Templer entwendet hat.

Die Werke von Yehuda Halevi und Moses ben Maimon gehören Yared – sein Name steht in arabischer Schrift im hinteren, aus jüdischer Sicht, vorderen Buchdeckel. Als Hofarzt von Sultan Salah ad-Din und als Führer der jüdischen Gemeinde von Kairo hatte Moses ben Maimon, der große Gelehrte aus Córdoba, eine ebenso herausragende Stellung im ägyptischen Reich inne wie Yared.

Die Seite in Maimonides' *Führer der Verwirrten,* die Yared zuletzt gelesen hat, ist mit einem gepressten Papyrusstängel markiert, auf dem in purpurroter Tinte ein Koranspruch prangt: ›O ihr, die ihr glaubt, sucht Hilfe in Standhaftigkeit und Gebet. Denn Allah ist mit den Standhaften!‹ Darunter stehen in zierlicher Schrift die Worte: ›Mein Herz ist voller Hoffnung, während du in Mekka bist. Meine innigen Gebete begleiten dich. Voller Sehnsucht erwarte ich deine Rückkehr. Ich liebe dich. Jadiya.‹

Ich halte inne und starre den Papyrus an. Dann lege ich ihn zurück in den Folianten.

In Yehuda Halevis Buch hat Yared die Absätze unterstrichen, in denen der Dichter in poetischen und sehr gefühlvollen Worten die Rückkehr in die Heimat Israel beschreibt.

Im Innersten berührt, so tief in die Gedanken eines Menschen einzudringen, der mir plötzlich nicht mehr fremd und bedrohlich erscheint und der mir mit jedem Schritt, den ich tiefer in seine Gedankenwelt vordringe, vertrauter und liebenswerter wird, schließe ich das Buch.

Neben meiner Reisetruhe, die Arslan gestern Nacht noch aus dem Funduk holen ließ, wo Tayeb und ich in den letzten Tagen gewohnt haben, entdecke ich das Templerschwert. Bevor die Klinge zerbrach, war es sehr wertvoll. Der vergoldete Griff ist mit einem roten Templerkreuz geschmückt. Wem gehörte dieses Schwert? Und wie gelangte es in den eingestürzten Gang …?

Ein Geräusch an der Tür!

Yared hat Tayeb und mich beschworen, über das, was letzte Nacht im Tempelberg geschehen ist, Stillschweigen zu bewahren! Geschwind verberge ich das Schwert in meiner Truhe und verriegele das muslimische Kombinationsschloss aus Messing.

Saphira betritt den Raum. Yareds Dienerin ist so schön wie die Geliebte in König Salomos Hohelied. Ihr Liebreiz ist bezaubernd, ihr Lächeln ist durchdrungen von stillem Glück, als sei sie verliebt. Ihre Bewegungen sind geschmeidig, und das rosenfarbene Seidengewand, das sie mit einer Schärpe in der Farbe einer Aprikose gegürtet hat, ist schlicht, aber trotzdem sehr elegant. Mit einem selbstbewussten Lächeln, leuchtenden Augen und einem leichten Neigen des Kopfes, das nicht demütig war, sondern stolz, hat sie mir verraten, dass sie ein Geschenk an Yared ist und dass sie sich als seine Sklavin um sein Wohlbefinden kümmert. Was das bedeutet, begriff ich, als Saphira mich letzte Nacht mit einem warmen Lächeln umsorgte, mich entkleidete, badete, abtrocknete, mit Duftöl einrieb und meine Haare bürstete, während eine andere Dienerin Yareds Bett mit einem frischen Laken bezog, damit ich darin schlafen konnte. Es war ein sinnliches Vergnügen, mich von Saphira verwöhnen zu lassen, und ich vermute, dass Yared es ebenso mit allen Sinnen genießt. Die Vorstellung, dass sie ihn entkleidet, badet und mit Duftöl massiert, ist … erregend.

»Du bist schon aufgestanden«, wundert sie sich. »Hast du gut geschlafen? Du warst ja ganz erschöpft.«

Verlegen raffe ich das Bettlaken enger um mich. »Wie geht es Tayeb?«

»Er schläft noch fest. Yared hat ihm ein Mittel gegen seine Schmerzen gegeben, nachdem er seine Wunden verbunden hat, und Tayeb träumt selig lächelnd. Es geht ihm gut.«

»Ich werde gleich nach ihm sehen. Ist Yared schon wach?«

»Er war gar nicht im Bett«, verrät mir Saphira, die vor einer meiner Truhen kniet. Sie zieht ein taubenblaues Seidengewand hervor, das mit silbernen Blütenornamenten bestickt ist. »Nach dem Attentat von letzter Nacht und seinem Gebet im Felsendom hat er kein Auge zugetan. Er war sehr aufgewühlt und konnte keine Ruhe finden.«

»Wer hat versucht, ihn zu ermorden?«, frage ich bestürzt.

»Tughan al-Uthmani, der Vizekönig von Damaskus.«

Saphira nimmt mir das Bettlaken ab und hilft mir in die weiten Ärmel des blau-silbernen Gewandes. Sie umgürtet es mit einer rosenfarbenen Schärpe. Als sie mir einen Mantel hinhält, damit ich in die Ärmel schlüpfe, drehe ich mich zu ihr um. »Wo ist er jetzt?«

»Tughan wird nach Jericho eskortiert.«

»Und Yared?«

Sie lächelt versonnen, als habe sie mit meiner Frage gerechnet. »Er sitzt im Arbeitszimmer des Emirs, trinkt ein Glas heißen Qahwa nach dem anderen und bereitet sich mit seinem Sekretär auf die Audienzen und die Empfänge des heutigen Tages vor. Der griechisch-orthodoxe Patriarch will ihm heute Nachmittag seine Aufwartung machen. Und der Abt des Franziskanerklosters auf dem Berg Zion bittet ebenfalls um eine Audienz.«

»Er ist wohl sehr beschäftigt.«

»Nach dem Sturz des Emirs letzte Nacht herrscht nun Yared

in Jeruschalajim. Vor zwei Stunden hat er eine Brieftaube nach Al-Kahira geschickt, um dem Sultan über den Machtwechsel Bescheid zu geben.«

»Wie wird Sultan Jaqmaq darauf reagieren?«

»Sobald er Allah auf Knien gedankt hat, dass Yared ihm seinen Herzenswunsch erfüllt, wird er für ihn und Prinzessin Jadiya eine prunkvolle Hochzeit ausrichten lassen. Die beiden sind seit drei Jahren ein Liebespaar.«

Wie vorhin Jadiyas Liebesschwur versetzen mir Saphiras Worte einen Stich ins Herz. Was empfinde ich für Yared nach seinen Blicken, die zärtlich meinen Körper umschmeichelten, und nach jener sinnlichen Berührung, die ihn wohl ebenso aufgewühlt und erregt hat wie mich? Ist es Begehren? Oder ist es die Sehnsucht nach Zärtlichkeit und Leidenschaft, die ich seit Niketas' Tod so sehr vermisse, dass mein Körper schmerzt, wenn ich nur daran denke?

Ich atme tief durch, um die Erinnerungen an letzte Nacht aus meinen Gedanken zu verbannen. »Wen muss ich mit einer Handvoll florentinischer Goldmünzen bestechen, wenn ich kurz unter vier Augen mit Yared sprechen will?«

Saphira holt das zweieinhalb Pfund schwere Holzkreuz aus meiner Kleidertruhe, das ich nach dem Willen des Kalifen an einer eisernen Kette um den Hals tragen müsste, betrachtet das splitternde Holz von allen Seiten und legt das Kreuz zurück in die Truhe. »Sprich mit Rabbi Benyamin, seinem Sekretär und Vertrauten. Er wird dich zu ihm geleiten.«

Leicht wie Schmetterlingsflügel flattern ihre Hände über mein Gesicht, als sie mich mit silbrig schimmerndem Bleiglanz schminkt, mein dunkles Haar bürstet, bis es seidig glänzt, und ein paar Tropfen Lotusduft sanft in meine Haut massiert. Als sie mir schließlich einen Spiegel vorhält, frage ich mich im Stillen, für wen sie mich wie eine Prinzessin herausgeputzt hat.

Saphira zwinkert mir zu und lächelt verschwörerisch. »So wird Yared dich gewiss empfangen.«

Nachdem sie mir versprochen hat, Rabbi Benyamin von meinem Wunsch zu berichten, begebe ich mich in Tayebs Gemach, das nur wenige Schritte von meinem entfernt ist, und setze mich auf den Rand seines Bettes.

Berauscht vom Schmerzmittel, das Yared ihm gegeben hat, öffnet er die Augen und blinzelt mich an. »…sandra, mein Schatz«, murmelt er undeutlich.

Ich küsse ihn auf die Wange. »Wie geht es dir?«

»… geht mir … guuuut«, haucht er mit einem verzückten Lächeln.

Ich schlage die Bettdecke zurück und untersuche die beiden Verbände, die Yared angelegt hat. Eine Binde windet sich um Tayebs Bauch und bedeckt die Wunde an seiner Seite. Eine zweite Binde sorgt dafür, dass er seinen linken Arm und die verletzte Schulter nicht bewegen kann. Sie ist mit einem weingetränkten Tuch abgedeckt, damit eine Infektion verhindert wird. Tayeb kann sich kaum bewegen. »Das Freitagsgebet in der Al-Aqsa kannst du dir wohl aus dem Kopf schlagen.«

Das letzte Freitagsgebet in einer Moschee hat er vor sechs Jahren in Alexandria gehalten. In Florenz und Rom betet Tayeb in Kirchen, denn dort gibt es keine Moscheen. Obwohl er sich seit unserer Abreise aus Rom darauf gefreut hat, nimmt er es erstaunlich gelassen. Was hat Yared ihm denn bloß gegeben?

Mit einem feuchten Tuch wische ich ihm den Schweiß von der Stirn. Tayeb ist sehr blass, sein Atmen ist verhalten, als bereite es ihm unendliche Mühe.

»Hast du Schmerzen?«

Er schüttelt schwach den Kopf: »Yared ist ein guter Hakim.«

»Der beste.«

»Hoffentlich schickt er dir … keine Rechnung«, frotzelt Tayeb mit einem erschöpften Lächeln.

»Glaubst du, ich kann mir den Leibarzt des Sultans nicht leisten?«

»Doch, das kannst du ganz gewiss.« Tayeb seufzt. »Doch ich frage mich … ob du ihn dir leisten *willst*.«

Als ich nicht sofort antworte, setzt er nach: »Du willst ihn doch, nicht wahr? … Ich habe die Glut in deinen Augen auflodern gesehen … als er dich letzte Nacht berührt hat … Es hat dir gefallen … weil du dich nach all den Jahren nach Niketas' Tod wieder lebendig gefühlt hast.« Tayeb tastet nach meiner Hand und hält sie fest. »Alessandra, mein Schatz, ich bitte dich … Stirb ihm nicht nach, sondern lebe … und liebe!«

Ich kämpfe mit den Tränen.

Glaube, Hoffnung, Liebe. Aber die Liebe ist die größte unter diesen drei. Sie erträgt alles, glaubt alles, hofft alles und hält allem stand. Und sie hört niemals auf. Bis zu seinem letzten Atemzug, seinem letzten Herzschlag und seinem letzten wachen Augenblick war ich bei Niketas. Doch als er unter Qualen in meinen Armen starb, habe ich alle drei verloren: den Glauben, die Hoffnung und die Liebe. Und den besten aller Menschen.

Tayeb hält noch immer meine Hand. »Ein verwundetes Herz heilt nur unter Qualen.«

Ich nicke traurig.

»Weißt du, welche Therapie der berühmte Hakim Ibn Sina zur Heilung eines gebrochenen Herzens verordnen würde?«

»Nein. Welche?«

»Keine Ahnung«, grinst er verschmitzt. »Frag Yared.«

Wider Willen muss ich lachen.

»Mach ich«, verspreche ich Tayeb im Scherz und wische mir eine Träne aus dem Augenwinkel. »Sobald ich aus der Grabeskirche zurückkomme.«

»Du willst mit Gebre Christos über die Templer und den Priesterkönig reden.« Tayeb schließt die Augen.

»Und über die Christusritter. Yared weiß nichts von einem Ordenshaus in Jerusalem – ich habe ihn gefragt, als du schon eingeschlafen warst. Er hat Dom Tristão vor Jahren in Córdoba kennengelernt. Er weiß, dass er einen hohen Rang im Orden innehat. Und dass er vor acht Jahren an der Seite von Prinz Henrique von Portugal den Kreuzzug gegen die Mauren in Tanger angeführt hat.«

Tayeb liegt reglos im Bett und lächelt verzückt.

»Tayeb?«

»Hmmm.«

»Träumst du?«

»Woher kommt diese Musik?« Wohlig entspannt räkelt er sich in die Kissen. »Sie ist so schön, so zart, so … himmlisch.«

Ich halte den Atem an und lausche, doch in Tayebs Gemach ist es still. Du lieber Himmel, welches Mittel hat Yared ihm gegeben? Ich ahne es! Im Haschischrausch hat sich Tayeb in die Gärten des Paradieses verirrt.

»Tayeb?«

Er seufzt träge.

»Willst du lieber schlafen?«, frage ich ihn.

Seine Lider flattern, als er mühsam die Augen aufschlägt und mich anblickt. »Nein, erzähl weiter.«

»Ich hoffe, dass der Abt der Grabeskirche weiß, wo sich die Christusritter in Jerusalem verbergen.«

»Hmmm«, brummt Tayeb, und ich fürchte, er döst gleich ein. Dann jedoch murmelt er leise: »Angenommen, du findest diesen Dom Tristão de Castro, bevor er dich findet und tötet.« Er atmet tief ein. »Was dann?«

»Dann werde ich mir den Papyrus zurückholen. Gestern vermutete Dom Tristão, dass ich das Templerkreuz, das ihn in die

Irre führen sollte, an ebender Stelle in die Skizze in meinem Notizbuch eingetragen habe, die auch der Papyrus bezeichnet. Er glaubt, dass dort, nahe dem Allerheiligsten des Tempels, die Bundeslade vergraben liegt.«

»Und dann?«

»Dann gehen wir beide ins Labyrinth zurück und suchen die Heilige Lade. Sie muss in einer Kammer hinter dem eingestürzten Gang verborgen sein, in dem ich das Templerschwert gefunden habe.«

»Das habe ich befürchtet«, murmelt er. »Ich dachte mir schon, dass du dich mit einer Handvoll Papyrusfetzen aus der Tempelbibliothek nicht zufriedengeben wirst, wenn du die Steintafeln mit den Zehn Geboten haben kannst, die Moses …«

Tayeb verstummt und blinzelt zur Tür hinter mir.

Erschrocken springe ich auf und wende mich um.

Ein Mann steht in der offenen Tür. Sein Gesicht liegt im Schatten, sodass ich ihn nicht erkennen kann.

»Es-salamu alekum.« Er führt die rechte Hand zu seinem Herzen. »Oder zieht Ihr es vor, verehrte Contessa, wenn ich Euch auf Italienisch begrüße?« Er tritt aus den Schatten. »Buon giorno.«

»Rabbi Benyamin! *Ihr* seid Yareds Sekretär?«

Er verneigt sich. »Erst seit wenigen Monaten. Ihr erinnert Euch an mich?«, fragt er in kastilisch gefärbtem Italienisch.

Benyamin ist erst Ende dreißig. Doch in den Jahren, seit ich ihn zuletzt gesehen habe, haben sich tiefe Sorgenfalten in seine Mundwinkel gegraben – er wirkt verbittert. Obwohl er sich mir gegenüber um eine gelassene Haltung bemüht, spüre ich seine innere Anspannung. Er hält sich aufrecht und trägt die schwere Steinkugel, die seinen Nacken in Demut beugen soll, mit großer Würde. Und trotziger Selbstachtung. Aber seine Schultern sind verkrampft, als erwarte er, jeden Augenblick angegriffen, misshandelt und in die Gosse geworfen zu werden. Seine weiße Djellabiya aus ägyptischer Baumwolle und der gelbe Turban sind schlicht, wie es das Gebot der Dhimma vorschreibt.

»Natürlich erinnere ich mich an Euch. Benyamin ben Yoel Halevi. Ihr habt Kastilien, Aragón, Frankreich und Italien bereist, um Euren Freund zu suchen. Wenn ich mich recht entsinne, seid Ihr gemeinsam mit Yared aus Granada geflohen. Während der Überfahrt von Málaga nach Alexandria gab es in der Meerenge von Gibraltar eine Seeschlacht mit portugiesischen Karavellen. Obwohl die Juden über Bord geworfen wurden und seine Frau und sein kleiner Sohn vermutlich starben, habt Ihr habt nie die Hoffnung aufgegeben, dass Yared überlebt hat.«

»So ist es.«

»An jenem Abend habt Ihr Rabbi Raffaele zum Abendessen in meinen Palazzo in Florenz begleitet. Das war vor vier oder fünf Jahren, während des Unionskonzils. Den ganzen Abend habt Ihr Euch mit Niketas über die Beendigung des Schismas zwischen Rom und Byzanz unterhalten.«

»Ich war erschüttert, als ich von seinem Tod erfahren habe. Mein herzliches Beileid.«

Ich danke ihm mit einem Nicken.

»An jenem Abend habt Ihr mir Euer ›Gleichnis vom verlorenen Bruder‹ erzählt, das mich, einen Juden, der vor der Inquisition geflohen ist, fasziniert hat«, erinnert er sich. »Die Kirchenunion war für Euch nur ein erster Schritt auf einem langen und steinigen Weg der Annäherung von zwei einander entfremdeten Brüdern, einem christlichen und einem jüdischen, die zu demselben Gott beten, dem Gott der hebräischen Bibel.

Euer ›Gleichnis vom verlorenen Bruder‹ habe ich nicht vergessen. Der jüdische und der christliche Bruder mögen sich hassen und verachten, doch sie sind einander nicht verloren. Das ist die verborgene Botschaft Eures Gleichnisses. Habt Ihr es jemals dem Papst erzählt?«

»Ja.«

»Und? Wie denkt die römische Inquisition darüber?« Er faltet seine Hände um die Steinkugel auf seiner Brust, die er, als er vor den Inquisitoren von Sevilla nach Granada geflohen ist, dem Kreuz vorgezogen hat. »Giovanni da Capestrano wäre vermutlich nicht begeistert, wenn sich der jüdische und der christliche Bruder die Hand zur Versöhnung reichen.«

»Wohl kaum.«

»Ihr fürchtet die Inquisition nicht?«

»Nicht so wie Ihr sie in Sevilla gefürchtet habt, als Ihr Eure Sachen gepackt habt und mit Eurer Schwester geflohen seid«, entgegne ich. »Mein Vater hat mich gelehrt, meinen Glauben standhaft zu bekennen, ohne Selbstzweifel und ohne Todesangst. Mein Vater *war* Inquisitor.«

»Das nenne ich Bekennermut.«

»Die Inquisitoren nennen es Häresie.«

Er verzieht die Lippen. »Ich freue mich, dass Ihr in Jeruschalajim seid, Euer Gnaden. Und ich wäre glücklich, wenn wir unsere Disputationen während der nächsten Tage fortsetzen könnten.«

»Wenn ich mich recht erinnere, haben wir uns in Florenz beim Vornamen genannt.«

»Damals hatte Euch Seine Heiligkeit noch nicht zur Contessa ernannt und Euch den Besitz zurückgegeben, den er Eurem Großvater, dem Conte Marcantonio Colonna, dem Bannerträger der Kirche, entrissen hatte.«

»Es ist nur ein Titel. Ich verzichte auf die förmliche Anrede.« Unvermittelt wechsele ich vom Italienischen ins Arabische. »Benyamin, bitte nenn mich wieder Alessandra.«

»Wie du willst. Erlaube mir, dass ich mich für deine Gastfreundschaft in Florenz erkenntlich zeige, und erweise mir die Ehre, heute Abend mit mir zu speisen.«

»Sehr gern.«

»Ist es dir recht, wenn ich dich um neun Uhr abholen lasse?«, fragt Benyamin. »Bis dahin dürften die Audienzen beendet sein. Ich glaube nicht, dass Yared den griechischen Patriarchen oder den Neffen des äthiopischen Kaisers zum Abendessen einlädt, sodass ich mir den ganzen Abend freinehmen kann. Yared hat mir vorhin erzählt, dass du nach der verschollenen Tempelbibliothek suchst.«

»Das stimmt. Ich bin im Auftrag Seiner Heiligkeit in Jerusalem.« Ich ziehe das Beglaubigungsschreiben von Papst Eugenius aus der Tasche meines Gewandes und gebe es ihm.

Benyamin faltet den Brief an den Patriarchen auseinander. »Papst Eugenius bittet Patriarch Joachim, alles in seiner Macht Stehende zu tun, um dein Leben zu schützen. Und dir gewährt er eine umfassende Handlungsvollmacht. Was immer er damit gemeint hat … Mein Latein ist nicht besonders gut.«

»Du bist zu bescheiden, Benyamin. Dein Latein ist exzellent. Papst Eugenius meint damit, dass ich nicht an die Weisungen des Patriarchen gebunden bin. Mein Handeln habe ich nur vor dem Papst in Rom zu verantworten.«

»Und vor dem Vizekönig, der über Jeruschalajim herrscht, solltest du gegen ein muslimisches Gesetz verstoßen.«

Hat Yared ihn ins Vertrauen gezogen?, frage ich mich beunruhigt. Weiß Benyamin, was letzte Nacht im Labyrinth des Tempelbergs geschehen ist? Ich bemühe mich, mir meine Bestürzung nicht anmerken zu lassen.

Benyamin gibt mir das Schreiben zurück. »Hast du auf der Suche nach der Tempelbibliothek schon einen spektakulären Fund gemacht, wie vor sechs Jahren in Alexandria?«

Offenbar hat Yared ihm von dem Evangelium erzählt.

»Was ist es?«, fragt er nach, offenbar nimmt er an, ich hätte tatsächlich etwas gefunden. »Ein zerbrochener Tonkrug mit einem halb zerfallenen Papyrus? Ein verschollenes Prophetenbuch? Ein Evangelium, das nicht auf Griechisch verfasst wurde, sondern auf Aramäisch, in der Sprache Jesu?«

»Wenn ich die Tempelbibliothek entdeckt hätte, wäre ich mit den Papyri dann nicht längst auf dem Weg zurück nach Rom?«

Er sieht mir in die Augen, doch ich halte seinem forschenden Blick stand, bis er schließlich bedächtig nickt.

»Yared erwartet mich. Kann ich noch etwas für dich tun?«

»Ja, Benyamin, das kannst du in der Tat …«

Yared

Kapitel 16

In Yareds Arbeitszimmer in der Zitadelle
16. Dhu'l Hijja 848, 19. Nisan 5205
Karfreitag, 26. März 1445
Acht Uhr dreißig morgens

»Noch ist er in Betlehem, aber in zwei Stunden wird der Neffe des Kaisers von Äthiopien in Jeruschalajim eintreffen. Gerade noch rechtzeitig vor der Karfreitagsprozession in der Via Dolorosa und den orthodoxen Messen in der Grabeskirche – der König der Könige hat dort ein Kloster gestiftet mit einem Abt und etlichen Priestern, Diakonen und Mönchen.«

Arslan, der mit unterschlagenen Beinen auf einem Kissen vor meinem Schreibtisch Platz genommen hat, nickt langsam. »Du willst, dass ich diesen Prinzen … wie ist sein Name?«

»Prinz Solomon.«

Arslan pfeift durch die Zähne. »Der Prinz, der Sultan Bedlay von Adal in der Schlacht besiegt hat?«

»Derselbe.«

Arslan nickt anerkennend. »Er hat gekämpft wie ein Löwe. Du willst also, dass ich ihn nicht aus den Augen lasse.«

»So habe ich mir das vorgestellt«, entgegne ich. »Nach seiner Ankunft in Betlehem hat er um eine Audienz bei mir nachgesucht, die Benyamin ihm für Sonntag gewährt hat.«

»Am Ostersonntag?«, staunt Arslan, der im Kaukasus als Sohn orthodoxer Christen gelebt hat, bevor er versklavt, als Mamelucke nach Ägypten verkauft und zum Islam bekehrt wurde. »Ich dachte, der Prinz sei auf einer Pilgerfahrt nach Jerusalem, um die Auferstehung Christi zu feiern, nicht auf einer diplomatischen Mission. Und er statte dir nur einen Höflichkeitsbesuch ab, weil du in der Stadt bist. Weiß er, dass du nun der Herr von Al-Quds bist?«

»Vermutlich weiß er es schon. Prinz Solomon wird in einem Kloster auf dem Berg Zion residieren. Schick ihm ein paar deiner besten Mamelucken als persönliche Leibwache.«

»Heute ist Karfreitag. Du befürchtest Unruhen und willst verhindern, dass ihm im Gedränge der Pilger rund um die Grabeskirche etwas zustößt.«

»So ist es. Stell dich ihm vor, mein Junge. Sag ihm, dass du ein ranghoher Königsmamelucke und ein Ziehsohn von Sultan Jaqmaq bist. Und übermittle ihm meine herzlichen Grüße.«

»Mach ich.«

»Ich wünsche nicht, dass er sich von deinen Bewaffneten bedroht oder in seiner Residenz wie eine Geisel fühlt. Wenn er die Mamelucken, die ihn schützen sollen, selbst auswählen will, dann lass ihm freie Hand. Und wenn er dich im Kloster behalten will, dann bleib in Gottes Namen bei ihm.«

Arslan nickt bedächtig. Erst vor wenigen Tagen, als unsere Karawane Betlehem erreichte, hat er mir anvertraut, er sehne sich zurück nach den orthodoxen Messen seiner Kindheit, nach goldschimmernden Ikonen, Gesang und Weihrauchduft – all das fehlt ihm in der Ibn-Tulun-Moschee. Neun Jahre lang war er ein Christ, neunzehn Jahre ein Muslim. Und Arslans Augen leuchten noch immer, wenn an Weihnachten die Kerzen brennen und er den Duft von Weihrauch riecht …

»Ist die Lage so angespannt?«, fragt er.

»Sie ist gefährlicher denn je. Seit Jaqmaq die Christen verfolgt, droht der äthiopische Kaiser, den Nil umzuleiten.«

Arslan zieht scharf die Luft ein. »*Unseren* Nil?«

»*Seinen* Nil«, korrigiere ich in ruhigem Tonfall, »denn er entspringt in seinem Reich. Selbstbewusst verkündet Zara Yakob, die jahrtausendealte ägyptische Zivilisation sei auf äthiopischem Boden entstanden – auf dem Nilschlamm, der jedes Jahr während der Nilflut die ägyptischen Felder fruchtbar macht und der von den Sommerregen aus dem äthiopischen Hochland nilabwärts gespült wurde. *Sein* Nil also, und *sein* Nilschlamm. Wenn er den Nil ins Rote Meer umleitet, kann er Ägypten in eine Wüste verwandeln.«

»Glaubst du, er wird es tun?«

Ich wiege den Kopf. »Gäbe es keine Nilflut, käme es zu einer Hungersnot in Ägypten. Zara Yakob hat den Plan bislang verworfen, um sich gegenüber den Muslimen barmherzig zu zeigen. Stattdessen fordert er, dass Jaqmaq die Christenverfolgung einstellt und die Kirchen und Klöster, die entweiht, geplündert und niedergebrannt worden sind, wieder für Gottesdienste öffnet. So wie es das Gesetz der Dhimma vorsieht. Andernfalls will der Kaiser dieselbe Härte gegenüber den Muslimen anwenden, die in seinem Reich in Frieden leben und Glaubensfreiheit genießen – *noch*.«

»Und?«

»Vor Monaten habe ich einen Gesandten mit Geschenken nach Äthiopien geschickt, der die Forderungen des Kaisers im Namen von Sultan Jaqmaq ablehnte. Der Kaiser war zornig über Jaqmaqs Unnachgiebigkeit und ließ meinen Gesandten gefangen nehmen.«

»Und dann?«

»Daraufhin griff Sultan Bedlay, dessen Sultanat Adal östlich von Äthiopien am Roten Meer liegt, den christlichen Kaiser an – mit den besten Segenswünschen und der großzügigen militärischen Unterstützung des Sultans von Ägypten.«

Arslan grinst. »Lass mich raten, wer die Verhandlungen geführt hat. Du? Wer sonst.«

»Dieser Krieg zwischen Zara Yakob und Bedlay dauert nun schon zwei Jahre, und es ist nur noch eine Frage der Zeit, bis die Muslime den Christen unterliegen. Jaqmaq lässt seine Wut an den ägyptischen Christen aus. Du weißt ja, dass er Yoannis al-Maksi, den koptischen Papst, das geistliche Oberhaupt der koptischen wie der äthiopischen Kirche, in die Zitadelle von Al-Kahira verschleppt hat und ihn dort foltern lässt.«

Arslan nickt.

»Jaqmaq hat Seiner Heiligkeit verboten, ohne meine Kenntnis und ohne seine ausdrückliche Erlaubnis mit Kaiser Zara Yakob oder den Abunas Gabriel und Mikael, den Patriarchen von Äthiopien, zu korrespondieren. Papst Yoannis wird sterben, wenn Zara Yakob den ägyptischen Gesandten nicht unversehrt nach Al-Kahira zurückschickt.«

»Unser Vater hat großen Respekt vor dem äthiopischen Kaiser«, brummt Arslan.

»Die salomonische Dynastie ist eine ernst zu nehmende militärische Macht mit einem schlagkräftigen Heer. Wusstest du, dass Kaiser David, Zara Yakobs Vater, vor sechzig Jahren einen Feldzug gegen Ägypten geführt hat?«

Arslan blickt mich verdutzt an. »Nein.«

»Bis zum nördlichsten Nilkatarakt ist er vorgedrungen und hätte beinahe Assuan erobert.«

»Um Gottes willen!«

»Kaiser David wollte Jeruschalajim und das Grab Christi von der muslimischen Herrschaft befreien – er war also auf einem Kreuzzug. Zara Yakobs militärische Macht ist nicht geringer als die seines Vaters. Sein heiliger Zorn auf die Muslime, die in Ägypten seine Glaubensbrüder verfolgen, lodert wie Feuer, und Mekka ist nicht weit entfernt.«

»Ein christliches Mekka?«, ächzt Arslan. »Das Kreuz über der Kaaba im Innenhof der großen Moschee?«

»Nach Einschätzung des Großmeisters des Johanniterordens von Rhodos könnte Zara Yakob nicht nur Mekka, sondern auch Ägypten angreifen und vernichten.«

»Allah steh uns bei!«, flüstert Arslan bestürzt.

»Deshalb haben die Sultane von Ägypten seit Salah ad-Din versucht, den Kontakt zwischen den Herrschern des Abendlandes und dem Kaiser von Äthiopien, den sie für den legendären Priesterkönig Johannes halten, zu unterbinden – und sind immer wieder gescheitert. Ich weiß, dass zwei Venezianer und ein Florentiner am Hof des Kaisers leben.

Yeshaq, der Bruder und Vorgänger von Zara Yakob, hat vor einigen Jahren eine Gesandtschaft nach Valencia geschickt, um ein dynastisches Bündnis mit König Alfonso von Aragón zu schmieden. Papst Martin …«

»War er nicht der Vorgänger von Papst Eugenius?«

Offensichtlich hat Arslan meinen Rat beherzigt und seine Nase in ein gelehrtes Buch über Politik und Geschichte gesteckt, denn er will ja eines Tages den Thron von Ägypten besteigen. Während der letzten Wochen vor meiner Abreise nach Mekka hat Arslan immer sehr aufmerksam zugehört, wenn ich mit Gesandten aus Rom, Florenz, Venedig oder Byzanz gesprochen habe.

»Ja, das war er. Papst Martin hat diesen Verhandlungen eine solche Bedeutung beigemessen, dass er zwei Kardinäle zu König Alfonso nach Valencia entsandt hat, die ihm anschließend Bericht erstatten sollten.

Vor vier Jahren hat Zara Yakob dann eine Delegation nach Florenz geschickt, um nach der Beendigung des Schismas zwischen Rom und Byzanz die Unionsverhandlungen mit den anderen Kirchen des Orients zu beobachten, den Kopten, den Syrern und den Armeniern. Soweit ich weiß, hat Gebre Christos, der Abt der Grabeskirche, sie angeführt. Er blieb fast vier Jahre in Florenz und nahm an den Konzilssitzungen teil. Du kannst Allah auf Knien danken, dass sich Zara Yakob der vereinigten Kirche bislang nicht angeschlossen hat. Denn ein vereintes Christentum, das von Portugal bis Indien und von Schottland bis Äthiopien reicht und von einem Papst in Rom regiert wird, wäre der Todesstoß für den Islam.«

»Du fürchtest einen neuen Kreuzzug zur Befreiung von Jerusalem.«

»Ja«, bestätige ich ernst. »Prinz Henrique von Portugal, der vor Jahren die Kreuzzüge gegen Ceuta und Tanger angeführt hat, rüstet derzeit unter strengster Geheimhaltung sechsundzwanzig schwer bewaffnete Karavellen aus, die in wenigen Wochen an der Westküste Afrikas entlangsegeln sollen, um die Südspitze von Afrika zu umrunden und Äthiopien zu erreichen.«

»Wenn das Unternehmen so streng geheim ist, woher weißt du dann davon?«, fragt er nach. »Hast du Spione in Portugal?«

»Nicht nur in Portugal. Ich fürchte, Henrique will sich mit Zara Yakob verbünden, um Ägypten anzugreifen und den Islam zu vernichten.«

Arslan schluckt.

»Und weißt du, was von Äthiopien aus gesehen auf dem Weg nach Jerusalem liegt?«

»Mekka«, haucht er mit tonloser Stimme.

»So ist es.«

»Es ist also lebenswichtig«, fasst Arslan entschlossen zusammen, »dass du weißt, mit wem sich Prinz Solomon trifft – mit dem griechischen Patriarchen oder mit den portugiesischen Christusrittern, die sich in geheimer Mission in Al-Quds aufhalten.«

»Genau.«

»Glaubst du, dass dieser … Wie heißt der Kreuzritter, den ich gestern verfolgt habe?«

»Dom Tristão de Castro.«

»Dass er einen Kreuzzug gegen Ägypten vorbereitet?«

Ich nicke bedächtig.

»Und was sucht er dann im Labyrinth unter der Al-Aqsa und dem Felsen…«

Es klopft, und einer meiner Sekretäre betritt mit besorgter Miene mein Arbeitszimmer. »Bitte verzeih, Sayyid! Ich weiß, du wolltest nicht gestört werden …«

»Was ist denn?«

»Vor wenigen Minuten ist eine Delegation des Sultans von Gharnata eingetroffen. Der Gesandte hat vor einigen Tagen bei Sultan Jaqmaq in Al-Kahira vorgesprochen. Der ist jedoch zu geschwächt von seiner schweren Krankheit und hat ihn zu dir geschickt. Der Botschafter Harun Abu Tarik Ibn Ezra bittet dich heute noch um ein Gespräch unter vier Augen. Es gehe um Leben und Tod.«

»Der Gesandte heißt Aron Ibn Ezra?«, frage ich nach.

»Ja, Sayyid.«

Aron ist nach Jeruschalajim gekommen!

Arslan erhebt sich, nickt mir zu und verlässt stumm mein Arbeitszimmer, um Solomon zum Kloster auf dem Berg Zion zu geleiten.

»Willst du den Botschafter empfangen?«, fragt der Schreiber.

»In einer Stunde.«

»Ich werde den Empfangssaal des Vizekönigs für die Audienz vorbereiten lassen.«

»Ich werde Aron hier in meinem Arbeitszimmer empfangen.«

»Wie du wünschst, Sayyid.« Mit einer Verbeugung wendet er sich zur offenen Tür, wo er beinahe mit Benyamin zusammenstößt, der an ihm vorbei den Raum betreten will. Er wirft dem jüdischen Rabbi, der ihm als mein Sekretär und Vertrauter vorgesetzt ist, einen verächtlichen Blick zu. Dann schließt er leise die Tür hinter sich und lässt uns allein.

Benyamin, dem der Blick nicht entgangen ist, verdreht entnervt die Augen, murmelt einen kastilischen Fluch, den der Schreiber, sollte er an der Tür lauschen, bestimmt nicht verstehen kann, und kommt mit einer Karaffe und zwei Gläsern zu mir herüber.

»Aron ist in Jeruschalajim.«

»Ich bin ihm gerade begegnet. Er will allein mit dir reden.«

»Weißt du, was er von mir will?«

»Keine Ahnung. Aber es scheint sehr wichtig zu sein. Er wirkt beunruhigt. Für ihn scheint viel, sehr viel, von dieser Audienz abzuhängen. Und von deinem Wohlwollen. Aron hat sich nach deinem Befinden erkundigt. Und nach deiner Stimmung nach den turbulenten Ereignissen der letzten Nacht. Außerdem ließ er mich wissen, dass Sultan Jaqmaq ihn zu dir geschickt hat. Offenbar steht eine Entscheidung an, die Jaqmaq nicht ohne deinen Rat treffen will.«

»Gibt es denn keine Taubenpost aus Al-Kahira?«

Benyamin spitzt die Lippen und schüttelt den Kopf. »Aron war zehn Tage unterwegs – eine Brieftaube braucht zehn Stunden von Al-Kahira bis Jeruschalajim. Vermutlich ist sie einem Falken zum Opfer gefallen.«

Er stellt die silberne Karaffe mit dampfend heißem Qahwa und zwei Gläser auf meinen Schreibtisch – offensichtlich will er mit mir trinken. Mit einer heftigen Bewegung befreit er seinen Hals von der schweren Steinkugel, lässt sie mit einem dumpfen Poltern achtlos auf den dicken Teppich fallen und setzt sich, wie zuvor Arslan, mit unterschlagenen Beinen auf das Sitzkissen mir gegenüber.

»Hast du mit ihr geredet?«

»Eben gerade.« Er schenkt mir einen Kaffee ein und reicht mir das Glas über den Schreibtisch hinweg.

Ich trinke einen Schluck. »Glaubst du, dass sie im Tempelberg irgendetwas gefunden hat?«

»Außer dem zerbrochenen Templerschwert? Keine Ahnung. Ich habe sie gefragt, aber sie ist mir ausgewichen. Was erhoffst du dir denn?«

Als ich nicht antworte, fällt Benyamins Blick auf die Skizze auf meinem Schreibtisch, die ich vorhin, als ich keine Ruhe finden konnte, gezeichnet habe.

Zwei Cherubim, die mit ausgebreiteten Flügeln die goldschimmernde Bundeslade bewachen.

»Sag mal, ist gestern Nacht irgendetwas geschehen, wovon ich wissen sollte?«, lauert er und sieht mir dabei in die Augen.

»Nein.« Ich kippe den heißen Qahwa hinunter und genieße den Geschmack von karamelisiertem Zucker mit Vanille und einer Prise Zimt.

Benyamin atmet tief durch. »Saphira sagte mir eben, dass du dich gestern Nacht sehr um Alessandra bemüht hast.«

»Ich habe mir ihren verletzten Fuß angesehen.«

»Yared, deine Hand lag auf der Innenseite ihres Oberschenkels, nicht auf ihrem Fuß. Saphira meint, es sei eine sehr intime Berührung gewesen, die Alessandra, wie es scheint, nicht als unangenehm empfand.«

»Wie schön«, murmele ich betont gleichgültig, ja sogar uninteressiert, und halte Benyamin mein Glas hin, damit er mir nachschenkt.

Aber meinem Freund kann ich nichts vormachen.

»Was ist zwischen euch?«, fragt er, als er mir umständlich das Glas mit heißem Qahwa zurückgibt.

»Nichts.«

»*Nichts?* Yared, ich bitte dich!«

»Schon gut!«, gebe ich nach. »Ich habe sie gefragt, ob ich sie berühren darf. Sie hat mir lange in die Augen gesehen und schließlich genickt. Sie hat vor Erregung gezittert, als meine Finger sie sanft liebkosten. Es war … sehr schön. Mir jedenfalls hat es gefallen.«

»Ihr offenbar auch«, seufzt Benyamin. »Und dann?«

»Dann ist sie zu Bett gegangen. Sie war erschöpft. Und ich, ehrlich gesagt, auch.«

Ungerührt setzt Benyamin sein Verhör fort. »Saphira hat mir gesagt, dass du heute Nacht kein Auge zugetan hast. Alessandra gefällt dir, nicht wahr?« Als ich nicht sofort antworte, fragt er: »Willst du sie wiedersehen?«

»Ich weiß es nicht. Sie ist doch nur ein paar Tage in Jeruschalajim, dann kehrt sie nach Rom zurück.«

»Wann?«

»Ich habe sie nicht gefragt«, erwidere ich gereizt.

»Warum nicht?«, setzt er nach.

»Sag mal, was ist denn plötzlich in dich gefahren?«

»Beantworte meine Frage!«

»Das geht dich nichts an!«

»Sieh an! Habe ich etwa einen empfindlichen Nerv getroffen?«

»Also schön«, gebe ich entnervt nach. »Ich habe sie berührt und fand es erregend. Ich habe es genossen. Mehr gibt es dazu nicht zu sagen.«

»Nein? Ich denke doch! Alessandra hat eben um eine Audienz bei dir nachgesucht. Sie will mit dir reden. Ich habe sie auf morgen Nachmittag vertröstet, da hast du mehr Zeit als …«

»Und worüber will sie mit mir reden?«

»Das hat sie mir nicht gesagt. Aber ich werde es herausfinden, wenn du es wünschst. Ich habe sie heute Abend zum Schabbatessen eingeladen.«

»So.«

Er hebt die Augenbrauen. »Eifersüchtig?«

»Nein.«

»Doch, und wie!«

»Sei nicht albern, Benyamin. Ich habe Alessandra vor gerade einmal vier Stunden kennengelernt.«

»Was dich nicht davon abgehalten hat, sie nach einem langen Blick, der mehr verspricht als nur diese eine intime Berührung, in deinem Bett schlafen zu lassen«, entgegnet er.

»Und ich schlafe im Bett des Emirs«, erinnere ich ihn. »Allein!«

»Keine Gespielin heute Nacht? Ist Saphira sehr enttäuscht?«

»Benyamin!«

»Yared, ich weiß noch genau, wie du meine Schwester damals angesehen hast, als du ihr zum ersten Mal begegnet bist. Selbstbewusste und willensstarke Frauen wie Rebekka, Jadiya oder Alessandra fordern dich heraus. Alessandra gefällt dir, nicht wahr?«

»Ja, ich finde sie bezaubernd«, gebe ich zu.

»Das ist sie, in der Tat.« Benyamins Augen funkeln. »Und du hast dich Herz über Verstand in sie verliebt.« Bevor ich antworten kann, fragt er: »Wenn du nicht der wärst, der du bist, Yared, Prinz von Ägypten und Vizekönig von Dimashq, würdest du sie begehren und mit ihr …?«

Benyamin verstummt, als es klopft. Uthman öffnet die Tür und betritt mein Arbeitszimmer.

»Yared, bitte verzeih mein Eindringen, aber hast du einen Augenblick Zeit? Der Imam der Al-Aqsa-Moschee bittet, vom Emir empfangen zu werden.«

Als ich zustimmend nicke, bittet Uthman ihn herein. Mit einem Wink entlasse ich Benyamin, der sich hastig die Steinkugel wieder umhängt. Während er leise den Raum verlässt, erhebe ich mich, um den Imam zu begrüßen.

»Yared, das ist Yusuf Abu Talib, der ehrenwerte Imam al-Haram ash-Sharif«, stellt Uthman mir den ›Vorsteher des erhabenen Heiligtums‹ vor. »Imam Yusuf, darf ich dich bekannt machen mit Prinz Yared ben Netanya ben Yoel ibn Chasdai Ibn Shaprut al-Gharnati, Erster Ratgeber und Vertrauter des Sultans, Vizekönig von Dimashq und, wenn er den Herzenswunsch meines Vaters erfüllt«, fügt Uthman mit einem feinen Lächeln an, »schon sehr bald Dawadar des Reiches.«

Imam Yusuf verneigt sich vor mir. »Es-salamu alekum.«

»W'alekum es-salam«, antworte ich.

»Ich empfinde es als eine Ehre, von dir empfangen zu werden, und beglückwünsche dich zu deinem Amtsantritt als Emir. Allah möge schützend seine Hand über dich halten und dich und deine Söhne segnen …« Der Imam verstummt, als Uthman sich räuspert und ihm so leise, dass ich ihn gerade noch verstehen kann, zuraunt:

»Prinz Yared hat keine Kinder.«

Bestürzt und ein wenig verlegen wegen seines Versehens nuschelt Yusuf eine wortreiche Entschuldigung und erfleht erneut den Segen des barmherzigen Gottes – möge er mir viele Kinder schenken, liebreizende Töchter und tapfere und gelehrte Söhne, die dem berühmten und hochgeachteten Namen Ibn Shaprut alle Ehre machen.

»Danke, Imam. Nimm Platz.«

Umständlich ordnet er die Falten seiner Djellabiya, rafft die weiten Ärmel und macht ein großes Aufhebens darum, den imaginären Dreck von dem Sitz zu fegen, wo zuvor ein Jude gesessen hat. Als er bemerkt, dass ich ihn stirnrunzelnd beobachte, setzt er sich und hüstelt. »Prinz Uthman deutete eben an, dass du kein Muslim bist …«

»Niemand ist vollkommen.«

Dem Imam verschlägt es die Sprache. Doch rasch hat er sich wieder in der Gewalt. »Ich bin zu dir gekommen, Emir, weil es heute Morgen einen Zwischenfall auf dem Haram ash-Sharif gegeben hat.«

O Gott, nein! Ich ahne, was er mir zu sagen hat …

»Was ist geschehen?«, frage ich bestürzt.

Er holt tief Luft und faltet die Hände. »Während des Morgengebets in der Al-Aqsa ist ein Mönch vom Berg Zion, der sich offenbar am Karfreitag zum Märtyrer machen wollte, mit einem schweren Holzkreuz über der Schulter in die Moschee eingedrungen. Er hat dort auf Lateinisch gesungen und gepredigt, dass der Prophet Issa – Allahs Frieden ruhe auf ihm! – der Sohn Gottes sei. Und dass er uns alle erlösen werde, wenn wir zum Zeichen, dass wir uns seiner Herrschaft unterwerfen, das Kreuz küssen.«

»Allmächtiger Gott!«

»Die Gläubigen haben diesen Irren überwältigt, an sein Kreuz gefesselt und aus der Moschee getragen. Dann haben sie den Franziskanermönch in Richtung des Gartens Getsemani über die Umfassungsmauer des Haram ash-Sharif geworfen.«

»Lebt er noch?«

»Nein, er starb unter großen Qualen. Sein Rückgrat war gebrochen. Der griechische Patriarch hat sich bei mir über die Gewaltbereitschaft der Muslime beschwert, die den Karfreitag entweiht und einen Mönch misshandelt und getötet hätten.«

»Die Franziskaner sind nach ihrer Rückkehr aus Al-Kahira noch immer die Wächter der heiligen Stätten der Christenheit in Al-Quds«, werfe ich ein. »Papst Eugenius wird den Tod eines am Karfreitag gekreuzigten Mönchs nicht einfach hinnehmen.«

Der Imam nickt ernst. »Zudem sind Tausende christliche und muslimische Pilger in der Stadt. Ich befürchte eine blutige Vergeltung, ein Massaker.«

»Ich werde Patriarch Joachim zur Mäßigung aufrufen und, soweit es mir möglich ist, für Ruhe und Ordnung in der Stadt sorgen. Und ich werde dem Papst schreiben und ihm den Vorfall schildern.«

Yusuf verneigt sich. »Emir, heute Nacht gab es einen zweiten, noch schwerwiegenderen Vorfall. Im Felsendom.«

Jetzt kommt es!, denke ich erschrocken.

Mein Herz rast.

»Was ist geschehen?«

Alessandra

Kapitel 17

Auf dem Weg zur Grabeskirche
16. Dhu'l Hijja 848, 19. Nisan 5205
Karfreitag, 26. März 1445
Neun Uhr morgens

Vor dem Tor der Zitadelle bleibe ich einen Augenblick stehen, um die grandiose Aussicht zu genießen. Kuppeln, Glockentürme, Minarette. Die Schreine der drei großen Religionen, die sich im Grunde alle auf denselben Gott berufen, den sie in Synagogen, Kirchen und Moscheen anbeten und in dessen Namen sie einen ›heiligen‹ Krieg gegeneinander führen.

Während mein Blick über die Stadt schweift, erinnere ich mich, was mir Natanael, Niketas' jüdischer Bruder, gesagt hat: »In der Thora heißt es: Du sollst nicht töten! Ich glaube, dass sich Moses, als Gott ihm seine Gebote offenbarte, nicht alles merken konnte. Das Gebot lautet vollständig: Du sollst nicht töten, erst recht nicht im Namen Gottes!«

Gott ist Glaube, Hoffnung und Liebe. Er ist Barmherzigkeit, Versöhnung und Frieden. Jeder Streit, jede Gewalt, jeder Krieg im Namen Gottes ist ein Frevel gegen den Allerhöchsten.

Ich taste nach dem päpstlichen Breve und der Botschaft des Priesterkönigs in meiner Tasche, die ich dem Abt der Grabeskirche zeigen will, wenn ich ihn nach den Rittern Christi frage, während ich hinunter zur Davidstraße schlendere und in eine farbenfrohe und lebendige orientalische Welt eintauche, in der die Zeit stehen geblieben ist.

In diesem Souk haben die Reliquienhändler ihre Läden. Und was es hier nicht alles zu kaufen gibt! Eine Handvoll Stroh aus der Weihnachtskrippe, ein Splitter vom Kreuz, Blut aus den Nagelwunden, ein Dorn der Dornenkrone, die Tränen Marias, die unter dem Kreuz um ihren Sohn weinte. Die Tränen, denke ich vergnügt, sind vermutlich Wasser aus der Gihon-Quelle. Und woher das Stroh stammt, kann ich mir denken.

Von vorne angerempelt und von hinten getreten, schiebe ich mich durch die dicht gedrängten Pilger, die zur Grabeskirche eilen. Es ist neun Uhr – Christus wurde um diese Stunde ans Kreuz genagelt.

Als sich der Strom der Menschen nach links in den Souk der Gewürze ergießt, der das muslimische vom christlichen Viertel trennt, muss ich aufpassen, dass ich nicht mitgerissen werde. Noch ganz außer Atem stolpere ich die Kettenstraße entlang. Ja, hier in dieser Gasse, die ins Judenviertel führt, werde ich finden, wonach ich suche.

Eine Horde von fünf, nein, sechs Jungen folgt mir von Laden zu Laden. Ihre Kleidung besteht nur aus staubigen, zerfetzten Lumpen. Neugierig springen sie um mich herum, zupfen an meinen Ärmeln, machen große glänzende Augen und formen mit den Händen eine Bettelschale in der Hoffnung auf ein Bakschisch.

»Wie heißt du?«, schreien sie und drängen sich gegenseitig ab.

»Alessandra.«

»Woher kommst du?«

»Aus Rom.«

»Hast du Kinder?«

»Nein.«

Mit großen Augen staunen sie mich an. Dann fragen sie mit kindlicher Offenherzigkeit: »Wieso nicht?«

»Weil der Mann, den ich sehr geliebt habe, gestorben ist.«

Betroffene Gesichter. Dann die arglose Frage: »Suchst du dir nun einen neuen?«

Ich kann nicht anders, ich muss herzlich lachen. Ja, warum eigentlich nicht?

»Brauchst du einen Führer zu den heiligen Stätten?«, fragt einer der Jungen, der eine jüdische Kippa auf dem Kopf trägt, und spult einen auswendig gelernten Text herunter: »Ölberg, Getsemani, Via Dolorosa, Geißelungskapelle, Grabeskirche.«

»Nein danke«, winke ich lachend ab.

Doch die Jungen lassen nicht locker, hopsen ausgelassen um mich herum und schreien durcheinander: »Abendmahlssaal, Haus des Hohepriesters Kaiphas, Burg Antonia, Tempelberg …«

O ja, ich habe meinen Spaß mit diesen niedlichen kleinen Rotznasen! Schließlich gebe ich auf und trete in Verhandlungen mit Khalid, Karim, Akiva, Elija, Ioannis und dem kleinen Basilios, der, wie er mir stolz erklärt, gerade sechs geworden ist. Seine Freunde sind nicht älter als zehn – sie haben noch nicht gelernt, sich zu hassen, sich gegenseitig als ›Gottesmörder‹ und ›Kreuzanbeter‹ zu beschimpfen und mit Steinen zu bewerfen.

Mit glänzenden Augen beobachten sie, wie ich einen goldenen Fiorino aus meiner Tasche ziehe und ihnen vorschlage, einen Firman von ihnen zu erwerben. Sie wissen, was ein Firman ist: eine Vollmacht, ein Pass oder ein Schutzbrief des Herrschers eines muslimischen Reiches, der vom Sultan oder vom Emir unterzeichnet wird. Auf ein Stück Papier, das Akiva in einem der Läden besorgt, schreibe ich meinen Namen und ein paar Worte auf Arabisch und schärfe den Jungen ein, diesen ›Firman‹, der ja eigentlich keiner ist, zum Emir in die Zitadelle zu bringen, falls mir etwas zustoßen sollte.

»D-du meinst, w-wenn jemand v-v-v-versucht, dich zu ermohorden?«, stottert Elija aufgeregt.

Ich nicke ernst und erkläre ihnen, dass ein portugiesischer Mönchsritter mich verfolgt und dass sie mich warnen sollen, wenn sie ihn in der Menge der Pilger entdecken.

Karim reißt die Augen auf. »Ein Kreuzritter?«

»Ein Templer«, flüstere ich verschwörerisch und beschreibe ihnen Dom Tristãos weißen Habit mit dem roten Templerkreuz auf der Schulter.

Ein geheimnisvoller Tempelritter? Eine Schatzkarte, die er mir gestohlen hat? Eine aufregende Verfolgungsjagd quer durch Jerusalem? Sofort sind die Bengel Feuer und Flamme, mich vor Dom Tristão zu beschützen. Den feierlichen Treueschwur, auf dem ich mit ernster Miene bestehe, leisten sie mit kindlichem Ernst. Elija vergisst dabei sogar zu stottern.

Ich bin zufrieden. In der Hoffnung auf einen goldenen Fiorino wird mir meine überkonfessionelle Schutztruppe den freien Zugang zu allen Vierteln von Jerusalem gewähren und alle anderen Bettelkinder abdrängen, die heute wie Kletten an den christlichen Pilgern hängen.

»Tut mir den Gefallen, und wartet hier auf mich.« Ich deute auf einen jüdischen Laden einige Schritte die Kettenstraße hinunter. »Ich will dort drüben etwas kaufen.«

Ich mache einen Bogen um zwei jüdische Jungen, die mitten in der Gasse fröhlich lachend Fußball spielen, während zwei ältere Rabbinen mit langen weißen Bärten, die in ihren talmudischen Disput vertieft sind, mitten durch ihr Spielfeld spazieren und dabei um ein Haar über den Lederball gestolpert wären.

In aller Ruhe wühle ich mich durch etliche Schichten von gefalteten Tallits aus Wolle, bis der Händler schließlich einen Gebetsschal aus golddurchwirkter Seide vor mir ausbreitet, der jenem ähnelt, den Yared letzte Nacht zerrissen hat. Heute Mittag, wenn ich aus der Grabeskirche in die Zitadelle zurückgekehrt bin, will ich ihn Yared schenken – falls er trotz seiner Verpflichtungen als Emir einen Augenblick Zeit für mich hat.

Ich zeige Interesse an dem Tallit, befühle die kostbare Seide, halte die schimmernden Goldfäden ins Sonnenlicht und frage nach dem Preis. Dann winke ich entrüstet ab und mache Anstalten, den Laden zu verlassen. Yonatan ben Eleazar folgt mir, den Tallit über dem Arm, bis auf die Straße. Als er mir erzählt, dass seine Familie vor dreißig Jahren aus Rom geflohen ist, feilschen wir nur so zum Spaß auf Italienisch weiter. Er spricht mit römischem Akzent. Wo das Haus seines Vaters gestanden habe? Am Tiber, gegenüber dem Castel Sant'Angelo. Ganz in der Nähe des Dominikanerkonvents Santa Maria sopra Minerva, dem Hauptquartier der römischen Inquisition. Nachdem wir eine Weile über Rom geplaudert haben, nenne ich meine Preisvorstellung, und er ringt in gespielter Verzweiflung die Hände und erzählt mir von seinen Söhnen und Töchtern. Schließlich winkt er einen Jungen heran, der mit einem Messingtablett voller Teegläser an dem Laden vorbeieilt. Wir trinken einen Minztee und einigen uns schließlich auf einen akzeptablen Preis, den ich mit den in Ägypten begehrten Fiorini aus Florenz begleiche.

Wie ich den Orient liebe! Wie ich es genieße, in Jerusalem zu sein! Und wie ich mich darauf freue, Yared wiederzusehen und ihm diesen schönen Tallit zu überreichen!

Bei unserem Abschied erkundigt sich Yonatan gut gelaunt nach meinem Namen. Als ich ihm sage, wer ich bin, vergeht ihm das Lächeln. Er wird plötzlich ernst und still und mustert mich, als sehe er mich jetzt mit anderen Augen. Was hat er denn?

An der nächsten Ecke bleibe ich unauffällig stehen und beobachte, wie Yonatan hastig seinen Laden verlässt, sich durch die Pilger drängt, die zur Grabeskirche strömen, und in einer Gasse des jüdischen Viertels verschwindet.

Yared

Kapitel 18

In Yareds Arbeitszimmer in der Zitadelle
16. Dhu'l Hijja 848, 19. Nisan 5205
Karfreitag, 26. März 1445
Neun Uhr dreißig morgens

»Emir, heute Nacht gab es einen zweiten, noch schwerwiegenderen Vorfall«, erklärt der Imam der Al-Aqsa. »Im Felsendom.«

»Was ist geschehen?«, frage ich mit tonloser Stimme.

»Während der Nacht wurde eine Bodenplatte mit Gewalt aufgebrochen. Sie zerbrach dabei.«

Meine Bestürzung muss ich nicht heucheln.

Alessandra und Tayeb droht wegen der Entweihung des Haram ash-Sharif die Todesstrafe!

Und ich war ja auch dort …

»Warum sollte irgendjemand eine der Marmorplatten anheben?«, frage ich beklommen.

»Ich weiß es nicht. Unter dem Haram befindet sich ein Labyrinth von Abwasserkanälen und Zisternen.«

»Warst du dort unten?«

»Dort gibt es nichts zu sehen«, versichert er mir so nachdrücklich, als rechne er mit den neugierigen Fragen eines Rabbis, der doch allen Ernstes glaubt, dass es den jüdischen Tempel tatsächlich gegeben hat, obwohl bislang keine Fundamente gefunden wurden.

Dann fällt der Blick des Imams auf meine Skizze vor mir auf

dem Schreibtisch. Beunruhigt beobachte ich ihn. Ob er die Cherubim, die die Bundeslade beschützen, erkennt, kann ich nicht sagen. Er verzieht keine Miene.

»Die unterirdischen Gänge führen *nirgendwohin.*«

Mit anderen Worten: Es gab nie einen Tempel, den Salomo erbaut hat, den Serubbabel nach der Zerstörung durch die Babylonier wieder aufbaute, den Herodes so großartig errichtete, dass er als antikes Weltwunder galt, und den Titus so gründlich zerstörte, dass nur die Stützmauern stehen blieben. Was die Verfasser des hebräischen Tanach und der Evangelien und auch Flavius Josephus so detailliert beschreiben, hat es nie gegeben. Ihr Juden leidet alle unter einem Gotteswahn …

»Ist der Haram ash-Sharif entweiht worden?«, frage ich angespannt.

»Das kann ich nicht sagen«, gesteht der Imam.

»Wieso nicht?«

»Weil ich nicht weiß, ob dieser Jude ins Labyrinth eingedrungen ist.«

Erstaunt hebe ich die Augenbrauen und verberge meine zitternden Hände in den weiten Ärmeln meines Brokatmantels. »Woher weißt du, dass es ein Jude war?«

Der Imam fummelt in der Tasche seiner Djellabiya herum und zieht mit spitzen Fingern ein paar weiße Seidenfäden heraus. »Weil wir heute Morgen diesen abgerissenen Merkfaden eines jüdischen Tallits vor dem Felsen Morija gefunden haben. Es ist ein sehr kostbarer Gebetsschal aus golddurchwirkter weißer Seide.«

Mit bebenden Fingern nehme ich ihm den mit Tayebs Blut getränkten Faden aus der Hand und betrachte ihn.

Jahwe befahl Moses: Ihr sollt die Merkfäden ansehen und dabei die Gebote des Herrn befolgen und heilig sein. Ich bin der Herr, euer Gott, der euch aus dem Land Ägypten herausgeführt hat. Ich allein bin euer Gott …

… und eure Hoffnung auf Frieden und Freiheit in einem souveränen Reich Israel …

Ich atme tief durch. Dann gebe ich dem Imam den Seidenfaden zurück.

Der Blick, den Uthman mir zuwirft, ist unergründlich.

Mein Freund weiß, dass ich letzte Nacht mit Arslan die Zitadelle verlassen habe – er hatte mich gesucht, weil er wegen meiner Heirat mit Jadiya nochmals mit mir reden wollte. Uthman weiß auch, dass ich einen solchen Tallit besitze.

Doch er scheint sich in der Betrachtung der Koranverse an der Wand hinter mir zu verlieren und schweigt beharrlich.

Und ich muss eine Entscheidung treffen, die mir nicht leichtfällt, denn nur zu gern würde ich ins Labyrinth zurückkehren, um die verschollene Bundeslade zu suchen. »Ich wünsche, dass die aufgebrochene Marmorplatte ersetzt und die Öffnung versiegelt wird.«

»So soll es geschehen, Emir.« Der Imam verneigt sich. »Prinz Uthman deutete vorhin an, er hoffe, dass du uns heute Mittag die große Freude machen wirst, zum Freitagsgebet in die Al-Aqsa zu kommen. Und dass du dich entschließen könntest, die Schahada zu sprechen. Es wäre mir eine große Ehre, mein Prinz, wenn ich das bezeugen dürfte …«

∞ Alessandra ∞

Kapitel 19

Im Hof der Grabeskirche
16. Dhu'l Hijja 848, 19. Nisan 5205
Karfreitag, 26. März 1445
Neun Uhr dreißig morgens

Von der ehrwürdigen Grabeskirche ist nur die Südfassade des linken Seitenschiffs zu sehen, wo sich das Portal befindet. Und nur die Kuppel ragt über die angebauten Kapellen, Sakristeien, Klöster und den wuchtigen Glockenturm hinaus.

Dominikaner, Franziskaner und Benediktiner eilen über den Hof vor der Basilika, koptische Priester und äthiopische Diakone, griechische, armenische und syrische Mönche und ein katholischer Bischof aus England mit seinem Gefolge. Trotz aller Unterschiede in Sprache und Bekenntnis bilden sie alle seit der Kirchenunion von Florenz *ein* Christentum mit *einem* Glauben und *einer* Kirche, die von Papst Eugenius in Rom beherrscht wird.

»Ihr wartet hier auf mich.« Ich deute auf eine Treppe rechts neben dem Doppelportal der Grabeskirche, deren rechtes Tor Sultan Salah ad-Din zumauern ließ. Die Treppe führt zu einer Kapelle neben dem Golgatafelsen.

»Dürfen wir denn nicht mit hinein?« Karim verrenkt sich fast den Hals, als er neugierig durch das Portal in die Kirche späht, zu der ihm als Muslim der Zutritt verwehrt ist.

»Nein, ihr bleibt hier. Seht euch um, ob der Tempelritter hier auftaucht. Ihr findet mich in der äthiopischen Kapelle. In einer Stunde bin ich zurück.«

Ich reihe mich in die Schar der Pilger ein und betrete die Grabeskirche, den heiligsten Ort der Christenheit, den Kaiser Konstantin mit einer Basilika überbaute, die die Kreuzfahrer nach dem ersten Kreuzzug erweiterten. Doch nun wirkt die Kathedrale so verfallen wie die Paläste des Vatikans seit dem jahrzehntelangen Exil der Päpste in Avignon. Das Gesetz der Dhimma schreibt vor, dass die Christen für die Renovierung einer Kirche einen Firman, eine formelle Erlaubnis des Emirs oder des Sultans, benötigen. Da die Kosten und die erforderlichen Bestechungsgelder oft die finanziellen Mittel der christlichen Orden übersteigen, verrotten die Kirchen im Mameluckenreich immer mehr, und seit Sultan Jaqmaq die Christen in Ägypten mit Feuer und Schwert verfolgt, werden nur noch die nötigsten Instandhaltungsarbeiten durchgeführt.

Neben dem Portal befindet sich ein hölzerner Sitz, auf dem einer der muslimischen Wächter hockt. Gelangweilt nuckelt er an seiner Wasserpfeife und wacht darüber, dass die Pilger ihre Eintrittsgebühr an den Emir von Al-Quds entrichten. Meinem Pilgerführer zufolge sind die Schlüssel der Grabeskirche seit 1244 zwei muslimischen Familien anvertraut, die das Portal nach Einbruch der Dämmerung verschließen und die Kirche damit zur uneinnehmbaren Festung machen.

Hoffentlich finde ich in diesem Labyrinth aus Klöstern, unterirdischen Krypten, angebauten Kammern und übereinander errichteten Kapellen einen Mönch oder Priester, der mich zu Gebre Christos führt!

Am Salbungsstein, wo Jesu Leichnam ins Grabtuch gelegt wurde, wende ich mich nach rechts zur höher gelegenen Golgatakapelle im linken Seitenschiff. Auf den Stufen hinauf zur Kapelle mit dem Felsen, den Jesus mit dem schweren Kreuz auf dem

Rücken hinaufstolperte und über den das Blut des Gekreuzigten floss, stehen dicht gedrängt die Pilger und versuchen, einen Blick in den kleinen Gebetssaal zu erhaschen. Dort findet gerade die lateinische Karfreitagsmesse statt. Vor den Stufen liest ein orthodoxer Priester eine griechische Messe. Er spricht besonders laut, damit er die Lateiner in der Kapelle, die beide Konfessionen ihr Eigen nennen, übertönt.

Die Besitzverhältnisse der Grabeskirche, die den Lateinern, Griechen, Armeniern, Georgiern, Syrern, Kopten und Äthiopiern gemeinsam gehört, sind immer wieder Anlass zu eifersüchtigen Streitereien gewesen. Ein Dokument schreibt fest, welche Konfessionen wann, wo und wie lange ihre Messen lesen. Bis vor wenigen Jahren hat der Golgatafelsen den Armeniern und den Georgiern gehört. Nun gehört er den Griechen und den Lateinern gemeinsam, die in der Kapelle jedoch nicht gleichzeitig Gottesdienst feiern dürfen. Die Griechen gedenken dem Sterben Christi also nicht auf, sondern vor dem Felsen. Und stören damit erheblich die lateinische Andacht.

Ich dränge mich durch die Reihen der byzantinischen Gläubigen, die sich um die mit Blumen und Kerzenleuchtern geschmückten Ikonen geschart haben, um sich zu bekreuzigen und die geweihten Bilder zu küssen …

… und bleibe wenige Schritte weiter schockiert stehen.

Ja gewiss, auch während eines Pontifikalamtes in der Basilica di San Pietro treffen sich die Gläubigen auf ein Schwätzchen – aber was ich hier sehe, verschlägt mir den Atem! Vor der Treppe zur Kapelle der heiligen Helena, der Mutter Kaiser Konstantins, die in jener Krypta angeblich das Kreuz Christi gefunden hat, verhökern zwei Franziskaner ohne jede Scham Grabtücher mit dem Abbild des Leichnams Jesu an die orthodoxen Gläubigen, die ihnen die Tücher geradezu aus den Händen reißen.

»Se Cristo vedesse!«, murmele ich erschüttert.

»Amen«, höre ich eine Stimme hinter mir, und als ich mich umwende, tritt ein Mönch vom Orden des heiligen Francesco von Assisi neben mich. »Wenn Jesus das sehen könnte, würde er zornig die Geißel schwingen, die Tische der Geldwechsler und Taubenverkäufer umwerfen und die Händler aus seinem Tempel vertreiben«, murmelt er auf Italienisch und deutet mit einer resignierten Geste auf die Fratres, die, wie es scheint, ein gutes Geschäft machen.

»Eine Tempelreinigung? Nein, das würde er nicht tun. Denn ich bezweifle, dass Rabbi Jeschua jemals eine Kirche betreten würde. Er würde in die nächste Synagoge gehen, wie er es den Evangelien zufolge an jedem Sabbat tat. Er war ein orthodoxer Jude.«

Der Frater im braunen Habit der Franziskaner blickt mich überrascht an.

Er ist Ende zwanzig. Geschwungene Augenbrauen überwölben braune Augen mit schweren Lidern und langen Wimpern, was ihm ein schwermütiges, ja trauriges Aussehen verleiht. Das kurz geschnittene, tonsurierte Haar und der dunkle Bart lassen sein blasses Gesicht asketisch schmal erscheinen. Jeder Florentiner Maler hätte ihn begeistert in seine Werkstatt gezerrt und ihm den Habit vom Leib gerissen, um ihn als lebendes Modell des leidenden Gottessohns zu malen. Fra Angelico, der seit Jahren das Kloster San Marco mit seinen Fresken schmückt, wäre hingerissen.

»Was werden wir Christen tun, wenn unsere Gebete endlich erhört werden und Jesus Christus als Messias zurückkehrt – mit Tallit und Tefillin und der hebräischen Thorarolle unter dem Arm? Konvertieren wir dann alle zum Judentum?«

Der Franziskaner lacht schallend. Sein Gelächter reißt mich mit – sehr zum Missfallen des orthodoxen Priesters, der sich unwillig zu uns umdreht.

»Schockiert?«, frage ich den Frater.

Er winkt ab. Dabei wirkt seine Hand seltsam unbeweglich. »Nein. Aber wie denkt die römische Inquisition darüber? Ihr stammt doch aus Rom, nicht wahr? Euer Akzent ist mir vertraut …«

»Euer Ordensbruder Fra Giovanni da Capestrano *ist* entsetzt.«

Der Franziskaner spitzt die Lippen und versteckt seine Hände in den Ärmeln seines Habits. Die Perlen des Rosenkranzes an seinem Gürtel klicken leise. »Kann ich mir vorstellen. Seid Ihr ihm schon begegnet?«

»Im Vatikan, im Arbeitszimmer des Papstes und beim gemeinsamen Abendessen mit ihm. Fra Giovanni und ich – wir sind so gut wie nie einer Meinung.«

»Ihr speist mit dem Papst? Und mit seinem Inquisitor?«, fragt er fassungslos. »Wer seid Ihr denn?«

»Alessandra d'Ascoli.«

Er verneigt sich. »Ich freue mich, Euch kennenzulernen, Euer Gnaden. Und mein herzliches Beileid zum Tod Eures … hm … Gemahls.«

»Ihr wisst davon?«

»Die Kirchenunion von Florenz und die Rolle, die Seine Seligkeit Niketas IV. Evangelos, der Metropolit von Athen und Exarchos von Griechenland, dabei gespielt hat, haben hier in Jerusalem für Aufsehen gesorgt. Seine Seligkeit, Patriarch Joachim, hat getobt, als er hörte, dass der byzantinische Kaiser sich dem römischen Papst unterworfen hat, der damit zum Oberhaupt der vereinigten griechisch-römischen Kirche wurde.«

»Joachim hat Niketas exkommuniziert.«

Und dessen Tod bezeichnete dieser selbstgerechte Priester als gerechte Strafe Gottes für den Verrat an eintausendvierhundert Jahren Orthodoxie!, denke ich verbittert.

»Starb er in Ungnade?«, fragt der Franziskaner bestürzt.

»Nein, Papst Eugenius hat Niketas' Exkommunikation aufgehoben. Die beiden standen sich sehr nahe.«

»Dem Allmächtigen sei Dank!«, seufzt er erleichtert. »Ich werde für Niketas beten.«

»Grazie, Frate …«

»Fra Girolamo da Salerno«, stellt er sich mir vor. »Ich bin einer der Wächter des Heiligen Grabes.«

»Als Sultan Jaqmaq vor einigen Jahren die Franziskaner vom Berg Zion nach Kairo verschleppte …«

»Ich war in Kairo«, sagt er mit tonloser Stimme.

»Seid Ihr gefoltert worden?«

Er hebt beide Hände und zeigt mir die vernarbten Wunden an den Handgelenken. Die Stigmata einer Kreuzigung. »Ich habe mich geweigert, zum Islam zu konvertieren.«

»Der Sultan hat Euch an ein Kreuz nageln lassen?«, frage ich entsetzt.

»Sechs Stunden lang. Wie unseren Herrn Jesus Christus.« Fra Girolamo verschränkt die Hände, die er offensichtlich nicht mehr benutzen kann, in den Ärmeln seines Habits. »Ich weiß nun, welche Qualen *er* am Kreuz erdulden musste.«

»Aber Ihr habt es überlebt.«

»Ein Jude hat sich für mich eingesetzt und den Sultan gebeten, mich vom Kreuz zu nehmen.«

»Ein Jude?«

»Yared al-Gharnati, der Vertraute des Sultans. Ihm verdanke ich mein Leben. Und meinen Glauben an die Gerechtigkeit Gottes. Selig die Sanftmütigen und Barmherzigen, die den um ihres Glaubens willen Gefolterten in ihrer Not beistehen, wie Yared es getan hat. Selig die Friedensstifter, die im Stillen ihre Macht und ihren Einfluss nutzen, um sich für die verfolgten Christen in Ägypten ebenso einzusetzen wie für die Juden. Er ist ein Gerechter. Ein wahrer ›Sohn Gottes‹.«

Ich nicke. »Frater, könnt Ihr mir sagen, wo ich Gebre Christos finden kann, den Abt des äthiopischen Klosters hier in der Grabeskirche?«

»Ihr kennt Gebre Christos?«, fragt er überrascht.

»Als er während des Unionskonzils in Florenz weilte, war er oft zu Gast in meinem Palazzo an der Piazza del Duomo.«

»Ich bringe Euch zu ihm.« Fra Girolamo deutet hinüber zur Kapelle des Heiligen Grabes. »Hier entlang.«

Während er mich durch das Hauptschiff zur Grabkapelle unter der großen Kuppel führt, hinkt er so sehr, dass ich ihm meinen Arm anbiete, damit er sich darauf stützen kann, doch er lehnt ab.

Vor dem Portal des Heiligen Grabes wartet eine Schar kastilischer Pilger. Sie wollen von einem byzantinischen Priester in die Grabkammer eingelassen werden, um am allerheiligsten Ort der Christenheit ein kurzes Gebet zu sprechen. Über dem marmornen Portal, das von riesigen Kerzenleuchtern flankiert ist, hängen in mehreren Reihen silberne Öllampen, die den Lateinern, den Griechen und den Armeniern gehören.

»Habt Ihr das Heilige Grab besucht?«, fragt Fra Girolamo.

»Nein, noch nicht.«

»Die Tür ist stets geöffnet, ausgenommen in der Zeit von Karfreitagnachmittag bis zur Osternacht. Hinter dem Portal liegt die Engelskapelle. Dort saß am Ostersonntag der Engel auf dem Rollstein und verkündete: ›Er ist nicht hier, er ist auferstanden.‹« Fra Girolamo deutet auf die kastilische Pilgerschar. »Wenn Ihr später wiederkommt, kurz vor der Non, bevor das Portal des Grabes geschlossen wird, werde ich dafür sorgen, dass Ihr allein hineingehen könnt, um ungestört zu beten. Zur Stunde seines Todes, allein in seiner Grabkammer, in der unser Erlöser auferstand. Näher könnt Ihr *ihm* nicht sein.«

»È vero. Grazie, Frate.«

Wir umrunden das Heilige Grab. Hinter der Grabkapelle feiern einige syrische Mönche in schwarzen Habiten eine Messe auf Aramäisch, der Sprache Jesu.

»Die Kapelle an der Rückseite des Heiligen Grabes gehört den Kopten. Die Kapelle der Syrer befindet sich in der Apsis gegenüber. Aber sie kann derzeit nicht benutzt werden, weil dort Baumaterial lagert, Holzgerüste, Steinquader und Werkzeuge«, erklärt mir Fra Girolamo und schiebt mich durch die Reihen der Mönche, die gerade das Pater noster auf Aramäisch beten. Ich bin erstaunt, wie viel Aramäisch ich verstehen kann. »Dort drüben führt eine niedrige Tür in eine Grabkammer, in der vermutlich Joseph von Arimatia begraben lag. Und in der erleuchteten Kapelle dort drüben findet Ihr den ehrwürdigen Gebre Christos inmitten seiner Priester und Mönche.«

»Grazie, Fra Girolamo.«

»Wenn Ihr mich sucht, ich bin im Konvent der Franziskaner. Dort drüben im rechten Seitenschiff.« Fra Girolamo da Salerno verneigt sich vor mir. Dann wendet er sich ab und verschwindet im mystischen Dämmer der Grabeskirche.

Die Kapelle der Äthiopier ist mit Ikonen auf langen Pergamentrollen aus Ziegenleder geschmückt, die Iyasus Christos und seine Mutter Maryam zeigen. Sie haben dunkelbraune Haut, schwarzes Haar und große, freundlich blickende Kulleraugen. Der äthiopische Iyasus Christos ist kein gegeißelter, gekreuzigter, sterbender Gottessohn, wie er in Rom verehrt wird. Kein byzantinischer Pantokrator, der in kaiserlichem Ornat auf den Wolken des Himmels thront und mit majestätischem Gestus den Erdkreis beherrscht. Kein von Allah gesandter Prophet Issa. Und kein jüdischer Rabbi Jeschua, dem die Evangelisten sämtliche wortfunkelnden Hoheitstitel jüdischer Könige umgehängt haben, die sie dem Judentum entwenden und an sich reißen konnten, um ihn in eine leuchtende Aura von Göttlichkeit zu hüllen:

gesalbter Messias, Erlöser, Gottesknecht, Davidssohn, Menschensohn und Gottessohn. Der äthiopische Iyasus ist sehr menschlich. Und liebenswert.

Die Mönche, die gerade ihre Andacht in Geez, in der heiligen liturgischen Sprache der Äthiopier, beendet haben, tragen schwarze und blaue Gewänder und stützen sich auf lange Gebetsstäbe, die sie sich während der Messe unter den Arm geklemmt haben. Als ich die Kapelle betrete, bilden sie eine Gasse, um mich durchzulassen, und verhüllen Mund und Nase mit den Tuchstreifen ihrer Turbane.

Der Altar ist eine große Truhe, die mit golddurchwirktem Brokat drapiert ist. Darauf steht eine kleinere Lade, die vollständig verhüllt ist.

Unter einem mit Ikonen bestickten Schirm schwingt Gebre Christos sein Handkreuz aus ineinander verschlungenen silbernen Ornamenten und erteilt den Mönchen seinen Segen, die das Kreuz mit den Lippen und der Stirn berühren und dann mit gesenktem Kopf zurücktreten. In der anderen Hand hält er den unvermeidlichen Fliegenwedel der Priester.

Gebre Christos, sein Name bedeutet ›Diener Christi‹, hat sich in den zwei Jahren, seit er aus Florenz abgereist ist, kaum verändert. Seine schwarze Haut schimmert unter dem weißen Bart wie dunkles Ebenholz, die Augen in einem Strahlenkranz aus kleinen Fältchen künden von einer Glut unter der scheinbar ausgebrannten Asche, die stetig knistert und nicht verlöschen will. Wie alt mag er sein? Mit einem jungenhaften Lächeln hat er mir in Florenz erzählt, er sei um das Weltjahr 6865 geboren, aber so genau könne er das nicht sagen – jedenfalls habe er erst *nach* der Herrschaft von König Salomo das Licht der Welt erblickt. Ich schätze ihn auf fünfundachtzig.

Er blinzelt mich kurzsichtig an und schlägt das Kreuz über mir. »Alessandra, mein liebes Kind, du bist in Jerusalem!«, begrüßt er mich auf Arabisch, umarmt mich herzlich und lehnt sich dabei gegen mich. »Wie schön, dich zu sehen!«

»Ehrwürdiger Vater, vor meiner Abreise aus Rom bat mich der Papst, dir seine Segenswünsche zu übermitteln.«

»Ich danke dir, mein Kind. Wie geht es ihm?«

»Das Konzil hat ihn viel Kraft gekostet. Papst Eugenius ist sehr krank. Ich fürchte, ihm bleibt nicht mehr viel Zeit.«

»Die Kirchenunion wird scheitern, wenn er jetzt stirbt. Denn sie besteht doch nur auf dem Pergament, das der Papst von Rom und der Kaiser von Byzanz unterzeichnet haben«, prophezeit Gebre Christos düster. »Der byzantinische Kaiser muss einen Aufstand der orthodoxen Gläubigen befürchten, wenn er lateinische Messen in der Hagia Sophia lesen lässt. Auf einer Synode vor zwei Jahren hier in Jerusalem zwangen die orthodoxen Patriarchen deinen ›geliebten Schwager‹, Kaiser Ioannis, wieder zum orthodoxen Glauben zurückzukehren. Der Patriarch von Alexandria spielt sich zum Richter der Ökumene auf. Und der Patriarch von Jerusalem exkommuniziert jeden, der den Mut hatte, das Unionsdekret zu unterzeichnen, und damit zum Verräter an seinem Glauben wurde, allen voran Niketas.«

Ich nicke stumm.

»Wenn das Schisma zwischen Rom und Byzanz trotz der Union weiterbesteht, werden auch die Armenier, die Kopten und die Syrer den Primat des römischen Papstes nicht mehr anerkennen. Dann wird die Kirche von Iyasus Christos wieder sein, wie sie vorher war: zerstritten und zerspalten und uneins, sodass sie dem mit Feuer und Schwert vordringenden Islam keinen Einhalt gebieten kann.«

»Abuna, deine Prophezeiung ist erschreckend, aber wahr. Der Kreuzzug zur Rettung von Byzanz, den der Papst Kaiser Ioannis vor sechs Jahren in Aussicht gestellt hat, wird wohl niemals stattfinden. Der Doge von Venedig wird weder ein Heer noch venezianische Galeeren aufbieten, denn er ist, wie er selbst von sich sagt, zuerst Venezianer und dann erst Christ. Es ist also nur eine Frage der Zeit, bis die Türken Konstantinopolis erobern und Sultan Murad oder sein Sohn Mehmed das Banner des Propheten über der Hagia Sophia hissen lassen.«

»Obwohl sich die äthiopische Kirche der vereinigten Kirche aus dogmatischen Gründen nicht angeschlossen hat, erachtet Kaiser Zara Yakob die Einheit des Christentums gegenüber dem Islam für notwendig. Nicht zuletzt, um sich gegen die Mamelucken zu wehren. Ich werde für Papst Eugenius beten.«

»Ich werde es Seiner Heiligkeit ausrichten, wenn ich in einigen Tagen nach Rom zurückkehre.«

»So bald schon? Ich hatte gehofft, du würdest einige Wochen bleiben, und wir könnten uns unterhalten, wie damals in Florenz.«

»Das werden wir, Abuna. Ich habe tausendundeine Frage.«

»Bald wird Prinz Solomon, der Neffe des Kaisers, in Jerusalem eintreffen. Ich werde ihn und sein Gefolge zu seiner Residenz auf dem Berg Zion geleiten. Aber bis dahin haben wir noch ein wenig Zeit. Was hältst du davon, wenn du mich in meine Gemächer begleitest und ich dir während der Kaffeezeremonie deine Fragen nach bestem Wissen und Gewissen beantworte?«

»Sehr gern.« Ich reiche ihm meinen Arm, und er hakt sich bei mir unter.

»Weiß Patriarch Joachim, dass du in Jerusalem bist?«, fragt er, während wir langsam eine Treppe emporsteigen, die auf das Dach der Basilika führt.

»Nein.«

»Für euer beider Seelenfrieden ist das auch besser so.« Er ist ein wenig außer Atem und klammert sich an meinen Arm. »Er wird noch immer zornig, wenn Niketas IV. Evangelos von Athen in seiner Gegenwart erwähnt wird.«

»Ich weiß, Abuna. Du kennst doch den Brief, den er mir nach Niketas' Tod geschrieben hat. Seine Worte sollten mich nicht trösten, so wie du mich damals in meiner Trauer getröstet hast. Der brillanteste Theologe von Byzanz, so schrieb er mir, sei zum größten aller Häretiker geworden. Er, der Patriarch von Jerusalem, schäme sich für seinen Bruder in Christo, den Metropoliten von Athen. Sein Tod sei die gerechte Strafe Gottes für einen Judas, der Jesus Christus nicht für dreißig Silberlinge, sondern für einen Fetzen Purpurseide verraten hat.«

»Es tut mir so leid, mein Kind! Solche Worte reißen Wunden, die nur schwer verheilen.« Tröstend legt er seine Hand auf meine. »Warum bist du trotzdem nach Jerusalem gekommen?«

☙ Yared ❧

Kapitel 20

In Yareds Arbeitszimmer in der Zitadelle
16. Dhu'l Hijja 848, 19. Nisan 5205
Karfreitag, 26. März 1445
Zehn Uhr morgens

»Harun Abu Tarik Ibn Ezra, Gesandter des Sultans Muhammad IX. von Gharnata«, kündigt Benyamin sehr förmlich und, wie mir scheint, beunruhigt den Botschafter an, der nun mein Arbeitszimmer betritt.

Harun, der einen silbernen Brustpanzer und einen mit einem weißen Turban geschmückten Helm mit Nasenschutz trägt, nähert sich langsam meinem Schreibtisch und bleibt mit respektvoll gesenktem Blick einen Fußbreit vor dem Rand des Teppichs stehen.

Wie ein Bittsteller!, denke ich. Was ist in Gharnata denn bloß geschehen?

»Aron Ibn Ezra«, spreche ich ihn mit seinem jüdischen Namen an. »Wie schön, dich nach all den Jahren wiederzusehen, Aron!«

Er blickt auf, augenscheinlich erleichtert über den freundlichen Empfang.

»Danke, Yared … Emir.« Ein Lächeln huscht über seine angespannten Gesichtszüge. »Meine herzlichen Glückwünsche zu deiner Hadj nach Mekka, Medinat an-Nabi und Al-Quds. Möge Allah dich segnen und dir Frieden schenken!«

»Danke, Aron. Möge er dir dieselbe Gunst gewähren!«

»Vor elf Tagen war ich bei Sultan Jaqmaq. Er hat mir von deiner Hadj berichtet. Er schien glücklich zu sein, dass du dich endlich entschlossen hast, Muslim zu werden. Er erwähnte deine bevorstehende Hochzeit mit Prinzessin Jadiya, für die wohl schon die ersten Vorbereitungen getroffen werden – der Sultan rechnet mit deiner Rückkehr während der nächsten Wochen. Ich freue mich für dich, Yared. Von ganzem Herzen. Das wäre die Krönung deines Aufstiegs. Vom Sklaven … bitte verzeih, wenn ich dich in der Stunde deines Triumphs an jene furchtbaren Jahre erinnere! … Vom Sklaven zum mächtigsten Mann des Reiches, einem Prinzen von Ägypten.«

Offenbar will er möglichst rasch auf seinen Auftrag zu sprechen kommen. Doch ich bin noch nicht bereit dazu und schneide zunächst ein harmloseres Thema an, denn es ist taktlos, die Verhandlungen so schnell zu beginnen. »Du bist seit Wochen unterwegs. Bestimmt vermisst du deine Familie.«

»Und wie!«, gesteht er mit einem tiefen Seufzer. »Es ist sehr freundlich von dir, dich nach meinen Liebsten zu erkundigen.«

»Harun Abu Tarik – Vater von Tarik? Du hast einen Sohn, Aron?«

»Fünf Söhne, Yared, und vier Töchter«, verkündet er stolz.

»Die Erkenntnis, dass es ›keinen Sieger gibt außer Allah‹«, zitiere ich den Wahlspruch der Dynastie der Nasriden, »hat dir offenbar Glück beschert.«

»Ja, Allah ist mir gewogen – mehr, als Jahwe es jemals war. Ich habe eine Cousine von Sultan Muhammad geheiratet. Ich gehöre jetzt zur Dynastie der Nasriden. Tarik ist mein ganzer Stolz. Er ist vierzehn, zwei Jahre jünger als Yona. Dein Sohn wäre jetzt sechzehn, nicht wahr?«

»Ja.«

»Ein junger Mann. Ich weiß noch, wie glücklich du warst, als Rebekka dir nach deiner Rückkehr vom Hof des Königs von Kastilien gestand, dass sie endlich schwanger war. Ich war fassungslos, als Benyamin mir nach eurer Flucht aus Gharnata erzählt hat, dass Rebekka und Yona …« Er verstummt. »Mein Gott, Yared, seinen eigenen Sohn so sterben zu sehen …«

»Schon gut, Aron. Es ist jetzt vierzehn Jahre her. Willst du dich nicht setzen? Wie wäre es mit einem Shai?«

»Ja, gern. Ein heißer Minztee wäre schön.«

Aron atmet auf und entspannt sich – Muhammad hatte offenbar befürchtet, dass ich seinen Gesandten gar nicht erst empfange. Dann nimmt er mit dem Schwert auf den Knien umständlich Platz, während uns beiden Gläser mit erfrischendem Minztee serviert werden.

Nachdem wir getrunken haben, frage ich Aron nach dem Grund seiner langen Reise von Gharnata nach Al-Kahira und weiter nach Jeruschalajim. Und warum er mich so dringend sprechen will.

Aron stellt sein Teeglas auf den Tisch zwischen uns und holt tief Luft. »Sultan Muhammad ist erneut gestürzt worden und nach blutigen Kämpfen in den Straßen von Gharnata geflohen. Im Namen Allahs und um eurer alten Freundschaft willen ersucht er dich in aller Demut um militärische Unterstützung. Er will die Alhambra zurückerobern und das muslimische Gharnata vor der christlichen Reconquista schützen.«

Das kann nicht wahr sein!

»Er wagt es, sich auf unsere Freundschaft zu berufen?«, frage ich mit bebender Stimme. Nach allem, was zwischen Muhammad und mir vorgefallen ist, ist Verbitterung noch das laueste meiner Gefühle. »Muhammad hat mein Vertrauen missbraucht, mich verraten und ins Exil getrieben. Und er erinnert mich allen Ernstes an unsere *Freundschaft?*«

Aron zieht den Kopf ein. »Yared … Emir, ich bitte dich!«

»Nach seinem Sturz vor achtzehn Jahren habe ich ihm die Treue gehalten und ihn ins Exil begleitet. Ich bin nach Kastilien gereist, um mit König Juan über ein Bündnis zu verhandeln, damit Muhammad den Goldring des Sultans zurückgewinnen konnte. Und wie hat mein *Freund* es mir gedankt? Er hat sich liebevoll um meine Frau gekümmert und sie in seinem Bett umsorgt, während ich monatelang in Córdoba, Toledo und Salamanca war, um sein Leben und seinen Thron zu retten. Und er hat mir den Sohn geschenkt, den ich nie haben konnte. Ist das aufrichtige, selbstlose und loyale Freundschaft?«

»Allmächtiger Gott unserer Väter!«, entfährt es Aron. »Yared, bitte glaub mir, das wusste ich nicht. Ich dachte, Yona wäre *dein* Sohn gewesen! Du hast ihn doch so sehr geliebt. Du hast ihn in den Arm genommen und zärtlich geküsst, und er hat seinen Kopf an deine Schulter gelegt. Und Rebekka war im achten Monat schwanger, als ihr so überstürzt geflohen seid …« Er verstummt. »O Gott! Das zweite Kind war also auch von ihm?«

Ich nicke traurig – ich hatte mich sehr auf das Kind gefreut. Rebekka war sich so sicher gewesen, dass es eine Tochter wird. »Muhammad hat mich verraten, Aron. Nachdem der kastilische König ihm die Stufen zu seinem Thron hinaufgeholfen hatte, verbündete er sich mit Aragón gegen seinen Lehnsherrn, Juan von Kastilien …«

»Ich weiß, wie enttäuscht du von ihm warst. Wie sehr ihr beide gestritten habt.«

»… und dann geschah, wovor ich Muhammad immer gewarnt hatte: Juan griff seinen abtrünnigen Vasallen an, besiegte ihn in der Schlacht, und er floh wieder ins Exil.«

»So wie du.«

»Sein Nachfolger Yusuf, Sultan von Juans Gnaden, hätte mich nicht am Leben gelassen. Er und seine Cousins waren für das Massaker an meinem Vater, meiner Mutter und meinen Geschwistern verantwortlich, das weißt du doch.«

Er nickt beklommen. Aron hatte in die Dynastie der Ibn Shapruts einheiraten und mit meiner kleinen Schwester unter die Chuppa, den Traubaldachin, treten wollen. Doch Sarah wurde vier Tage vor der Hochzeit ermordet. Ich weiß noch, wie ihr Blut in das Rosenbeet rann und dort versickerte …

»Also habe ich meine Sachen gepackt und bin noch in der Nacht, als er die Alhambra besetzte, aus Gharnata geflohen.«

»Aber nicht nach Al-Mariya wie Sultan Muhammad. Und nicht an den Hof von Juan von Kastilien, der dich mit Freuden aufgenommen hätte. Sondern nach Malaqa, um ein Schiff nach Israel zu besteigen. Benyamin hat mir damals erzählt, dass du dorthin wolltest, um endlich Chasdai Ibn Shapruts Traum zu verwirklichen. *Deinen* Traum.«

Ich nippe an dem heißen Minztee.

»Und nun bist du der engste Berater des ägyptischen Sultans. Und, sobald du konvertiert bist, sein Schwiegersohn und Dawadar«, fährt Aron fort. »Ich habe mir deine Villa bei den Pyramiden angesehen – ich sollte sie wohl lieber einen Palast nennen. Du lieber Himmel, die Gärten sind schöner als die der Alhambra. Auf der einen Seite die Pyramiden, auf der anderen Seite der Nil. Und eine Felukka mit weißen Segeln. Du lebst wie ein König.«

»Der Sultan ist sehr großzügig.«

»Sein Leben liegt in deiner Hand. Man sagt, er sei todkrank und könnte schon in wenigen Monaten sterben …«

Aron spricht das Furchtbare nicht aus: Dass mein Name der erste auf einer langen Todesliste sein wird. Und dass ich das Blutbad, das die Emire unter Jaqmaqs Vertrauten und Söhnen anrichten werden, um unangefochten den Thron von Ägypten zu besteigen, vermutlich nicht überleben werde. Es sei denn, Uthman folgt seinem Vater nach und macht mich, seinen Schwager und Freund, zu seiner rechten Hand. Es sei denn, ich nutze meine

Macht als Dawadar, stecke mir den goldenen Ring an meine bluttriefenden Hände und regiere selbst als Sultan …

»Hast du manchmal Sehnsucht nach Gharnata?«

»Ja, Aron, und wie!«

»Dann komm zurück, Yared al-Gharnati, der die Stadt seiner Sehnsucht nicht nur in seinem Namen, sondern auch in seinem Herzen trägt! Das Schicksal deiner Heimat kann dir doch nach all den Jahren nicht gleichgültig sein!« Aron wirft Benyamin einen raschen Blick zu. »In Gharnata haben die Juden als Dhimmis mehr Freiheiten als in Ägypten, das weißt du. In Gharnata brennen keine Synagogen«, sucht er sich in Benyamin einen Verbündeten.

Wie erstarrt blickt mein Freund zu Boden und hält die verhasste Steinkugel umklammert, als wolle er sie sich herunterreißen. Er wagt es nicht, mich anzusehen, weil er weiß, dass sein hoffnungsvoller Blick mich verletzen könnte. Und dass wir wieder streiten würden, wie vor einigen Wochen vor unserer Abreise nach Mekka.

Nur zu gern würde Benyamin nach Gharnata zurückkehren. Trotz der Unruhen wegen des Bruderkriegs der Nasriden, die sich gegenseitig abschlachten, um für ein paar Monate auf den Thron zu gelangen, bevor sie wieder gestürzt werden wie Muhammad, der nun schon zum dritten Mal aus Gharnata fliehen musste. Trotz der Bedrohung durch die Reconquista Kastiliens und die Inquisitoren, die den Konquistadoren folgen werden, um in Gharnata mit der Überzeugungskraft brennender Scheiterhaufen und schwelender Leichen die Frohe Botschaft von Liebe und Barmherzigkeit zu verkünden.

Benyamin liebt Gharnata, genauso wie ich, und verachtet Ägypten, das ›Land unserer Knechtschaft‹. Und seit vor einigen Monaten seine dreizehnjährige Tochter Yael von einem Tscherkessen auf offener Straße vergewaltigt und beinahe getötet wurde, hasst er die Mamelucken bis aufs Blut. Auch das Todesurteil gegen den Tscherkessen konnte ihn nicht versöhnen.

Wenn ich sagen würde: ›Benyamin, pack deine Sachen‹, würde er sofort alles aufgeben und mit seiner Frau und seinen Kindern das nächste Schiff nach Malaqa besteigen, um nach Hause zurückzukehren. Der Auszug aus Ägypten – die Freiheit, als Jude leben zu können –, diese Hoffnung, diese Vision bestimmt sein Denken und sein Handeln. Nicht nur an Pessach.

Aron wendet sich wieder mir zu. »Muhammad will dich zu seinem Wesir ernennen, wenn du ihm hilfst, Gharnata zurückzuerobern. Er will dir alles geben, was Sultan Jaqmaq dir gewährt, und noch viel mehr! Einen Palast in Gharnata, die Hand seiner Tochter, die höchsten Würden des Reiches.

Versöhne dich mit ihm, Yared! Wie ein Bruder stand er zu dir, hat dir das Leben gerettet und dich in deiner Trauer getröstet, als dein Vater, deine Mutter, deine Brüder und Schwestern in jenem furchtbaren Massaker starben, das du als Einziger überlebt hast. Ich weiß, wie furchtbar das für dich war, denn in jener Nacht starb auch die Frau, die ich sehr geliebt habe. Deine Schwester Sarah.«

Aron verstummt einen Augenblick, um ihrer zu gedenken. Dann redet er weiter auf mich ein: »Muhammad war zu Gast in deinem Haus, als du Rebekka geheiratet hast. Und er hat mit dir die Geburt deines … eures Sohns gefeiert. Muhammad war nicht nur dein Sultan, Yared, er war dein vertrauter Freund, dein Bruder.«

Ich atme tief durch.

»Spiel das Spiel der Könige, das du so vollendet beherrschst, Yared, spiel es gegen die Könige von Kastilien, Aragón und Portugal. Hilf Muhammad in seiner Not, so wie er dir geholfen hat. Sein Leben ist in Gefahr. Hilf ihm, seinen Thron zurückzugewinnen. Entsende deine Mamelucken nach Gharnata, um den, der ihn gestürzt hat, zu vertreiben. Um Gottes willen, rede mit Juan von Kastilien, der dich immer noch sehr schätzt. Und mit dem König von Portugal – Dom Henrique rüstet eine Flotte schwer bewaffneter Karavellen aus, wie für einen Kreuzzug! Yared, ich war erst vor wenigen Wochen beim König in Lissabon und beim Infanten in Tomar, dem Hauptquartier des Christusordens, und ich befürchte das Allerschlimmste!

Wenn Gharnata durch Kastilien erobert wird, werden die Juden *und* die Muslime das Schicksal derer von Sevilla und Córdoba erleiden.« Er blickt zu Benyamin hinüber, der vor der Inquisition aus Sevilla geflohen ist. Dann wendet er sich wieder mir zu. »Yared, ich bitte dich«, beschwört er mich. »Komm zurück nach Gharnata!«

In Benyamins Augen schimmern Tränen, als er den Blick abwendet.

Als ich nichts erwidere, erhebt sich Aron.

»Muhammad bereut aus tiefstem Herzen, was er dir angetan hat. Er reicht dir die Hand zur Versöhnung und fleht dich an, sie nicht auszuschlagen.« Er streckt mir seine Hand entgegen und wartet darauf, dass ich sie ergreife. »Yared, kannst du ihm denn nicht nach all den Jahren eine Schuld vergeben, die er sich selbst nie verziehen hat?«

Alessandra

Kapitel 21

Auf dem Dach der Grabeskirche
16. Dhu'l Hijja 848, 19. Nisan 5205
Karfreitag, 26. März 1445
Zehn Uhr morgens

Gebre Christos geleitet mich auf das Dach der Grabeskirche. Dies sei der einzige Weg in sein Kloster, keucht er atemlos, denn in der allerheiligsten Basilika der Christenheit würden alle Konfessionen eifersüchtig über ihre Gottesdienstzeiten, Kapellen und Treppen wachen. Am Palmsonntag habe es sogar eine Schlägerei zwischen den Kopten und den Griechen gegeben, weil die ägyptischen Mönche, die hinter dem Heiligen Grab ihre Messe feiern, durch ihren Gesang den Gottesdienst der byzantinischen Priester vor dem Grab Jesu störten. An Weihnachten sei die Stimmung besonders gereizt gewesen. Die Franziskaner hatten vergessen, ihre ›katholischen Wunderkerzen‹ zu löschen, als die Orthodoxen ihre heilige Liturgie feiern wollten. Sie schlugen aufeinander ein, Katholiken und Orthodoxe, Flüche wie ›Schismatiker‹, ›Häretiker‹ und ›Hostienschänder‹ flogen hin und her, und ein Äthiopier geriet zwischen die Fronten, als er vermitteln wollte – es gab einen Toten und drei Schwerverletzte. Der äthiopische Mönch starb noch in der Heiligen Nacht.

»So viel zur Einigkeit der christlichen Kirchen«, murmelt Gebre Christos bitter und rät mir mit beißendem Zynismus, während wir über einen hölzernen Steg auf die Dachterrasse des benachbarten Franziskanerklosters klettern, keinen Katholiken auf orthodoxem Hoheitsgebiet anzusprechen und mich von dunklen Kapellen fernzuhalten, in denen syrische Mönche mit Kreuzen und schweren Kerzenleuchtern lauern.

Über eine steile Treppe, die ich dem alten Abt hinunterhelfen muss, gelangen wir in einen Garten mit Feigen- und Granatapfelbäumen hinter der Basilika. Nur das Gezwitscher von Schwalben durchbricht die Stille – vom Stimmengewirr der Grabeskirche und der nahen Via Dolorosa ist nichts zu hören. Die schlichten Steinhäuser, die diesen kleinen Garten Eden wie einen Kreuzgang säumen, bilden das äthiopische Kloster.

Mit seinem zerzausten Fliegenwedel weist Gebre Christos auf die Mönche, die auf Schemeln hocken und in den Evangelien lesen. »Sie schweigen während der Karwoche, weil Judas unseren Herrn Iyasus Christos durch ein Wort und einen Kuss verraten hat. Die ersten Worte, die sie nach der Osternacht sagen werden, lauten: ›Christos ist auferstanden. Wahrlich, er ist auferstanden.‹«

»Welch tiefe Frömmigkeit. Es tut mir leid, dass ich dein Schweigen gestört habe, Abuna. Vielleicht ist es besser, wenn ich wieder gehe und dich nach dem Fasikafest besuche.«

»Nein, Alessandra, ich bitte dich. Du sagtest, du hättest Fragen, die ich beantworten kann. Das will ich gern tun.« Mit seinem Fliegenwedel fuchtelt er in Richtung der Mönche. »Du hältst uns für exotisch, nicht wahr?«

»Das äthiopische Christentum ist sehr … Wie soll ich sagen … jüdisch. Ihr beschneidet eure Söhne am achten Tag, ehrt den Sabbat wie den Sonntag, beachtet Reinheits- und Speisevorschriften, betretet während des Gottesdienstes nicht die Basilika, sondern betet draußen, bezeichnet euch stolz als Judenchristen und nennt euch Kinder Israels und Neues Zion.«

»Und unser Neguse Negest, unser König der Könige, der Erwählte Gottes, Kaiser Zara Yakob, stammt in direkter Blutlinie von König David und König Salomo ab.« Gebre Christos stößt die Tür zu seinen Gemächern auf. »Da sind wir. Tritt ein, mein Kind, und setz dich.«

Der Empfangsraum ist schlicht eingerichtet. Ein Diwan, auf dem Gebre Christos mit steifen Knien Platz nimmt, davor zwei Sitzkissen, die mit merkwürdigen schwarz-weiß gestreiften Fellen bedeckt sind – von einem Zebra, wie Gebre Christos erklärt.

Auf einem niedrigen Tisch aus Ebenholz und Elfenbein steht ein Straußenei, das offenbar als Räucherschale dient, denn aus Löchern in der Schale dringt ein schwerer, süßer Weihrauchduft. Daneben liegt ein alter Foliant aus steifem, gewelltem Ziegenleder, kostbar illuminiert und in Geez geschrieben.

An den Wänden hängen lederne Ikonen von Iyasus Christos. In Florenz hat Gebre Christos mir erzählt, dass es keine Abbildungen der Kreuzigung und der Grablegung gebe, weil sich die Gläubigen nicht für würdig erachten, den sterbenden Erlöser anzuschauen. Die Botschaft dieser herrlichen Ikonen lautet: Iyasus Christos lebt.

»Wie wäre es mit einem äthiopischen Kaffee? Bitter wie das Leben und süß wie die Liebe?«

»Sehr gern.«

Gebre Christos gibt meinen Wunsch an Tesfa Iyasus weiter, der neben der Tür wartet – ich kenne den Mönch, weil er seinen Abt nach Florenz begleitet hat. Währenddessen erhebe ich mich, um ein leuchtend buntes Lederbild an der Wand zu betrachten.

Ein bärtiger Mann und eine schöne Frau, beide in königlichem Ornat und unter einem Brokatschirm, der über sie gehalten wird, wenden sich einander zu und halten sich zärtlich an den Händen. Um sie herum, vor den Stufen, die zu den beiden Thronen hinaufführen, knien schwarze Menschen und bringen dem königlichen Paar Geschenke dar: den Stoßzahn eines Elefanten, ein Straußenei und kostbare Gefäße mit Weihrauch und Gold. Und was ist das? Ein niedliches Löwenjunges! Hinter einem gerafften Vorhang erkenne ich den Tempel von Jerusalem.

»Wundervoll, nicht wahr?«, fragt Gebre Christos, der mich beobachtet hat.

»Die Farben sind so lebendig. Wer sind die beiden?«

»König Salomo von Israel und Königin Makeda von Saba, die Begründer der salomonischen Dynastie. Die Szene zeigt den Besuch der Königin von Saba hier in Jerusalem, von dem auch das Alte Testament berichtet. Und dieses Buch.« Gebre Christos weist auf den Folianten aus Ziegenleder auf dem Tisch, der einen herben Duft verströmt. »Das *Kebra Negest,* die ›Herrlichkeit der Könige‹.«

Ich wende mich wieder dem ledernen Bild zu. »König Salomos Gesichtszüge sind schwarz.«

»Bei uns werden alle Menschen gleich dargestellt, ob sie nun schwarz oder weiß sind, Christen, Juden oder Muslime. Alle sind Kinder Gottes. Ich möchte dir das Bild gern schenken.«

»Das kann ich nicht annehmen, Abuna.«

»Doch, Alessandra, ich bitte dich. Nimm es von der Wand, und bring es her – denn über König Salomo und Königin Makeda willst du doch wohl mit mir reden, nicht wahr?«

»Und über die Tempelritter und den sagenhaften Priesterkönig Johannes.« Ich nehme wieder Platz und lege das Lederbild neben mich auf das Kissen.

Tesfa Iyasus ist für die Kaffeezeremonie zurückgekehrt – ein Ritual der äthiopischen Gastfreundschaft und eine Geste von Freundschaft und höchster Wertschätzung. Sobald der Mönch einen kleinen Ofen aufgebaut hat, in dem die Kohlen bereits glühen, verstreut er frisch geschnittenes Gras auf dem Boden und nimmt auf einem niedrigen Schemel Platz.

Schweigend, wie es dem Ritual entspricht, beobachten Gebre Christos und ich, wie der Mönch Kaffeebohnen in einer Pfanne auf den Kohlen röstet. Sobald der charakteristische Duft aufsteigt, wird von mir erwartet, dass ich mich über die Pfanne beuge, tief einatme und die Qualität des Kaffees beurteile, was ich auch tue: »Betam tiru no – Ein köstlicher Duft!« Das sind die einzigen Worte, die ich auf Amharisch beherrsche – Gebre Christos hat sie mich in Florenz gelehrt.

Tesfa Iyasus lächelt zufrieden, nimmt die Pfanne von den glühenden Kohlen, schüttet die heißen Kaffeebohnen in einen Steinmörser und mahlt sie langsam und bedächtig. Der Duft des Kaffees wird immer stärker. Das Pulver wird nun in die heiße Pfanne zurückgegeben und mit Wasser aufgekocht.

Gebre Christos übernimmt es, den Kaffee in Gläser zu füllen, mit drei Löffeln gebräuntem Zucker zu süßen und umzurühren. Dann reicht er mir mein Glas, während Tesfa Iyasus sich zurückzieht.

»Vorhin in der Kapelle hast du erwähnt, dass dein ehemaliger Sekretär Fra Leonardo ermordet worden sei und dass du nach Jerusalem gekommen seist, um den Mord aufzuklären.«

Ich trinke einen Schluck Kaffee. »So ist es.«

»Willst du mir erzählen, was geschehen ist?«

Ich berichte ihm, wie ich mich in Rom auf meine Expedition nach Jerusalem vorbereitet habe, um die Tempelbibliothek zu suchen. Und um apokryphe Handschriften zu entdecken, die nicht in das Alte Testament aufgenommen worden sind.

»Wie das äthiopische Buch Henoch?«, fragt er fasziniert, während er mir ein zweites Glas Kaffee einschenkt, und ich bejahe.

Dann erzähle ich ihm, wie ich Leonardo in jener Nacht fand. Und ich lasse auch das Templerkreuz nicht aus, das er mit seinem Blut gemalt hat, um mich vor dem Assassino zu warnen, einem portugiesischen Mönchsritter des Ordem de Cristo. Der Boden des Geheimarchivs war bedeckt mit den Abschriften der Inquisitionsprotokolle der französischen Templerprozesse. Dom Tristão musste sie gelesen haben, bevor Leonardo ihn dabei überraschte. Doch die geheimen Dokumente enthielten offenbar keinen Hinweis darauf, wonach der Christusritter suchte: eine Lade aus Akazienholz, die aus dem Pariser Tempel stammte und ursprünglich einen Bericht des Dominikanermönchs Jourdain de Séverac über das Reich des Priesterkönigs Johannes enthielt.

»Was, glaubst du, ist geschehen?«, fragt Gebre Christos.

»Ich kann nur vermuten, was im Convento do Cristo in der alten Templerfestung von Tomar, dem Hauptquartier des Ordens, zwischen dem Großmeister und seinem Geheimagenten besprochen wurde. Ich glaube, dass Dom Henrique de Aviz, der Infante von Portugal, mit Dom Tristão über den Priesterkönig Johannes sprach.«

»Über den Priesterkönig?«, fragt Gebre Christos verwirrt.

»Was weißt du über ihn, Abuna?«

Er schüttelt den Kopf und hebt beide Hände.

Ich bin wie vor den Kopf geschlagen. »Aber ich dachte …«

»Es tut mir leid, mein Kind. Willst du mir von ihm erzählen?«

»Ja, Abuna.« Ich bemühe mich, mir meine Bestürzung nicht anmerken zu lassen. »Der Priesterkönig Johannes ist ein christlicher Herrscher, der um 1146 in der Chronik des deutschen Bischofs Otto von Freising zum ersten Mal erwähnt wird. Der Chronist hoffte, der Priesterkönig würde sich an einem Kreuzzug beteiligen und die Christenheit im Kampf gegen die Muslime unterstützen, die in einem Heiligen Krieg Jerusalem zurückerobern wollten.

Um 1165 sandte der Presbyter Johannes eine Botschaft an den byzantinischen Kaiser Manuel Komnenos, den deutschen Kaiser Friedrich Barbarossa und Papst Alexander III.« Ich ziehe die Abschrift des Briefes, die ich in Rom angefertigt habe, aus meiner Tasche, entfalte das Pergament und zeige es Gebre Christos. Er wirft einen kurzen Blick darauf und gibt es mir wieder zurück. »In diesem Schreiben schwor der Priesterkönig, die christlichen Stätten im Heiligen Land mit seiner gewaltigen Streitmacht zu schützen und die Muslime im Namen Jesu Christi zu vernichten. Und darauf hofft die Christenheit noch immer, obwohl seither fast drei Jahrhunderte vergangen sind.«

Ich nippe an meinem Kaffee, dann fahre ich fort:

»In aller Welt haben Entdecker und Abenteurer nach diesem mysteriösen Priesterkönig gesucht, diesem mächtigen Verbündeten des Papstes in seinem Kampf gegen den Islam. Doch trotz der genauen Beschreibungen in dessen Brief bleibt unklar, wo sich sein Reich befindet, in Asien oder Afrika.

Bei meinen Nachforschungen im vatikanischen Archiv stieß ich dann auf den Reisebericht von Jourdain de Séverac, den mein Vater vor Jahren in der Lade der Templer entdeckt hatte. Dom Tristão, der vermutlich danach gesucht hat, konnte ihn nicht finden, weil Leonardo ihn in die Akten der päpstlichen Korrespondenz mit dem Priesterkönig gelegt hatte.«

»Wer ist Jourdain de Séverac?«, fragt Gebre Christos.

»Ein französischer Dominikaner, der vor hundertzwanzig Jahren in einem Kloster im persischen Täbriz lebte, als Missionar nach Indien aufbrach und 1330 zum Bischof von Malabar ernannt wurde.«

»Erwähnt sein Bericht den Priesterkönig?«

»Allerdings«, nicke ich. »Jourdain beschrieb das Reich, das nicht in Asien, sondern in Afrika liegt. Nachdem ich den Brief des Priesterkönigs nochmals gelesen habe, glaube ich, dass es an den Quellen des Nils liegt.«

Gebre Christos runzelt die Stirn.

»Ich glaube, dass Dom Tristão im Geheimarchiv des Vatikans nach einem Beweis dafür suchte, dass die Tempelritter mit dem Priesterkönig in Verbindung standen, und dass der Christusritter nach einem Bericht mit genauen geografischen Angaben suchte, die es den Karavellen des Christusordens ermöglichen würden,

den Kontinent zu umsegeln und das Reich im Osten Afrikas zu erreichen. Das Reich, das gleichzusetzen ist mit dem Goldland Ophir, wohin König Salomo seine Flotte schickte, um das Gold für seinen Tempel nach Jerusalem zu bringen. Und mit dem Weihrauchland der Königin von Saba. Im Alten Testament wird sie in einem Atemzug mit dem Goldland genannt.«

Gebre Christos deutet auf das Lederbild neben mir auf dem Sitz. »›Und die Königin von Saba hörte von Salomos Ruf. Und sie kam nach Jerusalem, um Salomo mit Rätselfragen zu prüfen, mit einem sehr zahlreichen Gefolge und mit Kamelen, die Balsamöle und Gold trugen und Edelsteine. Und sie kam zu Salomo und redete mit ihm über alles, was in ihrem Herzen war‹«, zitiert er aus dem Gedächtnis.

»Aus einem Bericht von zwei Kardinallegaten, die vor einigen Jahren in Valencia einer Audienz des Botschafters des Priesterkönigs bei König Alfonso von Aragón beiwohnten und anschließend meinem Cousin Papst Martin berichteten, weiß ich, dass sich der Priesterkönig selbst als Sohn Davids bezeichnet. Und dass König Salomo und die Königin von Saba die Blutlinie der salomonischen Dynastie begründeten.«

»Wann fand diese Audienz in Valencia statt?«

»Vor siebzehn Jahren.«

Gebre Christos nickt bedächtig. »Ja, ich erinnere mich. Ich war damals gerade von Jerusalem nach Aksum zurückgekehrt. Kaiser Yeshaq, der ältere Bruder von Zara Yakob, hat eine Delegation nach Aragón entsandt, um Alfonso eine dynastische Verbindung vorzuschlagen. Wenn ich mich recht entsinne, wollte Yeshaq eine Prinzessin von Aragón heiraten und in seinen Harem aufnehmen.«

Also doch!, denke ich mit klopfendem Herzen. Beide Kardinäle hatten Yeshaq als König der Könige bezeichnet, als Sohn Davids und Salomos *und* als Priesterkönig.

»Dann ist der äthiopische Kaiser der Nachkomme des legendären Priesterkönigs Johannes?«, frage ich hoffnungsvoll.

Gebre Christos antwortet nicht sofort. »Dein Glas ist leer, Alessandra. Willst du noch einen Kaffee?«

»Ja, gern.«

Während er mir einschenkt, fragt er: »Darf ich den Brief des Priesterkönigs lesen?«

Ich gebe ihm die Abschrift. Weil er kurzsichtig ist, hält er sich den lateinischen Text ganz nah vor die Augen und blinzelt immer wieder beim Lesen. »Priester Johannes, durch die Macht und Kraft Gottes und unseres Herrn Jesus Christus König der Könige …«

»Was ist?«, frage ich irritiert, als er zu schmunzeln und schließlich zu lachen beginnt, doch er hebt die Hand und bittet mich um Geduld, bis er zu Ende gelesen hat. Dann stockt er, lässt den Brief auf seine Knie sinken und sieht auf.

»Sieh mal einer an, die Quelle der ewigen Jugend entspringt also auch in seinem Reich!« Er lacht. »Das wusste ich nicht.«

»Abuna, bitte …«

»Einen Augenblick noch, mein Kind.« Er nippt an seinem Kaffee und widmet sich wieder dem Brief: »In unserem Reich leben schwarze Juden, die einem König dienen, der mir unterworfen und tributpflichtig ist … Elefanten, Nilpferde, Krokodile und Löwen …«, murmelt Gebre Christos vergnügt, während er weiterliest, »… und der Fluss Ydonus fließt durch mein Reich. Er entspringt im Paradies und führt Edelsteine wie Kiesel mit sich: Saphire, Topase, Onyxe …«

»Ich glaube, dass der Ydonus der Nil ist«, werfe ich unruhig ein. »Die kostbaren Steine sind eine Metapher für den unschätzbar wertvollen Nilschlamm, der Ägypten während der jährlichen Nilflut fruchtbar macht. Die Ernten machen den Mameluckensultan zu einem der reichsten und mächtigsten Herrscher.«

»Aber nur, solange der äthiopische Kaiser den Nil nicht umleitet und Ägypten in eine Wüste verwandelt, die Kairo unter ihren Sanddünen begräbt«, brummt Gebre Christos. Eine Weile liest er stumm, nur seine Lippen bewegen sich. Dann blickt er auf und liest mir vor:

»Ich bin ein frommer Christ. Überall verteidige ich die Christen. Ich habe gelobt, das Grab des Herrn mit einem mächtigen Heer zu besuchen, wie es dem Ruhm meiner Majestät entspricht, die Feinde des Kreuzes Christi zu erniedrigen und zu bekriegen und seinen Namen zu verherrlichen.« Sein Finger gleitet an den Zeilen entlang, dann liest er weiter. »Wenn du zu mir kommst, wirst du sagen, dass ich der Herr der ganzen Welt bin. Wenn du die Sterne des Himmels und den Sand des Meeres zu zählen vermagst, dann zähle meine Herrschaft und meine Macht.«

Gebre Christos lässt den Brief sinken.

»Ist Zara Yakob der Erbe des Priesterkönigs?«, bedränge ich ihn. »Ist er der mächtige christliche Herrscher, mit dem sich Dom Henrique verbünden will, um den Islam zu vernichten?«

Gebre Christos dreht bedächtig das Kaffeeglas in seinen Händen. Dann entscheidet er sich für ein klares »Nein.«

Als er meine Enttäuschung bemerkt, beugt er sich vor und legt mir sanft eine Hand auf den Arm: »Ich will es dir erklären, Alessandra. Dieser Brief ist ein Märchen. Der Fluss Ydonus mit seinen kostbaren Kieseln, die Quelle der ewigen Jugend, der prunkvolle Palast des Priesterkönigs – all das existiert nicht. Der Erwählte Gottes lebt nicht in einem Palast, sondern zieht mit seinem Hofstaat in einem riesigen Zeltlager durch das Reich und residiert in Aksum, in Lalibela oder in der Nähe eines der großen Klöster Debre Damo oder Tana Kirkos. Die Wunder von Äthiopien sind eindrucksvoller als dieses törichte Geflunker. Die Quellen des Nils, den wir Abay nennen. Die Tisisat-Wasserfälle, wo sich das Wasser des Nils mit einem durchdringenden Donnern in einen Abgrund stürzt und dabei so hoch aufspritzt, dass ständig ein Regenbogen über den Wasserfällen leuchtet. Das ›Neue Jerusalem‹ mit den monolithischen Felsenkirchen von Lalibela, die der Legende nach von Engeln aus dem roten Stein herausgemeißelt wurden. Die Steinstelen von Aksum, die höher sind als die ägyptischen Obelisken und von denen niemand weiß, wie sie aufgerichtet werden konnten. Und die Kathedrale Maryam Tseyon in Aksum, wo die Kaiser gesalbt werden. Von all diesen Wundern lese ich nichts in diesem Brief. Der Verfasser war niemals in Äthiopien. Denn sonst hätte er den Neguse Negest, den König der Könige, nicht als Priesterkönig beschrieben. Wie der byzantinische Kaiser und der römische Papst betrachtet sich der Neguse Negest als Stellvertreter Christi auf Erden. Aber er ist kein geweihter Priester.«

Ich nicke enttäuscht.

Unvermittelt greift Gebre Christos nach meinem Glas und schenkt mir zum vierten Mal ein. Das vierte Glas Kaffee ist eine hohe Auszeichnung, denn nur drei Gläser sind üblich. Danach sollte man aufstehen und sich verabschieden. Während er den Zucker in den Kaffee rinnen lässt und umrührt, murmelt er, noch ganz in Gedanken: »Es gibt eine Legende, die mir ein Priester in einer der Felsenkirchen von Lalibela erzählt hat – er schreibt sie für eine Chronik auf. Sie besagt, dass Prinz Lalibela vor seinem Bruder, Kaiser Harbay, der ihn ermorden wollte, aus Äthiopien floh und etliche Jahre im Exil in Jerusalem lebte.«

Ich nehme ihm das Glas aus der Hand. »Wann war das?«

»Vor 1189. Denn in diesem Jahr kehrte Lalibela nach Äthiopien zurück, bestieg als Neguse Negest den Thron, nahm den Thronnamen Gebre Maskal, ›Diener des Kreuzes‹, an und regierte vierzig Jahre lang bis 1229. Nachdem Sultan Salah ad-Din Jerusalem erobert hatte, erbaute Lalibela die nach ihm benannte

Stadt mit den elf monolithischen Felsenkirchen aus rotem Stein als Neues Jerusalem.«

»Wenn Prinz Lalibela vor oder sogar während der Eroberung durch Salah ad-Din 1187 in Jerusalem war, hatte er vielleicht Kontakt zu den Tempelrittern?«

»Das ist denkbar.«

»Ist es möglich, dass die Tempelritter nach dem Fall Jerusalems Prinz Lalibela nach Äthiopien begleitet haben?«

✿ Yared ✿

Kapitel 22

In Yareas Gemächern in der Zitadelle
16. Dhu'l Hijja 848, 19. Nisan 5205
Karfreitag, 26. März 1445
Zehn Uhr dreißig morgens

✡ Mit verschränkten Armen lehnt Benyamin in der offenen Tür meines Schlafgemachs und beobachtet, wie Saphira mir in die weiten Ärmel der Djellabiya aus indischer Seide hilft, die ich anlässlich des Freitagsgebets in der Al-Aqsa tragen will. Als sie mir den Spiegel vorhält, suche ich darin nicht mich, sondern Benyamin.

Nach unserem erbitterten Wortgefecht vor wenigen Minuten ist seine Miene verschlossen. Seine trotzige Haltung wirkt angespannt. Benyamin hat gemerkt, dass ich ihn im Spiegel beobachte, und er meidet meinen Blick.

Seit ich mit Aron gesprochen habe, verbeißt er sich in sein Schweigen. Was empfindet er nach Muhammads Bitte, ich solle nach Gharnata zurückkehren, und nach meiner Antwort? Und wie denkt er jetzt, da Uthman mich in einer Stunde zum Freitagsgebet in die Al-Aqsa begleiten will, damit ich endlich die Schahada spreche und Muslim werde?

Er ist verzweifelt. Niedergeschmettert und unfähig, sich aus dem lähmenden Sumpf der Hoffnungslosigkeit zu befreien.

Ich weiß, dass er sich von mir verraten fühlt, und es schmerzt mich, ihn so zu sehen.

Ich lege ihm eine Hand auf die verkrampfte Schulter. Als ich ihn umarmen will, stößt er mich zurück. Er senkt den Blick und weicht mit einer angedeuteten Verbeugung einen Schritt zur Seite, um mich vorbeizulassen.

An der Tür wende ich mich zu ihm um. »Benyamin?«

Er blickt auf. »Ja?«

»Such das zerbrochene Templerschwert, das Alessandra gestern gefunden hat, und bring es in meine Gemächer. Wenn Uthman herausfindet, dass sie im Labyrinth war, lässt er sie und Tayeb hinrichten. Das Schwert muss verschwinden.«

Alessandra

Kapitel 23

Im äthiopischen Kloster hinter der Grabeskirche
16. Dhu'l Hijja 848, 19. Nisan 5205
Karfreitag, 26. März 1445
Kurz vor elf Uhr morgens

»Die Templer in Äthiopien? Die Legende berichtet nichts davon. Gewiss, es gibt Abbildungen von Templerkreuzen, die …«

»Wo?«, unterbreche ich Gebre Christos.

»In den Felsenkirchen von Lalibela. Im Grab des Königs Kaleb in Aksum, von dem berichtet wird, dass es die steinernen Schatztruhen der Königin von Saba birgt. Und in der Kathedrale Maryam Tseyon in Aksum. Aber das bedeutet *nicht,* dass die Templer in Lalibela oder Aksum waren. Die Kathedrale von Aksum stammt aus dem vierten Jahrhundert. Der Templerorden ist aber erst … wann gegründet worden?«

»Um das Jahr 1119. Das rote Kreuz tragen die Templer erst seit 1128, seit dem Konzil von Troyes, auf ihrem Habit.«

Gebre Christos hebt beide Hände. »Was nun?«

»Keine Ahnung.«

»Du bist enttäuscht.«

»Und wie!«, gebe ich zu und atme tief durch. »Ich hatte gehofft, dieses Gespinst aus Mysterien enträtseln zu können. Die Tempelritter und ihr legendärer Schatz, der Priesterkönig und der steinerne Gral aus Wolfram von Eschenbachs *Parzival.* Ich hatte gehofft, eine Spur zu finden, die in Jerusalem beginnt und über Portugal nach Äthiopien führt. Aber da ist nichts, gar nichts.«

»Scheint so.«

Ich atme tief durch. »Es gibt noch einen anderen Weg. Ich muss Dom Tristão finden, um mir die Schriftrolle zurückzuholen, die er gestohlen hat.«

Gestern Nacht ließ er durchblicken, der Papyrus sei eine Schatzkarte, die zur Bundeslade führt …

»Abuna, weißt du, wo …?«

Tesfa Iyasus, der vorhin die Kaffeezeremonie durchgeführt hat, betritt den Raum. »Ehrwürdiger Abuna, der Abetahun Solomon wird in wenigen Minuten mit seinem Gefolge das Portal der Grabeskirche erreichen«, meldet er auf Arabisch, damit auch ich ihn verstehen kann. »Ein Bote brachte gerade die Nachricht, dass der neue Emir, Yared al-Gharnati, sich freue, Prinz Solomon in einer halben Stunde in der Zitadelle mit allen Ehren zu begrüßen. Übermorgen will er ihn dann zum Abendessen in seinen Gemächern empfangen. Am Ostersonntag, nach den Feierlichkeiten zu Fasika.«

»Yared achtet also das äthiopische Osterfest«, murmelt Gebre Christos zufrieden. »Und er lädt ihn zum Abendmahl ein – das hätte ich nun wirklich nicht erwartet. Das ist eine sehr gute Nachricht. Yared al-Gharnati wird seinem Ruf gerecht.«

»Du kennst ihn?«, frage ich.

»Ich bin ihm nie begegnet. Doch als ich vor wenigen Monaten Papst Yoannis, das Oberhaupt der äthiopischen Kirche, in seinem Kerker in Kairo besuchte, hat er mir erzählt, wie Yared sich für die verfolgten Christen einsetzt. Als Sultan Jaqmaq vor einigen Jahren die Franziskaner nach Kairo verschleppte, hat er einen Mönch ans Kreuz nageln lassen, weil der sich weigerte, sich Allah zu unterwerfen. Yared hat seinen Einfluss geltend gemacht und den Sultan gebeten, ihn vom Kreuz zu nehmen.«

»Ich habe Fra Girolamo da Salerno vorhin kennengelernt.«

»Sein Kreuz stand unter dem Fenster von Yareds Arbeitszimmer in der Zitadelle von Al-Kahira. Die ganze Inszenierung von Fra Girolamos Kreuzigung diente letztlich nur dazu, Yared durch Androhung von Gewalt zum Übertritt zu zwingen. Doch bis heute hat er sich standhaft geweigert, sich Allah und seinem Propheten zu unterwerfen. Fra Girolamo verdankt ihm sein Leben.« Gebre Christos mustert mich genau. »Die ägyptischen Kopten nennen ihn Yared al-Adil, den Gerechten, und die Juden bezeichnen ihn als ›munsif al-mazlumín min az-zalimín‹, als ›Beschützer der Unterdrückten gegen die Unterdrücker‹. Als Emir ist Yared ein Segen für Jerusalem.«

»Der Weg über das Dach ist weit«, drängt Tesfa Iyasus.

»Ich komme.« Gebre Christos macht Anstalten, sich zu erheben, sinkt jedoch wieder auf den Diwan zurück. Ich reiche ihm meinen Arm und helfe ihm auf. »Danke, mein Kind. Die alten Knochen wollen nicht mehr so, wie ich will.«

»Nimm meinen Arm, Abuna. Ich helfe dir die Treppen hinauf und führe dich zum Portal.«

Nachdem ich das lederne Bild von Salomo und Makeda gerollt und in der Tasche meines Mantels verstaut habe, hakt er sich bei mir unter. »Was wolltest du mich eben fragen?«

»Wo ich die Christusritter finden kann.«

»Der Orden unterhält kein Kloster in der Heiligen Stadt.«

»Ich weiß. Die Ritter Christi sind in geheimer Mission hier. Dom Tristão hat letzte Nacht versucht, mich zu töten.«

»Iyasus Christos steh dir bei!«, flüstert Gebre Christos bestürzt und schlägt mit seinem silbernen Handkreuz das Kreuzzeichen über meinem Kopf.

»Abuna, wo könnte sich eine Handvoll Mönche vor den Mamelucken verstecken?«

Gebre Christos streicht sich über den weißen Bart. »In den

›Steinbrüchen Salomos‹ – einem Höhlensystem unter dem muslimischen Viertel. Im verlassenen Dominikanerkloster nahe der Grotte des Propheten Jeremia. Auf dem Berg Zion. Ich weiß es nicht. Nur einer könnte es dir sagen«, murmelt Gebre Christos.

»Wer?«

Im Schatten eines Granatapfelsbaums bleibt er stehen. »Derjenige, der in Abwesenheit Seiner Eminenz des lateinischen Patriarchen die Gerichtsbarkeit im Heiligen Land ausübt. Seine Seligkeit, der griechische Patriarch Joachim.«

»O nein!«, stöhne ich.

»O doch! Alessandra, ich weiß, wie schwer es dir fallen muss, im Patriarchat um eine Audienz bei Joachim zu bitten. Aber dein Leben ist in Gefahr! Glaubst du, du kannst dem Patriarchen das, was er dir nach Niketas' Tod angetan hat, vergeben, dich mit ihm versöhnen und nach drei Jahren endlich Frieden mit ihm schließen?«

Wie Spatzen auf einem Zweig hocken die Kinder auf einem Sims des Klosters neben der Grabeskirche. Als sie mich inmitten einer Pilgergruppe den Hof betreten sehen, hopsen sie herunter, flitzen zu mir herüber und rennen dabei fast zwei Dominikaner um. Aufgeregt scharen sie sich um mich und schreien durcheinander, sodass ich nur ein Wort verstehen kann: »Der Tempelritter!«

»Was ist mit dem Tempelritter?«

»Er war hier!«, schreien Akiva und Karim gleichzeitig. »Er war wirklich hier. Wie du gesagt hast.«

»Wann?«, frage ich bestürzt.

»K-kurz nachdem d-du in die K-Kirche gegangen bist«, berichtet Elija mit großen Augen. »Er sah s-so aus, wie du g-gesa-hagt hast: weißer M-M-Mantel mit ro-hotem K-K-Kreuz. Sein G-G-Ge…«, quält er die Worte heraus.

Als die anderen ungeduldig zu schreien beginnen, hebe ich die Hand. »Lasst ihn ausreden!«

»Aber er stottert!«, wendet Ioannis ein.

»Moses hat auch gestottert«, erwidere ich.

»Deshalb hatte Gott ein Einsehen mit den Israeliten und hat die Zehn Gebote auf Steintafeln geschrieben«, entgegnet Ioannis frech. »Damit Moses sie seinem Volk nicht verkünden musste: ›Ich b-bin der He-Herr, dein G-Gott, der dich aus dem L-Land Ägypten herausgeführt hat. D-du sollst keine andern Gö-Götter haben neben m-m-mir.‹«

Brüllendes Gelächter. Elija läuft schamrot an, lässt die Schultern sinken, wendet sich ab und trottet davon.

»Elija?«, frage ich sanft. »Du wolltest mir etwas sagen, als die anderen dich so respektlos unterbrachen?«

Er hält inne, sieht erst seine Freunde und dann mich an. Tränen funkeln in seinen Augen.

»Komm her, und erzähle es mir.«

Mit dem staubigen Ärmel wischt er sich über das Gesicht und zieht die Nase hoch. Dann kommt er zu mir.

Ich verwuschele sein lockiges dunkles Haar. »Also?«

»S-Sein Gesicht sah schrecklich aus. Er hat eine l-lange N-Narbe von der Stirn bis zum Kinn. Und sein rechtes Auge ist … zugeschwollen … wie von einer furchtbaren Brandw-w-wunde.«

»Das war ich, mit einer Fackel. Ich habe letzte Nacht gegen ihn gekämpft. Er wollte mich töten.«

Staunende Gesichter. Respektvolles Getuschel.

»Was hat der Tempelritter dann getan?«

»Er ist in die Kirche gegangen, um dich zu suchen. Und ich bin ihm gefolgt.«

»Das war sehr mutig von dir, Elija. Das hättest du aber nicht tun sollen. Es ist viel zu gefährlich. Der Templer hat ein Schwert.«

»Aber ich wollte dich doch warnen!«, murmelt er niedergeschlagen.

Ich streiche ihm über sein Haar. »Und dafür bin ich dir sehr dankbar.«

»Aber ich konnte dich nicht finden«, gesteht er und vergisst dabei, zu stottern. »Ich habe sogar auf dem Golgatafelsen und im Heiligen Grab nachgesehen. Ich dachte, du würdest vielleicht dort beten. Aber du warst nicht da.«

»Wo ist der Tempelritter jetzt?«

Elija deutet quer über den Hof, wo sich die Schaulustigen drängen, die den Einzug des äthiopischen Prinzen sehen wollen. »Ich glaube, er ist zur Via Dolorosa gegangen, um sich die Karfreitagsprozession anzugucken.«

Oder um mich in der Menge zu suchen, denke ich im Stillen, während ich mich unruhig umblicke. Und wenn er mich findet, wird er mich töten.

Yared

Kapitel 24

Im Empfangssaal des Emirs in der Zitadelle
16. Dhu'l Hijja 848, 19. Nisan 5205
Karfreitag, 26. März 1445
Elf Uhr morgens

Als Benyamin den Empfangssaal betritt, wo ich in wenigen Augenblicken Prinz Solomon empfangen will, lässt mich seine Miene das Schlimmste erahnen. »Was ist?« Er schließt die Tür und lehnt sich dagegen. »Das Templerschwert ist verschwunden«, verkündet Benyamin so leise, dass ich ihn kaum verstehen kann.

»Was?«

»Ich habe ihr Schlafzimmer durchsucht, das Bett, die Kleidung. Ihre Reisetruhe hat ein Kombinationsschloss, das ich nicht öffnen kann. Das Schwert ist nicht mehr da.«

»Vielleicht ist es in Tayebs Zimmer.«

»Nein, da ist es nicht. Ich habe auch dort alles durchsucht.«

»Hast du Tayeb danach gefragt?«

»Er schläft fest. Ich wollte ihn nicht wecken.«

»Verdammt!«, fluche ich unbeherrscht.

Ich fürchte um ihr Leben. Wenn das Templerschwert Uthman in die Hände fällt …

Alessandra

Kapitel 25

Im Hof der Grabeskirche
16. Dhu'l Hijja 848, 19. Nisan 5205
Karfreitag, 26. März 1445
Elf Uhr morgens

Der Einzug des kaiserlichen Prinzen Solomon, der von Gebre Christos vor der Grabeskirche empfangen wird, stellt die griechisch-orthodoxe Karfreitagsprozession auf der Via Dolorosa noch in den Schatten.

Alle äthiopischen Priester, Diakone und Mönche sind zu seiner Begrüßung erschienen. Als sie dem Prinzen mit Olivenzweigen zuwinken, sehe ich die glühende Verehrung in ihren Augen. Gebre Christos hat mir vorhin erzählt, dass der Prinz als Feldherr seines Onkels in den letzten Monaten gegen Sultan Bedlay von Adal gekämpft und in mehreren Schlachten gesiegt hat. Und dass der Prinz seinem Vater, Kaiser Yeshaq, und seinem Bruder, Kaiser Andreyas, als Neguse Negest nachgefolgt wäre, wenn nicht sein Onkel den Thron Salomos bestiegen hätte.

Der Prinz trägt ein blaues Staatsgewand aus indischer Seide, das über und über mit goldenen Sonnen bestickt ist, deren funkelnde Strahlenkränze lächelnde Gesichter umrahmen – die Sonne ist ein Symbol für Iyasus Christos.

Geschmeidig springt er von seinem Maultier, was angesichts seiner stolzen Haltung und seiner prächtigen Staatsrobe ein wenig lächerlich wirkt. Doch sein Pferd darf er als Dhimmi in Jerusalem nicht reiten, und das Maultier scheint ein Zugeständnis des Emirs Yared an den kaiserlichen Prinzen zu sein, der eigentlich auf einem Esel reiten müsste. Dann entdecke ich auch Arslan und zwanzig seiner Mamelucken in Solomons Gefolge. Er soll dem Prinzen das Ehrengeleit zur Zitadelle geben. Als er mich bemerkt, nickt er mir zu. Dann kehrt sein versonnener Blick wieder zurück zum Portal der Grabeskirche.

Demütig verneigt sich Solomon vor Gebre Christos, der dreimal das Kreuzzeichen über ihm schlägt und ihm dann das Handkreuz darbietet, damit der Prinz es küsst und mit der Stirn berührt. Dann winkt er mich heran und stellt mich dem Prinzen vor:

»Contessa Alessandra Colonna, die Vertraute von Papst Eugenius und die Cousine des verstorbenen Papstes Martin. Woizero Alessandra ist … Wie soll ich sagen … die Schwägerin von Kaiser Ioannis VIII. von Byzanz.«

Ich will schon protestieren, dass Niketas und ich nie verheiratet waren und dass mein Verhältnis zu seinem Ziehbruder Ioannis trotz unserer Versöhnung nach unserem Wortgefecht in Florenz nicht gerade herzlich ist, da fährt Gebre Christos schon mit der Vorstellung fort: »Abetahun Solomon, Neffe des Neguse Negest Zara Yakob. Abetahun ist der Titel der Prinzen der salomonischen Dynastie, die der Blutlinie König Davids entstammen.«

Solomon ist ein hochgewachsener, athletischer Mann in meinem Alter, so um die dreißig. Sein Gesicht ist dunkel wie Ebenholz, daher konnte ich die schwarze Tätowierung auf seiner Stirn nicht sofort erkennen. Es ist eine gütig lächelnde Sonne, das Symbol für Iyasus Christos. Solomon reicht mir seine Hand und ergreift dabei meinen linken Unterarm – das ist in Äthiopien die respektvolle Art, einander zu begrüßen: mit beiden Händen. Als sich dabei die Ärmel seiner Robe hochschieben, sehe ich die Tätowierungen auf seinen Armen: Es sind Gebete in der heiligen Sprache Geez.

Solomons Lächeln ist bezaubernd, als er leicht den Kopf neigt. »Es ist mir eine Ehre, dich kennenzulernen, Woizero Alessandra.«

»Die Ehre ist ganz auf meiner Seite, Abetahun Solomon.«

»Ich danke dir für die Ehre, die du mir erweist, indem du mich so formell ansprichst. Doch vielleicht sollten wir auf die Anreden als Abetahun und Woizero, als Prinz und Prinzessin, verzichten und uns beim Namen nennen.«

»Wie du willst.«

»Was ist? Warum lächelst du?«, fragt er irritiert.

»Du siehst deinem Ur-Ur-Urgroßvater ein bisschen ähnlich.« Ich ziehe das lederne Bild aus der Tasche, in der auch der gefaltete Tallit und das päpstliche Breve stecken, entrolle es und zeige es dem Prinzen, der vergnügt zu lachen beginnt.

»Makeda von Saba und Salomo von Israel«, schmunzelt er. »Beinahe wäre ich ihm auf den Thron nachgefolgt. Du meinst, ich sehe aus wie er?« Seine ausgelassene Heiterkeit reißt mich mit, und ich lache mit ihm. Schließlich bemüht er sich wieder um eine würdevolle Haltung. »Begleitest du mich zum Heiligen Grab?«

Bevor ich antworten kann, nimmt er meine Hand und führt mich durch die Gasse der äthiopischen Mönche zum Portal der Grabeskirche. Dort kniet er nieder, bekreuzigt sich, küsst die staubige Schwelle und berührt mit der Stirn den Boden. Sodann erhebt er sich, verharrt einen Herzschlag lang und sinkt erneut auf die Knie. Dieses Ritual wiederholt er noch zwei Mal. Dann begibt er sich in die Grabeskirche, um am Grab Jesu ein Gebet zu sprechen – die Grabkammer selbst, das Allerheiligste, betritt er nicht.

Nachdem wir wenig später die Basilika verlassen haben, hilft er Gebre Christos in den Sattel eines Esels, schenkt mir ein warmes Lächeln, hält inne und kommt noch einmal zu mir zurück. »Wo wohnst du?«

»Der Emir war so freundlich, mir seine Gastfreundschaft zu gewähren. Ich wohne in der Zitadelle.«

»Und ich im Kloster Hagia Sion auf dem Berg Zion. Ich wäre glücklich, wenn du mich dort besuchst und Kaffee mit mir trinkst. Am Hof meines Onkels leben ein Byzantiner, zwei Venezianer und ein Florentiner, und mein Freund Piero, einer meiner Offiziere, stammt aus Messina. Sie können mir jedoch nicht alle meine Fragen beantworten. Du musst mir von Rom erzählen. Und vom Konzil in Florenz.«

»Und du musst mir von Lalibela und Aksum berichten. Nach dem Fasikafest werde ich gern kommen.«

»Darf ich dich in die Zitadelle geleiten?«

Eigentlich wollte ich mir die Karfreitagsprozession in der Via Dolorosa ansehen, die eben gerade begonnen hat. Aber ich will sein freundliches Angebot, mich in die Festung zu eskortieren, nicht ablehnen, denn Dom Tristão verbirgt sich irgendwo in der Menge der Pilger. Außerdem will ich nach Tayeb sehen, der berauscht vom Haschisch in den Gärten des Paradieses wandelte, als ich ihn vor zwei Stunden verließ.

»Ja, sehr gern.«

»Wo ist dein Gefolge?«

Ich deute auf die Gassenjungen, die verstohlen zwischen den langen Gewändern der Mönche hervorlugen, um einen Blick auf den Ehrfurcht gebietenden schwarzen Prinzen zu erhaschen. Als ich sie heranwinke, drängen sich die Lausebengel durch die Reihen und kommen, ein wenig stiller und scheuer als vorhin, zu mir herüber. »Lauft zum Tor der Zitadelle, und wartet dort auf mich.«

Die Jungen stieben unter großem Gejohle davon.

Der Prinz unterdrückt ein amüsiertes Grinsen, nimmt meine Hand und geleitet mich über den Hof, während er seinem Gefolge befiehlt, ein weiteres Maultier für mich herzuführen.

In aller Eile wird eine schwere, von mehreren Schichten kostbaren Brokatstoffs verhüllte Truhe abgeladen. Ein Priester kniet nieder, verneigt sich vor der Lade und küsst den Saum des schimmernden Seidenstoffs, dann hebt er sie mit beiden Händen hoch und setzt sie sich auf den Kopf.

Solomon, der mir beim Aufsteigen geholfen und meinen neugierigen Blick bemerkt hat, nickt in Richtung der Truhe: »Das ist das Tabot.«

Dann nimmt er endlich die Hand von meinem Knie, die auf eine sehr vertrauliche Weise an meinem Bein hinaufgeglitten ist, küsst den Saum meines Gewandes, wendet sich ab, steigt auf sein Maultier und biegt in die Gasse ein, die durch das Christenviertel zur Davidstraße führt. Von dort sind es nur wenige Schritte bis zur Zitadelle.

Als ihm bewusst wird, dass ich nicht weiß, was ein Tabot ist, fügt er mit einem Lächeln an: »Das ist die heilige Lade.«

Yared

Kapitel 26

Im Empfangssaal des Emirs in der Zitadelle
16. Dhu'l Hijja 848, 19. Nisan 5205
Karfreitag, 26. März 1445
Kurz vor dem Mittagsgebet

»Ein frohes Osterfest«, wünsche ich Prinz Solomon. »Ein gesegnetes Fasika.«

»Und dir ein friedliches Pessach, Emir.« Der Prinz ergreift meine Hand und drückt sie, dabei umfasst er mit der linken Hand meinen Arm.

Solomons Blick ist offen, sein Lächeln warmherzig, sein Händedruck fest und entschlossen. Er spricht fließend Arabisch. Vom ersten Augenblick an gefällt mir sein einnehmendes Wesen.

»Ich freue mich auf Sonntagnachmittag. Es gibt so vieles, was ich über Äthiopien wissen will. Über die salomonische Dynastie. Über König Salomo und die Königin von Saba und ihren Sohn. Meine Fragen konnten mir Seine Heiligkeit der koptische Papst Yoannis al-Maksi und die äthiopischen Botschafter, die Seine Majestät der Kaiser nach Ägypten entsandt hat, nur unzureichend beantworten.«

»Ich werde mich bemühen, deine Fragen zu beantworten. Wir sehen uns am Sonntag. Salam!«

»Salam!«

»*Allahu akbar! Allaaaaahu akbaaaaar!*«, erklingt der erste Ruf des Muaddins zum Freitagsgebet durch das offene Fenster.

Solomon verneigt sich, wendet sich um und verlässt den Audienzsaal.

Bevor sich die Tür hinter ihm schließt, huscht Benyamin herein und kommt zu mir herüber.

»Allahu akbar! Allaaaaahu akbaaaaar!«

»Es ist so weit«, murmelt er, und seine Worte haben den bitteren Nachgeschmack von Unausweichlichkeit, Unwiderrufbarkeit und Endgültigkeit. »Alessandra bittet, von dir empfangen zu werden. Sie wartet vor der Tür. Sie will dir etwas geben. Uthman ist auf dem Weg hierher, um dich zum Gebet abzuholen. Die Pferde sind gesattelt. Die Eskorte wartet im Hof. Willst du Alessandra vorher noch sehen?«

»Ashadu an la ilaha illa-llaaaaaaah …«

Als ich nicht sofort antworte, weil ich dem Chor der Muaddine lausche, sieht er mich schließlich doch noch an. Er legt mir eine Hand auf den Arm. »Yared?«

»Ja, ich will sie sehen.«

»Ashadu an na Muhammadan rasulu-llaaaaaaah …«

Während Benyamin sie hereinbittet, schlendere ich zum Fenster des Audienzsaals und blicke beklommen hinüber zum Haram ash-Sharif, wo sich vor der Al-Aqsa bereits Hunderte von Gläubigen um den Brunnen des Kelches versammeln – es sind noch viele muslimische Pilger in der Stadt, die …

»Schalom alecha – Friede sei mit dir«, höre ich Alessandra hinter mir.

Ich wende mich zu ihr um. »Schalom«, erwidere ich. »Wie geht es dir?«

Ihr Lächeln ist bezaubernd, so wie ihre ganze Erscheinung. Sie trägt ein taubenblaues Seidengewand, das mit silbernen Blütenornamenten bestickt ist und von einer rosenfarbenen Schärpe gerafft wird. Weich umschmeicheln die Falten der Seide ihren schlanken, geschmeidigen Körper. Sie trägt keinen Schleier, der ihr langes dunkles Haar oder ihr Gesicht verhüllt hätte, daher bleibt nur wenig von ihrer Anmut vor mir verborgen. Der schwere, sinnliche Duft nach ägyptischem Lotus, den Saphira wohl eher meiner Vorlieben und nicht ihrer Wünsche wegen für sie ausgewählt hat, passt allerdings überhaupt nicht zu ihrer erfrischenden Art. Ein süßlich herber Hauch von Ingwer und Zitrone würde ihr besser stehen.

»Abgesehen von zu wenig Schlaf – sehr gut.«

Sanft berühre ich die kleine Wunde über ihrem rechten Auge, wo sie ein Stein getroffen hat, und sie weicht mir nicht aus. Ihr warmer Atem streichelt mein Gesicht. Ihre blauen Augen weiten sich ein wenig, und sie sucht meinen Blick, als ich sie zart liebkose.

Dann ziehe ich meine Hand zurück. »Wie geht es Tayeb?«

»Ich war gerade bei ihm. Er schläft und träumt glückselig lächelnd von den Gärten des Paradieses. Es geht ihm gut.«

»Das freut mich.«

»Ich habe dir noch nicht gedankt, dass du Tayeb und mir letzte Nacht das Leben gerettet …«

Ich winke ab. »Schon gut.«

Sie zieht ein in Brokatstoff eingeschlagenes Päckchen aus der Tasche ihres Mantels und gibt es mir. Ihre Finger berühren dabei sanft meine Hand.

»Was ist das?«, frage ich verwirrt.

»Ein Geschenk.«

»Darf ich es öffnen?«

»Wenn du willst.«

Ich löse die Verschnürung und schlage den Stoff zurück. Zum Vorschein kommt …

»Ein Tallit!«, murmele ich überrascht.

»Letzte Nacht hast du deinen Gebetsschal zerrissen, um Tayebs Wunden zu verbinden. Ich habe dir einen neuen gekauft. Hoffentlich gefällt er dir.«

Schwungvoll entfalte ich ihn und lege ihn mir über die Schulter, um die golddurchwirkte Seide und die langen Merkfäden zu betrachten. »Ja, er gefällt mir …«

… aber er zerreißt mir das Herz.

Sie sucht meinen Blick. »Dann wirst du ihn tragen?«

Ich lasse die Merkfäden durch meine Finger gleiten. Sie sind ein Symbol der Mahnung: ›Vergiss niemals, dass du ein Sohn Israels bist. Ich bin der Herr, dein Gott. Der Gott deiner Väter.‹

»Seit Jahren habe ich mit keinem Tallit mehr gebetet«, gestehe ich. »Seit meiner Flucht aus Gharnata. Seit ich …« Ich verstumme, denn ich will sie nicht erschrecken – jedenfalls nicht jetzt schon. »Letzte Nacht im Felsendom … da habe ich …«

Wie soll ich ihr bloß erklären, was in mir vorgeht?

»Hayya ala as-salaaaaaat!« Der Muaddin ruft unerbittlich zum Gebet.

»Alessandra …«, fasse ich mir ein Herz, ihr zu sagen, was mich bewegt, und doch zögere ich – wegen Benyamin, der mir ohnehin schon grollt.

»Ja?«, fragt sie mit glänzenden Augen.

»Hayya ala al-falaaaaaah!« Eilt zur Seligkeit, ihr Gläubigen!

»Alessandra, ich würde gern …«

Doch bevor ich ihr sagen kann, was ich ihr sagen will, prescht Uthman in den Audienzsaal. »Yared, es ist so weit. Kommst du?«

Als er mich mit Alessandra sieht, den Tallit über dem Arm, bleibt er abrupt stehen und runzelt die Stirn.

»Uthman, darf ich dir Alessandra d'Ascoli vorstellen? Alessandra, das ist Prinz Fakhr ad-Din Uthman al-Mansur.«

»Es-salamu alekum.« Sie führt die Hand zu ihrem Herzen und verneigt sich vor ihm.

Er nickt ihr höflich zu. »W'alekum es-salam. Yared hat mir erzählt, dass du mit deinem muslimischen Freund Forschungsreisen in den Orient unternimmst, um seltene Bücher und Handschriften nach Italien zu bringen.«

»In meinem Scriptorium in Florenz lasse ich sie übersetzen und kopieren, um sie an Gelehrte in aller Welt zu verkaufen.«

»Und an den Sultan von Ägypten. Mein Vater besitzt einige Bücher, die in deinem Unternehmen hergestellt worden sind. Sehr schöne Folianten. Ich bin sehr beeindruckt und hoffe, dass wir während der nächsten Tage noch Gelegenheit haben werden, uns bei einem Glas Minztee zu unterhalten. Du musst mir unbedingt von deiner Expedition nach Al-Iskanderiya berichten. Yared hat mir erzählt, dass er vor sechs Jahren beinahe das Todesurteil über dich und deinen Freund unterzeichnet hätte, es auf Bitten des Papstes jedoch zerrissen hat. Ist es wahr, dass du in einer versunkenen Synagoge ein neues Evangelium entdeckt hast?«

»Ja, das stimmt«, sagt sie und nickt.

»Steht in diesem Evangelium etwas anderes als in den anderen vier?«

»Allerdings. Es gibt keine Passionsgeschichte. Keinen Einzug nach Jerusalem als Messias. Keine Tempelreinigung. Keine Kreuzigung. Keine Auferstehung. Und keine Himmelfahrt. Es hat meinen christlichen Glauben erschüttert. Wenn ich heute Nachmittag Jesu Grab besuche, werde ich nicht beten, sondern eines großartigen Menschen gedenken, der der Menschheit die Bergpredigt schenkte. Rabbi Jeschua ha-Nozri, Jesus der Nazoräer, war ein orthodoxer Jude. Ein Mensch, kein Gott.«

»Die Suren des Korans offenbaren dasselbe. Und was sagen die römischen Inquisitoren dazu?«

Alessandra faltet übertrieben andächtig die Hände zum christlichen Gebet, hebt die Augen zum Himmel und fleht in dramatischem Tonfall: »Herr, bewahre dein auserwähltes Volk, die Christenheit, vor dieser Häretikerin! Schütze die Macht deiner

Heiligen Kirche, die mit Donnergetöse einstürzen wird, wenn bekannt wird, dass Jesus Christus nie die Absicht hatte, eine Kirche zu gründen – weder eine römisch-katholische noch eine griechisch-orthodoxe, und auch keine koptische, syrische, armenische oder äthiopische Kirche.«

Uthman lacht vergnügt.

Nicht zu fassen, Alessandra hat ihn in ihren Bann gezogen! Uthman ist ganz offensichtlich bezaubert von ihr.

»Ich fühle mich geehrt, wenn du mich morgen Nachmittag in meinen Gemächern besuchst und mir von diesem Evangelium erzählst.«

Allmächtiger Gott! Wenn Uthman sie nun fragt, wonach sie in Jeruschalajim sucht? Und wenn er vermutet, dass sie auf der Suche nach der verschollenen Tempelbibliothek im Labyrinth unter dem Haram ash-Sharif war?

Das zerbrochene Templerschwert, das sie letzte Nacht gefunden hat, ist verschwunden …

Mir wird angst und bange, als sie mit einem warmen Lächeln sagt: »Sehr gern.«

Der Blick, den sie mir zuwirft, verrät mir, dass sie genau weiß, in welche Gefahr sie sich begibt. Aber sie kann die Einladung des Prinzen unmöglich ausschlagen.

»Ich lasse dich abholen«, verspricht ihr Uthman.

Sie nickt.

»Yared?«, drängt Uthman mich ungeduldig, als hätte er sich nicht eben gerade in aller Seelenruhe mit Alessandra unterhalten.

»Was wolltest du mir sagen?«, fragt Alessandra leise, als er sich zur offenen Tür umgewandt hat, wo Benyamin bereits auf uns wartet. Ich habe ihn gebeten, mich zu begleiten.

»Wir reden später. Ich muss jetzt gehen. Das Freitagsgebet in der Al-Aqsa beginnt gleich.«

Verwirrt huscht ihr Blick vom Tallit über meiner Schulter zu den beiden aufgerollten Gebetsteppichen, die Uthman im Arm hält. Und zu Benyamins verzweifelter Traurigkeit.

Dann begreift sie.

Sie will etwas sagen, besinnt sich jedoch und nickt stumm.

Im Hof wartet Arslan mit den Pferden und der bewaffneten Eskorte, die Uthman und mich zum Haram geleiten soll. Als er mich mit dem Tallit über der Schulter sieht, kommt er zu mir herüber. »Alles in Ordnung?«, sorgt er sich. »Du bist blass, Yared. Und du zitterst.«

»Es geht mir gut«, erwidere ich mit fester Stimme.

Arslan berührt mich sanft am Arm. »Ich weiß, was du in diesem Augenblick empfindest, Yared. Wie gottverlassen du dich fühlst. Wie ohnmächtig. Und wie traurig. Wirst du es schaffen?«

Ich schlucke. Dann nicke ich und würge ein »Ja« hervor.

Arslan hält mir den Steigbügel und hilft mir in den Sattel. Dann geht er um meinen tänzelnden Hengst herum und ordnet die Falten meines Staatsgewandes aus indischem Goldbrokat.

»Ich werde dir zur Seite stehen, Yared«, flüstert er so leise, dass ich ihn kaum verstehen kann. Er wirft Uthman, der uns vom Sattel aus beobachtet, einen raschen Seitenblick zu. »Wenn du das Gefühl hast, dass du es doch nicht kannst, dann gib mir ein Zeichen. So blass und zittrig, wie du aussiehst, glaubt dir jeder einen vorgetäuschten Schwächeanfall. Ich bringe dich dann auf dem schnellsten Weg zurück in die Zitadelle.«

»Danke, Arslan.«

»Zur Unterwerfung unter den Islam wurde ich mit Gewalt gezwungen, Yared. Zu meinem Treueschwur dir gegenüber nicht. Ich diene dir aus freiem Willen. Ich werde zu dir stehen.« Dann wendet er sich um und befiehlt den Torwachen: »Öffnet das Portal! Der Emir wünscht, die Zitadelle zu verlassen.«

Das Tor wird aufgeschoben. Ich nehme die Zügel und beobachte Benyamin, der auf dem Sattel eines Esels herumrutscht und, sobald er meinen Blick bemerkt, mit verkniffenen Lippen zur Seite sieht und dabei die schwere Steinkugel auf seiner Brust umklammert.

Was ich Aron gesagt habe, kann er mir nicht vergeben.

Und gerade heute hätte ich ihn, seine innige Freundschaft, seine unverbrüchliche Treue und seinen Trost gebraucht – mehr denn je. Aber er lässt mich diesen schweren Weg allein gehen. Nein, ich bin nicht enttäuscht von ihm, denn ich kann ja verstehen, warum er so reagiert, aber sein Verhalten stimmt mich sehr traurig.

Mit Tränen in den Augen wende ich mich ab und trabe durch das Portal hinaus auf den Weg, der nach links zur Davidstraße hinabführt.

Uthman folgt mir durch das Tor. Aus den Augenwinkeln sehe ich gerade noch, wie er im letzten Augenblick fluchend seinen Hengst herumreißt und einen der kleinen Jungen umreitet, die dort herumlungern und uns mit glänzenden Augen anstaunen. Dann schließt Uthman auf und reitet so nah neben mir durch die Gasse, dass sich unsere Knie berühren. Arslan und seine bewaffneten Mamelucken halten sich direkt hinter uns.

»Benyamin und du – habt ihr gestritten?«, fragt Uthman plötzlich.

»Ja.«

Er bemerkt die Tränen in meinen Augen. »Ist das das Ende eurer Freundschaft?«

Ich senke den Blick, um die Tränen wegzublinzeln, und antworte nicht, aber er weiß auch so, was in mir vorgeht.

Er beugt sich vor und legt mir tröstend eine Hand auf den Arm. »Du bist nicht allein, Yared«, flüstert er. »Du hast einen Vater, der dich sehr schätzt, einen Bruder, der zu dir steht, und in wenigen Wochen, sobald wir nach Al-Kahira zurückgekehrt sind, eine Gemahlin, die dich über alles liebt und sich nichts sehnlicher wünscht, als dir einen Sohn zu schenken.«

Ich nicke stumm.

Im lautstarken Gedränge und Geschiebe der Davidstraße kommen wir nur langsam voran, denn in dieser Gasse treffen die Pilgerströme aufeinander. Die Christen drängen zur Grabeskirche und weiter zur Via Dolorosa, die Muslime folgen dem Gebetsruf des Muaddins zur Al-Aqsa und schieben sich, nach links und rechts um sich schlagend, durch das Gewühl.

Plötzlich stößt jemand einen zornigen Schrei aus, irgendwo vor uns in der Menge!

»Die verfluchten Muslime haben am Karfreitag einen unschuldigen Franziskanermönch gekreuzigt! Diese gottlosen Anhänger des Propheten des Satans …« Mit einem Schmerzensschrei verstummt der Rufer. Wahrscheinlich hat ihn eine muslimische Faust zum Schweigen gebracht.

Nur wenige Schritte vor uns entbrennt mitten in der Gasse der Reliquienhändler eine wüste Schlägerei, die sich rasch zum erbitterten Straßenkampf entwickelt. Fäuste werden erhoben, Dolche gezückt, dann fliegen die ersten Pflastersteine.

Arslan und seine Bewaffneten drängen an Uthman und mir vorbei mitten hinein in den Tumult und ziehen ihre Schwerter, um die Streitenden zu trennen, bevor es Tote gibt.

Nach einer Weile wendet Arslan sein Pferd und zwängt sich durch die Reihen der herandrängenden Schaulustigen zurück zu uns. »Meine Mamelucken werden für Ordnung sorgen. Wir nehmen einen anderen Weg.« Arslan deutet in eine schmale Gasse, die nach rechts ins armenische Viertel führt.

Er winkt einige seiner Bewaffneten heran und führt uns durch die Straße des Evangelisten Markus zur syrisch-orthodoxen Markusbasilika.

Von dort geht es einige hundert Schritte nach Süden, anschließend biegen wir in eine Gasse des jüdischen Viertels ein und erreichen wenig später die Synagoge. Das Holzschild mit einem Zitat von Moses ben Nahman, das ich letzte Nacht gelesen habe, hat der Sturm zerbrochen. ›O Jeruschalajim, Tempel Gottes und Tor zum Himmel …‹

Überall im Judenviertel werden die schmalen, getreppten Gassen gefegt, die zur Klagemauer hinunterführen, überall wird geputzt und das Essen für den nächsten Tag gekocht. Denn heute Abend bei Sonnenuntergang beginnt der Schabbat.

Der verführerische Duft der weißen, mit Mohn bestreuten Schabbatbrote dringt mir in die Nase.

Erinnerungen an mein Haus in Gharnata steigen in mir auf, an Rebekka, die Schabbatbrote backt, als ich am Freitagnachmittag nach einem Streit mit Muhammad völlig entnervt aus der Alhambra nach Hause zurückkehre. Ihre Nasenspitze ist mit weißem Mehl bestäubt. Und Yona, der mit beiden Händen in einem Teig gewühlt hat, um daraus Sesamkringel zu formen, läuft mir ausgelassen lachend entgegen und wirft sich derart ungestüm in meine Arme, dass er mich beinahe umwirft.

Wann habe ich zuletzt den Schabbat gehalten?, frage ich mich wehmütig. Während meiner monatelangen Flucht von Timbuktu nach Agadez und über Ghat nach Tarabulus hatte ich dazu keine Gelegenheit. Ich glaube, es war irgendwann auf dem langen Weg von Fes nach Timbuktu, als die Sklavenkarawane einen Tag lang zwischen den Sanddünen rastete, weil die Gefangenen zu erschöpft waren, um auch nur einen Schritt weiter durch die Wüste zu laufen. Viele Sklaven starben an den Strapazen. Sie brachen tot zusammen, wie der alte Mann, mit dem ich während des endlosen Gewaltmarschs zusammengekettet war. Den ganzen Tag lag ich neben seiner Leiche, die in der sengenden Hitze schon nach wenigen Stunden zu verwesen begann und die ich nicht begraben konnte, weil meine Hände an den Toten gefesselt waren.

Erst am Abend, als sie mir einen Schluck Wasser gaben, haben sie mich endlich losgemacht.

Das war mein letzter Schabbat.

Ich atme tief durch. Wie lange ist das her? Dreizehn Jahre!

»Du hast keine Kinder, an die du das kostbare bisschen Judentum, das du dir nach den Jahren des Leidens noch bewahrt hast, weitergeben könntest«, hat Uthman letzte Nacht gesagt.

Dieses kostbare bisschen Judentum erweist sich plötzlich als meine einzige Verbindung zu dem verlorenen Paradies meiner glücklichen Kindheit, aus dem ich mit Gewalt vertrieben wurde, zu meiner verlorenen Liebe zu Rebekka und Yona und dem ungeborenen Kind, auf das ich mich so gefreut hatte, obwohl ich nicht sein Vater war. Dieses kostbare bisschen Judentum, dieses kostbare bisschen Geborgenheit, wird mir plötzlich unerwartet wertvoll.

Wir haben den Platz vor der Klagemauer erreicht, der mit Pessachpilgern überfüllt ist. Sie beten an der Mauer und stecken kleine gefaltete Zettel zwischen die Steinquader. Etliche Quaderschichten über ihnen wuchert trockenes Gestrüpp in den Mauerritzen. Schwalben, die in winzigen Nischen ihre Nester gebaut haben, stürzen sich zwitschernd in die Tiefe und flitzen über uns hinweg.

Schweigend starren die Gläubigen mich an. Sie wissen, wer ich bin. Sie wissen, *was* ich bin – zumindest noch so lange, bis ich die Al-Aqsa betreten und die Schahada gesprochen habe.

Arslan hilft mir vom Pferd, und Uthman, der aus dem Sattel gesprungen ist, tritt neben mich und bietet mir seinen Arm, damit ich mich auf ihn stützen kann – mir zittern die Knie.

»Mein Gott, Yared, du bist bleich wie der Tod«, sorgt er sich. »Nach der Khutba-Predigt und dem Freitagsgebet begleite ich dich zurück in die Zitadelle. Du musst dich hinlegen und einige Stunden schlafen. Seit dem Attentat auf dich letzte Nacht hast du kein Auge zugetan. Und dann das Gespräch mit dem Gesandten aus Gharnata, das dich so aufgewühlt hat. Und dein Streit mit Benyamin.« Uthman deutet auf Benyamin, der mich nicht begleiten, sondern an der Klagemauer warten wird. »Du bist erschöpft. Komm, Yared, stütz dich auf mich. Ich werde dir die Treppe hinaufhelfen.« Er deutet zum Tor des Propheten, wo uns der Imam Yusuf Abu Talib mit den höchsten Würdenträgern von Al-Quds erwartet.

Während wir Seite an Seite die Stufen zur Al-Aqsa hinaufsteigen und Arslan uns mit seinen Mamelucken folgt, sehe ich hinunter zu den Juden an der Klagemauer, die beklommen zu mir emporsehen. In ihren Blicken lese ich Enttäuschung, Hoffnungslosigkeit und Bestürzung. Einer von ihnen ringt ohnmächtig die Hände, zieht sich den Tallit über den Kopf und wendet sich ab – Benyamin.

Er steckt einen gefalteten Zettel zwischen die Steinquader, bedeckt seine Augen mit den Händen und lehnt sich mit der Stirn gegen die Steine der Klagemauer. Er hadert mit Gott.

Seine Verzweiflung trifft mich ins Herz.

Ich bleibe stehen.

»Yared?«, fragt Uthman besorgt. »Was ist denn?«

Ich schlucke. »Ich kann nicht.«

»Hast du die Schahada vergessen?«, scherzt er mit mattem Grinsen. Er spürt meine Anspannung.

»Nein, Uthman. Sie ist hier …«, ich deute auf meine Stirn, »… aber nicht hier.« Meine Hand legt sich auf mein Herz. »Ich kann die Schahada nicht sprechen. Ich kann kein Muslim werden.«

»Mein Gott, Yared …«, flüstert er bestürzt.

»Vergib mir, Uthman«, sage ich voller Verzweiflung. »Ich weiß, wie enttäuscht du nun von mir bist. Seit wir in Medinat an-Nabi Seite an Seite am Grab des Propheten standen, hast du gehofft, ich könnte mich doch noch besinnen und zum Islam konvertieren. Aber ich kann es nicht, Uthman. Ich kann es nicht.«

Tränen funkeln in Uthmans Augen. »Yared, ich bitte dich …«

Ich schüttele den Kopf. »Verzeih mir.«

Dann wende ich mich um und gehe vorbei an Arslan und seinen Mamelucken, die verwirrt vor mir zurückweichen, die Treppe hinunter zum Platz vor der Klagemauer.

Ich ziehe den Tallit über meinen Kopf und gehe durch die Reihen der aufgeregt tuschelnden Juden und an meinem Pferd vorbei auf die Gasse zu, die zurück zur Zitadelle führt. Ich sehe noch, wie Benyamin mich von der Klagemauer aus verstört beobachtet, dann wende ich meinen Blick ab.

In der schmalen Gasse kann ich Schritte hinter mir hören. Bestimmt läuft er mir nach.

Bis zur Synagoge hat Benyamin mich eingeholt.

Tief bewegt ergreift er meine Hand und drückt sie.

Alessandra

Kapitel 27

Auf der Via Dolorosa
16. Dhu'l Hijja 848, 19. Nisan 5205
Karfreitag, 26. März 1445
Zwölf Uhr dreißig mittags

»Adoramus te, Christe, et benedicimus tibi. Quia per tuam sanctam crucem redemisti mundum. Domine, miserere nobis. Amen«, singen die italienischen Pilger hinter uns in der Prozession, aber ich bin so in meine Gedanken versunken, dass ich sie kaum beachte.

»Das ist das Tabot«, hat Solomon gesagt. »Die heilige Lade.« Wie gern hätte ich ihn danach gefragt, doch bis zu seiner Audienz beim Emir hatte ich keine Gelegenheit mehr.

Und worüber wollte Yared vorhin mit mir sprechen, als Uthman ihn zum Freitagsgebet abholte? Das Wandbild der goldenen Cherubim, die ihre Flügel über die Bundeslade breiten, hat ihn letzte Nacht fasziniert. Und seine Fantasie beflügelt und seine Abenteuerlust entfacht, das habe ich ihm angesehen – die Symptome des Schatzsucherfiebers kenne ich genau. Hat Solomon ihm während des Empfangs von seinem heiligen Tabot erzählt? Wollte Yared darüber mit mir …?

Elija schiebt seine Hand in meine, guckt mit einem verschmitzten Grinsen zu mir hoch und lässt mich nicht mehr los. Ich verwuschele sein lockiges Haar. Ich habe den Kleinen in mein Herz geschlossen, und das weiß diese niedliche Rotznase ganz genau.

»Verstehst du, was sie singen?«, fragt Ioannis, der vor mir die Stufen hinaufstolpert und sich dabei immer wieder zu mir umdreht, weil er fürchtet, dass ich im Gewühl auf der Via Dolorosa verloren gehen könnte. Oder dass der Tempelritter aus einem dunklen Torbogen stürzt, sein Schwert zückt und mich ermordet, inmitten der armenischen Karfreitagsprozession.

»Sie singen: ›Wir beten dich an, o Christus, und wir preisen dich, denn durch dein heiliges Kreuz hast du die Welt erlöst. Herr, erbarme dich unser. Amen.‹«

Die Via Dolorosa biegt nach links ab in die Al-Wad-Straße, die zur Klagemauer führt. »Hier ist die dritte Station.« Ioannis weist auf ein Schild an der Hauswand. »Hier stürzte Jesus zum ersten Mal unter dem schweren Kreuz.«

Mein Blick huscht an der Fassade hoch. Das Gebäude ist eine Medersa, eine Koranschule. Vom Dach aus beobachtet eine Gruppe zum Kampf gerüsteter Mamelucken das Treiben in der Via Dolorosa. Ich vermute, dass Yared die Bewaffneten nach dem Tod des gekreuzigten Franziskaners dort oben postiert hat – offenbar befürchtet er blutige Unruhen.

Wenige Schritte die Straße hinunter biegt die Via Dolorosa nach rechts ab zur fünften Station, wo Simon von Kyrenai Jesus das Kreuz abnahm. Die Pilger schieben sich auf dem holperigen, an manchen Stellen getreppten Pflaster in die enge Gasse, wo nun die Bettler über sie herfallen. Ihr Geschrei übertönt den frommen Gesang.

Bis zur siebten Station führt die Via Dolorosa über etliche Treppenstufen hinauf nach Golgata. Wie der aufgehende Halbmond ragt die blaue Kuppel der Grabeskirche über dem äthiopischen Kloster auf.

An der Kreuzung zu einem Souk mit Läden aus der Kreuzfahrerzeit, der nach Norden zum Damaskustor führt, liegt die siebte Station: Hier brach Jesus zum zweiten Mal zusammen. Meinem lateinischen Pilgerführer zufolge stand an dieser Kreuzung einst das Stadttor, durch das Jesus hinaus nach Golgata geführt wurde. Pilatus' Todesurteil soll der Legende nach an einer Säule dieses Tores befestigt gewesen sein. Daher haben die Christen es das ›Tor des Gerichts‹ genannt.

Nomen est omen – ein passender Name, denke ich beklommen, denn ein zorniges Strafgericht wird mich im griechisch-orthodoxen Patriarchat erwarten, wenn ich um eine Audienz bei Joachim bitte. So viel hängt für mich von diesem Treffen ab – denn wie soll ich die Christusritter ohne seine Unterstützung finden? Unruhig taste ich nach dem Beglaubigungsschreiben des Papstes in meiner Tasche.

Wenige Schritte die Gasse hinunter biegt die Via Dolorosa nach links ab zur Grabeskirche. Ein Stück weiter, an der Straße, die nach Westen führt, liegt das Patriarchat. Zwei Kinder spielen in der Gasse – ein Junge kauert in einer Holzkiste und klammert sich ängstlich an den Rand, der andere schiebt ihn polternd über das Pflaster der abschüssigen Straße in unsere Richtung. Direkt vor mir kommt die Kiste unter großem Gekichere schlitternd zum Stehen. Na, die kleinen Kerle haben ihren Spaß!

Einige Schritte die Straße hinauf waschen zwei Novizen des Basilianerordens mit schäumender Seifenlauge einen hellgrauen Esel, der missmutig die Ohren abwinkelt und den Kopf hängen lässt. Sein protestierendes Iahen verhallt ungehört, als ihm die Novizen einen Eimer Wasser über den Kopf schütten, um den Schaum abzuspülen und das Fell anschließend trocken zu striegeln. Vermutlich ist der Esel das edle Reittier Seiner Seligkeit, das für die Audienz beim Emir hergerichtet wird. Saphira hatte mir erzählt, dass Joachim heute Nachmittag Yared seine Aufwartung machen will.

Ich bitte Elija, der nun endlich meine Hand loslässt, dass er mit seinen Freunden auf der Treppe des Patriarchats auf mich wartet. Dann steige ich die Stufen empor.

Drei Basilianermönche im schwarzen Habit sitzen nebeneinander im Schatten und blättern durch die Handschriften eines muslimischen Buchhändlers, der seine Bücher auf einer Decke neben der Treppe ausgebreitet hat. Wenn man bedenkt, dass die Bibliothek des Patriarchats – auch wenn sie unbedeutender ist als meine eigene in Florenz –, die größte Büchersammlung im Heiligen Land ist, kann ich den verbissenen Versuch des Buchhändlers, hier ein paar Handschriften zu verhökern, nur belächeln.

»Alessandra!«, ruft mich Karim plötzlich aufgeregt. »Der Tempelritter! Er hat ein Schwert!«

Erschrocken wirbele ich herum und ziehe meinen Dolch.

Mit ausgestrecktem Arm deutet Karim zur Grabeskirche.

Keine zwanzig Schritte entfernt verschwindet Dom Tristão mit fliegendem Habit in einer schmalen Gasse, die zum Damaskustor und zur Grotte des Propheten Jeremia führt.

Er ist mir gefolgt!

Mir stockt der Atem.

Hat er gesehen, dass Elija meine Hand gehalten hat? Hat er gehört, dass Karim mich gerufen hat?

Großer Gott, weiß er, dass die Kinder zu mir gehören?

»Patriarch Joachim erwartet Euch, Kyria Alessandra«, teilt mir sein Sekretär Athenagoras eine Viertelstunde später mit. »Seine Seligkeit wünscht unter vier Augen mit Euch zu sprechen.«

Er geleitet mich durch einen schattigen Kreuzgang mit Orangen- und Zitronenbäumen und eine Treppe empor ins obere Geschoss, wo sich das Arbeitszimmer des Patriarchen von Jerusalem befindet.

Dann öffnet er mir die Tür und lässt mich eintreten. »Kyria Alessandra, Euer Seligkeit«, meldet er mich auf Griechisch an. Dann schließt er leise die Tür.

Joachim, der an seinem Schreibtisch sitzt und offenbar den Brief des Papstes liest, erhebt sich, als ich eintrete, kommt mir aber keinen einzigen Schritt entgegen. Er trägt die schlichten schwarzen Gewänder der Karfreitagsliturgie und eine hohe Schleierhaube, wie Niketas sie als Metropolit von Athen getragen hat. Sein grauer Bart ist sorgfältig gestutzt und reicht bis zu den drei goldenen Medaillons auf seiner Brust: einem schön gearbeiteten Kreuz mit Rubinen, dem Adler der byzantinischen Dynastie der Palaiologoi, der auch Niketas angehört hat, und dem Panagia-Medaillon mit der Ikone der Theotokos Maria.

»Kali mera«, begrüße ich den orthodoxen Patriarchen der Heiligen Stadt Jerusalem und von ganz Palästina, Syrien, Arabien, Jordanien und des Heiligen Zion – so lautet sein vollständiger Titel – und beuge mich über die dargebotene Hand. »Ich danke Euer Seligkeit, dass Ihr mich am Karfreitag empfangt.«

Er nickt kühl. »Kyria Alessandra. Bitte setzt Euch.«

»Evcharistó«, bedanke ich mich und lasse mich, nachdem er wieder Platz genommen hat, in einem der Sessel vor seinem Schreibtisch nieder. Auf dem Tisch stapeln sich die Werke der großen Kirchenlehrer der Orthodoxie – Basilios von Caesarea, Gregor von Nyssa und Gregor von Nazianz.

»Mein Sekretär ließ mich wissen, dass Ihr mich in einer dringenden Angelegenheit zu sprechen wünscht. Er gab mir dieses Schreiben Seiner Heiligkeit des Papstes, worin Eugenius mich bittet, Euer Leben zu schützen und alles in meiner Macht Stehende zu tun, Euch bei der Erfüllung Eurer Aufgabe zu unterstützen.« Sein Tonfall verrät mir, wie widerwillig er mir diese Audienz gewährt. Wie sehr er mich hasst. Und wie sehr er mich fürchtet. Ich kann es ihm nicht einmal verdenken. Kaiser Ioannis, mein ›geliebter Schwager‹, hat ihn zur Mäßigung mir gegenüber aufgerufen. Und nun bittet Papst Eugenius ihn um eine Gefälligkeit …

»Ihr seid also in geheimer Mission für den Papst nach Jerusalem gekommen?«, knirscht er.

»Ja, Euer Seligkeit.«

»Und er erteilt Euch umfassende Handlungsvollmacht.« Unwillig wirft er das päpstliche Breve auf seinen Schreibtisch. »Kyria Alessandra, was bedeutet das angesichts der Tatsache, dass ich als griechischer Patriarch von Jerusalem die Gerichtsbarkeit im Heiligen Land ausübe, solange Seine Eminenz, der lateinische Patriarch Lancelot de Lusignan, exkommuniziert und seines Amtes enthoben ist?«

»Das bedeutet, dass ich mich für mein Handeln vor dem Papst in Rom zu verantworten habe.«

»So.«

Dieses eine Wort drückt sein ganzes Missfallen aus.

Ich unterlasse es, ihn an das Unionsdekret zu erinnern, das nicht der erhoffte Sieg der Vernunft, sondern eine tiefe Demütigung für die orthodoxen Hierarchen gewesen ist. Und die triumphalste Niederlage, die Byzanz je erlitten hat – da stimme ich Kaiser Ioannis uneingeschränkt zu. Denn er, der Stellvertreter Iesou Christou, der Nachfolger Konstantins des Großen als römischer Kaiser, kniete vor dem Papst, der damit zum Oberhaupt der vereinigten christlichen Kirche wurde.

Joachim hat vor zwei Jahren auf einer Synode hier in Jerusalem gemeinsam mit den Patriarchen von Alexandria und Antiochia die Union verdammt und den Kaiser gezwungen, zur Orthodoxie zurückzukehren. Mit anderen Worten: Die Kirche ist vereinigt, das Schisma bleibt dennoch bestehen. Und das Verhältnis zwischen dem Patriarchen von Rom, der den Primat für sich beansprucht, und den Patriarchen von Konstantinopolis, Alexandria, Antiochia und Jerusalem ist nach wie vor ungeklärt …

»Seine Heiligkeit hat mich nach Jerusalem geschickt, um einen

Mord aufzuklären, der vor fünf Wochen im Vatikan begangen wurde«, erkläre ich dem Patriarchen.

Er hebt die Augenbrauen. »Ein Mord im Vatikan?«

»Ein Freund von mir, Fra Leonardo d'Assisi, der Leiter des päpstlichen Archivs, hat einen Geheimagenten des Christusordens überrascht, als der einen aramäischen Papyrus aus den Gewölben des Archivs entwenden wollte. Der Ritter, Dom Tristão de Castro, hat Fra Leonardo getötet und die Schriftrolle mitgenommen. Er ist in Jerusalem. Der Papst wünscht, dass ich den gestohlenen Papyrus nach Rom zurückbringe. Und dass ich Dom Tristão hiervon in Kenntnis setze.«

Ich ziehe das päpstliche Breve aus der Tasche und gebe es ihm. Stirnrunzelnd entfaltet er das steife Pergament, starrt auf das Siegel von Papst Eugenius und überfliegt den lateinischen Text. »*Dazu* hat er Euch ermächtigt?«

»Wie Ihr seht.«

»Und wozu braucht Ihr mich?«

»Ich hoffe, Ihr könnt mir sagen, wo sich die Christusritter verborgen halten.«

»*Die* Christusritter?«

»Dom Tristão de Castro ist mir von Rom nach Jerusalem gefolgt. Letzte Nacht hat er versucht, mich zu töten. Sein Ordensbruder Don Rodrigo, der bei diesem Kampf starb, war bereits in Jerusalem, als ich vor vier Tagen ankam. Der Junge war sechzehn oder siebzehn – ich glaube nicht, dass er allein hier war. Die Mission der Christusritter ist gefährlich.«

Ich berichte dem Patriarchen von meinen Vermutungen hinsichtlich der Pläne des Infanten von Portugal zu einem Kreuzzug zur Befreiung von Jerualem und zu einem Bündnis mit dem legendären Priesterkönig Johannes, dem christlichen Kaiser von Äthiopien.

»Die Ordensregel gebietet, dass die Ritter den weißen Habit

mit dem roten Kreuz niemals ablegen dürfen. Dom Tristão und Don Rodrigo haben sich an dieses Gebot gehalten – sie sind also als Ritter Christi zu erkennen. Euer Seligkeit, wisst Ihr, wo sich die Mönche verborgen halten?«

Er schüttelt langsam den Kopf. Kann er es mir nicht sagen, oder will er es nicht?

»Heute Morgen habe ich Gebre Christos besucht, den äthiopischen Abt der Grabeskirche, um ihn zu fragen, wo sich die Christusritter verstecken.«

Er umfasst den kaiserlichen Adler der Palaiologoi auf seiner Brust. »Woher kennt Ihr ihn?«

»Vom Unionskonzil in Florenz. Er war zu Gast in meinem Palaz…«

»Wie auch andere hohe orthodoxe Würdenträger. Seine Allheiligkeit, Patriarch Joseph II. von Konstantinopolis, zum Beispiel. Oder Seine Seligkeit Niketas IV. Evangelos, Metropolit und Erzbischof von Athen, Exarchos von Griechenland, Archimandrit von Konstantinopolis, Abt von Mistra … der zum Verräter an seinem orthodoxen Glauben wurde, zum Judas, der den wahren Glauben Iesou Christou für einen Fetzen purpurner Seide verraten hat!«, schleudert er mir seine Verachtung und seinen Hass entgegen.

Ich atme tief durch, um mich zu beruhigen. »Niketas hat den Purpur abgelehnt, als Papst Eugenius ihn zum ersten Kardinal der vereinigten Kirche ernennen wollte. Und ebenso hat er sich dem Wunsch des Kaisers verweigert, der ihn zum orthodoxen Patriarchen von Konstantinopolis machen wollte. Er hat seine Ämter und Ehrentitel niedergelegt und sich für ein Leben mit mir entschieden.« Mit einem Mal muss ich gegen die Tränen ankämpfen. Mein Herz krampft sich schmerzhaft zusammen. »Euer Seligkeit, Niketas starb in meinen Armen. Es war ein qualvoller Tod. Können wir ihn nicht endlich in Frieden ruhen lassen?«

»Kyria Alessandra …« Der Patriarch besinnt sich und verstummt. Sodann schnauft er und beginnt noch einmal, dieses Mal beherrschter und ruhiger. »Kyria Alessandra, was steht in dem Papyrus, der aus dem Vatikan entwendet wurde?«

»Das kann ich nicht sagen.«

»Weil Ihr es mir nicht sagen *wollt?*«

»Weil ich es Euch nicht sagen *kann.* Nur so viel: Er ist von immenser Bedeutung für die Kirche.«

»Für welche Kirche?«, lauert er.

»Ihr wisst, von welcher Kirche ich spreche!«, erkläre ich mit fester Stimme. »›Du bist Petrus, und auf diesem Felsen werde ich meine Kirche errichten.‹ Der Evangelist unterschied nicht zwischen römisch-katholisch und byzantinisch-orthodox, zwischen koptisch, syrisch, armenisch, georgisch, russisch, assyrisch, indisch und äthiopisch. Und ich tue das auch nicht. Ich spreche also von der Kirche, die sich von Edinburgh bis Lalibela und von Lissabon bis Malabar erstreckt und dabei Rom *und* Byzanz umfasst. Nicht zu vergessen Jerusalem.«

Mit trotzig verschränkten Armen lehnt er sich in seinem Sessel zurück. »Diese aramäische Schriftrolle ist also so entscheidend für das Schicksal des Christentums wie das Evangelion, das Ihr vor sechs Jahren in Alexandria gefunden habt?«

»Ja, das ist sie«, behaupte ich.

»Wo ist das Evangelion jetzt?«

Ich sage es ihm.

Er kann es nicht fassen. »Großer Gott! Das darf doch nicht wahr sein! Ihr habt … ein Evangelion …?«

»Ihr wisst doch, was in Florenz geschehen ist! Der Patriarch von Alexandria schickte einen Assassino nach Florenz, der mich ermorden und das Evangelium nach Ägypten zurückbringen sollte. Mein Vater wurde wegen dieser Handvoll Papyrusfetzen ermordet. Auf dem Blutaltar, auf dem zwei Patriarchen ihrer höchsten Gottheit, der eigenen Macht und Herrlichkeit, meinen Vater opferten, haben Niketas und ich die Wahrheit geopfert – um des Friedens willen. Um der Einheit der Kirche willen.«

»Welche Wahrheit?«

»Petrus war nicht der erste Papst. Weder war er Bischof von Rom noch war er der Führer der Apostel. Iesous Christos hat einen anderen zu seinem Nachfolger als Führer der Judenchristen bestimmt.«

»Wen?«

Ich sage es ihm.

»Ein *Jude?*« Er schlägt sich die Hand vor den Mund und starrt mich an, bestürzt und fasziniert zugleich.

»Er war der erste Papst«, versichere ich ihm. »Der vergessene Papst. Der erste in einer Dynastie von jüdischen Päpsten, die der Familie Iesou entstammten. Und Ihr, Patriarch Joachim, seid als Bischof von Jerusalem sein Nachfolger. Mit berechtigtem Anspruch auf den Primat in der *einen* Kirche, von der ich eben sprach.«

In kurzen Worten erläutere ich ihm, was Niketas und ich in Florenz herausgefunden haben.

»Allmächtiger Gott!« Er birgt das Gesicht in den Händen, schüttelt den Kopf und atmet vernehmlich aus. Dann erhebt er sich langsam und geht zum Fenster, um zur Grabeskirche hinüberzublicken. Schließlich wendet er sich zu mir um. »Wer weiß noch davon?«

»Mein Freund Tayeb. Er war mit mir in Alexandria. Mein Vater und Niketas haben dieses Geheimnis mit ins Grab genommen.«

»Und Papst Eugenius?«

Ich schüttele den Kopf. Ich habe ihm den Spruch Jesu nie gezeigt. »Was, glaubt Ihr, wäre geschehen, wenn ich das Evangelium während des Unionskonzils an das Portal der Kathedrale von Florenz genagelt hätte?«

Der Patriarch, der gerade erfahren hat, dass nach dem Willen von Jesus Christus eigentlich *er* der rechtmäßige Papst der vereinigten Kirche ist, starrt mich bleich an.

»Ich nehme an, nun versteht Ihr meine Entscheidung.«

»Ja.« Er nickt schwach. »Ich hätte vermutlich dasselbe getan.«

»Herzlichen Dank für Eure ehrliche Antwort.«

Er lächelt matt – welch ein Sinneswandel!

»Papst Eugenius bittet mich, Euch bei Eurer Mission zu unterstützen«, erinnert er sich. Sein Tonfall ist versöhnlich. Gefällt er sich in seiner neuen Rolle als wahrer Papst von Jerusalem? »Auf dem Berg Zion gibt es ein verlassenes Kloster, eine verfallene Ruine, ganz in der Nähe des Saals des letzten Abendmahls. Sucht dort nach den Christusrittern.«

»Evcharistó.«

»Kann ich sonst noch etwas für Euch tun?«

»Nein, Euer Seligkeit.«

»Kyria Alessandra, dieser Papyrus, der aus dem Vatikan entwendet wurde …«

»Ja?« Ich nicke beklommen.

Ich ahne, was er mich fragen will!

»Ihr erwähntet, der Ritter Christi, der die Schriftrolle aus dem Vatikan gestohlen hat, habe heute Nacht versucht, Euch zu töten. Steht diese geheimnisvolle aramäische Handschrift in irgendeinem Zusammenhang mit den Ereignissen auf dem Tempelberg letzte Nacht? Im Felsendom wurde mit Gewalt eine Bodenplatte aufgebrochen, die zu einem Gang ins Labyrinth unter der Al-Aqsa führt, dem alten Hauptquartier der Templer.«

»Der Papyrus stammt meines Erachtens aus der verschollenen Bibliothek des jüdischen Tempels, die schon die Tempelritter in den verborgenen Kammern des Tempelbergs suchten.«

»Ihr wart letzte Nacht im Labyrinth.«

»Ja.«

»Ihr sucht die Tempelbibliothek.«

»Ja.«

»Habt Ihr sie gefunden?«

»Nein«, erkläre ich wahrheitsgemäß, denn ich habe ja nur leere Tonkrüge gefunden. Wo sich die Handschriften befinden, kann ich nur ahnen.

»Der Imam der Al-Aqsa hat mir erzählt, dass der Merkfaden eines jüdischen Gebetsmantels vor dem Felsen Morija gefunden wurde. Ein sehr kostbarer, golddurchwirkter Tallit aus Seide. Der Imam beschuldigt die Juden, den Tempelberg entweihen zu wollen.

Um des Friedens willen und um eine blutige Auseinandersetzung zwischen Muslimen und Juden zu verhindern, an der Ihr nicht unschuldig seid, Kyria Alessandra: Wer hat Euch geholfen, in das Labyrinth einzudringen? Nennt mir seinen Namen, und ich werde Euch vor dem Todesurteil bewahren! Wem gehört dieser Tallit?«

Yared

Kapitel 28

Auf dem Davidsturm der Zitadelle
16. Dhu'l Hijja 848, 19. Nisan 5205
Karfreitag, 26. März 1445
Vier Uhr dreißig nachmittags

»Die Nachricht, ein Jude habe den Haram ash-Sharif geschändet, hat sich wie ein Lauffeuer in Al-Quds verbreitet«, raunt mir Arslan zu, als er sich neben mir an die Zinnen lehnt. Er ist zum Kampf gerüstet.

Besorgt beobachte ich die unruhige Menge auf dem Platz vor der Klagemauer, die von bewaffneten Mamelucken auseinandergetrieben und zerstreut wird. Ein Araber, der sich mit seinem Dolch auf einen Tscherkessen stürzen will, wird überwältigt, niedergeschlagen und rücksichtslos weggeschleift. Arslans Männer halten die Treppe über die Schuttrampe hinauf zum Tempelberg besetzt, sie haben den weiten Platz unter Kontrolle.

Eine Taube schwebt vom Berg Zion herüber, dreht einige Runden über unseren Köpfen und landet dann, aufgeregt mit den Flügeln flatternd, im Taubenschlag hinter uns, aus dem aufgebrachtes Gurren erklingt. An ihrem Bein kann ich die kleine Kapsel für die Briefpost erkennen.

Eine Nachricht vom Sultan aus Al-Kahira?

»Heute Morgen der fanatische Mönch, der am Karfreitag ein Kreuz in die Al-Aqsa schleppt, und nun dies«, murmelt Arslan. »Einige Muslime sind nach dem Freitagsgebet mit Gewalt ins jüdische Viertel eingedrungen, nachdem sie zuvor die Juden an der Klagemauer von oben mit Steinen beworfen haben. Vor der Ramban-Synagoge gab es eine regelrechte Straßenschlacht. Die Juden sind in die Synagoge geflohen und haben sich verbarrikadiert.«

»Gab es Tote?«

»Nein, jedoch etliche Verletzte. Die Muslime waren nicht bewaffnet. Und im Judenviertel liegen keine Steine herum, die man werfen könnte. Ich habe meine Männer mit dem Befehl ins Judenviertel geschickt, die Muslime hinauszutreiben und die Juden aus der belagerten Synagoge zu befreien, bevor sich die Lage weiter verschärft. In zwei Stunden, bei Sonnenuntergang, beginnt der Sabbat … und das Abendgebet in der Al-Aqsa.«

»Gib den Befehl, dass die Treppe neben der Klagemauer heute Abend gesperrt bleibt. Halte die Muslime vom Judenviertel fern.« Ich deute hinüber zur Nordseite des Tempelbergs. »Die Gläubigen sollen die Treppe an der Via Dolorosa benutzen. Sprich mit Joachim, und stell fest, wann die letzte Karfreitagsprozession stattfindet, und achte darauf, dass Muslime und Christen nicht aufeinander losgehen.«

»Mach ich.«

Er geht zum Taubenschlag hinüber, fängt die eben angekommene Brieftaube ein und nimmt ihr behutsam die gerollte Botschaft ab. Dann kommt er zu mir zurück und zeigt mir das winzige Siegel. »Der Sultan schreibt an Uthman. Ich werde ihm die Nachricht bringen.«

Er will sich schon abwenden, da halte ich ihn auf. »Weißt du, wo Alessandra steckt?«

»Sie ist heute Mittag mit Prinz Solomon in die Zitadelle zurückgekommen. Ist sie denn nicht in ihren Gemächern?«

»Sie wollte Joachim heute Mittag um eine Audienz bitten. Seitdem ist sie nicht zurückgekehrt.«

»W'Allah!«, flüstert Arslan.

»Sie ist seit fast fünf Stunden allein in der Stadt unterwegs, nur mit einem Dolch bewaffnet. Und der Christusritter ist hinter ihr her.«

»Ich werde eine Schar Bewaffneter ausschicken und sie suchen lassen.«

»Danke, Arslan.«

»Ich ahne, wie viel sie dir bedeutet, Yared. Ich bringe sie dir unversehrt zurück.«

»Noch etwas: Mach dich auf die Suche nach dem zerbrochenen Templerschwert, das sie gestern gefunden hat, und bring es in meine Gemächer. Benyamin hat in ihrem Schlafzimmer vergeblich danach gesucht. Es ist verschwunden.«

»Allah steh ihr bei!«

»Uthman hat Alessandra für morgen Nachmittag eingeladen. Sie ist sich der Gefahr bewusst, dass er alles erfährt, sie kann jedoch Uthmans Gastfreundschaft nicht zurückweisen, ohne ihn misstrauisch zu machen.«

»Wenn Uthman erfährt, dass sie im Labyrinth unterhalb der Al-Aqsa war, lässt er sie hinrichten.«

»Das Schwert muss verschwinden. Es hat nie existiert.«

»Von welchem Schwert sprichst du?«, fragt er mit dem unschuldigen Grinsen, mit dem er den Sultan immer wieder dazu bringt, ›diesem verzogenen Bengel‹ all seine Vergehen zu verzeihen – selbst die erotischen Abenteuer im königlichen Harem. Nach unserer Rückkehr nach Al-Kahira wird Arslan Jadiyas Schwester heiraten, bevor in sechs Wochen sein Kind geboren wird. Vom privilegierten Königsmamelucken zum Schwiegersohn des Sultans – die Nächte in Yasminas Bett haben seinem Aufstieg nicht gerade geschadet.

Arslan legt mir eine Hand auf die Schulter. »Du machst dir Sorgen um sie.«

»Und wie!«

»Und ich mache mir Sorgen um dich, Yared. Uthman hat gesehen, wie du dich nach der Audienz des Botschafters von Gharnata beinahe mit Benyamin zerstritten hast – das hat ihn erschreckt. Als er heute Mittag neben mir in der Al-Aqsa kniete und betete, habe ich ihn beobachtet. Er war traurig. Und sehr enttäuscht. Aber er respektiert deine Entscheidung, denn er fürchtet, dass eure innige Freundschaft beendet wäre, wenn er dir noch länger ins Gewissen redet. Aber wie wird unser Vater reagieren?« Er deutet auf die gerollte Botschaft in seiner Hand. »Der Sultan hofft, dass du Jadiya heiratest und ihm als Dawadar einen großen Teil der Regierungsgeschäfte abnimmst, die ihm wegen seiner schweren Krankheit immer mehr zur Belastung werden. Das kannst du aber nur, wenn du konvertierst. Yared, ich mache mir wirklich große Sorgen um dich. Was soll denn nun werden?«

»Ich weiß es nicht«, gestehe ich leise. »Ich weiß es wirklich nicht.«

»Ich kann mir denken, wie du dich fühlst. Wie auch immer du dich entscheiden wirst, Yared – ich werde zu dir stehen.«

»Danke, mein Freund.«

Er lächelt matt. »Schon gut. Ich bringe Uthman den Brief unseres Vaters. Dann mache ich mich auf die Suche nach dem Templerschwert.«

Kaum ist er gegangen, vernehme ich Hufgetrappel auf dem steinigen Weg unterhalb des Davidsturms und das schrille Iahen eines Esels.

Ich lehne mich über die Brüstung und blicke hinunter.

Umgeben von einer Schar Mönche und Priester reitet der griechische Patriarch auf einem Esel bis vor das Portal der Zitadelle, lässt sich von seinem Gefolge aus dem unbequemen Sattel helfen, streicht das schwarze Gewand glatt, rückt die Schleierhaube zurecht und blickt zu mir herauf. Seinen verkniffenen Gesichtsausdruck kann ich nicht deuten. Er verneigt sich hoheitsvoll, und ich erwidere seinen Gruß. Dann durchschreitet er mit seinem Gefolge das Portal, und ich verliere ihn aus den Augen.

Gedankenversunken sehe ich hinüber zum Felsendom, dessen Kuppel zu glühen scheint. Wie großartig muss einst der Tempel des Herodes gewesen sein, bevor Titus ihn zerstörte!

›Das Äußere des Tempels ließ Herz und Augen staunen‹, hat Flavius Josephus geschrieben. ›Denn der Tempel war über und über mit dicken Goldplatten umhüllt, und wenn die Sonne aufging, gab er einen Glanz wie Feuer von sich, sodass der Betrachter sein Auge wie vor den Strahlen der Sonne abwandte. Die Fremden, die sich Jerusalem näherten, hatten den Eindruck eines Schneegipfels, denn wo der Tempel nicht schimmerte wie Gold, war er leuchtend weiß.‹

Welch atemberaubender Anblick muss das gewesen sein!

›Der innerste Raum des Tempels war durch einen Vorraum abgetrennt, und er war vollkommen leer. Niemand durfte ihn betreten oder auch nur hineinschauen. Man nannte ihn das Kodesch ha-Kodaschim, das Allerheiligste.‹

In jenem Raum hatten zur Zeit von König Salomo die goldenen Cherubim ihre Flügel über die heilige Lade ausge…

»Yared?«, reißt Benyamin mich aus meinen Gedanken. »Rabbi Eleazar, der Vorsteher der jüdischen Gemeinde, wünscht den Emir zu sprechen. Wegen des seidenen Tallitfadens, der heute Morgen im Felsendom gefunden wurde. Und Patriarch Joachim ist angekommen. Er erwartet dich im Audienzraum. Er will unter vier Augen mit dir reden. Willst du Rabbi Eleazar noch vor dem Patriarchen empfangen? Oder soll er heute Abend, nach dem Schabbatgottesdienst, wiederkommen?«

Ich atme tief durch.

»Yared, wenn du dich nicht wohlfühlst, kann ich …«

»Es geht mir gut«, versichere ich ihm. »Würdest du Rabbi

Eleazar bitte zu mir bringen? Der Patriarch möge sich einige Minuten gedulden.«

»Ich sag's ihm.«

»Ist für heute Abend schon alles vorbereitet?«

Er nickt, dann wendet er sich um und verlässt mich. Wenig später führt er einen ehrwürdigen Rabbiner auf den Turm.

»Rabbi Eleazar.« Benyamin stellt mir einen kleinen, zierlichen Mann mit blassblauen Augen, schütterem weißen Haar und eindrucksvollem Bart vor, der sich bis auf seine Brust kringelt. Er trägt eine schlichte weiße Djellabiya und einen gelben Turban. Er wirkt so staubig, alt und weise wie die Bücher, die ich in den Regalen seines Arbeitszimmers vermute. Das Alter – er mag um die siebzig sein – und die schwere Steinkugel haben seinen Rücken gekrümmt. Er wirkt gebrechlich. »Der Führer der jüdischen Gemeinde von Jeruschalajim.«

Rabbi Eleazar verneigt sich steif und stützt sich dabei schwer auf einen Stock. »Schalom alecha.«

»Schalom.« Ich deute auf den Sessel, den Benyamin für mich in den Turmgarten bringen ließ. »Willst du dich nicht setzen, Rabbi?«

Er sieht sich um, kann aber nur diesen einen Sessel entdecken. »Und du?«

Ich winke ab und helfe ihm beim Hinsetzen. Mit einem atemlosen Seufzer sackt er in die Kissen. Dann blickt er zu mir hoch.

»Die jüdische Gemeinde übermittelt dir ihre herzlichen Glückwünsche zu deinem Amtsantritt als Vizekönig von Damaskus. Wir wissen, was du in Ägypten für Gottes vergessene Kinder getan hast. Du bist ein Gerechter, Yared ben Netanya! Wir Juden hoffen voller Zuversicht, dass du uns Frieden schenken wirst, und erflehen Gottes Segen für deine Regentschaft.«

Ich nicke.

»Darf ich offen sprechen?«

»Nur zu.«

»Die Stimmung in Jeruschalajim ist angespannt. Seit deine Mamelucken die Gläubigen aus der belagerten Synagoge befreit haben – wofür wir dir sehr dankbar sind! –, rotten sich die Muslime zusammen und dringen gewaltsam in unsere Häuser ein. Sie suchen einen Tallit.«

»Einen Tallit?«

»Einen golddurchwirkten Tallit aus weißer Seide, so wie du ihn heute Mittag auf dem Weg zum Tempelberg getragen hast.« Er atmet tief durch. »Der Merkfaden eines solchen Tallits wurde heute Morgen im Felsendom gefunden. Der Imam der Al-Aqsa hat in seiner Freitagspredigt die jüdische Gemeinde beschuldigt, den Tempelberg schänden zu wollen, und die Muslime gegen uns aufgehetzt: ›Diese Juden, die sich für das auserwählte Volk halten, wollen doch immer nur den Frieden stören – das hat sich seit dem Tag nicht geändert, da Moses sie aus Ägypten führte!‹ Das soll dieser Goj gesagt haben. Die Muslime suchen nun einen Schuldigen. Sie suchen einen Juden, der einen solchen Tallit besitzt. Und Adonai unser Gott sei ihm gnädig, wenn sie ihn finden.«

Ich nicke stumm.

»In zwei Stunden beginnt der Schabbat, und ich fürchte, die Gojim werden uns nicht in Ruhe lassen, bis sie gefunden haben, wonach sie suchen. Wir können uns gegen sie nicht wehren. Es wird uns nichts anderes übrig bleiben, als unsere Türen zu öffnen und sie hereinzubitten. Sie werden unsere Häuser durchwühlen und die Schabbatruhe stören.«

Er wartet, damit ich das ganze Ausmaß des Unheils bedenke, dann fährt er fort:

»Die jüdische Gemeinde von Jeruschalajim besteht nur aus sechzig Familien – kein Vergleich zu Al-Iskanderiya oder Al-Kahira. Ich kenne jeden einzelnen Juden, von Ashers Sohn, der letzte Woche geboren wurde, bis zum ehrwürdigen Yaakov ben Gurion. Die meisten Familien sind vor hundertvierzig Jahren aus Frankreich vertrieben worden und haben all ihren Besitz zurücklassen müssen. Andere sind in den letzten Jahren vor der Inquisition aus Spanien geflüchtet, mit wenig mehr als den silbernen Schabbatleuchtern im Gepäck. Ich selbst bin vor dreißig Jahren als christlicher Mönch verkleidet aus Rom geflohen. Wir sind Färber, Schneider, Schuhmacher und Händler. Wir sind nicht reich und helfen uns gegenseitig, damit jeder genug zum Leben hat. Keiner von uns besitzt einen golddurchwirkten Seidentallit. Einen Tallit, der mehr kostet, als es braucht, um eine Familie wie meine ein halbes Jahr lang zu ernähren.«

Bevor ich mir ein Herz fassen und gestehen kann, dass ich in dieser Nacht im Felsendom gewesen bin, hebt Rabbi Eleazar, als ob er ahnt, was ich sagen will, die Hand und gebietet mir mit dieser Geste, zu schweigen.

»Mein jüngster Sohn Yonatan hat einen Laden in der Kettenstraße, in dem er Tallits verkauft. Heute Morgen war eine junge Frau bei ihm, eine Christin aus Rom, die einen golddurchwirkten Seidenschal gekauft hat.«

Mein Herz beginnt zu klopfen.

Ich fürchte um Alessandras Leben!

»Ich weiß«, nicke ich beklommen.

Rabbi Eleazar starrt mich an.

Ich ziehe den Tallit aus der Tasche meiner Djellabiya und entfalte ihn. »Sie hat ihn für mich gekauft. Er ist ein Geschenk, über das ich mich sehr gefreut habe. Bitte richte deinem Sohn aus, dass mir der Tallit gefällt. Ich habe ihn heute Mittag getragen, als ich zum Tempelberg geritten bin.«

»Yonatan hat ihn sofort wiedererkannt.«, sagt Rabbi Eleazar mit tonloser Stimme. »Ein kostbares Stück aus Florentiner Seide.«

Er sieht mir fest in die Augen.

Ich reiße einen der Merkfäden vom Tallit, falte den Seidenstoff sorgfältig zusammen und gebe ihm den Gebetsschal.

Rabbi Eleazar nickt bedächtig. »War sie auch dort?«, fragt er leise.

»Ja.«

»Adonai sei euch beiden gnädig!«

Er stellt keine weiteren Fragen, die mich oder die Frau, mit der ich ja offenbar die Nacht verbracht habe, in Lebensgefahr bringen könnten.

Wortlos stopft er den Tallit in seine Tasche und erhebt sich mühsam. »Ich denke, meine Söhne werden sich an der Suche der Gojim beteiligen und den Tallit finden, den vorgestern ein junger Mann aus Córdoba in Yonatans Laden gekauft hat – oder kam er aus Sevilla? Ich nehme an, dass Yonatan sich nicht mehr erinnern kann, wie der Mann aus Toledo aussah. Wie auch immer, er wird den Tallit rechtzeitig vor dem Beginn des Schabbat finden. Außerhalb des jüdischen Viertels.« Er lächelt matt. »Möge Adonai dir eine lange, friedliche und glückliche Herrschaft über Jeruschalajim gewähren, Yared ben Netanya. Die jüdische Gemeinde setzt große Hoffnungen in dich. Adonai segne und behüte dich. Ich wünsche dir einen friedlichen Schabbat!«

»Das wünsche ich dir und deiner Familie auch, Rabbi. Schabbat Schalom!«

Er steht ächzend auf, verneigt sich ehrerbietig, wendet sich um und schlurft mit gebeugtem Rücken zur Treppe, wo Benyamin ihn erwartet, um ihn die Stufen hinunterzugeleiten.

Auf der Treppe kommt ihnen Uthman entgegen. Als er mich an der Brüstung des Turms lehnen sieht, schlendert er zu mir herüber. »Vater hat geschrieben.« Er gibt mir die gerollte Nachricht, die Arslan vorhin der Brieftaube abgenommen hat.

»Was will er?«

»Es geht ihm schlechter. Er hat solche Schmerzen, dass er das Bett kaum noch verlassen kann. Er will wissen, wann wir endlich nach Hause kommen. Er braucht dich.«

Uthman hält mir die Nachricht hin. Als ich sie nicht nehme, ergreift er meine Hand und schließt meine Finger um das Papier. »Lies!«

Ich falte das Blatt auseinander und starre auf die wenigen Zeilen, ohne sie wirklich zu lesen. Dann falte ich es wieder zusammen.

»Yared, was soll ich ihm antworten?«, fragt Uthman sanft und legt mir die Hand auf die Schulter.

Ich blicke hinüber zum Tempelberg, wo in einer verborgenen Kammer die Bundeslade ruht …

»Yared? Was ist mit dir? Du bist so blass …«

»Ich werde ihm schreiben. In wenigen Tagen werden wir aufbrechen und nach Hause zurückkehren«, presse ich hervor.

Uthman nickt. »Sag mal, Yared, was hältst du davon, wenn wir uns nach Sonnenuntergang im Hamam verwöhnen lassen, gemeinsam zu Abend essen, eine Partie Schach spielen und uns dann mit ein wenig Haschisch einen sinnlichen Abend machen?«

»Tut mir leid, Uthman.«

»Na komm schon, ich lass dich auch gewinnen«, verspricht er mir im Scherz – er ist ein begnadeter Spieler, der das Spiel der Könige vollendet beherrscht und mich jedes Mal ash-Shah mat setzt. Selbst Arslan, der öfter mit Uthman spielt als ich, hat gegen ihn keine Chance.

»Ich habe schon etwas anderes vor.«

Uthman hebt die Augenbrauen. »Sieh mal an. Und was?«

Ich sage es ihm.

»Dachte ich's mir doch!« Er knufft mich in die Seite und grinst unverschämt. »Na dann: viel Vergnügen!«

Als ich die Treppe hinuntersteige, um den Patriarchen zu begrüßen, der mich im Audienzraum erwartet, kommt mir Arslan entgegen. »Was ist?«

»Nicht hier«, murmelt er, und ich folge ihm in mein Arbeitszimmer.

Er verriegelt die Tür. »Das Templerschwert ist verschwunden«, flüstert er mit besorgter Miene. »Es ist nicht in ihrem Schlafzimmer …«

Unbeherrscht fluche ich.

»… und in Uthmans Gemächern ist es auch nicht. Ich habe auch dort alles durchsucht.«

Ich habe furchtbare Angst um ihr Leben.

Wer hat das verdammte Templerschwert?

Als ich den Audienzsaal betrete, steht Joachim am Fenster und blickt über Jeruschalajim. Er wendet sich um und kommt mir entgegen. »Herzlichen Glückwunsch zum Amtsantritt als Emir von Dimashq und Herr von Al-Quds, auch im Namen Seiner Majestät des Kaisers von Byzanz, des Oberhauptes der orthodoxen Kirche.«

»Danke, Patriarch.« Ich nehme auf dem Diwan hinter meinem Schreibtisch Platz und deute auf das Sitzpolster vor mir. »Bitte setz dich doch!«

»Shukran!«, murmelt er, rafft sein Patriarchengewand, hält die drei goldenen Medaillons auf seiner Brust fest und lässt sich sehr würdevoll auf dem niedrigen Polster nieder. Unruhig zupft er an den Falten seiner weiten Robe herum.

»Ich bin erstaunt, dass du mich am Karfreitag, dem höchsten orthodoxen Feiertag, mit deinem Besuch beehrst. Haben nicht gerade eben die Liturgien anlässlich der Todesstunde Jesu Christi in der Grabeskirche stattgefunden?«

»Du hast recht.«

»Mein Sekretär sagte mir, du wolltest mich unter vier Augen sprechen. Worum geht es?«

»Um das Geschehen im Felsendom, das die Heilige Stadt in Unfrieden und Gewalt gestürzt hat. Weißt du schon, wer heute Nacht in das Labyrinth unter dem Haram ash-Sharif eingedrungen ist?«

»Nein«, erkläre ich kaltblütig. »Du?«

Er zögert. Dann holt er tief Luft. »Emir, es gibt da etwas, was du wissen solltest …«

Alessandra

Kapitel 29

In der Grabeskirche
16. Dhu'l Hijja 848, 19. Nisan 5205
Karfreitag, 26. März 1445
Kurz nach acht Uhr abends

Vor dem Portal des Heiligen Grabes vollzieht der Patriarch den feierlichen Ritus der Grablegung.

In einer bewegenden Prozession tragen die byzantinischen Priester die Altarikone der Golgatakapelle bis vor die Grabkammer und bahren sie vor der Kreuzesdarstellung auf. Diakone bekränzen die Ikone mit Blumen und illuminieren sie mit goldenen Kerzenleuchtern.

Als Joachim zur Ikone tritt, lässt er seinen Blick über die Menge der Gläubigen schweifen. Keine zehn Schritte entfernt halte ich mich im Schatten einer Säule, doch in meinem schlichten schwarzen Gewand erkennt er mich nicht – ebenso wenig wie Dom Tristão. Mit einem Gefährten, der wie er in ein schwarzes Skapulier gehüllt ist, kniet er in der letzten Reihe der Gläubigen vor dem Durchgang zum Katholikon, dem griechisch-orthodoxen Hauptschiff der Grabeskirche, und betet mit gesenktem Kopf. Als Dom Tristão sich bekreuzigt und erhebt, schimmert der weiße Habit, den er auch in größter Gefahr nicht ablegen darf, unter dem schwarzen Mantel hervor.

Ich ziehe meine Kapuze tiefer ins Gesicht, falte die Hände zum Gebet und beobachte ihn aus den Augenwinkeln. Die Brandwunde an seinem rechten Auge kann er mit dem losen Ende des blauen Turbans nicht vollständig verdecken. Er erträgt offenbar keinen Verband.

»Seht das heilige und Heil bringende Leiden unseres Herrn und Gottes, unseres Erlösers Iesous Christos, das er um unseretwillen auf sich nahm!«, intoniert der Patriarch auf Griechisch. »Erkennt die Demütigungen, die Misshandlungen, die Beleidigungen, die Geißel, das Kreuz und den Tod. Aber auch das Versprechen des Heils am Kreuz an denjenigen, der gekreuzigt wurde. In deiner unfassbaren und unermesslichen Barmherzigkeit, Christos unser Gott, erlöse uns! Amen.«

Still nähern sich die Gläubigen, bekreuzigen sich dreimal und küssen die Ikone. Viele haben Tränen in den Augen, als sie zurücktreten. Dom Tristão und sein Schwertbruder schließen sich den frommen Orthodoxen an und verneigen sich vor der Ikone, küssen sie jedoch nicht.

Gespannt beobachte ich den Patriarchen, der Dom Tristão und dessen Gefährten erschrocken anstarrt – nach der Beschreibung, die ich ihm heute Nachmittag gegeben habe, hat er ihn wohl erkannt. Doch offensichtlich hat er nicht damit gerechnet, dass die Ritter Christi an der orthodoxen Abendliturgie zur Grablegung Jesu Christi teilnehmen.

Beunruhigt lässt er seinen Blick durch den Kuppelraum schweifen.

Ich weiß, wen er sucht.

Bleich starrt er in meine Richtung. Hat er mich entdeckt?

Was hat er heute Nachmittag während seiner Audienz mit Yared besprochen – hat er mich verraten? Was erwartet mich, wenn ich zum Abendessen mit Benyamin in die Zitadelle zurückkehre? Wenn sie das Templerschwert gefunden haben … Tayeb kann sich nicht gegen sie wehren!

Ehrlich gesagt, habe ich nicht darauf vertraut, dass mich

die Offenbarung des Geheimnisses um den vergessenen Papst, die Joachim gefügig machen sollte, vor einem Verrat bewahren würde.

Durch den Blick des Patriarchen aufmerksam geworden, sucht mich nun auch Dom Tristão in der Menge der Gläubigen.

Ich weiche weiter zurück in den Schatten der Säule und taste nach meinem Dolch. Dom Tristão tuschelt mit seinem Schwertbruder, deutet auf den Patriarchen und nickt in meine Richtung. Der andere runzelt die Stirn und folgt seinem Blick. Dann nickt er langsam und raunt seinem Ordensbruder etwas zu.

Sie trennen sich. Dom Tristão geht langsam um die Gläubigen vor dem Heiligen Grab herum. Wahrscheinlich will er mich in die Enge treiben. Er blickt absichtlich nicht in meine Richtung. Sein Schwertbruder schlendert in aller Seelenruhe durch das Katholikon zur Golgatakapelle neben dem Portal, um mir den Fluchtweg abzuschneiden.

Verdammt! Sie haben mich gesehen …

Was soll ich tun?

Mir bleibt fast das Herz stehen, als jemand von hinten an meinem Ärmel zupft.

Meine Hand umklammert fest den Griff des Dolchs, als ich mich mit hochgezogenen Schultern umwende.

Es ist Elija.

Ich fasse es nicht! Wie die anderen Jungen habe ich ihn fortgeschickt, nachdem wir in der Abenddämmerung das Versteck der Christusritter entdeckt hatten! Was tut er denn hier? Es ist viel zu gefährlich für ihn!

Wortlos packe ich seine Hand, zerre ihn mit gesenktem Kopf hinter mir her zum Portal der Basilika. Dort werfe ich einen hastigen Blick über die Schulter. Wo sind die Christusritter?

Der muslimische Wächter, der mit entrücktem Blick an seiner Wasserpfeife nuckelt und darauf lauert, dass er endlich das langwierige Ritual des Torschlusses vollziehen und nach Hause gehen kann, blickt verdutzt auf, als der Junge und ich während der allerheiligsten Liturgie die Grabeskirche verlassen.

Mit Elija an der Hand haste ich über den von Fackeln erleuchteten Hof, biege nach links in die Gasse, die zum Souk al-Attarin führt, bleibe unvermittelt stehen und luge um die Ecke.

»Sind die Tempelritter in der Kirche?«, wispert Elija und verhaspelt sich dabei vor Aufregung, sodass ich ihn kaum verstehen kann. Meine Hand hält er ganz fest.

Ich nicke, während ich den Hof beobachte, der still und verlassen vor mir liegt.

Die Ritter Christi haben mich doch nicht gesehen – so scheint es jedenfalls!

»Bist du wütend, weil ich in der Kirche war?«

»Und wie!« Ich lese ihm gehörig die Leviten. Er presst die Lippen aufeinander und guckt mich verdattert an. Tränen funkeln in seinen großen Kinderaugen.

»Aber ich kann doch nicht nach Hause gehen, wie du gesagt hast«, schluchzt er leise.

»Und wieso nicht?«

Ich kann nicht alles verstehen, was er mir sagen will, weil er furchtbar zu stottern beginnt. Nur so viel: Er sei ein Waisenkind, lebe seit Jahren auf der Straße und bettele für seinen Lebensunterhalt. Der alte Rabbi Eleazar gebe ihm zu essen, wenn er an seine Tür klopfe, aber bei ihm wolle er nicht schlafen …

Ich gebe nach – was soll ich denn sonst tun? Ihn schluchzend zurücklassen, damit Dom Tristão, der jeden Moment aus der Kirche kommen kann, ihn findet und als den kleinen Jungen wiedererkennt, der in der Via Dolorosa seine Hand in meine geschoben hat? Gott bewahre!

»Also gut – komm mit!«

Leise tappt er hinter mir her, als ich am Hospital der Johanniter vorbeihusche und an der Kreuzung zur Davidstraße stehen bleibe, um in unruhiger Erwartung um die Ecke zu spähen.

Seit dem späten Nachmittag bewachen Mamelucken die Davidstraße und die zum Tempelberg führende Kettenstraße, dic das muslimische Viertel vom jüdischen trennt, und riegeln den Zugang zum Tempelberg und zur Zitadelle ab. Kleine Einheiten von zwei oder drei Bewaffneten patrouillieren durch die Straße, und ich frage mich, wen sie suchen.

Hat der Patriarch mich an Yared verraten?

Drei Mamelucken schlendern tuschelnd und lachend die von Fackeln hell erleuchtete Straße hinunter. Ich verstehe kein Wort, denn sie sprechen Tscherkessisch.

Die Davidstraße kann ich nicht überqueren, ohne entdeckt zu werden. Hastig nehme ich den blauen Schleier ab, der mich als Christin ausweist, lege mir einen gelben Schal über das Haar und werfe das lose Ende lässig über die Schulter, sodass mein Gesicht zur Hälfte verhüllt ist. Elija, der anscheinend begriffen hat, was ich vorhabe, wickelt sich die gelbe Stoffbahn seines Turbans um den Kopf und nimmt meine Hand.

Innerlich auf einen Kampf vorbereitet, zerre ich ihn auf die Davidstraße, und er stolpert dabei sehr glaubwürdig über einen Pflasterstein und schreit »Au!«.

Die Hände der Mamelucken ruhen auf dem Griff ihrer Schwerter, als sie sich zu uns umdrehen.

»Elija, du bist alt genug, um zu wissen, wann der Schabbat beginnt!«, fahre ich den Jungen an, der den Kopf einzieht. »Jetzt komm endlich! Dein Vater ist ziemlich wütend. Er und deine Brüder suchen dich schon überall. Weißt du denn nicht, wie gefährlich es für uns Juden ist, nachts durch die Stadt zu laufen?«

Mit einem »Salam!« will ich an den Mamelucken vorbei in die unbeleuchtete Straße huschen, die zur syrisch-orthodoxen Kirche des Evangelisten Markus führt.

»Halt! Bleib stehen!«, ruft jemand hinter mir her.

Mit klopfendem Herzen gehorche ich. Elija guckt ängstlich zu mir hoch und hält den Mund.

Ein Tscherkesse kommt zu mir herüber – die Hand am Schwertgriff. Als er vor mir stehen bleibt und den Kopf ein wenig neigt, um mir im Schein seiner Fackel ins Gesicht zu sehen, blicke ich zu Boden und ziehe den Schleier vor Mund und Nase. Beschämt senke ich die Lider und verberge mich hinter dem gelben Tuch, und er respektiert schließlich die Verschleierung, die mir nach dem Gesetz der Dhimma als Jüdin gar nicht zusteht.

Hat er bemerkt, dass ich keine Steinkugel trage?

»Kann ich gehen?«, frage ich leise, bevor er Lust bekommt, mich in eine dunkle Nische zu zerren. Die Kriegersklaven sind gefürchtet, weil sie jüdische und christliche Frauen vergewaltigen. Heute Morgen hat Benyamin mir erzählt, dass vor wenigen Wochen seiner dreizehnjährigen Tochter derart zügellos Gewalt angetan worden ist, dass sie an ihren Verletzungen beinahe gestorben wäre. Yared hat ihr das Leben gerettet.

Als der Mamelucke nicht antwortet, zupft Elija an meinem Ärmel. »Mami?«, flüstert er.

Der Tscherkesse mustert den kleinen Jungen, der sich erschrocken hinter mir versteckt und ihn mit ängstlichen Kinderaugen anguckt. Schließlich entlässt er mich mit einer lässigen Handbewegung. »Verschwinde!«

Ich atme auf.

»Danke, Herr!« Mit scheu gesenktem Blick nehme ich Elijas Hand und gehe mit ihm an den Mamelucken vorbei in Richtung des jüdischen Viertels.

»Beobachten sie uns?«, frage ich Elija, der sich immer wieder zu den Bewaffneten umdreht.

»N-nein«, flüstert er. »Sie tu-huscheln und lachen und beachten uns n-nicht.«

»Na, dann komm!«

Wir huschen zwei, drei, vier Schritte die Davidstraße hinunter und verschwinden nach rechts in eine Gasse des armenischen Viertels. Im Schatten der Markuskirche vertausche ich den gelben Schleier gegen den blauen und werde wieder Christin.

Wenig später haben Elija und ich das armenische Patriarchat erreicht, das in Sichtweite der Zitadelle nahe der südwestlichen Ecke der Stadtmauer liegt.

»Du wartest hier auf mich.« Ich gebe Elija den ›Firman‹, den ich mir heute Morgen selbst ausgestellt habe. »Wenn ich in einer halben Stunde nicht zurück bin – wenn die Glocke der Grabeskirche neun Uhr schlägt! –, dann gehst du zum Portal der Zitadelle und verlangst, zum Emir geführt zu werden. Gib Yared al-Gharnati diesen Zettel mit meinem Namen, und sag ihm, dass er mich in dem verlassenen Kloster auf dem Berg Zion suchen lassen soll, wo sich die Tempelritter verstecken.«

»Aber ich will mitkommen!«

»Vergiss es! Viel zu gefährlich. Tu, was ich dir sage. Damit kannst du mir das Leben retten.«

»Ist gut!«, schmollt er und setzt sich niedergeschlagen auf die Treppe des Patriarchats.

Ich verwuschele sein Haar. »Bin gleich wieder da!«

Dann wende ich mich um und verschwinde in den Schatten der armenischen Gassen.

In den Fassaden der Häuser gähnen finstere höhlenartige Gewölbekammern, ähnlich den Werkstätten der Florentiner Maler rund um Santa Maria Novella, bis vor einigen Monaten die Residenz von Papst Eugenius. Wie in Florenz wird das Innere der Gewölbe mit Vordächern aus buntem Segeltuch vor Sonne, Wind und Regen geschützt. Tagsüber sind die unverputzten Wände mit Waren behängt, und oft stehen die Tische mit armenischen Silber- und Lederarbeiten bis auf die Straße hinaus. Dann wimmelt das armenische Viertel von fliegenden Händlern, die sich einen Korb mit Süßigkeiten wie Baklava, Pistazien und gebrannten Mandeln umgehängt haben, und kleinen Jungen, die durch die Gassen flitzen, um Körbe voll frisch gebackenem Brot auszuliefern.

Doch jetzt ist alles ruhig …

… bis auf die Schritte hinter mir.

Mit angehaltenem Atem lausche ich.

Stille.

Über mir wiegen sich die Blätter von Dattelpalmen im warmen Nachtwind und flappern leise. Ihre Umrisse heben sich schwarz vom Nachthimmel ab.

Ich blinzele in die Gasse. Ist auch er stehen geblieben? In der Finsternis kann ich ihn nicht sehen.

Verdammt, wer ist dieser schwarz verhüllte Mönch, der mir seit heute Nachmittag unauffällig folgt? Ein Christusritter? Oder ein Häscher des Patriarchen, der mich überwachen lässt?

Während der heiligen Liturgie war Joachim so blass geworden, als er mich in der Menge der Gläubigen entdeckte. Hat er eine Totgeglaubte gesehen?

Solange mich der schwarze Mönch verfolgt, kann ich nicht in das Kloster der Christusritter auf dem Berg Zion eindringen, um mir den aramäischen Papyrus zurückzuholen – die antike Handschrift, die der Patriarch an sich reißen will, bevor der Papst sie zurückbekommt …

Ich muss dem schwarzen Mönch entkommen – aber wie? Mir bleibt nur eine halbe Stunde, bis die Christusritter aus der Grabeskirche in ihr Versteck zurückkehren und Elija in der Zitadelle beim Emir vorspricht, um mein Leben zu retten. Zu wenig Zeit für eine Verfolgungsjagd quer durch Jerusalem.

Ich lausche auf den Wind, der in den Palmblättern rauscht, und auf das Zirpen der Zikaden.

Ein Fauchen, ein schriller Schrei! Im Judenviertel balgen sich kreischend zwei Katzen.

Dann kann ich ihn hören. Ein Tappen. Ein Knirschen, wie von einem Stein auf dem Kopfsteinpflaster der Straße. Er kommt langsam näher!

Ich ziehe die Sandalen aus und husche in die Gasse, die zum verfallenen Zionstor führt – da ist es schon! Der Berg Zion liegt keine zweihundert Schritte entfernt. So nah, und doch unerreichbar fern.

Vor dem Stadttor wende ich mich nach links, haste an der verfallenen Stadtmauer entlang und verschwinde in einer Gasse des armenischen Viertels, die zu der Kirche führt, die dem vergessenen Papst geweiht ist.

Im Licht der Sterne ragt die armenische Kathedrale vor mir auf. Ich haste zum Portal mit dem Gong, der die Gläubigen zum Gebet ruft, und husche in die Basilika, einen dreischiffigen Kuppelbau mit unzähligen Öllampen, die vom hohen Gewölbe herabhängen, und einer herrlichen Ikonostasis vor der Chorapsis. Vor der rußgeschwärzten Ikonenwand steht unter einem goldenen Baldachin der Thronsessel des ersten Papstes, den schon Eusebius von Caesarea in seiner Kirchengeschichte erwähnt. Jesu Bruder, der vergessene Papst, dessen überragende Bedeutung für die Christenheit die Evangelisten zugunsten von Petrus und Paulus verschwiegen haben, liegt unter dem Altar begraben.

Im Schatten des Seitenschiffs hetze ich an der Kapelle des Apostels Jakobus vorbei, der auf dem Platz vor der Basilika hingerichtet worden sein soll, zur Kapelle des heiligen Menas. Dort werden wertvolle armenische Handschriften aufbewahrt, die ich eigentlich während der nächsten Tage besichtigen wollte – doch dafür benötige ich die Genehmigung des armenischen Patriarchen, der sich zurzeit nicht in Jerusalem aufhält.

Dann habe ich die Kapelle des heiligen Stephanos erreicht, des ersten Märtyrers der Christenheit. Hier befindet sich die Sakristei – und ein unverschlossenes Seitenportal.

Leise lasse ich die Tür hinter mir ins Schloss fallen und haste eine schmale Gasse entlang zurück zum Hauptportal der Basilika. Dort steht der schwarze Mönch und sieht sich ratlos um. Als er die Kathedrale betritt, laufe ich zurück zum Zionstor.

Weit und breit kein Mamelucke – heute Nacht liegt kein Kreuzzugsheer vor den Toren von Jerusalem, denke ich. Wenn sie wüssten, dass die Christusritter sich direkt vor dem Zionstor verstecken und die Stadt jederzeit betreten und verlassen können!

Vorbei an den Ruinen des Hauses, in dem der Hohepriester Joseph ben Kajafa gewohnt hat, der Jesus an Pontius Pilatus auslieferte, stolpere ich in Richtung des Franziskanerkonvents auf dem Berg Zion und des benachbarten Saals des letzten Abendmahls.

Ein Stück weiter liegt das Kloster, wo Prinz Solomon residiert – nach den Osterfeiertagen will ich ihn nach der heiligen Lade, dem geheimnisvollen Tabot, fragen.

Hinter dem Berg Zion liegt das Hinnom-Tal. Bevor die Kirche die Hölle erfand, die Dante Alighieri in seiner *Göttlichen Komödie* mit Päpsten bevölkerte, galt das Hinnom-Tal als Ort der Verdammnis. Hinter einer dichten Hecke aus Dornengestrüpp duckt sich wie Parzivals verwunschene Gralsburg eine verfallene Abtei. Karim hat heute Nachmittag den verborgenen Durchgang durch die Dornen entdeckt.

Still und scheinbar verlassen liegen die von wilden Rosen überwucherten Ruinen vor mir. Ich taste nach meinem Dolch.

Der Nachtwind, ein heißer, trockener Khamsin aus der östlichen Wüste, raschelt im vertrockneten Dornengestrüpp – morgen wird es drückend heiß werden.

Die Zikaden zirpen, halten kurz inne und beginnen ihr Lied von Neuem, diesmal in einer anderen Tonart.

Sonst ist es ruhig.

Wie viele Christusritter sind in Jerusalem – Dom Tristão und sein Schwertbruder, der ihn in die Grabeskirche begleitet hat, oder noch mehr? Ist noch jemand in der Klosterruine? Wenn ja, sitzt er im Dunkeln. Denn im Konvent brennt kein Licht. Die Gefahr, entdeckt zu werden, ist zu groß.

Beunruhigt verharre ich im Schatten der Ruine.

Nichts als Stille.

Ich hebe einen Kieselstein auf und werfe ihn in den Gang hinter dem Portal, das schief in den Angeln hängt. Der Stein poltert über Fliesen, zwischen denen Grasbüschel wachsen, und bleibt irgendwo im finsteren Kreuzgang liegen.

Es ist so totenstill, dass mir das Blut in den Adern gefriert, als plötzlich die Glocke des Franziskanerklosters zu schlagen beginnt.

Viertel vor neun. Die Zeit drängt – in wenigen Minuten kehrt Dom Tristão aus der Grabeskirche zurück!

Ich durchquere das morsche Portal, husche drei, vier, fünf Schritte den Torgang entlang und erreiche den Kreuzgang, dessen von Schwalbennestern verzierte Arkaden mich ein wenig an die von Montecassino erinnern. Unter hohen Feigen- und Granatapfelbäumen tragen vier steinerne Löwen ein Brunnenbecken, dessen nachtschwarzes Wasser das Sternenlicht reflektiert. Die Zweige der verwilderten Rosen und Myrten wuchern bis in den Kreuzgang und verleihen dem verfallenen Gewölbe den Zauber der sagenhaften Gralsburg Munsalvaesche. Mit jedem Windhauch, der die Rosenbüsche wiegt, erwarte ich, dass die Templer, die Hüter des Grals, in feierlicher Prozession mit Wolfram von Eschenbachs ›Lapis ex coelis‹ aus den Schatten hervortreten.

Auf der einen Seite des Kreuzganges führt ein reich verziertes Portal in den Kapitelsaal, dessen hölzernes Dach schon vor Jahrzehnten eingestürzt ist. Auf den mit Disteln überwucherten Steinfliesen liegen geborstene Holzbalken, die in der nächtlichen Finsternis wie ein im Sturm gestrandetes Wrack aussehen.

Ich wende mich ab und gehe zum Tor der Kapelle.

Moos kriecht am Gemäuer empor. In dem kleinen Gebetsraum ist es so finster, dass ich nichts erkennen kann … oder doch? Schimmert dort nicht ein weißer Habit?

Mein Herz rast, meine Nackenhaare richten sich auf, und ich beginne zu zittern. Ich blinzele in die Finsternis. Doch niemand stürzt sich mit erhobenem Schwert auf mich. Nein, hier ist keine Menschenseele.

Der nächste Saal, der durch hohe Fenster vom Sternenlicht erhellt wird, war wohl einst das Refektorium. Ein großer Tisch beherrscht die Mitte des Raums. An der westlichen Wand erkenne ich …

Ich bleibe stehen. Was ist das?

Meine schweißfeuchten Finger zittern, als ich den Dolch ziehe.

Auf dem Fliesenboden entlang der Wand liegt etwas Dunkles. In der Finsternis kann ich nur einen unförmigen Umriss erkennen. Ich husche hinüber und stoße mit dem Fuß dagegen. Es ist weich und gibt unter der Berührung nach.

Eine Decke, die über trockene Grasbüschel gebreitet ist, daneben eine Truhe und zwei Taschen.

Einige Schritte weiter liegen noch zwei Schlafdecken.

Drei Christusritter!

Einer ist tot: Tayeb hat Don Rodrigo heute Morgen im Labyrinth getötet. Die anderen beiden, Dom Tristão und sein Gefährte, sind noch in der Grabeskirche.

Aufatmend stecke ich meinen Dolch ein. Die Zeit drängt!

In aller Eile hole ich mein Feuerzeug hervor, schlage einen Funken und entzünde die Kerze aus der Silberdose an meinem Gürtel. Dann durchwühle ich eine Truhe, zerre einen weißen Habit mit rotem Kreuz hervor, stopfe ihn zurück, wühle in den wenigen Habseligkeiten eines Mönchsritters und finde ganz unten in der Truhe, unter Gebetbuch und Schwert, einen dicken Folianten. Im Licht der Kerze blättere ich durch die Seiten.

Wolfram von Eschenbachs *Parzival* – auf Kastilisch.

Verwirrt starre ich das Buch an. Dann klappe ich den Buchdeckel auf und lese den Namen Don Rodrigo de Guzmán, geschrieben in einer kindlichen Krakelschrift.

Auf der ersten Seite entdecke ich eine Widmung:

Vaya con Dios, Rodrigo!
Dame confianza, te amo como si fueses mi proprio hijo.
No te abandono.
Dom Tristão de Castro
Anno Domini 1442

›Geh mit Gott‹, hat Dom Tristão geschrieben, der dem jungen Rodrigo den Gralsroman offenbar geschenkt hat. ›Vertrau mir, ich liebe dich wie meinen eigenen Sohn. Ich lasse dich nicht im Stich.‹

Die Mönchsritter des Christusordens entstammen doch dem portugiesischen Adel … Was tut ein junger Kastilier wie Rodrigo in einem Kreuzzugsorden, dessen Großmeister der Infante von Portugal ist? Warum schenkt Dom Tristão dem Jungen, der damals vielleicht dreizehn oder vierzehn war, den *Parzival?* Ist Dom Tristão der Mentor des jungen Don Rodrigo, der mit sechzehn oder siebzehn doch gerade erst die Gelübde von Armut, Keuschheit und Gehorsam geleistet haben kann?

Ich stopfe den *Parzival* zurück in Don Rodrigos Truhe und krieche hinüber zur nächsten Schlafdecke.

Hastig durchwühle ich das Gepäck, finde jedoch außer einem wertvollen Schachspiel, das der Orden den Mönchen gewiss nicht gestattet, nur einige Briefe. Sie sind an Dom Lançarote de Santarém gerichtet. Sein Vater hat sie an den ›Ordem de Cavalaria de Nosso Senhor Jesu Cristo‹ nach Tomar geschrieben. Ich überfliege die drei Schreiben, denen jedoch nicht zu entnehmen ist, seit wann sich Dom Lançarote in Jerusalem aufhält. Und aus welchem Grund. Dom Fernão de Santarém jedenfalls glaubt, sein Sohn befände sich an Bord einer Karavelle auf einer Expedition entlang der afrikanischen Westküste, um jenseits des gefürchteten Cap Bojador die ›Terra do Preste João‹ zu suchen.

In Dom Tristãos Reisetruhe finde ich schließlich mein Notizbuch. Hastig blättere ich durch die Seiten. Da sind die Skizzen des Tempelbergs mit dem verwaschenen Templerkreuz, das Dom Tristão letzte Nacht so verwirrt hat. Ich brauche es, wenn ich mit Tayeb noch einmal ins Labyrinth hinabsteigen will, um die Tonkrüge der Tempelbibliothek zu finden und die Bundeslade zu suchen.

Ich stecke das Büchlein ein und wühle mich durch Dom Tristãos Habseligkeiten. Die aramäische Schriftrolle kann ich jedoch nicht finden. Leise fluchend blicke ich mich im Refektorium um. Hat er sie unter den Bodenfliesen verborgen? Oder hinter einem losen Stein im …?

Erschrocken zucke ich zusammen, als ich ein leises Knirschen vernehme. Dann ein Rascheln – wie von vertrocknetem Unkraut.

Irgendjemand nähert sich der Klosterruine!

Die Christusritter!

Die Glocke des Franziskanerkonvents hat noch nicht neun geschlagen! Oder doch? Ist Elija schon auf dem Weg zur Zitadelle, damit Yared seine Mamelucken auf der Suche nach mir zum Berg Zion schickt?

Panisch lösche ich meine Kerze und verschütte dabei einige

Tropfen heißes Wachs auf den Boden. Aber mir bleibt keine Zeit, sie mit dem Saum meines Gewandes wegzuwischen.

Lichtfunkelnde Schemen tanzen in meinem Gesichtsfeld, als sich meine Augen langsam wieder an die Finsternis gewöhnen.

Ich muss so schnell wie möglich verschwinden!

Das unterdrückte Getuschel eines erregten Disputs wird lauter, doch die portugiesischen Worte fließen ineinander und bleiben mir unverständlich.

Eine der Disteln, die im Torgang wachsen, knistert leise.

Sie sind schon ganz nah!

In der Finsternis schleiche ich durch den Kreuzgang in die Kapelle, taste mich an der Wand entlang zu einem …

Großer Gott! Was ist das? Ich fühle ein schweres Tuch, das über irgendetwas gebreitet ist, und ein aufgenähtes Kreuz der Unschuld. Dann berühren meine zitternden Finger die Hände eines Toten, die auf seiner Brust um einen Schwertgriff gefaltet sind.

Sie haben Don Rodrigo aus dem Labyrinth geholt und in der Kapelle aufgebahrt! Sie werden ihn heute Nacht begraben, und ich verstecke mich ausgerechnet in dieser … dieser finsteren Grabkammer!

Das sich nähernde Geflüster zerrt an meinen Nerven.

Mein Herz klopft bis zum Hals.

Angestrengt starre ich durch das Portal der Kapelle in den Kreuzgang, doch in der Dunkelheit ist nichts zu erkennen. Dann höre ich Dom Tristãos tiefe Stimme. »… für Rodrigo.«

Zwei Schatten kommen aus der Finsternis hervor.

Während Dom Lançarote ins Refektorium geht, bleibt Dom Tristão vor dem Eingang der Kapelle stehen. Vor dem Hintergrund des Sternenlichts kann ich seine Silhouette erkennen. Schwungvoll nimmt er den schwarzen Umhang ab und blickt herein.

Ein eisiger Schauer läuft über meinen Rücken. Hat er mich bemerkt? Gegen sein Schwert hätte ich keine Chance!

Ich kauere hinter dem Katafalk, halte den Atem an und umklammere den Griff meines Dolchs.

Was tut er jetzt?

Leise Schritte! Großer Gott, er kommt in die Kapelle! Ich muss mich verstecken! Mit zitternden Fingern taste ich nach dem weiten Mantel, der Rodrigos Leichnam bedeckt. Nur kein Geräusch machen! Langsam hebe ich das schwere Tuch an und krieche lautlos unter den Katafalk. Aus Versehen stoße ich mit dem Knie gegen ein Bein des Gestells. Ich erstarre und halte den Atem an.

Mein Herzschlag ist so laut, dass ich kaum hören kann, was Tristão tut. Was ist das für ein Geräusch? O Gott, ich ahne es!

Durch die Erschütterung des Katafalks entgleitet das Schwert, das mit dem Leichnam aufgebahrt worden ist, Rodrigos gefalteten Händen. Mit einem Höllenlärm poltert die Klinge auf den Steinboden und bleibt eine Handbreit neben mir liegen.

Mein Herz bleibt stehen.

»Tristão?«, ruft Lançarote.

Keine Antwort.

Ein Rascheln, gefolgt von einem scharfen Kratzen. Dann dringt das Licht eines aufflammenden Zunders unter dem Saum von Rodrigos Mantel hindurch.

Tristão steht einen Schritt entfernt von mir am Altar und entzündet eine Kerze.

Wenn er sich bückt, um das Schwert aufzuheben, kann er mich unter dem Katafalk entdecken!

Lançarote kommt in die Kapelle und bleibt neben ihm stehen. »Was war das?«

»Rodrigos Schwert.« Tristão nimmt es auf und legt es zurück zwischen die gefalteten Hände des Toten.

»Wie kann es …?«

»Still!«, zischt Tristão und wendet sich zur Tür. »War da nicht ein Geräusch?«

»Das ist der Khamsin, der Wind aus der Wüste. Es wird bestimmt noch heißer heute Nacht«, entgegnet Lançarote. »Was hältst du davon, wenn wir nachher zum Siloam-Teich gehen und ein kühles Bad nehmen? Danach legst du dich schlafen. Nach der letzten Nacht musst du völlig erschöpft sein. Ich übernehme die Nachtwache.«

Tristão antwortet nicht.

»Tristão?«

Mit angehaltenem Atem luge ich unter dem Mantel des Christusritters hervor.

Lançarote nimmt die Kerze vom Altar, legt seinem Freund einen Arm um die Schulter und schiebt ihn mit einem »Na, komm schon!« aus der Kapelle. Einen Herzschlag lang verharrt Tristão vor dem Portal der Kapelle. Dann vernehme ich ein Schlurfen, das sich durch den Kreuzgang in Richtung des Refektoriums entfernt. Dann ist es wieder dunkel.

Aufatmend krieche ich unter dem Katafalk hervor und husche zum Portal der Kapelle. Vorsichtig blicke ich in den Kreuzgang.

Wie spät ist es eigentlich?

Aus dem Saal dringen der düstere Schein der Altarkerze und die leise Unterhaltung der Ritter Christi. Beide sprechen ein sehr klares Portugiesisch, das ich wie Kastilisch zwar nicht sprechen, jedoch recht gut verstehen kann.

»Glaubst … eben in der Kirche?«, fragt Lançarote. »… sie nicht gesehen … wenn sie herausfindet, wer …«

»… habe ich mit Dom Henrique gesprochen«, erklärt Tristão, während ich lautlos zur Tür des Refektoriums tappe, um das Gespräch besser verstehen zu können. »Er hat mich beschworen, das Ansehen und die Ehre des Ordens niemals …« Tristão wendet sich ab, daher kann ich nicht verstehen, was er sagt. »… was im

Vatikan geschehen ist, hat er getobt. Du hast seinen Befehl doch gelesen, den gestern Morgen die Brieftaube brachte! Sie weiß zu viel. Sie gefährdet unsere Mission.«

»Aber sie ist die Vertraute des Papstes!«, wendet Lançarote ein. »Sie ist eine angesehene Gelehrte, die mit Cosimo de' Medici, dem Regenten von Florenz, befreundet ist. Mit dem Dogen von Venedig verkehrt sie ebenso wie mit dem byzantinischen Kaiser. Viele Kardinäle und Erzbischöfe zählen zu ihren Freunden – einer von ihnen, Kardinal Prospero Colonna, der seinem Onkel Papst Martin auf den Thron nachfolgen will, ist ihr Cousin.«

»Sie besitzt große Macht, und sie kann uns gefährlich werden.«

»Du kannst sie nicht einfach töten und ihre Leiche verschwinden lassen. Und welchen Sinn hätte diese Bluttat, wenn sie in Rom mit Papst Eugenius gesprochen hat?«

»Als er mich empfing, erweckte er nicht den Anschein, als wüsste er, wer ich bin oder was ich getan habe. Bislang hat er nichts gegen den Ordem de Cristo unternommen. Lançarote, ich habe gesehen, wie seine Hände zitterten – er konnte sie nicht ruhig halten. Er hat nicht mehr lange zu leben. Wenn er etwas weiß, wird er dieses Wissen mit ins Grab nehmen. Vor Jahresende werden wir einen neuen Papst haben«, prophezeit Tristão. »Alessandra und ihr Freund, der Sandfresser, müssen sterben! Sie hat mir mit ihrer Fackel beinahe das Augenlicht genommen. Und er hat Rodrigo auf seinem heidnischen Gewissen. Ich will Rache für den Jungen! Verfluchter Kamelficker!«

»So wie du mir den Kampf zwischen Rodrigo und diesem Tayeb beschrieben hast, hat der Ungläubige überlebt, weil er der erfahrenere Kämpfer war.«

»Rodrigo ist tot!«

»Auch ich trauere um ihn, genau wie du!«, beschwichtigt Lançarote seinen Freund – die beiden kennen sich offenbar schon sehr lange. »Seit du ihn mir nach dem Tod seiner Mutter vor drei Jahren anvertraut hast, habe ich Rodrigo in mein Herz geschlossen. Ich war enttäuscht, als du mir geschrieben hast, dass du ihn als sein Mentor zu dir nach Tomar holen willst, um ihm selbst den letzten Schliff zu geben und ihn nach all den Jahren endlich Dom Henrique und dem König vorzustellen. Und nun ...« Er seufzt. »Tristão, was hast du vor?«

»Morgen wird der syrische Mönch die Übersetzung der Baruch-Apokalypse fertiggestellt haben und mir den Papyrus zurückgeben.«

»Vertraust du diesem ... Wie heißt er?«

»Ich vertraue ihm so lange, bis ich die Schriftrolle wieder in Händen halte.«

»Er ist ein Christ, Tristão!«

»Einen Ungläubigen zu töten ist keine Sünde, sondern der Weg ins Königreich der Himmel. Er ist ein verfluchter Häretiker.«

»Nicht nach dem Unionsdekret von Flo...«

»Die Syrer haben den römischen Glauben und den lateinischen Ritus nicht angenommen. Sie nennen sich uniert und verbreiten weiter ihre gotteslästerlichen Lehren.«

»Sobald du den Papyrus in Händen hältst, willst du ins Labyrinth zurückkehren und die Bundeslade suchen«, vermutet Lançarote. Sein unwilliger Tonfall lässt darauf schließen, dass er die blutigen Pläne seines Schwertbruders missbilligt.

»Wer die heilige Lade besitzt, wird die geistige Oberhoheit über das Christentum erringen und die Macht haben, Judentum und Islam ein für alle Mal zu vernichten und die gesamte Christenheit unter der Fahne des wahren Glaubens zu vereinen. Die Baruch-Apokalypse verweist auf dieselbe Stelle unterhalb des Felsendoms, die Alessandra in ihrem Notizbuch mit einem Templerkreuz markiert hat. Letzte Nacht hat sie an ebendieser Stelle die Tempelbibliothek gefunden. Warte, ich zeige es dir.«

Erschrocken halte ich den Atem an, als Tristão sich über seine Reisetruhe beugt und darin wühlt.

Ich muss so schnell wie möglich verschwinden!

Während ich schon durch den Kreuzgang in Richtung des Portals hetze, höre ich noch, wie Tristão bestürzt sagt: »Ihr Notizbuch ist weg.«

»Heilige Maria, Mutter Gottes! Siehst du das Wachs auf dem Boden?«, ruft Lançarote. »Es ist noch warm. *Sie ist noch hier!*«

Hinter mir vernehme ich, wie die Ritter Christi aufspringen und ihre Schwerter ziehen.

Sie suchen mich im Kreuzgang!

Im letzten Augenblick, bevor ich entdeckt werde, husche ich durch das Portal.

»Heilige Jungfrau, Rodrigos Schwert! Sieh in der Kapelle nach!«, ruft Tristão. »Unter dem Katafalk!«

Schritte.

»Dort ist sie nicht!«, antwortet Lançarote. »Lass uns …«

Raschelnd durchquere ich das trockene Gras vor dem Klostertor. Hastig blicke ich mich um. Die Halme zerknicken unter meinen Füßen und bilden eine selbst in der Dunkelheit erkennbare Spur. Dann habe ich das dichte Dornengestrüpp erreicht. Was Lançarote seinem Freund vorschlägt, kann ich nicht mehr hören.

Als ich geschwind durch den Durchgang schlüpfe, bleibe ich an den Dornen hängen. Mit einem lauten Zischen zerreißt mein Gewand.

Mit zitternden Knien warte ich im Schutz der dichten Hecke, beruhige meinen keuchenden Atem und horche in die nächtliche Stille.

Alles ist ruhig.

Doch dann bleibt mir fast das Herz stehen, als die Glocke des nahen Franziskanerkonvents schlägt.

Neun Uhr.

Elija macht sich auf den Weg zur Zitadelle!

Nach einem letzten Blick zurück zur Klosterruine stolpere ich, so schnell ich kann, den Hang des Berges Zion hinauf. Vorbei am erleuchteten Davidsgrab renne ich schwer atmend wieder hinunter zum Zionstor.

Auf den Stufen einer armenischen Kirche wartet der verhüllte griechische Mönch, der mich bis zur Kathedrale verfolgt hat. Als er mich erkennt, springt er erschrocken auf und flüchtet überstürzt in den Schatten einer nahen Gasse.

Ich beachte ihn nicht weiter, wende mich nach Westen, hetze an der Stadtmauer entlang, biege nach Norden ab und erreiche schließlich das armenische Patriarchat.

Weit und breit keine Spur von Elija.

Dann sehe ich ihn – vor dem Portal des alten Palastes der Kreuzfahrerkönige. Er trödelt auf dem Weg zur Zitadelle und blickt sich immer wieder um, ob ich nicht doch noch auftauche.

Als er mich kommen sieht, bleibt er stehen. Dann rennt er mir entgegen und wirft sich ungestüm in meine Arme. »Ich hatte solche Angst, dass du nicht wiederkommst! Dass die Tempelritter dich erwischt haben.« Er presst das Gesicht an meine Schulter.

»Schon gut, Elija«, tröste ich ihn. »Schon gut.«

Aus der Jakobusstraße marschiert ein Trupp von sieben bewaffneten Mamelucken mit schweren Schritten auf mich zu. Eine Flucht erscheint unmöglich. Der Offizier bleibt vor mir stehen und mustert im Schein seiner Fackel den blauen Schleier, der mein Gesicht verhüllt. »Alessandra d'Ascoli?«

»Verschwinde, Elija«, flüstere ich hastig. »Lauf zu Rabbi Eleazar und bitte ihn, ob du heute Nacht bei ihm schlafen kannst!«

»Aber du …«

»Y'allah – lauf!«

Elija flitzt durch die Gasse. Keiner der Mamelucken versucht, ihn aufzuhalten. Der Junge verschwindet in der Jakobusstraße, die zum jüdischen Viertel führt.

Aus den Augenwinkeln bemerke ich, wie der griechische Mönch, offenbar auf der Suche nach mir, mit wehendem Habit um die Ecke einer Gasse biegt und unvermittelt stehen bleibt, als er die Tscherkessen erblickt. Hastig wendet er sich um und verschwindet. Wahrscheinlich will er Joachim von meiner Festnahme berichten.

Immer noch schwer atmend blicke ich den Offizier an. »Ich bin Alessandra.«

Die Mamelucken ziehen ihre Schwerter – in der nächtlichen Stille ein erschreckender Klang. Ich bebe vor Angst.

»Der Emir hat befohlen, dich in die Zitadelle zu bringen«, schnarrt der Offizier. »Bitte folge mir!«

Yared

Kapitel 30

In den Gemächern des Emirs in der Zitadelle
17. Dhu'l Hijja 848, 20. Nisan 5205
Karfreitag, 26. März 1445
Kurz nach neun Uhr abends

›… werden Uthman und ich Al-Quds verlassen, um nach Al-Kahira zurückzukehren. Nachdem ich heute den Gesandten von Sultan Muhammad empfangen habe, muss ich mit dir reden – Gharnata wird fallen, wenn wir die Reconquista nicht aufhalten. Erwarte mich in zwei Wochen zurück. Möge Allah dich behüten, mein Vater, und dich rasch von deinem Leiden genesen lassen.‹ Schwungvoll setze ich die Grußformel an den Sultan von Ägypten unter meine Nachricht und signiere sie. Dann stecke ich die Feder ins Tintenfass, reibe mir mit einem Tuch die Tinte von den Fingern und lehne mich in die Kissen meines Sitzes.

Ich habe es nicht übers Herz gebracht, ihm zu gestehen, dass ich heute Mittag nicht zum Islam konvertiert bin. Er ist so krank und gebrechlich, ich will ihm seine Hoffnung nicht nehmen.

Während ich das winzige Schreiben fest zusammenrolle, damit es in die Metallhülle der Brieftaube passt, und das Siegelwachs in der Flamme der Kerze erhitze, um einen Tropfen auf das gerollte Papier rinnen zu lassen, denke ich an Alessandra. Als sie mir heute Mittag den Tallit überreichte, war sie mir so nah, dass ich ihre Wärme gespürt habe. Die leise Berührung ihrer Hand hat mich erregt. In ihrer Nähe habe ich mich geborgen gefühlt. Geliebt. Begehrt.

Was empfindet sie für mich? Heute Morgen hat sie in meinen Sachen gestöbert, die auf dem Tisch in ihrem Schlafgemach lagen – ich war auf eine sehr intime Weise berührt, als Saphira mir davon erzählte. Alessandra hat eine Weile in meinen Büchern geblättert und Jadiyas Liebesschwur gelesen: ›Mein Herz ist voller Hoffnung, während du in Mekka bist. Meine innigen Gebete begleiten dich. Voller Sehnsucht erwarte ich deine Rückkehr. Ich liebe dich. Jadiya.‹

Und trotzdem hat sie mir den Gebetsmantel geschenkt. Ein Tallit ist kein beliebiges Gastgeschenk, wie es ein Büchlein mit Versen von Omar Khayyam wäre, ein köstliches Duftöl, ein paar Ellen Brokatstoff oder eine Schachtel voller Süßigkeiten – es ist eine sehr persönliche Liebesgabe.

Wie würde sie reagieren, wenn sie wüsste, in welche Gefahr sie mich damit gebracht …?

Die Tür meines Arbeitszimmers öffnet sich, und Arslan tritt ein. »Wir haben sie gefunden.«

Erleichtert seufze ich. »Geht es ihr gut?«

»Sei unbesorgt«, beruhigt er mich.

»Wo ist sie?«

»In ihren Gemächern. Saphira bittet dich um ein wenig Geduld, bis alles deinen Wünschen entsprechend hergerichtet ist.« Arslan zögert. »Sag mal, Yared …«

»Was?«

»Ich weiß, es geht mich nichts an. Aber so wie Saphira sie für dich herrichtet …«, druckst er herum. »Alessandra ist die süßeste aller Versuchungen, die ich kenne. Hast du vor, sie heute Nacht zu vernaschen?«

»Bist du eifersüchtig?«

»Ich nicht. Aber Uthman. Du kennst ihn. Die Vorstellung, sie seinem Willen zu unterwerfen, reizt ihn. Er wird sie so lange nach allen Regeln der Liebeskunst umwerben, bis sie ihn in ihr Bett bittet.«

Ich nicke langsam. »Und Benyamin?«

»Er ist heute Abend sehr still und in sich gekehrt. Er wirkt angespannt. Er scheint sich Sorgen um dich zu machen.«

»Wegen meines Gesprächs mit Aron Ibn Ezra?«

»Wegen deines Abendessens mit Alessandra in deinen Gemächern. Benyamin befürchtet, dass du dich bis über beide Ohren in sie verliebt hast. Und dass eine leidenschaftliche Affäre mit ihr deine Heirat mit Jadiya gefährdet.«

»Ich kann mich nicht erinnern, den Sultan um die Hand seiner Tochter gebeten zu haben.«

Arslan grinst frech. »Das musst du auch nicht, Yared. Jadiya hat ihren Vater doch bereits um *deine* Hand gebeten, und sie ist ihr wohlwollend gewährt worden. So wie Yasmina meine Hand gewährt wurde, nachdem offenbar wurde, dass ich dem Sultan einen Enkel schenken werde. Yared, du glaubst doch nicht im Ernst, dass Jaqmaq dich jemals gehen lässt! Weder als Schwiegersohn noch als Leibarzt oder als Dawadar. Er braucht dich. Sein Leben liegt in deiner Hand.«

Wenig später führt Benyamin Alessandra in meine Räume.

In dem pfauenblauen Seidengewand mit der grünen Schärpe, das ich in Medina gekauft habe, sieht sie wunderschön aus. Das Kleid, das sich an ihren schlanken Körper schmiegt, ist eine Verheißung, die es Schicht um Schicht zu entblättern gilt.

Ihre grau-blauen Augen mit den Goldfunken in der Iris haben die Farbe des Nils, auf dessen Wellen sich die glutrot aufgehende Sonne spiegelt. Ihr langes, seidiges Haar fließt über ihre Schultern und reicht bis zur schmalen Taille. Sie ist unverschleiert. Jede andere hätte ich für schamlos und leichtfertig gehalten, doch nicht diese selbstmächtige Frau, die sich mit einer Ungezwungenheit über Konventionen hinwegsetzt, die mich erstaunt und fasziniert. Und zugleich herausfordert.

Ich nehme ihre Hand, ziehe sie zu mir heran und küsse sie auf beide Wangen. »Schabbat Schalom.«

Ihre Nähe ist verwirrend. Und erregend. Sie riecht nach Ingwer und Zitrone. Der Duft passt viel besser zu ihr als das schwere Lotusparfüm.

»Einen friedlichen Schabbat, das wünsche ich dir auch.« Im Licht der Schabbatleuchter funkeln ihre Augen, als sie mich ohne jede Scheu ansieht.

»Wie geht es dir?«

»Abgesehen von meinem Erschrecken, als mich deine Mamelucken mit gezücktem Schwert auf Befehl des Emirs zurück in die Zitadelle eskortierten, geht es mir gut.«

»Du warst stundenlang verschwunden. Ich war besorgt und habe Arslan befohlen, dich zu suchen. Wo warst du?«

»Ich habe die Christusritter gesucht. Bitte verzeih mir, dass ich dich warten ließ. Ich dachte, Benyamin wollte mit mir zu Abend essen. Ich wusste nicht, dass du ihn gebeten …«

Ich winke ab. »Schon gut! Das Warten hat sich gelohnt.« Mein Blick umschmeichelt die schimmernde Seide ihres Gewandes. »Die Königin von Saba ist nach Jeruschalajim gekommen.«

Ein vergnügtes Lächeln huscht über ihr Gesicht. Sie weiß um ihre Wirkung auf mich. »›Und sie kam zu König Salomo und redete mit ihm über alles, was in ihrem Herzen war‹«, zitiert sie den biblischen Vers.

»Willst du meine Weisheit mit Rätselfragen prüfen?«, scherze ich.

»Warum nicht, mein König?«, neckt sie mich. Ihre Lippen sind so verführerisch wie reife Kirschen. »Deine Weisheit und deine Macht, o Salomo, können mir helfen, das größte Rätsel der Menschheit zu lösen.«

»Vergib mir, meine Königin, aber dein geheimnisvolles Lächeln übt eine unwiderstehliche Wirkung auf mich aus. Von welchem Rätsel sprichst du?«, frage ich, als ob ich nicht bereits ahne, was sie letzte Nacht im Tempelberg gesucht hat.

»Ich will die verschollene Bundeslade finden«, offenbart sie mir und sieht mir dabei in die Augen.

Nein, es überrascht mich nicht, dass sie es erneut wagen will, ins Labyrinth einzudringen. Aber ich bin verblüfft, mit welcher Unverfrorenheit sie mich, der ich wegen der Ereignisse in der vergangenen Nacht über sie richten muss, in ihre lebensgefährlichen Pläne einweiht und mich damit zum Mitschuldigen macht. Ich bewundere sie für ihre Chuzpe und ihren Mut und bin gespannt, wie sie mich dazu bringen will, etwas zu tun, was ich von ganzem Herzen tun will, aber nicht tun darf, wenn ich nicht wegen Hochverrats hingerichtet werden will.

Ich weise auf die beiden Ruhelager. »Wollen wir uns nicht setzen?« Als ich ihre Hand nehme, um sie zum Diwan zu führen, schließen sich ihre Finger um meine und halten mich fest. Nachdem sie sich niedergelassen hat, lege ich mich auf das Lager neben ihr und lehne mich in die Kissen. Wohlig entspannt schließe ich einen Moment die Augen und lausche dem leisen Knistern des Feuerbeckens, in dem trotz der nächtlichen Hitze Sandelholz, Weihrauch und Myrrhe schwelen. Im Windhauch des Khamsin verbreiten sie einen betörenden Duft. Dann wende ich mich ihr zu.

»Du hast also die Christusritter gesucht. Hast du sie …?«

Ich verstumme, als Benyamin leise den Raum betritt. »Yared, das Schabbatessen ist angerichtet.«

»Lass es hereinbringen.«

Benyamin winkt zwei Diener in den Raum, die ein großes Tablett vor Alessandra und mir absetzen und sich dann zurückziehen. Er hat ein schönes Festmahl zubereiten lassen. Lamm in Honig und Thymian. Gebratene Täubchen. Gemüse und Salat. Kandierte Rosenblüten, die verführerisch nach Likör duften. Und Mandelgebäck mit Haschisch – Benyamin hat an alles gedacht.

Mein Freund will sich schon abwenden.

»Benyamin!«

An der Tür bleibt er stehen. »Ja?«

»Wir wollen heute Abend nicht mehr gestört werden.«

Er starrt mich an und schluckt. Dann nickt er. »Soll ich den Dichter, der dem Emir seine Verse vortragen wollte, wieder wegschicken?«

»Sag ihm, ich sei zu müde, um heute Abend seine höfische Dichtkunst angemessen würdigen zu können, und gib ihm einen Fiorino. Weißt du, wo Uthman steckt?«

»Er lässt sich im Hamam verwöhnen. Danach will er sich zurückziehen. Ich bezweifele, dass er noch einen Becher Wein mit euch trinken möchte. Und falls doch, wird Arslan ihn davon abhalten. Seine Mamelucken bewachen die Tür zu deinen Gemächern.«

»Danke, Benyamin. Gute Nacht.«

Er nickt mir zu. »Gute Nacht, Yared … Alessandra.«

Sobald er leise die Tür hinter sich geschlossen hat, fülle ich den silbernen Becher mit Wein, erhebe mich und spreche den Kiddusch. Nachdem ich getrunken habe, reiche ich ihr den Becher. Sie ergreift ihn mit beiden Händen und berührt mich dabei mit den Fingerspitzen. Schließlich nimmt sie mir den Kidduschbecher aus der Hand und trinkt in kleinen Schlucken.

Ich weiß, ich sollte sie nicht derart anstarren, während sie das Ritual vollzieht, das ich zum letzten Mal zwei Tage vor meiner überstürzten Flucht aus Gharnata mit Rebekka und Yona gefeiert habe, aber ich bin zu aufgewühlt. Jadiya würde niemals den

Wein, das Brot und das Salz des Gottesbundes mit mir teilen, wie Alessandra es in ihrer unbefangenen Art tut. Der Blick, den sie mir zuwirft, während ich ihr nun die Hände wasche, und das leise Lächeln, das ihre Lippen umspielt, als sie auf eine sehr sinnliche Weise meine Hände festhält, die sie mit einem Damasttuch sanft trocken reibt, lassen mein Herz schneller schlagen.

Verwirrt nehme ich auf meinem Diwan Platz und ziehe den Teller mit den Challoth unter dem bestickten Tuch zu mir heran. Ich spreche den Segen, dann breche ich das Brot und gebe ihr ein Stück. Sie nimmt es, stippt es in das Salz, das Symbol des ewigen Bundes der Juden mit Gott, bricht es erneut und gibt mir eine Hälfte zurück – wie Rebekka es immer getan hat. Sobald ich, im Innersten berührt, mein Stück Challah in den Mund gesteckt habe, isst sie ihres, ohne einen Augenblick zu zögern.

»Vorhin hast du gesagt, du hast die Christusritter gesucht. Hast du sie gefunden?«, frage ich, nachdem wir vom Lamm mit süßem Dattelgemüse gekostet haben.

»Ja.« Sie nickt und leckt die Honigsauce von ihren Fingern – ich kann nicht anders, ich muss ihr dabei zusehen, und meine Gedanken verirren sich ins Reich der erotischen Fantasie. Kein Wunder, dass sie einem Mönch und Priester wie Niketas, einem der höchsten Würdenträger der orthodoxen Kirche, den Kopf verdreht hat. »Ich habe ein Gespräch zwischen Dom Tristão de Castro und seinem Freund Dom Lançarote de Santarém belauscht. Der Infante von Portugal hat den Befehl gegeben, mich zu töten.«

»Wo halten sich die Ritter verborgen?«

Sie hält meinem Blick stand. »Ich werde sie nicht verraten und dir ausliefern«, trotzt sie mir. »Du würdest sie hinrichten lassen.«

»Du schützt die Ritter, die dir nach dem Leben trachten? Wie soll ich dich beschützen, wenn du mir nicht …?«

»Ich habe dich nicht um deinen Schutz gebeten, Emir«, unterbricht sie mich. »Ich werde Dom Tristão und seinen Schwertbruder nach Rom bringen, wo er sich vor dem Papst für seine Tat verantworten muss.«

Eher kommt das Königreich der Himmel, als dass sie darauf verzichtet, Gerechtigkeit zu fordern!

Ich trinke einen Schluck Wein. »Was hat er getan?«

»Er hat Fra Leonardo d'Assisi ermordet, den Archivar des Papstes. Bevor Eugenius ihn nach Rom berief, war Leonardo, ein enger Freund meines Vaters, mein Sekretär und Vertrauter. Seinen Tod werde ich nicht ungesühnt lassen. Auf Befehl Seiner Heiligkeit wird Dom Tristão exkommuniziert und hingerichtet werden.«

Ausführlich berichtet sie mir, wie sie sich in Rom auf ihre Expedition vorbereitet hat. In Jeruschalajim wolle sie die Bibliothek des Tempels suchen, in der sie apokryphe Bücher vermutet, die nicht in den Kanon der hebräischen Bibel aufgenommen wurden. Handschriften wie die Baruch-Apokalypse, die nun ein syrischer Mönch übersetzt. Dom Tristão habe vor, ihn zu ermorden, sobald er den Papyrus in Händen halte. Sie wolle den Mönch warnen und morgen die Handschrift zurückholen, die angeblich den Ort bezeichne, wo die Bundeslade verborgen sei.

»Kannst du Aramäisch lesen?«

Sie schüttelt den Kopf. »Leider nicht.«

»Ich schon. Wir könnten den Papyrus gemeinsam übersetzen.«

Da ist wieder das Leuchten in ihren Augen!

Ich bin nicht weniger hoffnungsvoll als sie, die Bundeslade zu finden, das Symbol der Freiheit.

»Als ich dich letzte Nacht fragte, warum du dich als Christin für das Judentum interessierst, hast du gesagt, dass du jüdische Vorfahren hast.«

Sie trinkt einen Schluck, stellt den Becher neben sich und lehnt sich in die Kissen. »Mein Vater wurde vor sechs Jahren wegen des vergessenen Evangeliums ermordet. In seinem Nachlass fand ich eine verschlossene Truhe, die ich zuvor erst ein einziges Mal gesehen hatte: als mein Vater mich aus dem Kerker der Inquisition befreite und mit mir nach Florenz geflohen ist. Kennst du die Geschichte?«

»Benyamin hat sie mir erzählt. Einer der Gegner deines Vaters im Kardinalskollegium ersann eine perfide Intrige, um den mächtigen Inquisitor zu stürzen, der für den abwesenden Papst die Stadt Rom regierte. Er ließ deine Mutter und dich in den Kerker der Inquisition entführen. Dein Vater, der erst wenige Tage zuvor erfahren hatte, dass er eine dreijährige Tochter hat, sollte über euch richten. Als deine Mutter unter der Folter starb, entkam dein Vater mit dir aus Rom.«

Sie nickt versonnen. Dann sieht sie mich an. »Nach unserer Flucht habe ich die Lade nie wieder gesehen – bis ich sie nach dem Tod meines Vaters wiederfand. Bis dahin hatte ich geglaubt, meine Großeltern seien 1401 an der Pest gestorben. Ihr Tod war der Grund, dass Luca sein Studium in Byzanz aufgab, nach Italien zurückkehrte und in Santa Maria sopra Minerva in Rom in den Dominikanerorden eintrat.«

»Was war drin?«

»Ein Tallit, Tefillin und Schabbatlampen aus Silber, die vermutlich in Córdoba hergestellt wurden, bevor die Christen die Stadt eroberten. Und eine silberne Mesusa, die an den Tempel gemahnt. Darin steckte noch das gefaltete Pergament mit dem Schma Israel.«

»Wie hieß dein Großvater?«

»Girolamo d'Ascoli. Ich habe im jüdischen Viertel in Rom nachgeforscht und schließlich einen alten Rabbi gefunden, der sich noch an ihn erinnern konnte – er ist sein Talmid, sein Schüler, gewesen. Vor seiner überstürzten Flucht vor der Inquisition war mein Großvater in Rom als Rabbi Akiva ben Samuel bekannt. Aus der Familie Kohen.«

»Du bist eine Nachfahrin der Kohanim, der jüdischen Tempelpriester. Du bist mit Moses' Bruder Aron verwandt. Und mit Zadok, der die in der Schlacht verloren gegangene Bundeslade nach Jeruschalajim zurückbrachte. König Salomo hatte ihn zum Hohepriester ernannt.«

»Yared, ich bin keine Jüdin«, erinnert sie mich ernst. »Mein Vater war ein getaufter Christ, ein Mönch und Priester, der jahrelang eine geheime Truhe mit sich herumschleppte, in die er seine jüdische Herkunft eingeschlossen hatte. Als Inquisitor und Stellvertreter von Papst Martin in Rom hat mein Vater unzählige jüdische Conversos vor dem Scheiterhaufen bewahrt.

Das Wissen um seine jüdische Herkunft muss ihn innerlich zerrissen haben, doch nicht einmal mir hat er sich anvertraut. Stattdessen hat er sich jahrelang blutig gegeißelt. Mein Vater war Christ, Yared, kein Jude. Und als seine Tochter bin ich Christin.«

Sie lächelt gequält.

»Der jüdische Zweig meiner Familie hat die Bundeslade geschaffen und gemeinsam mit König Salomo den Tempel errichtet, der römische Zweig hat unter Titus den Tempel zerstört und den Tempelschatz mit der Menora nach Rom gebracht. Wie kann ich mich als Römerin mit jüdischen Vorfahren für eine der beiden Seiten entscheiden? Ich kann meinen Glauben nicht einfach ablegen und mich zu einem neuen bekennen.«

»Hast du dich dem Papst anvertraut? Benyamin hat mir erzählt, dass ihr euch sehr nahesteht.«

»Nein, er weiß es nicht. Nur Leonardo war dabei, als ich jene Truhe öffnete. Er war so bestürzt wie ich. Luca war sein Freund.«

»Leonardos Tod hat dich erschüttert.«

Sie nickt traurig. »Ich habe ihn an jenem Morgen gefunden. Mit seinem Blut hatte er das Kreuz der Unschuld auf den Boden gemalt.«

»Was ist in Rom geschehen?«

Sie erzählt mir, Dom Tristão habe in der Lade der Templer nach einem Bericht über das Reich des Priesterkönigs Johannes gesucht. Sein Großmeister habe gehofft, eine Reisebeschreibung mit geografischen Angaben zu finden, die die Karavellen des Ordens zum Reich des äthiopischen Kaisers führen könne. Mit dem ›Preste João‹ als reichem und mächtigem Verbündeten wolle der Infante den Islam vernichten und Portugal zur Weltmacht machen – meine Spione in Lissabon hatten also recht mit ihren Befürchtungen, dass sich Dom Henrique auf einen Kreuzzug vorbereitet. Der äthiopische Abt der Grabeskirche habe ihr jedoch versichert, der Neguse Negest sei nicht der Erbe des Priesterkönigs. Gebre Christos nahm ihr die Hoffnung, das Gewirr von Mysterien zu entwirren, das sich um die Tempelritter, einen Papyrus aus dem Pariser Tempel, die Bundeslade und den Heiligen Gral rankt.

»Kennst du Wolfram von Eschenbachs *Parzival?*«

Ich nicke. »Zum größten Teil. Als Gesandter von Sultan Muhammad war ich in Córdoba, Toledo und Salamanca monatelang zu Gast am Hof des Königs von Kastilien. Nach dem Abendessen wurden oft die Abenteuer von Gahmuret und seinen Söhnen Parzival und Feirefiz vorgelesen.«

»Dann weißt du, was der ›Lapis ex coelis‹ ist?«

»Ein Gral aus Stein mit einer Inschrift, die auf wunderbare Weise erscheint und wieder verschwindet. Die Tempelritter bewachen diesen ›Stein aus dem Himmel‹, der offenbar nicht der Kelch des letzten Abendmahls ist.«

»Nein, ich glaube, Wolfram beschreibt einen nichtchristlichen Kultgegenstand. Als ich mit Tayeb letzte Nacht durch das Labyrinth im Tempelberg kroch, habe ich mich gefragt, ob sich hinter dem mysteriösen ›Stein aus dem Himmel‹ die Steintafeln der Bundeslade verbergen.« Sie trinkt einen Schluck Wein. »Und nachdem ich mich letzte Nacht entschlossen hatte, die Bundeslade in den geheimen Kammern unter dem Tempelberg zu suchen, kam Prinz Solomon nach Jerusalem. Und in seinem Gepäck hatte er ein Tabot. Eine heilige Lade, die unter mehreren Schichten kostbaren Brokatstoffs verborgen ist. Die Maße entsprechen ungefähr denen der Bundeslade, wie sie im Buch Exodus beschrieben sind. In diesen Schrein sollte Moses die Gesetzestafeln legen. Den ›Lapis ex coelis‹, den ›Stein aus dem Himmel‹.«

»Allmächtiger Gott!«, flüstere ich bestürzt und fasziniert zugleich. »Was hast du vor?«

»Nach dem Fasikafest werde ich ihn bitten, mir das heilige Tabot zu zeigen.«

»Ich habe ihn am Sonntag zum Abendessen eingeladen. Ich würde mich freuen, wenn du ebenfalls kämst. Wir könnten ihn gemeinsam befragen.«

»Sehr gern.« Sie lächelt, beugt sich vor und schiebt sich eine kandierte Rosenblüte in den Mund.

Versonnen beobachte ich, wie sie die Köstlichkeit auf der Zunge zergehen lässt. Und ich zögere, ihr die nächste Frage zu stellen. »Weißt du schon, wie lange du in Jeruschalajim bleiben wirst?«

»Bis ich die Bundeslade gefunden habe. Ein paar Tage.«

»Und dann wirst du nach Rom zurückkehren?«

»Ja.« Sie blickt mir fest in die Augen. »Und du?«

»Ich muss zurück nach Al-Kahira.«

»Wann?«

»Schon bald.«

Sie nickt bekümmert. »Würdest du gern länger in Jerusalem bleiben?«

»Ja, von ganzem Herzen«, gestehe ich und ergreife ihre Hand, die leicht nach Rosenwasser duftet.

Auch ohne Worte weiß sie, dass ich sie nicht jetzt schon verlassen will.

»Liebst du sie?«, fragt sie leise.

Ich bemerke das leise Zittern ihrer Hand, mit der sie sich eine Strähne ihres seidigen Haares aus der Stirn streicht, die leichte Röte der Erregung, die ihr in die Wangen gestiegen ist. Ihr Lächeln ist eine Maske, die ihre wahren Gefühle verbirgt.

Ich schüttele den Kopf. »Ich achte sie. Ich begehre sie. Ich genieße es, wie sehr sie sich um mich bemüht, und lasse mich gern von ihr verwöhnen. Ich schlafe mit ihr und mache ihr teure Geschenke, damit ich das Gefühl habe, ich gebe ihr wenigstens ein bisschen von dem zurück, was sie mir so großzügig schenkt. Aber ich liebe sie nicht. Nicht so, wie sie mich liebt. Nicht so, wie ich es tun sollte.«

»Wirst du sie trotzdem heiraten?«

»Diese Entscheidung hängt nicht allein von mir ab.«

Sie beißt sich auf die Lippen, senkt den Blick und nickt bedächtig. »Verstehe.«

»Benyamin hat mir erzählt, dass dein … dass Niketas vor drei Jahren gestorben ist und dass du sehr lange um ihn getrauert hast.«

Sie sieht mich nicht an. »Er starb in meinen Armen.« Sie klingt traurig.

»Ich habe Rebekka und meinen kleinen Yona verloren, die ich sehr geliebt habe. Sie ertranken vor meinen Augen. Ich konnte sie nicht retten. Ich war so verzweifelt, dass ich jahrelang dachte, ich könnte nicht mehr lieben.«

»Ein furchtbares Gefühl«, sagt sie sanft und streichelt meine Hand – ein sanfter Schauer rieselt wohlig durch meinen Körper. »Als ob du stirbst, während du noch lebst, fühlst, hoffst, an den geliebten Menschen denkst, den du verloren hast, und jeden Tag die Einsamkeit erträgst.«

»Ja.« Sachte berühre ich ihre Finger mit den Lippen.

Endlich blickt sie auf. Tränen funkeln in ihren Augen, als sie mir zärtlich über das Gesicht streicht und sich über mich beugt, um mich zu küssen. Ein warmes Gefühl von Geborgenheit durchströmt meinen Körper. Behaglich seufzend räkele ich mich unter ihr in die Seidenkissen.

»Wir sind nicht allein, Alessandra«, flüstere ich erregt und erwidere ihren Kuss. »Wir sind nicht allein.«

»Nein«, haucht sie, umarmt mich und hüllt mich in den duftenden Schleier ihres Haares. Eine Träne rinnt an ihrer Wange herab, während sie mich in die weichen Kissen drückt und leidenschaftlich küsst.

Plötzlich höre ich Schritte, die rasch lauter werden.

Die Tür wird aufgerissen, und Uthman stürmt herein. »Yared, bitte vergib mir! Ich weiß, du willst nicht gestört …«

Er verstummt, als er Alessandra und mich in inniger Umarmung auf dem Diwan liegen sieht.

Ich löse mich aus ihren Armen, setze mich auf und schlüpfe wieder in die Ärmel der Djellabiya, die sie mir über die Schultern gestreift hat. »Uthman, was ist denn?«

»Eine Taube. Aus Al-Kahira.« Mit zitternder Hand reicht er mir die zerknitterte Nachricht.

»Was ist geschehen?«, frage ich beunruhigt, während ich das winzige Papier entfalte.

»Vater ist heute Morgen zusammengebrochen.«

Wie erstarrt hockt Alessandra neben mir und rafft das blaue Seidengewand um sich, das ihre Brüste weich umschmeichelt und von der entblößten Schulter zu gleiten droht. Mit aufgerissenen Augen blickt sie Uthman und mich an. Sie hat nicht verstanden, was er gesagt hat. Er spricht Tscherkessisch.

»Allah sei ihm gnädig.« Hastig überfliege ich die hingekritzelte Nachricht von Jadiya. Sie ist bei ihrem Vater gewesen, um mit ihm über unsere Hochzeit zu sprechen. »Starke Schmerzen in der Brust … Schweißausbrüche … Erbrechen … Verwirrtheit … Bewusstlosigkeit … Allmächtiger Gott, wie es scheint, hatte er einen schweren Anfall.«

»Wenn er stirbt … werde ich den Thron besteigen«, flüstert Uthman verstört. Er taumelt und hält sich an meiner Schulter fest. »Yared, wir müssen so schnell wie möglich zurück nach Al-Kahira.«

Alessandra

Kapitel 31

Im armenischen Viertel
17. Dhu'l Hijja 848, 20. Nisan 5205
Karsamstag, 27. März 1445
Acht Uhr dreißig morgens

»Und dann?«

»Yared war blass, und seine Hände haben gezittert. Aber er war erstaunlich besonnen. Sehr resolut hat er Uthman beruhigt, der um das Leben seines Vaters fürchtete. Dann hat er ihn in seine Räume begleitet, um sich mit ihm zu beraten.«

»Werden die beiden nach Kairo zurückkehren?«, fragte Tayeb, der sich mit schmerzverzerrtem Gesicht aufgesetzt hatte, damit ich die Kissen hinter seinem Rücken aufschütteln und zurechtklopfen konnte.

»Vorerst nicht«, erwiderte ich. »Besser so?«

»Ja, viel besser«, knirschte er. »So kann ich den Arm auf einem Kissen abstützen.«

»Hast du Schmerzen?«

»Ja, und wie.«

»Soll ich dir Opium geben?« Ich deutete auf die Phiole auf dem Tisch neben seinem Bett.

Tayeb schüttelte den Kopf. »Yared kommt nachher, um sich die Wunden anzusehen und die Verbände zu wechseln. Ich will wach bleiben und ihn fragen, ob er meinen Arm retten kann. Aber erzähl weiter.«

»Eine Stunde später kam er, um mit mir zu reden. Ich war schon im Bett. Er setzte sich neben mich, nahm meine Hand und hielt sie fest. Uthman, Arslan und er werden Jerusalem nicht verlassen, da sie frühestens in zehn Tagen in Kairo sein würden – bis dahin kann der Sultan längst tot sein. Während der Reise wären sie für Brieftauben nicht erreichbar, sodass sie nicht wussten, was in Kairo geschieht. Wenn Jaqmaq stirbt, sagt Yared, sei es besser, wenn er sich nicht in Kairo aufhalte. Er fürchtet ein Massaker unter den Königsmamelucken, den Söhnen und den Vertrauten des Sultans. Uthman als Thronfolger und Arslan als angehender Schwiegersohn des Sultans seien ebenso gefährdet wie er selbst. Sie warten ab, was Jadiya zu berichten hat.«

»Und dann?«

»Dann hat er mich geküsst und ist zu Bett gegangen. Nach dem Attentat letzte Nacht war er erschöpft.«

»Du liebst ihn.«

Ich nickte. »Seine Eleganz, seine Kultiviertheit, seinen Charme …«

»… ganz zu schweigen von den rätselhaft dunklen Augen und seinem wohlgeformten Körper, der deine erotische Fantasie anregt. Du freust dich über die begehrlichen Blicke, mit denen er dich umschmeichelt. Du genießt es, dich von ihm liebkosen und küssen zu lassen. Und du sehnst dich nach mehr.«

»Ja, aber das ist es nicht allein.« Ich atmete tief durch. »Yared hüllt sich in einen Kokon, der ihn vor dem Leid schützt, das er während der Jahre seiner Flucht von Granada nach Kairo durchlitten hat, vor Entbehrung, Misshandlung, Unfreiheit und der Erinnerung an den Tod seiner geliebten Frau und seines kleinen Sohns. Er umgibt sich mit Ehrentiteln, Verantwortung und Macht, mit verschwenderischem Luxus, Sinnlichkeit und Lebensfreude, genießt das Leben in vollen Zügen und hat eine leidenschaftliche Affäre mit einer Prinzessin, die er gar nicht liebt. In der Glückseligkeit des Haschischrauschs will Yared die Zeit des Leidens vergessen.

Doch als er gestern Mittag vor der Entscheidung stand, mit seiner Vergangenheit zu brechen, sein Judentum zu verleugnen und zum Islam zu konvertieren, hat er gezögert, diesen Kokon für immer hinter sich zu verschließen. Letzte Nacht, als er auf meinem Bett saß und meine Hand hielt, habe ich einen Menschen gesehen, der sehr einsam ist. Und sehr liebenswert.«

Tayeb drückte mit einem traurigen Lächeln meine Hand. »Yared und du – glaubst du, eure Liebe hat eine Zukunft?«

»Da vorn ist das Markuskloster!«, ruft Karim und reißt mich aus meinen Erinnerungen.

In der Hoffnung auf einen weiteren Tag voller aufregender Abenteuer während der Suche nach dem Tempelritter haben er und seine Freunde mich vor dem Tor der Zitadelle erwartet.

Elija hält mich mit beiden Händen fest und zerrt mich durch die engen Gassen. »Schau, die Teppichhä-händler öffnen ihre L-Läden!«, ruft er fröhlich und zeigt auf die Holzgestelle mit Gebetsteppichen aus dem Kaukasus, aus Täbriz und Shiraz, Ghom, Hamadan und Isfahan. Der heiße, trockene Khamsin aus der judäischen Wüste trägt den köstlichen Duft von Baklava, Pistazien, gebrannten Mandeln und Rosenwasser durch die verwinkelten Gassen des armenischen Viertels. »S-sieh nur, wie viele Pilger mit blauen Turbanen heute unterwegs sind. Alle wollen zur Grabeskirche, um das H-Heilige F-Feuer zu sehen. Sehen wir uns das n-nachher auch an? Wenn du aus dem Kloster zurückkommst? O bitte! Rabbi Eleazar hat g-gesagt, ich darf es mir nicht ansehen. Ich will aber! Da, guck mal, da vorn werden Orangen verkauft. Meinst du, ich kann nachher eine haben?«

Und so geht es, ohne dass er auch nur ein Mal Luft holt, ohne Punkt und ohne Komma weiter. Ich kann mir das Schmunzeln nicht verkneifen, lasse mich von seiner Begeisterung anstecken und genieße sein fröhliches Geplapper, während ich seine herumtobenden Freunde beobachte. Sie machen sich einen Spaß daraus, mit ihren Sandalen möglichst große Staubwolken aufzuwirbeln, die der Khamsin als feine rötlich gelbe Staubschicht auf die Gebetsteppiche niederrieseln lässt. Als ein armenischer Händler fluchend aus dem Laden stürzt, stieben die Lausebengel kichernd auseinander und flitzen johlend in Richtung des syrischen Klosters.

Einen Kommentar erspare ich mir. Habe ich nicht als Kind ›Blutrache‹ am heiligen Dominikus geübt und seine Marmorstatue im Vatikan mit blutigen Stigmata aus Messwein verziert, den ich aus der Sakristei von San Pietro entwendet hatte? Und die rasselnden Gebeine des ›Teufelspapstes‹ Sylvester II., Gerbert d'Aurillac, die die Benediktinermönche im Lateran in Angst und Schrecken versetzt haben? Weil es in Rom heißt, dass Gerberts klappernde Knochen wie eine Totenglocke ankündigen, dass der amtierende Papst im Sterben liegt? Ich hatte ebenso viel Unsinn im Kopf.

Vor dem Portal des Konvents, das dem Evangelisten Markus geweiht ist, blicke ich mich um. Doch weder der Basilianer im schwarzen Habit, der mich gestern verfolgt hat, noch die Christusritter lassen sich blicken. Dafür folgt mir nun auf Schritt und Tritt ein Dominikaner – Ende zwanzig, hochgewachsen und schlank, gepflegte Hände mit zarten, geschmeidigen Fingern, die unablässig in Bewegung sind, ein schönes Gesicht mit großen, dunklen, warm leuchtenden Augen, lockiges Haar und ein alttestamentlicher Prophetenbart, der nicht so recht zum Mönchshabit passt. Dass er keine Tonsur trägt, habe ich gesehen, als ihm die Kapuze seines Skapuliers, die er trotz der Gluthitze hochgezogen hat, von einer Windbö vom Kopf geweht wurde. Wer hat ihn geschickt, um mich zu überwachen? Patriarch Joachim? Oder Rabbi Eleazar, der von Elija weiß, wer ich bin?

»Ihr wartet hier auf mich. Karim und Khalid, ihr behaltet den Dominikaner dort drüben im Auge. Seht ihr ihn am Stand des Obstverkäufers? Wenn er verschwindet, folgt ihr ihm unauffällig. Ich will wissen, wohin er geht.«

»Ist gut«, schmollt Karim, der beinahe hintenüberfällt, als er den Hals verdreht, um durch das Portal einen Blick ins Innere der Markuskirche zu erhaschen. Nur zu gern hätte der kleine Abenteurer mich begleitet.

»Ioannis, Basilios, Akiva und Elija, ihr setzt euch still auf die Treppe und haltet Ausschau nach den Tempelrittern. Falls sie auftauchen, versteckt ihr euch in der Kirche. Sie dürfen euch auf keinen Fall sehen. Verstanden? Gut. Ich bin in einer Stunde zurück. Dann bekommt jeder eine Orange.«

»O ja!«, rufen die Jungen und hüpfen um mich herum.

»Darf ich mitgehen?« Elija streckt mir seine Hand entgegen, hält den Kopf schief und blickt mich mit großen, flehenden Augen erwartungsvoll an. Seit ich ihn gestern Abend fortgeschickt habe, ist er noch anhänglicher geworden.

»Nein, Mäuschen, du bleibst hier.« Ich verwuschele sein lockiges Haar, das nicht mehr ganz so staubig und zerzaust ist. Rabbi Eleazar hat ihn gestern Abend in die Badewanne gesteckt und in seiner Kleidung, die ebenfalls eine Wäsche vertrug, den ›Firman‹ mit meinem Namen gefunden …

»Alessandra d'Ascoli?«, spricht mich eine freundliche Stimme an, als ich mich in der alten Kreuzfahrerkirche umsehe und das auf Leder gemalte Bild der heiligen Jungfrau mit dem Jesuskind betrachte. Der Legende zufolge soll es der Evangelist Lukas gemalt haben.

Vor mir steht ein Priester mit langem weißen Bart im Gewand der syrisch-orthodoxen Kirche, einer schwarzen Soutane mit Kapuze und einer Haube, die an einen kleinen schwarzen Turban erinnert. »Du wolltest mich sprechen? Ich bin Mar Philoxenos bar Sanherib, der Abt des Markusklosters«, stellt er sich auf Arabisch vor und reicht mir mit einem freundlichen Lächeln die Hand. Mar ist der Titel und die Anrede eines syrisch-orthodoxen Würdenträgers und bedeutet ›Vater‹. »Ich fühle mich geehrt, dich kennenzulernen.«

Er mag um die siebzig sein, ein Mönch mit beherrschten Gesten und einem festen Händedruck. Sein pergamentfarbenes Gesicht wirkt asketisch, ernst und würdevoll.

»Du weißt, wer ich bin?«

»O ja, aber gewiss doch! Mar Abdul Masih, einer der Mönche dieses Klosters, hat mir von dir erzählt. Vielleicht erinnerst du dich an ihn? Auf Wunsch Seiner Heiligkeit, Mar Baselios IV. Shemun, hat er vor einigen Monaten am Unionskonzil teilgenommen. Er war beeindruckt von deiner Bibliothek und deinem Scriptorium in Florenz und hat etliche herrliche Folianten mit nach Jerusalem gebracht.«

Die orthodoxen Syrer genießen im Orient denselben Ruf der Gelehrsamkeit wie einst, während des Goldenen Zeitalters, die sephardischen Juden im Okzident, die arabische Werke ins Lateinische übersetzten und muslimisches Wissen im christlichen Europa verbreiteten. Aramäisch ist das ›Latein des Orients‹. Die syrischen Gelehrten übertrugen philosophische, theologische und medizinische Abhandlungen vom Griechischen ins Arabische. Die Kalifen in Bagdad schätzten ihre hochgebildeten syrisch-orthodoxen Leibärzte und Sekretäre als bedeutende Gelehrte.

»Nun? Was kann ich für dich tun?«, fragt Mar Philoxenos.

»Ehrwürdiger Abt, ich bin auf der Suche nach einem Mönch, der biblische aramäische Handschriften übersetzen kann.«

»So.« In seinem Gesicht arbeitet es. Er wirkt traurig.

Was hat er denn plötzlich?

O Gott, ich ahne es!

»Ich bin im Auftrag Seiner Heiligkeit des Papstes in Jerusalem.« Ich entfalte das Beglaubigungsschreiben und gebe es ihm, während er umständlich eine Brille aus seinem Habit zieht. »Vor einigen Wochen wurde ein Papyrus aus dem Geheimarchiv des Vatikans gestohlen. Ich bin auf der Suche nach dem Mönch, der seit drei oder vier Tagen diese Schriftrolle, die eine Länge von etwa zwanzig Ellen hat, ins Lateinische übersetzt. Der Auftraggeber ist ein portugiesischer Christusritter, Dom Tristão de Castro. Auf seinem Habit, den er möglicherweise durch ein schwarzes Skapulier verdeckt, trägt er ein rotes Kreuz, das einem Templerkreuz ähnelt. Er ist bewaffnet. Und sehr gefährlich.«

Mar Philoxenos liest den Brief zum zweiten Mal und starrt geistesabwesend auf das päpstliche Siegel.

»Seine Heiligkeit hat mich ermächtigt, den Papyrus nach Rom zurückzubringen.«

Er sieht zögernd auf und nimmt mit einer zerstreuten Geste, die seine innere Aufgewühltheit verrät, die Brillengläser ab. Meinem Blick weicht er aus, als er »Komm mit!« nuschelt.

Beunruhigt folge ich ihm durch die Basilika. Wie einst im jüdischen Tempel gibt es in jeder syrischen Kirche einen Vorhang, der das Allerheiligste vor Blicken schützt, wo Gott selbst erscheint und einen Bund mit den Menschen schließt. Auf dem Altar erkenne ich das Thabilitho, den durch Brokatstoff verhüllten Altarstein, auf dem die Eucharistie gefeiert wird. Das Thabilitho symbolisiert das Kreuz, an dem Jesus Christus starb.

In der Markuskirche sind nur noch wenige Gläubige. Sie haben sich nach Osten, zum Tempelberg, gewandt und singen mit ausgebreiteten Armen ihre Gebete auf Aramäisch. Die meisten christlichen Pilger drängen sich bereits in der Grabeskirche, wo in Kürze der griechische Patriarch in einer feierlichen Zeremonie das Osterfeuer entzünden und an die Gläubigen verteilen wird.

Wir verlassen die Basilika und betreten das angrenzende Kloster. Mar Philoxenos geleitet mich durch einen Kreuzgang in einen Korridor, der zu den Zellen der Mönche führt. Vor einer der Türen bleibt er unvermittelt stehen.

Er atmet tief durch. »Der Mönch, den du suchst, ist Mar Abdul Masih. Vor vier Tagen war ein Mann bei ihm, auf den deine Beschreibung passt. Es war kurz vor dem Abendgebet. Ich habe ihn nur von Weitem gesehen und ihn wegen des schwarzen Skapuliers über dem weißen Habit für einen Dominikaner gehalten. Er hat Mar Abdul Masih gebeten, ihm bei der Übersetzung einer biblischen Schriftrolle zu helfen.«

»Eines biblischen Textes?«, frage ich verwirrt.

Mar Philoxenos zuckt mit den Schultern und hebt hilflos die Hände. »Tut mir leid, das ist alles, was ich weiß.«

»Kann ich mit Mar Abdul Masih sprechen?«

Traurig begegnet er meinem Blick und schüttelt langsam den Kopf.

»Warum nicht?«, frage ich – und ahne es doch schon …

Mar Philoxenos öffnet die Tür und lässt mich einen Blick in die Zelle werfen. Bücher, Pergamente und Papyri sind auf dem Schreibtisch verstreut, einige kostbare Folianten, die vermutlich aus meinem Scriptorium in Florenz stammen, liegen in einer Lache aus schwarzroter Tinte auf den Steinfliesen.

Ich blinzele und sehe genauer hin.

Nein, es ist keine Tinte.

Mein Gott, so viel Blut!

»Mar Abdul Masih wurde heute Nacht ermordet«, offenbart mir der Abt mit tonloser Stimme.

Meine Knie werden weich. Ich muss mich festhalten.

Von Entsetzen erfüllt wende ich mich zu Mar Philoxenos um. »Und der Papyrus?«

☙ Yared ❧

Kapitel 32

Im Empfangssaal des Emirs in der Zitadelle
17. Dhu'l Hijja 848, 20. Nisan 5205
Karsamstag, 27. März 1445
Neun Uhr dreißig morgens

»Yusuf Abu Talib, der ehrenwerte Imam des Haram ash-Sharif, wünscht den Emir zu sprechen«", verkündet Benyamin mit verkniffenem Gesicht und verdreht genervt die Augen.

»Ich lasse bitten«, nicke ich und verkneife mir ein Schmunzeln.

Der Imam rauscht in den Empfangssaal und verneigt sich vor mir. »Es-salamu alekum.«

»W'alekum es-salam«, erwidere ich seinen Gruß.

»Wie ich sehe, hast du den … ähm … Schwächeanfall von gestern Mittag überwunden, Emir.«

»Es geht mir gut.«

»Al-hamdu li-llah! Alles liegt in der Hand des barmherzigen Gottes.«

»Was kann ich für dich tun?«

»Bism'Allah«, murmelt er. »Emir, du erinnerst dich gewiss an den Vorfall im Felsendom, von dem ich dir gestern berichtet habe.« Er zieht den mit Tayebs Blut getränkten Merkfaden aus der Tasche seiner Djellabiya. »Diesen Seidenfaden haben wir nahe der aufgebrochenen Marmorplatte gefunden. Der Jude hatte ihn verloren. Dieser Tallit …«, erneut greift er in die Tasche und zerrt einen jüdischen Gebetsschal hervor, entfaltet ihn schwungvoll und breitet ihn vor mir aus, »… dieser Tallit wurde gestern Abend außerhalb des jüdischen Viertels gefunden. Wie du sehen kannst, Emir, fehlt ein Merkfaden.«

Ich hebe die Augenbrauen. »Und?«

»Die Juden haben uns getäuscht, um einen der ihren zu schützen!«, schnaubt er. »Dieser Merkfaden passt nicht zu jenen dieses Gebetsmantels! Schau selbst! Hier ein Purpurfaden, dort drei Fäden aus Gold. Siehst du?«

Meine Bestürzung muss ich nicht heucheln. Tief atme ich durch. »Und was bedeutet das?«

»Dass sich das verdammte Judenpack verschworen hat, den Haram ash-Sharif zu entweihen!«, ereifert er sich.

»Wer hat sich verschworen?«, frage ich nach.

»Die Juden«, faucht er. »Es sind immer die verfluchten Juden, die Unruhe stiften und den Frieden stören!«

Das darf doch nicht wahr sein!

»Ich bin Jude«, entgegne ich eisig. »Glaubst du, dass ich mich an dieser Verschwörung beteiligt habe? Willst du mich stillschweigend des Hochverrats beschuldigen, *weil ich Jude bin?*«

Er weiß, dass er zu weit gegangen ist. »Nein, Emir, das lag mir fern. Bitte verzeih, ich … äh … Ich wollte keinesfalls andeuten, dass du … Gott bewahre!«

»Schon gut!«, winke ich unwirsch ab. »Sei in Zukunft etwas zurückhaltender mit deinen Anschuldigungen! Nach deiner Freitagspredigt gestern Mittag kam es zu blutigen Straßenkämpfen im jüdischen Viertel. Die Juden sind in die Synagoge geflohen, bis meine Mamelucken sie daraus befreit haben. Derartige Gewalttätigkeiten werde ich nicht dulden. Noch eine hasserfüllte antijüdische oder antichristliche Hetzpredigt in der Al-Aqsa, und ich werde dich persönlich zur Rechenschaft ziehen! Das schwöre ich bei Gott.«

»Aber …«

»Hast du mich verstanden?«, herrsche ich ihn an.

»Ja gewiss, Emir«, beteuert er, neigt den Kopf und legt beschwichtigend die Handflächen gegeneinander. »Da ist noch etwas, was du wissen solltest. Nachdem wir gestern Abend den Tallit fanden, hat sich der jüdische Händler in der Kettenstraße daran erinnert, dass ein junger Mann, ein Pessachpilger aus Isbiliya, den Gebetsschal bei ihm gekauft hat. Dieser Yonatan ben Eleazar hat gelogen, schamlos gelogen.«

Mein Blut gerinnt zu Eiskristallen. »Wie kommst du darauf?«

»Ein Freund von mir hat gesehen, wie gestern Morgen eine junge Frau um diesen Tallit feilschte. Sie stand mit Yonatan in der Kettenstraße und hielt die Goldfäden der Seide ins Sonnenlicht, um die Qualität der Ware zu prüfen. Sie muss an dem Vorfall im Felsendom beteiligt gewesen sein.«

Allmächtiger Gott, tu mir das nicht an!

»Eine Frau?«, frage ich und hoffe, dass er mir meine Angst um Alessandra nicht anmerkt. »Hat dein Freund sie erkannt?«

Alessandra

Kapitel 33

Auf dem Weg zur Grabeskirche
17. Dhu'l Hijja 848, 20. Nisan 5205
Karsamstag, 27. März 1445
Kurz vor zehn Uhr morgens

In der dicht gedrängten Menge, die singend und betend zur Grabeskirche strömt, um das Heilige Feuer zu sehen, hätte ich beinahe die Jungen aus den Augen verloren. Die orthodoxen Pilger ziehen mit Ikonen, Kerzen und Blumen an mir vorbei, während ich im Muristan nahe dem Hospital der Johanniter an eine Hauswand gepresst stehen bleibe, um auf die Kinder zu warten.

Da ist Basilios!

Geschwind springe ich vor, packe ihn am Arm und zerre ihn zwischen zwei Pilgern hervor, die ein schweres Kreuz durch die Gasse schleppen. Dann tauchen Khalid und Akiva auf. Ihnen folgen Karim und Ioannis, die sich mit gesenktem Kopf und erhobenen Ellbogen zwischen den Pilgergruppen hindurchdrängen und zu mir herüberkommen.

Beunruhigt blicke ich mich um. Wo steckt Elija?

Der Dominikaner, der mich verfolgt, seit ich vor zwei Stunden die Zitadelle verlassen habe, drängt in Richtung der Grabeskirche – als er mich sieht, bleibt er stehen, zerrt hastig die Almosenschale aus dem Habit und zupft die Pilger am Ärmel. Doch er ist nicht bei der Sache. Dass ihm ein Pilger eine Münze in die

Schale wirft, sieht er nicht, weil er mich aus den Augenwinkeln beobachtet.

Diesem Bettelmönch fällt das Bitten um Almosen sichtlich schwer. Und er ist bewaffnet. Wer, zum Teufel, hat ihn geschickt?

Elija – na endlich! Er kommt von der Grabeskirche, wo er auf uns gewartet hat, zwängt sich zwischen den Pilgern hindurch zu mir und grinst, als er meine Erleichterung bemerkt, zufrieden von einem Ohr zum anderen. Glaubt er denn, er kann mich auf diese Weise umstimmen, damit ich ihn heute Abend nicht zu Rabbi Eleazar schicke?

Ganz selbstverständlich schiebt Elija seine Hand in meine und zieht mich hinter sich her zum Vorhof der Grabeskirche.

An den Fassaden der Kapellen von Maria Magdalena, Johannes und Jakobus auf der linken Seite des Vorhofs lehnen etliche vier oder fünf Ellen hohe Kreuze. Muslimische Händler verkaufen sie an Pilger, die gestern vor der Karfreitagsprozession in der Via Dolorosa noch kein Kreuz gekauft haben. Se Cristo vedesse!, denke ich mit einem resignierten Kopfschütteln. Wenn Christus das sehen könnte!

Auf der anderen Seite des Hofs wachen zwanzig oder fünfundzwanzig Mamelucken über einen Frieden, der seit dem Aufsehen erregenden Auftritt des italienischen Franziskanermönchs am Karfreitag in der Al-Aqsa gefährdet ist. Muslimische Gläubige haben gestern in ihrem ›heiligen Zorn‹ christliche Symbole verbrannt und Pilger aus Venedig, Florenz und Rom auf offener Straße verprügelt. ›Tötet die, die den Islam beleidigen! Richtet alle, die behaupten, der Islam sei eine gewalttätige Religion!‹ Ob sich wohl einer der Misshandelten erhoben hat, um mit lauter Stimme zu bekennen, der Islam sei eine Religion des Friedens und der Barmherzigkeit? Wohl kaum. Die tobenden Muslime hätten zur Ehre Gottes eine lateinische Kirche in Brand gesteckt, wenn Yareds Mamelucken nicht mit Waffengewalt eingeschritten wären.

Angesichts dieses irrsinnigen jüdisch-christlich-muslimischen Ausnahmezustands drängt sich mir die Frage auf, wie man glauben kann, Gott bedürfe einer derart gewalttätigen Verteidigung. In der Vergangenheit waren Jahwe, der Schöpfer und Zerstörer, der Befreier, der Gesetzgeber, der Stifter eines jüdischen und eines christlichen Gottesbundes, und Allah, der Barmherzige, der Herrscher am Tage des Gerichts, der die Muslime auf den rechten Pfad des Glaubens führt, durchaus in der Lage, ohne menschlichen Beistand für ihre himmlische Machtpolitik einzutreten. Wer, wenn nicht Jahwe und Allah – Gott ist eins, und nur einer ist Gott. La ilaha illa-llah – es gibt keinen Gott außer Gott.

Mit den Jungen, die wie Kletten an mir hängen, schiebe ich mich durch die Menge zum Portal der Grabeskirche, wo einige Pilger mit tränenüberströmtem Gesicht die Säulen neben dem Tor küssen und mit Gebetstüchern aus weißem Damast abreiben, während sie darauf warten, eingelassen zu werden. Dieses Ritual werden sie am Salbungsstein wiederholen, wo Jesu Leichnam in der Nacht des Karfreitags für das Begräbnis gesalbt wurde.

Die Lausebengel erstürmen johlend die Treppe seitlich des Portals, die zum Golgatafelsen hinaufführt, als gelte es, Jerusalem zu erobern. Kichernd hocken sie sich auf die Stufen, während die nachdrängenden Pilger mich mit ungeduldigen Stößen und Knüffen in die Basilika schieben. Ich suche mir einen Platz unter der Kuppel, von dem aus ich den Eingang des Heiligen Grabes überblicken kann.

In der Finsternis der abgedunkelten Kirche treten die Pilger unruhig von einem Fuß auf den anderen und tuscheln – das Heilige Feuer, das Symbol der Auferstehung Christi, wird bald entfacht. Das Ritual, das der griechische Patriarch vollzieht, ist einer der Höhepunkte der orthodoxen Osterfeier. Es scheint, als ob alle mit angehaltenem Atem und Tränen in den Augen auf die Ankunft des Messias warten.

Inmitten einer feierlichen Prozession aus Erzbischöfen, Priestern und Diakonen schreitet der griechische Patriarch zum Heiligen Grab, durch dessen weit geöffnete Tür ein goldenes Leuchten dringt. Er wird in der Grabkammer beten, bis sich das Heilige Feuer von selbst entzündet.

Während die ersten ›Kyrie eleison, Christe eleison‹-Rufe laut werden – »Herr, erbarme dich unser!« und »Schenk uns das Licht des Glaubens!« –, muss ich unwillkürlich an den *Scoppio del Carro* in Florenz denken, ein jahrhundertealtes Ritual aus der Zeit des ersten Kreuzzugs. Als die Kreuzfahrer 1099 Jerusalem eroberten, erklomm ein Florentiner namens Pazzino de' Pazzi als Erster die Festungsmauern und hisste das christliche Banner über der Heiligen Stadt. Als Dank schenkte ihm Godefroy de Bouillon, der Regent des Königreichs Jerusalem, drei Feuersteine aus dem Grab Jesu, die Pazzino zwei Jahre später nach Florenz brachte. Mit diesen heiligen Steinen wird jedes Jahr am Karsamstag in der Kathedrale das Osterlicht entzündet, das der Erzbischof an die Florentiner verteilt. Welch ein Spektakel war das gewesen, als Papst Eugenius noch in Santa Maria Novella residierte und im Pontifikalornat mit dem Osterlicht auf den Stufen von Santa Maria del Fiore erschien!

Ein geschmückter Wagen voller Feuerwerkskörper steht am Karsamstag vor der Kathedrale – in dem ausgelassenen Geschiebe, wenn die Florentiner ihre Osterkerzen entzünden, geht der Karren in Flammen auf und explodiert mit großem Getöse. Der Funkenregen, so sagt man in Florenz, verheiße Glück. Mir brachte er nur Trauer, Schmerz und Einsamkeit – denn Niketas starb wenige Tage später. Seitdem bin ich nur selten in Florenz gewesen, wo wir so glücklich waren …

Ein Seufzen weht durch die Menge der Pilger, als wie ein Blitz, der vom Himmel niederfährt, ein blassblaues Flackern das goldene Leuchten aus dem Heiligen Grab überstrahlt.

Die Gläubigen jubeln: »Christos ist auferstanden!«, singen und beten, während die Glocken der Grabeskirche zu läuten beginnen. Viele tanzen mit Ikonen im Arm und schwenken Kerzen über dem Kopf. Das Osterfeuer ist entfacht! Die Auferstehung des Gottessohnes und Erlösers hat begonnen! Gott erbarmt sich seines auserwählten Volkes!

Am Portal der Grabkammer erscheint Patriarch Joachim mit zwei silbernen Leuchtern mit brennenden Kerzen.

»Beendet das Töten, und lasst ab von der Gewalt, die das Leben vernichtet! Bleibt standhaft im wahren Glauben Iesou Christou, wenn ihr angegriffen, misshandelt und beschimpft werdet! Glückselig seid ihr Sanftmütigen und Barmherzigen, denn euch wird Barmherzigkeit widerfahren! Glückselig seid ihr, die ihr um des rechten Glaubens willen verfolgt werdet, denn euer ist das Königreich der Himmel! Glückselig seid ihr, wenn sie euch schmähen und verfolgen um meinetwillen – so sprach unser Herr und Gott Iesous Christos!«, ruft er den Gläubigen zu. »Möge Gott Abrahams zerstrittenen Kindern, den Juden und den Muslimen, Frieden schenken, auf dass sie zur Einsicht kommen und sich zum wahren Glauben bekehren! Die Auferstehung Iesou Christou ist ein Sieg des Lebens über den Tod, ein Triumph der Hoffnung auf Frieden und der brüderlichen Gemeinschaft aller Menschen im Glanz des Königreiches der Himmel!«

Als Zeichen des Sieges streuen Priester duftende Lorbeerblätter auf den Boden, während Joachim das Heilige Licht an die Pilger vor dem Heiligen Grab verteilt, die wiederum die Kerzen der hinter ihnen Stehenden entzünden. Es wird hell in der Grabeskirche, als das Licht von einer Kerze zur anderen wandert, bis auch ich eine brennende Kerze in der Hand halte.

Plötzlich hallt ein Ruf durch die überfüllte Basilika. »Allahu akbar – Gott ist groß! La ilaha illa-llah – Es gibt keinen Gott außer Allah!«

Einen Augenblick lang ist es so still in der Grabeskirche, dass ich den unterdrückten Atem der Gläubigen um mich herum hören kann. Dann gellt ein Schrei: »Ungläubige! Wie können sie es wagen!«

Wie durch eine unsichtbare Macht bewegt, gerät das Meer der blauen Turbane in wogenden Aufruhr.

»Bism'Allahi ar-rahmani ar-rahím – Im Namen Allahs, des Erbarmers, des Barmherzigen! O Volk der Schrift! Übertreibt nicht in eurer Religion, und sprecht über Allah nur die Wahrheit«, zitiert ein Muslim auf den Stufen zum Katholikon mit lauter Stimme die sechste Sure des Korans. »Der Messias Issa ibn Maryam war ein Prophet Allahs. So glaubt an Allah und seinen Gesandten, und betet nicht drei Götter an, den Vater, den Sohn und den Heiligen Geist! Allah ist nur ein einziger Gott! Er hat keinen Sohn!«

Die Gläubigen, die kein Wort Arabisch verstehen und nicht wissen, was der Muslim predigt, recken drohend ihre Fäuste und strecken ihre brennenden Kerzen in die Höhe.

Dann bricht ein Tumult los. Die ersten Christen stürmen zum Katholikon, um den Muslim, der noch immer mit lauter Stimme Koransuren herbetet, von den Stufen zu zerren. Indessen stürzen etliche Muslime aus den Schatten des Chorumganges, der zum Gewölbe der Kreuzauffindungskapelle führt, und werfen sich den »gottverfluchten, weihrauchstinkenden Ikonenanbetern« entgegen.

Die goldenen Leuchter vor dem Heiligen Grab mit den riesigen Kerzen werden umgeworfen und als Waffen benutzt, mit denen die ›Ungläubigen‹ aus der Kirche geprügelt werden sollen.

Besorgt blicke ich zum Patriarchen Joachim, der sich mit zwei seiner Bischöfe gegen die Marmorwand des Heiligen Grabes presst – wenn er stirbt, werde ich den Papyrus, den Mar Abdul Masih ihm gegeben hat, nie zurückerhalten!

Im Gewühl stürzen mehrere Menschen schreiend zu Boden – sie fürchten, dass sie zu Tode getrampelt werden. Panik greift um sich. Etliche Pilger versuchen kreischend, so schnell wie möglich die Kirche zu verlassen, und halten sich angsterfüllt gegenseitig fest. Viele stolpern und reißen andere mit.

Yareds Mamelucken, die ich vorhin im Vorhof gesehen habe, stürmen mit gezückten Schwertern in die Grabeskirche, um die Streitenden zu trennen. Sie stoßen mit der Schar der Flüchtenden zusammen, die ihnen wie eine Flutwelle entgegenbrandet, und werden bis zum Salbungsstein zurückgedrängt.

Der Kampf weitet sich aus. Die Christen schlagen mit ihren Kerzen auf die Muslime ein. Heiße Wachstropfen werden mir ins Gesicht geschleudert und gerinnen in meinem Haar.

Eine Kerze nach der anderen verlöscht, und es wird immer dunkler in der Grabeskirche. Ich zwinge mich dazu, tief durchzuatmen.

Ganz ruhig! Nicht den Kopf verlieren!

Kampfeslärm erfüllt die Kirche. Flüche auf Griechisch, Italienisch und Kastilisch. Wehklagen. Stöhnen. Und ein arabischer Schrei: »Stirb, du verfluchter Kreuzanbeter!«

Irgendwo in diesem furchtbaren Armageddon, in diesem Kampf des Menschen gegen Gottes Gebot und gegen Besonnenheit und Vernunft, weint und schluchzt ein kleines Kind.

Mein Herz setzt einen Schlag aus. Gott im Himmel, was ist mit den Jungen, die vor dem Portal auf mich warten? Sie sind in Gefahr! Ich muss sie …

»Allahu akbar!« Plötzlich geht ein muslimischer Gotteskrieger mit erhobenem Dolch auf mich los. Mit beiden Händen packe ich sein Handgelenk, fange den Stoß ab, lenke den niedersausenden Arm von mir weg und nutze den Schwung, um den Mann zum Stolpern zu bringen und die Hand mit dem Dolch mit aller Gewalt gegen die Säule hinter mir zu schmettern, einmal, zweimal, dreimal – Tayeb hat mich diesen Griff gelehrt, während wir uns auf unsere geplante Expedition nach Timbuktu vorbereiteten.

Der überrumpelte Angreifer schreit vor Schmerz und lässt den Dolch fallen. Mit dem Fuß taste ich nach der Klinge – da ist sie! – und trete sie weg. Unterdessen ziehe ich meinen Dolch und bedrohe ihn damit. Mit weit aufgerissenen Augen und erhobenen Händen weicht er vor mir zurück. Dann ist er in der wogenden Menge verschwunden.

Eine Berührung an meiner Schulter!

Zu Tode erschrocken wirbele ich herum.

Fra Girolamo da Salerno hat seine Hand auf meinen Arm gelegt. In der Finsternis kann ich sein Gesicht kaum erkennen. »Ich habe Euch gesucht – ich dachte mir, dass Ihr hier seid!«, ruft mir der Franziskaner auf Italienisch zu. »Seid Ihr verletzt?«

»Nein. Ich kann mich wehren.«

»Dann kommt, ich bringe Euch hier heraus!«

»Als Gott den Glauben und die Frömmigkeit erfand, erschuf er aus Versehen den Wahn und die Gewalt!«, murmele ich verbittert, als ich mich zu den Kämpfenden umwende. »Wie kann er zulassen, dass die Menschen sich in seinem Namen, *im Namen Gottes!,* gegenseitig totschlagen? Das ist …«

»Kommt jetzt! Ihr müsst die Grabeskirche verlassen! Ihr seid in Lebensgefahr!« Der Frater ergreift meine Hand und zerrt mich hinter sich her in Richtung des Franziskanerkonvents im rechten Seitenschiff. Meine Kerze mit dem göttlichen Licht verlischt.

»Dort ist die Treppe zum Dach!« Fra Girolamo deutet auf die schlecht beleuchteten Stufen. »Steigt hinauf, umrundet die Kuppel über dem Heiligen Grab, überquert die Golgatakapelle, und geht hinüber zum Dach der Johanneskapelle. Von dort könnt Ihr in den Vorhof hinunterspringen. Gott schütze Euch!«

Ich zögere. »Und Ihr?«

Ungelenk schiebt er die Ärmel seines Habits hoch und zeigt mir die Stigmata an seinen Händen. »Was soll mir noch geschehen?«

Yared

Kapitel 34

In Uthmans Gemächern in der Zitadelle
17. Dhu'l Hijja 848, 20. Nisan 5205
Karsamstag, 27. März 1445
Elf Uhr morgens

Beunruhigt betrete ich nach der Audienz des Imams Uthmans Arbeitszimmer. »Benyamin sagte mir, du wolltest mich sprechen.«

Der Diener schließt leise die Tür hinter mir.

»Wie geht es dem Sultan?«, bedränge ich Uthman, sobald wir allein sind. »Hast du eine Nachricht von Jadiya?«

Besorgt schüttelt er den Kopf und hebt beide Hände. »Nichts.«

Die neunundneunzig indischen Perlen klicken leise, während Uthman die Tasbih-Gebetskette durch die Finger gleiten lässt. Im Stillen rezitiert er das Dhikr, das Gedenken der neunundneunzig Namen Allahs, und betet um das Leben seines Vaters.

Ich atme tief durch.

»Setz dich!« Uthman deutet auf den Diwan ihm gegenüber. »Der Gesandte des Sultans von Gharnata war gerade bei mir. Harun Ibn Ezra.«

»Sieh mal einer an. Was wollte er?«

»Dass ich Vater überrede, den gestürzten Sultan Muhammad zu unterstützen, damit er die Alhambra zurückerobern kann.«

»Und? Was hast du ihm geantwortet?«

»Dasselbe wie du.«

»Aron war enttäuscht«, vermute ich.

»Und wie! Hoffnungslos und verzweifelt. Er fürchtet, dass die Kastilier Gharnata erobern und dass die Reconquista nicht mehr aufgehalten werden kann, wenn wir Muhammad nicht helfen. Er hatte Tränen in den Augen, als er sich vor einer Viertelstunde verabschiedete.«

Ich bin bestürzt. Sollte ich nicht doch noch einmal in versöhnlicherem Tonfall mit Aron reden? Mich ihm anvertrauen? Ihm in aller Besonnenheit darlegen, was ich vorhabe? Ich zögere. Und wenn Jaqmaq meinem Vorschlag nicht zustimmt? Wenn er mich nicht gehen lässt, weil er fürchtet, mich für immer zu verlieren?

Ich blicke Uthman an. »Wo ist Aron jetzt?«

»Auf dem Weg nach Akko, nehme ich an.«

»Nach Akko? Er hat Al-Quds verlassen, ohne sich von mir zu verabschieden?«

»Er sagte, er habe keine Zeit mehr zu verlieren. Sein Sultan brauche ihn im Kampf gegen die Christen.« Uthman blickt mich besorgt an. »Yared? Was ist?«

Mit zitternden Knien sinke ich auf den Diwan und verberge das Gesicht in beiden Händen.

Uthman legt die Tasbih-Perlenschnur auf den Tisch, geht zu einem niedrigen Tisch, füllt ein Glas mit kühlem Sherbet und setzt sich neben mich auf den Diwan. Er reicht mir das Glas. »Was ist? Siehst blass aus.«

Ich trinke einen Schluck von dem erfrischend kalten Zitronensaft. Aber meinem Freund kann ich nichts vormachen. Meine Tränen stammen nicht von den Eiskristallen im Sherbet.

Uthman legt mir sanft eine Hand auf die Schulter. »Du hast Heimweh.«

Ich kann die Tränen nicht mehr zurückhalten.

»Muhammad hat dich gefragt, ob du zurückkommst.«

»Ja.« Ich wische mir die Tränen aus den Augen und stürze durstig das Sherbet hinunter. »Letzte Nacht habe ich Vater geschrieben, den Brief nach Jadiyas Hiobsbotschaft jedoch nicht abgeschickt. Ich will mit ihm über Muhammad reden.« Ich atme tief durch. »Ich will ihn bitten, mich im Namen des Sultans von Gharnata mit den Königen von Kastilien, Aragón und Portugal verhandeln zu lassen. Ich will Muhammad die Hand zur Versöhnung reichen. Ihm vergeben, was er mir angetan hat. Ihm mit Rat und Tat beistehen, wie er mir nach dem Massaker an meiner Familie zur Seite gestanden hat. Und ich will Gharnata wiedersehen.«

Uthman schweigt eine Weile. »Aron war so verzweifelt wie du«, offenbart er mir schließlich.

»Kann ich mir vorstellen.« Ich stelle das Glas auf den Tisch.

»Noch einen?«

»Wie steht es um deine ›medizinischen‹ Vorräte?«

Uthman erhebt sich wortlos, holt eine Karaffe mit türkischem Anisschnaps, den ihm der Koran wie der Hadith verbieten, und schenkt mir großzügig ein Glas ein. »Eis?«

»Mhm.«

Er holt eine Handvoll Schnee vom Berg Hermon aus einer Holztruhe und lässt sie in den Raki gleiten, was die wasserklare Aslan Sütü, die ›Löwenmilch‹, milchig-trüb verfärbt und herrlich kühlt. Spontan entscheidet er, dass auch er einen Schluck ›Medizin‹ zur Beruhigung vertragen könnte, und schenkt sich großzügig ein. Dann reicht er mir mein Glas und mustert mich besorgt, als ich den scharf gebrannten Anisschnaps mit einem großen Schluck hinunterkippe und wegen der Eiskristalle und des intensiven Geschmacks nach Lakritze das Gesicht verziehe.

»Tut mir leid, Yared. Ich habe noch eine Hiobsbotschaft.« Er zögert, als könne er mir das, was er zu sagen hat, nicht auch noch zumuten. Derweil schenke ich mir noch einen Raki ein.

Uthman trinkt einen Schluck. »Yared, da ist noch etwas, das du wissen solltest. Arslan war gerade bei mir …«

Alessandra

Kapitel 35

Im Kreuzgang des griechisch-orthodoxen Patriarchats
17. Dhu'l Hijja 848, 20. Nisan 5205
Karsamstag, 27. März 1445
Wenige Minuten nach elf Uhr

»Kyria Alessandra?«, spricht mich Joachims Sekretär an, während ich im Schatten der herrlich duftenden Orangen- und Zitronenbäume sitze, wo die Gluthitze der niederbrennenden Sonne erträglicher ist. Mit einem Glas kühler Limonade warte ich auf Joachims Rückkehr aus der Grabeskirche.

»Bruder Athenagoras.« Ich stelle das Glas auf die Brüstung des Säulenganges und erhebe mich.

Sein Lächeln wirkt angestrengt. »Seine Seligkeit ist nun bereit, Euch zu empfangen.«

»Evcharistó.«

Der junge Basilianermönch geleitet mich, während er beständig das Herzensgebet ›Herr Iesous Christos, Sohn Gottes, hab Erbarmen mit mir Sünder‹ vor sich hin fispelt, die Treppe empor ins obere Geschoss.

Im Vorzimmer sind auf einem Tisch die Osterspeisen angerichtet, die der Patriarch am Karsamstag segnen soll: die rot gefärbten Ostereier als Symbol der Auferstehung und des neuen Lebens und runde Osterbrote auf bestickten Tüchern, die ein Kreuz und die Initialen von ›Christos ist auferstanden‹ tragen.

Athenagoras öffnet die Tür zum Arbeitszimmer des Patriarchen. »Kyria Alessandra ist hier, Euer Seligkeit.«

Entsetzt ziehe ich die Luft ein, als ich den völlig verwüsteten Raum betrete. Der Patriarch, der noch immer das Brokatgewand der Karsamstagsliturgie trägt, steht am Fenster und blickt reglos hinunter in den Kreuzgang. Seine Patriarchenkrone liegt neben ihm auf dem Fenstersims. Als ich eintrete, dreht er sich zu mir um und kommt mir entgegen, um mir seine Hand zu reichen. »Ich bin erleichtert, dass Ihr hier seid, Kyria Alessandra.«

»Wann ist das geschehen?« Ich deute auf die verstreuten Pergamente auf dem Boden und auf die schweren Folianten, die von seinem Schreibtisch geworfen wurden. Selbst die goldschimmernden Ikonen des segnenden Pantokrators Iesous Christos, der Theotokos Maria und des Täufers Ioannis wurden auf der Suche nach einem Geheimversteck von der Wand gerissen und geschändet. Iesous Christos ist das Evangelion entrissen worden, das er im Arm gehalten hat – seine Ikone ist in zwei Teile zerbrochen.

Ich hebe die Ikonen auf und lege sie auf den Schreibtisch.

»Vor einer Stunde«, entgegnet der Patriarch mit bebender Stimme. »Als ich mit meinen Priestern und Diakonen in der Grabeskirche war. Das Patriarchat war nahezu verlassen.«

»Ist Mar Abdul Masihs Papyrusrolle gestohlen worden?«

Er starrt mich entgeistert an. »Ihr wisst, dass ich sie habe?«

»Der Abt der Markuskirche hat mir erzählt, dass Mar Abdul Masih Euch gestern Nacht noch aufgesucht hat. Er brachte Euch die Baruch-Apokalypse, nicht wahr?«

Joachim nickt. »Wir kennen uns seit Jahren. Wenn ich ihn zum Abendessen einlade, disputieren wir bei einem Becher Wein über Theologie und Philosophie.« Er besinnt sich. »Mar Abdul Masih war gestern Abend sehr beunruhigt … aufgewühlt … panisch.«

»Wegen des Papyrus?«

»Nein, wegen des Christusritters. Er fürchtete, dass dieser … wie hieß er noch?«

»Dom Tristão de Castro.«

»… dass dieser Dom Tristão auf Befehl des Infante von Portugal nach dem jüdischen Tempelschatz sucht, um seinen Kreuzzug gegen den Islam zu finanzieren. Der Papyrus soll das Versteck dieses Schatzes bezeichnen. Mar Abdul Masih hat Angst, dass der Ritter Christi ihn zum Schweigen bringen will, sobald er den Papyrus in Händen hält. Das Ansehen und der Ruhm des Christusordens stehen auf dem Spiel.«

»Das Kreuz der Unschuld trieft vor Blut. Mar Abdul Masih ist tot.«

»Gott der Allmächtige sei ihm gnädig!«, flüstert Joachim bleich und birgt das Gesicht in beiden Händen. Dann spricht er ein kurzes Gebet.

»Seine Zelle war ebenso verwüstet wie Euer Arbeitszimmer.«

Joachim nickt stumm.

»Euer Seligkeit, wo ist die Baruch-Apokalypse?«

Er atmet tief durch. »Kommt mit.«

Mit schnellen Schritten führt er mich die Treppe hinunter und den Kreuzgang entlang zu einer Tür und stößt sie auf. Er betritt den Raum und bleibt so unerwartet stehen, dass ich mit der Schulter beinahe gegen ihn pralle.

»Heilige Theotokos!«, stöhnt er verzweifelt und ringt die Hände.

Ich schiebe mich an ihm vorbei und halte entsetzt den Atem an. Die großartige Bibliothek ist nur noch ein riesiger Haufen durcheinandergeworfener, zerknickter und zerrissener Folianten und Schriftrollen.

»Um Gottes willen!« Seufzend hebe ich einen uralten Codex auf. Der Papyrus zwischen den hölzernen, mit Leder bespannten Buchdeckeln ist zerfetzt. Das lähmende Gefühl der Ohnmacht verwandelt sich in Hass und Zorn.

»Wenn Ihr meine Unterstützung beim Wiederaufbau Eurer Bibliothek benötigt, Euer Seligkeit, stehe ich Euch während meines Aufenthalts in Jerusalem gern zur Verfügung.«

Joachim kämpft mit den Tränen – so bestürzt ist er über die Vernichtung seines großartigen Bücherschatzes. »Das ist sehr freundlich von Euch«, murmelt er heiser.

»Einige der Bücher, die über tausend Jahre alt sind, müssen dringend restauriert werden. Sie zerfallen sonst zu Staub. Ich könnte sie mit nach Florenz nehmen und in meinem Scriptorium wiederherstellen lassen. Nachdem meine Schreiber sie kopiert haben, erhaltet Ihr sie in einigen Monaten zurück. Ich werde Euch keine Rechnung schicken.«

»Ihr seid sehr großzügig.« Er fährt sich durch den langen Bart. »Ich bin Euch zu Dank verpflichtet.«

Ich winke ab. »Nicht der Rede wert. Das Geheimarchiv des Vatikans war genauso verwüstet, als ich an jenem Morgen meinen Freund Leonardo neben einem blutigen Kreuz der Unschuld fand. Dom Tristão hat nicht gezögert, einen römischen und einen syrischen Mönch zu töten. Er wird auch vor dem Mord an einem Patriarchen nicht zurückschrecken«, warne ich ihn. »Bitte übergebt mir den Papyrus.«

Wortlos hebt er den Saum seines liturgischen Gewandes und steigt vorsichtig zwischen den am Boden liegenden Büchern hindurch zu einem Lesepult auf der anderen Seite der Bibliothek. Ächzend schiebt er das schwere Katheder zur Seite und kniet sich mit gerafftem Brokatmantel vor eine Bodenfliese.

»Ein Versteck aus der Kreuzfahrerzeit.« Mit der Spitze seines Dolchs stochert er zwischen den Fliesen, bis ein geheimer Mechanismus mit einem metallischen Klicken die Verriegelung freigibt. Er hebt die schwere Bodenplatte an und klappt sie zurück. Sie ist an einem eisernen Scharnier befestigt, das leise quietscht. »Die Mönche haben den Gang angelegt, um die kostbarsten Bücher vor der Vernichtung zu bewahren, als Sultan Salah ad-Din Jerusalem belagerte. Er schoss Feuer in die Stadt.« Ächzend lehnt er sich über den offenen Schacht. Eine schmale und sehr steile Treppe führt hinunter in ein Gewölbe, das sich in der Finternis verliert. Joachim tastet nach einer ledernen Rolle, die auf einer der Stufen liegt, zieht sie hervor und überreicht sie mir.

Ich biete ihm meinen Arm, um ihm aufzuhelfen. Dann schnüre ich die schwere Lederhülle auf und entrolle den steifen Papyrus, der, nach der Größe der Schriftrolle zu schätzen, auf dem Boden ausgebreitet wohl über acht oder neun Schritte lang ist. Neben der Papyrusrolle enthält die Lederhülle einen dicken Stapel von etwa fünfzig eng beschriebenen Pergamentseiten. Mar Abdul Masihs lateinische Übersetzung!

Atemlos überfliege ich die ersten Zeilen in einer hastig hingekritzelten Handschrift:

›Und es geschah im fünfundzwanzigsten Jahr der Herrschaft des …‹ An dieser Stelle hat Mar Abdul Masih angemerkt, dass der Name des Königs unlesbar sei. ›… des Königs von Juda, dass der Herr zu Baruch sprach, dem Sohn Nerijas: Hast du gesehen, was dieses Volk mir antut? Dass die Sünden der beiden in Juda zurückgebliebenen Stämme größer sind als die der zehn Stämme, die in die Gefangenschaft der Babylonier verschleppt worden sind?‹

Baruch ben Nerija – der Sekretär des Propheten Jeremia!

Fasziniert streiche ich mit den Fingern über die mit Bimsstein glatt geschmirgelten Seiten des Pergaments, das augenscheinlich schon unzählige Male benutzt worden ist – die Schatten abgeriebener Texte sind noch sichtbar. Ich freue mich darauf, die Apokalypse mit Yared …

Zu Tode erschrocken zucke ich zusammen, als plötzlich mit lautem Geklirr eines der Fenster der Bibliothek zerbricht. Ein faustgroßer Stein poltert über den Fliesenboden und bleibt vor einem Bücherregal liegen.

»Gott im Himmel!«, stöhnt Joachim und eilt zum zerborstenen Fenster.

Gerade noch rechtzeitig kann er zur Seite springen und einem zweiten Stein ausweichen, der hinter ihm in den Haufen der durcheinandergeworfenen Folianten kracht und etliche jahrtausendealte Papyrusseiten zerstört.

Ich trete neben den Patriarchen. In der Gasse traben mehrere berittene Mamelucken mit gezücktem Schwert auf eine Gruppe von Muslimen zu, die geharnischte Brust im Sattel vorgeneigt, jederzeit bereit, im Galopp loszupreschen. Die Steinewerfer, die das Straßenpflaster vor dem Patriarchat aufbrechen, um die Pflastersteine als Wurfgeschosse zu benutzen, springen fluchend auf und flüchten in Richtung der Via Dolorosa.

Mir gefriert das Blut in den Adern.

»O Gott – die Kinder!«, flüstere ich entsetzt.

Mit vor Aufregung zitternden Händen rolle ich die Baruch-Apokalypse und Mar Abdul Masihs lateinische Übersetzung in die Lederhülle und verschnüre sie hastig, während ich durch die Bibliothek hetze, den Gang entlang, die Treppe hinab, durch den Kreuzgang zum Portal, wo die Jungen auf mich warten.

Karim und seine Freunde, die mit einem jungen Kätzchen gespielt haben, springen auf, als sie mich sehen, und rennen zu mir herüber. Sie zerren aufgeregt an mir herum und schreien durcheinander, sodass ich zunächst nicht verstehen kann, was sie mir sagen wollen.

»Der Tempelritter?«, frage ich nach. »Was ist geschehen? Nicht alle auf einmal! Karim?«

»Elija ist verschwunden.«

Mein Herz krampft sich schmerzhaft zusammen. »Seit wann?«

»Schon eine ganze Weile.«

»Habt ihr ihn gesucht?«, frage ich von panischer Furcht ergriffen und blicke die Straße hinunter.

Da ist der Dominikaner mit seinem wollenen Habit, der viel zu warm ist für Jerusalem. Die Machart des Habits erinnert mich unwillkürlich an die weiten Gewänder, die römische Inquisitoren im eisigen Winter tragen. Wer ist dieser Mönch?

Karim nickt beflissen. »Wir sind zur Grabeskirche zurückgelaufen. Aber da war er nicht. Dann haben wir ihn bei der Al-Omariya-Moschee gesucht. Und beim Hospital der Johanniter im Muristan.«

»Und in der Via Dolorosa«, ergänzt Ioannis.

»Und im Souk Khan ez-Zeit am Damaskustor!«, ruft Khalid gleichzeitig.

»Aber wir haben ihn nicht gefunden«, erklärt Karim niedergeschlagen. »Ich glaube, dass der Tempelritter Elija entführt hat, weil er weiß, wie lieb du ihn hast.«

Yared

Kapitel 36

In Uthmans Gemächern in der Zitadelle
17. Dhu'l Hijja 848, 20. Nisan 5205
Karsamstag, 27. März 1445
Elf Uhr dreißig

»Yared, da ist noch etwas, das du wissen solltest«, beginnt Uthman zögerlich. »Arslan war gerade bei mir …«

Ich stürze den Raki hinunter. »Und? Was wollte er?«

»Dein illustrer Amtsvorgänger als Emir von Dimashq hat die Residenz in Jericho, die du ihm vor zwei Nächten so großzügig zur Verfügung gestellt hast, ohne deine Erlaubnis verlassen. Tughan al-Uthmani ist geflohen. Arslan befürchtet, er könnte nach Al-Quds zurückkehren, um sich für seinen Sturz und das missglückte Attentat an dir zu rächen. Er hat nicht nur Mamelucken in der Stadt, sondern auch einflussreiche Freunde. Wie den Imam der Al-Aqsa, Yusuf Abu Talib.«

Ich stöhne. »Nicht ausgerechnet diesen Judenhasser!«

»Sag mal, Yared, der Imam war doch vorhin bei dir«, hebt Uthman zu einer Frage an. »Was wollte …?«

Ungestüm wird die Tür aufgerissen. Es ist Benyamin. »Bitte entschuldigt die Störung. Aber …«

Alessandra schiebt sich an ihm vorbei. »Prinz Uthman, bitte verzeih mein unangemeldetes Eindringen in deine Gemächer!« Sie keucht, als wäre sie die Treppe heraufgerannt, und wirkt sehr beunruhigt. »Ich muss dringend mit dem Emir sprechen!«

»Du bist ja ganz außer Atem«, sorge ich mich. »Was ist geschehen?«

»Die Christusritter haben Elija entführt.«

Mit welcher Entschlossenheit sie die Ritter Christi nun doch verrät und dem Todesurteil überantwortet!

In kurzen Worten berichtet sie von ihrem Besuch mit den Jungen in der Grabeskirche, wo es am Grab Jesu Christi Gewalttätigkeiten zwischen Christen und Muslimen gegeben hat, und bei Patriarch Joachim. Die Baruch-Apokalypse, die sie von dem syrischen Mönch zurückerhalten wollte, erwähnt sie mit keinem Wort.

Uthman ist fassungslos. »Kreuzritter in Al-Quds? Woher weißt du das?«

»Tayeb hat vorletzte Nacht einen der Ritter getötet. Dabei ist er schwer verwundet worden – Yared und Arslan haben ihn in die Zitadelle gebracht. Gestern Nacht habe ich das Versteck der Christusritter gesucht.«

»Wie viele sind es?«, fragt Uthman, der mich gestern bereits nach Tayeb gefragt hat. Wird er ihr glauben?

Allmächtiger Gott! Ich habe ganz vergessen, dass er Alessandra für heute Nachmittag zum Tee eingeladen hat, damit sie ihm von dem vergessenen Evangelium erzählt.

»Es sind nur zwei portugiesische Mönchsritter. Keine Sergeanten, keine Diener, keine Pferde. Sie haben Schwerter und Dolche, aber keine Armbrüste. Sie verstecken sich in einem verfallenen Kloster zwischen dem Berg Zion und dem Hinnom-Tal«, fasst sie atemlos zusammen. Dann blickt sie mich an. »Yared, bitte! Wir müssen Elija retten!«

Ich zögere nicht – ich ahne, wie viel ihr an dem Jungen liegt. »Benyamin!«

»Ja?«

»Arslan soll zwanzig Männer zusammentrommeln und im Hof auf mich warten.«

»Ich sag's ihm.« Er wendet sich ab.

»Warte! Lass mein Pferd satteln!«

»Aber …«, will er protestieren, doch ich habe mich bereits zu Uthman umgewandt. »Hilfst du mir mit der Rüstung und dem Schwertgurt?«

»Yared, ich will mitkommen und die …«

»Nein, Uthman, vergiss es! Du bleibst hier und verteidigst die Zitadelle gegen Tughans Mamelucken. Insh'Allah – so Gott will, sind Alessandra und ich in zwei Stunden zurück.«

Alessandra

Kapitel 37

In der Nähe des Berges Zion
17. Dhu'l Hijja 848, 20. Nisan 5205
Karsamstag, 27. März 1445
Kurz vor zwölf Uhr mittags

Das erste *»Allahu akbar«* des Muezzins, der die Gläubigen zum Mittagsgebet ruft, weht mit dem heißen Khamsin von der Stadt herüber.

Leise rascheln vierzehn Mamelucken in Helm und Harnisch durch die hohen Disteln auf das Portal des verfallenen Klosters zu. Sechs Männer nähern sich dem Gemäuer von der anderen Seite, wo die Küche ein Tor zum Kräutergarten haben muss.

Angespannt kauere ich neben Yared und Arslan am Durchgang durch das undurchdringliche Gestrüpp aus Christusdorn und beobachte die Erstürmung des Klosters.

Unbarmherzig brennt die Mittagssonne herab und heizt den trockenen Boden am Hang des Berges Zion auf. Der Schweiß rinnt mir über das Gesicht. Mit dem Handrücken wische ich ihn fort und werfe Yared einen raschen Blick zu. Unter seiner schweren Rüstung und dem mit einem weißen Turban umwickelten Helm schwitzt er noch mehr als ich.

»Ashadu an la ilaha illa-llaaaaaaah …«

Arslan berührt Yared an der Schulter und deutet wortlos nach vorn. Die Bewaffneten haben sich zu beiden Seiten des Portals verteilt und winken uns heran. Yared nickt – die beiden verstehen sich auch ohne Worte.

Er wendet sich zu mir um. »Du wartest hier.«

»Nein, ich komme mit«, widerspreche ich entschlossen und springe auf. In geduckter Haltung haste ich die zwanzig, fünfundzwanzig Schritte durch das knisternde Gras zum Portal und presse mich gegen die glühend heiße Klostermauer.

Yared, der hinter mir hergelaufen ist, packt mich an der Schulter und zerrt mich energisch zwei, drei Schritte zurück, während Arslan sich an mir vorbeidrängt. Nach einem besorgten Blick auf mich folgt Yared ihm zum Tor.

Die Schwalben, die in dem alten Gemäuer nisten, zwitschern aufgeregt. Die Zikaden zirpen. Sonst ist alles ruhig. Die Christusritter haben uns noch nicht entdeckt – so scheint es.

»Ashadu an na Muhammadan rasulu-llaaaaaaah …«

Den Gebetsruf übertönt die Glocke des nahen Franziskanerklosters, die die Fratres an das Stundengebet der Sext gemahnt.

Meine schweißfeuchte Hand krampft sich um den Griff meines Dolches.

Ob die Ritter Christi in der kleinen Kapelle ebenfalls ihr Chorgebet halten? Trotz meines Zorns über den Mord an Mar Abdul Masih, trotz meiner Angst um den kleinen Elija widerstrebt es mir, einen betenden Mönch zu töten.

Arslan gibt seinen Mamelucken das Zeichen zum Vorrücken. Lautlos ziehen sie ihre Schwerter und machen sich bereit, das Kloster zu stürmen. Das Leder ihrer Rüstungen knarzt leise. Einer der Kriegssklaven, ein junger Mann mit hellblondem Haar und blauen Augen, wispert leise ein arabisches Gebet. Dann zieht er einen georgischen Kreuzanhänger, den er an einem Lederband um den Hals trägt, unter seiner Rüstung hervor und küsst ihn. Dieser orthodoxe Georgier hat sich offenbar erst vor Kurzem Allah unterworfen. Als er bemerkt, dass Arslan ihn stirnrunzelnd beobachtet, stopft er das silberne Kreuz zurück unter seinen Harnisch.

Arslan streckt vier Finger der rechten Hand hoch, und vier Bewaffnete verschwinden durch das Portal. Sie werden nur wenige Schritte in den Konvent eindringen müssen, bis sie den verwilderten Kreuzgang überblicken können.

Ich lausche auf die leisen Schritte, das Knirschen eines Kiesels unter einem Lederstiefel, das Rascheln einer vertrockneten Distel. In der Ferne flappern leise die Dattelpalmen im Garten von Solomons byzantinischer Klosterresidenz Hagia Sion.

Kein lateinischer Gesang. Kein Chorgebet. Keine panischen Rufe. Kein Kampflärm. Und kein Schluchzen eines verängstigten Kindes.

Nur tiefe Stille.

Ich bewege die Finger am Griff meines Dolchs und ziehe die verkrampften Schultern hoch.

Yared wendet sich zu mir um und legt mir beruhigend eine Hand auf den Arm. Dann blickt er wieder nach vorn. Erneut hebt Arslan die Hand und schickt die restlichen Männer ins Kloster. Nacheinander springen sie auf und huschen mit gezückter Klinge in den schattigen Torgang.

Yared springt auf und verschwindet mit dem Schwert in der Hand durch das Portal.

»Bism'Allah!«, flüstert Arslan und folgt ihm.

Ich husche ihnen nach bis zum Kreuzgang, bleibe neben Yared stehen und deute auf die Tür zum Refektorium.

Er nickt, hebt vier Finger, sucht mit einem Blick vier Bewaffnete aus und deutet auf die Treppe in den ersten Stock, wo sich die Zellen der Mönche befinden. Ohne ein Geräusch zu machen, hasten die vier Mamelucken die Treppe hinauf. Mit einem Wink wählt Yared vier weitere aus. Sie sollen die Klosterküche und die Pferdeställe sichern. Auf ein Nicken von ihm schwärmen seine Kriegersklaven aus und besetzen lautlos und schnell das Kloster.

Nein, dies ist gewiss nicht das erste Mal, dass diese Männer ein Kloster stürmen.

Vorhin hat Arslan mir anvertraut, Yared habe ihm vor einigen Monaten befohlen, ein Kloster südlich von Kairo einzunehmen, um zwölf koptische Mönche vor fanatischen Muslimen zu retten. Ein Imam hatte sie im Namen Allahs in seiner Freitagspredigt aufgehetzt, den Konvent niederzubrennen und die Mönche zu erschlagen.

Als ich an ihm vorbei zur Kapelle gehen will, packt Yared mich am Arm und schüttelt energisch den Kopf. Ich soll gefälligst im Kreuzgang bleiben.

Ich nicke wortlos, hocke mich auf die Brüstung zwischen den Säulen, hole Kerze und Feuerzeug hervor und schlage einen Funken in den Zunder, mit dem ich den Docht entzünde. Dann springe ich auf und gehe mit der brennenden Kerze an Yared vorbei zur finsteren Kapelle. Dieses Mal hält er mich nicht auf, sondern folgt mir mit der Klinge in der Hand. Den Blick seiner dunklen Augen, die im Schein der Kerze aufblitzen, kann ich nicht deuten. Ist er zornig, weil ich seinen Befehl missachte?

Mit der Kerze in der Hand bewege ich mich lautlos vorwärts. Nur das leise Knirschen meiner Schritte ist zu hören. Yared hält sich einen Schritt hinter mir, um mich vor einem Angriff der Christusritter zu beschützen.

Ein leises Schnarren dringt aus der Kapelle, ein kratzendes Geräusch.

»Da ist etwas!«, wispere ich, und Yared nickt.

Mit angehaltenem Atem betrete ich die Kapelle. Unvermittelt bleibe ich stehen. Eine Ratte flitzt fiepend über den Boden und verschwindet in den tiefen Schatten hinter dem Altar.

Totenstille.

Der Katafalk ist leer.

»Rodrigos Leichnam ist verschwunden!« Meine Stimme zittert vor Anspannung.

Yared nimmt meine Hand und zieht mich aus der Kapelle und durch den Kreuzgang ins Refektorium.

Es ist verlassen. Die Schlafdecken, Taschen und Truhen der Christusritter sind verschwunden.

Elija war nie hier.

Ich knie mich vor das geronnene Wachs, das von meiner hastig gelöschten Kerze auf den Fliesenboden tropfte, als Tristão und sein Schwertbruder Lançarote mich überraschten. Dann blicke ich auf zu Yared, der neben mir stehen geblieben ist. »Sie wussten, dass ich sie gefunden habe. Letzte Nacht haben sie das Kloster verlassen, um sich ein neues Versteck zu suchen. Gott sei ihnen gnädig, wenn sie Elija ein Leid zufügen!« Ich erhebe mich und frage mich verzweifelt: »Wohin haben sie ihn bloß gebracht?«

Yared nimmt meine Hand, zieht mich an sich und umarmt mich. Zärtlich reibt er seine Nase an meiner Wange und atmet tief meinen Duft ein.

Wie ich es genieße, mich einen Herzschlag lang an seine Schulter lehnen zu können. Mich in seinen Armen geborgen zu fühlen. Beschützt. Getröstet. Und geliebt.

»Wir werden Elija finden«, flüstert er und besiegelt dieses Versprechen mit einem Kuss, der aus dem Schwelbrand unserer Gefühle einen Feuersturm entfacht.

Yared

Kapitel 38

In Yareds Arbeitszimmer in der Zitadelle
17. Dhu'l Hijja 848, 20. Nisan 5205
Karsamstag, 27. März 1445
Fünf Uhr dreißig nachmittags

Wo bleibt sie denn bloß?, frage ich mich beunruhigt, während ich den langen Papyrus an den Anfang zurückrolle. Über dreieinhalb Stunden ist sie schon bei Uthman und erzählt ihm von ihren Abenteuern in Al-Iskanderiya. Und wenn Uthman sie nun fragt, wonach sie in Jeruschalajim forscht? Und wenn er sie verdächtigt, auf der Suche nach der Tempelbibliothek die Marmorfliese im Felsendom aufgebrochen zu haben?

Schritte nähern sich.

Alessandra?

Ich freue mich darauf, sie …

Die Tür öffnet sich, und Benyamin betritt mein Arbeitszimmer. Er stellt ein Tablett mit einer Silberkanne mit duftendem Qahwa und drei Gläser neben die Schriftrolle auf meinen Schreibtisch. Dann lässt er sich auf den Sitz mir gegenüber fallen und reißt sich die verhasste Steinkugel vom Hals. »Wenn du mich heute Abend nicht brauchst, würde ich gern in einer Stunde zum Havdala in die Synagoge gehen.«

»Geh nur.«

Sein Blick fällt auf den Papyrus. »Was ist das?«

»Die Baruch-Apokalypse, die vor einigen Wochen aus dem Vatikan gestohlen wurde. Der Patriarch hat ihr die Schriftrolle heute Morgen zurückgegeben.«

»Darf ich sie lesen?«

»Sicher.«

Benyamin zieht die Papyrusrolle zu sich heran und entrollt den ersten Abschnitt. »Baruch ben Nerija«, murmelt er fasziniert, während er sich in die alte Handschrift vertieft und Abschnitt um Abschnitt weiterrollt. Gebannt liest er das, was der Sekretär und Freund des Propheten Jeremia aufgeschrieben hat. Plötzlich hält er inne, liest den einen Absatz zum zweiten, dann zum dritten Mal und rollt dann weiter, um einen Blick auf die nächsten Abschnitte zu werfen. Er blickt auf. »Allmächtiger Gott!«, flüstert er. »Die Bundeslade.«

»Das Symbol für die Heil bringende Gegenwart Gottes bei seinem auserwählten Volk.«

»Und für die Hoffnung auf einen Sieg im Kampf um das Gelobte Land«, ergänzt Benyamin mit trockener Stimme. »Die Macht der Bundeslade hat die Mauern von Jericho zum Einsturz gebracht, sodass Yoshua die Stadt erobern konnte.« Er beugt sich vor und zieht meine Skizze der Cherubim, die den Gottesschrein bewachen, unter dem Papyrus hervor. »Du warst mit ihr im Labyrinth.«

»Ja«, gestehe ich, während ich uns Qahwa mit karamelisiertem Zucker und einer Prise Zimt einschenke.

»Danke«, murmelt er gedankenversunken, als ich ihm sein Glas reiche. »Hältst du die Handschrift für echt?«

»Ich bin mir nicht sicher«, gestehe ich. »Ich glaube, der Papyrus ist nicht das, was er vorgibt zu sein.«

Benyamin hebt die Augenbrauen.

»Der Prophet Baruch ben Nerija war der Schreiber des Propheten Jeremia, sein Schüler und Freund. Er hat das Buch Baruch verfasst, das in die römisch-katholische und die griechisch-orthodoxe Bibel aufgenommen wurde, nicht jedoch in die jüdische. Dieser mystische Text, die Baruch-Apokalypse …«, ich deute auf die Schriftrolle, »… ist weder Teil der griechischen Septuaginta noch der lateinischen Vulgata. Er gehört jedoch zur Peshitta, der Bibel der syrischen Christen.«

»Sieh mal an. Und woher weißt du das?«

Ich zeige ihm das Bündel gerollter Pergamentseiten mit Mar Abdul Masihs Übersetzung und seinen Kommentaren zur mysteriösen Satzstellung und den beiden Abschreibefehlern. Alessandra hat mich gebeten, die lateinische Übertragung mit der aramäischen Handschrift zu vergleichen, während sie mit Uthman Tee trinkt.

»Baruch kündigt die Zerstörung von Jeruschalajim an. Auf den ersten Blick liest sich der Text wie eine Beschreibung der Eroberung Jeruschalajims durch die Babylonier, die hier Chaldäer genannt werden.«

»Auf den ersten Blick?«

»In seinem Kommentar hat Mar Abdul Masih auf einen Fehler des Kopisten hingewiesen, der im Text zwei Mal vorkommt. In der Peshitta heißt es: das Heer der Chaldäer. In diesem Papyrus heißt es: das Heer *des* Chaldäers belagere die Stadt.«

»König Nebukadnezar von Babylon?«

»Der Papyrus könnte auch ein dem Propheten Baruch zugeschriebener Bericht aus den Jahren nach der Zerstörung des Tempels im Jahr 70 sein.«

»Rom als Babylon. Titus ante portas.«

»So ähnlich.«

»Titus hat die Menora, nicht aber die Bundeslade nach Rom gebracht.«

»Genau.«

»Und Flavius Josephus, der Titus nach Rom begleitet hat, erwähnt die verborgenen Gänge unter dem Tempelberg.«

»So ist es.«

»Du glaubst also, was Baruch geschrieben hat?«

Ich nicke langsam. »Sie ist noch in Jeruschalajim.«

»Was hast du vor, Yared? Doch nicht …« Als ich bedächtig nicke, ruft er verzweifelt: »Ins Labyrinth zurückzukehren ist reiner Irrsinn!«

»Die Bundeslade wäre ein wunderbares Symbol der Hoffnung, dass Gott sein Volk nicht vergessen hat. Dass er sich an das Wort hält, das er Moses gegeben hat. ›Siehe, ich sende einen Engel vor dir her, damit er dich auf dem Weg bewahrt und dich an den Ort bringt, den ich für die Israeliten bereitet habe. Wenn du alles tust, was ich sage, werde ich Feind deiner Feinde sein. Denn mein Engel wird vor dir hergehen und dich ins Gelobte Land führen.‹«

»*¡Por Dios!* Ich fasse es nicht! Du riskierst dein Leben, Yared! Das wird der Sultan dir nie verzeihen.«

»Und du, Benyamin? Wirst du mir vergeben, dass ich dein Leben in Gefahr bringe?« Ich atme tief durch. »Benyamin«, beschwöre ich ihn eindringlich, »ich will, dass du mich verlässt, bevor ich ins Labyrinth des Tempelbergs hinabsteige. Sobald du heute Abend aus der Synagoge zurückgekehrt bist, wirst du deine Truhen packen und morgen früh zu deiner Familie nach Al-Kahira zu…«

»Vergiss es! Ich ertrage die ägyptische Knechtschaft nicht mehr, die Gewalt, die Demütigungen, die Angst. Du weißt doch, was meiner kleinen Yael widerfahren ist! Sie haben sie vergewaltigt! Ein dreizehnjähriges Kind! Gracias a Dios hast du ihr das Leben gerettet. Aber was tun sie mit ihr, wenn sie eine junge Frau von sechzehn, siebzehn, achtzehn ist? Ich habe Angst um meine Töchter, um meine Söhne, die bald Bar Mizwa feiern, und um meine Frau. So kann ich nicht weiterleben. Ich bin bereit, für die lang ersehnte Freiheit zu kämpfen! Führe uns aus Ägypten, Yared, zurück in das Land, das einst unsere Heimat war. Ich glaube fest daran, dass es das Reich geben wird, nach dem du dich sehnst. Den souveränen Staat Israel, der von einem jüdischen König regiert wird.

Nein, Yared, lass mich … Sei still, und lass mich ausreden! Ja, ich weiß, die Welt um uns herum ist ein Schlachtfeld, auf dem wir ums Überleben kämpfen. Aber der Kampf um die Freiheit ist es wert, den Tod auf sich zu nehmen. Ich kann mich glücklich schätzen, die Schlacht selbst wählen zu dürfen. Und den Mann, der mich führt. Wenn ich sterben sollte, dann … *Yared, sieh mich bitte an!* … dann tu mir den Gefallen und begrab mich hier in Jeruschalajim. Am Ziel meiner Hoffnungen und Träume. Denn von hier gehe ich nicht mehr fort.«

»Benyamin, um unserer Freundschaft willen bitte ich dich, verschwinde von hier! Ich habe keine Kinder, um die ich mich sorgen muss! Du schon.«

»Nein, Yared, um ebendieser Freundschaft willen bleibe ich bei …«

Benyamin verstummt erschrocken, als die Tür sich öffnet und Uthman unangekündigt mein Arbeitzimmer betritt.

»Yared, ich wollte …« Uthman sieht erst mich, dann Benyamin an. »Na, welche Verschwörung heckt ihr beide aus?«, stichelt er mit einem unergründlichen Lächeln.

Benyamin, der blass geworden ist, meidet den Blick zum Papyrus auf meinem Schreibtisch.

»Hat Jadiya eine Nachricht geschickt, wie es dem Sultan geht?«, frage ich.

Uthman schüttelt den Kopf. »In den letzten Stunden ist keine Taube aus Al-Kahira gekommen.«

Er winkt Alessandra herein, die draußen gewartet hat, und verabschiedet sich mit einem Nicken. Benyamin, der sich widerwillig seine Steinkugel umgehängt hat, folgt ihm und schließt leise die Tür hinter sich.

Sobald wir allein sind, nehme ich sie in meine Arme und küsse sie zärtlich. »Ich habe mir solche Sorgen um dich gemacht.«

»Zu Recht.« Sie lächelt, streicht mir über das Haar und erwidert meinen Kuss. »Wenn Uthman seinem Vater nicht auf den Thron von Ägypten nachfolgt, kann er sich mit meinen besten Empfehlungen in Rom als Inquisitor bewerben.«

»Was hast du ihm erzählt?«

»Dass wir uns auf dem Platz vor der Klagemauer kennengelernt haben, als du mit Arslan zum Haram ash-Sharif gegangen bist, um in der Al-Aqsa zu beten. Dass du Tayeb das Leben gerettet hast, als er von einem der Christusritter verwundet wurde. So wie wir es vorhin im verlassenen Kloster mit Arslan vereinbart haben.«

»Glaubst du, er ahnt etwas?«

»Warum sollte er?«

»Ich will dir wirklich keine Angst machen … aber das zerbrochene Templerschwert ist seit gestern verschwunden. Benyamin hat es in deinem Schlafzimmer gesucht, als du in der Grabeskirche warst, aber nicht gefun…«

»Sei unbesorgt, Yared«, beruhigt sie mich. »Es ist noch da, wo ich es versteckt habe.«

»Aber wo?«, frage ich verwirrt.

»In Tayebs Schlafgemach.«

»Benyamin und Arslan haben es dort gesucht.«

»Und Saphira hat es nicht gefunden, als sie gestern Abend Tayebs Bettwäsche wechseln ließ. Und auch du hast es nicht entdeckt, während du seine Wunden versorgt hast.«

»Wo ist es?«

»Tayeb liegt darauf.« Sie lächelt verschmitzt, als ich erleichtert aufseufze. »Vorhin hat er mir sein Leid geklagt. Er langweilt sich sehr und will das Bett so schnell wie möglich verlassen. Tayeb will sich den Papyrus ansehen.« Sie deutet auf die Schriftrolle, die ausgerollt auf meinem Schreibtisch liegt. »Hast du ihn gelesen?«

»Es ist die Baruch-Apokalypse aus der Peshitta – was Mar Abdul Masih in seinem Kommentar bestätigt.«

Sie setzt sich neben mich auf den Diwan und liest die Anmerkungen, in denen der Mönch den Inhalt der Baruch-Apokalypse zusammenfasst.

»Wieso schreibt Baruch nicht ›das Heer *der* Chaldäer‹, wenn er die Truppen beschreibt, die Jerusalem belagern, sondern ›das Heer *des* Chaldäers‹?«, rätselt sie. »Weil nur der Heerführer aus Babylon stammt, nicht aber seine Soldaten, die aus allen Teilen seines Reiches kommen? Wie merkwürdig ...« Als sie die Pergamente zurück auf den Tisch legt, berührt ihre Hand mein Knie – nicht ganz unabsichtlich, wie ich vermute. »Mar Abdul Masih hat keine Vermutung geäußert, wann der Papyrus verfasst wurde?«

»Nein.«

Sorgfältig untersucht sie die Farbe, die Dicke und die Faserstruktur des Papyrus sowie die verblasste Tinte der aramäischen Schrift. Fast unmerklich schüttelt sie den Kopf, verreibt den Papyrus zwischen ihren Fingern und schnuppert daran. Kein Wunder, dass Papst Eugenius sie als Gelehrte schätzt – sie arbeitet geduldig, beharrlich und methodisch. Und sie verfügt über ein enormes Wissen. Das Evangelium von Al-Iskanderiya war offensichtlich nicht die erste antike Handschrift, die sie in Händen gehalten hat. Ihr Stirnrunzeln verrät mir, dass sie angestrengt über etwas nachsinnt. Ich warte ab, wie ihr Urteil über die Baruch-Apokalypse lauten wird.

»Qahwa?«

Sie blickt kurz auf. »Sehr gern.«

Ich schenke ihr ein und verschütte beinahe den heißen Qahwa, als sie mit ihrem Dolch einen schmalen Streifen vom unteren Rand der Schriftrolle abtrennt. Zu meinem Erstaunen hält sie den Papyrusfetzen in die Flamme der Kerze, beugt sich über den verglühenden Schnipsel und schnuppert an dem wohlriechenden

Rauch, der als feiner Faden zur Decke kringelt. Dann nimmt sie mir das Glas aus der Hand und trinkt. »Yared, dieser Papyrus ist nicht …«

Nach kurzem Klopfen steckt Benyamin den Kopf zur Tür herein. »Tayeb fragt, ob er sich den Papyrus ansehen darf.«

Als ich nicke, betritt Tayeb unsicher mein Arbeitszimmer und verneigt sich vor mir. »Emir.«

»Tayeb!« Ich erhebe mich und gehe ihm entgegen, um ihn zum Diwan zu führen. »Du solltest dich noch ausruhen.«

»Es geht mir gut«, lächelt er verkniffen und senkt scheu den Blick – am liebsten hätte er sich wohl seinen Tagelmust vor Mund und Nase gezogen, um sein Gefühl der Ohnmacht zu verbergen. Und seine tiefe Verunsicherung mir gegenüber – er hat Benyamin gefragt, was vor zwölf Jahren während der Eroberung von Timbuktu durch die Tuareg geschehen war. Tayeb war in der Stadt gewesen, um sich an der Sankoré-Universität als Gelehrter zu bewerben, als die Tuareg Timbuktu besetzten. Er weiß, dass ich die Kriegsbeute des Amenokal, des Königs der Tuareg, gewesen bin und was Akilu-ag-Malwal mir angetan hat, als er mir meine Würde als Mensch nahm und meinen Glauben an die Gerechtigkeit Gottes aus mir herausprügelte. Und er weiß auch, wie mir nach fünf Jahren Sklaverei die Flucht von Timbuktu nach Agadez und allein durch die flirrende Hitze und die endlosen Weiten des Ténéré nach Ghat und über die Route der Sklavenkarawanen nach Tarabulus gelungen ist.

Als ich Tayeb in die Augen sehe, wendet er den Blick ab und schaut zu Boden – eine Geste der Unterwerfung. Er hat immer noch Fieber, ist blass und zittrig und so schwach, dass er sich kaum auf den Beinen halten kann. Ich stütze ihn, und er lehnt sich gegen mich. »Ich bin nur ein wenig benommen vom Opium«, nuschelt er.

Ich deute auf den Diwan. »Setz dich zu uns, Tayeb.«

Alessandra schüttelt mehrere Kissen auf, die sie ihm, nachdem er sich gesetzt hat, hinter den Rücken stopft. Dann schiebt sie ihm ein dickes Polster unter den verletzten Arm. Er murmelt einige Worte in der Sprache der Tuareg, sie lächelt und haucht ihm einen Kuss auf die Wange und antwortet so leise, dass ich sie kaum verstehen kann.

Dann setzt sie sich wieder neben mich. »Was ich eben sagen wollte … Der Papyrus ist nicht antik.«

Tayeb, der eben noch gebannt die ausgerollte Schriftrolle betrachtet hat, starrt sie entgeistert an.

»Das habe ich mir schon gedacht«, gestehe ich. »Ich bezweifle, dass die Handschrift vom Propheten Baruch verfasst wurde. Die Apokalypse beschreibt nicht die Eroberung Jeruschalajims durch die Babylonier, sondern die durch die Römer.«

»So. Und woher weißt du das?«, fragt Alessandra.

»Einige der Verse der Apokalypse erinnern mich an ähnliche Passagen in der rabbinischen Literatur. Warte, ich zeige sie dir.« Ich rolle den Papyrus einige Abschnitte weiter und deute auf den aramäischen Text. »Nachdem das Volk nach Babylon verschleppt wurde, sitzt Baruch vor den Toren des Tempels und beklagt dessen Zerstörung. Hier steht es, siehst du? ›Ihr Priester, nehmt die Schlüssel des Heiligtums, und werft sie hinauf in die Himmel, und gebt sie dem Herrn und sagt: Wache selbst über dein Haus, denn wir haben es treulos verwaltet.‹ Was hier eine poetische Ausschmückung zu sein scheint, ist in der rabbinischen Literatur jedoch eine historische Begebenheit. Ein Augenzeuge der Zerstörung des Tempels durch Titus bezeugt, dass Tempelpriester die Schlüssel des Tempels gen Himmel schleuderten und riefen: ›Hier sind deine Schlüssel! Wir sind unzuverlässige Wächter deines Tempels.‹«

»Dann stammt der Text also aus dem ersten Jahrhundert?«, fragt Tayeb.

Ich sehe ihn an und nicke.

»Aber hat Flavius Josephus nicht geschrieben, dass das Allerheiligste des herodianischen Tempels leer war?«, fragt Alessandra. »Ein Stein soll an der Stelle auf dem Felsen Morija gelegen haben, wo im salomonischen Tempel einst die Bundeslade stand.«

»Du bist enttäuscht.«

»Ich hatte gehofft, dem Mord an Leonardo irgendeinen Sinn abringen zu können. Der aramäische Papyrus wäre ein spektakulärer Fund. Ich hatte gehofft, jener Furcht erregende Engel der Baruch-Apokalypse könne mich zum verschollenen Tempelschatz führen. Und zur Bundeslade, die irgendwann in den Jahrhunderten zwischen König Salomos Regentschaft und der Eroberung Jerusalems durch König Nebukadnezar spurlos verschwand. Die Bibel berichtet nicht, dass die Lade nach Babylon gebracht oder zerstört wurde.« Sie birgt das Gesicht in beiden Händen und schüttelt den Kopf. »Nein, Yared, obwohl der Prophet Jeremia verkündet, dass der Gottesschrein für immer verloren ist, bin ich davon überzeugt, dass er hier in Jerusalem ist.«

»In den verborgenen Kammern unter den Ruinen des salomonischen Tempels.«

»Genau.«

»Du willst also ins Labyrinth zurückkehren, um die Bundeslade zu suchen?«

Sie wirft Tayeb, der sie gespannt beobachtet, einen kurzen Blick zu und nickt. »Und um herauszufinden, weshalb Mar Abdul Masih letzte Nacht ermordet wurde. Sein Tod ist ebenso sinnlos wie der Mord an Leonardo. Die Baruch-Apokalypse ist nur ein Buch der Peshitta-Bibel. Tristão hätte den Text in jeder syrischen Bibel nachlesen können. Der Text stammt nicht aus der Zeit, als die Babylonier Jerusalem eroberten und die Bundeslade verschwand, sondern aus der Zeit, als Titus den Tempel zerstörte. Und der Papyrus und die Tinte sind nicht älter als dreihundert Jahre.«

»Bist du sicher?«

»Die Baruch-Apokalypse ist kein Codex, kein Buch mit Papyrusseiten aus dem ersten Jahrhundert. Und sie ist in hervorragendem Zustand. Kein Riss im Papyrus, keine losen Papyrusfasern, kein fehlender Rollenabschnitt, keine Schimmelflecken, keine abgeblätterte Tinte, die den Text unleserlich macht. Das vergessene Evangelium, das Tayeb und ich gefunden haben, stammte aus dem frühen ersten Jahrhundert – eine Handvoll winziger Papyrusfragmente, die zusammengelegt nicht einmal so groß waren wie eine Buchseite.« Sie deutet auf die Schriftrolle. »Der Baruch-Papyrus ist eine Fälschung der Templer.«

»Der Templer?«

Alessandra

Kapitel 39

In Yareds Arbeitszimmer in der Zitadelle
18. Dhu'l Hijja 848, 21. Nisan 5205
Karsamstag, 27. März 1445
Kurz nach Sonnenuntergang

»Er lag in der Lade der Templer, die aus dem Pariser Tempel in den Vatikan gebracht wurde«, erkläre ich Yared, der mich erstaunt anblickt.

»Aber wieso hat Mar Abdul Masih den Peshitta-Text zwar übersetzt und kommentiert, ihn dann jedoch bei Joachim versteckt?«, fragt er. »Weshalb geriet er derart in Panik?«

Tayeb beugt sich ächzend vor und nimmt die Pergamente mit der lateinischen Übersetzung vom Tisch. Dann lässt er sich in die Kissen zurücksinken.

»Mar Abdul Masih erschrak, als er von der aufgebrochenen Bodenfliese im Felsendom und den Reaktionen des Imams der Al-Aqsa hörte. Das Markuskloster ist keine hundert Schritte von der Synagoge entfernt, in die die Juden geflohen waren. Er fürchtete, Tristão wäre ins Labyrinth des Tempelbergs eingedrungen. Er wollte verhindern, dass die syrische Kirche in die Auseinandersetzungen zwischen Juden und Muslimen verwickelt wird. Deshalb hat er sich an seinen Freund Joachim gewandt. Der griechische Patriarch ist der ranghöchste christliche Würdenträger in Jerusalem. Joachim hat den Papyrus noch in der Nacht in seiner Bibliothek versteckt. Zu Recht, wie sich heute Morgen herausgestellt hat, denn die Bibliothek wurde völlig verwüstet.«

»Und als der Christusritter die Schriftrolle nicht finden konnte, vermutete er, dass Mar Abdul Masih sie dir gegeben hat, und entführte Elija.«

»Wie ich will er wissen, was darin steht. Mein Vater hat mir den Text vorgelesen und übersetzt, als ich sieben oder acht war. Nur an einen einzigen Vers kann ich mich nach all den Jahren noch erinnern. Ein Furcht erregender Engel, der mir in jener Nacht im Traum erschien, betrat das Allerheiligste des Tempels und riss den Vorhang herunter. Du weißt schon, den purpurnen Tempelvorhang mit den aufgestickten goldenen Cherubim, der zerriss, als Jesus am Kreuz starb. Es hat mich damals sehr erschreckt, dass die Engel Gottes den Tempel zerstören.«

»Dieser Vers steht hier, im sechsten Abschnitt. Siehst du?«

Tayeb richtet sich mühevoll auf und reicht mir die Pergamente, in denen er geblättert hat.

»Dies ist der Vers, an den ich mich erinnere. Der Prophet Baruch beobachtet, wie das Heer des Chaldäers die Stadt belagert und beklagt das Schicksal Zions: ›Und plötzlich hob mich eine starke Kraft über die Mauern von Jerusalem. Vier Engel standen in allen vier Himmelsrichtungen, jeder mit einer flammenden Fackel in der Hand. Und ein anderer Engel stieg vom Himmel herab und sagte zu ihnen: Haltet eure Lampen bereit, entzündet sie jedoch nicht, bevor ich es euch befehle. Und ich sah ihn in das Allerheiligste herabsteigen und den Vorhang fortnehmen, die heilige Lade, die Gewänder der Priester, den goldenen Räucheraltar, die achtundvierzig Edelsteine, mit denen der Hohepriester geschmückt wird, und all die heiligen Gefäße des Tabernakels. Und er rief: Erde, höre das Wort des allmächtigen Gottes, und empfange, was ich dir anvertraue, und bewache es bis zum Ende aller Zeiten, sodass kein Heide es je finden kann. Denn die Zeit wird kommen, da Jerusalem für immer wiederersteht. Und die Erde öffnete sich und nahm alles in sich auf.‹«

Ich gebe Tayeb die Übersetzung zurück. »Das bedeutet: Die Bundeslade liegt unterhalb des Allerheiligsten des salomonischen Tempels.«

»Warum haben die Templer den Papyrus gefälscht?«, fragt Yared.

»Keine Ahnung. Die einzigen Abweichungen zum Peshitta-Text sind die groteske Satzstellung, auf die Mar Abdul Masih verweist, und die beiden Abschreibefehler, die …«

»W'Allah!«, murmelt Tayeb plötzlich und starrt auf die Pergamente.

»Was ist?«

»Ich weiß, wer der Chaldäer war, dessen Heer vor den Toren Jerusalems stand!«, sagt er. Er hat Mühe, die Augen offen zu halten. »Sultan Salah ad-Din. Er ist der rätselhafte Chaldäer«, nuschelt er. »In Timbuktu habe ich etliche Vorlesungen über islamische Geschichte gehört. Und über Salah ad-Din, den von Allah gesandten Befreier des Islam. Ist er nicht in Tikrit geboren, einer Stadt am Tigris nördlich von Bagdad, dem alten Babylon? Salah ad-Din Yusuf bin Ayyub war Kurde! Deshalb nannten ihn die Templer ›den Chaldäer‹!«

»Der Papyrus ist also nach der Eroberung von Jeruschalajim im Jahr 1187 verfasst worden?«, fragt Yared.

Mein Blick gleitet über die aramäischen Schriftzeichen. Unvermittelt halte ich inne. Was ist das?

Tayeb nickt verhalten – selbst diese kleine Bewegung bereitet ihm offenbar Schmerzen. »Nachdem die Templer ihr Hauptquartier in der Al-Aqsa aufgeben mussten und aus Al-Quds vertrieben wurden.«

»Und wozu?«

Bevor Tayeb antworten kann, lege ich Yared die Hand auf den

Arm und deute auf den Papyrus. »Wieso sind diese Buchstaben unterstrichen?« Ich zeige auf ein Mim im ersten Rollenabschnitt, auf ein Alaph im dritten und ein Yodh im fünften. »Das sind doch keine Punkte und Striche oberhalb und unterhalb der Buchstaben, die Vokale wie Yodh und Waw anzeigen.«

Yared runzelt die Stirn. »Nein.«

»Irgendeine Idee?«

Er schüttelt den Kopf. »Da sind noch mehr markierte Zeichen, siehst du? Die Abstände sind unregelmäßig, die Zeichen stehen sowohl am Wortanfang als auch in der Mitte oder am Ende. Ich kann überhaupt kein Muster erkennen.«

»Ergeben sie, wenn man sie hintereinanderschreibt, ein aramäisches Wort?«

»Resh … Waw … Lamadh … Gamal. Nein, das macht keinen Sinn.«

Ich knie mich vor den Schreibtisch, ziehe Tintenfass und Feder zu mir heran und übertrage die Zeichen auf ein Blatt Papier. Nach den ersten Zeichen stutze ich. Nein, das kann nicht sein! Mit vor Aufregung zitternden Fingern rolle ich den Papyrus bis zum Ende und kopiere die letzten Buchstaben.

Dann atme ich tief durch und gebe Yared den Zettel. »Lies!«

»Mim Alaph Yodh Resh Waw Lamadh Gamal – das ergibt keinen Sinn!«

»Doch, Yared, aber du musst es andersherum lesen. Nicht von rechts nach links wie im Aramäischen, sondern von links nach rechts wie im Lateinischen. Und du musst es laut lesen.«

»Nun Waw Nun Nun Waw Beth Yodh Sadhe.« Langsam schüttelt er den Kopf. Sein Blick huscht über das Papier.

Dann sieht er es auch.

»Allmächtiger Gott!«, flüstert er atemlos, und seine Augen leuchten, als er mich ansieht – er ist so aufgeregt wie ich. »Da steht: ›Non nobis, Domine, non nobis, sed nomini tuo da gloriam!‹«

»›Nicht uns, o Herr, nicht uns, sondern deinem Namen gib Ehre!‹«, brummt Tayeb, der mit halb geschlossenen Augen in den Kissen liegt und langsam in den Schlaf der Erschöpfung hinübergleitet. »Der Wahlspruch … der Templer.«

»Es ist ein Geheimcode«, beantworte ich Yareds fragenden Blick. »Ein Rätsel, das uns eine im Papyrus verborgene Botschaft entschlüsseln kann.«

Yared

Kapitel 40

In Yareds Arbeitszimmer in der Zitadelle
18. Dhu'l Hijja 848, 21. Nisan 5205
Karsamstag, 27. März 1445
Während der Abenddämmerung

»Eine verborgene Botschaft?«

»Eine Schatzkarte, die in der Baruch-Apokalypse verschlüsselt ist.« Das Schatzsucherfieber hat sie wieder gepackt – die Symptome sind ganz unverkennbar: ein beschleunigter Herzschlag, eine erregte Rötung des Gesichts, funkelnde Augen und unruhig zitternde Hände. Eine davon liegt auf der Innenseite meines Oberschenkels, oberhalb meines Knies. Ein warmes, erregendes Gefühl durchströmt meinen Körper, und der plötzliche Blutmangel im Gehirn macht sich bemerkbar. Es fällt mir schwer, ihre Hand zu ignorieren, die noch einige Fingerbreit höher geglitten ist, ihre leuchtenden Augen, ihre Lippen, ihren Atem, ihre Wärme, ihren Duft, um mich auf ihre Worte zu konzentrieren.

»Die Templer haben im Tempelberg gegraben. An der Felswand neben dem Eingang zur Tempelbibliothek habe ich vorletzte Nacht ein Graffito mit dem Motto der Templer gefunden. Sie waren dort.« Sie spürt meine Erregung und nimmt ihre Hand weg. »Entschuldige!«, wispert sie.

Ich muss tief durchatmen. »Deine hohe Meinung über meine Fähigkeit, mich selbst zu beherrschen, ehrt mich. Ich hoffe, du bist nicht enttäuscht, da sich nun herausgestellt hat, dass ich deinen Erwartungen nicht gerecht werde.«

Sie senkt den Blick und schüttelt den Kopf. Dann blickt sie wieder auf und sieht mir in die Augen.

»Glaubst du, die Templer haben die Bundeslade gefunden?« Ich schlucke trocken, und meine Stimme klingt immer noch ein wenig heiser.

Sie streicht sich eine Strähne ihres Haares aus der Stirn. »Ich weiß es nicht«, gesteht sie. »Jedenfalls haben sie die Lade, aus welchen Gründen auch immer, nie geborgen. Denn es gibt keine Berichte über eine goldene Truhe, die sie in einer feierlichen Zeremonie in Rom oder Avignon dem Papst überreichten. Und keine Zeugenaussagen während der Inquisitionsprozesse über einen geheimnisvollen Schrein, den sie wie in Wolfram von Eschenbachs Gralsroman in einer ihrer Festungen in Jerusalem, Akko, Limassol oder Paris bewachten. Der Baphomet, den die Templer den französischen Inquisitoren zufolge angebetet haben sollen, war ein silbernes Reliquiar mit einem prunkvoll verzierten Totenschädel – kein goldener Schrein. Die Bundeslade befand sich also vermutlich noch immer im Labyrinth unter dem Tempelberg, als Sultan Salah ad-Din damals vor den Toren erschien.«

»Nach seinem Sieg in der Schlacht von Hattin im Juli 1187 hat Sultan Salah ad-Din die überlebenden Templer hinrichten lassen«, meldet Tayeb sich zu Wort. Er spricht langsam und undeutlich. Im Opiumrausch fällt es ihm schwer, sich zu konzentrieren. »Den Großmeister, ich glaube, er hieß Gérard de Ridefort, ließ er in den Kerker von Dimashq werfen. Dann ist er mit seinem Heer nach Süden gezogen und hat in nur drei Monaten die Festungen der Kreuzfahrer zerstört und das Heilige Land erobert.

Im Oktober richtete er sich auf eine längere Belagerung von Jerusalem ein. Nach dem blutigen Massaker, das die Christen des ersten Kreuzzugs in Al-Quds angerichtet hatten, wollte er keinen

Christen am Leben lassen. Balian von Ibelin, der Jerusalem verteidigte, drohte Salah ad-Din, alle Muslime in der Stadt hinzurichten und die heiligen Stätten des Islam niederzubrennen, wenn der Sultan nicht auf eine blutige Vergeltung verzichtete. Der lenkte schließlich ein und gewährte den Christen freien Abzug gegen Lösegeld.«

»Die wenigen Templer, die nicht in der Schlacht von Hattin gefallen waren, wollten die Bundeslade bergen, damit sie nicht den Muslimen in die Hände fiel«, spinnt Alessandra den Faden weiter. »Vielleicht stürzte dabei der Gang ein, in dem ich das zerbrochene Schwert gefunden habe. Es blieb keine Zeit für eine Bergung des Schreins. Während Balian mit Salah ad-Din verhandelte, versiegelten die Templer das Labyrinth. Die Schatzkarte wurde in der Baruch-Apokalypse verschlüsselt. Im Abendland konnten nur wenige Gelehrte die aramäische Schrift der Peshitta lesen. Die verborgene Schatzkarte war also sicher.

Der letzte Großmeister hat den Papyrus 1307 mit nach Paris genommen. König Philippe wollte mit ihm über einen neuen Kreuzzug zur Befreiung von Jerusalem verhandeln. Aus diesem Grund hat Jacques de Molay etliche Truhen voller Gold von Limassol, dem Hauptquartier der Templer, nach Paris gebracht – und den Papyrus. Aber dann legte König Philippe seine Pläne zur Vereinigung des Templer- und des Johanniterordens zum größten Kreuzritterorden aller Zeiten auf den Tisch. Für Jacques de Molay war diese Ordensunion undenkbar. Und so entschied er sich gegen eine Veröffentlichung der Schriftrolle. Freitag, der dreizehnte – die Templer werden verhaftet. Der Papyrus wird in den Gewölben des Pariser Tempels entdeckt und nach den Inquisitionsprozessen und dem Exil der Päpste in Avignon schließlich nach Rom gebracht.«

Tayeb nickt bedächtig. »Non nobis, Domine – stammt der Spruch nicht aus einem Psalm?«

Ich nicke. »Aus dem hundertfünfzehnten Psalm: ›Nicht uns, o Herr, nicht uns, sondern deinem Namen gib Ehre wegen deiner Gnade, wegen deiner Treue! Warum sollen die Völker sagen: Wo ist denn ihr Gott? Unser Gott ist in den Himmeln.‹«

»Vielleicht ist dies der Schlüssel zum Code?«, nuschelt Tayeb, der seit einigen Minuten mit dem Schlaf ringt.

»Der heilige Name Gottes?«

»Genau.«

»Der christliche Gott hat keinen Namen. Oder meinen die Templer Jahwe, Elohim oder El? El Shaddai, der Allmächtige? El Olam, der Ewige? El Elyon, der Allerhöchste? Adonai, der Herr? Ha-Shem, der Name Gottes, der nicht ausgesprochen werden darf?«

»Vielleicht ist es aber auch einer der neunundneunzig Namen Allahs«, schlägt Tayeb vor. »Der Prophet Mohammed – die Güte Allahs und sein Friede über ihn! – sagt in einem Hadith: ›Wahrlich, Gott hat neunundneunzig Namen, einen weniger als hundert. Wer sie aufzählt, kommt ins Paradies.‹ Die Namen lauten ar-Rahman, der Erbarmer. Ar-Rahím, der Gnädige. Al-Malik, der König. Al-Quddus, der Heilige. Al-Aziz, der Allmächtige …«

»… achtundneunzig … neunundneunzig … hundert«, zieht Alessandra ihn auf. Sie lächelt, doch ihr Blick verrät mir, dass sie sich Sorgen um ihn macht. »Tayeb, du bist auf dem besten Weg ins Paradies!«

»Es steht dir frei zu konvertieren«, frotzelt er mit einem erschöpften Grinsen, hebt beschwörend beide Hände und verfällt in einen mystischen Singsang, als wolle er sie in hypnotische Trance versetzen und damit willenlos machen: »Wenn du einen Blick ins Paradies werfen willst, o Ungläubige unter den Ungläubigen, dann sprich mir nach: ›Ashadu an la ilaha illa-llah, wa Muhammadan rasulu-llah. Es gibt keinen Gott außer Allah, und Mohammed ist der Gesandte Gottes‹.«

»Wenn du mir sagst, wie ich das dem Papst erklären soll«, neckt sie ihn. »Wo sich doch Fra Giovanni da Capestrano so viel Mühe gibt, mich Häretikerin zum Christentum zu bekehren! Nun mal im Ernst. Was ihr aufgezählt habt, sind *die* Namen Gottes, die Eigenschaften, die die Menschen Gott zuerkennen, aber nicht *der* Name Gottes. Und nicht die Lösung dieses Rätsels: ›Nicht uns, o Herr, nicht uns, sondern deinem Namen gib Ehre.‹ Die Frage lautet: Welches ist der Name Gottes? Wenn wir den finden, haben wir den Schlüssel zur verborgenen Botschaft.«

»Der Name Gottes ist unaussprechlich«, gebe ich zu bedenken.

Tayeb nickt. »Der Prophet Mohammed sagt, Gott habe neunundneunzig Namen. Der hundertste ist den Menschen unbekannt.«

»Und wenn nun gerade Ha-Shem die Lösung ist?«, frage ich. »Wegen des Gebots, den Namen Gottes nicht zu missbrauchen, benutzen fromme Juden das Wort Ha-Shem, ›der Name‹, um Gott zu bezeichnen, ohne seinen Namen auszusprechen.«

Alessandra kann ihre Zweifel nicht verhehlen. »Na schön. Wir können es ja mal versuchen. Also, wie viele Buchstaben hat Ha-Shem?«

»Drei. He, Shin und Mem.«

Sie zieht die Baruch-Apokalypse heran und schreibt jeden dritten Buchstaben auf ein Blatt Papier und zeigt es mir. »Ergibt das einen Sinn?«

Ich schüttele den Kopf. »Versuch es mit Atbash. Warte, ich helfe dir.« Mit der Feder zeichne ich eine gerade Linie auf das Papier. Oberhalb der Linie schreibe ich die Buchstaben des aramäischen Alphabets von Alaph bis Taw, darunter in umgekehrter Reihenfolge, sodass das Taw dem Alaph zugeordnet ist.

Um den Text zu entschüsseln, wendet Alessandra den Atbash-Code an, den schon der Prophet Jeremia kannte. Sie ersetzt Alaph durch Taw, Beth durch Shin, Gamal durch Resh und …

… kommt zu keinem Ergebnis.

Mit beiden Händen fahre ich mir über das Gesicht. »Ha-Shem ist nicht die Lösung.«

»Offensichtlich nicht.«

»Versuchen wir es mit dem unaussprechlichen hundertsten Namen Allahs.«

»Na gut.« Sie zählt mehrmals hundert Zeichen ab und wendet den Atbash-Code an. Vergeblich.

»Bist du vertraut mit der Kabbala?« Mit kratzender Feder skizziere ich den ›Baum des Lebens‹ mit den zehn Sephirot, die ein Abbild Gottes sind. »Siehst du? Der unterste Schriftzug symbolisiert die Königsherrschaft. Ganz oben steht die Krone, das Ziel der mystischen Suche, die reine göttliche Essenz. Über allem schwebt Ain Soph, das unbenennbare und endlose Nichts, aus dem die Schöpfung entstanden ist und die zehn Sephirot hervorgegangen sind. Manche Kabbalisten setzen Ain Soph mit dem Schöpfergott gleich. Sechs Buchstaben.«

Alessandra dekodiert jeden sechsten Buchstaben mit Atbash – vergeblich. Auch Baphomet und Sophia führen zu keinem Ergebnis – ›die göttliche Weisheit‹ entsteht, wenn man das Wort Baphomet mit Atbash dekodiert.

»Der Gottesname muss viel länger sein als Jahwe, Allah, Ain Soph oder Sophia. Die Baruch-Apokalypse ist neunundvierzig Rollenabschnitte zu je sechsunddreißig Zeilen lang – das sind schätzungsweise eintausendsechshundert Zeichen pro Seite und rund achtzigtausend Zeichen im gesamten Dokument. In Anbetracht der merkwürdigen Satzstellung schätze ich, dass der kryptische Text der Templer zwischen zweitausend und dreitausend Zeichen lang ist. Ein oder zwei Seiten.«

Ich lehne mich in die Kissen. »Was nun?«

Sie atmet tief durch und deutet auf Tayeb, der auf dem Diwan zusammengesunken und eingeschlafen ist. »Ich bringe ihn ins Bett.«

»Und dann?«

Ich nehme ihre Hand, und sie schiebt ihre Finger auf eine sehr intime Weise zwischen meine, bis sie zärtlich ineinander verwoben sind. Dann küsst sie mich.

»Ich warte auf dich«, flüstere ich mit klopfendem Herzen.

Alessandra

Kapitel 41

In Alessandras Schlafzimmer in der Zitadelle
18. Dhu'l Hijja 848, 21. Nisan 5205
Karsamstag, 27. März 1445
Kurz vor neun Uhr abends

Sobald Tayeb eingeschlafen ist, kehre ich in mein Schlafgemach zurück. Überrascht bleibe ich in der offenen Tür stehen.

Auf dem Bett liegen ein weites Seidengewand in Granatapfelrot, das mit goldenen Sonnen bestickt ist, dazu eine passende Hose und glänzende goldene Schuhe. Die gütig lächelnde Sonne ist das Symbol für Iyasus Christos. Vermutlich ein Geschenk des Neffen des Neguse Negest an den Vizekönig von Jerusalem.

Saphira überreicht mir Yareds Karte – nein, nicht Yareds, denn König Salomo hat an die Königin von Saba geschrieben, dass er sie sehnsüchtig erwartet.

»Yared hat mich gebeten, dich zu verwöhnen«, verrät sie mit einem verheißungsvollen Lächeln.

Voller Erwartung lasse ich mich von Saphira in den Hamam führen, einen Raum mit Marmorfußboden und zwei marmornen Badewannen. Sobald sie mich entkleidet hat, geleitet sie mich zur Wanne mit dem heißen Wasser. Während ich mich im Wasser räkele und von der Hitze durchdringen lasse, bis ich wohlig entspannt und ein wenig schläfrig bin, massiert Saphira mir sanft die Füße. Als meine Haut ganz weich geworden ist, reibt sie mich mit einem duftenden Lappen ab und entfernt mit einer säuerlich riechenden goldgelben Paste auch an den intimsten Stellen mein Körperhaar. Für die Bemalung meiner Hände und Füße und der Innenseite meiner Schenkel mit Blütenranken aus Henna bleibt keine Zeit.

»Yared wird es gewiss gefallen«, verrät sie mir, während sie mich mit kühlem Wasser wäscht und abtrocknet.

Ich will sie nicht beschämen, aber ich kann nicht anders. Die Frage liegt mir auf den Lippen. »Ist Yared auch enthaart?«

Saphiras Augen funkeln. »Aber ja! Wie am Tag seiner Geburt. Wenn ich ihn mit Duftöl massiert habe, ist seine Haut so zart wie deine – ich meine, abgesehen von den furchtbaren Narben auf seinem Rücken, die ihm der König der Tuareg zufügte, als er dessen Sklave war. Yared sagt, enthaart zu sein steigere den Liebesgenuss. Für beide.«

»Und? Stimmt das?«

Sie lächelt wissend. »O ja.«

»Er schläft also mit dir.«

»In manchen Nächten, wenn er sich einsam fühlt, ruft er mich zu sich«, gibt sie leise zu. Ein rosenfarbener Hauch überzieht ihr Gesicht.

Mein Gott, sie liebt ihn wirklich!

»Saphira?«

Sie sieht auf. »Ja?«

Ich zögere. »Bist du …?«

»Nein, ich bin nicht eifersüchtig«, beteuert sie sanft und neigt den Kopf. »Yared liebt dich von ganzem Herzen. Er hat sich verändert, seit er dich kennengelernt hat. Sein Gesicht glüht, wenn er von dir spricht, seine Lippen lächeln, und seine Augen leuchten. Er ist glücklich. So glücklich wie schon seit vielen Jahren nicht mehr.«

Saphira zupft mir die Augenbrauen, um ihnen die sanfte Wölbung einer Mondsichel zu verleihen, und balsamiert mein Haar mit einem nach Ingwer und Zitrone duftenden Öl.

Während Saphira den Lidstrich mit Bleiglanz und die Augenbrauen mit Indigo nachzieht und meinen Wangen mit roter Tonerde und Goldstaub frischen Glanz verleiht – »Rote Rosen blühen auf deinen Wangen«, schmunzelt sie –, betrachte ich mich im Spiegel. Meine Trauer um Niketas ist vergangen. Ich sprühe Funken vor Glück und zittere in Erwartung von Yareds Liebkosungen.

König Salomo hatte recht, als er im ›Lied der Liebe‹ schrieb: Stark wie der Tod ist die Liebe.

Sodann kleidet mich Saphira in Gewänder, die eine Frau nur für ihren Geliebten tragen würde, eine durchsichtige Hose aus hauchzarter Seide und ein Hemd, das nur am Hals verschlossen wird und meine Brüste auf eine sehr erotische Weise mehr enthüllt als verbirgt. Die kühle Seide streichelt meine erhitzte Haut und erregt mich. Sobald Saphira mir in die granatapfelrote Robe geholfen hat, entzündet sie Weihrauch und Dufthölzer in einer Räucherschale, und ich stelle mich mit ausgebreitetem Gewand darüber, um Haut und Seide zu parfümieren.

Dann wickele ich das Templerschwert in ein Damasttuch, verberge es in den weiten Falten meines Gewandes und mache mich freudig beschwingt auf den Weg zurück zu Yared.

Die Tür zu seinem Arbeitszimmer bewachen zwei Mamelucken in Helm und Harnisch und mit gezücktem Schwert – vorhin, als ich mit Tayeb am Arm den Raum verließ, waren sie noch nicht da. Beunruhigt umklammere ich das Schwert und gehe zu ihnen. »Msa al-cher«, wünsche ich ihnen einen guten Abend, und sie nicken mir zu. »Der Emir erwartet mich.«

Als ich an ihnen vorbeigehen will, verwehrt mir der blonde Georgier, den ich heute Mittag im Kloster beobachtet habe, als er das Kreuz küsste, mit seinem Schwert den Eintritt. »Befehl des Emirs.«

Erregte Stimmen dringen durch die Tür, ich kann jedoch kein Wort verstehen – sie reden Tscherkessisch.

»Was ist geschehen?«, frage ich den Georgier.

Er schüttelt unmerklich den Kopf. »Staatsgeschäfte.«

»Wer ist bei ihm?«

»Prinz Fakhr ad-Din Uthman al-Mansur und Prinz Djelal ad-Din Arslan.«

»Seit wann?«

Der Georgier stöhnt. »W'Allah! Ich bitte dich, Contessa Alessandra! Ich darf nichts …«

In diesem Augenblick verlässt Arslan das Arbeitszimmer, aus dem Uthmans Stimme dröhnt. Streitet er sich mit Yared? Scheint so!

Als Arslan mich sieht, bleibt er unvermittelt stehen und schließt leise die Tür hinter sich. »Alessandra! Du bist schön wie der Abendstern am nächtlichen Firmament und überstrahlst alle anderen Gestirne!«, ruft er überschwänglich, um den lauten Wortwechsel aus dem Arbeitszimmer zu übertönen. Nicht nur Uthman erhebt dort seine Stimme, sondern auch Yared. Du lieber Himmel, was ist bloß geschehen?

»Prinz Djelal ad-Din Arslan. Meine herzlichen Glückwünsche zu deiner Ernennung.«

»Ich danke dir«, freut er sich. »Eine Taube brachte heute Nachmittag die Nachricht. Den offiziellen Firman erhalte ich aus den Händen des Sultans, sobald ich nach Al-Kahira zurückgekehrt bin und Prinzessin Yasmina geheiratet habe.«

»Du freust dich, nach Hause zu kommen.«

»Seit vier Monaten war ich nicht in Al-Kahira. In sechs Wochen wird mein erstes Kind geboren – Insh'Allah. Das will ich auf keinen Fall verpassen.«

»Wann wirst du Yasmina heiraten?«

»In drei Wochen, denke ich. Sobald Yared seinen Bund fürs Leben geschlossen hat.«

Seine Worte versetzen mir einen Stich ins Herz.

»Die Vorbereitungen des Sultans für Yareds Hochzeit sind aufwendiger als für einen Feldzug. Kostbare Ehrengewänder, die der Bräutigam, der Dawadar des Reiches, nach eigenem Ermessen verleihen kann. Ein Festmahl im Garten seiner Villa mit Blick auf den erleuchteten Nil. Ein Feuerwerk über den Pyramiden. Der Sultan scheut keine Kosten. Ich habe gehört, dass er Yared weitere hundert Mamelucken schenken will.«

»Du bist jetzt kein Königsmamelucke mehr, sondern ein Prinz von Ägypten. Wirst du bei Yared bleiben, wenn er zum Dawadar ernannt wird?«

»Er hat sehr viel für mich getan, damit ich werde, was ich nun bin. Ich habe ihm die Treue geschworen.« Er holt tief Luft. »Sultan Jaqmaq will mich zum Emir ernennen und nach Assuan schicken. Er fürchtet, der äthiopische Kaiser wolle den Nil umleiten, um einen Kreuzzug gegen Ägypten vorzubereiten. Ich soll Ahmed Bedlay, dem Sultan von Adal, beistehen, der dem Neguse Negest den Djihad erklärt hat. Sultan Bedlay wird morgen früh, am Ostersonntag, mit seinem Heer Aksum angreifen. Zara Yakob hält sich dort auf, um in der Basilika von Maryam Tseyon Fasika zu feiern, das äthiopische Osterfest.«

»O Gott!«, entfährt es mir. Unruhig umklammere ich das Templerschwert. Dann blicke ich Arslan in die Augen. »Und was ist mit Elija? Haben deine Mamelucken ihn gefunden?«

Arslan schüttelt den Kopf. »Tut mir leid, bisher haben wir die Christusritter nicht aufgespürt.«

Ich nicke stumm.

»Yared hat mir gesagt, dass du morgen früh zur orthodoxen Ostermesse des Patriarchen in die Grabeskirche gehen willst.«

»Das stimmt.«

Arslan wendet sich um. »Ghiorghi!«

Der Georgier schiebt sein Schwert zurück in die Scheide und kommt näher. »Mein Prinz?«

»Imad ad-Din Ghiorghi«, stellt mir Arslan den jungen Mann vor. Unbefangen reiche ich ihm die Hand. Der Mamelucke, der trotz seines Übertritts zum Islam noch immer den Namen des heiligen Georg trägt, des Schutzpatrons christlicher Ritterorden, ergreift sie nur zögernd.

»Der Emir hat befohlen, dass Contessa Alessandra eine Leibwache erhalten soll. Er entbindet dich von deinem Treueschwur ihm gegenüber. Du wirst Alessandras Leben mit deinem schützen.«

Ghiorghi verneigt sich.

Arslan wendet sich an mich. »Yared kann dir Ghiorghi nicht schenken, weil du als Dhimmi keine muslimischen Kriegssklaven besitzen darfst. Ghiorghi bleibt als Mamelucke also Yareds Eigentum, auch wenn er dir die Treue schwört und du über ihn verfügen kannst.«

»Ich verstehe.«

Arslan zieht die Kette mit dem georgischen Kreuz unter Ghiorghis Harnisch hervor. »In Anbetracht der blutigen Ausschreitungen in der Grabeskirche kann Ghiorghi dein Leben nur schützen, wenn du ihm gestattest, dass er dich morgen in die Ostermesse begleitet.«

Ich blicke Ghiorghi in die hoffnungsvoll leuchtenden Augen und nicke zustimmend.

Arslan schiebt das Kreuz zurück unter Ghiorghis Rüstung. »Selbstverständlich nur zu deinem Schutz«, verdeutlicht er.

Trotz meiner Anspannung kann ich mir ein Lächeln nicht verkneifen. »Aus welchem anderen Grund sollte ein frommer Muslim ausgerechnet am Ostersonntag das Grab Jesu Christi aufsuchen wollen?«

Ghiorghi zwinkert mir zu und grinst verschmitzt.

Unvermittelt stürmt Uthman aus dem Arbeitszimmer. Als er mich mit Arslan und Ghiorghi sieht, bleibt er stehen und deutet auf die offene Tür. »Yared erwartet dich.« Dann wendet er sich abrupt ab und rauscht davon.

»Wieso ist er so wütend?«

»Eines der fünf Gläser Raki, die er eben hinuntergestürzt hat, ist ihm wohl nicht gut bekommen«, kommentiert Arslan trocken. »Er wird sich schon wieder beruhigen, wenn ich mit ihm geredet habe.« Er nickt in Richtung der Tür. »Yared hat befohlen, dass ihr heute Nacht nicht mehr gestört werdet. Geh zu ihm, er wartet auf dich.«

Als ich die Tür hinter mir schließe, fällt mein Blick auf drei benutzte Gläser und eine halb leere Karaffe mit eisgekühltem Raki auf Yareds Schreibtisch. Der süßlich herbe Duft der Aslan Sütü, der ›Löwenmilch‹, erfüllt den Raum.

Wie aus Stein gehauen steht Yared am Fenster und blickt hinüber zum nächtlichen Tempelberg, der noch von Fackeln erleuchtet wird. Er lehnt sich gegen den Fenstersims und dreht sich nicht zu mir um. Seine Schultern sind angespannt. In der Hand hält er einen zerknüllten Brief, der von seinen unruhigen Fingern immer mehr zerfetzt wird.

Ein Brief aus Al-Kahira!

Mein Herz krampft sich so schmerzhaft zusammen, dass ich keuchend nach Atem ringe. Ich schlucke die Tränen hinunter und bringe kein Wort heraus. Als ich schließlich das Templerschwert auf seinen Schreibtisch lege und langsam zu ihm hinübergehe, senkt er den Blick, als fürchte er, ich würde ihm ausgerechnet in diesem Augenblick meine Liebe gestehen, ihn berühren, ihn umarmen, ihn trösten. Er ringt mit seinen Gefühlen.

Als ich ihm den zerfetzten Zettel aus der Hand nehme, um einen Blick darauf zu werfen, sieht er mich endlich an. Tränen funkeln in seinen Augen.

Ich kann die tscherkessische Nachricht nicht lesen. »Von Jadiya?«

Er nickt stumm.

»Der Sultan …?«, frage ich bang.

»Es geht ihm gut«, murmelt Yared mit tonloser Stimme. »Er hat einen Herzanfall erlitten, ein Symptom seiner schweren Krankheit. Er lag einen Tag lang in tiefer Ohnmacht. Aber nun hat er sich erholt und redet davon, das Bett zu verlassen.«

»Er will, dass du nach Al-Kahira zurückkehrst«, vermute ich.

Yared starrt unverwandt die Kuppel des Felsendoms an und nickt.

So muss es sich anfühlen, wenn einem das Herz bei lebendigem Leib herausgerissen wird! Niketas starb in meinen Armen. Soll ich nun auch noch Yared verlieren? Gott, warum tust du mir das an? Warum nimmst du mir jeden, den ich liebe?

»Uthman und du – ihr habt gestritten«, quäle ich heraus.

»Ja.« Sein Tonfall verrät seine innere Zerrissenheit.

»Wieso?«

Er holt tief Luft. »Hat Arslan dir erzählt, dass der Sultan ihn zum Emir von Assuan ernennen will?«

»Um Bedlay in seinem Djihad gegen Zara Yakob zu unterstützen. Arslan hat mir anvertraut, dass er morgen Aksum erobern will.«

Yared fährt sich mit beiden Händen über das Gesicht. Er wirkt erschöpft. »Uthman will Solomon als Geisel mit in die Zitadelle von Al-Kahira nehmen. Auf diese Weise hofft er, dass er einen Kreuzzug gegen Ägypten verhindern kann, falls Sultan Bedlay in Aksum scheitert.«

»Wann wirst du aufbrechen?«

»Übermorgen.«

Nur einen Tag!

Ich ringe nach Atem. Halt suchend taste ich nach seinem Arm. Er umarmt mich und hält mich fest. Als ich meinen Kopf an seine Schulter lege, höre ich sein Herz schlagen und spüre, wie er am ganzen Körper bebt.

Ich blicke auf, streiche ihm zärtlich über das Haar und küsse ihn. Die Traurigkeit und die Hoffnungslosigkeit, die in seinen dunklen Augen schimmern, rühren mich zu Tränen, und auch er hält seine Gefühle nicht zurück. Seine Schultern zucken, als er das Gesicht in meinem Haar verbirgt.

Yared

Kapitel 42

In Yareds Schlafzimmer in der Zitadelle
18. Dhu'l Hijja 848, 21. Nisan 5205
Ostersonntag, 28. März 1445
Gegen drei Uhr dreißig morgens

Ein Geräusch reißt mich aus dem Schlaf. Ein Knarren, ein Knistern, ein leises Rascheln? Die Jahre am Hof in Al-Kahira in ständiger Erwartung eines Attentats haben meine Sinne geschärft.

Mein Herz klopft, mein Atem vertieft sich.

Ich taste nach meinem Dolch und lausche in die Finsternis in meinem Schlafzimmer. Nur das Sternenlicht fällt durch die hauchzarten Vorhänge, die sich im leisen Nachtwind bewegen. Mein Körper ist schweißnass – nicht nur, weil Alessandra und ich uns mehrmals sehr leidenschaftlich geliebt haben. Es ist heiß wie in einem Hamam, aber der Nachtigall, die in ihrem Käfig neben dem Fenster ihr Nachtlied singt, scheint die Hitze nichts auszumachen.

Abgesehen von ihrem Tschirpen ist es still.

Keine Schritte, die sich behutsam meinem Bett nähern. Nicht einmal das leise Getuschel der Mamelucken, die mein Leben mit ihrem schützen, vor dem Eingang zu meinen Gemächern. Alles ist ruhig.

Langsam atme ich aus.

Eng an mich geschmiegt, schläft Alessandra in meinen Armen.

Ihr Gesicht ruht an meiner Schulter, ihr langes Haar fällt über das Kopfkissen.

Ich hauche ihr einen Kuss auf die leicht geöffneten Lippen – in der Finsternis kann ich ihr Lächeln nur erahnen. Ich vergrabe das Gesicht in ihrem Haar, atme tief ihren Duft ein und lausche dem wohltönenden Gesang der Nachtigall. Im Frühjahr singen einsame Nachtigallenmännchen bis zur Morgendämmerung. Der wundervolle Gesang, so heißt es, schenke einem gebrochenen Herzen Ruhe und Frieden und beschere einem Sterbenden einen sanften Tod.

Als Alessandra leise im Schlaf seufzt und sich an mich schmiegt, lege ich meinen Arm um sie. »Hmmm …«, schnurrt sie und lächelt selig, wacht jedoch nicht auf.

Ein leises Rascheln lässt mich aufhorchen. Ich halte den Atem an und lausche in die nächtliche Stille.

Was ist das? Sind es Schritte, die ich durch die offene Tür des Arbeitszimmers höre?

Mein Herz rast.

Irgendjemand ist in meine Gemächer eingedrungen und schleicht durch mein Arbeitszimmer. Wieso haben meine Leibwächter ihn durchgelassen? Arslan weiß doch, dass ich nicht mehr gestört werden will – er hat doch selbst das Gewand und meine Karte auf Alessandras Bett gelegt. Ist es Benyamin? Sucht er die Baruch-Apokalypse? Oder will sich Uthman nach meiner Weigerung, gleich nach dem Morgengebet nach Al-Kahira aufzubrechen, noch mehr betrinken? Die Karaffe mit seinem Raki steht noch auf meinem …

Alessandra hat das zerbrochene Templerschwert auf meinen Schreibtisch gelegt!

Ein Schatten verharrt in der offenen Tür. Ich kann seinen unterdrückten Atem hören. Und ich spüre seine Angst. Ich liege still und atme tief und regelmäßig, als ob ich schlafe.

Der schwarz gekleidete Hashishin betritt den Raum. Im Sternenlicht funkelt der Dolch in seiner Hand wie durchscheinendes Glas.

Ein venezianischer Dolch?

Die scharfe Klinge aus hauchdünnem Murano-Glas bricht beim Todesstoß ab und kann nicht mehr entfernt werden, weil sich die feine Wunde, die aussieht wie ein harmloser Kratzer, sofort schließt und nur selten entdeckt wird. Der Geheimdienst der Serenissima, des mächtigsten Staates des christlichen Abendlandes, hat seine Agenten überall im Orient.

Aber wieso sollte der venezianische Doge oder der Consiglio dei Dieci einen Assassino ausschicken, um mich zu beseitigen? Der Assassino ist kein Venezianer! Der Dolch aus Murano soll in die Irre führen!

Schritt für Schritt tastet er sich vor und bleibt am Fußende des Bettes stehen.

Ein leises Zischen. Er steckt den Dolch wieder ein und bückt sich, um das zerwühlte Bettlaken am Fußende des Bettes aufzuheben, das ich während unseres leidenschaftlichen Liebesspiels auf den Boden geworfen habe. Leise wie ein Windhauch breitet er das kühle Laken über unsere ineinander verschlungenen Körper, huscht auf Alessandras Seite und stopft es unter der Matratze fest.

Die Kühle des seidenen Lakens erfrischt meine schweißnasse Haut. Alessandra seufzt im Schlaf und schmiegt sich an mich. Ihr Arm liegt über meiner Brust – ich kann mich gegen den Hashishin nicht wehren, ohne sie in Gefahr zu bringen. Also liege ich still und warte. Aber er wagt es nicht, mir zu nahe zu kommen. Auf meiner Seite des Bettes fällt das Laken in weiten Falten bis auf den Boden. Nur am Fußende befestigt er es unter der Matratze.

Sein Atem geht keuchend, schnell, ängstlich. Wovor fürchtet er sich, wenn er doch offenbar glaubt, dass ich schlafe?

Ganz leise zieht er etwas aus einer Tasche, die er sich umgehängt hat, wickelt es aus, hebt das Bettlaken an und schiebt es darunter. Es schimmert schwarz und scheint sich zu bewegen.

Die Nachtigall ist plötzlich verstummt. Spürt sie eine Gefahr, die ich nicht erkennen kann?

Totenstille.

Der Vogel bewegt sich unruhig in seinem Käfig und gibt keinen Laut von sich.

Meine Nerven sind zum Zerreißen gespannt.

Dann vernehme ich ein unterdrücktes Seufzen, während der Hashishin mehrmals in die Tasche greift und das, was er vorsichtig auswickelt, unter das Bettlaken schiebt. Ein Schluchzen? Ja, ich glaube, er weint, als er sich schließlich abwendet und so leise verschwindet, wie er gekommen ist.

Erschrocken zucke ich zusammen, als irgendetwas unter dem Laken meinen Fuß streift. Es ist nicht Alessandra – sie liegt völlig still. Da ist es wieder, an meinem Knöchel. Es krabbelt an meinem Bein hoch.

Ich halte den Atem an und rühre mich nicht. Ganz vorsichtig hebe ich den Kopf und blinzele ins nächtliche Dunkel. Im Licht der Sterne sehe ich, wie sich das Bettlaken an mehreren Stellen bewegt. Es sieht aus, als ob …

Gott meiner Väter, steh uns bei! Unter dem Laken wimmelt es von Skorpionen mit aufgerichtetem Schwanz, den tödlichen Stachel stoßbereit!

»Alessandra!«, wispere ich und schiebe ihren Arm zur Seite.

»Hmmm …«, schnurrt sie.

»Sei still, und beweg dich nicht!«, flüstere ich

»Was ist denn?«, murmelt sie verschlafen.

»Skorpione. Sieben oder acht. Der Hashishin ist noch hier.«

Sie keucht vor Schreck und rührt sich nicht, obwohl sie vor Angst zittert. Der Stich eines Skorpions ist sehr schmerzhaft, tötet jedoch nicht. Drei oder vier Stiche von großen schwarzen Skorpionen, die viel Gift im Stachel tragen, sorgen jedoch für einen qualvollen Tod.

Während ich auf das Rascheln der aufgerichteten Skorpionstachel unter dem Seidenstoff und die leisen Schritte aus dem Arbeitszimmer lausche, die sich langsam entfernen, hebe ich das Laken an und schlüpfe aus dem Bett. Dann husche ich auf die andere Seite und zerre das Laken unter der Matratze hervor.

Wie gelähmt liegt Alessandra auf dem Bett, während sieben oder acht schwarze Skorpione um sie herumwimmeln. Sie bebt am ganzen Körper.

Das leise Schluchzen im Arbeitszimmer ist verstummt. Hat der Hashishin mich gehört? Die Nachtigall ist noch immer still.

»Gib mir deine Hand!«, wispere ich. »Ja, so ist es gut! Beweg dich nicht! Atme ganz ruhig weiter.« Ich beuge mich vor und schiebe meine Arme an den aufgerichteten Giftstacheln vorbei unter ihre Schultern und ihre Knie. »Ich hebe dich jetzt hoch.«

Mit einer heftigen Handbewegung fegt sie einen Skorpion von ihren Brüsten. Er landet auf dem Bett, rutscht vom Seidenlaken und fällt direkt neben meinem Fuß auf den Boden. Mit einem fast unhörbaren Trippeln verschwindet er in den Schatten hinter einer Reisetruhe.

»Yared …«, flüstert sie angstvoll.

»Sei ganz ruhig! Ich hab dich!« Während ich sie hochhebe, schlingt sie ihre Arme um meinen Nacken und hält sich an mir fest. Wenige Schritte entfernt stelle ich sie auf den Boden.

»Siehst du, Yared?«, stöhnt sie entsetzt. »Die Skorpione huschen am Laken hinunter auf den Boden. Sie sind … o Gott, sie sind schon überall! Hinter der Truhe ist einer! Und da ist noch einer!«

»Beweg dich nicht!« So schnell ich kann, werfe ich das Laken über vier oder fünf auseinanderflitzende Skorpione – die anderen haben das Bett bereits verlassen. Mit beiden Armen raffe ich es zusammen und hülle die aufgeregt wimmelnden Skorpione in den dichten Seidenstoff. Dann haste ich zum offenen Fenster und werfe das Laken hinaus in die Nacht.

Ich packe Alessandras Arm und zerre sie ins Arbeitszimmer. »Schließ die Tür, und zünde so viele Kerzen an, wie …«

In diesem Augenblick stürzt sich der Hashishin mit einem unterdrückten Schluchzen von hinten auf mich. Der venezianische Dolch blitzt auf, als er auf mich einsticht. Im letzten Moment kann ich den Stoß abfangen, mit aller Kraft umlenken und gegen ihn selbst richten.

Schwer atmend springt er einen Schritt zurück und richtet die gläserne Klinge auf mich. »Stirb, du Verräter!«

In der Finsternis kann ich sein verhülltes Gesicht nicht erkennen, doch seine Stimme erscheint mir seltsam vertraut.

Aus dem Augenwinkel nehme ich wahr, wie Alessandra die Schlafzimmertür zuschlägt, zum Schreibtisch hastet und die Baruch-Apokalypse holt, um sie vor den Spalt zu schieben. Mit einem Schrei springt sie auf, als ein Skorpion am Papyrus vorbei unter der Tür hervorkommt, über ihre nackten Füße flitzt und unter dem Diwan verschwindet. Alessandra folgt ihm zum Schreibtisch, um ihn …

In diesem Moment wirft sich der Hashishin so schwungvoll gegen mich, dass er mich beinahe umwirft. Die scharfe Klinge verfehlt mich, reißt jedoch eine Wunde in meine Schulter. Mit einem leisen Knacken bricht ein Teil der gläsernen Spitze ab und fällt zu Boden. Der Attentäter schluchzt verzweifelt auf und hebt den funkelnden Dolch, um ihn in mein Herz zu rammen.

»Allahu akbar. Es gibt keinen Sieger außer Allah!«, spricht er sich mit dem Schlachtruf der Nasriden selbst Mut zu. Dann sticht er zu und …

Allmächtiger Gott!

… und bricht mit einem Stöhnen vor mir in die Knie. Der venezianische Dolch poltert auf den Boden und zerbricht in ein Mosaik von spitzen Glasscherben.

Nur schemenhaft erkenne ich Alessandra, die hinter ihm steht. Sie hält das zerbrochene Templerschwert erhoben in beiden Händen, bereit zum Todesstoß. Die kostbare Klinge trieft vor Blut.

Japsend ringt der Hashishin nach Atem, kippt schließlich vornüber und bleibt reglos liegen.

»Auf meinem Schreibtisch sind Kerzen!«, rufe ich Alessandra zu, knie mich neben den Sterbenden und drehe ihn um, um ihm den Schleier abzunehmen und ihm ins Gesicht zu sehen.

Er wehrt sich, schägt nach mir, als ich an dem schwarzen Tuch ziehe, hält meine Hand fest und keucht: »Erspare mir die Schande, Yared, ich bitte dich!«

Nein, das darf nicht wahr sein!, denke ich, lasse den Schleier los und sinke erschüttert in die Knie.

»Bitte, Yared, tu so, als wüsstest du nicht, wer ich bin!«, fleht er mich an.

Mein Herz krampft sich schmerzhaft zusammen, und ich ringe mit den Tränen.

Ich hätte mit ihm reden sollen, denke ich, und die Traurigkeit überwältigt mich. Ich wusste doch, wie enttäuscht er über meine Antwort war, wie zornig und wie verzweifelt über den unaufhaltsamen Untergang unserer Heimat. Ich hätte ihm versprechen müssen, Gharnata vor der Reconquista zu bewahren. Aber ich habe es nicht getan.

»Yared?«, presst er hervor. Seine Stimme versagt. Er streckt die Hand nach mir aus. »Du weinst.«

Ich mache einen tiefen Atemzug.

»Ich habe … keinen anderen Weg gesehen.«

Ich bringe kein Wort heraus und nicke nur.

»Ich dachte, wenn du … o Gott, was habe ich getan! … Wenn du tot bist, würde sich Sultan Jaqmaq auf die Gebote Allahs besinnen, uns in unserer Not beistehen … und seine Mamelucken … nach Gharnata …« Er verstummt.

Ich bette seinen Kopf auf ein Kissen. »Besser so?«

Sein Körper wird von lautlosen Weinkrämpfen geschüttelt, während das Blut unaufhaltsam aus ihm herausrinnt – Alessandra hat sein Herz getroffen.

»Sei ganz ruhig«, flüstere ich. Ich kann nichts für ihn tun, als in den letzten Augenblicken seines Lebens bei ihm zu sein und seine Hand zu halten.

Er atmet schwer, verschluckt sich und hustet. Ein Rinnsal von Blut läuft ihm aus dem Mund. »Vergibst du mir?«

»Ich vergebe dir.«

Alessandra, die inzwischen eine Kerze entzündet hat, tritt neben mich. »Wer ist das?«

»Ein Freund«, antworte ich mit tonloser Stimme.

Fassungslos starrt sie mich an und sinkt neben mir auf die Knie. »O Gott, Yared, das tut mir so leid«, flüstert sie bestürzt, schlägt sich die Hände vor das Gesicht und blickt mich mit aufgerissenen Augen an. »Ich dachte …«

»Beruhige dich! Und lass mich mit ihm reden. Ihm bleibt nicht mehr viel Zeit.«

Sie nickt und zieht sich zurück.

»Dein Freund«, haucht er und lächelt dabei matt. »Ich habe deine Schwester geliebt, Yared. Ich habe Sarah geliebt.«

Ich streiche ihm über die schweißnasse Stirn. »Sei ganz ruhig.«

Ein Zittern erschüttert seinen Körper. »Wirst du deinem anderen Freund … Sultan Muhammad … auf den Thron … Gharnata vor der Reconquista … bewahren …?« Er hustet Blut.

»Ich werde mit Sultan Jaqmaq reden. Das verspreche ich dir.«

»Bism'Allahi ar-rahmani ar-rahím. Dann ist mein Tod … nicht … sinnlos … gewesen«, stößt er mit letzter Kraft hervor. »Es gibt … keinen Sieger … außer Allah.«

Aron stirbt mit einem Lächeln auf den blutverschmierten Lippen.

Intermezzo

In der Nähe von Aksum
Fasika, 2. Miyazya 6945
Vor der Schlacht um zehn Uhr morgens

»Da sind sie«, murmelt der König der Könige in das Dröhnen der großen Kriegstrommeln. Über der seidenen Robe und den weiten Hosen hat Zara Yakob die prächtige Rüstung seines Vaters David angelegt. »Sie kommen. Macht euch bereit.«

Hochgereckte Speere mit flatternden Wimpeln tauchen zwischen den Akazien, Tamarisken und Weihrauchbäumen auf, als Sultan Bedlays Krieger den Hügel gegenüber erklimmen. Das Knattern der Fahnen im heißen Wind, die stampfenden Schritte der anrückenden Krieger im trockenen Gras, das Schnauben der Pferde und Maultiere, das tiefe Röhren der Dromedare, das Trompeten der Elefanten und das rhythmische »Allahu akbar!« *der Muslime klingen beunruhigend nah.*

Der Kaiser lässt seinen Blick über die weite, ockerfarbene Landschaft schweifen, über die die flirrende Hitze wie eine glühende Woge hinwegbrandet. Im Schein der höher steigenden Morgensonne leuchten rosen- und malvenfarben die fernen Berge. Sie scheinen im bläulichen Dunst zu schweben. Dazwischen schimmert das trockene Grasland in zarten Gelbtönen.

Vor Jahren, als er nach seiner Thronbesteigung mit seinem Zeltlager noch in Aksum residierte, lösten die Sonnenaufgänge in den Bergen ein überwältigendes Glücksgefühl in ihm aus. Er spürte, dass dies das Gelobte Land ist, ein neuer Garten Eden.

Gedankenverloren betrachtet er die Sichel des untergehenden Mondes tief über dem Horizont. Wäre der versinkende Halbmond, das Symbol des Propheten Mohammed, gegenüber der aufsteigenden Sonne, dem Symbol von Iyasus Christos, doch nur ein Zeichen für den bevorstehenden Sieg!

Der Kaiser wendet sich um und mustert die geordneten Reihen seiner Krieger, die ihn erwartungsvoll beobachten. Es ist Fasika, das Fest der Feste, an dem Gott den Bund mit seinem auserwählten Volk erneuern und dem Sohn Davids und Salomos hoffentlich den Sieg über die Ungläubigen schenken wird.

Atemlose Stille herrscht auf dieser Seite des weiten, von der Morgensonne durchglühten Schlachtfeldes, das eine Stunde von Aksum entfernt in den Hügeln von Tigray liegt.

»Die Bogenschützen sollen sich bereit machen!«, befiehlt der Neguse Negest, ohne den Kal Hatze zu bemühen, die ›Stimme des Königs‹. Der Würdenträger des Hofes hat bei Audienzen die Aufgabe, seine kaiserlichen Worte laut zu wiederholen.

»Wir sind zu schwach, Euer Majestät!«, mahnt einer der Offiziere, ein christlicher Mamelucke, der den ägyptischen Gesandten nach Aksum begleitet hat und nach dessen Festnahme in die Dienste des Erwählten Gottes getreten ist. Zuvor hat er Yared al-Gharnati gehört, dem Vertrauten des Sultans von Ägypten. »Ahmed Bedlay ist in der Übermacht. Er hat mehr als hunderttausend Krieger, die der Fahne des Propheten folgen. Und wir sind kaum zehntausend.« Der Byzantiner spricht Amharisch mit dem weichen, griechischen Akzent von Thessaloniki, das vor Jahren von den türkischen Osmanen erobert wurde, die nun auch Byzanz bedrohen. Konstantin sieht den Kaiser eindringlich an. »Der Sultan wird uns überrennen, Euer Majestät. Wir sollten uns zurückziehen und auf Verstärkung warten.«

»Und die Kathedrale von Maryam Tseyon den Feinden Gottes überlassen, damit sie sie plündern und niederbrennen? Niemals!«

»Ich wünschte, Euer Neffe, Prinz Solomon, wäre jetzt hier. Er

würde Bedlay das Fürchten lehren«, murmelt der Mamelucke, der dem muslimischen Glauben abgeschworen hat, um wieder orthodoxer Christ zu sein. »Ich habe seinen Freund, den Sizilianer Piero da Messina, nach Jerusalem geschickt, um Solomon zurückzuholen.«

Der Erwählte Gottes blickt ihn durch den Gesichtsschleier hindurch von der Seite an. »Hast du Angst, Konstantin?«, fragt er leise.

Der Byzantiner senkt beschämt den Blick, berührt mit den Fingern das in seine Stirn tätowierte Kreuz und nickt stumm. Als er wieder aufblickt, tritt ein verschmitztes Lächeln auf seine Lippen. »Ich weiß, ich sollte mich nicht fürchten, denn Eure Majestät werden auch in dieser Schlacht Eurem Ruf gerecht werden und siegen.«

Der Neguse Negest hebt die Augenbrauen. »Meinem Ruf?«

»Der Kaiser von Byzanz hält Euch für den Priesterkönig Johannes, der den Islam vernichten und dem wahren Glauben Iesou Christou zum Sieg verhelfen wird.«

Zara Yakob verzieht die Lippen zu einem vergnügten Lächeln. »Wo ist das Manbar?«

»Dort drüben.« Konstantin deutet auf die allerheiligste Lade, die von Haile Selassie, dem Wächter der Lade, auf dem Kopf getragen wird.

»Lass es herbringen!«, befiehlt der Kaiser. Die dröhnenden Stimmen Tausender Muslime, die in den Kriegsruf ihres Sultans einfallen, übertönen beinahe seine Worte. Er drängt sich durch die Reihen seiner Offiziere und wendet sich dem Opfertier zu, einem Löwen. Ihn zu töten bezeugt seine kaiserliche Macht. Seine Unbesiegbarkeit.

Mit angehaltenem Atem beobachten die Krieger, die er in Aksum um sich geschart hat, wie Zara Yakob den Schleier zurückschlägt, der sein Gesicht und die Kriegerkrone aus geflochtenem Löwenhaar verhüllt, sein Schwert zieht und sich dem Löwen nähert. Die Abunas haben Mühe, die Bestie festzuhalten. Unbändig reißt der Löwe an seinen golddurchwirkten Fesseln, bäumt sich mit aller Kraft auf, wirft seinen Kopf hin und her und versucht, nach Abuna Gabriel zu schnappen. Behände weicht der Ägypter dem Löwen aus und springt mit wehendem Patriarchengewand zurück.

Langsam nähert sich der Kaiser mit dem Schwert. Brüllend zerrt der Löwe an den Fesseln, fletscht die Zähne, rollt die Augen und spannt die Muskeln an zum Sprung. Als der Kaiser vor ihm stehen bleibt, wirbelt die Bestie plötzlich herum, um sich auf den Neguse Negest zu werfen. Die Abunas können ihn nicht mehr aufhalten. Entsetzt stöhnt Patriarch Mikael auf, als der Löwe sich losreißt.

Die umstehenden Krieger halten gebannt den Atem an.

Der Gesalbte Gottes ist in Lebensgefahr!

Im letzten Augenblick reißt Zara Yakob sein Schwert hoch und stößt es dem springenden Löwen in die Brust. Blut spritzt auf und netzt die Seidenrobe, die er unter seiner Rüstung trägt. Mit einem Brüllen, das die Erde erzittern lässt, fällt der mächtige König der Tiere zu Boden und verendet röchelnd.

Stille.

Dann ein erleichtertes Aufseufzen. Der Allmächtige hat Zara Yakob beschützt. Gott ist auf seiner Seite.

Ein Diakon, der eine der kaiserlichen Kronen trägt, kniet neben dem Löwen nieder und fängt das Blut in einer goldenen Schale auf. Sodann erhebt er sich, versprengt einige Tropfen gen Himmel und reicht die Schale dem Kaiser, der nach einem gemurmelten Gebet das alttestamentliche Blutopfer darbringt.

Mit weittragender Stimme betet er: »Steh mir bei, Gott des Moses und des Aron! Gürte mich mit dem Schwert, das zwei Schneiden hat: Gebet und demütige Unterwerfung unter deine göttliche Macht. Rüste mich mit einem den Sieg verheißenden Harnisch: Glaube, Selbstvertrauen und Zuversicht. Schenk mir den Triumph über deine Feinde, Herr, mein Gott, die ich in deinem Namen vernichten will! Gewähre mir den Sieg in dieser Schlacht!«

In einer feierlichen Prozession mit Trommeln und Trompeten, Psal-

mengesang und Sistrenklang geleiten die Abunas und ihr Gefolge das verhüllte Manbar zum Neguse Negest und stellen die heilige Lade des Gottesbundes unter einem violett blühenden Baum vor Zara Yakob ab.

Haile Selassie, ›die Macht der Dreifaltigkeit‹, der Wächter der Lade, tanzt im Schatten des blühenden Baumes vor dem Schrein und intoniert zum Ruhme Gottes den hundertfünfzehnten Psalm: »›Nicht uns, o Herr, nicht uns, sondern deinem Namen gib Ehre wegen deiner Gnade, wegen deiner Treue! Israel, vertraue auf den Herrn! Dein Schwert und dein Schild ist er. Der Herr segnet das Haus Israel. Wir aber, wir werden den Herrn preisen von nun an bis in alle Ewigkeit. Halleluja!‹«

Während der singende Haile Selassie das goldene Weihrauchgefäß schwenkt und das Manbar mit dem geweihten Duft beräuchert, kniet der Gesalbte in einem Regen von herabrieselnden violetten Blüten nieder und verneigt sich tief.

Beunruhigt blickt Konstantin hinüber zu Sultan Bedlays Heer, das sich zwischen den Baobab-Bäumen der weiten Hügellandschaft bedrohlich nähert. Er springt auf sein Pferd und trabt die Reihen der Krieger entlang. »Haltet die Formation! Weicht keinen Schritt zurück! Der Allmächtige wird dem Neguse Negest den Sieg über die Übermacht der Feinde Gottes schenken! Im Namen Iesou Christou, der sein Leben opferte und für euch am Kreuz starb: Seid standhaft und zuversichtlich, wie der Sohn Gottes es bis zu seinem letzten Atemzug war!«

Entschlossen beugt sich Zara Yakob vor und hebt Schicht um Schicht den schweren purpurnen und goldenen Brokatstoff an, der den uralten Schrein aus Akazienholz verhüllt.

Die Patriarchen Gabriel und Mikael weichen mit ihrem Gefolge aus Priestern, Diakonen und Mönchen zurück und wenden sich mit gesenktem Blick ab. Denn nicht einmal ihnen, den Hohepriestern des Reiches, ist es gestattet, das heilige Manbar unverhüllt zu sehen. Nur der Wächter der Lade, der Nachfolger der Söhne Arons, bleibt mit verschleiertem Gesicht an der Seite des Kaisers.

Andächtig küsst Zara Yakob das Manbar. Die Prozessionen an den Timkat- und Fasikafesten, der Weihrauchduft, das Taufwasser und das Opferblut haben das jahrtausendealte Holz splittern lassen.

Sieben goldene Siegel verschließen den ehrwürdigen Gottesschrein, der das allerheiligste Tabota Tseyon und die Sellat Muse bewahrt.

Patriarch Gabriel zieht die verkrampften Schultern hoch, als sich der Gesalbte an der Lade des Gottesbundes zu schaffen macht, um das erste der sieben Siegel zu öffnen.

»›Und ich sah rechts von dem, der auf dem Thron saß, ein Buch, innen und außen beschrieben und mit sieben Siegeln versiegelt‹«, zitiert er, im Herzen berührt das Buch der Offenbarung. »›Ein gewaltiger Engel rief mit lauter Stimme: Wer ist würdig, das Buch zu öffnen und seine Siegel zu brechen? Aber niemand im Himmel und auf der Erde konnte das Buch öffnen und lesen. Und ich weinte sehr, weil niemand für würdig befunden wurde. Da sagte einer der Ältesten zu mir: Weine nicht! Gesiegt hat der Löwe aus dem Stamm Juda, der Spross aus der Wurzel Davids. Er kann das Buch und seine sieben Siegel öffnen.‹«

Mit einem leisen Knirschen öffnet der Erwählte Gottes das erste Siegel.

Erleichtert atmet Gabriel auf. Leise rasseln die goldenen Ketten des Räuchergefäßes, das der Wächter der Lade schwenkt. Es ist so still, dass Zara Yakob das Atmen der Männer um sich herum vernehmen kann.

Der Gesalbte öffnet das zweite Siegel. Das dritte zerbricht und fällt zu Boden. Der Wächter der Lade, der noch immer sein Weihrauchgefäß schwenkt, kniet respektvoll neben dem Kaiser nieder und hebt es auf.

Das vierte Siegel öffnet sich leicht. Das fünfte Siegel jedoch bereitet dem Gesalbten des Herrn Schwierigkeiten und lässt sich zuerst nicht öffnen. Doch schließlich gibt das uralte Schloss mit einem vernehmlichen Knirschen nach. Dann fällt auch das sechste Siegel.

Sosehr der Kaiser sich bemüht: Das siebte Siegel bleibt verschlossen.

Ein vorwitziger Wiedehopf mit zerrauften gelben Brustfedern fliegt heran und landet auf der heiligen Lade. Während er sein Gefieder ordnet, ruckt der Kopf mit den schwarzen Augen und dem langen, gebogenen Schnabel hin und her. Mit schräg gestelltem Kopf beobachtet er aufmerksam den vor ihm knienden Kaiser.

Gabriel, der über seine Schulter blickt, belächelt die Unverforenheit des Wiedehopfs und beendet sein Gebet mit tiefem Seufzen.

Der König der Könige erhebt sich, streicht mit beiden Händen seine Robe glatt und blickt hinüber zu den karstigen, baumbestandenen Felsen, hinter denen in einem weiten, paradiesischen Tal wie im Garten Eden die Stadt Aksum liegt. Sein Blick sucht die Ruinen des Palastes der Königin Makeda von Saba in einem Wald von Weihrauchbäumen, dann auf dem Berg unter einem uralten Gummibaum das Grab des Königs Kaleb, in dessen Krypta Makedas sagenhafter Schatz verborgen sein soll. Die gewaltigen monolithischen Stelen der Könige recken sich in den tiefblauen Himmel. Und vor der allerheiligsten Kathedrale Maryam Tseyon steht der steinerne Thron Israels, wo er selbst zum Neguse Negest gesalbt worden ist.

Zara Yakob wendet sich zu seinen Kriegern um.

Sein prächtig aufgezäumtes schwarzes Schlachtross wird herangeführt und in die Knie gezwungen, damit der Kaiser aufsteigen kann. Dann springt das Pferd auf, wirft schnaubend den Kopf hoch und tänzelt aufgeregt, kleine Staubwolken aufwirbelnd, als der Neguse Negest mit weittragender Stimme ruft: »Ich bin der Sohn Davids, der Sohn Salomos, der Sohn Meneliks!«

Ein Triumphschrei aus tausend Kehlen weht ihm entgegen. Die Gesichter der Krieger glühen im Licht des wahren Glaubens und der Ge-

wissheit, dass Gott der Allmächtige seinem Gesalbten den Sieg schenken wird.

»Seht die heilige Lade!«, ruft der Kaiser und deutet auf das Manbar, das der Wächter, der den neugierigen Wiedehopf verscheucht hat, wieder verhüllt. »Spürt die Gegenwart des allmächtigen Gottes! Der Herr kämpft an unserer Seite. Er wird uns, seinem auserwählten Volk, den Sieg über die Ungläubigen schenken, deren Heer so mächtig und unbezwingbar scheint wie die Mauern von Jericho stark und unüberwindlich schienen. Doch mit Gottes Hilfe hat Yoshua die Mauern von Jericho zum Einsturz gebracht. Er hat Jericho erobert. Wie Yoshua werden wir siegen!«

Die äthiopischen Krieger schlagen mit den Schwertern dröhnend auf ihre Schilde, die mit Zebrafell bespannt sind, und stimmen ein ohrenbetäubendes Geschrei an. Ein Bogenschütze sendet einen Pfeil in den Himmel. Zwischen den Speeren, die wie Schilfrohr im heißen Wind schwanken, fällt er wieder zu Boden.

Sobald wieder Ruhe herrscht, weht von der anderen Seite des Schlachtfeldes der muslimische Schlachtruf herüber. Offenbar ermutigt auch Sultan Bedlay seine Krieger nach dem gemeinsamen Gebet zu Allah durch eine flammende Rede.

»Gott der Allmächtige hat einen Bund mit uns geschlossen!«, ruft der Gesalbe des Herrn. »Sein Sohn Iyasus Christos ist auf unserer Seite und hält schützend seine Hand über uns, die wir im Zeichen des Kreuzes kämpfen! Und doch werden einige von euch, vielleicht auch ich selbst, diesen Tag nicht überleben. Besiegt eure Furcht! Dann werdet ihr auch euren Tod besiegen! Amen.«

Mit einem gewaltigen Schrei aus hunderttausend Kehlen setzt sich das übermächtige Heer von Sultan Bedlay in Bewegung.

Der erste Angriff bricht wie ein Sturm über die Christen herein. In einer weiten, sichelförmigen Schlachtformation galoppieren die muslimischen Reiter mit einem »Allahu akbar – Gott ist groß!« die Hügel herab auf das Schlachtfeld.

Staubwolken wirbeln in den tiefblauen Himmel hinauf und verhüllen die Sonne mit einem ockerfarbenen Schleier.

Nur das Donnern der Hufe der muslimischen Pferde und das Dröhnen der großen Kriegstrommeln ist zu hören. Angespannt beobachten die Krieger des Kaisers, wie sich die Muslime mit gesenkten Lanzen und gezückten Schwertern schnell nähern.

»Für die Freiheit! Für den wahren Glauben! Und für Ruhm und Ehre! Folgt mir in die Schlacht!« Zara Yakob wendet sein aufgeregt tänzelndes Schlachtross und stürmt, gefolgt von seinem treuen Gefolgsmann Konstantin, dem Feind entgegen.

Auch die Äthiopier senken ihre Lanzen. Als sie auf das Schlachtfeld stürmen, schwirrt ein Hagel von Tausenden Pfeilen auf sie nieder. Viele werden getroffen und stürzen schreiend von ihren galoppierenden Pferden.

»Haltet die Formation!«, brüllt ein Offizier, als eine weitere Salve auf die Männer niedergeht und viele in den Tod reißt. »Lasst den Feind nicht unsere Reihen durchbrechen! Achtet auf die Elefanten! Kommt ihnen nicht zu nahe, sonst werden sie euch niedertrampeln!«

Das Heer der Muslime droht die Gefolgsleute des Kaisers mit einer weit ausgreifenden Schwenkbewegung einzuschließen und zu vernichten.

Mit gewaltigem Kampflärm prallen die Heere in einem Gewühl aus Pferden, Maultieren, Dromedaren und Kriegselefanten aufeinander. Reiter stürzen, überschlagen sich, bleiben reglos liegen und werden zerschmettert, als sich ihre Pferde schrill wiehernd aufbäumen und, von Pfeilen und Lanzen getroffen, ebenfalls zu Boden gehen. Fahnen mit den Symbolen von Kreuz und Halbmond fallen flatternd in den aufwirbelnden Staub und werden zertrampelt. Schwerter blitzen auf und reißen tiefe Wunden. Lanzen werden in Körper gerammt und zerbrechen unter dem jähen Aufprall. Blut spritzt aus Wunden und netzt die Harnische der Kämpfenden. Gebete zu Gott, zu Allah, zum Propheten Mohammed und zu Iyasus Christos werden gebrüllt, Psalmen mit atemloser Stimme gesungen. Die Schmerzensschreie und das Todesröcheln vermischen sich mit dem rhythmischen Dröhnen der großen Kriegstrommeln, dem ängstlichen Wiehern der Pferde und dem alles übertönenden Trompeten eines verwundeten Elefanten, der sich gegen seinen eigenen Treiber wendet, den er mit dem Rüssel von seinem Rücken hebt und zu Boden schleudert. Dann bringt er die Reihen der herandrängenden Muslime zum Stillstand, treibt sie mit seinen gespitzten Stoßzähnen zurück und schlägt sie schließlich in die Flucht.

Todesmutig galoppiert Zara Yakob über das Schlachtfeld. Die Hufe seines Pferdes wirbeln eine Staubwolke auf, die der Kaiser wie den Schweif eines Kometen hinter sich herzieht. Mit seinem Schwert teilt er kraftvolle Hiebe aus, die seine Feinde, die ihn aus dem Sattel zerren wollen, zu Boden strecken – fluchend folgt ihm Konstantin. Doch der Erwählte Gottes lässt sich von dem hin und her wogenden Schlachtgetümmel nicht aufhalten, treibt sein Schlachtross zum gestreckten Galopp an und prescht zwischen den siegestrunken johlenden Muslimen hindurch direkt auf Sultan Bedlay zu, der ihn, beschützt von seinen Leibwächtern, mit gezücktem Schwert erwartet.

»Stirb, du verfluchter Ungläubiger!«, brüllt der Sultan von Adal mit aufgerissenen Augen und hebt seine Klinge, um den Erwählten Gottes zu töten.

»Für wen hältst du dich, Ahmed Bedlay?«, dröhnt der König der Könige voller Verachtung und zerrt an den Zügeln seines herumwirbelnden Pferdes. »Für den gottgesandten Mahdi, den Retter des Islam, der in einem Djihad alle vernichten wird, die sich nicht zum Propheten des Satans bekennen? Möge Allah den Namen des Kameltreibers aus Mekka verfluchen! Er war der Antichrist!«

»Und wer bist du, Zara Yakob ibn Suleiman ibn Daud? Der Messias, der Nachkomme von zwei großen Propheten? Der Stellvertreter Gottes auf Erden?«

Der Byzantiner, der dem Kaiser nicht von der Seite gewichen ist, stößt seinen Speer in Bedlays hassverzerrtes Gesicht. Doch der Sultan kann ihn abwehren und schleudert ihn mit aller Gewalt zurück, um Zara Yakob zu töten. »Bism'Allahi ar-rahmani ar-rahim. Im Namen Allahs und des heiligen Djihad gegen alle Ungläubigen!«

Bedlay verfehlt ihn jedoch und verletzt ihn nur am Schwertarm.

Der Kaiser brüllt auf vor Schmerz und Zorn, reißt ungestüm sein Schwert hoch und drängt dem Sultan entgegen. »Im Namen des allmächtigen Gottes!«

Mit lautem Klirren prallen die Klingen immer wieder aufeinander. Die beiden Herrscher kämpfen um ihr Leben.

Als der Kaiser schließlich vom Pferd stürzt, springt auch der Sultan aus dem Sattel. Zara Yakob ist benommen von dem Sturz. Dann liegt Ahmed Bedlays Schwert an seiner Kehle. Der Kaiser spürt, wie die scharfe Klinge seine Haut ritzt und das warme Blut über seinen Nacken rinnt.

Plötzlich schwankt der Boden unter ihm. Bedlay taumelt unter der jähen Erschütterung. Er muss sich am Sattel seines Pferdes festhalten, um nicht in eine der Erdspalten zu stürzen, die sich mit ohrenbetäubendem Donnern unter ihm auftun.

Ein gewaltiges Beben verwüstet das Schlachtfeld. Viele der Kämpfenden fallen schreiend zu Boden. Etliche versinken im aufbrechenden Erdreich und werden lebendig begraben.

»Bism'Allah!« Die Hand des Sultans zittert vor Gottesfurcht, als er weit ausholt, um dem Kaiser, der hilflos neben dem Abgrund einer tiefen Spalte liegt, den Todesstoß zu versetzen.

Alessandra

Kapitel 43

Im Heiligen Grab in der Grabeskirche
Fasika, 2. Miyazya 6945
18. Dhu'l Hijja 848, 21. Nisan 5205
Ostersonntag, 28. März 1445
Kurz nach zehn Uhr morgens

Im Herzen berührt habe ich beobachtet, wie … ja, wie andächtig Ghiorghi an der orthodoxen Ostermesse teilgenommen hat. Da er kein Wort Griechisch versteht, habe ich ihm die Worte von Patriarch Joachim übersetzt: Christós anésthe, alethos anésthe. Christos ist auferstanden, wahrlich, er ist auferstanden.

Nach der Messe war der Mamelucke aus Georgien mit sehnsüchtigem Blick zum Golgatafelsen emporgestiegen. Anschließend wurde er von Fra Girolamo da Salerno ins Heilige Grab geführt.

Vor der Felsbank, wo vom Karfreitag bis zur Osternacht Jesu Leichnam ruhte, kniet Ghiorghi nieder und betet, die Stirn andächtig an den kalten Stein gelehnt. Dann erhebt er sich, bekreuzigt sich dreimal und küsst mit geschlossenen Augen den Felsen, auf dem die Auferstehung Christi stattfand. Mit einem weißen Damasttuch reibt er über den Stein. Dann faltet er das Tuch und schiebt es unter seine Rüstung, sodass es über seinem Herzen liegt.

Als er sich schließlich zu mir umdreht, funkeln seine Augen im goldenen Schein der Öllichter – er sieht glückselig aus. »Ich weiß nicht, wie ich dir für all das hier danken soll«, gesteht er mit bebender Stimme. Seine Geste umfasst die Auferstehungsikonen an den Wänden, die Ampeln, die von der Decke hängen, den süßen Weihrauchduft, das sanfte Licht, die friedliche Stimmung.

»Das musst du nicht, Ghiorghi«, antworte ich. »Der Glanz in deinen Augen ist mir Dank genug.«

Durch die Engelskapelle folgt er mir in den Kuppelraum, wo ich mich von Fra Girolamo verabschiede. Dann verlassen wir die Grabeskirche.

»Wir werden erwartet«, flüstere ich und mache Ghiorghi auf den Dominikaner aufmerksam, der uns gefolgt ist, seit wir vor zweieinhalb Stunden die Zitadelle verlassen haben.

Der Mamelucke umfasst den Griff seines Schwertes. »Ich werde ihn ...«

Ich lege ihm eine Hand auf den Arm. »Lass nur.«

Der Dominikaner hockt auf den glühend heißen Stufen der Al-Omariya-Moschee gegenüber der Grabeskirche und trägt trotz der trockenen Hitze einen wollenen Habit mit hochgezogener Kapuze. Als er uns bemerkt, stellt er geschwind eine leere Almosenschale vor sich auf die Stufen.

Ein Bettelmönch, der nicht bettelt? Ein Predigermönch, der nicht predigt? Ein frommer Christ, der nicht das Pontifikalamt des Patriarchen von Jerusalem zur Auferstehung seines Herrn und Gottes Jesus Christus besucht?, denke ich vergnügt und gehe geradewegs zu ihm hinüber.

Damit hat er nicht gerechnet. Ihm bleibt keine Zeit für eine überstürzte Flucht.

»Buon giorno, Frate!«

Er ist so überrumpelt, dass er es nicht wagt, mir in die Augen zu sehen. »Buon giorno«, nuschelt er.

Lässig werfe ich eine Goldmünze in seine hölzerne Bettelschale. »Laudetur Jesus Christus.«

Kein »In aeternum, Amen«. Nur verunsichertes Schweigen.

Dachte ich es mir! Er kennt den christlichen Gruß nicht.

Der Dominikaner weiß offenbar nicht, wie er sich mir gegenüber verhalten soll und murmelt ein scheues »Grazie!«.

Die Vorstellung, die er mir in der Rolle des demütigen Mönchs gibt, ist halb komisch, halb tragisch, und ich weiß nicht, ob ich darüber lachen oder weinen soll.

Er tastet nach der Almosenschale und rafft seinen Habit, um sich zu erheben.

»Un momento, Frate, per favore! Wisst Ihr, was mein Vater immer gesagt hat?«, frage ich ihn auf Italienisch, und er blickt auf. »Er hat Senecas *De brevitate vitae* zitiert. Sein Lieblingsbuch. ›Vivere tota vita discendum est et, quod magis fortasse miraberis, tota vita discendum est mori.‹«

Kein Zeichen des Verstehens.

»Das bedeutet auf Italienisch: ›Zu leben muss man das ganze Leben lang lernen, und, worüber du dich vielleicht noch mehr wundern wirst, man muss das ganze Leben lang lernen zu sterben.‹ Ist es nicht erstaunlich, dass er die Gedanken eines römischen Philosophen den hebräischen Weisheiten der Bibel vorgezogen hat?«

Der Frater hat verstanden, was ich gesagt habe, obwohl ich mit römischem Akzent gesprochen habe.

»Mein Vater *war* Dominikaner.«

Der Mönch nickt stumm.

»Der Inquisitor von Rom.«

Er senkt den Blick und schweigt.

Er weiß, wer mein Vater war! Und er weiß, wer ich bin!

Fassungslos betrachte ich den zerschlissenen Habit, den er trägt. Einen römischen Dominikanerhabit.

O Gott, kann es sein …?

Dann fasse ich mich. Ich nicke bedächtig.

»Einen friedlichen Ostersonntag!«, wünsche ich ihm. »Schalom!«

Verwirrt starrt er mir nach, bis ich mit Ghiorghi wenige Schritte weiter nach rechts in die Gassen des Muristan einbiege. Wir verbergen uns in einer Mauernische der Al-Omariya-Moschee. Als ich zurückblicke, sehe ich, wie der Mönch aufspringt, mit fliegendem Habit an der Gasse vorbeihastet und in Richtung des Souk al-Attarin verschwindet. Hat er uns unter der schwarzen Kapuze seines Skapuliers gesehen?

Ich packe Ghiorghi am Arm und zerre ihn aus der Nische. »Na komm!«

»Was hast du vor?«, keucht er, als wir durch den Muristan in Richtung des armenischen Viertels rennen. In seiner schweren Rüstung und mit dem Schwertgurt hat er Mühe, mit mir Schritt zu halten.

»Wir folgen ihm.« Wir biegen nach links in die Davidstraße ein und schieben uns durch das Gewühl der christlichen Pilger, die vor den Läden der Reliquienhändler stehen geblieben sind und mit lauter Stimme feilschen. Von irgendwoher wehen der Duft von Weihrauch und leise Flöten- und Trommelmusik.

Die Luft in der Davidstraße ist so staubig, dass die Sonnenstrahlen, die sich zwischen den Sonnensegeln hindurch in die Gasse verirren, zarte Vorhänge aus blendendem Licht bilden.

Dann haben Ghiorghi und ich die Kreuzung der Gassen erreicht, die das christliche, das armenische, das muslimische und das jüdische Viertel trennen. Von der Zitadelle führt die Davidstraße hierher, vom Tempelberg und dem Al-Maghribi-Viertel die Ha-Shalshelet, die Kettenstraße, und vom Damaskustor und der Grabeskirche aus enden hier drei enge Marktstraßen. Der Souk al-Lahhamin, der von Fliegen verseuchte Fleischmarkt, über dessen gestampften Lehmboden das Blut der nach muslimischen oder jüdischen Vorschriften geschächteten Tiere rinnt, der

Souk al-Khawayat, der Stoffmarkt mit orientalisch bunten Ballen von Damast aus Dimashq, Musselin aus Mossul, Baumwolle aus Kairo, florentinischer Seide und indischem Brokatstoff, und der Souk al-Attarin, der Gewürzmarkt, stoßen hier zusammen.

Während uns ein alter, weißbärtiger Mann, der mit Keffiyah und schwarzem Agal-Stirnband an den Erzvater Abraham gemahnt, mit seinem Stock gegen einige byzantinische Pilger drängt, weil er eine Herde blökender Schafe zum Fleischmarkt treiben will, werfe ich einen Blick in den Souk der Gewürze. Offene Läden aus der Kreuzfahrerzeit säumen die Marktstraße. Der Duft von exotischen Gewürzen wie Pfeffer, Kardamom, Galgant, Zimt, Ingwer, Safran und Chili weht mir mit einer heißen Windbö des Khamsin entgegen, raubt mir fast den Atem und reizt mich zum Niesen.

»Al-hamdu li-llah! Yarhamukumu-llah – Allah schenke dir seine Gnade.«

»Shukran, Ghiorghi.« Ich reibe mir die juckende Nase. »Siehst du ihn?«

Der junge Mamelucke, der mich um eine Handbreit überragt, späht über die hin und her wogenden bunten Turbane hinweg und schüttelt den Kopf. »Nein.«

Weiter!

Wir schieben uns an den Pilgern vorbei, ducken uns unter einer Reihe von gestreiften Djellabiyas hindurch, die von der Befestigung eines Sonnensegels herabhängen, und stolpern beinahe über die Wasserpfeifen, die vor dem nächsten Laden aufgebaut sind. Dann entdecke ich den jüdischen Dominikaner, hundert Schritte entfernt, in der Kettenstraße. »Da ist er, siehst du, Ghiorghi? Er hat die Abkürzung durch die Gassen des muslimischen Viertels genommen.«

»Wieso bleibt er stehen?«

Der Dominikaner huscht in den Tallitladen an der Kettenstraße. Kurz darauf verlässt er den Laden in einer gestreiften Djellabiya und einem gelben Turban. Den Dominikanerhabit hat er sich wie einen Tallit über die Schulter gelegt. Yonatan, der vorgestern plötzlich sehr ernst und still geworden ist, als ich ihm meinen Namen nannte, begleitet ihn. Die beiden tuscheln aufgeregt, als sie die Ha-Shalshelet-Straße überqueren und in einer Gasse des Judenviertels verschwinden.

Ghiorghi folgt mir durch die engen, gewundenen Gässchen, die über unebene Stufen an verwitterten Hauswänden aus Stein, an niedrigen Türöffnungen und kleinen vergitterten Fenstern entlangführen. Die alten Häuser, die aus der Zeit Jesu zu stammen scheinen, bestehen aus einer Ansammlung einzelner überkuppelter Räume, die sich um einen kleinen Hof oder Garten mit Granatapfel- und Feigenbäumen gruppieren. Fast jeder Raum verfügt über einen eigenen Treppenabsatz, die oberen haben eine kleine Kuppel, eine Dachterrasse oder einen kleinen Garten mit duftenden Orangen- und Zitronenbäumen, zu der eine schmale Steintreppe hinaufführt. An Sukkot werden dort oben die Laubhütten errichtet.

Wenige Schritte vor uns steigen die beiden jungen Männer eine schmale, gewundene Treppe hinauf und verschwinden in einem Haus nahe der Synagoge. Ich erkenne es an der silbernen Mesusa neben der Tür – Elija hat sie mir beschrieben.

»Und nun?«, fragt Ghiorghi, der sich neben mir an die glühend heiße Hauswand lehnt.

Auf der getreppten Gasse, die zum Al-Maghribi-Viertel und weiter zur Klagemauer führt, haben zwei kleine Mädchen mit fliegenden Zöpfen ihr fröhliches Hüpfspiel unterbrochen. Sie drücken sich in eine Nische in der Hauswand, lugen um die Ecke und beobachten uns, die Gojim, argwöhnisch.

Plötzlich höre ich das Klappern von Pferdehufen aus einer der gepflasterten Gassen, die zum Tempelberg führen. Am Ende der

Straße erkenne ich einen Trupp von zwanzig berittenen Mamelucken, die einen kleinen Platz überqueren und sich dann in Richtung des Haram ash-Sharif wenden.

Da ist Uthman. Und neben ihm reitet …

Nein, das kann nicht sein!

Ich raffe mein Gewand und haste die Stufen hinunter. Unvermittelt bleibe ich stehen.

Das prunkvolle saphirblaue Staatsgewand. Der weiße Turban. Das dunkle lockige Haar. Kein Zweifel, es ist Yared! Aber was will er denn kurz vor dem Mittagsgebet in der Al-Aqsa?

Beunruhigt kehre ich zu Ghiorghi zurück. »Du wartest hier auf mich.«

Bevor er sich widersetzen kann, haste ich die steilen Stufen hinauf, die zu Rabbi Eleazars Haus führen. Das Haus wirkt verfallen. Die Fensterrahmen sind so verwittert, dass kein neuer Fetzen ölgetränktes Pergament mehr daran festgenagelt werden kann, ohne dass das morsche Holz zerbricht. Vermutlich seit dem letzten Erdbeben, das das Nachbarhaus in einen Schutthaufen verwandelte, hängt die Haustür schief in den Angeln. Das Gesetz der Dhimma verbietet es den Juden, ihre Häuser ohne Erlaubnis wieder aufzubauen. Und der Firman und die notwendigen Bestechungsgelder, die dem Antrag beigelegt werden sollten, um dem Anliegen die nötige Aufmerksamkeit zu verschaffen, kosten oft mehr als ein neues Haus.

Ich klopfe. Während ich warte, dass mir geöffnet wird, berühre ich die silberne Mesusa, die am rechten Türpfosten befestigt ist. Darin eingefaltet steckt ein Pergament mit dem Schma Israel. ›Höre Israel: Adonai ist unser Gott, Adonai unser Herr allein. Und du sollst den Herrn, deinen Gott, lieben mit deinem ganzen Herzen und mit deiner ganzen Seele und mit deiner ganzen Kraft.‹ Die Schriftkapsel ist wie ein kleiner Tempel geformt und mit dem Buchstaben Shin geschmückt, dem Symbol für Shaddai, den Allmächtigen. Sie ähnelt der Mesusa, die ich im Nachlass meines Großvaters gefunden habe. Stammt sie von demselben Silberschmied?

Von innen vernehme ich ein leises Schlurfen. Dann öffnet Rabbi Eleazar die schief hängende Tür. Als er mich erkennt, reißt er die Augen auf, als habe er eher mit dem Propheten Elija gerechnet als mit mir.

»Schalom alecha, Rabbi.«

»Schalom«, flüstert er bestürzt.

»Darf ich eintreten?«, frage ich auf Italienisch. »Ich habe eine Frage, Rabbi, und ich hoffe, dass du sie mir beantworten wirst.«

Er nickt und tritt zur Seite. »Komm herein!«

Im Arbeitszimmer, dessen Wandregale sich unter den dicken Bänden des Talmud biegen, sehen mir zwei junge Männer erwartungsvoll entgegen. Sie sind in meinem Alter, so um die dreißig.

»Alessandra, darf ich dir meine Söhne vorstellen? Yonatan kennst du ja schon. Aviram ist Rabbi am Bet Midrasch in Betlehem, eine Wegstunde von hier. Er lehrt dort die Weisheit der Kabbala. Avirams Haus steht gleich gegenüber der Geburtskirche Jesu und dem Kloster, wo der heilige Hieronymus die Bibel ins Lateinische übersetzte.«

»Che piacere! Come sta?«

»Benissimo, grazie«, antwortet Yonatan verunsichert – offenbar weiß er nicht, was er von meinem plötzlichen Erscheinen halten soll.

Ich deute auf das sorgfältig zusammengelegte Mönchsgewand, das Aviram auf den Schreibtisch gelegt hat. »Ist das der Habit meines Vaters?«

Eleazar nickt ernst, während seine Söhne mich angespannt beobachten.

»Darf ich ihn haben?«

Er übergibt mir das Gewand, als sei es eine kostbare Reliquie.

Ich streiche über den Wollstoff. Dann sehe ich Eleazar und seine Söhne an. »Was ist damals in Rom geschehen?«

»Dein Vater hat uns vor dem Scheiterhaufen bewahrt.«

»Ihr wart Conversos?«

Eleazar nickt stumm – die Erinnerung an seine Zeit als getaufter Christ ist wohl zu schmerzlich, als dass er sich mir anvertrauen wollte. Die Amtsvorgänger von Papst Martin waren den Juden gegenüber nicht so tolerant wie mein Cousin, der ihnen Glaubensfreiheit und Schutz vor den fanatischen Hetzpredigten der Franziskaner gewährte.

»Luca d'Ascoli war ein Gerechter«, hebt Eleazar zu sprechen an. »Eine moralische Instanz und das Gewissen der römischen Kirche und seines Freundes Papst Martin. Dein Vater war ein Heiliger. Die einzige Sünde, die er je begangen hat … Verzeih mir, mia cara, denn so ist es nicht gemeint! … Sein einziger Fehltritt warst du, seine Tochter.«

Ich nicke stumm, während sich mir die Kehle schmerzhaft zuschnürt und die Erinnerungen an Santa Maria sopra Minerva auf mich einstürmen. Mein Herz klopft so wie damals …

… als meine Mutter mich auf den Arm genommen, zärtlich geküsst und auf einen Dominikaner gedeutet hatte, der, umgeben von seinem Gefolge aus Mönchen, Diakonen und Priestern, am Altar die Messe zelebrierte. »Mein kleiner Schatz, das ist dein Vater, von dem ich dir schon so viel erzählt habe. Wie oft habe ich dir versprochen, dass er eines Tages zurückkehren wird nach Rom! Und schau, jetzt ist er da!«

Ehrfürchtig und ein wenig ängstlich starrte ich ihn an. Dieser mächtige Mann, vor dem alle demütig das Knie beugten und dessen tiefe Stimme durch die Kirche hallte, war mein Vater? Der lang ersehnte Vater, der in einem fernen Land gewesen war, in einer Stadt namens Konstanz, wo drei Jahre lang ein Konzil abgehalten worden war, wo er als ›Richter Gottes‹ über drei Päpste zu Gericht gesessen hatte.

Wie glücklich ich war, dass ich nun endlich einen Vater hatte – und wie traurig, als dieser Vater mich eine Stunde später entsetzt zurückstieß, auf die Knie fiel, bittere Tränen weinte und Gott um Vergebung anflehte, nachdem meine Mutter ihm in seiner Klosterzelle gestanden hatte, ich sei seine Tochter. Er konnte sich nicht zu mir bekennen, konnte mich nicht in den Arm nehmen, mich zärtlich küssen und mir sagen: ›Ich bin dein Vater. Ich hab dich lieb.‹

Wenige Tage später wurden meine Mutter und ich mit Gewalt in den Kerker der Inquisition geschleppt, und mein Vater, der Inquisitor von Rom, sollte über uns richten …

Ich vergrabe das Gesicht in seinem Habit und atme tief ein.

Nichts ist mir von ihm geblieben. Dem Vater, um dessen Liebe ich mein ganzes Leben lang vergeblich gerungen habe – nach seinem Tod habe ich ihn der Kirche zurückgegeben, der ich ihn einst entrissen hatte –, er wurde im Dominikanerhabit begraben, als wäre er noch immer Mönch. Meinetwegen hat Luca alles aufgegeben, was ihm jemals etwas bedeutete, das Priesteramt, die von seinem Freund Papst Martin vorangetriebene Karriere als päpstlicher Legat und Kardinal in Rom. Meinetwegen hat er seine heiligen Gelübde in den Wind gesprochen. Meinetwegen hat er sich blutig gegeißelt, weil er sich jene leidenschaftliche Nacht mit Adriana Colonna nicht verzeihen konnte.

Ich weiß nicht, ob er ahnte, wie schwer es für mich war, mit dieser Schuld zu leben. Was er mir geben konnte, hat er mir im Übermaß geschenkt. Sein Wissen. Die Freiheit, eigene Entscheidungen zu treffen. Das Selbstvertrauen, aus seinem Schatten herauszutreten. Entschlossenheit. Eigensinn. Alles, nur nicht das, wonach ich mich am meisten sehnte: Geborgenheit und Liebe.

Er hat mich geachtet wie einen Sohn. Nach besten Kräften gefördert. Vor Kardinälen, Herzögen und Humanisten mein Wissen und meinen Intellekt gepriesen. Ja, mein Vater war sehr stolz auf mich. Aber *geliebt* hat er mich nicht.

»Alessandra?« Rabbi Eleazar legt mir sanft die Hand auf den Arm. »Du bist blass. Willst du dich nicht setzen?« Er führt mich zu einem Hocker vor seinem Schreibtisch. Seine Söhne beobachten mich traurig. Sie ahnen, was in mir vorgeht.

»Wart ihr auch dort?«, quäle ich heraus – das Sprechen fällt mir schwer.

»In der Zelle neben deiner«, nickt Eleazar. »Ich habe die furchtbaren Schreie deiner Mutter gehört, als sie gefoltert wurde. Mein Gott, wie haben sie sie gequält, um ein Geständnis zu erzwingen, wer dein Vater war.«

Mein Herz krampft sich zusammen. »Ich hatte solche Angst.«

»Ich habe gehört, wie du geweint hast.« Eleazars Stimme klingt sanft und tröstlich.

»Sie haben mir so wehgetan. Sie haben mir die Kleider heruntergerissen und … und mich …« Ich kann nicht weitersprechen.

»Ich weiß, was sie dir angetan haben«, tröstet mich Rabbi Eleazar und ergreift meine Hände. Ein Gefühl von Wärme und Geborgenheit erfüllt mich. »Es tut mir so leid, mein armes Kind.«

»Mein Vater hat euch aus dem Kerker der Inquistion befreit.«

»An dem Tag, als deine Mutter unter der Folter starb und er mit dir aus Rom geflohen ist, hat er mir seinen Habit gegeben, damit ich, als Mönch verkleidet, den Kerker von Santa Maria sopra Minerva verlassen konnte. Er hat uns das Leben gerettet.«

Yonatan kniet sich vor mich. »Du kannst dir vorstellen, wie erstaunt ich war, als du mir vorgestern gesagt hast, wer du bist«, gesteht er bewegt. »Der Merkfaden vor dem Felsen Morija, der Tallit, den du für Yared al-Gharnati gekauft hast, sein Geständnis, dass ihr in jener Nacht zusammen im Felsendom wart, die Gewalt der Gojim. Unser Vater wollte dich beschützen, um dir zu vergelten, was dein Vater für uns getan hat. Deshalb haben mein Bruder und ich auf dich aufgepasst.«

»Ihr seid mir nichts schuldig. Ich kann euren Schutz nicht annehmen, denn ich bringe euch in Gefahr, wie ich den kleinen Elija in Gefahr gebracht habe.«

»Elija?«

»Er ist seit gestern Mittag verschwunden.«

In kurzen Worten berichte ich Eleazar und seinen Söhnen, dass die Christusritter den Jungen entführt haben.

»Wir werden ihn suchen«, beschließt der Rabbi, aber das lehne ich entschieden ab.

»Wenn unser Leben in Gefahr ist, dann deines umso mehr«, entgegnet Aviram. Er zieht ein Amulett unter seiner Djellabiya hervor und gibt es mir.

Die hebräischen Schriftzeichen auf dem silbernen Anhänger lauten: ›Niemand muss sich fürchten, der Gott an seiner Seite weiß.‹ Verwirrt starre ich auf das magische Hexagramm, das ›Siegel Salomos‹. Dann blicke ich auf. »Was ist das?«

»Dieses Amulett wird dich beschützen«, versichert mir Aviram und dreht den Anhänger in meiner Hand. »Siehst du? Auf der anderen Seite steht der Name des Allerhöchsten. Ein Trost in einer Zeit, in der wir Juden verfolgt werden.«

»Der Name Gottes?«

Nicht uns, o Herr, nicht uns, sondern deinem Namen gib Ehre!, dröhnt es in meinem Kopf. Ist dieser Name der Schlüssel zur verborgenen Botschaft der Templer in der Baruch-Apokalypse?

»Wie lautet er?«, frage ich atemlos und starre auf die Buchstaben der aneinandergefügten Gottesnamen.

היוה ינודא הוהי היהא

»Der Name Gottes ist unaussprechlich«, erklärt mir Aviram. »Im *Sefer ha-Sohar* steht geschrie…«

»Un momento, per favore! Wie viele Buchstaben hat er?«, unterbreche ich ihn aufgeregt.

»Zweiundvierzig, sagen der babylonische Talmud und die Kabbala. Das ist die Zahl, mit der Gott nach kabbalistischer Tradition die Welt erschuf.«

Ich schlage die Hände vor das Gesicht. »Zweiundvierzig Generationen von Abraham über David und Salomo bis Jesus. Matthäus, Kapitel eins, Vers siebzehn. Zweiundvierzig – das ist die Antwort!«

»Tut mir leid, ich verstehe nicht …«

Bevor ich antworten kann, wird die Tür aufgerissen, und ein junger Mann stürzt herein.

»Rabbi!«, keucht er außer Atem. »Adonai sei uns allen gnädig!«

»Was ist denn?«, fragt Eleazar beunruhigt.

»Rabbi, kommt schnell! Vor deinem Haus liegt ein ermordeter Mamelucke!«

Yared

Kapitel 44

Im Felsendom
Fasika, 2. Miyazya 6945
18. Dhu'l Hijja 848, 21. Nisan 5205
Ostersonntag, 28. März 1445
Kurz vor elf Uhr morgens

✡ Arslan wirkt besorgt, als er mir das Portal des Qubbat as-Sakhra, des Felsendoms, öffnet. »Der Dom ist verlassen. Ich habe selbst nachgesehen. Ihr könnt ungestört miteinander reden. Zwanzig Mamelucken bewachen die Tore. Ihr werdet nicht gestört werden.«

»Danke, mein Junge.« Als ich an ihm vorbeigehe, legt er mir kurz die Hand auf die Schulter, als ob er mir Mut zusprechen wolle. Ahnt er, was Uthman und ich zu besprechen haben?

Dumpf fällt die Tür hinter mir zu.

In aller Ruhe schlendert Uthman durch die Säulengalerie hinüber zur Treppe, die zum Brunnen der Seelen hinabführt, blickt gedankenvoll durch das Loch der zerbrochenen Marmorplatte ins Labyrinth hinunter, geht weiter und bleibt schließlich am Geländer vor dem As-Sakhra stehen, um den zerklüfteten Felsen zu betrachten. Während er im Koran blättert, den Arslan in jener Nacht auf die Brüstung gelegt hat, trete ich neben ihn, und sehe hinüber zu der Vertiefung im Fels, wo in König Salomos Tempel einst die Bundeslade stand.

Uthman schließt den Koran. »Du siehst erschöpft aus, Yared.«

»Nach Arons Attentat fühle ich mich nicht besonders gut.«

»Sein Tod hat dich aufgewühlt. Du trauerst um ihn.«

»Er war mein Freund.«

»Er hat eure Freundschaft verraten.« Uthman legt mir den Arm um die Schultern. »Ich weiß, wie enttäuscht du bist. Ich weiß, wie schmerzhaft es ist, wenn man seinem besten Freund nicht mehr vertrauen kann.«

Ich sehe ihn von der Seite an, aber er erwidert meinen Blick nicht, sondern starrt wieder den Felsen an. Worauf will er hinaus?

Allmächtiger Gott, kann es sein …?

Ich mache einen tiefen Atemzug. »Imam Yusuf hat mit dir geredet.«

»Heute Morgen, nach dem Morgengebet in der Al-Aqsa. Bei dir hat er sich eine blutige Nase geholt, also hat er es bei mir versucht.«

»Er spielt uns gegeneinander aus«, warne ich Uthman.

»Das weiß ich, Yared. Er verachtet dich, den Juden. Er hasst dich, weil du seinen Freund Tughan al-Uthmani gestürzt hast. Er wird alles daransetzen, dich als Emir von Al-Quds zu entmachten und dich hinrichten zu lassen.«

Er wendet sich zu mir und sieht mich eindringlich an.

»Ich bin dein Freund, Yared. Und du bist meiner. Ich brauche dich als Wesir, wenn ich Sultan werde. Und du brauchst mich als Sultan, wenn du dich weiterhin für ›Gottes vergessene Kinder‹ einsetzen willst, wie du es bisher getan hast. Freunde wie wir vertrauen einander, nicht wahr? Sie erzählen einander, was sie bewegt, was sie ängstigt, was sie in Lebensgefahr bringt. Es hat mich verletzt, dass ich das alles von Imam Yusuf erfahren musste und nicht von dir, Yared.«

»Was hat er dir erzählt?«

»Dass am Freitagmorgen an der Treppe zum Brunnen der Seelen der Merkfaden von einem Tallit entdeckt wurde. Dass am Freitagabend, kurz vor Beginn des Sabbat, außerhalb des jüdischen Viertels ein Gebetsschal gefunden wurde, der jedoch nicht zum Merkfaden passt. Dass eine junge Frau diesen Tallit bei einem Händler in der Kettenstraße gekauft hat. Dass sie in jener Nacht im Felsendom gewesen sein muss.«

Uthman entfernt sich einige Schritte, dann wendet er sich wieder zu mir um.

»Er hat keine Ahnung, wer diese junge Frau ist. Aber ich weiß es. Alessandra hat dir diesen Tallit gegeben, als ich dich zum Freitagsgebet abholen wollte. Du hast ihn auf dem Weg zur Al-Aqsa getragen. Danach verschwindet er auf ebenso mysteriöse Weise wie dein alter und wird von einem der Söhne von Rabbi Eleazar gefunden, dem Oberhaupt der jüdischen Gemeinde, den du am Nachmittag empfangen hast.«

Ich schweige.

»Arslan hat mir vorhin gesagt, dass du in jener Nacht bereit warst, die Schahada zu sprechen und zum Islam zu konvertieren. Er war dein Zeuge.«

»Ja.«

»Ihr wart jedoch nicht in der Al-Aqsa, wie er behauptet, sondern hier im Felsendom.«

»Ich war froh, dass Arslan mich begleitet hat. Ich wusste nicht, ob ich es übers Herz bringen würde, zu konvertieren. Ein Glaubensrückfall wird mit dem Tod bestraft. Dort drüben vor dem Felsen Morija habe ich gekniet und gebetet. Ich wollte meinen Frieden mit Jahwe machen. Ich wollte Arslan rufen, sobald ich bereit wäre, die Schahada zu sprechen.«

»Und?«

»Er kniete neben mir, während ich die ersten Worte des ›Ashadu an la ilaha illa-llah‹ sprach.«

»Und dann?«

»Dann erschien Alessandra.«

Ich erzähle Uthman, was in jener Nacht im Labyrinth geschehen ist.

»Du warst also mit ihr dort?«, fragt er mit tonloser Stimme.

»Ja.«

»W'Allah!«, flüstert er.

»Uthman, ich glaube nicht, dass sie den Haram ash-Sharif entweiht hat. Du kennst sie. Sie würde nichts tun, was …«

»Nein, natürlich nicht.« Uthman sieht mir in die Augen. »Nicht sie, sondern die Christusritter haben zum Schwert gegriffen und einen Kampf begonnen, der einen Muslim beinahe das Leben gekostet hätte. Sie hat Tayeb gerettet.«

»So war es.«

»Und damit hat sie sich selbst ausgeliefert.«

»Sie liebt Tayeb wie einen Bruder. Nach dem Tod ihres Geliebten ist er der Einzige, der ihr geblieben ist. Wenn er stirbt, ist sie ganz allein. Er wäre verblutet. Er schwebt noch immer in Lebensgefahr. Das Fieber steigt von Tag zu Tag. Er wird immer schwächer. Ich weiß nicht, ob er überleben wird.«

»Hast du ihr das so gesagt?«

Ich schüttele den Kopf.

Uthman schnauft. »Auf die Entweihung des Haram ash-Sharif steht die Todesstrafe. Die Kreuzritter werden hingerichtet. Aber *sie* war auch dort. Sie ist Christin.«

»Und ich bin Jude.«

Uthman wendet sich verzweifelt ab und birgt das Gesicht in beiden Händen. Dann sieht er mich traurig an. »Ich will dich nicht verlieren, Yared!«

»Und ich will *sie* nicht verlieren!«

»Du liebst sie.«

»Von ganzem Herzen.«

»Dann rette sie.«

»Wie?«

Uthman nimmt den Koran und schlägt die Fatiha auf, die erste Sure. »Sprich die Schahada, Yared. Konvertiere zum Islam, so wie du es am Freitag wolltest …«

Alessandra

Kapitel 45

In Rabbi Eleazars Haus im jüdischen Viertel
Fasika, 2. Miyazya 6945
18. Dhu'l Hijja 848, 21. Nisan 5205
Ostersonntag, 28. März 1445
Elf Uhr morgens

»Rabbi, komm schnell! Vor deinem Haus liegt ein ermordeter Mamelucke!«

Zu Tode erschrocken stürze ich aus dem Haus, stolpere, so schnell ich kann, die Treppe hinunter und dränge mich durch die Reihen der tuschelnden Juden.

Es ist Ghiorghi, der mit aufgerissenen Augen gen Himmel starrt. Er liegt in seinem Blut, das sich auf den Stufen der Gasse ausbreitet.

Ich zittere vor ohnmächtiger Wut, als ich niederknie, um Ghiorghis Augen zu schließen und ein Gebet zu sprechen. Doch welches? Ein muslimisches? Ein christliches?

»De profundis clamavi ad te, Domine. Höre mein Flehen! Würdest du, Herr, unsere Sünden beachten, wer könnte bestehen? Doch bei dir ist Vergebung«, stimme ich als Totengebet den hundertdreißigsten Psalm an, während ich das gefaltete Damasttuch, das über seinem Herzen gelegen hat, unter dem Harnisch hervorziehe und damit sein Gesicht verhülle. »Wenn dieser junge Mann vor deinen Richterstuhl tritt, Herr, dann vergib ihm seine Sünden, und lass ihn ein ins Königreich der Himmel. Wir Menschen greifen zum Schwert, um zu entscheiden, wer Gott mehr liebt und wen Gott mehr liebt. Doch du liebst alle deine Kinder. Du bist die Liebe, die Barmherzigkeit, die Vergebung, die Versöhnung und die Hoffnung auf Gerechtigkeit. Du bist der Frieden. Amen.«

Irgendjemand zupft mich am Ärmel, und ich blicke auf. Neben mir steht eines der Mädchen, die vorhin auf den Stufen der Gasse gespielt haben. Mit weit aufgerissenen Augen starrt sie den Toten an. Hat sie den Mord mitangesehen?

»Bist du Alessandra?«, fragt sie leise auf al-Arabiyya.

»Ja.«

Sie streckt mir einen gefalteten Zettel entgegen. »Das soll ich dir geben.«

»Von wem?«

Bebend vor Angst deutet sie die Gasse hinunter zum Tempelberg.

Ich springe auf und dränge mich durch die Reihen der zurückweichenden Juden.

Dann sehe ich ihn.

Dom Tristão de Castro.

Sein weißer Habit mit dem Kreuz der Unschuld schimmert unter dem schwarzen Skapulier hervor.

Mit zitternden Fingern entfalte ich den Zettel.

Yared

Kapitel 46

Im Felsendom
Fasika, 2. Miyazya 6945
18. Dhu'l Hijja 848, 21. Nisan 5205
Ostersonntag, 28. März 1445
Kurz nach elf Uhr morgens

»Sprich die Schahada, Yared. Konvertiere zum Islam, so wie du es am Freitag tun wolltest. Arslan und ich werden es bezeugen und gemeinsam mit dir beten«, sagt Uthman eindringlich. »Yared, lass mich bitte ausreden, bevor du antwortest! Glaub mir, ich weiß, welches Opfer du bringst. Wie sehr du dich mit dieser Entscheidung quälst. In Mekka. In Medinat an-Nabi. Und hier in Al-Quds. Als Dawadar, als Vertrauter des Sultans und einer der mächtigsten Würdenträger des Reiches, kannst du Einfluss auf den Prozess gegen Alessandra nehmen. Kein Richter wird es wagen, deine Geliebte oder Gemahlin anzuklagen oder zu verurteilen. Nimm sie mit nach Al-Kahira. Als Muslim kannst du Jadiya *und* Alessandra heiraten.«

»Uthman, das ist …«

»Jadiya wird nichts dagegen sagen. Sie liebt dich. Sie will dich nicht verlieren. Und Alessandra muss ja nicht im Harem leben. Schenk ihr deinen Palast bei den Pyramiden. Richtet euch ein Liebesnest ein, wo du dich von den Staatsgeschäften ausruhen kannst.«

Was soll ich dazu sagen?

»Vielleicht schenkt Alessandra dir den Sohn, nach dem du dich so sehnst.«

Ich antworte nicht.

»Yared?«

Ich blicke ihn zweifelnd an. »Glaubst du, sie wird mich nach Al-Kahira begleiten?«

»Frag sie.«

Zögernd nicke ich. »Aber morgen können wir noch nicht aufbrechen, Uthman. Ich brauche Zeit.«

»Wie lange?«

»Einen Tag.«

Uthman nickt bedächtig. »Nach dem Attentat letzte Nacht würden dir ein paar Stunden Ruhe und Besinnung sicher guttun. Wir verschieben die Abreise um einen Tag.«

Dann drückt er mir den aufgeschlagenen Koran in die Hand.

Alessandra

Kapitel 47

Im jüdischen Viertel
Fasika, 2. Miyazya 6945
18. Dhu'l Hijja 848, 21. Nisan 5205
Ostersonntag, 28. März 1445
Kurz nach elf Uhr morgens

Keine zehn Schritte von mir entfernt steht Dom Tristão.

Mit zitternden Fingern entfalte ich den Zettel. Seine Botschaft hat er mit einem Silberstift auf das Papier gekritzelt:

Wenn Euch das Leben des Jungen am Herzen liegt, dann folgt mir allein mit zehn Schritten Abstand. Ich warne Euch – Ihr werdet beobachtet.

Ich knülle den Zettel zusammen und hebe die Hand zum Zeichen, dass ich einverstanden bin. Als er mir zunickt, wende ich mich an Rabbi Eleazar. »Würdest du den Toten bitte in die Zitadelle bringen lassen? Aber warte damit noch eine Stunde. Der Emir ist vorhin zur Al-Aqsa geritten. Bitte sag Yared, was geschehen ist.«

»Und du?«

»Richte ihm aus, dass ich in ein oder zwei Stunden in die Zitadelle zurückkehren werde.«

Während ich ein paar Zeilen für Yared auf die Rückseite des

Zettels schreibe, zeigt Eleazar beunruhigt auf den Goj, der auf mich zu warten scheint. »Er hat den Mamelucken getötet.«

»Ja.«

»Und Elija entführt.«

»Ja.«

»Er wird dich töten.«

»Nein, Eleazar, das wird er nicht tun. Nimmst du den Habit meines Vaters mit in die Zitadelle? Und gib diesen Zettel dem Emir.«

Er umarmt mich herzlich. »Pass auf dich auf, mein Kind!«

»Mach ich«, lächele ich beklommen, drehe mich um und folge Tristão durch das muslimische Al-Maghribi-Viertel in Richtung des Tempelbergs.

Während er den weiten Platz vor der Klagemauer so schnell überquert, dass ich Mühe habe, den Abstand zwischen uns nicht größer als zehn Schritte werden zu lassen, dreht er sich immer wieder zu mir um. Auf der Kettenstraße wendet er sich nach rechts und drängt sich durch eine Pilgergruppe, die uns von der Via Dolorosa auf staubigen Eseln entgegenreitet. Dann biegt er in die quirlige Tariq al-Wad, die Tal-Straße, ein und folgt ihr nach Norden. Ein Blick nach rechts in den Souk al-Kattanin, den Baumwollmarkt, lässt mich einen Blick auf die in der Sonne gleißende Kuppel des Felsendoms erhaschen, die über uns aufragt.

Plötzlich ist er verschwunden. Verwirrt bleibe ich stehen und blicke mich um. Wo, zum Teufel, steckt er? Ist er vor mir? Oder hinter mir? Ich umklammere den Griff meines Dolchs, halte mich dicht an den Hauswänden, blicke mich immer wieder um und gehe langsam weiter.

Zu Tode erschrocken zucke ich zusammen, als ich mit einem Ruck um die Ecke in die Via Dolorosa gezerrt werde. Tristão! Mit der Hand an meiner Kehle stößt er mich gegen die Wand der Kapelle an der fünften Station des Leidensweges Christi, presst sich mit seinem ganzen Gewicht gegen mich und späht um die Ecke in die Tariq al-Wad, ob wir verfolgt werden. Mit einer Hand hält er mir den Mund zu.

»Lasst mich los!«, keuche ich.

Er reagiert nicht, drückt mir die Kehle zu und beobachtet weiter die Talstraße. Die beiden Nonnen im schwarz-weißen Clarissenhabit, die sich keine fünf Schritte entfernt vor dem Portal der Kapelle zum Gebet niederknien, bekreuzigen sich und tuscheln, lassen uns aber nicht aus den Augen. Wofür halten sie uns – für ein Liebespaar? Gott bewahre!

Mit einem heftigen Ruck ramme ich mein Knie in Tristãos Unterleib und stoße ihn mit beiden Händen zurück. Keuchend taumelt er rückwärts in die Via Dolorosa und lässt mich los.

Jesus Christus, tat das gut! Die unterdrückte Wut und der Hass, die sich wie eine glühende Zwinge um mein Herz zusammengezogen hatten, zerschmelzen zu einem derart wohligen Gefühl der Erleichterung, dass ich überlege, ob ich nicht gleich noch einmal zutreten will. Leiden soll er, sich unter Schmerzen auf dem Boden winden, dieser Henkersknecht Christi! Doch dann spüre ich, wie allmählich die Anspannung von mir abfällt, und atme tief durch.

»Ich sagte: Lasst mich los!«, wiederhole ich heiser. Ich habe Mühe zu schlucken und muss würgen. »Kommt mir nie wieder zu nahe! *Nie wieder!*«

Mit schmerzverzerrtem Gesicht stützt sich Tristão an der Wand der Kapelle ab, an der ein lateinisches Graffiti prangt: ›Was ihr für einen meiner geringsten Brüder getan habt, das habt ihr für mich getan.‹

Die beiden Nonnen starren mich mit weit aufgerissenen Augen an.

»Mein Ehrenwort«, knirscht er.

»Was, glaubt Ihr, ist mir das wert? Ihr habt meinen Freund ermordet, einen unschuldigen Mönch. Und seit ich den Vatikan verlassen habe, muss ich um mein Leben fürchten und um das meines Freundes. Wie nanntet Ihr ihn? Sandfresser? Kamelficker?« Ich schmettere ihm mit voller Wucht meine Faust ins Gesicht. Er stöhnt vor Schmerz, als ich mit meinem Siegelring sein zugeschwollenes Auge treffe, und stolpert gegen die Wand. »Tayeb ist nicht weniger adelig als Ihr oder ich. Erweist ihm den Respekt, der ihm gebührt.«

Die beiden Clarissen springen auf, raffen ihre Gewänder und flüchten in Richtung der nächsten Station.

»Was ist?« Verächtlich blicke ich auf ihn hinab. »Können wir jetzt weitergehen?«

Mit dem Handrücken wischt er sich das Blut von der Wange und nickt. »Wo habt Ihr gelernt, derart zuzuschlagen?«, ächzt er. »Hat Euer Großvater Marcantonio Colonna, der Feldherr der Kirche, es Euch beigebracht?«

»Gott bewahre! Mein Vater hätte ihm die Leviten gelesen, und Papst Martin hätte ihn vermutlich mit dem Kirchenbann belegt! Wusstet Ihr nicht, dass die römische Kirche Gewalt zutiefst verabscheut und Blutvergießen verurteilt? Dass das Gebot Jesu lautet: ›Liebt eure Feinde, tut Gutes denen, die euch hassen, segnet die, die euch verfluchen, und betet für die, die euch misshandeln‹? Kreuzzüge gegen orthodoxe Christen und Muslime, Hetzpredigten und Inquisitionsprozesse, Ketzerhinrichtungen, Bücherverbrennungen und der Massenmord an Juden sind gegen alle Regeln der Vernunft!«, bricht es hitzig aus mir hervor. »Nein, es war nicht Marcantonio Colonna, der mich diesen Schlag gelehrt hat, sondern mein Freund Tayeb.«

Er wendet sich ab. Ich warte, bis er die Stufen der Via Dolorosa hinaufstolpert, dann folge ich ihm langsam mit zehn Schritten Abstand in Richtung Golgata. Am Tor des Gerichts biegen wir nach rechts ab in den Souk Khan ez-Zeit. In den Läden aus der Kreuzfahrerzeit hocken arabische Männer, trinken Sherbet, Shai oder Qahwa und gluckern gemütlich mit ihren Wasserpfeifen. Dann haben wir das Damaskustor erreicht und verlassen die Stadt.

Tristão wendet sich nicht nach links auf die Straße nach Dimashq, sondern schlägt sich ins trockene Gebüsch. Kurz darauf haben wir ein zugewuchertes antikes Grab erreicht, das in den Fels eines Hügels gehauen wurde.

Da ist auch Lançarote. Er sitzt auf dem umgestürzten Rollstein und erhebt sich, als er uns kommen sieht.

Wortlos schleicht Tristão an ihm vorbei in die Grabkammer.

Lançarote blickt ihm verdutzt nach. Dann wendet er sich zu mir um. »Du lieber Himmel, Ihr habt ihm …?« Er fasst sich in den Schritt.

»O ja!«, versichere ich ihm. »Und wie!«

»Autsch!« Das schadenfrohe Grinsen kann er sich nicht verkneifen.

»Also kommt mir nicht zu nah!«, drohe ich ihm.

»Ich kann mich beherrschen.«

»Ist Elija hier?«

»Nein.«

»Geht es ihm gut?«

»Seid unbesorgt. Abgesehen von ein paar vergossenen Kullertränen geht es der kleinen Rotznase gut.« Er deutet auf den Eingang des Felsengrabes. »Tristão will wegen der aramäischen Schriftrolle mit Euch reden.«

»Ich habe ihm auch ein paar Takte zu sagen.«

Lançarote hebt die Augenbrauen. »Und was?«

Wortlos ziehe ich das päpstliche Breve hervor, das ich schon seit Karfreitag mit mir herumtrage, und gebe es ihm.

Unruhig, als ahnte er schon, was das Schreiben für ihn bedeutet, entfaltet er das steife Pergament und liest den lateinischen Text. Bleich starrt er auf das Siegel von Papst Eugenius und sinkt zurück auf den Rollstein.

»Nosso Senhor Jesu Cristo!«, flüstert er fassungslos und bekreuzigt sich. Dann bricht er in Tränen aus.

Yared

Kapitel 48

In Yareds Gemächern in der Zitadelle
Fasika, 2. Miyazya 6945
18. Dhu'l Hijja 848, 21. Nisan 5205
Ostersonntag, 28. März 1445
Eine Viertelstunde vor zwölf Uhr mittags

»*Hayya ala as-salaaaaaat!*«, ruft der Muaddin zum Gebet. Aufgewühlt stehe ich am Fenster meines Arbeitszimmers und blicke hinüber zur Al-Aqsa, wo die Gläubigen zum Mittagsgebet zusammenströmen. Im Arm halte ich den Koran.

»Bist du überhaupt noch ein Jude?«, hat Uthman mich vor zwei Tagen gefragt. Ich habe ihm gestanden, wie sehr mein Herz und mein Verstand miteinander ringen, weil ich mich entscheiden muss, was mir wichtiger ist: meine Macht, mein Liebesglück, meine Hoffnung auf ein Kind, meine Freiheit oder mein Judesein.

»Du hast keine Kinder, an die du das kostbare bisschen Judentum, das du dir nach all den Jahren des Leidens bewahrt hast, weitergeben könntest.«

Das kostbare bisschen Judentum … dieses kostbare bisschen Geborgenheit … diese wenigen kostbaren Erinnerungen an eine Zeit des *Schalom* – eine Zeit von Gewaltlosigkeit, Ruhe und Frieden …

Meine Finger streichen über die tintengewellte Seite mit der zweiten Sure. Das Pergament knackt leise. ›Kein Zwang im Glauben! Klar ist nunmehr die Wahrheit vom Irrtum zu unterscheiden. Wer die falschen Götter verwirft und an Allah glaubt, der hat einen festen Halt, der nicht reißen wird.‹

Kein Zwang im Glauben!, denke ich verbittert.

Keine Unterdrückung von jüdischen oder christlichen Dhimmis, um eine Bekehrung zum Islam zu erzwingen? Kein Terror? Keine Gewalt? Keine Unterdrückung? Keine Demütigung? Kein gefolterter koptischer Papst, keine gekreuzigten Franziskanermönche, keine brennenden Synagogen. Kein Zwang im Glauben. Eine heiliggesprochene Unwahrheit!

Ich falte die Ernennungurkunde des Sultans auseinander, die Uthman mir am Freitag gegeben hat, und starre auf die verschnörkelten Schriftzeichen.

Was könnte ich als Dawadar bewirken!

»Hayya ala al-falaaaaaah!« Eilt zur Seligkeit, ihr Gläubigen!

In diesem Augenblick wird die Tür aufgerissen, und Alessandra stürmt herein. Ich lege den Koran auf meinen Schreibtisch, schließe sie erleichtert in meine Arme und küsse sie. »Ich hatte solche Angst um dich! Deine Nachricht …«

»Ich bin Tristão gefolgt.« Sie ist noch ganz außer Atem.

»Geht es dir gut?«

»Besser als Tristão und Lançarote jedenfalls.« Bebend vor Zorn entwindet sie sich meiner Umarmung.

Ich lasse mich auf dem Diwan nieder und beobachte sie, wie sie erregt im Arbeitszimmer auf und ab geht. Sie ist so in Rage, dass ich spüre, wie sich die Luft um sie herum erhitzt und zu glühen beginnt. Sie ist wie ein Komet, der zur Erde stürzt.

»Was ist geschehen?«

Sie berichtet, wie sie Tristão bis zu einem Felsengrab außerhalb des Damaskustors gefolgt ist und in der Grabkammer, die von Lançarote bewacht wurde, mit ihm gesprochen hat.

»Und?«

»Die Exkommunikation ist eine Waffe, die noch jeden Christen zur Vernunft gebracht hat«, stößt sie hervor. »Die Pforten des Paradieses sind ihm und Lançarote verschlossen, die Tore der ewigen Verdammnis weit geöffnet! Ich habe ihm gesagt, dass er schon sehr bald vor dem Richterstuhl Gottes stehen wird und Rechenschaft für die Morde an Leonardo, Abdul Masih und Ghiorghi ablegen muss. Und dann gnade ihm Gott – oder der Satan.«

»Wie hat er reagiert?«

»Dieser Bastardo del Diavolo drohte, Elija zu töten, wenn ich ihm die Baruch-Apokalypse nicht bis Mitternacht übergebe.«

»Und?«

»Ich habe ihm gesagt, ich hätte den Papyrus nicht. Yared, wir haben keine Zeit zu verlieren. Wir müssen die verborgene Botschaft so schnell wie möglich entschlüsseln.«

Ich starre den Koran vor mir auf dem Schreibtisch an.

»Yared?« Sie setzt sich neben mich und nimmt meine Hand. »Du bist so still, so … traurig. Was ist …?« Sie hält inne, als ihr Blick auf den Koran fällt. »Du hast Uthman zum Haram ash-Sharif begleitet.«

»Er hat mir ins Gewissen geredet. Er weiß, dass Tayeb und du im Labyrinth wart.«

»O Gott!«

»Als er heute Morgen von dem Attentat erfuhr, hat er mich nach der Waffe gefragt. Ich habe behauptet, ich hätte Aron mit meinem Schwert getötet. Aber er hat mir nicht geglaubt. Er weiß, dass du es warst. Und dass du weder mein Schwert noch meinen Dolch benutzt hast. Beide liegen in einer Truhe im Schlafzimmer und weisen keine Blutspuren auf.«

»Und das Templerschwert ist verschwunden.«

»Genau.«

»Und jetzt?«

»Uthman ist mein Freund. Er will mich nicht verlieren. Er hat mich gefragt, ob ich dich liebe.«

»Und was hast du geantwortet?«

»Von ganzem Herzen.«

»Er will, dass du konvertierst.«

Ich nicke.

Wie soll ich es ihr nur sagen?

»Als Muslim könnte ich Jadiya und dich heiraten. Als Dawadar könnte ich dich vor der Todesstrafe bewahren.«

Sie blickt mich an und ringt nach Worten.

»Uthman hat vorgeschlagen, dass ich dich morgen heirate. Und dass ich dir als Brautgabe meinen Palast bei den Pyramiden schenke, damit du nicht mit Jadiya im Harem ...«

»Im Harem?« Fassungslos schüttelt sie den Kopf. Dann hält sie nichts mehr auf ihrem Sitz. Sie lässt mich los, springt auf und geht unruhig im Arbeitszimmer auf und ab. Sie sieht mich nicht an, als sie mit bebender Stimme leise fragt: »Und wie stellst du dir das vor?«

»Das muslimische Gesetz schreibt vor, dass ich als dein Gemahl für deinen Unterhalt aufkomme. Und dass du dein Vermögen nach eigenem Ermessen verwalten kannst. Glaub mir, Alessandra, ich würde dir jede Freiheit lass...«

»Wie oft würdest du mich nach Florenz oder Rom reisen lassen?«, unterbricht sie mich hitzig. »Nach Paris? Oder Byzanz? Wie oft würdest du mich mit Tayeb Expeditionen nach Timbuktu oder Mar Saba unternehmen lassen, um seltene Handschriften aufzuspüren?«

Sie schüttelt den Kopf, als sei ihr bewusst, wie undenkbar ihre Forderungen sind.

»Und wie denkt der Sultan über meine Vertrautheit mit Papst Eugenius? Wie denkt er darüber, dass mein Cousin, Kardinal Prospero Colonna, vielleicht schon sehr bald römischer Pontifex einer vereinigten Kirche sein wird, die von Schottland bis Äthiopien und von Portugal bis Indien reicht? Dass ich den Titel einer Contessa des Patrimonium Petri trage und dem Papst Treue geschworen habe? Dass ich mit dem Regenten von Florenz, dem Dogen von Venedig und dem Kaiser von Byzanz freundschaftlich verbunden bin? Dass ich mit dem Kalifen dieselben humanistischen – mit anderen Worten: häretischen – Themen diskutieren würde wie mit dem Papst und dessen Kardinälen und Inquisitoren? Erinnerst du dich an Fra Girolamo da Salerno? Dieser fromme Mönch wurde gekreuzigt, weil er sich geweigert hat, sich Allah zu unterwerfen. Yared, was, glaubst du, wird der Sultan mit mir …?«

Benyamin steckt den Kopf zur Tür herein. »Yared, Alessandra, bitte entschuldigt die Störung, aber …«

»*Nicht jetzt!*«, scheuche ich ihn hinaus.

Er schiebt sich in den Raum, schließt leise die Tür und lehnt sich dagegen. »Der Empfang für Prinz Solomon beginnt in vier Stunden«, erinnert er mich mit besorgtem Blick. Hat er gelauscht? »Der Prinz lässt fragen, ob du ihm die Ehre erweist, heute Abend sein Gast zu sein. Er will dich in seinem Kloster auf dem Berg Zion mit einem Bankett empfangen.«

»Von mir aus«, nicke ich unwillig.

»›Woizero Alessandra‹, so steht es auf der Karte, ist ebenfalls herzlich eingeladen.«

Sie nickt stumm – sie will den Prinzen nach dem heiligen Tabot fragen.

»Benyamin?«

»Ja?«

»Verschwinde!«

»Sofort«, nickt er. »Noch etwas: Uthman hat eben gerade eine Taube nach Al-Kahira geschickt. Er selbst hat die vertrauliche Botschaft zum Taubenschlag gebracht und gewartet, bis der Vogel weggeflogen ist. Ich nehme an, die Nachricht ist für seinen Vater bestimmt. Hat er mit dir darüber gesprochen?«

»Nein.«

»Ich mache mir Sorgen, Yared. Nach eurem Gespräch im Felsendom und …« Benyamin macht eine unbestimmte Geste in Richtung Alessandra, die ihn mit verschränkten Armen und hochgezogenen Schultern beobachtet.

»Verstehe.«

»Ich lasse euch jetzt besser allein.«

Ich nicke langsam.

Sobald Benyamin die Tür hinter sich zugezogen hat, wendet sich Alessandra wieder mir zu.

»Ich muss mich also entscheiden«, fasst sie zusammen und gibt sich dabei erstaunlich gefasst, ja resolut, »ob ich dich, den Mann, den ich liebe, heirate und mit dir nach Al-Kahira gehe oder ob ich Tayeb vom Krankenlager zerre und mit ihm fliehe.«

»So sieht es aus.«

»Tayeb ist zu schwach für eine überstürzte Flucht nach Akko und weiter nach Byzanz oder Venedig. Sein Fieber ist weiter gestiegen. Er würde den Ritt nicht überleben. Und ohne ihn werde ich Jerusalem nicht verlassen. Denn wenn ich fliehe, wird die Strafe für Tayeb verschärft: Er hat acht Jahre lang in Italien gelebt und sich von mir anstiften lassen, den Haram ash-Sharif zu entweihen. Der Richter wird sich daran erinnern, dass die Tuareg im Islam als gottlos gelten, und ihn als Häretiker hinrichten lassen. Ich werde Tayeb nicht im Stich lassen.«

Eher stürzen die Pyramiden ein, bevor sie auch nur ein Wort zurücknimmt oder ein Jota oder Strichlein anders setzt. Sie spricht nicht in verwirrenden orientalischen Wortarabesken. Sie sagt, was sie denkt. Und sie handelt danach.

»Wirst du mich heiraten, wenn du damit euer beider Leben retten kannst?«, frage ich leise.

Händeringend wendet sie sich ab. »Ich müsste alles aufgeben, wofür ich mein Leben lang gekämpft habe. Meine Freiheit. Meine Unabhängigkeit. Meinen gesellschaftlichen Rang. Mein Ansehen als Gelehrte. Mein Unternehmen in Florenz, das ich gemeinsam mit meinem Vater aufgebaut habe. Meine Bücher, für die ich Expeditionen in alle Welt gemacht und immer wieder mein Leben riskiert habe. *Das ist mein ganzes Leben!*«

Abrupt wendet sie sich zu mir um und blickt mich ernst an.

»Aber was noch schwerer wiegt: Wenn ich mich für dich entscheide, Yared, weil ich dich liebe und weil ich mir ein gemeinsames Leben mit dir vorstellen kann, zwinge ich dich, zum Islam zu konvertieren. Und diese Schuld kann ich nicht auf mich laden. Mein Vater hat um meinetwillen alles aufgegeben. Es war sehr schwer für mich, mit dieser Schuld zu leben. Es wäre mir unerträglich, ein solches Opfer ein zweites Mal anzunehmen. Yared, ich liebe dich zu sehr, um das von dir zu verlangen.«

»Und ich liebe dich.« Ich gehe zu ihr und will sie zärtlich umarmen, doch sie verschränkt die Arme vor sich und lässt mich nicht.

»Bitte, Yared – fass mich jetzt nicht an!«

Ich lasse die Arme sinken und suche ihren Blick, aber sie sieht mich nicht an. »Dann kommst du also nicht mit nach Al-Kahira.«

Stumm wendet sie sich ab, um den Raum zu verlassen.

Das Herz wird mir schwer, und ich ringe mit meinen aufwirbelnden Gefühlen. »Wohin gehst du?«

Sie bleibt stehen, dreht sich jedoch nicht zu mir um. Sie birgt das Gesicht in den Händen, und ihre Schultern zucken.

»Ich muss einen Augenblick allein sein und nachdenken«, presst sie schließlich hervor. »Ich soll mein ganzes Leben aufgeben – oder dich. Ich liebe dich, Yared. Lass mir ein wenig Zeit, um nachzudenken, worauf ich verzichten kann: auf mein Leben oder auf meine Liebe.« Dann wischt sie sich die Tränen aus den Augen, nimmt die Baruch-Apokalypse von meinem Schreibtisch und verlässt den Raum.

Wie erstarrt blicke ich auf die geschlossene Tür. Dann kann auch ich meine Tränen nicht mehr zurückhalten.

Ich habe sie verloren.

Alessandra

Kapitel 49

In Tayebs Schlafgemach in der Zitadelle
Fasika, 2. Miyazya 6945
18. Dhu'l Hijja 848, 21. Nisan 5205
Ostersonntag, 28. März 1445
Zur Zeit des Mittagsgebets in der Al-Aqsa

Als ich leise Tayebs Schlafgemach betrete, sehe ich, wie er vor dem Bett kniet, sich steif in Richtung Mekka verneigt, ohne die Stirn auf den Boden zu pressen, und das Mittagsgebet spricht.

Ich knie mich neben ihn und nehme seine Hand. Er unterbricht sein Gebet. Er sieht meine Tränen. Ich muss ihm nichts erklären.

»Wir müssen die Zitadelle sofort verlassen!« Ich erhebe mich wieder und reiche ihm meine Hand, um ihm aufzuhelfen.

Hastig ziehe ich ihm eine weite Djellabiya über und packe ein paar Sachen zusammen. Den größten Teil unseres Gepäcks müssen wir zurücklassen. Dann stopfe ich die Baruch-Apokalypse, mein Notizbuch und das Templerschwert mit Arons Blut in die Tasche und werfe sie mir über die Schulter.

»Komm, Tayeb. Leg deinen Arm um mich. Ja, genau so. Stütz dich auf mich! Wirst du es schaffen?«

Er nickt. Seine Lippen sind verkniffen.

Wenig später taumele ich mit Tayeb, der schwer an meinem Arm hängt, auf den Hof der Zitadelle, wo etliche Mamelucken im

Sand knien und beten. Sie richten ihren Blick nach Süden, nach Mekka, und wenden uns den Rücken zu.

Nur wenige Schritte sind es über den Hof, dann haben wir das erste der beiden Festungstore erreicht.

»Y'allah!«, murmele ich und ziehe Tayeb zu dem offenen Portal.

Kein Bewaffneter springt auf, um uns auf Befehl von Prinz Uthman aufzuhalten. Verstohlen werfe ich einen Blick über meine Schulter. Die Mamelucken drücken ihre Gesichter in den Staub – niemand beachtet uns.

Ich atme auf und sehe hinauf zum Fenster von Yareds Arbeitszimmer. Steht er dort oben mit dem Koran in der Hand und denkt sich den Verstand wund, ob er konvertieren soll?

Mein Herz krampft sich schmerzhaft zusammen. Als ich ihm sagte, dass ich ihn nicht als seine Gemahlin nach Al-Kahira begleiten wolle, hat er mich angesehen, als hätte ich ihm einen Dolch ins Herz gerammt.

Quälend langsam überqueren Tayeb und ich den Vorhof zum Hauptportal der Zitadelle. Trotz der Gefahr eines Sturmangriffs durch die Mamelucken des abgesetzten Vizekönigs von Dimashq, Tughan al-Uthmani, steht das Tor weit offen. Die Torwächter beten und werfen uns nur einen kurzen Blick zu.

Wir können die Zitadelle verlassen!

Doch die Freude währt nicht lange. Als Tayeb und ich Arm in Arm das Tor durchqueren wollen, zucke ich erschrocken zusammen und bleibe stehen.

Umringt von Karim und seinen Freunden sitzt Arslan auf einer niedrigen Brüstung vor der heruntergelassenen Zugbrücke und erzählt den Jungen, die ihm gebannt zuhören, von Al-Kahira, von der Ibn-Tulun-Moschee und der mächtigen Zitadelle. Der Palast des Sultans scheint einem von Sheherazades Märchen aus tausendundeiner Nacht zu entstammen und die Residenz des berühmten

Kalifen Harun ar-Rashid in Bagdad an Pracht und Glanz noch zu übertreffen.

Ioannis erkennt mich, springt auf und rennt zu mir herüber.

Überrascht wendet Arslan sich um. »Alessandra! Und Tayeb!«

Obwohl mein Herz bis zum Hals klopft, zwinge ich mich zu einem fröhlichen Lächeln. »Prinz Arslan, ich sehe, du machst mir mein Gefolge abspenstig.«

»Sei unbesorgt, ich kann keinen der Jungen zum Verrat bewegen. Sie sind dir treu ergeben bei deiner aufregenden Suche nach den Tempelrittern und deren geheimnisvollem Schatz. Das ist das größte Abenteuer ihres Lebens.« Er lacht und streicht Khalid, der mit leuchtenden Augen zu ihm aufsieht, über das Haar. »Ich liebe Kinder.«

»In sechs Wochen wird dein erstes Kind geboren.«

»Insh'Allah! Wie ich mich darauf freue, den kleinen Spatz im Arm zu halten!«, gesteht Arslan. »In zwei Tagen brechen wir endlich auf. Wie ich mich auf zu Hause freue! Ich zähle schon die Stunden.« Besorgt mustert er Tayeb, der sich an mir festhält, um nicht zu stürzen. »Wohin wollt ihr?«

»Tayeb will in der Al-Aqsa beten.«

Arslan betrachtet die schwere Tasche über meiner Schulter. »Weiß Yared, dass ihr die Zitadelle verlasst?«

Ich schüttele den Kopf.

Er blickt mir in die Augen und nickt langsam. »Verstehe.«

Beunruhigt warte ich ab, wie er auf unseren Fluchtversuch reagieren wird.

»Karim?«

»Ja, Sidi?«

»Lauf zu den Pferdeställen.« Arslan deutet durch das Portal in den Vorhof der Zitadelle. »Sag dem Stallmeister, Prinz Arslan benötigt drei gesattelte Pferde. Sofort. Y'allah – lauf!«

»Wie du befiehlst, Sidi.« Karim stiebt grinsend davon.

»Shukran«, flüstere ich gerührt.

Er winkt ab. »Mein Treueschwur gilt Yared, zumindest bis der Sultan mich zum Emir ernennt. Ich denke, ich handele in seinem Sinn, wenn ich euch beide in Sicherheit bringe.«

»Du hast dich also entschieden, nach Assuan zu gehen.«

»Yared hat mir dazu geraten. Er sagte, ich solle das tun, was ich von ganzem Herzen tun will. Sultan Bedlay will heute Aksum erobern und die Kathedrale Maryam Tseyon zerstören. Wenn er scheitert, wird Zara Yakobs Rache fürchterlich sein. Ich will einen Kreuzzug gegen Ägypten verhindern.«

Sobald Karim mit den Pferden zurückgekehrt ist, helfen Arslan und ich Tayeb in den Sattel. Er ist so schwach, dass er Mühe hat, den Fuß in den Steigbügel zu schieben. Arslan lehnt sich von hinten gegen ihn und hebt ihn in den Sattel. Als ich sehe, wie sehr sich Tayeb gegenüber Arslan und den Kindern schämt, ziehe ich das blaue Tuch von meinen Schultern und reiche es ihm hinauf, damit er sich einen Turban wickeln und nach Art der Tuareg verschleiern kann.

Dann steige ich auf und folge Arslan und Tayeb und den Kindern, die zwischen den trabenden Pferden hin und her springen, den Sandweg hinunter zur Davidstraße.

»Wohin soll ich euch bringen?«, fragt Arslan.

Ich deute nach Norden in die Gassen des Muristan.

Wir schieben uns den Pilgern entgegen, biegen in den Durchgang ein, den Ghiorghi und ich vor zwei Stunden auf der Suche nach dem Dominikanermönch entlanggerannt sind, und folgen dem Weg am Hospital der Johanniter vorbei zur Al-Omariya-Moschee.

Vor den Stufen, auf denen vorhin Aviram auf Ghiorghi und mich gewartet hat und die nun von den Sandalen der muslimischen Gläubigen übersät sind, springt Arslan vom Pferd und hilft

Tayeb aus dem Sattel. Während er meinen Freund über den Vorhof zum Portal der Grabeskirche führt, bitte ich die Kinder, auf die Pferde aufzupassen. Dann schultere ich die schwere Tasche und folge ihnen in die Basilika, um bei Gebre Christos im äthiopischen Kloster Asyl zu suchen …

… und um gemeinsam mit Tayeb mithilfe des Amuletts von Aviram die verborgene Botschaft der Templer in der Baruch-Apokalypse zu entschlüsseln. Ich habe keine Zeit zu verlieren. Um Mitternacht wird Elija sterben.

Yared

Kapitel 50

Vor dem Davidsgrab auf dem Berg Zion
Fasika, 2. Miyazya 6945
18. Dhu'l Hijja 848, 21. Nisan 5205
Ostersonntag, 28. März 1445
Gegen vier Uhr nachmittags

Mit leuchtenden Augen lenkt Arslan sein Pferd neben meines und zupft mich am Ärmel.

»Sieh dir das an, Yared!«, ruft er begeistert und deutet auf das antike byzantinische Kloster Hagia Sion, das von den Kreuzfahrern neu errichtet wurde, mit der gewaltigen fünfschiffigen Kathedrale. Unter den hohen Palmen des Gartens ist seit Karfreitag ein Dorf aus bunten Zelten errichtet worden. Prinz Solomon hat den Konvent in eine Palastresidenz auf dem Berg Zion verwandelt, nur wenige Schritte entfernt vom Grabmal König Davids, des Ahnherrn der salomonischen Dynastie. Und vom Coenaculum im kuppelgekrönten Obergemach des Davidsgrabes, wo Jesus seinen Jüngern die Füße wusch und das letzte Abendmahl hielt. Beide Heiligtümer gehören nun zum benachbarten Kloster der Franziskaner.

Sanft wiegt der heiße Khamsin die Blätter der Feigenbäume, in deren Schatten sich Solomons Gefolge zu meinem Empfang aufgereiht hat. In einem Schreittanz nähert sich uns eine Prozession von Priestern und Diakonen in farbenfrohen Gewändern und Mönchen in weißen Überwürfen, um uns mit sonorem Gesang, Trommelschlag und Sistrenklang zu empfangen.

Ich zügele mein Pferd und warte ab, bis sich die Menge teilt wie das Meer vor Moses. Zwischen den dichten Weihrauchschwaden, den mit Kreuzen bestickten Brokatschirmen, die im gleißenden Sonnenlicht funkeln, und den Prozessionskreuzen aus silbernen Ornamenten hindurch reite ich zu Solomon hinüber. Der Neffe des Neguse Negest hält einen Olivenzweig in der Hand und erwartet mich inmitten seines Gefolges am Portal des Konvents. Zumindest glaube ich, dass er es ist, denn über seinem schwarzen Samtgewand, das ein Vorrecht des Adels ist, trägt er ein schlichtes weißes Seidentuch, das sein Gesicht verhüllt.

»Was singen sie? Es klingt so freudig beschwingt!«, ruft Arslan mit leuchtenden Augen und deutet auf die Priester und Diakone, die in ihren glitzernden Gewändern aus Seide und Brokat um uns herumtanzen und Handkreuze, Gebetsstäbe und Weihrauchgefäße schwenken. Einige tragen die goldenen Kronen der Neguse Negest. Die Kaiser haben sie als Opfergabe den Kirchen in Lalibela oder Aksum gespendet.

»Sie singen die Psalmen. Sie feiern Fasika, die Auferstehung Jesu Christi. Heute ist Ostersonntag.«

»Ich weiß.«

»Ich weiß, dass du's weißt«, meine ich trocken.

Da ist wieder dieses jungenhafte Grinsen, das den Sultan zur Verzweiflung treibt! Der verträumte Blick, mit dem er die Prozessionskreuze und Räuchergefäße betrachtet, verrät mir, dass der süße Duft des Weihrauchs eine ähnlich berauschende Wirkung auf ihn hat wie Haschisch.

Na, wenn es ihn glücklich macht!

Wie er genieße ich still lächelnd dieses archaisch anmutende Fest mit Psalmen, Sistren und Trommeln, ein zutiefst jüdisches Fest, das mich in ein fernes Jahrtausend zurückversetzt. Wenn ich jetzt die Augen schließe, mich umwende und sie wieder öffne, sehe ich gewiss König Salomos Tempel über dem Felsen Morija aufragen …

Tief atme ich die betörenden Gerüche ein und wiege mich im langsamen Rhythmus der Psalmen. Die ausgelassene Stimmung ist ansteckend.

Ein schrilles Trillern übertönt den Psalmengesang.

»Da drüben! Sieh dir das an, Yared!« Arslan zupft mich am Ärmel und macht mich auf einen Priester aufmerksam, der mit erhobenen Armen eine verhüllte Truhe auf seinem Kopf trägt und uns entgegentanzt. Die Lade, die von einem leuchtend roten Brokatschirm beschattet wird, ist mit einem schwarzen Samttuch bedeckt, das mit einer weißen Taube mit ausgebreiteten Flügeln aus Silberfäden bestickt ist.

Ist das die Lade, von der Alessandra mir erzählt hat, das heilige Tabot? Wie verzaubert beobachte ich, dass Solomon vor der Lade zu tanzen beginnt. Das rhythmische Klatschen der Priester und das Schwenken der Gebetsstäbe feuert ihn an, bis er ausgelassen herumwirbelt.

›Da holte David die Lade Gottes mit Freuden in die Stadt Davids. Und er tanzte mit aller Kraft vor dem Herrn‹, denke ich und spreche im Stillen die Verse aus dem fünften Buch Samuel. ›So brachten David und das ganze Haus Israel die Lade des Herrn mit Jauchzen nach Jerusalem. Und sie stellten die Lade in die Mitte des Zeltes, das David für sie aufgeschlagen hatte. Und David brachte Brandopfer und Heilsopfer dar vor dem Herrn.‹

Im Innersten berührt frage ich mich, was dieses geheimnisvolle Tabot ist.

Solomon kommt zu mir herüber, schlägt schwungvoll seinen Samtmantel zurück, kniet nieder und hält meinen Steigbügel, während ich aus dem Sattel springe. Dann zieht er sich den weißen Schleier vom Gesicht, sodass ich den ›Ehrenmantel der Krieger‹ erkennen kann, der mit zwei über der Brust gekreuzten Tatzen an das Fell eines Löwen gemahnt. Auf dem Kopf trägt er die Kriegerkrone aus geflochtenem Löwenhaar. Solomon ergreift meine Hände, begrüßt mich auf Amharisch mit einem »Salam!« und küsst meine Hände. Ich gewähre ihm den Friedenskuss auf beide Wangen.

»Im Namen des Erwählten Gottes, des Königs der Könige und Gesalbten des Herrn danke ich dir für das sichere Geleit der Pilger aus Aksum und Lalibela durch das Reich des Sultans von Ägypten.« Seine weite Geste umfasst die äthiopischen Priester und Mönche, die er nach Jerusalem geführt hat. Die jährliche Pilgerfahrt zu Weihnachten oder Ostern über die Weihrauchstraße an Mekka vorbei nach Jeruschalajim ist für die Hunderte von christlichen Pilgern lebensgefährlich – ganz besonders, wenn zur selben Zeit Tausende von muslimischen Gläubigen nach Mekka pilgern. »Ich fühle mich geehrt, dass du meiner Einladung gefolgt bist, Emir.«

Sein Händedruck ist fest, sein Blick offen und sein Lächeln aufrichtig.

»Es ist mir eine Freude, Abetahun. Ich danke dir herzlich für die Einladung und …«, ich wende mich um und nicke, da Solomon dem Begrüßungsritual gemäß noch immer meine Hände festhält, in Richtung der Prozession der singenden und tanzenden Priester und Diakone, »… und für diesen großartigen Empfang, der eines Königs würdig ist.«

Solomon lächelt verschmitzt. »Du bist Vizekönig von Jerusalem, Yared. Warst du nicht heute Morgen auf dem Tempelberg? Hast du nicht mit Prinz Uthman im Felsendom gebetet? Bist du nicht mit dem Koran im Arm zurückgekehrt? Die Gerüchte besagen, du seiest heute Morgen zum Islam übergetreten, weil der Sultan dich zum Dawadar ernannt habe.«

Es fällt mir schwer, ruhig zu bleiben – innerlich verfluche ich Uthman. »Du sagst es, Solomon. Es sind Gerüchte.«

»Entsprechen sie denn der Wahrheit?«

Ich neige mich ihm zu und flüstere so leise, dass er mich im Gesang der Psalmen und im Schlagen der Trommeln und Sistren kaum verstehen kann. »Kannst du ein Geheimnis bewahren?«

Er nickt und sieht mich erwartungsvoll an.

Ich lächele verschmitzt. »Ich auch.«

Solomon schlägt sich die Hand vor den Mund und lacht schallend.

Arslan tritt neben uns.

»Solomon, darf ich dir Prinz Djelal ad-Din Arslan vorstellen? Der Sultan hat ihn zum Emir von Assuan ernannt.« Die beiden reichen sich die Hände. »Arslan, das ist Abetahun Solomon, Prinz von Israel. Er ist der Enkel von Kaiser David, der Sohn von Kaiser Yeshaq, der Bruder von Kaiser Andreyas, der Neffe von Kaiser Zara Yakob, dessen Kinder noch sehr jung sind. Sollte der König der Könige in der Schlacht gegen Sultan Bedlay von Adal fallen, was der Allmächtige verhüten möge, wäre Prinz Solomon von der Thronfolge her der nächste Gesalbte Gottes auf dem Thron Davids und Salomos.«

Obwohl Arslan weiß, dass Bedlay zu dieser Stunde Aksum angreift, küsst er ganz unbefangen die Hände des Prinzen und wünscht ihm: »Salam!«

Seit der Sultan ihn wissen ließ, dass er ihn zum Emir ernennen will, erstaunt er mich immer mehr!

Ein Diakon bietet uns eine Schale mit Wasser dar.

»Es stammt vom Timkatfest, der Taufe von Iyasus Christos, das jedes Jahr in den Felsenkirchen von Lalibela gefeiert wird«, erklärt Solomon. »Kaiser Lalibela ließ die Stadt und die Felsenkirchen nach seiner Rückkehr aus dem jahrelangen Exil hier in der Heiligen Stadt als Neues Jerusalem errichten.«

Verwundert beobachtet er, wie Arslan mit dem geweihten Wasser seine Hände wäscht, dann die Finger küsst und sich nach einem verstohlenen Seitenblick auf die Mamelucken in meinem Gefolge, die ihn nicht aus den Augen lassen, bekreuzigt.

Ich fasse es nicht – er kann es einfach nicht lassen!

Arslan hat meinen Blick bemerkt. »Halt mir jetzt bloß keine Strafpredigt!«, flüstert er mir auf Tscherkessisch zu. »Ich wurde gewaltsam gezwungen, mich dem Islam zu unterwerfen. Nach deinem Gespräch mit Uthman heute Morgen verstehst du wohl, was das bedeutet.«

»O ja, das tue ich.«

Ein Mamelucke aus meinem Gefolge tritt neben mich. Er trägt die Geschenke, die ich Solomon überreiche, ein Schwert aus Dimashq mit verzierter Scheide, ein Bändchen mit den Rubaiyat-Versen von Omar Khayyam und andere Aufmerksamkeiten. Solomons Gaben sind nicht weniger kostbar. Das mit Perlen, Rubinen und Saphiren und einem amharischen Segenswunsch verzierte Straußenei, ein Symbol göttlicher Barmherzigkeit, ist wohl das wertvollste. Aber am besten gefällt mir sein letztes Geschenk, ein tapsiges Löwenjunges, das noch keine zwei Monate alt ist.

»Ist der niedlich!«, ruft Arslan begeistert aus.

»Sei vorsichtig! Er hat scharfe Krallen!«, bittet mich Solomon, als er mir das quirlige Bündel in den Arm legt. »Der Löwe von Juda ist das Symbol von Habashat. So nennen wir unser Reich.«

»Wie heißt er?«, fragt Arslan und krault dem König der Tiere zärtlich den Bauch. Der Kleine räkelt sich auf meinem Arm, streckt alle viere von sich, schnurrt vor Wonne und kratzt vor lauter Entzücken blutige Striemen in Arslans Hände.

»Er ist der Löwe von Juda. Er hat noch keinen Namen.«

»Ich nenne ihn David«, entscheide ich.

Solomon lacht. »Der Name passt zu diesem Rabauken.« Er streichelt das Löwenjunge auf meinem Arm. »Salam, David.

Gehorche deinem neuen Herrn, und beschütze ihn mit deinem Leben!«

Dann reicht er mir seinen Arm und geleitet mich über einen mit Teppichen geschmückten Weg, auf den Goldmünzen geworfen werden, während ich vorüberschreite. Arslan nimmt mir David ab, der seine Krallen in mein glitzerndes Gewand gebohrt hat und an der gestickten Goldborte knabbert, und legt ihn sich über die Schulter wie ein kleines Kind – das scheint dem niedlichen Fratz zu gefallen.

Während Solomon mich zum Portal des Klosters führt, betrachte ich die schwarzen Tätowierungen auf seinen Armen, die schimmern wie poliertes Ebenholz.

Er hat meinen Blick bemerkt und deutet auf seine Stirn. »Die gütig lächelnde Sonne ist das Symbol für Iyasus Christos. Die Inschrift auf meinem rechten Arm lautet: ›Im Namen von Iyasus Christos, dem Sohn Gottes, widersage ich dem Saytan.‹ Auf meinem linken Arm steht: ›Ich diene Maryam, der Mutter des Gottessohnes.‹«

»Du bist sehr fromm.«

Er verzieht die Lippen zu einem freudlosen Lächeln und deutet auf die Gebete an seinen Armen. »In Äthiopien tragen Männer, Frauen und Kinder diese Tätowierungen. In Ägypten lassen sich die Kopten Kreuze in die Hände brennen. Mein kaiserlicher Onkel entschied, dass wir Äthiopier, das auserwählte Volk, die Kopten in ihrer Gottesverehrung noch übertreffen müssten. Er befahl, dass sich alle diese Gebete in die Haut einritzen müssten. Trotz schwerer Strafen widersetzen sich viele Gläubige und verweigern standhaft den kaiserlichen Kult. Du nennst es Frömmigkeit? Ich nenne es Vergewaltigung und Machtbesessenheit. Der Kaiser hat mich fesseln lassen, um meinen Willen zu brechen, damit ich mich unterwerfe.«

Als er meinen überraschten Blick bemerkt, fährt er fort: »Glaub mir, Yared, Intoleranz und Fanatismus sind kein Vorrecht des Islam. Mein Onkel ist ein ebenso großer Gotteskrieger wie dein künftiger Schwiegervater. Beide haben in ihren Reichen eine religiöse Gewaltherrschaft errichtet, einen Gottesstaat, der jedoch nicht das ersehnte messianische Friedensreich ist. Denn wir können nicht in Frieden leben, weil wir uns gegenseitig einen *unheiligen* Krieg erklärt haben.« Er atmet tief durch. Ich weiß, er meint Sultan Bedlay, der dem Neguse Negest den Djihad erklärt hat. »Den Schlachtruf ›Gott will es so!‹ halte ich für den größten Wahn der Menschheit. Wenn Gott will, dass wir uns gegenseitig töten, ist er nicht Gott.«

Ich hebe die Augenbrauen. »Und was sagt dein Onkel dazu?«

»Er tobt, wenn ich in seiner Gegenwart so rede. Er hat mich nach Jerusalem geschickt, damit ich mich besinne.«

»Und?«

Er lächelt zynisch. »Die Kreuzigung eines Franziskanermönchs am Karfreitag in der Al-Aqsa, die Hetzpredigten von Imam Yusuf gegen Juden und Christen, die Belagerung der Ramban-Synagoge und der Kampf in der Grabeskirche, der den griechisch-orthodoxen Patriarchen beinahe das Leben gekostet hätte, konnten mich ebenso wenig bekehren wie die Pilger aus Byzanz, Florenz und Rom, die auf der Via Dolorosa muslimische Gläubige verprügelt haben.« Er blickt mir in die Augen. »Das soll Gottes Wille sein?«

Ich nicke bedächtig.

Solomon nimmt meine Hand und geleitet mich durch den schattigen Kreuzgang in das große Refektorium von Hagia Sion. Die Wände zwischen den hohen byzantinischen Rundbogenfenstern sind mit farbenprächtigen Ikonen von Iyasus Christos und Maryam geschmückt. Sie verströmen einen herben Duft nach Weihrauch und Ziegenleder.

Am Ende des Refektoriums stehen erhöht wie Throne zwei Diwane, auf denen wir uns niederlassen. Während für Arslan, der immer noch den jungen Löwen über der Schulter trägt, ein weiteres Ruhelager herbeigetragen wird, huschen die Diener um uns herum, schütteln die Kissen auf und ordnen beflissen die Falten unserer Gewänder. Verzierte Straußeneier werden als Räuchergefäße zwischen unseren Lagern aufgestellt – der Duft von Ambra soll uns erfreuen. Mit Straußenfederfächern wird uns kühle Luft zugefächelt.

»Alessandra!« Solomon springt auf, um sie zu begrüßen. Einer meiner Mamelucken hat sie soeben in den Saal geführt.

Mein Herz krampft sich schmerzhaft zusammen, während ich sie verwirrt anstarre. Ich dachte, sie wäre mit Tayeb nach Akko geflohen, um auf einem Schiff nach Byzanz oder Venedig zu entkommen!

»Wie schön, dass du gekommen bist«, freut sich Solomon, zieht ihre Hände an seine Lippen und küsst sie sehr innig.

Sie trägt das rote Staatsgewand mit den aufgenähten Sonnen, wie gestern Abend, als wir uns leidenschaftlich geliebt haben. Mit den aufgesteckten Haaren, die ihren Nacken betonen, sieht sie atemberaubend aus. Ihr strahlendes Lächeln, mit dem sie Solomon begrüßt wie einen engen Freund, versetzt mir einen Stich. Dann nickt sie mir zu. »Yared.«

Arslan schenkt sie einen warmen Blick, der von gegenseitigem Einvernehmen kündet. Was ist zwischen den beiden?

»Setz dich zu uns, Alessandra!« Solomon deutet auf ein Sitzpolster zu unseren Füßen.

Während sie sich niederlässt, sehe ich zu Arslan hinüber. Er ringt spielerisch mit dem jungen Löwen, der sich in seine Rüstung verbissen hat, seinen Schwanz reckt und mit seinen viel zu großen Tatzen ein wenig unbeholfen nach ihm schlägt. »Wusstest du, dass sie noch hier ist?«, frage ich ihn auf Tscherkessisch.

»Ja.«

Ich glaub's nicht!

»Sag mal, Arslan, wem schuldest du eigentlich Loyalität?«, frage ich ungehalten.

»Dir, Yared, und denen, die du liebst«, gibt er frech zurück und krault Davids Nacken. »Jedenfalls nicht Uthman, der Brieftauben zum Sultan nach Al-Kahira schickt, ohne vorher mit dir darüber zu sprechen, und der dich zwingen will zu konvertieren, indem er Alessandra mit dem Tode bedroht.«

Ich atme tief durch und nicke langsam.

»Ich habe sie und Tayeb heute Mittag in die Grabeskirche gebracht. Gebre Christos hat ihnen Asyl gewährt. Einer seiner Mönche kümmert sich um Tayebs Wunden. Ich nehme an, Solomon weiß das schon.«

»Du hättest es mir sagen müssen!«

»Und dann?«, trotzt er mir. »Was hättest du dann getan, Yared?« Völlig unbeeindruckt von meinem Unwillen lässt er sich in die Kissen zurücksinken und ringt lachend mit dem Löwen, der begeistert faucht und die Krallen in seinen Harnisch schlägt. »Na komm, kleiner König David, nun zeig mir mal, wie stark du bist! *Autsch!*«

Da haben sich zwei Spielkameraden gefunden!

Ich gebe auf.

Dienerinnen aus Solomons Gefolge tragen Schüsseln mit verschiedenen Speisen auf – Injera-Brotfladen mit Huhn-, Lamm-, Ziegen- oder Rindfleisch in scharfer Sauce mit grünem oder rotem Berberee-Gewürz. Das Fasikamahl beendet das fünfundfünfzigtägige vorösterliche Fasten, das härter und länger ist als der muslimische Ramadan. Es kann sich über Stunden hinziehen.

Der kleine David hat die Speisen gewittert und entwischt Arslan mit einem Sprung. Bevor er sich auf mein Festmahl stürzen kann, fasst Alessandra ihn unter der Brust und hebt ihn auf ihren

Schoß, um ihm den Nacken zu kraulen. David legt den Kopf auf ihr Knie, schließt die Augen und genießt leise schnurrend ihre sanft streichelnde Hand.

Seufzend denke ich an die Wonnen unserer Liebesnacht. Wie gern würde ich meinen Kopf in ihren Schoß betten und mich von ihr zärtlich liebkosen lassen.

Als habe sie meine Gedanken erahnt, sieht Alessandra auf und erwidert meinen sehnsüchtigen Blick mit einem rätselhaften Lächeln. Sie ist mir so nah, und doch so unerreichbar fern.

Wie hat sie sich entschieden?

Plötzlich weht Unruhe durch den Bankettsaal.

Zwischen den Würdenträgern, die auf Matten aus geflochtenen Palmwedeln vor den niedrigen Tischen Platz genommen haben, stolpert ein staubbedeckter junger Mann in einem schlichten äthiopischen Wickelgewand auf uns zu. Als Solomon ihn erkennt, springt er auf. »Piero!«

Er schließt den Italiener, der beinahe vor Erschöpfung auf die Knie sinkt, in die Arme und hält ihn fest. »Come sta?«, fragt er besorgt auf Italienisch.

Piero antwortet auf Amharisch.

Solomons Lächeln verfliegt. Er nickt hin und wieder ernst, als der junge Italiener, der offenbar ein guter Freund des Prinzen ist, kurz innehält, um zu verschnaufen. Solomons Hand liegt vertraulich auf seiner Schulter.

Dann atmet der Prinz tief durch und entlässt Piero, der sich umwendet und den Saal verlässt.

Mit versteinertem Gesicht nimmt er auf dem Diwan neben mir Platz.

»Schlechte Nachrichten?«, frage ich.

Solomon spitzt die Lippen und nickt. »Das war mein Freund, der Sizilianer Piero da Messina. Er ist einer meiner Offiziere. Mein Onkel schickt ihn. Ich soll sofort zurückkehren. Sultan

Bedlay will Aksum angreifen, die Kathedrale Maryam Tseyon niederbrennen und das Manbar zerstören. Ich werde im Morgengrauen mit Piero zurückreiten.«

»Über die Weihrauchstraße?«

»Das ist der schnellste Weg nach Süden.«

»Wie lange wirst du brauchen, um Aksum zu erreichen?«

»Fünfundzwanzig Tage, vielleicht dreißig. Piero war dreieinhalb Wochen unterwegs. Der Herrscher von Mekka, Sharif Abu'l Qasim, hat ihn gefangen genommen und drei Tage lang eingekerkert, bevor er fliehen konnte.«

»Ich werde dir einen Geleitbrief für die Emire in Medinat an-Nabi und Mekka und den Sultan von Al-Yemen ausstellen. Du wirst unbehelligt zum Bab al-Mandeb, dem Tor der Tränen, gelangen, wo du nach Äthiopien übersetzen kannst.«

»Das ist sehr freundlich von dir.«

»Du bist gar nicht beunruhigt, dass Sultan Bedlay Aksum angreifen will«, stelle ich fest.

Solomon schüttelt den Kopf. »Wir haben Gott auf unserer Seite. Bedlay hat uns den Djihad erklärt, obwohl der Prophet Mohammed das ausdrücklich verboten hat, weil Äthiopien früher ein Zufluchtsort für viele Freunde des Propheten war, die von dessen Feinden in Mekka bedroht wurden.« Er lächelt matt. »Doch wer schert sich schon um das Wort des Propheten?«

»Sultan Bedlay offenbar nicht«, meint Arslan trocken.

»Nein. Er hat uns den Krieg erklärt. Aber wir werden ihn besiegen, denn Gott ist auf unserer Seite.«

»Wie kannst du so sicher sein?«, frage ich. »Kämpft er nicht auch mit dem Schlachtruf ›Allahu akbar‹ auf seinen Fahnen?«

»Wir sind von Gott erwählt worden, wie einst das Volk Israel. Wir sind gesegnet, wie Salomo von Israel einst seinen äthiopischen Sohn Menelik segnete, den ersten Neguse Negest, der seiner Mutter Makeda auf den Thron folgte. Die Bibel berichtet, wie Königin Makeda mit ihrem Gefolge König Salomo besuchte, dessen Weisheit sie tief beeindruckte. Die Legende besagt, dass Salomo den verborgenen Gottesnamen kannte.«

Alessandra krault liebevoll den Löwen, der nun mit wohlig geschlossenen Augen über ihrem rechten Knie hängt, und betrachtet die hebräische Inschrift auf dem Amulett an ihrem Hals. Als sie bemerkt, dass ich sie ansehe, erwidert sie meinen Blick und nickt fast unmerklich.

»›Und sie kam zu Salomo und redete mit ihm über alles, was in ihrem Herzen war‹«, zitiert Solomon aus dem Ersten Buch der Könige. »Die beiden verliebten sich ineinander. Als Makeda schließlich nach Aksum zurückkehrte, trug sie Salomos Sohn unter dem Herzen. Dieser Menelik Ebna Hakim, ›der Sohn des Weisen‹, ist der Begründer der salomonischen Dynastie. Unser Nationalepos, das *Kebra Negest,* berichtet, wie Menelik als junger Prinz seinen Vater in Jerusalem besuchte. Als er zurückkehrte, um den Thron zu besteigen, brachte er die Lade des Gottesbundes von Jerusalem nach Aksum.«

Schweigen.

Mein bestürzter Blick huscht von Solomon zu Alessandra, die mich fassungslos ansieht. David guckt aufmerksam hoch.

»Die Bundeslade ist in Aksum?«, fragt sie mit bebender Stimme.

»Ich habe sie mit eigenen Augen gesehen.« Solomon deutet auf das verhüllte Tabot, vor dem die Priester am anderen Ende des Saals wie berauscht tanzen. »Das Tabot ist eine Nachbildung der Lade.«

»Der Lade aus Akazienholz und Gold, in die Moses die Gesetzestafeln legte?«, frage ich. »Die Yoshua um die Mauern von Jericho tragen ließ, bevor er die Stadt eroberte? Die David nach Jerusalem holte und die Salomo im Tempel aufstellte?«

»Die meine ich.«

»Aber ich dachte, die Lade sei seit der Eroberung von Jeruschalajim durch die Babylonier verloren.«

»Nein, Yared, sie ist nicht verloren.« Solomon schüttelt den Kopf. »Die Lade von Zion befindet sich seit zweitausendfünfhundert Jahren in Aksum.«

Intermezzo

In der Nähe von Aksum
Fasika, 2. Miyazya 6945
Nach dem Beben

Sobald das dröhnende Donnern verstummt ist und die gewaltigen Erdstöße nachgelassen haben, richtet sich Zara Yakob, noch immer am ganzen Körper zitternd, auf. Um ein Haar wäre er in eine der Erdspalten gestürzt und lebendig begraben worden.

Der byzantinische Mamelucke reicht dem verwundet vom Pferd gestürzten Kaiser die Hand und hilft ihm auf, sodass er Sultan Bedlay gegenübertreten kann. Zara Yakob blickt an sich herunter. Sein Gewand ist staubig, zerfetzt und rot von Blut.

Der Sultan von Adal, der sein Schwert trotz des schweren Bebens nicht verloren hat, folgt seinem Blick mit undurchdringlicher Miene. »Ein glänzender Sieg«, murmelt er schließlich. Dann blickt er zum Himmel empor. Tränen funkeln in seinen Augen – als sei ihm während des Bebens der aufgewirbelte Staub in die Augen gedrungen. Eine dichte Staubwolke verhüllt die Sonne – es ist so dunkel wie bei einer Sonnenfinsternis. Der untergehende Halbmond leuchtet rot wie Blut.

Der Erwählte Gottes strafft seine Haltung.

»Was nun?«, fragt Bedlay mit verkniffener Miene. Seine Faust ballt sich um den Griff des Schwertes, mit dem er dem Kaiser den Todesstoß versetzen wollte.

Erschüttert betrachtet Zara Yakob das aufgewühlte Schlachtfeld, das aussieht wie ein weites Feld offener Gräber, die noch nicht zugeschüttet sind. Der Anblick stimmt ihn traurig. Sein Herz krampft sich schmerzhaft zusammen. Dann sieht er seinem Todfeind ins Gesicht. »Kennst du Al-Fil, die hundertfünfte Sure?«

»Die Sure des Elefanten, dem Propheten – Allahs Frieden über ihn! – geoffenbart zu Mekka?«, fragt Bedlay und wirft einem seiner schwer verletzten Kriegselefanten einen bedauernden Blick zu. Das Beben hat die Schlacht beendet, der Kampfeslärm ist verhallt. »Ja, ich kenne sie.« Er nickt und zitiert: »›Im Namen Allahs, des Erbarmers, des Barmherzigen! Hast du nicht gesehen, wie dein Herr mit den Leuten des Elefanten verfuhr? Hat Allah ihren Plan nicht scheitern lassen?‹«

»Im Jahr der Geburt des Propheten Mohammed zog der christliche König Abraha von Al-Yemen, der sich selbst als König von Saba bezeichnete, mit seinen Elefanten gegen Mekka. Der äthiopische Negus wollte die Kaaba zerstören, nachdem die Mekkaner die Kathedrale in Sanaa geschändet hatten. König Abraha sandte ein Heer nach Mekka, um die Kaaba dem Erdboden gleichzumachen. Sein Kriegsvolk wurde vernichtet.«

Bedlay nickt langsam. »Das Andenken an diesen Kreuzzug gegen Mekka wird im heiligen Koran bewahrt.«

»König Abraha ist gescheitert.«

»Ja.«

»Ich werde nicht scheitern.«

»Nein, wohl nicht.«

»Wenn dein Nachfolger als Sultan von Adal mir mit dem Segen des Sultans von Ägypten den heiligen Djihad erklärt, werde ich Mekka angreifen und erobern. So wahr mir Gott helfe.« Zara Yakob deutet in Richtung der allerheiligsten Lade jenseits des Schlachtfelds. Wie durch ein Wunder ist sie unversehrt. »Gott ist auf meiner Seite.«

Bedlay nickt ernst.

»Es gibt keinen Sieger außer Gott! Und wer die Schlacht verliert, verliert nicht nur seine Macht, sein Reich, seinen Ruhm, seine Ehre, sondern auch sein Leben.«

Bedlay senkt den Blick.

»Mein Bruder, Kaiser Yeshaq, hat gegen deinen Vater, Sultan Saad ad-Din, gekämpft und ihn hinrichten lassen. Dessen Söhne, deine Brüder, flohen nach Al-Yemen. Als Sabr, Mansur und Djamal zurückkehrten, um als Sultane den Thron von Adal zu besteigen, hat mein Bruder sie vernichtet.«

»Ja, ich weiß.«

»Und nun bin ich Kaiser und du Sultan. Mein Vasall, der mir die Treue schwor und mich verriet. Der sein Schwert gegen mich erhob und mir den Djihad erklärte, obwohl der Prophet Mohammed es ausdrücklich verboten hat. Sag mir, mein Freund, der aus irregeleitetem Glauben zu meinem Feind geworden ist, was soll ich mit dir tun?«

Stumm fällt Ahmed Bedlay vor dem Neguse Negest auf die Knie, nimmt langsam seinen Helm mit dem ledernen Nackenschutz ab, stützt seine Arme auf dem Boden ab, um einen festen Halt zu haben, presst seine schweißnasse Stirn in die aufgewühlte Erde und verneigt sich tief vor seinem einstigen Lehnsherrn.

Einige verhaltene Atemzüge lang starrt Zara Yakob auf ihn hinab. Dann gibt er Konstantin ein Zeichen.

Der Byzantiner zieht sein Schwert und tötet den Sultan von Adal mit einem einzigen kraftvollen Hieb.

»Bedlay hatte recht, Euer Majestät«, bestätigt Konstantin, als er sein Schwert in die Scheide zurückschiebt. »Es war ein glänzender Sieg!«

Bedlays Kopf liegt vor Zara Yakobs Füßen. Der Kaiser hebt den Blick und beobachtet, wie hunderttausend Muslime überstürzt fliehen und von den zornentflammten Christen verfolgt und im Blutrausch niedergemetzelt werden. Kein Ungläubiger wird an diesem Tag das verwüstete Schlachtfeld lebend verlassen.

Es ist Fasika, das Fest der Freude, der Tag der Hoffnung, der Versöhnung und des Friedens.

Denn an diesem Tag hat Gott den Bund mit seinem auserwählten Volk erneuert.

Der Kaiser schiebt sein Schwert in die Scheide, schwingt sich in den Sattel. Während ihm der Psalm ›Nicht uns, o Herr, nicht uns, sondern deinem Namen gib Ehre!‹ nicht aus dem Kopf geht, trabt er über das mit Toten und Sterbenden übersäte Schlachtfeld zurück zur Lade des Gottesbundes.

Yared

Kapitel 51

In Yareds Schlafgemach in der Zitadelle
2. Miyazya 6945
19. Dhu'l Hijja 848, 22. Nisan 5205
Ostersonntag, 28. März 1445
Kurz vor elf Uhr nachts

Aufgewühlt kehre ich nach dem Bankett mit meinem Gefolge in die Zitadelle zurück. Obwohl es schon spät ist, bitte ich Benyamin, den Geleitbrief für Solomon zu verfassen. Dann gehe ich in mein Schlafzimmer, um zu packen.

Ich werde nicht viel mitnehmen. Während meiner Flucht von Timbuktu nach Agadez und Al-Iskanderiya habe ich gelernt, mit wenig auszukommen. Eine schlichte Djellabiya aus saphirblauer Seide, die ich in Betlehem gegen das staubige Gewand eines Kameltreibers eintauschen werde, ziehe ich aus einer meiner Reisetruhen und werfe sie auf das Bett. Dazu zwei Turbantücher in Weiß und Gelb. Die Steinkugel, die ich seit Jahren nicht getragen habe. Und mein Schwert.

Ich hebe Yehuda Halevis Buch aus der Büchertruhe. Zwischen den Seiten, wo der Dichter schreibt, die Bundeslade liege in einer geheimen Kammer im Tempelberg verborgen, finde ich den gepressten Papyrusstängel, den Jadiya mir bei unserem Abschied gegeben hat.

Unter dem Koranspruch ›O ihr, die ihr glaubt, sucht Hilfe in Standhaftigkeit und Gebet. Denn Allah ist mit den Standhaften!‹

steht ihr Liebesschwur: ›Mein Herz ist voller Hoffnung, während du in Mekka bist. Meine innigen Gebete begleiten dich. Voller Sehnsucht erwarte ich deine Rückkehr. Ich liebe dich. Jadiya.‹

Mit einem Gefühl der Trauer im Herzen lege ich den Papyrus zurück ins Buch. Ich werde Jadiya nie mehr wiedersehen, denn ich kann nicht mehr nach Al-Kahira zurückkehren.

Wehmütig blättere ich durch das Buch, in dem Yehuda Halevi die ersehnte Heimkehr nach Israel beschworen hat: ›So sehr liebten sie das Land Israel, dass sie sagten: Wer nur vier Ellen in das Land hineingegangen ist, sei schon der Seligkeit gewiss. Wer in Israel begraben ist, sei gleichsam unter dem Altar begraben.‹

Zart streiche ich über die vertrauten Zeilen. Dann vergrabe ich das Gesicht in den Seiten und atme tief den modrig herben Duft des alten Folianten ein. Den Geruch der Erde der entrissenen Heimat Erez Israel. Den Duft der Sehnsucht nach der verlorenen Freiheit. Dann schließe ich das Buch und lege es zurück in die Truhe. Wie alles andere, das in den letzten sieben Jahren mein Leben ausgemacht hat, muss ich es zurücklassen.

Ab heute werde ich wieder sagen: ›Leschana haba be'Jeruschalajim – Nächstes Jahr in Jeruschalajim!‹

Denn ich werde wiederkommen.

Mit der Bundeslade.

Ein Geräusch lässt mich erschrocken herumfahren.

Alessandra steht in der offenen Tür und sieht mir beim Packen zu.

»Du willst also nach Aksum.« Sie wirkt traurig.

»Im Morgengrauen werde ich aufbrechen.«

Sie tritt neben mich, nimmt mir das Schwert aus der Hand, wirft es neben die Tasche auf das Bett und sieht mir in die Augen. »Bitte verlass mich nicht. Wir würden uns nie wiedersehen.«

Ich atme tief durch und muss schlucken.

»Ich will mein Leben mit dir verbringen, Yared. Ich liebe dich. Ich will dich nicht verlieren.«

»Das wirst du nicht. Ich liebe dich auch.«

»Dann geh nicht.«

Ich antworte nicht.

»Die Reise nach Aksum ist lebensgefährlich. Sultan Jaqmaq wird dir deinen Verrat niemals verzeihen. Er wird dich verfolgen wie der Pharao Moses verfolgen ließ. Niemand wird dir, dem geflohenen Juden, Schutz gewähren. Weder der Emir von Medina noch der Sharif von Mekka oder der Sultan von Sanaa. Und wie wird der Neguse Negest reagieren, wenn du die Bundeslade von Aksum nach Jerusalem zurückbringst?«

Ich senke den Blick.

Sie hat ja recht.

Alessandra missversteht mein Zögern. »Wenn du gehst, gehe ich mit dir.«

Ich blicke auf. »Alessandra, das ist …«

Sie hebt die Hand, damit ich schweige. »Wir werden gemeinsam nach Aksum reisen, um die Bundeslade zu suchen. Nachdem wir morgen früh mit Gebre Christos gesprochen haben«, beschließt sie resolut. »Während des Abendessens hat Prinz Solomon das *Kebra Negest* erwähnt, das äthiopische Nationalepos.«

»Es berichtet, wie König Salomos Sohn Menelik die Bundeslade von Jeruschalajim nach Aksum brachte.«

»So ist es. Als ich Gebre Christos am Karfreitag besucht habe, lag dieses Buch auf seinem Tisch. Er kann uns den äthiopischen ›Gralsroman‹ vorlesen und ins Arabische übersetzen. Er kann uns die Bundeslade beschreiben. Und den ›Lapis ex coelis‹, die Gesetzestafel mit den Zehn Geboten. Sobald wir mit Gebre Christos gesprochen haben, werden wir sehen, ob Tayeb die verborgene Botschaft in der Baruch-Apokalypse entschüsselt hat.«

Sie zeigt mir das Amulett mit dem Gottesnamen, das Aviram

ben Eleazar ihr heute Morgen gegeben hat, und erklärt mir, der Lehre der Kabbala gemäß bestehe er aus zweiundvierzig Buchstaben. Nachdem sie Tayeb heute Mittag in die Grabeskirche gebracht habe, habe er damit begonnen, die Schatzkarte der Templer mit dem Atbash-Code zu entschlüsseln.

»Sobald wir überzeugt sind, dass die Bundeslade nicht im Tempelberg begraben liegt, sondern sich in der Kathedrale von Aksum befindet, brechen wir auf. Morgen Nacht.«

»Und Tayeb?«

»Er ist zu schwach, um allein nach Akko und weiter nach Venedig oder Byzanz zu reisen. Er wird uns begleiten. Er wird sich freuen, vor seinem Tod nach Medina an das Grab des Propheten pilgern zu können und an der Kaaba in Mekka zu beten. Sieh mich doch nicht so an, Yared! Glaubst du, ich weiß nicht, wie es um ihn steht, obwohl du mir die Wahrheit verschwiegen hast?«

»Er könnte sterben«, wende ich ein.

»Er hat den besten Hakim, den er sich wünschen kann. Wenn er stirbt, dann auf dem Weg nach Mekka. Ich werde ihn dorthin bringen.« Ihre Stimme duldet keinen Widerspruch.

Ich bewundere ihre Entschlossenheit und ihren Mut. Sie setzt ihr Leben aufs Spiel, wenn sie, die Nasrani, Tayeb nach Mekka begleitet. In ihr sprudelt ein unerschöpflicher Quell von Liebe und Vergebung. Ich beginne zu verstehen, warum selbst der Papst sich ihr anvertraut.

»Darf ich dich umarmen?«, frage ich sanft.

Sie nickt und schmiegt sich an mich, um sich von mir in die Arme schließen zu lassen. »Ich liebe dich«, haucht sie und küsst mich.

»Und ich liebe dich.«

Sie zieht mir den Turban vom Kopf und zerwühlt mein Haar. Dann öffnet sie meine Robe, schiebt ihre Hände unter den Seidenstoff und streichelt mich auf eine zutiefst sinnliche und äußerst erregende Weise. Ich seufze vor Lust, als ihre Hände tiefer gleiten. Meine zärtlichen Liebkosungen auf ihrer nackten Haut und meine Küsse erwidert sie mit derselben Leidenschaft wie letzte Nacht, als wir …

Benyamin, der unbemerkt den Raum betreten hat, räuspert sich, um uns auf sich aufmerksam zu machen. »Ich weiß, es ist ein äußerst ungünstiger Augenblick …«

»Allerdings«, gebe ich trocken zu. Meine Stimme klingt rau. »Denkbar unpassend. Was ist denn?«

Hastig rafft Alessandra die weggleitende Robe vor ihre nackten Brüste und hebt die Schärpe auf, die das Gewand zusammenhält.

»Dom Lançarote de Santarém wünscht Contessa Alessandra zu sprechen. Er wartet im Empfangssaal des Emirs. Vor zwei Stunden hat er schon einmal vorgesprochen, als ihr in Hagia Sion wart. Offenbar wurde er von Solomons Gefolge nicht vorgelassen.«

Alessandra blickt mich bestürzt an und flüstert: »Elija!« Dann wendet sie sich an Benyamin. »Wie spät ist es?«

»Eine Stunde vor Mitternacht.«

Sie wendet sich zu mir um. »Tristão hat gedroht, Elija zu töten, wenn ich ihm nicht bis Mitternacht die Baruch-Apokalypse übergebe. Komm mit!«

Alessandra kleidet sich rasch wieder an und stürmt mit mir in den Empfangssaal, wo Lançarote uns erwartet. Der Christusritter sieht mich irritiert an, verneigt sich artig und begrüßt mich auf Portugiesisch. »Euer Hoheit.«

Ich nicke ihm zu. »Dom Lançarote.«

Dann wendet er sich an Alessandra. »Ich danke Euch, dass Ihr mich empfangt, Dona Alessandra. Nach allem, was gescheh…«

»Was wollt Ihr?«, unterbricht sie ihn mit einer Geste wie ein Schwerthieb. Sie bleibt mit verschränkten Armen vor ihm stehen und sieht zu ihm auf. Er ist eine Handbreit größer als sie, doch sie wirkt nicht eingeschüchtert.

»Ich will Elijas Leben retten. Es hat schon genug Tote gegeben. Fra Leonardo, Mar Abdul Masih, Imad ad-Din Ghiorghi und jetzt auch noch Rabbi Eleazar.«

Alessandra schnappt nach Luft. »Rabbi Eleazar ist tot?«

»Tristão hat ihn ermordet, als ich vorhin hier war, um mit Euch zu reden. Doch Rabbi Benyamin, der Sekretär Seiner Hoheit …«, Lançarote blickt kurz in meine Richtung, »… hat mich fortgeschickt, weil Ihr auf einem Empfang in Hagia Sion wart.«

»Was ist geschehen?«, fragt sie atemlos.

»Nachdem Ihr heute Morgen im Felsengrab sagtet, Ihr könntet die Baruch-Apokalypse nicht gegen Elija tauschen, weil sie nicht in Eurem Besitz sei, vermutete Tristão, Ihr hättet den Rabbi gebeten, sie zu übersetzen. Eleazar hat Tristão überrascht, als er sein Haus nach der Schriftrolle durchsuchte.«

»O Gott!«, stöhnt sie.

»Tristão und ich haben gestritten, als er mir den Mord an dem Juden gestand.«

Alessandra nickt stumm. Sie ist ganz blass geworden.

»Ich flehe Euch an, Dona Alessandra. Übergebt ihm die Baruch-Apokalypse! Sonst wird er Elija töten.«

»Der Papyrus ist in der Grabeskirche, deren Portal seit Sonnenuntergang verschlossen ist. Ihr kennt sicher das langwierige Zeremoniell des Torschlusses durch die muslimischen Wächter, die den Schlüssel verwahren. Nach Sonnenuntergang ist die Grabeskirche eine Festung. Selbst wenn ich es wollte, könnte ich Euch den Papyrus nicht übergeben.«

Lançarote nickt resigniert. »Er wird den Jungen töten. Und dann wird er auch Euch und Euren Freund Tayeb töten«, prophezeit Lançarote. »Tristão wird nicht ruhen, bis er Rodrigos Tod gerächt hat.«

»›Vaya con Dios, Rodrigo! Dame confianza, te amo como si fueses mi proprio hijo.‹ Diese tröstliche Widmung hat Tristão in Wolfram von Eschenbachs *Parzival* geschrieben, den er Rodrigo vor drei Jahren geschenkt hat. Don Rodrigo de Guzmán war Tristãos illegitimer Sohn, nicht wahr?«

»Ja.«

»Wer ist Tristão?«

»In Tristãos Familie gibt es nicht nur berühmte Seefahrer und Konquistadoren, er hat auch mächtige Verwandte in Portugal, Kastilien und Aragón. Dom Henrique ist ein entfernter Cousin von ihm. Als Sergeanten des Ordens haben Tristão und ich am Kreuzzug gegen Ceuta teilgenommen. Nach der Eroberung der Stadt sind wir zu Cavaleiros, zu Rittern, geschlagen worden. Wir waren damals sechzehn – so alt wie Rodrigo. Die Eroberung von Ceuta hat dem Orden wertvolle Portolankarten der großen jüdischen Kartografenschule von Mallorca beschert. Die jüdischen Land- und Seekarten von Abraham und Yehuda Cresques sind viel verlässlicher als die portugiesischen oder venezianischen, die meist auf Legenden basieren. Auf einer dieser jüdischen Karten war die sagenhafte Terra do Preste João verzeichnet. In Afrika. An den Quellen des Nils.

Nach seiner Ernennung zum Großmeister schickte Dom Henrique Expeditionen entlang der Westküste Afrikas aus, weil er das Reich des Priesterkönigs entdecken wollte. Monatelang segelten Tristão und ich an Bord einer der Karavellen unseres Ordens an der afrikanischen Küste entlang nach Süden, aber ohne Erfolg. Danach lebte Tristão für einige Jahre am Hof des Königs von Kastilien. Im Auftrag des portugiesischen Königs sollte er in Erfahrung bringen, wie ernsthaft Kastilien die Reconquista betreibt. Portugal hat kein Interesse an der Eroberung von Granada, sehr wohl aber an der Einnahme von Gibraltar und der Rückgewinnung von Ceuta und Tanger. 1428 traf er Euch, Euer Hoheit, in Córdoba.«

»Wir haben uns nach einem Pontifikalamt in der Mezquita von Córdoba kennengelernt«, erinnere ich mich. »König Juan hat uns persönlich miteinander bekannt gemacht. Ich weilte als Gesandter des Sultans von Granada an seinem Hof.«

»Ich weiß, Euer Hoheit«, nickt Lançarote. »Sultan Muhammad war im Jahr zuvor aus Granada vertrieben worden, konnte den Thron jedoch mit Unterstützung von Kastilien zurückerobern. Und wie hat Euer Freund Muhammad es Euch gedankt, Euer Hoheit, als Ihr vor vierzehn Jahren selbst aus Granada fliehen musstet! Er hat Euch einen Verräter genannt!«

Lançarote schnaubt verächtlich angesichts der Ehrlosigkeit des Sultans, der nun schon zum dritten Mal aus Gharnata geflohen ist.

»In Córdoba lernte Tristão Montserrat de Guzmán kennen, verliebte sich in sie und brach mit ihr sein Keuschheitsgelübde. Rodrigo wurde 1429 in Salamanca geboren. Tristão war damals auf einer geheimen Mission in Tanger. Er hatte Montserrat verlassen, bevor sie ihm die Schwangerschaft gestehen konnte. Als sie vor drei Jahren starb, hat Tristão seinen Sohn zu sich geholt, um ihn zuerst als Sergeant, danach als Ritter im Ordem de Cristo unterzubringen. Vor wenigen Monaten erst hat Rodrigo seine Gelübde abgelegt. Vor Kurzem erhielt ich eine Nachricht von Tristão aus Tomar – Dom Henrique habe ihn mit einem Geheimauftrag im Vatikan betraut. Sobald der erledigt sei, wolle er nach Jerusalem kommen, um sich endlich zu seinem Sohn zu bekennen und Rodrigo nach Portugal zu bringen, um ihn dem König vorzustellen.« Lançarote schluckt. »Und nun ist er tot.«

»Und Tristão sinnt auf Blutrache«, fügt Alessandra an.

»Er war nicht immer so«, beteuert Lançarote ernst. »Vor acht Jahren führten die Infanten Dom Henrique und Dom Fernão ein Kreuzzugsheer gegen Tanger. Auch Tristão nahm daran teil. Der Feldzug unseres großen Eroberers und Kreuzfahrers endete mit einer furchtbaren Niederlage, die Dom Fernão mit Geiselhaft bis an sein Lebensende bezahlen musste.«

Lançarotes Worte haben den bitteren Nachgeschmack von Verachtung und Hass.

»Tristão gelang nach wenigen Monaten die Flucht. Ich weiß nicht, was die Mauren ihm damals angetan haben – er hat darüber nie ein Wort verloren. Aber er hatte sich verändert. Er war nicht mehr derselbe. Er war so … Wie soll ich sagen … so stolz. So unbarmherzig gegenüber allen Ungläubigen, die in seinen Augen kein Recht haben, weiterzuleben.«

Alessandra nickt bedächtig. »Stolz, Unbarmherzigkeit, Angst und die Überzeugung, den einzig wahren Glauben zu besitzen, führen unweigerlich zu Gewalt, Unterdrückung und Mord. Das hat mein Vater mich gelehrt.«

Lançarote nickt traurig. »Tristão hat entsetzliche Angst, seit Ihr ihm heute Mittag die Exkommunikationsbulle Seiner Heiligkeit überreicht habt.«

»Mord ist nicht der Weg zur Erlösung. Gleichgültig, ob die Opfer Christen, Muslime oder Juden sind.«

»Da gebe ich Euch recht.«

»Dom Lançarote, wenn Ihr mir Elija übergebt, werde ich kraft der mir von Papst Eugenius erteilten Handlungsvollmacht Eure Exkommunikation aufheben lassen. Ich weiß, Ihr habt die Morde nicht begangen. Am Karfreitag habe ich Euer Gespräch mit Tristão im verfallenen Kloster mitangehört. Ich weiß, dass Ihr sein Handeln zutiefst missbilligt. Und ich weiß auch, dass Ihr Eurem Freund nicht Einhalt gebieten könnt, weil er auf ausdrücklichen Befehl von Prinz Henrique handelt, der befohlen hat, mich zu töten, weil ich weiß, was im Vatikan geschehen ist. Noch heute Nacht werde ich Patriarch Joachim bitten, Euch die Rückkehr in die Kirche zu gewähren und …«

Lançarote schüttelt traurig den Kopf. »Nein, Dona Alessandra, ich werde Tristão nicht um meines Seelenheils willen verraten. Nicht als Ordensbruder, mit dem ich in Tomar die Gelübde abgelegt habe, nicht als Schwertbruder, an dessen Seite ich in unzähligen Schlachten gegen die Muslime gekämpft habe, nicht als Freund. Ich kann es nicht. Gott sei mir gnädig!«

Ein leises Klopfen unterbricht das Schweigen.

Arslan, der immer noch den kleinen David mit sich herumträgt, steckt den Kopf zur Tür herein. »Ach, hier seid ihr! Ich habe euch schon gesucht.«

Stirnrunzelnd mustert er Lançarote, während er die Tür so weit öffnet, dass Alessandra und ich Karim, Khalid, Akiva, Ioannis und den kleinen Basilios sehen können, die vor dem Empfangssaal warten. Mit aufgerissenen Augen starren die Jungen den Tempelritter an, der Elija gefangen hält.

»Alessandra, hast du einen Augenblick Zeit?«, fragt Arslan ernst und winkt sie heran. Im letzten Augenblick kann er David festhalten, der nur allzu gern über die Schale mit dem kandierten Ingwer auf dem Tisch vor dem Diwan herfallen würde. »Deine Gefolgsleute bitten, von dir empfangen zu werden. Die Lausebengel haben dir etwas zu sagen.«

Alessandra

Kapitel 52

Vor dem Damaskustor nahe der Höhle des Zedekia
Fasika, 2. Miyazya 6945
19. Dhu'l Hijja 848, 22. Nisan 5205
Ostermontag, 29. März 1445
Mitternacht

Das aufgeregte Zirpen der Zikaden ist plötzlich verstummt. Yared bleibt neben mir stehen und greift nach seinem Schwert.

Meine Hand verkrampft sich um den Griff meines Dolches. Mit angehaltenem Atem lausche ich in die Stille.

Der böige Nachtwind rauscht in den Zweigen der uralten Olivenbäume. Der verwilderte Hain aus knorrigen Bäumen, die wohl älter sind als ein Jahrtausend, gemahnt an den Garten Getsemani auf der anderen Seite des Tempelbergs. Der Himmel jenseits der goldenen Kuppel des Felsendoms flackert im Schein des heraufziehenden Gewitters.

»Was ist?«, wispere ich unruhig.

Yared starrt aufmerksam nach vorn, schüttelt den Kopf und antwortet nicht.

Im diffusen Licht der Blitze kann ich das große Kreuz an der Stadtmauer erkennen, das den Ort bezeichnet, wo nach der Belagerung durch das erste Kreuzzugsheer der Florentiner Pazzino de' Pazzi die Mauern des ›befreiten Jerusalem‹ erklomm, um die christliche Fahne über der Heiligen Stadt zu hissen.

Bedrohlich dröhnt der Donner.

Karim zupft an meinem Ärmel und deutet mit ausgestrecktem Arm nach vorn. »Da ist die Höhle, in der wir heute Nachmittag das Versteck der Templer entdeckt haben«, flüstert er.

Im flackernden Licht des Gewitters erkenne ich ein von Disteln und Dornengestrüpp zugewuchertes niedriges Loch unterhalb der hoch über mir aufragenden Stadtmauer, die zwischen Damaskus- und Herodestor das muslimische Viertel umschließt.

Yared tritt neben mich. Seine mit Ruß geschwärzte Rüstung schimmert matt. Unter dem mit einem schwarzen Turban umwickelten Helm kann ich sein Gesicht kaum erkennen.

»Und?«, frage ich.

»Ich dachte, ich hätte etwas gehört.« Yared zuckt mit den Schultern. »Ist Elija da drin?«, fragt er Karim und nickt in Richtung des Einstiegs.

»Ja, Emir«, nickt der Junge respektvoll. »Die Templer haben ihr Lager am Ende der Höhle des Zedekia aufgeschlagen.«

»Der Höhle des Zedekia?«, fragt Yared nach.

»Es heißt, dass der König durch dieses Höhlenlabyrinth entkam, als die Babylonier Jeruschalajim belagerten und den Tempel zerstörten«, meldet sich Akiva aufgeregt zu Wort und deutet auf einen von Disteln überwucherten Hügel jenseits der Olivenbäume. »Aus der Höhle des Zedekia stammten die Steine des ersten Tempels. Deshalb wird sie auch ›Salomos Steinbruch‹ genannt«, spult der kleine Pilgerführer seinen auswendig gelernten Text ab, ohne auch nur ein Mal Luft zu holen.

»Das Höhlenlabyrinth erstreckt sich zweihundertfünfzig Schritte weit unter dem muslimischen Viertel. Bis zur Via Dolorosa«, ergänzt Ioannis. »Vielleicht sogar bis zu den Gängen und Kammern im Tempelberg.«

»Gibt es einen zweiten Ausgang, durch den die Templer entkommen können?«, fragt Yared. Er nimmt die Kinder ernst. Das gefällt den kleinen Rotznasen.

»Wir haben keinen gefunden«, antwortet Karim. Er ist stolz, dass der Emir das Wort an ihn richtet. »Falls es eine Treppe gibt, die vom muslimischen Viertel in die Höhle hinabführt, ist sie zugemauert.«

»Die Templer halten Elija in der Felsnische gefangen, die der Grabeskirche am nächsten ist«, fügt Ioannis an und deutet über seine Schulter in Richtung des Damaskustors und des dahinterliegenden Christenviertels.

Yared nickt entschlossen. »Jungs, ihr geht zur Grotte des Jeremia und wartet dort auf uns.«

Karim begehrt auf: »Aber wir wollen doch Elija befr…«

»Kommt nicht in Frage!«

»Ja, Emir«, schmollt Karim.

Arslan verwuschelt sein Haar und streicht ihm über die Wange. »Ich erzähl euch nachher, wie es war«, ermuntert er die Lausebengel und schiebt sie unerbittlich in Richtung der Grotte des Propheten. »Und jetzt schlagt euch in die Büsche. Ab mit euch! Und keinen Mucks, hört ihr?«

In der Dunkelheit tastet Yared nach meiner Hand und drückt sie. »Bist du bereit?«

Ich nicke beklommen.

»Na, dann los!« Yared gibt seinen Mamelucken einen Befehl auf Tscherkessisch. Die Kriegssklaven ziehen ihre geschwärzten Schwerter und lassen sie locker in die Scheiden zurückgleiten. Dann wendet er sich wieder zu mir um. »Alles ist bereit. Bleib ganz dicht bei mir!«

Mit einer knappen Geste befiehlt er den zwanzig Mamelucken unter Arslans Kommando, ihm zu folgen.

Zwischen den knorrigen Olivenbäumen hindurch huschen wir in Richtung der Höhle des Zedekia. Das zerfurchte Felsgestein ist mit Dornengestrüpp überwuchert, das sich bis zur Stadtmauer emporrankt. Wie eine unüberwindlich steile Felswand ragt sie über uns in den flackernden Nachthimmel auf. Überall zwischen den Disteln liegen herabgefallene Steinquader der Festungsmauer, die seit der Eroberung durch Sultan Salah ad-Din nicht wieder-aufgebaut worden ist.

Als wir die Stelle erreicht haben, an der die Olivenbäume keine Deckung mehr bieten, winkt Arslan zwei Mamelucken nach vorn. In geduckter Haltung eilen sie zum Einstieg hinüber und stellen sich mit dem Rücken zum Fels neben den Durchlass, um ihn zu sichern.

Von den Christusrittern gibt es weit und breit keine Spur.

Hat Lançarote seinen Freund gewarnt, nachdem er aus der Zitadelle zurückgekehrt ist? Ist er mit Tristão entkommen – wie vorgestern, als Yared mit seinen Männern das verlassene Kloster am Abhang des Zion stürmte? Und noch eine Frage quält mich: Lebt Elija noch?

In der Ferne dröhnt der Donner des nahenden Gewitters.

Mit einem knappen Handzeichen weist Arslan die Mamelucken an, in die Höhle einzudringen. Ein Mamelucke nach dem anderen lässt sich nach vorn sinken und gleitet auf dem Bauch so leise wie möglich vorwärts. Nur das Knirschen der Rüstungen auf dem losen Schotter durch den niedrigen Eingang in die Kaverne ist zu hören.

Als ich Arslan und Yared schließlich folge, geraten die scharfkantigen Steinsplitter, die sich schmerzhaft in meine Arme bohren, unter mir ins Rutschen. Mit dem Kopf voran rutsche ich über den steilen Abhang in die finstere Höhle und lande unsanft auf einem Skelett mit gebrochenem Genick. Der Tote trägt einen Helm, ein Kettenhemd und einen zerschlissenen weißen Wappenrock mit aufgenähtem rotem Kreuz. Offenbar war er beim Eindringen in dieses verborgene Höhlensystem ums Leben gekommen, als er, vielleicht während der Belagerung der Stadt im Juni 1099, in die Tiefe stürzte.

Yared packt mich am Arm und hilft mir auf. »Alles in Ordnung?«, wispert er und legt seinen Arm um mich. »Hast du dich verletzt?« Obwohl er so leise redet, hallt seine Stimme von den fernen Wänden zurück. Wir sind offenbar in einer großen Höhle.

Ich lehne mich gegen ihn. »Nichts passiert.«

Arslan erteilt Timur und den anderen Kriegssklaven Befehle auf Tscherkessisch.

»Wir können nur eine Kerze anzünden – der Lichtschimmer auf den feuchten Felswänden kann uns leicht verraten«, sagt Timur. Dann höre ich, wie Zunder entfacht wird, und plötzlich erhellt eine kleine Flamme die Finsternis. Ich sehe mich um und entdecke fünf Gänge, die aus der gewaltigen Höhle hinausführen. Aus einem dringt ein schwacher Lichtschimmer.

Die Mamelucken drängen sich so dicht aneinander, dass sich ihre Schultern berühren. Mit angehaltenem Atem sehen sie zur Höhlendecke hoch und lauschen auf das flatternde Geräusch, das von dort zu kommen scheint. Ich spüre ihre Angst.

»Fledermäuse«, flüstert Arslan.

Mein Herz klopft fast schmerzhaft, und meine Nackenhaare stellen sich auf. Ich verabscheue Fledermäuse.

Arslan weist nach oben. »Tausende von den Viechern hängen an der Decke. Also bewegt euch langsam und bedächtig. Der Boden ist feucht und glitschig. Keine plötzlichen Bewegungen. Und keinen Laut. Wenn die Fledermäuse erschrecken und kreischend aus der Höhle flüchten, sind die Christusritter gewarnt. Y'allah!« Er deutet auf den schwachen Lichtschimmer, der aus einem der Gänge dringt. »Dort entlang!«

»Komm!«, flüstert Yared und nimmt meine Hand.

Ein langes Donnergrollen übertönt unsere leise knirschenden Schritte, als wir uns durch die Finsternis vorwärtstasten.

Die Gänge sind wohl zur Zeit von König Salomo geschlagen worden, als die Steinmetze die Quader für den Tempel brachen. An manchen Stellen wirkt der Fels so glatt und regelmäßig, als sei mit einem Dolch eine Scheibe von einem Stück Ziegenkäse abgeschnitten worden. An einer Stelle ragt ein behauener, jedoch noch unvollendeter Block des ersten Tempels aus der zerklüfteten Decke. Er sieht aus, als würde er sich jeden Augenblick aus dem Gewölbe lösen und mit Donnergetöse herabstürzen.

Beständig tropft kühles Wasser von der Decke, regnet mir in dicken Tropfen ins Gesicht. Der Boden ist glitschig, und es stinkt so sehr nach Fledermauskot, dass ich unwillkürlich die Luft anhalte und die Nase rümpfe.

Wenige Schritte vor mir zweigt ein Felsdurchbruch nach links ab, während der breite Gang, in dem wir uns befinden, durch mehrere Höhlen hindurch weiter geradeaus führt. Dort hinten, in einer der großen Nischen, die sich nach Südwesten in Richtung des Heiligen Grabes erstrecken, halten sich die Christusritter offenbar versteckt.

Arslan deutet auf den Durchlass, hebt drei Finger und tippt den Männern, die er für diese Aufgabe ausersehen hat, wortlos auf die Schultern. Die Kerze wird gelöscht. Timur und zwei seiner Freunde verschwinden lautlos in der Finsternis. Sie werden sich den Portugiesen von der anderen Seite nähern, um ihnen den Fluchtweg abzuschneiden. Dann dringen wir anderen weiter vor.

Die Luft wird immer kühler und modriger. Wie in einer Gruft!

Ein Donnerhall zerreißt die nervenaufreibende Stille. Das Gewitter hat Jerusalem erreicht. Die Fledermäuse rascheln und fiepen unruhig. Ein Tier lässt sich fallen, breitet die Flügel aus und dreht eine Runde über unseren Köpfen. Dann verschwindet es lautlos in der Höhle, die Timur und seine Freunde entlanghuschen.

Abgesehen von dem nervenaufreibenden Geplätscher ist es still.

Wir tasten uns vorwärts durch die Dunkelheit, vorbei an einem massiven Felspfeiler, den König Salomos Steinbrucharbeiter stehen gelassen haben. Wenig später erreichen wir eine weite Kaverne.

Unvermittelt bleibt Arslan stehen und zischt leise eine Warnung. So schnell wie möglich verschwinden wir in finsteren Nischen oder ducken uns hinter Felsen.

Dreißig Schritte entfernt sehe ich Tristãos Silhouette. Er steht am Eingang einer hell erleuchteten Felsnische. Ist Elija auch dort?

Tristãos Gesicht liegt im Schatten, seine Hand ruht auf dem Griff seines Schwertes. Ich halte den Atem an und spähe um die Ecke des Felsens, hinter dem ich mich verberge. Hat er uns gesehen?

Atemlose Stille.

Erschrocken zucke ich zusammen, als die lederne Rüstung eines Mamelucken leise knarzt. Die Felswände werfen das Echo viel zu laut zurück.

Hat Tristão es gehört?

Mit gesenktem Kopf verharrt er reglos im Eingang der Nische und lauscht. Als er sich schließlich umwendet, gleitet er auf einem feuchten Felsen aus. Im letzten Augenblick kann er sich festhalten. Dabei schlägt die silberbeschlagene Scheide seines Schwertes mit einem Klirren gegen das Gestein.

Urplötzlich bricht ein Inferno über uns herein.

Mit einem schrillen Kreischen lassen sich die erschreckten Fledermäuse von der Decke fallen und flüchten im Tiefflug durch die Höhle auf den Ausgang zu. Eine schwarz schimmernde wogende Masse, die ich im Gegenlicht nur schemenhaft erkennen kann, flattert wie in einem meiner schlimmsten Albträume mit rasender Geschwindigkeit auf mich zu.

Keuchend vor Angst werfe ich mich auf den Boden, presse

mich gegen den nassen Fels und schütze meinen Kopf mit den Armen, während ein riesiger Schwarm Fledermäuse panisch fiepend über mich hinwegflitzt. Es sind Hunderte, nein, Tausende!

Yared und ich liegen nebeneinander auf dem Boden, während sich die Mamelucken in Wandnischen kauern, bis wieder Ruhe herrscht. Aufatmend richte ich mich auf.

»Y'allah!«, wispert Arslan. »Weiter!«

Lautlos huschen wir weiter vorwärts.

»Was ist das?«, fragt Yared plötzlich.

Ich lausche. »Sie singen. Auf Lateinisch. Es ist schon nach Mitternacht. Die Christusritter halten ihr Stundengebet.«

»Wir müssen sie aus der Nische herauslocken. Weg von Elija. Er ist bestimmt bei ihnen«, flüstert Yared.

Ich nicke.

»Während Tristão und Lançarote sich auf einen Kampf mit uns einlassen, wirst du Elija befreien, und dann verlasst ihr so schnell wie möglich die Höhle.«

»Mach ich.«

»Wir treffen uns vor Jeremias Grotte.«

»In Ordnung.«

»Na, dann los!«

Auf einen Wink von Arslan springen zwei Mamelucken mit gezücktem Schwert aus ihrer Deckung und huschen an den feucht schimmernden Wänden der Höhle entlang auf die Nische der Christusritter zu. Zwei weitere folgen ihnen lautlos. Dann noch zwei.

Im Gang gegenüber bemerke ich eine Bewegung. Das rußgeschwärzte Schwert eines Mamelucken. Timur und seine beiden Freunde haben das andere Ende der Kaverne erreicht. Tristão und Lançarote sitzen in der Falle. Es gibt kein Entkommen.

Es sei denn, sie haben Elija in ihrer Gewalt.

O Gott, nur das nicht!

Aus dem Gang gegenüber dringt ein metallischer Laut.

Der lateinische Gesang verstummt. Die Christusritter tauchen mit gezogenem Schwert am Eingang der hell erleuchteten Nische auf.

Timur tritt aus den Schatten. »Bism'Allah!«, ruft er seinen Männern zu.

Mit einem zornigen Aufschrei stürzen die Portugiesen aus der Nische. Timur und seine Männer weichen Schritt für Schritt zurück, um sie von Elija wegzulocken. Dann gibt Arslan den Befehl zum Vorrücken, um den Rittern den Fluchtweg abzuschneiden. »Y'allah!«

Die Ritter Christi kämpfen um ihr Leben.

Das Klingen der Schwerter hallt dröhnend durch die Kaverne, während ich zur Nische hinüberhusche, um Elija zu befreien.

Gott sei Dank, er ist am Leben! An Händen und Füßen gefesselt, sitzt er ganz hinten in der Nische auf dem Boden.

»Alessandra!«, ruft er erleichtert, als er mich erkennt.

Ich knie mich hinter ihn und durchtrenne seine Fesseln mit meinem Dolch. »Haben sie dir wehgetan, mein Mäuschen?«

Elija schüttelt den Kopf. »Werden die Ritter sterben?«, fragt er mit aufgerissenen Augen.

Ich nicke.

»Aber Lançarote hat mich getröstet, als ich geweint habe. Er kann aufregende Geschichten erzählen. Ich hab ihn gern.«

Ich packe seinen Arm. »Komm jetzt! Wir müssen so schnell wie möglich verschwinden.«

Plötzlich taucht Tristão vor mir auf. Er bedroht mich mit seinem Schwert. »Lasst den Jungen los!«

Ich werfe einen Blick in die finstere Kaverne.

»Werft den Dolch weg!«, befiehlt er barsch.

Ich lasse die Klinge fallen.

»Erhebt Euch! Langsam, ganz langsam! Und keine unbedachten Bewegungen!« Die Klinge seines Schwertes schneidet in meinen Hals.

Der Kampflärm in der Kaverne ist verhallt.

Ist Lançarote tot?

Wo, zum Teufel, sind denn alle?

»Ihr begleitet mich als Geisel!«

Aus den Augenwinkeln nehme ich wahr, wie Elija sich vorbeugt und versucht, meinen Dolch zu erreichen. Er schneidet sich an der Klinge und zieht scharf die Luft ein, als seine Hand zu bluten beginnt.

Tristão steckt sein Schwert ein, tritt hinter mich, hält mich fest und legt seinen Dolch an meine Kehle.

Yared taucht mit der Klinge in der Hand am Eingang der Nische auf. Er atmet schwer. »Lasst sie los! Sofort!«, fordert er auf Portugiesisch.

»Du verfluchter jüdischer Gottesmörder! Befiehl deinen Männern, die Waffen niederzulegen. Oder sie stirbt!«, droht Tristão.

Yared zögert. Dann senkt er sein Schwert und bückt sich, um die Klinge auf den Boden zu legen. Unvermittelt stürmt er vorwärts, zwei Schritte, drei, vier, und wirft sich schwungvoll gegen Tristão und mich. Zusammen taumeln wir rückwärts. Tristão schreit vor Überraschung auf. Er stolpert über eine Bodenerhebung und verliert das Gleichgewicht. Dabei lässt er mich los. Er torkelt durch das Feuer. Brennendes Holz wird Funken stiebend über den Boden verteilt. Es wird dunkler in der Nische. Im letzten Augenblick kann er sich fangen. Mit einem zornigen Schrei zieht er sein Schwert und wirft sich auf Yared. »Verfluchter Jude!«

Yared weicht einen Schritt zurück, um auf dem unebenen Felsboden einen sicheren Stand zu gewinnen, und erwidert die harten Schwerthiebe seines Gegners.

Während die Klingen dröhnend aufeinanderprallen, husche ich zu meinem Dolch, der neben Elija liegt. Doch bevor ich mich bücken kann, um ihn aufzuheben, höre ich, wie Yared vor Schmerz aufkeucht. Tristão hat ihn am Arm verletzt!

Yared taumelt rückwärts und verliert sein Schwert.

Allmächtiger Gott, er ist verloren!

Als Tristão ihm den Todesstoß versetzen will, werfe ich mich von hinten auf ihn. Der Portugiese wirbelt herum, reißt mich in seine Arme und zerrt mich hinter sich her aus der Nische.

Kurz darauf haben wir den Gang erreicht, der durch das Labyrinth zurück zum Eingang führt. Tristão schiebt mich mit Gewalt vorwärts, die Klinge seines Dolchs presst er drohend gegen meinen Hals.

Hinter uns höre ich Yared auf Tscherkessisch nach seinen Mamelucken rufen. Seine Stimme bebt vor Schmerz und Zorn. Wie schwer ist er verletzt?

Unvermittelt bleibe ich stehen. Tristão ist so überrascht, dass er beinahe die Waffe fallen lässt. Ich nutze den Augenblick, hebe den rechten Arm und stoße ihm den angewinkelten Ellbogen in die schwärende Wunde in seinem Gesicht. Er japst nach Luft. Sofort wirbele ich herum, stoße ihm mit voller Wucht mein Knie in den Unterleib und ramme ihm, als er sich vor Schmerzen krümmt, meine geballte Faust auf das zugeschwollene Auge. Mit einem Knirschen bricht seine Nase. Er brüllt auf vor Schmerz und reißt die Arme hoch, um sich vor weiteren Schlägen ins Gesicht zu schützen.

Als ich an ihm vorbeihuschen will, um zu Yared zurückzukehren, packt er mich und reißt mich herum. »Du entkommst mir nicht!«

Ich reiße mich los und verschwinde in den Schatten. Während ich mich an den zerklüfteten Felsen entlangtaste, ziehe ich mir den Schleier über Mund und Nase, bis nur noch meine Augen zu sehen sind. Im schwachen Licht des verglimmenden Feuers erreiche ich die nächste Höhle, eine gewaltige Kathedrale aus Fels.

Wohin soll ich mich wenden? Zurück auf das Licht zu? Oder tiefer hinein in die Schatten?

Ich horche, kann aber nichts hören außer meinem Herzschlag und meinem Atem. Und dem fernen Donner.

Folgt er mir?

Hastig wende ich mich nach links, noch tiefer hinein in die Dunkelheit, und zwänge mich zwischen zwei Felsvorsprüngen hindurch, um zum Ausgang zu gelangen.

Ein Geräusch hallt durch die weite Kaverne, in der Salomos Steinmetze zerklüftete Felssäulen stehen ließen, um die hohe Decke abzustützen. Fünfundzwanzig oder dreißig Ellen über mir muss sich die Via Dolorosa befinden.

Wieder halte ich inne, um zu lauschen. Schritte nähern sich. Yareds Mamelucken? Oder der Christusritter?

Dann höre ich Tristão auf Portugiesisch fluchen. Er ist nicht weit entfernt.

Entsetzen steigt in mir auf.

Wohin führt dieser Stollen? In der Finsternis kann ich nichts erkennen. So schnell ich kann, haste ich an der Wand entlang. Ein leiser Windhauch! Liegt der Ausgang vor mir? Ich weiß es nicht, aber ich muss so schnell wie …

Dann geschieht es. Ich stolpere über einen Felsvorsprung und schlage der Länge nach hin. Die silberne Zunderdose an meinem Gürtel scheppert gegen den Fels. Schmerzen zucken durch mein Bein. An der scharfen Steinkante habe ich mir das Knie verletzt.

Die Schritte hinter mir verhallen in einer bedrohlichen Stille.

Tristão hat mich entdeckt!

Kommt er näher?

Kann er in der Finsternis mein schwarzes Gewand erkennen? Nur nicht bewegen! Ich halte den Atem an und presse mich flach auf den feuchten Boden. Die Nässe dringt in den ohnehin schon klammen Stoff ein. Ich fröstele, nicht nur vor Kälte, sondern auch vor Angst. Mein Herz klopft so laut, dass ich fürchte, er kann es hören.

Ich liege still und lausche auf das stetige Tropfen des Wassers.

Knirschende Schritte.

Widerhallende Atemzüge.

Vorsichtig nähert sich Tristão.

Wenn ich noch länger ausharre, wird er über mich stolpern!

Ich muss so schnell wie möglich verschwinden!

Ich springe auf und humpele an der Felswand entlang. Tristão scheint nur noch wenige Schritte hinter mir zu sein.

Plötzlich greift eine Hand nach meiner Schulter.

Dann: ein Schlag!

Hart trifft er mich ins Gesicht und schleudert mich mit Gewalt gegen die zerklüftete Felswand. Schmerzhaft bohrt sich die Kante eines für den Tempel zugehauenen Steinquaders in meine Schulter.

Ich versuche sie abzuschütteln und beuge mich nach vorn. Was ist das? Neben meinem rechten Fuß liegt ein faustgroßer Stein. Ich hebe ihn auf und wiege ihn in der Hand. Er ist schwer genug. Und er hat eine scharfe Spitze. Langsam wende ich mich um.

»Verdammte Judenhure!«, knirscht Tristão. Ich kann ihn nur schemenhaft erkennen. Er ist nur einen Schritt entfernt. Sein keuchender Atem weht mir ins Gesicht.

Mit aller Kraft stoße ich mich von der Wand ab, werfe mich mit der Schulter gegen ihn, um ihn zu Fall zu bringen, und schlage mit der spitzen Ecke des Steins auf ihn ein. Dann wende ich mich um, um zum Ausgang zu gelangen. Doch vergeblich!

Grob packt er mich und schleudert mich zu Boden. Bevor er sich auf mich werfen kann, rolle ich mich hastig zur Seite und springe auf.

Doch er greift mein langes Haar und reißt mich zurück, sodass ich erneut hinfalle. Ich schlage mit dem Hinterkopf auf den Stein auf, den ich verloren habe, und bleibe einen Augenblick benommen liegen. Grelle Funken stieben vor meinen Augen. Keuchend ringe ich nach Atem. Ich zittere am ganzen Körper.

Wo bleibt Yared denn nur?

Tristão ist direkt über mir. Matt schimmert die Klinge seines Schwertes, als er es hochreißt, um mich zu töten. »Stirb, du Judenhure!«

Schritte hallen durch die Höhle. Tscherkessische Befehle werden gebrüllt.

Yareds Mamelucken!, denke ich erleichtert. Sie kommen!

Tristão ist einen Augenblick abgelenkt, und so hebe ich beide Beine und stoße sie mit aller Gewalt gegen seine Knie.

Stöhnend taumelt er rückwärts gegen die Felswand. Doch er rappelt sich keuchend wieder auf, springt mit einem Satz über mich hinweg und verschwindet in der Finsternis.

Die Mamelucken stürmen an mir vorbei, um ihn einzuholen.

Plötzlich ist Yared bei mir. Er kniet sich neben mich und nimmt mich zärtlich in die Arme. »Bist du verletzt?«

»Nein, es geht mir gut«, beruhige ich ihn. »Was ist mit dir?« Ich taste nach seinem Arm. Sein Ärmel ist blutgetränkt.

Lässig winkt er ab. »Nicht der Rede wert.«

Ich glaube ihm kein Wort. Er muss starke Schmerzen haben. »Wo ist Lançarote?«

Wenig später sitze ich auf einem Stein vor der Grotte des Propheten Jeremia und beobachte im flackernden Licht der Blitze, wie sich Yared neben mir um Elija kümmert. Der Junge hat sofort Vertrauen zu Yared gefasst. Er sitzt auf seinem Schoß, hält mit der Linken das rechte Handgelenk umklammert und lehnt seinen Kopf gegen Yareds Schulter, während der die Wunde versorgt. Elijas Lippen zittern, und in seinen Augen schimmern Tränen, die er, obwohl er Yared gegenüber tapfer sein will, nicht zurückhalten kann. Sie kullern über sein Gesicht und hinterlassen eine feuchte Spur auf seinen staubigen Wangen. Er zieht die Rotznase hoch. Der Kleine ist völlig erschöpft. Und verstört über Lançarotes Tod – Elija hat ihn trotz allem gemocht.

Er bemüht sich, nicht zu dem Leichnam von Lançarote hinüberzusehen. Der Christusritter liegt blutüberströmt zwischen den Olivenbäumen im trockenen Gras. Gerade eben habe ich ihm die Augen geschlossen und ein Gebet für ihn gesprochen. Morgen werde ich Joachim bitten, die Exkommunikation durch den Papst aufzuheben. Möge Gott sich seiner erbarmen und ihm vergeben!

Yared legt den verletzten Arm um Elija und drückt ihn tröstend an sich. »Zeigst du mir deine Hand, Krümelchen?«

Laut poltert der Donner durch den Himmel. Das Gewitter entlädt sich über Jerusalem, doch kein Regen bringt Abkühlung von der glühenden Hitze der letzten Tage. Im Gegenteil – es scheint noch heißer und schwüler geworden zu sein.

Der Junge hebt die Hand, und Yared öffnet sie behutsam. Mit einem Stück Stoff von seinem Turban tupft er vorsichtig das Blut ab. Zum Vorschein kommt ein dünner Schnitt, der quer über die Handfläche verläuft.

»Sieht nicht gut aus«, meint Yared ernst und streicht dem Jungen über das Haar. »Tut's sehr weh?«

»Mhm«, nickt Elija und kuschelt sich noch ein wenig enger an Yareds Schulter. Mit der Linken tastet er nach meiner Hand. Dann schiebt er sie in meine.

»Kannst du die Finger bewegen?«, fragt Yared.

Elija versucht es. »Mhm.«

»Gut.« Geschickt verbindet Yared die kleine Hand mit einem Streifen Tuch.

Elija lässt ihn dabei nicht aus den Augen.

»Sag mal, was hältst du davon, wenn du heute Nacht in einem Bett in der Zitadelle schläfst?«

Ein glückliches Lächeln huscht über Elijas Gesicht, als er heftig nickt.

Yared, der den Kleinen offenbar in sein Herz geschlossen hat, lässt ihn von seinem Schoß rutschen und erhebt sich. »Na, dann komm.« Dann reicht er ihm die Hand, und Elija ergreift sie. Wie Vater und Sohn, denke ich gerührt.

Yared hat meinen Blick bemerkt. Trotz der Schmerzen in seinem verwundeten Arm lächelt er versonnen.

Yared

Kapitel 53

In Yareds Arbeitszimmer in der Zitadelle
2. Miyazya 6945, 19. Dhu'l Hijja 848, 22. Nisan 5205
Ostermontag, 29. März 1445
Zwei Uhr dreißig morgens

Warum kommt sie nicht?, frage ich mich unruhig, während ich mich bemühe, Benyamins Worten zu folgen. Ich sehne mich nach ihr. Ich will sie in meine Arme schließen und neben ihr einschlafen.

»Siehst müde aus«, bemerkt Benyamin.

»Ich bin todmüde«, gebe ich zu.

»Du solltest dich mal ausschlafen, Yared«, rät Benyamin und legt mir eine Hand auf die Schulter. »Die letzten Tage und Nächte waren ein wenig … aufregend.«

Ich lächele freudlos.

»Sag mal, dein Besuch in der Grabeskirche morgen früh – kannst du den nicht absagen und dich ausruhen? Bis morgen Mittag erwartet Uthman deine Entscheidung.«

»Meine Entscheidung?«, frage ich verwirrt.

»Dass du zum Islam konvertierst und Alessandra heiratest, um ihr das Todesurteil zu ersparen. Im Felsendom hat er dich ash-Shah mat gesetzt, erinnerst du dich?«

Mit beiden Händen fahre ich mir über das Gesicht. Meine Augen tränen vor Erschöpfung.

»Uthman hat Imam Yusuf gebeten, sich morgen vor dem Mittagsgebet bereitzuhalten, um in der Al-Aqsa zu bezeugen, wie du dich zu Allah und seinem Propheten bekennst. Die Hochzeit findet anschließend in aller Stille im Felsendom statt. Dem Imam gegenüber hat Uthman diese überstürzte Hochzeit als Liebesheirat bezeichnet. Er lässt dir ausrichten: Falls Alessandra auf einem christlichen Priester besteht, der euren Bund segnet, soll sie einen benennen. Patriarch Joachim wäre sicher eine eurem Rang angemessene Wahl … Wenn du nichts dagegen hast.«

Ohnmächtig hebe ich beide Hände. »Ash-Shah mat.«

»Und wie«, nickt Benyamin traurig. »Was nun?«

»Keine Ahnung.«

Er schnauft. »Was willst du eigentlich in der Grabeskirche?«

»Tayeb entschlüsselt die Botschaft der Templer in der Baruch-Apokalypse«, murmele ich und reibe mir die Augen. Das Gespräch mit Gebre Christos über das *Kebra Negest* erwähne ich ebenso wenig wie unsere Flucht nach Aksum, wo wir die Bundeslade zu finden hoffen.

»Du solltest in der Zitadelle bleiben, Yared«, mahnt Benyamin ernst. »Tristão ist entkommen und sinnt auf Rache für seinen Sohn und seinen Freund. Und dein illustrer Amtsvorgänger Tughan will dich stürzen und ermorden. Ich bitte dich, Yared, verzichte auf den Besuch in der Grabeskirche! Arslan kann dein Leben dort nicht schützen!«

»Das weiß ich.«

»Yared, um unserer Freundschaft willen …«

»Benyamin!«

»Wie du willst«, nickt er resigniert. »Ich werde alles für deinen Besuch in der Grabeskirche vorbereiten lassen.«

Ich nicke. »Tust du mir einen Gefallen?«

»Welchen?«

»Verschwinde, ich will ins Bett.«

»Einen Augenblick noch, ich bin gleich weg. Uthman hat

heute Mittag eine Taube mit einer vertraulichen Nachricht nach Al-Kahira geschickt, ohne mit dir darüber zu sprechen.«

»Ich weiß«, gähne ich.

»Die Botschaft war nicht für den Sultan bestimmt.«

»Sondern?«

»Für deine künftige Gemahlin.« Nach einer dramatischen Pause fährt er fort: »Ich nehme an, er hat Jadiya über euer Gespräch im Felsendom und deine bevorstehende Hochzeit mit Alessandra in Kenntnis gesetzt.«

»Verstehe.«

»Jadiya wird verstimmt sein, dass du Alessandra nach drei Tagen heiratest, während du ihr nach drei Jahren noch keinen Antrag gemacht hast.«

Ich stöhne entnervt.

»Du bist nach Mekka gepilgert, um zu konvertieren.«

»Ich wurde nach Mekka *geschickt*«, stelle ich richtig. »Meine Hadj war eine aufwendig inszenierte Bekehrung zum wahren Glauben, das weißt du.« Vor unserer Abreise waren Benyamin und ich heftig aneinandergeraten, weil ich den Übertritt zum Islam ernsthaft in Betracht zu ziehen schien.

»Weder in Mekka noch in Medina oder in Jeruschalajim hast du die Schahada gesprochen. Dann verliebst du dich Herz über Verstand in Alessandra und konvertierst am Tag vor deiner Abreise, um sie eine Stunde später heiraten zu können. Nachdem du dich sieben Jahre lang standhaft geweigert hast. Wie, glaubst du, wird Jadiya darauf reagieren?«

O ja, ihre Enttäuschung, ihre Eifersucht und ihren Zorn kann ich mir gut vorstellen. Es wäre ja nicht unser erster Streit. Falls Uthman angedeutet hat, dass ich Alessandra meine Villa bei den Pyramiden schenken könnte, wird sie vermutlich gerade den Palast verwüsten, die Vasen zertrümmern, die Teppiche aus Isfahan und Täbriz zerschneiden und meine Bücher zerfetzen. Es sei denn, sie entscheidet sich, zuerst die Ehrengewänder zu verbrennen, die ihr Vater mir geschenkt hat, meine Lieblingspferde in die Wüste zu treiben, die Goldfische im Lotusteich zu massakrieren und meine Felukka im Nil zu versenken.

»Ich lasse dich jetzt allein. Geh zu Bett, Yared, und zieh dir die Decke über den Kopf.«

Ich lache trocken. »Mach ich.«

»Schlaf gut.«

»Du auch.«

Leise betrete ich Alessandras Schlafzimmer und schließe die Tür hinter mir.

Sie liegt auf der Seite und hat den Arm um Elija gelegt. Offenbar ist sie eingeschlafen, nachdem der Junge endlich zur Ruhe gekommen ist. Ein leises Lächeln liegt auf ihren Lippen.

Ich setze mich auf den Rand des Bettes, beuge mich über sie und küsse sie zart auf die leicht geöffneten Lippen. Sie lächelt, doch sie wacht nicht auf.

Dann streiche ich Elija durch das lockige Haar, das nach seinem Bad im Hamam noch feucht ist und schwach nach Sandelholz duftet. Er nuckelt am Daumen und kuschelt sich in Alessandras Arme. Seine Wangen sind tränennass.

Mein Herz krampft sich zusammen.

Yona wäre jetzt sechzehn. Ein junger Mann. Eigensinnig und stolz wie sein Vater Muhammad, der unsere Freundschaft verraten hat. Ich habe Yona geliebt, obwohl er nicht mein Sohn war. Ich habe ihn geliebt, weil er mir so viel Freude geschenkt hat, so viel Hoffnung, so viel Glück. Ich kann keine eigenen Kinder haben. Und das stimmt mich traurig.

Elija bewegt sich und öffnet verschlafen die Augen.

Ich habe den niedlichen Bengel in mein Herz geschlossen. Zärtlich streiche ich ihm eine Locke aus der Stirn, und er schmiegt das Gesicht in meine Hand. Kullertränen rinnen ihm über die Wangen und tropfen auf das Kissen.

»Tut's noch weh?«, flüstere ich.

Er schüttelt tapfer den Kopf, obwohl er gewiss noch Schmerzen hat.

»Warum weinst du, Elija?«

Ein leises Schluchzen.

»Bist du traurig?«

»Ein bisschen.«

»Wegen Lançarote?«

Elija nickt und liegt eine Weile still. »Ich bin so froh, dass ich Alessandra habe«, gesteht er schließlich.

Ich wische ihm die Tränen aus dem Gesicht. »Ich auch.«

»Liebst du sie?«

»Und wie.«

»Ich hab sie auch sehr lieb. Glaubst du, sie nimmt mich mit, wenn sie nach Rom zurückkehrt?«

Zärtlich tippe ich mit dem Finger auf seine Stupsnase – Yona hat das immer sehr gemocht. »Schlaf weiter, Krümelchen. Es ist schon spät.«

Während er nickt, werden ihm die Lider schwer. Dann ist er wieder eingeschlafen.

Langsam stehe ich auf und blicke versonnen auf Alessandra und Elija. Das lang ersehnte Gefühl von Frieden und Glückseligkeit durchströmt mich und berührt mein Herz. Von einem solchen Augenblick voller Geborgenheit und Liebe habe ich jahrelang geträumt. Ich lasse die Djellabiya zu Boden fallen, gleite unter die Decke, schmiege mich eng an Alessandra und Elija und lege meinen Arm schützend um sie.

Alessandra

Kapitel 54

In der Grabeskirche
3. Miyazya 6945, 19. Dhu'l Hijja 848, 22. Nisan 5205
Ostermontag, 29. März 1445
Kurz nach neun Uhr morgens

Der letzte Glockenschlag verhallt mit tiefem Dröhnen, als uns Tesfa Iyasus am Portal der Grabeskirche empfängt. Der ehrwürdige Abuna sei noch in Hagia Sion, um Prinz Solomon zu verabschieden, der heute nach Aksum aufbrechen wolle. Gebre Christos werde jedoch in Kürze zurückerwartet.

Er führt uns auf die Dachterrasse des Franziskanerklosters und über die steile Treppe in den Garten des äthiopischen Konvents, wo Tayeb in einer Kammer das Bett hütet. An der Wand neben seinem Lager lehnt die aufgerollte Baruch-Apokalypse.

Ich bemühe mich, mir mein Erschrecken über Tayebs Zustand nicht anmerken zu lassen. Yared, der ihn seit gestern Morgen nicht gesehen hat, wirkt bestürzt. Ich setze mich auf den Rand des Bettes und küsse Tayeb zärtlich. Er glüht im Fieber.

»Ich war besorgt, als du gestern Abend nicht zurückgekehrt bist. Ich fürchtete schon, Uthman hätte dich in seiner Gewalt und wolle dich hinrichten lassen«, gesteht Tayeb leise. Seine Stimme klingt gepresst. »Was ist mit Elija?«

»Yared und seine Mamelucken haben ihn letzte Nacht befreit. Er ist in der Zitadelle. Es geht ihm gut.«

Er wirft Yared einen scheuen Blick zu. »Al-hamdu li-llah!«

»Wie fühlst du dich?«

»Schon viel besser«, beteuert er mit heiserer Stimme. »Ich denke, morgen kann ich das Bett für ein paar Stunden verlassen und am Schreibtisch arbeiten. Dann werde ich mit der Entschlüsselung schneller vorankommen.«

»Wie weit bist du schon gekommen?«

»Dein Notizbuch liegt da drüben auf dem Hocker mit dem Zebrafell. Ich habe den Weg in deine Skizze eingetragen. Der lateinische Text steht auf der letzten Seite.«

Ich schlage das Büchlein auf und betrachte die Zeichnung. »Der Einstieg ins Labyrinth erfolgt durch die Tariq as-Silsileh in das antike römische Aquädukt. Dann weiter durch das Wasserleitungssystem in Richtung der Zisterne nahe dem Al-Kas-Brunnen.« Ich blicke auf. »In der Nähe dieses Speichers habe ich die verschollene Tempelbibliothek entdeckt. Ungefähr hier.« Ich tippe auf den Plan. »Der Zufluss vom Aquädukt zu jener großen Zisterne ist zu schmal, um hindurchzukriechen. Und der Aufgang zur Al-Aqsa ist zugemauert. Der einzige Weg in die Zisterne führt durch die Wasserleitung, durch die ich vor drei Tagen getaucht bin.«

»Wenn die Bundeslade hinter dem eingestürzten Korridor verschüttet liegt, in dem du das Templerschwert gefunden hast, könntet ihr durch den Felsendom ins Labyrinth gelangen.« Tayeb hat begriffen, dass Yared und ich ihn in seinem Zustand auf keinen Fall mitnehmen werden ins Labyrinth, und er ist verstimmt. Er ahnt ja nicht, dass uns die Zeit zwischen den Fingern zerrinnt. Uthman will morgen früh mit uns nach Kairo abreisen. Uns bleiben nur noch zweiundzwanzig Stunden!

»Der Weg durch den Felsendom ist uns verwehrt«, widerspricht Yared. »Nach den Ausschreitungen der letzten Tage wird der Tempelberg streng bewacht. Die Tore sind nachts geschlossen.«

»Wer hat das befohlen?«, fragt Tayeb.

»Ich«, gesteht Yared.

»Eine weise Entscheidung des Emirs«, urteilt eine vertraute Stimme hinter uns.

Bestürzt wenden Yared und ich uns zur offenen Tür.

Auf seinen langen Gebetsstab gestützt, schlurft Gebre Christos näher und verneigt sich vor Yared. »Salam! Ich fühle mich geehrt, dich kennenzulernen, Emir. Auch im Namen Seiner Heiligkeit des Papstes Yoannis danke ich dir für alles, was du in den letzten Jahren für die Kopten in Ägypten getan hast. Nicht zuletzt für Seine Heiligkeit selbst, dem du im Kerker das Leben gerettet hast. Yoannis al-Maksi schließt dich in seine Gebete ein. Er setzt große Hoffnungen in dich. In Al-Kahira geht das Gerücht, der Sultan wolle dich nach deiner Hochzeit mit Prinzessin Jadiya zum Dawadar ernennen.«

Gebre Christos umarmt mich herzlich. »Mein liebes Kind, wie schön, dich zu sehen!«

»Wie geht es dir, Abuna? Du siehst erschöpft aus.«

»Die letzten Tage waren niederschmetternd und beschämend. So viel irregeleiteter Glaube!«

Yared runzelt die Stirn. »Was ist geschehen?«

»Du erinnerst dich gewiss an das Massaker am Karsamstag während der Zeremonie des Heiligen Feuers, als Muslime die Gläubigen vor dem Heiligen Grab angriffen?«

»Allerdings.«

»Kurz vor dem Morgengebet ist ein Selbstmordkommando der Franziskaner in die Al-Aqsa gestürmt, um Vergeltung zu üben. Die Mönche haben verlangt, zum Imam geführt zu werden. Yusuf Abu Talib hat sie auch tatsächlich empfangen, während sich die Gläubigen bereits vor dem Mihrab zum Gebet versammelten.«

»Und?«

»Sie beleidigten Mohammed als Erstgeborenen des Satans. Als Lügenpropheten. Als blutgierigen Eroberer, der seinen Irrglauben mit Feuer und Schwert verbreitet. Als Antichrist.«

»Um Gottes willen!«, stöhnt Yared. »Sie wollen sich zu Märtyrern machen. Wie hat der Imam reagiert?«

»Am Karfreitag hat er zugelassen, dass der Franziskaner, der in der Al-Aqsa predigte, dass Iyasus Christos alle Muslime erlösen werde, wenn sie sich zum christlichen Glauben bekehren, an ein Kreuz gefesselt und über die Umfassungsmauer des Tempelberges gestürzt wurde. Nach den blutigen Unruhen während der Osterfeiertage ist Yusuf Abu Talib sehr viel besonnener geworden. Obwohl die Beleidigung des Propheten ein schweres Vergehen ist, bat er seinen Freund, den Kadi, den Franziskanern zu gestatten, zum Islam zu konvertieren, bevor er sie hinrichten lässt. Die Franziskaner wollten eine muslimisch-christliche Glaubensdisputation im Felsendom erzwingen, in der sie sich zu ihrem Glauben bekennen, um als Märtyrer hingerichtet zu werden. Ihr Tod soll ein Aufruf an alle christlichen Dhimmis sein, die muslimische Gewaltherrschaft zu beenden. Sie hoffen, dass Papst Eugenius sich endlich auf die Macht der vereinigten Kirche besinnt und in einem Kreuzzug gegen Ägypten den Islam vernichtet.« Gebre Christos schüttelt missbilligend den Kopf. »Imam Yusuf und seinem Freund, dem Kadi, sind die Hände gebunden. Ich fürchte, dass es nach der Hinrichtung der Mönche zu neuem Blutvergießen kommen wird.«

»Ich werde sehen, was ich tun kann«, verspricht Yared.

»So viel Hass, Verachtung und Zorn!« Der Abuna schnauft. »Und doch liebe ich diese Stadt. Sie verändert das Denken. Und den Glauben. Es wird mir schwerfallen, Jerusalem für immer zu verlassen und nach Aksum zurückzukehren.«

Ich halte seine Hand fest, die sich wie trockener Papyrus anfühlt. »Nach Aksum?«

»Prinz Solomon hat mir gerade eben eine Botschaft des Neguse Negest übermittelt. Der Gesalbte Gottes hat mich, ohne mit Seiner Heiligkeit in Al-Kahira Rücksprache zu halten, zum Nebura-Ed bestimmt. Zum Bischof von Aksum mit Sitz in der Kathedrale Maryam Tseyon.«

»Welch eine Ehre!«, freue ich mich für ihn.

»Ja, in der Tat. Neben den Abunas, den Patriarchen, und dem Etchege, dem Abtprimas aller Klöster, ist der Nebura-Ed der einflussreichste Würdenträger am kaiserlichen Hof. Der Hüter der Lade.«

»Waren die Bischöfe bisher nicht ausschließlich konvertierte koptische Mönche, die Yoannis nach Äthiopien entsandt hat?«

Gebre Christos nickt. »So ist es. Der Neguse Negest hat diese eigenmächtige Entscheidung getroffen, weil er sich nicht länger vom koptischen Papst abhängig machen will, der ein Gefangener des Sultans ist. Die ägyptischen Bischöfe und die Äbte der großen Klöster, die sich gegen seine Kirchenreform auflehnen, werden ihm die Hölle heißmachen.«

Nachdem er Tayeb eine Hand auf die Schulter gelegt hat, um ihm Trost und Genesung zu spenden, führt er Yared und mich zu seinen Gemächern.

Während er sich auf einen Diwan sinken lässt und die steifen Knie anzieht, setzen wir uns auf zwei Sitzkissen vor einem niedrigen Tisch aus Ebenholz. Neben seinem silbernen Handkreuz liegt ein großformatiger Foliant aus Akazienholz und steifem, gewelltem Ziegenleder.

Gebre Christos hat meinen Blick bemerkt. »Das ist das *Kebra Negest.* Prinz Solomon hat dieses Buch gestern Abend erwähnt, als er von der Lade in Aksum erzählte. Ich habe mich vorhin in Hagia Sion von ihm verabschiedet. Er reitet zurück, vermutlich ist er bereits in Betlehem. Bevor er aufbrach, bat er mich, euch die Geschichte der Lade von Zion zu erzählen.«

Er beugt sich vor, zieht den schweren Folianten auf seine Knie und schlägt ihn auf, um ihn uns zu zeigen. Das kostbar illuminierte Buch ist in Geez verfasst.

Die Glocke der Grabeskirche beginnt zu schlagen, als Tesfa Iyasus die Tür öffnet und eine Frage auf Amharisch an Gebre Christos richtet. Der Abuna blickt Yared an. »Wie wäre es mit einem Qahwa?«

»Sehr gern.« Obwohl die Kaffeezeremonie sehr lange dauert, möchte Yared die freundliche Einladung nicht ablehnen, das wäre mehr als unhöflich gewesen.

Als der Kaffee zubereitet ist, übernimmt es Gebre Christos, ihn in die Gläser zu schöpfen. »Bitter wie das Leben oder süß wie die Liebe?«, fragt er Yared mit einem Augenzwinkern. Er weiß, was Yared und ich füreinander empfinden.

Nachdem wir getrunken haben, stellt Yared das heiße Kaffeeglas auf den Tisch. »Prinz Solomon erzählte, dass die heilige Lade, die er Tabota Tseyon nannte, im Allerheiligsten von Maryam Tseyon verehrt wird.«

»Das stimmt«, nickt Gebre Christos.

»Das Tabota Tseyon ist also jene Lade, die Moses anfertigen ließ, um die Steintafeln mit den Zehn Geboten darin zu verwahren? Die das Volk Israel ins Gelobte Land führte? Die Yoshua vor Jericho zum Sieg führte? Die David nach Jeruschalajim brachte und Salomo im Tempel aufstellen ließ? Die seit der Eroberung Jeruschalajims durch die Babylonier verschollen ist?«

Gebre Christos fährt mit den Fingern durch seinen Bart und blinzelt ihn kurzsichtig an. »Dieselbe.«

»Wie gelangte sie nach Aksum? Die Erzählung vom Besuch der Königin von Saba bei König Salomo kenne ich. Salomo und Makeda verliebten sich ineinander. Monate später kehrte sie mit ihrem Gefolge in ihr Reich zurück und gebar einen Sohn. Menelik war der erste Kaiser, der Begründer der salomonischen Dynastie.«

»Das stimmt. Die Geschichte des *Kebra Negest* beginnt, wo Bibel, Talmud und Koran enden. Im Alter von zweiundzwanzig

Jahren kehrte König Salomos Sohn an den Hof seines Vaters in Jerusalem zurück, wo er mit allen Ehren als Prinz von Israel empfangen wurde.« Er blättert durch das Buch auf seinen Knien, schlägt ein Kapitel in der Mitte des Folianten auf und zeigt uns die kostbar illuminierte Seite.

Das farbenfrohe Bild zeigt einen jungen Prinzen mit dunkler Hautfarbe und großen, freundlich blickenden Kulleraugen, der, umgeben von seinem Gefolge, auf einem prächtig aufgezäumten Pferd in Richtung Jerusalem reitet. In der Hand hält Menelik einen Ring oder ein Siegel – den berühmten Ring des Salomo? Die winzige Figur auf den Zinnen von Jerusalem soll vermutlich König Salomo darstellen, der voller Sehnsucht seinen Sohn erwartet. Und neben ihm: der Tempel. Eine herrliche Miniatur, die ich gern in aller Ruhe betrachten würde!

»Obwohl die Legende sehr alt ist, wurde das *Kebra Negest* jedoch erst vor rund hundertfünfzig Jahren in Geez niedergeschrieben.« Gebre Christos berichtet kurz, wie Yeshaq, einer seiner Amtsvorgänger als Nebura-Ed von Aksum, die Chronik aus alten Überlieferungen zusammengestellt hat – aus kanonischen und apokryphen Erzählungen aus dem Alten und dem Neuen Testament, angereichert mit äthiopischen, hebräischen, griechischen, koptischen, syrischen und arabischen Texten.

»Ist das *Kebra Negest* wahr?«, fragt Yared.

»Ist die Bibel wahr? Der Koran? Die Evangelien? Ja, ich glaube, dass das *Kebra Negest* wahr ist. Ich weiß es zwar nicht, aber ich glaube es. So wie ich glaube, dass Menelik nach Jerusalem gekommen ist, um seinen Vater Salomo zu besuchen.«

»Was geschah, als Menelik in Jerusalem eintraf?«

Gebre Christos blättert um und zeigt uns die nächste Miniatur. Im Palast kniet Menelik vor Salomo, der im Königsornat auf dem Thron sitzt und ihm segnend die Hand auflegt. Durch ein offenes Fenster ist der Tempel zu erkennen, dessen leuchtend weiße Wände mit goldenen Cherubim geschmückt sind. »König Salomo erkannte Menelik als seinen Sohn an, nachdem der ihm den Ring zeigte, den er Makeda zum Abschied gegeben hatte.«

»Den Ring des Salomo«, sage ich beinahe ehrfürchtig.

»So ist es. Salomo war so angetan von seinem Sohn, dass er ihn bat, in Jerusalem zu bleiben. Menelik antwortete jedoch, er sei nur gekommen, um wie seine Mutter die berühmte Weisheit seines Vaters kennenzulernen. Salomo habe bereits einen Sohn und Erben, Rehabeam.«

Gebre Christos blättert um, stellt den schweren Folianten auf seine Knie und lehnt ihn gegen seine Brust, sodass wir die geöffnete Seite genau betrachten können.

Die besonders aufwendig gemalte Miniatur zeigt Menelik im Allerheiligsten unter den ausgebreiteten Schwingen der Cherubim. Neben ihm stehen König Salomo, in dessen großen Augen ich Ergriffenheit und Stolz auf seinen Sohn erkenne, und der Hohepriester Zadok, der ein Gefäß mit Salböl in der erhobenen Hand hält. Der Gottesschrein, der unverhüllt gezeigt wird, hat die Farbe von Akazienholz.

Wie seltsam! Die goldenen Cherubim, zwischen denen die Macht Gottes erschien, fehlen auf dem Deckel der Lade.

»Der Hohepriester salbte den jungen Prinzen zum König von Äthiopien. Daraufhin nahm Menelik den Thronnamen David an. Sie brachten den jungen Mann, König Salomos Sohn, ins Allerheiligste des Tempels, wo er mit dem heiligen Öl gesalbt wurde. ›Dein Reich Äthiopien erstreckt sich vom Nil nach Westen. Der Gott Israels wird dich führen, und die Lade des Gottesgesetzes wird dich beschützen. Alle deine Feinde werden durch dich vernichtet werden. Du wirst über viele Nationen richten, doch keine wird über dich herrschen.‹ Dann segnete ihn sein Vater, König Salomo. Als Menelik Jerusalem schließlich verlassen wollte, rief Salomo die Ältesten des Reiches zusammen und bat sie, ihm ihre erstgeborenen Söhne zu schicken. Sie sollten Menelik nach Äthiopien begleiten und ihm helfen, das Reich zu regieren. Ein Engel befahl Azaryas, dem Sohn des Hohepriesters Zadok, die Lade von Zion mitzunehmen.«

Sein Finger gleitet an den Zeilen entlang. Dann hält er inne und zitiert:

»›Der Engel des Herrn erschien Azaryas, erhob sich über ihm wie eine Feuersäule, erfüllte das Haus mit seinem Licht und sagte zu Azaryas: ›Ich werde das Portal des Tempels für dich öffnen. Nimm die Bundeslade mit dem Gesetz Gottes mit nach Äthiopien. Ich werde dich leiten, während du sie trägst.‹ Und Azaryas ging zum Haus Gottes, wo er die Lade mit dem Gottesgesetz fand. Er trug sie fort, während der Engel des Herrn ihn führte.

Als die jungen Israeliten zur Abreise nach Äthiopien bereit waren, segnete Salomo seinen Sohn. Der Erzengel Michael gab den Kindern Israels Geleit und Schutz. Erst auf dem Weg den Nil hinauf durch Ägypten vertrauten sich die jungen Israeliten Menelik an und zeigten ihm die Lade von Zion. Gott habe ihn als Diener der Lade auserwählt. Sie werde ihn und seine Nachkommen stets leiten, sofern er die Gebote halte und den Willen Gottes erfülle. Menelik war überwältigt. Der junge König erkannte, dass ein solch beherztes Wagnis ohne Gottes Duldung nie hätte gelingen können. Er tanzte und sang vor der Lade des Gottesbundes, wie es sein Großvater David getan hatte, als er sie nach Jerusalem brachte. Nach seiner Rückkehr nach Äthiopien wurde Menelik von Azaryas noch einmal gesalbt. Als Kaiser David begründete er die salomonische Dynastie.«

»Und die Lade bescherte Menelik und seinen Nachkommen den Sieg, wann immer sie gegen ihre Feinde kämpften«, füge ich mit einem feinen Lächeln an. »Das *Kebra Negest* scheint die Gründungsgeschichte der herrschenden Dynastie zu enthalten, die seit Jahrhunderten von Feinden wie Sultan Bedlay bedroht wird, die sie stürzen und vernichten wollen.«

Gebre Christos nickt bedächtig. »Du zweifelst.«

Das Dröhnen der Glocke der Grabeskirche, die zur elften Stunde schlägt, übertönt beinahe seine Worte.

»Warum hast du mir in Florenz nie davon erzählt, Abuna?«

Gebre Christos blättert im Folianten und zeigt mir eine Miniatur. Ein Engel mit ausgebreiteten Flügeln tröstet den weinenden Salomo, der in seiner Verzweiflung beide Hände vors Gesicht geschlagen hat.

»Das *Kebra Negest* berichtet von der tiefen Trauer, die Salomo ergriff, als er erfuhr, dass die Lade Zions nicht mehr im Tempel ist. Der Engel fragte ihn: ›Warum bist du so traurig? Das ist doch nach dem Willen Gottes geschehen. Die Lade des Gottesbundes ist nicht irgendjemandem gegeben worden, sondern deinem erstgeborenen Sohn.‹ Da tröstete sich der König und sprach: ›Nicht mein Wille geschehe, sondern der Wille Gottes.‹ Aus den Hölzern, die Azaryas im Allerheiligsten zurückgelassen hatte, um den Verlust der Lade zu verheimlichen, baute Salomo einen neuen Schrein und legte das Gesetzbuch hinein. So wurde den Juden der Verlust der echten Lade bis zur Eroberung Jerusalems durch die Babylonier verschwiegen.«

Gebre Christos sieht mir fest in die Augen.

»Alessandra, mein Kind, Gott hat uns das Tabot geschenkt. Nachdem er König Salomo seine Gnade entzogen und die Juden verworfen und ins Exil vertrieben hat, sind nun wir das auserwählte Volk. Wir sind das neue Israel. Wir wollen nicht, dass man uns den Gottesschrein wegnimmt. Das Wahrzeichen des Bundes der Gnade. Das Symbol von Iyasus Christos und des Gesetzes, das er uns gab. Also bewahren wir Stillschweigen.«

Yared hat den Blick gesenkt, als Gebre Christos die Juden als verworfenes Volk bezeichnete. Die Worte des Abuna haben ihn tief getroffen, das sehe ich ihm an.

»Wer könnte so etwas tun?«

»Prinz Henrique und seine Christusritter. Hast du mir nicht selbst erzählt, dass sie das Reich des Priesterkönigs Johannes suchen, des Hüters der Tafeln des Gesetzes?«

Ich nicke stumm.

Ehrlich gesagt, ich bin verwirrt. Wohin führt die Schatzkarte der Templer? Hat das *Kebra Negest* recht? Gibt es womöglich *zwei* Gottesschreine?

Ich atme tief durch. »Erwähnt irgendein Historiker die Lade in Äthiopien?«

»Abu Salih al-Armani hat sie beschrieben.«

»Wer ist Abu Salih – ein Armenier?«

»Ein orthodoxer Gelehrter, der in Al-Kahira von der Lade des Gottesbundes hörte, während er ein Buch über die Kirchen und Klöster Ägyptens verfasste.«

»Wann war das?«

»Während der Regierungszeit von Kaiser Lalibela.«

»Der im Exil in Jerusalem war, als Sultan Salah ad-Din 1187 die Stadt eroberte?«, hake ich nach. »Der Kontakt mit den Templern in ihrem Hauptquartier in der Al-Aqsa hatte? Der nach seiner Rückkehr nach Äthiopien die Felsenkirchen von Lalibela als Neues Jerusalem errichten ließ?«

»Der heilige Lalibela«, bestätigt Gebre Christos. »Den Abu Salih als Nachkommen von Moses und Aron bezeichnete. Er schrieb, dass das Tabot in der Stadt Lalibela verehrt wurde. Entweder im kaiserlichen Palast oder in einer der Felsenkirchen. Die Lade, die er auf Arabisch Tabutu al-Ahdi, ›das Tabot des Gottesbundes‹, nennt, beschrieb er in allen Einzelheiten. Ebenso die Liturgie der Gottesdienste. Der Gottesschrein wurde an den vier großen Festen aus seiner Kirche geholt und dem Volk gezeigt:

an Genna, dem Tag der Geburt von Iyasus Christos, an Timkat, dem Fest seiner Taufe, an Fasika, der Feier seiner Auferstehung, und an Maskal, dem Fest des Heiligen Kreuzes.

Vermutlich handelt es sich bei der Kirche um Beta Giyorgis, die Basilika des heiligen Georg, die in der Form eines monolithischen Kreuzes aus dem Fels gehauen wurde. Das flache, kreuzförmige Dach ist mit einem steinernen Relief geschmückt, das ein wenig an das Kreuz des Christusordens erinnert. Die monumentale Kirche liegt in einem tiefen Felsschacht verborgen, der für Prozessionen an Timkat oder Fasika hervorragend geeignet ist. Ein Labyrinth aus gewundenen Gängen, die in den roten Fels geschlagen wurden, umgibt Beta Giyorgis.«

»Wie beschreibt Abu Salih die Lade?«, frage ich gespannt.

»Es ist Jahre her, dass ich das Buch gelesen habe. Doch ich erinnere mich noch an den Wortlaut: ›Die Äthiopier besitzen das Tabutu al-Ahdi, in dem sich die beiden Steintafeln mit den Geboten befinden, die Gott für die Kinder Israels erließ. ES steht auf einem Altar.‹ Seine Darstellung dieses Tabutu al-Ahdi in Kaiser Lalibelas Palast entspricht in etwa der Beschreibung der Lade des Gesetzes im Buch Exodus.«

»O mein Gott!«, haucht Yared bestürzt und sieht mich an.

»Allerdings beschreibt Abu Salih keine Cherubim auf dem Deckel der Lade. Und auch der allerheiligste Schrein in Aksum hat keine himmlischen Wächter aus Gold, die ihre Flügel über die Schechinah breiten, die Gegenwart Gottes. Stattdessen beschrieb Abu Salih Kreuze, die an der Lade befestigt sind«, fährt der Abuna fort. »Die sieben Siegel erwähnte er nicht.«

»Sieben Siegel?«, frage ich ungläubig und stelle das Kaffeeglas zurück auf den Tisch. »Wie im Buch der Offenbarung?«

»Sieben Schlösser, die den Gottesschrein verschließen«, bestätigt Gebre Christos ernst.

»Und was geschieht, wenn die Siegel …?«

Ein leises Klopfen unterbricht mich.

Tesfa Iyasus betritt den Raum. »Bitte entschuldigt die Störung. Prinz Uthman al-Mansur wünscht den Emir zu sprechen«, verkündet er auf Arabisch. »Er wartet vor dem Portal der Grabeskirche, um ihn zum Mittagsgebet in die Al-Aqsa zu geleiten. Seine Seligkeit, der Patriarch Joachim, und der Imam Yusuf Abu Talib sind bei ihm.«

Yared wirft mir einen bestürzten Blick zu. »Wie spät ist es?«

»Eine halbe Stunde vor dem Mittagsgebet«, antwortet Tesfa Iyasus.

»Wir hätten längst wieder in der Zitadelle sein sollen«, stöhnt Yared mit einem gequälten Gesichtsausdruck, der mich erahnen lässt, was in seinem wundgedachten Verstand vorgeht. Er ist verzweifelt, denn er sieht keinen anderen Ausweg mehr, als zu konvertieren, um Tayeb und mir das Leben zu retten.

»Bitte richte dem Prinzen aus, er möge sich einen Augenblick gedulden«, wende ich mich an den Mönch. »Der Emir wird gleich kommen.«

Tesfa Iyasus schließt leise die Tür hinter sich.

Yared starrt zu Boden. Ich nehme seine Hand. Er blickt auf. Wie blass er ist! Wie traurig! Wie hoffnungslos!

»Wie immer du dich entscheidest, Yared, ich stehe zu dir«, flüstere ich und küsse ihn. »Aber ich bitte dich: Opfere dich nicht, um mir das Leben zu retten.«

Er nickt stumm und erwidert meinen Kuss. »Ich liebe dich«, haucht er. »Von ganzem Herzen.«

»Ich liebe dich auch, Yared.«

Ich wende mich an Gebre Christos, der uns mit betroffenem Gesicht beobachtet hat. »Abuna, eine Frage noch, bevor wir gehen müssen. Befindet sich das Buch von Abu Salih in der Bibliothek des griechisch-orthodoxen Patriarchats?«

Gebre Christos hebt beide Hände. »Joachim besitzt die bedeutendste Bibliothek des Heiligen Landes, wenngleich sie nur noch ein Haufen durcheinandergeworfener, zerknickter und zerrissener Pergamentcodices und Papyrusrollen ist. Aber ich nehme an, dass du das Buch dort finden kannst.«

Yared

Kapitel 55

Im Hof der Grabeskirche
3. Miyazya 6945, 19. Dhu'l Hijja 848, 22. Nisan 5205
Ostermontag, 29. März 1445
Eine halbe Stunde vor dem Mittagsgebet

Vor dem Portal der Grabeskirche erwartet uns Uthman mit unseren Mamelucken. Sie haben den Hof bis zu den Stufen der Al-Omariya-Moschee abgeriegelt. Mit verschränkten Armen steht er vor der Steinplatte, auf der Sultan Salah ad-Din nach der Eroberung von Al-Quds vor dem Grabmal des Propheten Issa kniete und betete. Uthman blickt zum Glockenturm empor. Imam Yusuf deutet nach oben zur Kuppel der Grabeskirche. Offenbar erzählt er ihm gerade, wie einige Jahre nach dem Tod des Kalifen Harun ar-Rashid die Kuppel während eines Erdbebens einstürzte. Als die Muslime in die Stadt zurückkehrten, stellten sie entsetzt fest, dass der Patriarch während ihrer Abwesenheit die Kuppel wiederaufgebaut hatte – fast so groß wie die des Felsendoms. Ein klarer Verstoß gegen das Gebot der Dhimma, wonach Kirchen kleiner und niedriger sein müssen als Moscheen. Der gerissene Patriarch entging der peinigenden Prügelstrafe, indem er die Muslime aufforderte, zu beweisen, dass die eingestürzte Kuppel kleiner gewesen sei als die nach dem Beben errichtete.

Das Gesicht des Imams ist so verkniffen wie das seines Amtsvorgängers, der beim Anblick der Kuppel mit den Zähnen knirschte.

Als Yusuf Abu Talib mich mit Alessandra und Gebre Christos die Kirche verlassen sieht, verbeugt er sich steif. Wieso kann er mir nicht in die Augen sehen?

Die ernste Miene des Patriarchen, der mit seinem Gefolge von Priestern und Mönchen neben dem Portal wartet, kann ich nicht deuten. Offenbar weiß er nicht, was er von der überstürzten Liebesheirat halten soll, die Alessandra ihn zu segnen bat. Während ich mit ihr zu Uthman hinübergehe, bleibt Gebre Christos neben Joachim stehen. Die beiden tuscheln miteinander. Der Patriarch nickt Alessandra unmerklich zu.

Was hat sie mit Gebre Christos besprochen, als mir Fra Girolamo da Salerno das Grabmal Jesu Christi zeigte? Was hat sie vor?

Uthman erwartet mich. Er ist verärgert. »Sag mal, Yared, was wolltest du denn in der Grabeskirche?«

»Ich habe Issas Grab besucht. War er nicht der letzte Prophet vor Mohammed, dem ›Siegel der Propheten‹?«

»Das war er. Allahs Friede über ihn!«, brummt Uthman unwillig. »Taqabbal Allah – möge Allah dein Gebet annehmen!«

Arslan senkt den Kopf, um sein freches Grinsen vor Uthman zu verbergen.

Die Pferde werden hergeführt. Während ich mich in den Sattel meines Hengstes schwinge und die Zügel ergreife, bleibt Alessandra unschlüssig stehen und blickt sich um.

Uthman reicht ihr galant den Arm und führt sie zu einer schwarzen Araberstute. »Meine geliebte ›Schwägerin‹, die Gemahlin des Dawadars von Ägypten reitet nicht auf einem Esel. Der Sultan wird dir als Dhimmi dieselben Sonderrechte zuerkennen wie deinem Gemahl.«

Sie verneigt sich vor ihm. »Ich danke dir, geliebter ›Schwager‹.« Bevor er ihr formvollendet in den Sattel helfen kann, rafft sie ihr Gewand und schwingt sich auf die Stute.

Welch ein Stolz, welch ein Selbstbewusstsein!, denke ich im

Stillen, während ich beobachte, wie sie sich aufrichtet, die Schultern strafft und die Zügel ergreift.

Uthman wendet sich abrupt ab und geht zu seinem Pferd.

Der Muaddin stimmt den ersten Gebetsruf an, als wir die Treppe zum Tempelberg emporsteigen. Bevor wir durch das Tor des Propheten den Haram ash-Sharif betreten, wirft Alessandra, die neben mir geht, einen Blick auf die Ruinen des römischen Aquädukts. Nur wenige Schritte entfernt mündet es nördlich der Klagemauer ins Labyrinth der Zisternen unterhalb des Tempelplatzes.

Wohin führt die Schatzkarte der Templer? Was liegt in dem Gang begraben, in dem sie das Templerschwert gefunden hat?

Einen Fiorino für ihre Gedanken!

Sie hat meinen Blick bemerkt. »Du bist blass«, wispert sie. »Wie fühlst du dich?«

»Als würde mir bei lebendigem Leib das Herz herausgerissen.«

Tröstend nimmt sie meine Hand und hält sie fest, bis wir das Tor des Propheten durchschreiten.

Auf dem Platz vor der Al-Aqsa versammeln sich die Gläubigen zum Mittagsgebet. Sie hocken im Schatten der Eukalyptusbäume und auf den Stufen zum Felsendom und warten darauf, dass die Tore der Al-Aqsa geöffnet werden.

Imam Yusuf geleitet mich zum Brunnen des Kelches, wo ich mich mit Uthman und Arslan, den Zeugen meiner Unterwerfung, rituell reinige. Aus den Augenwinkeln beobachte ich, dass sich Alessandra am Brunnen vor dem Palast der Templer Gesicht und Hände wäscht – und dabei einen aufmerksamen Blick hinab in die Zisterne wirft. Dann schlendert sie hinüber zum Patriarchen, der mit seinem Gefolge während der Zeremonie und dem nachfolgenden Gebet vor der Moschee warten wird. Sie tuschelt mit ihm. Er presst die Lippen aufeinander und nickt langsam.

Als ich mich vom Sitz am Brunnenrand erhebe und Uthman und Arslan zur Al-Aqsa folge, fühle ich, wie sich die Blicke der Muslime wie Dolche in meinen Rücken bohren.

Imam Yusuf öffnet mir das Portal, damit ich den siebenschiffigen Gebetsraum betreten kann. Er sieht mich nicht an. Seine Schultern sind verkrampft, sein Gesicht wirkt angespannt.

Beklommen betrete ich die Mesdjid al-Aqsa.

Das hereinflutende Sonnenlicht wirft ein Muster aus Licht und Schatten auf die weißen Säulenarkaden, was dem mit dicken Teppichen ausgelegten Gebetssaal majestätische Weite und Höhe verleiht. Auf dem Stützbogen, über dem sich die Kuppel erhebt, neigen sich als Symbole des Paradieses Palmwedel aus goldschimmerndem Mosaik einander zu und bilden einen herrlichen Triumphbogen. Kein Wunder, dass die Kreuzfahrerkönige den ›Templum Salomonis‹ als Königspalast nutzten, bevor sie ihn den Tempelrittern als Hauptquartier zur Verfügung stellten.

Arslan geleitet mich zum Mihrab am Ende der Moschee. Während wir mit Blick nach Mekka vor der Gebetsnische niederknien, höre ich hinter mir Uthman und Alessandra erregt miteinander flüstern. Ich drehe mich zu ihnen um.

»Ich fasse es nicht! Guck dir das an!«, wispert Arslan und knufft mich in die Seite. »Streiten sie sich jetzt schon?«

»Scheint so.«

Uthman will ihr offenbar den Eintritt in die Moschee verwehren, aber sie setzt sich sehr resolut gegen ihn durch, lässt ihn stehen und kommt zu mir herüber.

»Der künftige Sultan von Ägypten wird schon noch begreifen, dass sie keine der Haremsdamen ist, die ihm jeden Wunsch von den Augen ablesen. Oder widerspruchslos gehorchen, wenn er befiehlt«, lästert Arslan trocken. »Wusstest du, dass sie vor sechs Jahren den Kardinal des Satans gestürzt hat? Kardinal Vitelleschi regierte in Rom als Stellvertreter des Pontifex, der im Exil in Florenz war. Er verriet Papst Eugenius. Mit dem fünften Evangelium in Händen, das sie gefunden hatte, wollte er sich selbst zum Pontifex krönen. Nachdem er versucht hatte, Alessandra zu ermorden, hat sie ihn mit päpstlichem Segen gestürzt. Stell dir vor, Yared, sie hat mit ihren Truppen die Engelsburg besetzt und den Kardinal des Satans …!« Arslan macht eine eindeutige Geste.

»Was du nicht sagst.«

»Du wusstest es?«

»Tayeb hat's mir erzählt.«

»Sieh mal einer an. Mir auch. Und noch einiges mehr. Uthman kann sich auf etwas gefasst machen, wenn er sich mit ihr anlegt.« Arslan senkt den Blick, damit Uthman, der sich neben mir auf den Teppich kniet und die Falten seiner Djellabiya ordnet, sein schadenfrohes Grinsen nicht sieht.

Während meine Mamelucken in die Al-Aqsa strömen, um der Zeremonie beizuwohnen, nimmt Alessandra auf einen Wink des Imams drei Schritte hinter mir Platz.

Vor mir liegt die Qibla-Wand, die nach Mekka weist. Hinter meiner linken Schulter, an der Ostseite der Moschee, erkenne ich eine Nische, die wohl einst eine Kapelle der Tempelritter gewesen ist. Daneben liegt das verschlossene Portal zur Omar-Moschee.

Während sich der Imam mit dem Koran im Arm nähert, beobachtet Arslan irritiert einen verkrüppelten Bettler, dessen Füße mit zerschlissenen Stofffetzen umwickelt sind. Auf eine Krücke gestützt, humpelt er quälend langsam zu uns herüber, um ein Almosen von uns zu erbitten. Mit einer Geste wie ein Schwerthieb verscheucht Arslan den Krüppel, der sich augenscheinlich kaum noch auf den Beinen halten kann. Lässig wirft er ihm einen Dirham zu. Mühsam hebt der Bettler die Münze auf und steckt sie ein. »Allah behüte dich und deine Kinder!«, ruft er Arslan zu.

Dann schlurft er um uns herum auf die andere Seite, um Uthman mit der Almosenschale in der ausgestreckten Hand anzubetteln. Der zieht einen Denar hervor und wirft ihn in die hölzerne Schale.

»Alf shukran – Tausend Dank! Möge Allah dich segnen, mein Prinz! Möge er deiner Herrschaft als Sultan Glück und Frieden bescheren!«

Der Bettler will sich mir zuwenden.

»Jetzt reicht es aber!« Arslan springt auf, packt den Krüppel derart grob am Arm, dass er seine Krücke verliert, und zerrt ihn zu einem der mächtigen Pfeiler des Kuppelraums, wo der junge Mann haltlos in sich zusammensackt. Wortlos hockt sich Arslan wieder neben mich.

Der Imam kniet sich mit dem Koran vor mir auf den Teppich und ordnet umständlich die Falten seiner Djellabiya. Er wirkt unruhig. »Prinz Yared ben Netanya ben Yona ibn Chasdai Ibn Shaprut al-Gharnati«, spricht er mich in feierlichem Tonfall an. »Bist du bereit?«

Mein Herz krampft sich zusammen. Ich atme tief durch. »Ich bin bereit«, quäle ich hervor. Das Echo meiner Worte hallt viel zu laut von der hohen Kuppel zurück. Hinter mir höre ich, wie Alessandra scharf einatmet, aber ich drehe mich nicht zu ihr um.

»Prinz Yared, du hast zwei Zeugen mitgebracht, die deine Unterwerfung unter den Islam bezeugen sollen«, fährt der Imam fort. »Prinz Fakhr ad-Din Uthman und Prinz Djelal ad-Din Arslan. Seid ihr bereit, zu bezeugen, dass Prinz Yared die Schahada spricht?«

Uthman nickt wortlos.

Arslan legt mir tröstend eine Hand auf den Arm und sieht mir in die Augen. Er wirkt traurig. Dann nickt auch er.

»So sei es!«, murmelt der Imam. Er wirft dem Bettler, der sich wieder aufgerappelt hat, einen langen Blick zu. Dann sieht er wieder mich an. »Prinz Yared, bekenne dich nun zum wahren Glauben! Sprich die Schahada!«

Es ist ein Gefühl, als würde ich innerlich verglühen. »Ashadu … ich bekenne …« Meine Stimme versagt, und ich ringe nach Atem.

Uthman ergreift ermutigend meine Hand und drückt sie. »Yared, ich bitte dich!«, raunt er mir zu.

Yusuf Abu Talib beobachtet mich. Verachtung und Hass lodern in seinen Augen. Die rechte Hand hat er unauffällig unter den aufgeschlagenen Koran auf seinen Knien geschoben.

»Ashadu an la ilaha illa-llah … Ich bekenne, dass es keinen Gott gibt außer Gott …« Bis hierher kann ich als Jude das Glaubensbekenntnis noch sprechen, weiter jedoch nicht.

»Sprich weiter, Yared!«, bedrängt mich Uthman.

»Lass ihn doch in Ruhe!«, weist Arslan ihn zurecht.

Aus den Augenwinkeln nehme ich wahr, dass sich der Bettler erneut mit seiner Almosenschale nähert. Durch das offene Portal des Hauptschiffs wollen die ersten Gläubigen zum Mittagsgebet in die Moschee strömen, doch meine Mamelucken drängen sie unerbittlich zurück in den Vorhof, schieben das Portal zu und verriegeln es.

»Prinz Yared?« Der Imam bewegt die Hand unter dem Koran. Irritiert beobachte ich ihn. Was hat er vor?

Ich hole tief Luft. »Ashadu an la ilaha illa-llah, wa Muhammadan rasulu-llah«, quäle ich hervor und bekenne, dass es keinen Gott gibt außer Allah und dass Mohammed sein Gesandter ist.

Uthman seufzt erleichtert. »Noch einmal!«

»Ashadu an la ilaha illa-llah, wa Muhammadan rasulu-llah.«

Die Worte haben den bitteren Nachgeschmack von Endgültigkeit.

Uthman ergreift meine Hand. »Und noch einmal, Yared!«

»Ashadu an la ilaha illa-llah …«

In diesem Augenblick, da ich mich zum dritten und letzten Mal zum Islam bekennen will, schleudert der Bettler seine Krücke fort, zerrt einen Dolch aus dem zerschlissenen Gewand und stürmt heran.

Yusuf Abu Talib zieht eine Klinge unter dem Koran hervor und stürzt sich auf mich. »Im Namen Allahs und des rechtmäßigen Emirs Tughan al-Uthmani! Stirb, du verdammter Jude!«

Arslan packt mich an der Schulter, reißt mich zu Boden und wirft sich auf mich, um mich zu schützen. Uthman zieht seinen Dolch und stellt sich dem Imam, der mich töten will, in den Weg.

Bewaffnete stürzen aus der Moschee des Omar im östlichen Querschiff, huschen zwischen den Pfeilern des Kuppelraums auf uns zu und ziehen ihre Schwerter. Tughans Mamelucken!

Mit einem Aufschrei werfen sich meine Kriegssklaven ihnen entgegen. Ein Kampf auf Leben und Tod entbrennt.

In dem Tumult sehe ich Tughan in Helm und Harnisch hinter dem Minbar hervorkommen. Drei, vier, fünf Schritte, dann wirft er sich, einen zornigen Schrei auf den Lippen, mit der erhobenen Klinge auf mich.

Arslan fängt Tughan ab, um ihn mit aller Gewalt von mir wegzureißen. Tughan taumelt, lässt von mir ab und stolpert rückwärts. Dann wirbelt er herum, schlägt nach Arslan, der zurückspringt, um der scharfen Klinge auszuweichen. Dabei prallt er mit der Schulter gegen die Kanzeltreppe. Während Tughan sein Schwert zum Todesstoß erhebt, reißt Arslan seinen Dolch hoch, um ihn seinem Gegner in die Brust zu rammen. Doch Tughan schlägt ihm die Waffe aus der Hand. Sie fällt auf den Teppich. Bevor ich ihn zurückhalten kann, stößt er Arslan, der mit dem Rücken zum Minbar steht und ihm nicht ausweichen kann, das Schwert in die Brust.

Röchelnd sinkt Arslan auf die Knie. Ich springe auf und werfe mich mit der Schulter gegen Tughan, dränge ihn gegen den Minbar und entwaffne ihn mit einem kräftigen Schlag auf sein Handgelenk. Er stöhnt vor Schmerz und lässt sein Schwert fallen. Ein Blick über meine Schulter lässt ihn erahnen, dass er diesen Kampf verloren hat. Mit einem gotteslästerlichen Fluch entwindet er sich mir und flüchtet durch das Seitenschiff in den angrenzenden Templerpalast.

Während meine Mamelucken ihn verfolgen, knie ich mich neben Arslan, der mit geschlossenen Augen auf dem Boden liegt. Blut quillt ihm über die Lippen und tropft auf seine Djellabiya. »Yared!«, haucht er so leise, dass ich ihn kaum verstehen kann.

Ich beuge mich über ihn.

Seine Hand tastet nach meiner Hand. »Bist du …?« Er hustet Blut. Es rinnt ihm von den Lippen in den Bart. »Du blutest.«

Ich bette seinen Kopf auf meine Knie, damit er leichter atmen kann. »Sei unbesorgt, Arslan«, beruhige ich ihn. »Das ist die Wunde, die Tristão mir letzte Nacht beigebracht hat. Es geht mir gut.«

»Al-hamdu li-llah!«, keucht er und schließt die Augen.

Ich streiche ihm über das Haar. »Sei ganz ruhig, Arslan.«

Uthman kniet sich neben mich. »Es ist vorbei. Tughan ist geflohen. Yusuf ist tot. Fünf Tote, sieben oder acht Verletzte. Die Verschwörer werden festgenommen. Du musst entscheiden, ob sie als Verräter sofort hingerichtet werden sollen«, erstattet er mir atemlos Bericht. Als er Arslans blutdurchtränkte Djellabiya öffnet, um die Wunde zu untersuchen, stöhnt er entsetzt auf.

»Uthman, sag dem Sultan … dass ich ihm … bis zu meinem letzten Atemzug … treu gedient habe«, quält Arslan hervor.

»Ich sag's ihm«, verspricht Uthman mit bebender Stimme und drückt Arslans Hand. »Unser Vater war immer sehr stolz auf dich, mein Bruder.«

Arslan bleibt nicht mehr viel Zeit.

»Yared …« Arslan hustet und ringt japsend nach Luft. Er erstickt an seinem eigenen Blut. »Richte Yasmina aus … wie sehr ich sie … geliebt habe …« Ein Beben erschüttert seinen Körper. »… und unser ungeborenes Kind … mich so sehr … auf den kleinen Spatz … gefreut.«

»Ich weiß, mein Junge, ich weiß.« Ich wische ihm die Tränen aus dem Gesicht. Sie vermischen sich mit seinem Blut.

»Gib meinem Spatz … einen Kuss … von mir.«

Ich zögere.

Er tastet nach meiner Hand. »Yared?«

»Ich verspreche es.«

Mit einem Röcheln, das kein Ende zu nehmen scheint, bäumt sich Arslan auf, dann sinkt er in meine Arme zurück und haucht mit einem blutigen Gurgeln sein Leben aus.

Ich kann die Tränen nicht mehr zurückhalten.

Arslan, der wie ein Bruder für mich war, ist tot.

Alessandra

Kapitel 56

In der Bibliothek des griechisch-orthodoxen Patriarchats
3. Miyazya 6945, 20. Dhu'l Hijja 848, 23. Nisan 5205
Ostermontag, 29. März 1445
Kurz nach zehn Uhr abends

Die Kerze vor mir auf dem Lesepult ist bis zum Ende des Dochtes heruntergebrannt. Die kleine Flamme, die sich tief ins Wachs hineingeglommen hat, verbreitet nur noch einen düsteren Schein und flackert so unruhig, dass ich kaum noch die arabischen Buchstaben unterscheiden kann. Hoffentlich bringt Athenagoras mir nach seinem Stundengebet eine neue Kerze.

Gedankenvoll streiche ich über die eng beschriebenen, tintengewellten Seiten des Buches von Abu Salih, das ich erst nach stundenlanger Suche in dem Haufen durcheinandergeworfener Folianten gefunden habe. Das feste Papier knackt leise, wenn ich es berühre.

Müde reibe ich mir die tränenden Augen und lehne mich auf dem knarzenden Sitz des Lesepults zurück. Vom Kreuzgang dringt leise der Gesang der Basilianermönche, die die Hymnen und Psalmen der Komplet anstimmen, in die Bibliothek.

Woher mochte Abu Salih sein Wissen über das Reich von Kaiser Lalibela haben? Von ägyptischen Mönchen, die vom koptischen Papst als Bischöfe nach Äthiopien geschickt wurden? Von äthiopischen Botschaftern, die von Kaiser Lalibela nach Kairo entsandt wurden, um mit dem koptischen Papst und dem ägyptischen Sultan zu verhandeln? Abu Salih ist niemals in Lalibela gewesen. Die Felsenkirchen, die der Legende nach von Engeln errichtet worden sind, hat er mit keinem Wort erwähnt. Er wusste jedoch, dass der Kaiser den Thron Davids besaß. Und das Tabot des Gottesbundes.

Da steht es! ›Die Äthiopier besitzen das Tabutu al-Ahdi, in dem sich zwei Steintafeln befinden, auf denen, durch den Finger Gottes beschrieben, die Gebote stehen, die er für die Kinder Israels erließ.‹ Abu Salih beschrieb das Tabot des Gottesbundes als einen Schrein, der mit Gold überzogen war. Auf dem Deckel waren Kreuze aus Gold zu sehen, die mit kostbaren Edelsteinen geschmückt waren.

Die sieben Siegel, von denen Gebre Christos sprach, erwähnte Abu Salih ebenso wenig wie die Cherubim, zwischen denen Gott thronte. Solomon erzählte gestern Abend, dass die Konsekration einer Kirche eine prunkvolle Zeremonie sei. Das geweihte Tabot werde in einer feierlichen Prozession ins Allerheiligste getragen. Das Wort Tabot bezeichne einerseits den verhüllten Schrein, andererseits die geweihten Tafeln, die darin versiegelt lägen. Ohne diese Tabotat, die während der Eucharistiefeier als Altar für den Leib und das Blut Christi dienen, könne kein orthodoxer Gottesdienst stattfinden.

Abu Salih beschrieb also keinen jüdischen, sondern einen christlichen Schrein – den er allerdings nie mit eigenen Augen gesehen hatte. Wenn dieser die Lade ist, die Menelik nach Aksum brachte, wo sind dann die Cherubim geblieben? Als Christ war Abu Salih mit dem Alten Testament vertraut. Hat er sich denn nie gefragt, wie jemand christliche Kreuze auf den Deckel der Bundeslade nageln kann? Schon das Berühren des Gottesschreins war ein Sakrileg, das die Söhne Arons und viele andere, die ihr zu nahe kamen, mit dem Leben bezahlten!

Ratlos schüttele ich den Kopf und fahre mir mit beiden Händen über das Gesicht. Das Flackern der verlöschenden Kerze ist entnervend. Ich gebe es zu, ich bin völlig verwirrt.

Abu Salih sprach von einem goldenen Tabutu al-Ahdi in Lalibela, das mit Kreuzen verziert war. Gebre Christos hingegen beschreibt die Lade von Aksum als einen Schrein aus stark verwittertem Akazienholz. Beide Tabotat weisen keine Cherubim auf, die die Macht Gottes bewachen!

Obwohl Gebre Christos nicht den Funken eines Zweifels daran hat, dass die Lade von Zion in der Kathedrale von Aksum der Gottesschrein aus dem Tempel von Jerusalem ist, kann ich es nicht glauben. Und obgleich Solomon berichtet hat, dass die Gesetzestafeln einer Legende zufolge aus einem strahlenden, himmlischen Stein bestehen sollen, zweifele ich noch immer.

Das Tabot, das Abu Salih beschrieb, erinnert mich ein wenig an die Lade der Templer im Geheimarchiv des Vatikans, in der mein Vater vor Jahren die Baruch-Apokalypse fand. Die uralte Truhe aus Akazienholz war mit drei Templerkreuzen geschmückt. War sie einst ein Tabot, das Prinz Lalibela während seines Exils in Jerusalem den Rittern vom Tempel Salomos überließ?

Das Tabot, das Solomon nach Jerusalem brachte, war für die Grabeskirche bestimmt. Wenn ich die Lade doch nur enthüllen könnte, um zu sehen, welches Geheimnis sie birgt!

Mit dem beklommenen Gefühl, mich immer tiefer in dieses Geflecht aus Mysterien zu verstricken, das sich um die Bundeslade und die Tempelritter rankt, schließe ich seufzend Abu Salihs Buch und bringe es zurück zu dem Bücherstapel.

Die Flamme der Kerze hat das Ende des Dochtes erreicht. Ein letztes Flackern, und das Licht verlischt. In der Bibliothek wird es finster wie in Dantes Inferno. Leise fluchend taste ich mich um die Stapel der Pergamentcodices und Papyrusrollen herum in Richtung Tür, um den Sekretär des Patriarchen um eine Kerze zu bitten.

Plötzlich wird die Tür geöffnet. Wie ein düsterer Schatten erscheint eine schwarze Silhouette im matten Licht des Kreuzganges. Mit dem heißen Nachtwind, der im Papyrus raschelt, weht der Gesang des byzantinischen Stundengebets in die finstere Bibliothek.

Im ersten Moment denke ich, dass Athenagoras mir endlich die versprochene Kerze bringt. Und die Aufhebung von Lançarotes Exkommunikation, um die ich den Patriarchen gebeten habe. Doch es ist nicht Athenagoras.

Sondern Tristão.

Wie erstarrt verharre ich mitten im Raum. Ich wage kaum zu atmen.

Unschlüssig steht Tristão in der offenen Tür und blickt in Richtung des noch glimmenden Dochtes der Kerze auf dem Lesepult. Dann umfasst er das Heft seines Schwertes, tritt lautlos einen Schritt näher und blinzelt in die Finsternis. Hat er mich im Schein der Fackeln im Kreuzgang gesehen?

Nach einer Weile wendet er sich um, schließt leise die Tür und verriegelt sie. Völlige Dunkelheit erfüllt den Raum. Dann ertönt ein Knirschen. Er verbiegt den Riegel, damit ich ihn nicht öffnen kann. Tristão weiß, dass ich hier bin!

Leise Schritte, die sich mir nähern. Ein Rascheln, wie von Pergament. Ein scharfes Reißen. Ein unterdrückter Fluch. Tristão hat einen der Bücherstapel umgestoßen. Er kann mich in der Finsternis ebenso wenig erkennen wie ich ihn.

Ich höre, wie er sein Schwert zieht und weitergeht.

Mir gefriert das Blut in den Adern. Lautlos raffe ich mein Gewand um mich und kauere mich auf den Fliesenboden, um der scharfen Klinge auszuweichen.

Plötzlich bleibt er stehen. Hat er mich gehört?

Mein Herz hämmert schmerzhaft in meiner Brust. Nur nicht bewegen!

Endlich geht er weiter, zwei Schritte, drei, vier, dann bleibt er erneut stehen. Seine Stiefel schlurfen leise auf dem Fliesenboden. Dreht er sich zu mir um?

Ich rühre mich nicht. Er kann mich weder sehen noch hören, doch ich bin sicher, er spürt, dass ich hier bin.

Hoffentlich steht er nicht neben dem …

Allmächtiger Gott!

… neben dem Geheimversteck des Patriarchen! Unter einer Bodenplatte hatte Joachim die Baruch-Apokalypse verborgen, die Mar Abdul Masih ihm gebracht hatte.

Als er sich vom Lesepult abwendet, schlägt die Klinge seines Schwertes mit einem metallischen Schwingen gegen das Holz. Während er mich zwischen den hohen Bücherregalen sucht, ziehe ich meinen Dolch. Er gibt sich keine Mühe mehr, leise zu sein. Er will mich in Panik versetzen. Er will, dass ich mein Versteck verlasse und zu einem der Fenster husche. Er will mich vor sich hertreiben und mich erwischen, bevor ich fliehen kann.

So leise wie möglich ziehe ich meine Sandalen aus und stopfe sie in mein Gewand.

»Alessandra?«, dröhnt seine Stimme bedrohlich aus der Dunkelheit. »Ich weiß, dass du hier bist!«

Ich antworte nicht. Ich muss so schnell wie möglich verschwinden, bevor er die Papyri und Codices anzündet und die Bibliothek des Patriarchats niederbrennt, um mich zu finden und zu töten. Beklommen lausche ich auf das scharfe Kratzen eines Feuersteins, aber alles bleibt ruhig.

So ruhig, dass ich zu Tode erschrecke, als plötzlich eines der Bücherregale umfällt und mit Donnergetöse alle anderen mitreißt.

Entschlossen umklammere ich den Griff meines Dolchs und husche in geduckter Haltung hinüber zum Lesepult. Während die Regale zu Boden krachen, taste ich bereits die Steinfliesen ab. Welche ist es? Sie fühlen sich alle gleich an!

Mit der Klinge stochere ich in den Ritzen herum, um den geheimen Mechanismus zu finden, der die Verriegelung freigibt. Vergeblich! Ich rutsche einen Schritt weiter und versuche es erneut. Ein scharfes Kratzen ertönt, als ich versuche, die nächste Bodenplatte mit der Klinge aufzuhebeln. Verflucht, es geht nicht!

Plötzlich ist es sehr still geworden. Hat Tristão mich gehört?

Panik steigt in mir auf.

Ich schiebe meinen Dolch zwischen zwei Steinfliesen und ziehe ihn zu mir heran. Es knirscht leise, als der Dolch über den Stein kratzt – dann plötzlich ertönt ein metallisches Klicken!

Mit angehaltenem Atem lausche ich. Wo ist Tristão?

Unendlich langsam, um nur ja kein Geräusch zu machen, wuchte ich die schwere Bodenplatte hoch. Das eiserne Scharnier, an dem sie befestigt ist, quietscht leise. Dann huscht etwas Pelziges über meine Hand. Vor Schreck lasse ich beinahe die Deckplatte fallen.

Während die Ratte fiepend zwischen den antiken Papyri verschwindet, rutsche ich in das Loch und ziehe die Steinfliese zu mir herab. Den Verschluss, den ich mit der Klinge meines Dolchs blockiere, lasse ich nicht einrasten. Denn ich weiß ja nicht, wie ich das Schloss von unten wieder öffnen kann.

Tristão hat mich gehört. Er nähert sich bedrohlich.

»Du entkommst mir nicht, du Miststück!«, droht er mit zornbebender Stimme. Dabei lässt er die Spitze seines Schwertes über den Fliesenboden schleifen.

Ich husche einige Stufen nach unten, kauere mich am ganzen Körper bebend auf der steilen Treppe zusammen und warte ab, ob er die mehrere Fingerbreit hochstehende Steinplatte entdeckt. Tristão bleibt direkt davor stehen, dreht sich langsam um sich selbst, als ob er mich sucht. Mit angehaltenem Atem horcht er in die Finsternis.

Erschrocken zucke ich zusammen, als ich eine Bewegung an

meinem Arm spüre. Noch eine Ratte! Trippelnd springt sie an mir vorbei die Stufen hinauf, zwängt sich durch den Spalt und verschwindet in Richtung der Bücherhaufen. Mich schaudert vor Ekel. Wie viele sind denn noch in diesem feuchten Loch?

Plötzlich höre ich Tristãos Stimme über mir: »Es ist sinnlos, sich zu verstecken. Ich finde dich! Sag mir, wo du die Baruch-Apokalypse versteckt hast!«

Ein Geräusch an der Tür der Bibliothek lässt ihn herumfahren. Haben die Mönche das Donnergetöse gehört, mit dem die Regale zu Boden gepoltert sind? Ich halte die Luft an und horche. Ein Schlüssel knirscht im Schloss. Dann scheint sich jemand mit der Schulter gegen die Tür zu werfen. Doch sie gibt nicht nach, denn sie ist von innen verriegelt. Die Mönche können mich nicht retten!

Tristão steht nun direkt vor der Deckplatte.

Was, wenn Tristão über die Bodenklappe stolpert oder darauftritt und der Verschluss einschnappt? Was, wenn ich ihn nicht mehr öffnen kann? O Gott! Dann wäre ich lebendig begraben!

Panisch rutsche ich drei oder vier Stufen weiter die Treppe hinunter. Sie endet in einem schmalen Raum, dessen Wände sich in der undurchdringlichen Dunkelheit verlieren. Ich taste mich zwei, drei, vier Schritte vorwärts.

Ein geheimer Gang? Wohin führt er?

Ein kühler Luftzug lässt mich innehalten.

Ich beginne zu zittern. Mein Herz pocht in meinen Ohren. Meine Nerven sind zum Zerreißen gespannt.

Das Atmen fällt mir schwer.

Ist dort jemand?

Yared

Kapitel 57

In Yareds Schlafzimmer in der Zitadelle
3. Miyazya 6945, 20. Dhu'l Hijja 848, 23. Nisan 5205
Ostermontag, 29. März 1445
Zehn Uhr dreißig abends

Elija lässt mich nicht aus den Augen, während ich ihn zudecke. Seine Augen glitzern im Licht der Kerze, als er sich glücklich lächelnd in die Kissen kuschelt.

Ich verwuschele seine Locken. »Schlaf jetzt, Krümelchen.«

Trotz des Gesangs der Nachtigall höre ich ein Geräusch hinter mir. Ich drehe mich um. Uthman lehnt lässig in der offenen Tür. Mit einer Karaffe kistallklarem Raki, einer Schale mit Schnee und zwei Gläsern. Er sieht aus, als habe er vor, sich mit mir zu betrinken.

»Haben wir etwas zu feiern?«, frage ich, obwohl ich mir beim besten Willen nicht vorstellen kann, was das sein könnte. Heute Nachmittag bei Arslans Begräbnis war Uthman still und blass. Und jetzt?

»O ja«, orakelt er verschmitzt und winkt mich ungeduldig in mein Arbeitszimmer. Er wirkt aufgekratzt. »Na komm schon!«

»Ich bringe nur den Jungen ins Bett.« Dann scheuche ich Uthman aus meinem Schlafzimmer. »Und um deine nächste Frage zu beantworten: Meine Aslan Sütü nehme ich mit einer Handvoll Eis.«

»Wie du befiehlst, Dawadar … oh, bitte verzeih mir! … *We-*

sir!« Grinsend deutet Uthman eine ehrfurchtsvolle Verbeugung an. »Nun komm, trödele nicht herum, Yared!«, drängt er. »Wir haben einiges zu besprechen.« Mit funkelnden Augen zieht er ab.

Ich beuge mich über Elija und küsse ihn zart auf die Stirn. Er verzieht das Gesicht, als mein Bart seine Nase kitzelt. »Schlaf gut, Krümelchen.«

»Du auch.«

Ich erhebe mich vom Bettrand und lösche die Kerze. Als ich zur offenen Tür gehe, fragt Elija: »Yared?«

»Ja?«

»Was ist ein Wesir?«

»Der mächtigste Mann im Reich. Gleich nach dem Sultan.«

»Bist du der Wesir?«

»Bis eben war ich's noch nicht.«

»Aber Uthman hat dich …«

»Gute Nacht, Elija. Träum was Schönes.«

Er zögert, will noch etwas sagen, hält jedoch den Mund. »Gute Nacht, Yared«, nuschelt er nur und gähnt.

Ich schließe leise die Tür hinter mir.

Uthman hat zwei Gläser Raki eingeschenkt und es sich auf dem Diwan bequem gemacht. Der kleine David ist auf seinen Schoß gesprungen und lässt sich von ihm genüsslich schnurrend den Bauch kraulen, während er schmatzend auf dem kandierten Ingwerkonfekt herumkaut, das Uthman ihm gegeben hat. Als ich mich neben Uthman setze, guckt David neugierig hoch. Dann lässt er den Kopf zurücksinken, schließt die Augen und hält ganz still, während Uthman ihn streichelt. Der kleine Rabauke genießt es, derart verwöhnt zu werden!

Uthman reicht mir mein Glas. »Auf deine vollendete Hadj nach Mekka, Medinat an-Nabi und Al-Quds. Möge Allah dich segnen, Yared. Aber das tut er ja ohnehin über alle Maßen!«

Wir stürzen den Anisschnaps hinunter. Sofort schenkt Uthman die Gläser nach und füllt sie mit Schnee. Dann hebt er erneut sein Glas.

»Auf deinen Übertritt zum Islam, Yared! Du glaubst ja nicht, wie glücklich ich bin, dass du dich nach all den Jahren endlich dazu durchgerungen hast! Als Vater mich bat, dich nach Mekka zu begleiten, da habe ich ernsthaft bezweifelt, dass du jemals konvertieren würdest. Von wegen! Al-hamdu li-llah!«

»Uthman, ich bin nicht konvertiert. Das dritte Bekenntnis war nicht vollendet.«

Er zuckt mit den Schultern. »Was soll's? Der Imam ist tot. Arslan kann nichts mehr bezeugen. Und ich werde im Namen Allahs beschwören, dass du drei Mal die Schahada gesprochen hast. Also bist du ein Muslim. Und darauf trinke ich.«

Nachdem wir zum zweiten Mal die Gläser geleert haben, fragt er: »Wo steckt eigentlich meine geliebte ›Schwägerin‹? In ihren Räumen ist sie nicht. Nach Arslans Begräbnis war sie plötzlich verschwunden.«

»Alessandra verabschiedet sich vom Patriarchen.«

»Habt ihr schon entschieden, wann ihr heiraten wollt?«

»Nein.«

»Na ja, nun eilt es ja auch nicht mehr.« Er winkt entspannt ab und füllt die Gläser zum dritten Mal. »Und wo willst du feiern? Im Sultanspalast oder im Garten deiner Villa? Es wird bestimmt eine prunkvolle Hochzeit werden. Einem Wesir von Ägypten angemessen.« Er reicht mir die Aslan Sütü. »Die Taube mit deiner Ernennung zum Wesir traf heute Nachmittag ein. Vater hatte letzte Nacht erneut einen schweren Anfall.«

»Wie geht es ihm?«, frage ich beunruhigt.

»Er klagt über Schmerzen. Er erwägt, zu meinen Gunsten auf den Thron zu verzichten, damit ich ihm als Sultan nachfolge. Er braucht dich, Yared. Mehr denn je! Und ich brauche dich auch – ohne dich kann ich nicht regieren!« Uthman hebt sein Glas. »Auf den Wesir Yared al-Gharnati! Möge Allah dich mit Weisheit segnen!« Uthman zieht einen zerknitterten Zettel aus dem Ärmel, der augenscheinlich von einer Taube gebracht wurde. »Und auf die beste Nachricht von allen!«

»Welche ist das?«, frage ich irritiert, während er seinen Raki hinunterstürzt.

»Ein Brief von Jadiya. Ein Hakim des Sultans hat sie untersucht.«

»Ist alles in Ordnung?«, sorge ich mich. »Vor unserem Aufbruch nach Mekka hat sie sich nicht wohlgefühlt. Sie hat viel geweint.«

»Weil ihr so erbittert gestritten habt. Als du entnervt deine Truhen gepackt hast, um in deine Villa bei den Pyramiden umzuziehen, da glaubte sie, sie habe dich verloren. Und als du dich dann tagelang geweigert hast, sie zu empfangen, und Benyamin sie immer wieder abgewiesen hat, ist sie zusammengebrochen. Aber nun fühlt sie sich wieder gut«, beruhigt er mich, legt mir den Arm um die Schultern und umarmt mich ungestüm. »Meinen herzlichen Glückwunsch, Yared. Allah schenke euch beiden alles, was ihr euch wünscht! Jadiya ist guter Hoffnung.«

Verwirrt starre ich ihn an.

»Nun guck doch nicht so!«, lacht Uthman. »Jadiya und du, ihr habt doch oft genug miteinander geschlafen. Jadiya ist im fünften Monat schwanger. Ich freue mich ja so für dich! Yared, mein Junge, du wirst endlich Vater!«

Alessandra

Kapitel 58

Im Geheimgang unter der Bibliothek des Patriarchats
3. Miyazya 6945, 20. Dhu'l Hijja 848, 23. Nisan 5205
Ostermontag, 29. März 1445
Zehn Uhr dreißig abends

Ist dort jemand?, denke ich panisch. Der kühle Windhauch lässt mich frösteln.

Wohin führt der finstere Geheimgang?

Mit zitternden Händen taste ich die Wand ab – glatt behauene Quadersteine. Ich stehe in einem niedrigen Gewölbe, das drei Handbreit über meinem Kopf endet. Wie der Passetto, der vom Vatikan zur Engelsburg führt. Ich werde auch diesen Gang erforschen, wie damals als Kind die Gewölbe und Geheimgänge des Vatikans, während mein Vater zu einer Audienz bei Papst Martin war. Plötzlich verliert mein Dolch, den ich ins Schloss der Bodenplatte geklemmt habe, den Halt. Mit einem Höllenlärm poltert er die Stufen herunter und bleibt irgendwo auf dem Boden liegen. Fiepend flitzen mehrere Ratten an mir vorbei.

Wie gebannt starre ich die steile Treppe hinauf. Allmächtiger Gott! Die schwere Bodenfliese schließt sich durch ihr eigenes Gewicht. Mit einem metallischen Klicken verriegelt sich der Mechanismus.

Ich bin lebendig begraben.

Keuchend ringe ich nach Atem. Bleib ruhig, Alessandra! Nur keine Panik!

Ich gehe zur Treppe zurück, setze mich auf eine Stufe, ziehe mein Feuerzeug und die Kerze hervor, die ich seit der Erforschung des Labyrinths im Tempelberg mit mir herumtrage, schlage einen Funken in den Zunder und entzünde den Docht.

Da ist mein Dolch.

Ich stecke ihn ein, ziehe meine Sandalen an und folge den Ratten, die vor mir in der undurchdringlichen Finsternis rascheln. Was ist dort vorn?

Der Geheimgang führt geradeaus – aber in welche Richtung? Während ich meine Schritte zähle, versuche ich mir seinen Verlauf unter der Straße vor dem Patriarchat vorzustellen. Der Korridor führt nach Osten, doch wo endet er? O Gott, ich ahne es!

Die Augen der Ratten leuchten im Widerschein meiner Kerze. Immer wenn ich näher komme, flüchten sie den Gang ein Stück weiter hinunter. Auf dem Boden liegt etwas Zerfetztes, das ich im düsteren Lichtschein nicht sofort identifizieren kann.

Ein Buch, das die Ratten vermutlich in der Bibliothek des Patriarchen erbeutet haben. Es ist zerrissen und fleckig und stinkt ekelerregend. Ich umwickele meine Finger mit dem Saum meines Gewandes und schlage die erste Seite auf.

Eine griechische Handschrift, verfasst vom heiligen Basilios von Caesarea, dem Gründer des Basilianerordens, dem Niketas angehört hat. Dieser Foliant, vermutlich eine Abschrift aus dem vierten oder fünften Jahrhundert, ist … nein, *war* unschätzbar wertvoll! Ich lasse ihn liegen. Er ist nicht mehr zu retten.

Beklommen frage ich mich, wann dieser Geheimgang das letzte Mal benutzt wurde. Lässt sich die Tür am anderen Ende überhaupt öffnen?

Ich gehe weiter.

Unvermittelt enden die Steinquader. Der Korridor ist von nun an aus dem massiven Fels gehauen. Aus dem Felsen Golgata.

Ein leises Geräusch hinter mir! Die Ratten? Oder Tristão?

Ich bleibe stehen und lausche zwei, drei, vier verhaltene Atemzüge lang, dann setze ich meinen Weg so schnell wie möglich fort.

Plötzlich schlägt mir ein ekelerregender Geruch entgegen und raubt mir den Atem. Ich ziehe meinen Schleier über Mund und Nase. Diesen süßlichen Gestank kenne ich. Es ist der Pesthauch von Tod und Verwesung.

Auf den Stufen, die zur Grabeskirche hinaufführen, liegt eine Leiche. Die Ratten haben wenig mehr als die Knochen und ein paar Fetzen Fleisch übrig gelassen. Der schwarze Basilianerhabit ist zerfetzt. Das byzantinische Brustkreuz liegt zwei Schritte entfernt. Ich vermute, dass der Mönch seit zwei Tagen tot ist. Wahrscheinlich wurde er bei dem Kampf während der Zeremonie des Heiligen Feuers am Karsamstag schwer verletzt. Er floh in den Geheimgang. Geschwächt von einer lebensgefährlichen Wunde, stürzte er die Treppe hinab und starb. Ob durch das Schwert eines Muslims oder durch die Bisse der Ratten, lässt sich nicht mehr sagen.

Gegen die aufsteigende Übelkeit ankämpfend, spreche ich ein Gebet für den Mönch. Doch es sind keine Augen mehr vorhanden, die ich hätte schließen können. Dann raffe ich den Saum meines Gewandes und steige über den verwesenden Leichnam hinweg die Stufen hinauf zur Grabeskirche.

Dann stehe ich vor einer eisenbewehrten Tür.

Sie hat von dieser Seite kein Schloss, sondern einen geheimen Mechanismus, der dem meiner Reisetruhe ähnelt. Ein muslimischer Handwerker muss ihn in die Tür eingebaut haben.

Es ist ein auf die Tür aufgesetztes Kombinationsschloss aus Messing mit sechs kleinen Hebeln. Sie müssen in die richtigen Stellungen gedreht werden, die durch arabische Zahlen bezeichnet werden. Ein muslimischer Wissenschaftler hat dieses Tresorschloss im zwölften Jahrhundert erfunden. Wenn die Hebel in die richtige Position gedreht werden, liegen die Nuten des Schließzylinders übereinander, und die Sicherungsstifte können in die Nut eindringen, sodass sich die Tür öffnen lässt.

Fragt sich nur, welche Kombination von sechs Zahlen die richtige ist. Ich versuche eine, die nur die wenigsten frommen Christen kennen. Karfreitag, der 3. April 33. Jesu Todestag.

Der Tag entspricht nach byzantinischer Zählung – das Patriarchat Jerusalem gehört ja zur orthodoxen Kirche – dem 3. April 5534.

Drei – vier – fünf – fünf – drei – vier.

Leicht zu merken!

Mit einem metallischen Knirschen öffnet sich der massive Riegel. Ich schiebe die Tür auf, husche hindurch und befinde mich in einem winzigen Raum mit drei Wänden. Dann schließe ich die schwere Geheimtür, die mit einem dumpfen Geräusch ins Schloss fällt, und gehe zur Tür gegenüber. Sie ist nur angelehnt.

Ich betrete das nördliche Seitenschiff der Grabeskirche. Geradeaus geht es zum Gefängnis Christi, zu einer kleinen Kapelle neben dem Chorumgang. Dieser führt zur Kapelle der heiligen Helena und zur Kreuzauffindungskapelle unterhalb des Golgatafelsens hinab. Rechts vor mir ist das Katholikon, das Hoheitsgebiet der Byzantiner. Ich husche zu zwei Säulen, zwischen denen ich den düsteren Kuppelraum der Basilika erkennen kann. Dann stehe ich vor dem Grab Jesu Christi, das von einem mystischen Licht erleuchtet wird.

Zu Tode erschrocken zucke ich zusammen, als ein leises Knistern die tiefe Stille durchbricht.

Yared

Kapitel 59

In Yareds Arbeitszimmer in der Zitadelle
3. Miyazya 6945, 20. Dhu'l Hijja 848, 23. Nisan 5205
Ostermontag, 29. März 1445
Wenige Minuten vor elf Uhr abends

»Ich werde Vater?«, frage ich fassungslos.

Uthman drückt mir Jadiyas Brief in die Hand. »Lies selbst! Jadiya wollte dich bei deiner Rückkehr mit dieser Nachricht überraschen. Aber da der Sultan sich nun entschieden hat, dich nicht zum Dawadar, sondern zum Wesir zu ernennen, fürchtet sie, du könntest es von ihm erfahren, bevor sie es dir selbst sagen kann. Sie hätte so gern dein freudestrahlendes Gesicht gesehen, Yared! Sie ist so glücklich!«

Ich starre auf Jadiyas Zeilen, ohne sie zu lesen.

Ein Kind! Ich weiß nicht, ob ich lachen oder weinen soll. Mein eigenes Kind! Nach all den Jahren?

»Was ist?« Uthman drückt mir noch ein Glas Aslan Sütü in die Hand. »Freust du dich nicht? Und ich dachte, du wünschst dir einen Erben.«

Ich kippe den Raki hinunter und hole tief Luft. »Ich bin jetzt einundvierzig, Uthman. In den letzten Jahren hatte ich etliche Affären, das weißt du.«

»O ja! Du hast wahrlich kein Keuschheitsgelübde abgelegt. Nicht einmal Arslan konnte mit dir mithalten.« Uthman grinst anzüglich. »Obwohl er sich nach Kräften bemüht hat.«

»Keine meiner Geliebten ist je von mir schwanger geworden«, erinnere ich ihn. »Ich kann keine Kinder zeugen.«

Er guckt mich an, als begreife er nicht, was ich da sage. David richtet sich auf seinem Schoß auf, schlägt die Krallen in seine Djellabiya und knabbert mit schräg gelegtem Kopf begeistert an der Goldborte. Uthman ist so bestürzt, dass er dem kleinen Rabauken nicht Einhalt gebietet.

»Ich werde nie eigene Kinder haben, Uthman. Deshalb will ich Elija mitnehmen.«

»W'Allah!«, flüstert er schwach. »Aber Yona …«

»Yona war nicht mein Sohn.«

Uthman starrt mich mit offenem Mund an. »Aber …«

»Sultan Muhammad war sein Vater. Mein Freund, der wie ein Bruder für mich war, hat Rebekka geschwängert. Während ich in Córdoba war, damit er mit dem Segen des Königs von Kastilien den Thron zurückerobern konnte.«

»Tut mir leid, das wusste ich nicht«, murmelt er fassungslos und streicht geistesabwesend über Davids Kopf. »O Gott, Yared! Wie muss das jetzt aussehen … als würde ich meine Schwester benutzen, um mit deiner Macht und deinem Einfluss als Wesir den Thron zu besteigen.«

»Uthman, was stand in der Nachricht, die du Jadiya gestern Mittag geschickt hast?«

»Yared!«, stöhnt er entsetzt. »Du glaubst nicht, dass Jadiya von dir schwanger ist, nicht wahr?«

Alessandra

Kapitel 60

Vor dem Heiligen Grab in der Grabeskirche
3. Miyazya 6945, 20. Dhu'l Hijja 848, 23. Nisan 5205
Ostermontag, 29. März 1445
Wenige Minuten vor elf Uhr abends

Woher kam das Knistern?

Der diffuse Lichtschein hinter dem Heiligen Grab ist noch düsterer geworden. Ist in der Kapelle der Kopten an der Rückseite des Grabes eine Kerze erloschen? Scheint so.

Über die unebenen und geborstenen Steinfliesen husche ich am Heiligen Grab entlang auf die andere Seite des Kuppelraums. Neben der Grabkammer des Joseph von Arimatia liegen die Kapellen der Kopten, Syrer und Äthiopier. Meine Schritte hallen durch die stille Basilika.

Weit und breit entdecke ich keinen Franziskaner. Wo sind die Wächter des Heiligen Grabes? Vermutlich in ihrem Konvent – die Komplet ist längst gesungen. Das nächste Stundengebet ist die Mitternachtsmesse.

Als ich an der Kapelle der Kopten vorbeihetze, sehe ich, dass eine der Kerzen erloschen ist. Der Docht glüht noch, und ein feiner Rauchfaden kringelt sich zur Kuppel empor.

Lautlos schleiche ich um das Heilige Grab herum und spähe zwischen den Säulen hindurch ins Seitenschiff mit dem Salbungsstein. Dort befindet sich das massive Portal, das seit der Schlüsselzeremonie bei Sonnenuntergang fest von außen verschlossen ist. Die beiden muslimischen Wächter, die den Schlüssel der Grabeskirche besitzen, steigen über eine Leiter zu dem erhöht angebrachten Schloss hinauf und verriegeln es. Dann wird die Leiter durch eine Klappe in die Grabeskirche geschoben, wo sie ein orthodoxer Mönch in Empfang nimmt und neben dem Portal abstellt. Das Tor wird erst am nächsten Morgen gegen vier Uhr wieder geöffnet.

Auf diesem Weg kann ich die Grabeskirche nicht verlassen, um zu Yared zu gelangen. Über das Dach jedoch schon!

Dann aber zögere ich. Ich werfe einen Blick in die äthiopische Kapelle, deren Wände mit Ikonen aus Ziegenleder geschmückt sind. Der Altar ist eine große Truhe aus verwittertem Holz. Sie ist mit einem weißen Altartuch bedeckt. Befindet sich darin das Tabot, das Solomon nach Jerusalem gebracht hat? Unschlüssig stehe ich am Eingang der Kapelle und betrachte die Truhe aus jahrhundertealtem Akazienholz.

Soll ich es wagen? Es ist ein Sakrileg!

Auf dem Altar liegen aufgeschlagen ein Evangeliar in Geez und ein Handkreuz aus ineinander verwobenen silbernen Ornamenten. Ich erkenne es wieder – vermutlich hat Gebre Christos es nach der letzten Messe hier vergessen. Hoffentlich erinnert er sich nicht ausgerechnet jetzt daran!

Geschwind räume ich das Evangeliar und das Kreuz vom Altar. Das Schloss der Truhe sieht schwieriger aus, als es ist. Ich ziehe meinen Dolch und hebele es auf. Mit einem Knirschen gibt es nach. Im letzten Augenblick kann ich es auffangen, bevor es zu Boden kracht.

Ich atme tief durch, hebe den Deckel der Altartruhe und werfe einen Blick hinein. Da ist das Tabot! Ich lehne den Deckel gegen die Rückwand der Kapelle, hebe die Lade heraus und stelle sie auf den Boden. Sie ist nicht schwer. Das Tabot ist mit einem schwarzen Samttuch verhüllt, das mit einer weißen Taube mit ausgebreiteten Flügeln bestickt ist.

Plötzlich höre ich schlurfende Schritte.

Ich halte den Atem an und lausche. Irgendjemand nähert sich dem Heiligen Grab! Ist Tristão mir gefolgt? Oder ist es Gebre Christos, der sein Handkreuz vermisst? Ich lösche meine Kerze. Es wird finster in der Kapelle. Lautlos ducke ich mich in den tiefen Schatten neben der offenen Altartruhe.

Das Schlurfen hört vor der koptischen Kapelle unvermittelt auf.

Ich krieche über die Steinfliesen, um einen Blick in den Kuppelraum zu werfen. Tatsächlich, ein koptischer Mönch in schwarzem Mantel und mit Kreuzen bestickter schwarzer Kapuze. Er nimmt die niedergebrannte Kerze aus dem Leuchter, steckt eine neue hinein und entzündet sie. Dann richtet er die Altargeräte für die bevorstehende Messe.

Mir bleibt nicht mehr viel Zeit!

Sobald er verschwunden ist, husche ich zur koptischen Kapelle, entzünde meine Kerze und haste zurück zum Tabot. Ich knie mich vor die Lade und befreie sie von dem schwarzen Samtüberzug mit der aufgestickten Taube.

Zum Vorschein kommt eine Truhe aus Holz. Ihre Maße entsprechen ungefähr denen des goldenen Schreins im Buch Exodus. In ihrer Schlichtheit erinnert sie jedoch mehr an die Lade der Templer im Vatikan.

Zart streiche ich mit den Fingern über die Kreuze an den Seiten. Dann hebe ich vorsichtig den Deckel an und werfe einen Blick hinein.

Intermezzo

In der Nähe von Aksum
3. Miyazya 6945
Am späten Nachmittag

Im Triumph kehrt der Erwählte Gottes mit der Lade Zions zurück nach Aksum, wo ihm ein überwältigender Empfang bereitet wird. Die aksumitischen Mönche und Priester haben während der ganzen Nacht gefastet und ausgelassen die Psalmen gesungen und danach die verhüllten Tabotat aus allen Kirchen der Stadt geholt. Begleitet von einer Menschenmenge, die beständig größer wurde, haben sie die Schreine in einer feierlichen Prozession an den Königsstelen vorbei in das Tal oberhalb von Aksum getragen, wo sich das Bad der Königin von Saba befindet. Im Licht der untergehenden Sonne schimmern die Algen in tiefem Smaragdgrün.

Singend und um die Tabotat herumtanzend, empfangen die Gläubigen den Kaiser, der aus der Schlacht gegen Sultan Bedlay zurückkehrt. Begeistert feiern sie den Sieg von Iyasus Christos über die Macht des Satans und dessen Propheten. Den Triumph des wahren Glaubens.

Der Gesalbte blinzelt, geblendet von der Pracht. Im grellen Sonnenlicht des späten Nachmittags gleißen die Stickereien der Brokatschirme und die goldenen Kaiserkronen der Diakone. Zum tiefen Dröhnen der Trommeln und dem silberhellen Klang der Sistren tanzen die weiß gekleideten Mönche einen langsamen Schreittanz. Ekstatische Jubelrufe und schrilles Trillern wehen dem Gesalbten Gottes entgegen. Der durchdringende Schall der Posaunen übertönt den fernen Widerhall der großen Klangsteine der Kirchen, die überall in der Stadt geschlagen werden.

Die Prozession der allerheiligsten Lade zurück in die Kathedrale von Maryam Tseyon kommt nur langsam voran. Immer wieder muss Zara Yakob sein unruhig tänzelndes Pferd zügeln, weil kleine Kinder mit Olivenzweigen um ihn herumspringen und mit der ausgestreckten Hand sein Pferd berühren. Kichernd stieben sie in alle Richtungen davon und verschwinden in der Menge. Mönche werfen sich vor dem Tabot des Gottesbundes ehrerbietig zu Boden, um ein Dankgebet zu sprechen. Angefeuert von den Rufen der Gläubigen, tanzen andere wie entrückt zum rhythmischen Klang der Trommeln, Flöten und Sistren, wie einst König David, als er die Lade nach Jerusalem holte. Als einer der Tänzer in Ekstase zusammenbricht und wie tot liegen bleibt, heben ihn die Umstehenden auf und tragen ihn zur Seite, wo sie ihn vorsichtig ins Gras legen. Sofort drängen neue Tänzer heran, die verzückt herumwirbelnd seinen Platz einnehmen.

Gebannt von der Macht des Augenblicks, blickt sich Zara Yakob um. Haile Selassie, der Wächter der Lade, der das schwere Tabot seit Stunden auf dem Kopf trägt, wirkt erschöpft. Doch der Nebura-Ed, der ihm als Einziger die Lade abnehmen könnte, ist noch in Jerusalem. Der ehrwürdige Gebre Christos wird erst in einigen Wochen nach Aksum zurückkehren, um das hohe Amt anzutreten.

Mitgerissen von der Menge, geschoben und gedrängt, hat der Kaiser endlich die Königsstelen erreicht, die gegenüber der Kathedrale in den Abendhimmel ragen. Hunderte Mönche empfangen die endlose Prozession der Tabotat, singen, tanzen und schwenken ihre Gebetsstäbe.

Der Platz vor der Kathedrale ist überfüllt – jeder will der Lade von Zion so nahe kommen wie möglich. Die Gläubigen drängen sich so dicht, dass dem Gesalbten Gottes, der vom Pferd gesprungen ist, ein Weg zum Portal gebahnt werden muss. Mehrere Bewaffnete drän-

gen die Jubelnden zur Seite. Sie strecken ihre Hände aus, um den Kaiser zu berühren.

Schulter an Schulter stehen die Priester mit den verhüllten Tabotat auf dem Kopf auf den Stufen der Kathedrale, wo Gabriel und Mikael den Kaiser empfangen. Mikael begrüßt ihn mit den Worten aus dem Buch der Offenbarung. »›Gesiegt hat der Löwe aus dem Stamm Juda, der Spross aus der Wurzel Davids.‹«

»Nein, Abuna«, entgegnet der Gesalbte Gottes ernst, während zwei Diener niederknien, um die Riemen seiner Sandalen zu lösen. »Gesiegt hat Iyasus Christos.«

»Euer Majestät.« Gabriel weist zum Portal der Basilika. »Tretet ein in den Tempel Gottes.«

Der König der Könige rafft seine Gewänder, folgt Haile Selassie, der die heilige Lade trägt, über die Schwelle, durchschreitet die Vorhalle und betritt die fünfschiffige Basilika. Die schräg einfallenden Strahlen der Abendsonne lassen den aufgewirbelten Staub rotgolden glühen. Die Basilika scheint in einen mystischen Schleier aus Licht gehüllt.

Zara Yakob geht zur Ikonenwand, deren purpurner Vorhang zur Seite geschoben ist. Der nächste Saal, der Vorraum zum Maqdas, zum Allerheiligsten, ist von Butterlampen hell erleuchtet. Dort erwartet Haile Selassie den Kaiser und die beiden Patriarchen.

Zara Yakob kniet nieder, schlägt den Schleier zurück, der sein Gesicht verhüllt, und berührt die Schwelle des Allerheiligsten mit seiner Stirn und seinen Lippen. Nach einem gemurmelten Gebet schlägt er das Zeichen des Bundes über Stirn und Brust, erhebt sich und betritt das Maqdas, wo die Lade des Bundes neben dem aufgeschlagenen Matsahaf Kiddus, der Heiligen Schrift, auf dem Altar steht.

Während Haile Selassie ein Weihrauchgefäß schwenkt und das Allerheiligste mit Weihrauch und Myrrhe beräuchert, hebt Zara Yakob den Brokatstoff an, der das Manbar verhüllt, und schlägt ihn zurück. Zart streichen seine Finger über das jahrtausendealte zersplit-

ternde Holz, über die goldenen Verzierungen und das siebte Siegel. Dann beugt er sich vor und küsst den Schrein.

Entschlossen öffnet er das letzte Siegel und hebt den Deckel des Manbars an. In dem Schrein liegt, in mehrere Schichten Brokatstoff gehüllt, das Tabota Tseyon, die Lade von Zion. Der Kaiser holt es heraus und stellt es vor das offene Manbar mit den sieben Siegeln. Sodann enthüllt er Schicht um Schicht das heilige Tabot. Zum Vorschein kommt ein kleiner Schrein aus massivem Gold. Nur eine goldene Zierleiste schmückt den schlichten Deckel.

Als Zara Yakob das Tabota Tseyon berührt, trifft ihn ein schmerzhafter Schlag. Erschrocken zuckt er zusammen. Während der stundenlangen Prozession haben die Stoffe, die den Schrein verhüllten, das Tabot aufgeladen.

Der Neguse Negest öffnet den Deckel des goldenen Schreins, der seit Menschengedenken versiegelt war, und blickt hinein. Im Inneren des Tabots liegen, wiederum in kostbare Stoffe gehüllt, die allerheiligsten Sellat Muse – die Tafeln des Moses.

Behutsam nimmt Zara Yakob ein Sellat heraus. Es ist anderthalb Ellen lang und eine Elle breit und wiegt schwer in seinen Händen. Bedächtig wickelt er die Tafel aus etlichen Schichten mit Goldstickereien verziertem Samt. Zum Vorschein kommt eine Ecke der Steintafel, die geheimnisvoll schimmert, wie ein weißer Opal. Mit dem Finger berührt Zara Yakob den warmen Stein und schiebt den schwarzen Samt ein wenig zur Seite, bis er ein eingraviertes Schriftzeichen ertasten kann.

Er kann es nicht lesen.

Denn wie ein göttliches Licht dringt ein greller Strahl der untergehenden Sonne ins Allerheiligste, direkt auf die Tafel.

Geblendet wendet Zara Yakob den Blick von der Steintafel und verhüllt das Sellat.

Alessandra

Kapitel 61

In der äthiopischen Kapelle in der Grabeskirche
3. Miyazya 6945, 20. Dhu'l Hijja 848, 23. Nisan 5205
Ostermontag, 29. März 1445
Kurz nach elf Uhr abends

Auf dem Boden des Tabots liegt etwas Flaches, nicht größer als meine Handfläche, eingewickelt in mehrere Schichten Brokatstoff. Mit zitternden Händen schlage ich den glänzenden Stoff zur Seite und wickele es Schicht um Schicht aus.

Zum Vorschein kommt eine Tafel aus dunklem Holz.

Fassungslos starre ich auf die eingravierten Ornamente, das Symbol in der Mitte der Tafel und die Inschrift in Geez, die mir bekannt vorkommt.

Mit zitternden Knien gehe ich hinüber zu einer der Ikonen an der Wand der Kapelle und vergleiche die Schriftzeichen.

Das darf doch nicht wahr sein!

Ich muss unbedingt mit Yared sprechen. Und mit Tayeb. Hat er die Schatzkarte der Templer in der Baruch-Apokalypse inzwischen entschlüsselt? Die Zeit zerrinnt uns zwischen den Fingern. Nur noch neun Stunden bis zum Aufbruch nach Kairo. Yared und ich müssen noch heute Nacht in das Labyrinth unter dem Tempelberg, um die Bundeslade zu suchen.

Ohne die Tafel zu berühren, wickele ich sie wieder in ihre Hülle aus Brokatstoff, lege sie zurück in das Tabot und verschließe den Deckel. Dann schiebe ich die Lade zurück in die

Altartruhe und hänge das altersschwache Schloss wieder ein. Nachdem ich das Evangeliar und das Handkreuz zurück auf den Altar gelegt habe, husche ich aus der Kapelle und eile um das Heilige Grab herum zur Treppe, die zum Dach der Grabeskirche hinaufführt.

Ich muss zu Tayeb, um ihn …

Zu Tode erschrocken bleibe ich stehen.

Tristão!

Er tritt aus dem Schatten der Säulen, die die Kuppel der Grabeskirche stützen, und zieht sein Schwert.

Beinahe hätte ich ihn zu Tayeb geführt, der seinen Sohn im Kampf tötete! Und zur Baruch-Apokalypse! Nach dem Mord an Rabbi Eleazar kann Tristão sich denken, dass ich sie hier verborgen habe.

Ich wirbele herum und haste zurück zur koptischen Kapelle hinter dem Heiligen Grab. Dann stürme ich durch den Kuppelraum ins Katholikon, wo ein griechisch-orthodoxer Mönch das Öl in den silbernen Ampeln nachfüllt, die von der hohen Decke hängen. Verdutzt blickt er mir nach, als ich das Sanktuarium auf der anderen Seite wieder verlasse. Tristão ist nur wenige Schritte hinter mir.

Offenbar stellt sich der Basilianermönch dem Christusritter in den Weg, weil er orthodoxes Hoheitsgebiet betritt, aber er wird grob zur Seite gedrängt. »Verfluchter Schismatiker!«, höre ich Tristão fluchen.

Unterdessen hetze ich das nördliche Seitenschiff entlang zurück zum Heiligen Grab, wo ich beinahe mit dem koptischen Mönch zusammenstoße, der vorhin die Liturgie vorbereitet hat. Vor Schreck lässt er einen Kerzenleuchter fallen, der auf die Steinfliesen poltert. Die Kerze zerbricht. Er stößt einen Fluch aus. Ich hetze zur Treppe und dann die Stufen hinauf zum Dach.

Tristão fällt zurück. Seine Rüstung und seine Wunden behindern ihn. Das Atmen durch die gebrochene Nase bereitet ihm offenbar große Schwierigkeiten, denn ich höre ihn keuchen.

Da ist die Tür! Ich stoße sie auf und erreiche das Dach. In der nächtlichen Finsternis taste ich nach dem großen Schlüssel, mit dem die Tür von innen abgeschlossen werden kann. Ich ziehe ihn aus dem Schloss und versuche, ob er auch von außen passt.

Während Tristão mit dem Schwert in der Hand die Stufen heraufpoltert, schlage ich die Tür zu und verriegele sie. Dann ziehe ich den Schlüssel ab und lege ihn auf den Steg, der über das Dach des Franziskanerkonvents zum äthiopischen Kloster hinüberführt.

Wenig später habe ich die Davidstraße erreicht, deren Reliquienläden längst geschlossen sind. Ein alter Bettler mit eingefallenem Gesicht und einem langen weißen Bart schlurft mir mit Stock und Almosenschale entgegen. Ich biege in den Kiesweg, der am Festungsgraben entlang zum Portal der Zitadelle hinaufführt, die von Fackeln hell erleuchtet ist.

Ich muss unbedingt mit Yared …

Ich gehe langsamer.

Trotz der späten Stunde steht das Tor weit offen. Etliche schwer bewaffnete Mamelucken bewachen das Portal. Als sie mich im Schein der Fackeln erkennen, kommen sie mir entgegen. Offenbar haben sie auf mich gewartet.

Ein Offizier tritt auf mich zu. »Contessa Alessandra?«

Sieben Mamelucken ziehen ihre Schwerter und bedrohen mich mit den blitzenden Klingen, während zwei weitere hinter mich treten, mich grob knebeln und fesseln und mir einen schwarzen Hidjab-Schleier über den Kopf ziehen, der meinen Körper vollständig verhüllt. Den Dolch unter meinem Gewand finden sie nicht, weil sie nicht danach suchen.

Der Offizier versetzt mir einen harten Stoß in die Seite. Ich stolpere vorwärts – ich kann ja nichts sehen, denn selbst die mit

Goldborten bestickten Augenschlitze des Hidjab sind mit feinstem schwarzen Musselin verhüllt. »Wenn ich bitten darf, Contessa!«, schnarrt der Tscherkesse. »Prinz Uthman erwartet dich.«

ꙮ Yared ꙮ

Kapitel 62

In der Moschee der Zitadelle
20. Dhu'l Hijja 848, 23. Nisan 5205
Ostermontag, 29. März 1445
Wenige Minuten vor Mitternacht

✡ Die Flammen der Öllampen flackern, als die Tür schwungvoll aufgerissen wird. Benyamin stürmt in die Moschee, die mit Mihrab und Minbar ausgestattete Halle der ehemaligen Kreuzritterburg.

»Ich habe dich … schon überall gesucht!«, keucht er atemlos. »Um Gottes willen, Yared, was machst du denn in einer Moschee? Uthman und du – worüber habt ihr vorhin so erbittert gestritten? Ihr seid ja beinahe aufeinander losgegangen. Ich habe mir Sor…«

»Benyamin!«, unterbreche ich ihn. »Ich versuche, zur Besinnung zu kommen.«

»In einer Moschee?« Vor Zorn reißt er sich fast die Steinkugel vom Hals. Seit Uthman ihm heute Mittag mit einem herablassenden Lächeln verkündet hat, ich sei konvertiert, sprüht er Funken. »Ich kann nicht glauben, dass du …«

»¡Por Dios!«, fluche ich hitzig. *»¿Qué pasó?«*

Benyamin hält die Steinkugel fest umklammert, als sei dieses Symbol seines Judeseins ein fester Halt gegen den muslimischen Irrsinn, dem ich ja offenbar erlegen bin. Er holt tief Luft. »Der neue Befehlshaber deiner Mamelucken schickt mich. Timur bittet dich auf den Davidsturm. Tughan al-Uthmani bereitet einen Sturmangriff auf die Zitadelle vor.«

»Allmächtiger Gott!« Ich springe aus meiner knienden Haltung auf. »Ist Alessandra schon zurückgekehrt?«

Benyamin folgt mir zur offenen Tür. »In deinen Gemächern ist sie nicht.«

Ich habe furchtbare Angst, dass sie Tughan in die Hände fällt. Oder dass Tristão sie ermordet.

Wir verlassen die Moschee.

Die Arkadenbögen des Innenhofs sind von Fackeln hell erleuchtet. Meine Mamelucken machen sich kampfbereit und stürmen die Treppen zu den Wehrgängen und den Festungstürmen hinauf. Dort oben werden Kohlenbecken in Stellung gebracht, und Holz wird entzündet. Ich will zum Davidsturm hinüberlaufen, doch Benyamin hält mich am Arm fest. »Warte! Der Junge war auch nicht da.«

»Elija?«, frage ich erschrocken.

»Hast du noch andere verlauste Gassenjungen an Sohnes statt angenommen?«, gibt er bissig zurück. »Das Bett war zerwühlt. Die kleine Rotznase ist verschwunden.«

»Such ihn! Bring ihn zu mir!«

»Wie du befiehlst, Wesir.« Mit einer angedeuteten Verbeugung, die deutlich macht, wie verstimmt er ist, lässt er mich stehen und hastet zur Südseite der Zitadelle, wo der alte Palast der Kreuzfahrerkönige und die Ruinen der Residenz von König Herodes an einen Festungsturm grenzen.

Ausgerechnet jetzt, da ich Benyamins Freundschaft brauche wie nie zuvor, wendet er sich von mir ab! Fluchend haste ich zwischen den Mamelucken hindurch zum Davidsturm und hinauf bis zur obersten Plattform.

Als ich den Garten auf dem Davidsturm betrete, beugt sich Timur gerade zwischen den Zinnen vor, um zum Wehrgraben hinabzuspähen. Er hört meine Schritte zwischen den Myrtenbüschen, dreht sich zu mir um und nickt mir zu. »Wesir!«

»Timur.«

»Die Tore sind geschlossen. Deine Mamelucken sind bereit, die Zitadelle zu verteidigen und Tughans Angriff zurückzuschlagen. Wer hat die Befehlsgewalt?«

»Du.«

»Danke für dein Vertrauen, Wesir. Ich werde dein Leben mit meinem schützen.«

Ich lege ihm die Hand auf die Schulter und lehne mich über die Brustwehr, um zum Tempelberg zu blicken und hinunter in die Gassen des armenischen Viertels. Mir stockt der Atem. Vor dem Festungsgraben rotten sich Tughans Mamelucken zusammen und bereiten sich auf den Sturmangriff vor. Befehle werden gebrüllt. Fackeln beleuchten Armbrustschützen, die zwischen den Mandjaniks, den großen Steinschleudern, umherhuschen. Ein schwerer Rammbock wird vor das Tor der Zitadelle geschoben.

»Woher hat er die Mandjaniks?«

»Vermutlich hat er sie in Jericho bauen und zerlegt nach Al-Quds schaffen lassen.« Timur deutet mit dem ausgestreckten Arm auf einen Mamelucken in der Gasse, die zur Markuskirche führt. »Dort unten ist Tughan.«

»Ich sehe ihn.«

»Darf ich?« Timur deutet auf die Armbrust, die neben ihm an der Brüstung lehnt.

Ich nicke.

Er lädt die Armbrust, legt an und schießt.

Der Bolzen bleibt eine Handbreit neben Tughan im Gemäuer eines armenischen Hauses stecken. Die Wucht des Einschlags zertrümmert einen Steinquader, dessen Splitter Tughan am Arm verletzen. Er springt zurück, ruft einem seiner Offiziere einen Befehl zu und deutet zu uns herauf.

Fluchend lädt Timur nach, kurbelt die Armbrust schussbereit, legt an und zielt erneut. Doch Tughan ist inzwischen in Deckung gegangen.

Ich lege ihm die Hand auf die Schulter. »Weißt du, wo Uthman steckt?«

»Ist er nicht in seinen Gemächern? Vorhin hat mich der Befehlshaber seiner Mamelucken auf der Treppe beinahe umgerannt.« Er deutet hinüber zu den Stufen, die zu den Gemächern hinabführen, die Uthman und ich bewohnen. »Ich dachte, er wollte zu Uthman.«

»Lass ihn suchen. Er soll herkommen. Sofort.«

»Wie du wünschst.«

Während Timur einen Mamelucken heranwinkt und meinen Befehl weitergibt, stürmt Benyamin die Stufen herauf und kommt zu mir herüber.

»Yared?«, keucht er ganz außer Atem.

»Was ist?«

»Ich kann den Jungen nirgendwo finden«, stößt er auf Kastilisch hervor. »Ich war sogar in den Pferdeställen. Er ist verschwunden.«

»Verflucht!«

Hat Elija meinen erbitterten Streit mit Uthman mitangehört? Ist er geflohen, weil er dachte …? Allmächtiger Gott!

Ich atme tief durch. »Benyamin, hol mir Rüstung und Schwertgurt.«

»Mach ich.«

Er will sich schon abwenden, doch ich halte ihn zurück. »Warte! Solltest du Uthman sehen, dann richte ihm aus, dass er zu mir kommen soll. Und zwar auf der Stelle.«

»Ich sag's ihm.« Schon stürmt er zurück zur Treppe.

Ein Schrei lässt mich erschrocken herumfahren.

Als mich der Bolzen der Armbrust trifft, fühlt es sich an, als würde mir der Kopf abgerissen. Ich keuche vor Schmerz. Meine Hand zuckt zur Wunde. Meine Finger sind nass von meinem Blut.

»O Gott!«, stöhnt Timur erschrocken auf, als ich gegen ihn taumele. Er fängt mich auf und lässt mich vorsichtig zu Boden gleiten. »Ein Hakim, sofort! Der Wesir ist schwer verwundet!«

⁂ Alessandra ⁂

Kapitel 63

Im Kerker der Zitadelle
20. Dhu'l Hijja 848, 23. Nisan 5205
Osterdienstag, 30. März 1445
Kurz nach Mitternacht

Leise raschelt es im Stroh, als sich Elija in der Finsternis Schutz suchend an mich kuschelt. Er lehnt sein Gesicht an meine Brust, seine Hände vergräbt er in den Falten meines Gewandes.

Allmächtiger Gott, nicht für mich bitte ich, sondern für Elija, der durch meine Schuld in diese verzweifelte Lage geraten ist. Rette ihn! Er ist doch noch so klein …

»Alessandra?« Elija schnieft und zieht die Nase hoch. »Tut es noch weh?«

»Es geht schon.« Ich lege meinen Arm um seine bebenden Schultern. »Weine nicht, Mäuschen!«

»Ich dachte, er schlägt dich tot«, schluchzt er.

»Sei ganz ruhig.« Ich küsse sein lockiges Haar.

»Es ist so finster. Ich hab Angst.«

»Warte, ich mache Licht.« Mit zitternden Fingern krame ich mein Feuerzeug hervor. Mir ist sterbenselend. Ich fühle mich so schwach, dass ich den Feuerstein fallen lasse.

Elija raschelt im Stroh herum. »Hab ihn.«

»In der Zunderdose an meinem Gürtel ist eine Kerze. Kannst du mir den Zunder halten?«

»Mach ich.« Er tastet nach meiner Hand.

Ich schlage einen Funken in das Zündschwämmchen, das Elija in seinen gewölbten Händen hält, und entzünde die Kerze. Es wird hell in der Kerkerzelle.

Elija atmet auf und blickt sich unruhig nach den Ratten um. »Wie lange müssen wir hierbleiben?«

»Nicht sehr lange.« Ich bemühe mich um einen zuversichtlichen Tonfall, doch meine Stimme bebt vor Schmerz, Angst und Zorn.

Gerade eben war Uthman in der Kerkerzelle. Er hat mir Jadiyas Brief gezeigt und gesagt, dass seine Schwester Yared im Sommer ein Kind schenken wird. Und dass Yared, der sich so sehr einen Erben wünscht, darüber vor Freude geweint hat. Er habe sich entschieden, nach dem Morgengebet mit Uthman nach Kairo zurückzukehren. Der Sultan habe ihn gestern zum Wesir ernannt.

»Yared liebt dich nicht. Für ihn bist du nur eine seiner Gespielinnen. In einigen Wochen, wenn er mit leuchtenden Augen sein Kind im Arm hält und dem Sultan voller Stolz sein Enkelkind zeigt, hat er dich vergessen.«

Wenn ich doch nur kurz mit Yared reden könnte, um ihm zu berichten, was ich im Tabot in der Grabeskirche entdeckt habe. Vielleicht würde er sich besinnen und nicht nach …

»Alessandra?« Elija hat sich aufgerichtet.

»Was ist, Mäuschen?«

»Ich muss pinkeln.«

»Such dir eine Ecke. Ich werde mich umdrehen und nicht hinsehen.«

»O nein, bitte. Ich ha-hab Angst vor den Ratten. Die sind irgendwo da drüben im Stroh. Ka-hannst du n-n-nicht mitkommen? Ich will n-n-nicht n-n-nochmal geb-b-bissen werden.«

»Tut's noch weh?«

»Ja«, meint er kläglich, zieht eine Schnute und zeigt mir die Bisswunde an seinem Unterarm. Mit dem Saum meines Gewandes wischte ich das Blut ab. Als er vorhin neben mir im Stroh lag, um mich zu trösten, verbiss sich plötzlich eine Ratte in seinen Arm. Ich habe sie erschlagen und in eine Ecke geworfen. Trotz der brennenden Kerze ertönt von dort ein entnervendes Rascheln. Immer wieder muss ich an den zerfetzten Basilianermönch im Geheimgang denken …

»Na komm, Mäuschen.« Mühsam rappele ich mich auf und schiebe ihn vor mir her auf die andere Seite der Kerkerzelle.

Der Junge ist völlig verängstigt. Kein Wunder, so wie Uthman eben gewütet hat …

Sobald er fertig ist, führe ich Elija zurück zu dem Haufen Stroh, auf dem wir gesessen haben. Mit dem Dolch stochere ich zwischen den Halmen herum, nicht dass sich dort eine Ratte versteckt hält. Ich setze mich und ziehe Elija trotz der reißenden Schmerzen in meinem Unterleib auf meinen Schoß. Er beginnt wieder zu schluchzen und bekommt vom verhaltenen Weinen einen heftigen Schluckauf, der seinen kleinen Körper erschüttert. Ich streiche ihm über das lockige Haar, wiege ihn sanft und küsse ihn auf die tränennasse Wange. »Sei ganz ruhig, Elija.«

»Hiiii!«, zuckt er zusammen.

»Mach die Augen zu.«

»Hiiii!«

»Sind sie zu?«

»Mhm«, nickt er heftig. »Hiiii!«

»Gut.« Um ihn abzulenken, erzähle ich ihm von Rom, wohin wir morgen früh aufbrechen wollen. »Der Papst hat einen Kater, weißt du. Der heißt Monsignor Fantìn.«

»Hiii!« Der Name erheitert Elija. Er kichert leise. »Was ist ein Monsinjor?«

»Ein hoher Würdenträger. Die Mönche, die dem Papst aufwarten, haben dem Kater diesen Namen gegeben, weil sein kupferrot getigertes Fell ein wenig an die Soutane eines Monsignore erinnert.«

»Ist ja niedlich.« Elija schmiegt sich eng an mich. »Und wo schläft er?«

»In einem Körbchen unter dem Schreibtisch des Papstes. Wenn es im Winter kalt ist, kriecht er manchmal unter den Mönchshabit, den der Papst trägt. Der ist aus Wolle und hält schön warm.«

»Glaubst du, der Papst erlaubt mir, ihn zu streicheln?«

»Warum nicht? Und wenn du Monsignor Fantìn ein Stück Marzipankonfekt gibst, spielt er mit dir. Er ist sehr verschmust, weißt du. Wenn er nicht gerade die Purpursoutane eines Kardinals zerfetzt.«

Elija imitiert das erregte Fauchen einer Katze und schlägt seine Hände wie Krallen in mein Gewand.

»Genau so!«

»David hat heute Morgen eine von Yareds Djellabiyas zerrissen. Das blaue Staatsgewand mit der Silberstickerei.«

»Der Wesir wird es verschmerzen. Der Sultan schenkt ihm gewiss ein neues.«

»Können wir David mitnehmen?«

»Nein, Elija, er gehört Yared.«

Der Junge nickt traurig. Er hatte Yared in sein Herz geschlossen.

Ich fasse es einfach nicht! Ich ringe mit den Tränen und bebe am ganzen Körper. Mit zitternden Fingern streiche ich über Elijas Haar und küsse ihn zärtlich. »Nun schlaf, Mäuschen. Es ist schon spät. Morgen früh brechen wir auf nach Rom.« Sanft drücke ich seinen Kopf gegen meine Schulter und halte ihm das Ohr zu, damit er das entnervende Rascheln der Ratten nicht hören kann, die sich trotz des Lichtscheins der Kerze immer näher an uns heranwagen. »Träum was Schönes!«

Während sich Elija in meine Arme kuschelt, durchzuckt wieder ein reißender Schmerz meinen Unterleib. Ich knirsche mit den Zähnen und atme tief durch. Wie geschunden und elend ich mich fühle, wie erschöpft, wie schwach! Elija hat recht: Es hätte nicht viel gefehlt, und Uthman hätte mich mit seinen brutalen Tritten umgebracht.

Bevor er die Kerkertür hinter sich zuschlug, hat Uthman mir in seinem Zorn ins Gesicht geschlagen. Mit voller Wucht schlug mein Kopf gegen die Kerkerwand. Und als ich zu Boden stürzte, trat er mich erbarmungslos. Er stieß mit seinem Stiefel gegen meine Rippen. Ich dachte schon, sie würden brechen. Wie gelähmt lag ich auf dem Boden und nahm benommen wahr, wie sich Elija mit einem Aufschrei auf ihn stürzte, um ihn von mir wegzuzerren. Doch Uthman stieß ihn weg, sodass er rückwärts ins Stroh taumelte.

Sein verzweifeltes Schluchzen hatte mich wieder zur Besinnung gebracht. »Lass den Jungen in Ruhe!«, flehte ich ihn an.

Uthman trat noch einmal zu, diesmal in meinen Unterleib. Keuchend rang ich nach Atem und wand mich vor Schmerz. Mir war sterbenselend, und ich fürchtete, ich hätte innere Verletzungen erlitten. Dann musste ich mich übergeben.

Uthman bebte am ganzen Körper. Nur mühsam beherrschte er sich. Offenbar wollte er es nicht zu weit treiben, denn Yared sollte ja glauben, Tristão hätte einen Mordanschlag auf mich verübt. Dann tauchte einer seiner Mamelucken auf und rief ihn zum Wesir …

»Alessandra?«, nuschelt Elija.

»Ja, mein Mäuschen?«

»Ich freue mich auf Rom.«

»Ich auch.«

Erschöpft schließe ich die Augen. Plötzlich dringt Lärm durch die dicken Mauern in den unterirdischen Kerker.

Es klingt, als würde die Zitadelle gestürmt.

Yared

Kapitel 64

Auf dem Davidsturm der Zitadelle
20. Dhu'l Hijja 848, 23. Nisan 5205
Osterdienstag, 30. März 1445
Eine Viertelstunde nach Mitternacht

»Allah steh uns bei!«, murmelt Uthman. Das Geschrei Hunderter Mamelucken, die die Zitadelle stürmen, übertönt seine Worte.

Uthman lehnt neben mir an der Brüstung und blickt hinunter zum Tor der Zitadelle. »Wenn es Tughan gelingt, das äußere Portal aufzubrechen und den Festungsgraben zu überwinden, gerät er zwischen den Toren in die Falle. Wir beschießen ihn mit Steinen und übergießen ihn mit siedendem Öl. Die Zitadelle von Al-Quds ist uneinnehmbar. Das sollte Tughan doch eigentlich wissen.«

Er wendet sich mir zu.

»Nach dem Attentat am Freitag hättest du ihn und seine Mamelucken hinrichten lassen sollen, Yared. So sind die Regeln der Macht. Töte, um zu überleben! Und verschone niemanden, der an dir Blutrache nehmen könnte! Was, glaubst du, würde Tughan mit dir tun, wenn du gefesselt vor ihm knietest? Dir vergeben? Dir das Leben schenken?« Uthman sieht mich besorgt an. »Yared? Du bist so blass! Alles in Ordnung?«

Ich berühre den blutigen Verband unter dem Nackenschutz meines Helms. Der Bolzen aus einer Armbrust von Tughans Scharfschützen hat meine Halsschlagader nur knapp verfehlt.

Zwei Fingerbreit höher, und ich wäre verblutet. »Es geht mir gut«, winke ich ab.

Uthman legt mir den Arm um die Schultern. »Allah ist auf deiner Seite, Yared«, beschwört er mich. »Er hält schützend seine Hand über dich.«

Ich antworte nicht. Was soll ich auch sagen? Wir würden doch wieder nur aneinandergeraten, wie vorhin, als zwischen uns die Funken flogen.

Ich sehe hinüber zu meinen Mamelucken auf den Festungsmauern und Wehrtürmen. Sie feuern Brandpfeile auf die Mandjaniks.

Timur flucht auf Tscherkessisch. »Vorsicht!«, brüllt er und duckt sich hinter die Brüstung.

Wieder prasselt ein Pfeilhagel aus dem Sternenhimmel auf uns nieder. Während wir in Deckung gehen, löschen Tughans Mamelucken die brennenden Mandjaniks und laden die Steinschleudern nach. Die umliegenden Häuser des armenischen Viertels werden niedergerissen – bewaffnete Mamelucken zwingen die fassungslosen Bewohner, ihre eigenen Häuser zu zerstören. Mit den Steinquadern will Tughan eine Bresche in die Mauern schießen. Bald wird die nächste Salve mit voller Wucht gegen den Davidsturm krachen.

Timur richtet sich auf und brüllt: »Feuer!«

Von Neuem schießen meine Mamelucken die Mandjaniks in Brand. Dieses Mal mit ›Griechischem Feuer‹, einer Mischung aus Naphtha, gebranntem Kalk und Schwefelpulver aus dem Arsenal der Zitadelle. Das Feuer kann nicht mit Wasser gelöscht werden. Es vernichtet die Mandjaniks in einem flammenden Inferno und lässt nur verkohlte Holzbalken übrig. Tughans Mamelucken, die sich rund um die Steinschleudern drängen, verwandeln sich in menschliche Fackeln und stürzen schreiend zu Boden.

Siegestrunkenes Gejohle von den Mauern der Zitadelle!

»Feuer!«, brüllt Timur. »Aber schießt nicht aus Versehen das armenische Viertel in Brand! Sonst brennt ihr den Felsendom und die Al-Aqsa nieder! Der Wind steht ungünstig!«

Wenig später ist der Weg zum Portal von Leichen und Steinquadern übersät. Geblendet von seinem lodernden Hass auf mich, gibt Tughan nicht auf. Er weiß ja nicht, dass er dem Wesir des Sultans den Krieg erklärt hat …

Benyamin hastet zwischen den Myrtenbüschen hindurch und kauert sich neben mich. »Yared!«

Zwischen den Zinnen hindurch spähe ich nach unten. »Mach, dass du wegkommst, Benyamin! Du trägst keine Rüstung!«

»Ich muss mit dir reden«, flüstert er auf Kastilisch und packt mich am Arm. Aus Versehen berührt er dabei die Wunde, die mir Tristão mit seinem Schwert zugefügt hat.

Mit schmerzverzerrtem Gesicht stoße ich ihn zurück.

»Nicht jetzt«, scheuche ich ihn weg. »Verschwinde!«

»Sofort!«

Irritiert über seinen scharfen Tonfall drehe ich mich zu ihm um. »Was ist denn?«

Benyamin nickt unmerklich in Richtung Uthman, der neben mir kauert und zu Tughans Mamelucken hinabblickt. Er bebt vor Zorn.

»Verstehe.« In geduckter Haltung folge ich Benyamin durch einen Hagel aus zerborstenen Steinquadern zur Treppe.

»Komm mit!« Benyamin winkt mich einige Stufen die Treppe hinunter.

»Was ist?«, frage ich, während ich ihm nach unten folge.

Was er mir zu sagen hat, erschreckt mich zu Tode.

Benyamin fängt mich auf, als ich, durch den Blutverlust geschwächt, gegen ihn taumele, und schließt mich fest in seine Arme.

Alessandra

Kapitel 65

Im Kerker der Zitadelle
20. Dhu'l Hijja 848, 23. Nisan 5205
Osterdienstag, 30. März 1445
Eine halbe Stunde nach Mitternacht

Ein Rascheln neben mir im Stroh lässt mich aufschrecken. Elija hat sich auf meinem Schoß zusammengerollt und ist eingeschlummert.

Da ist wieder das leise Knistern!

Ich blinzele in den Lichtschein. Ein Ratte schnuppert an Elijas verbundener Hand. Sie hat das Blut gewittert.

Mit einer heftigen Handbewegung fege ich sie beiseite. Schrill fiepend flüchtet sie durch das Stroh.

Plötzlich rasselt ein Schlüssel im Schloss.

Ich spanne die Schultern an. Unterdessen wird die Tür so schwungvoll aufgerissen, dass sie mit Wucht gegen die Wand kracht.

Im Schein der Fackeln, die im Gang brennen, sehe ich die Silhouette eines Mannes, der die Kerkerzelle betritt. Er trägt die Rüstung eines Mamelucken. Sein Gesicht liegt im Schatten.

Zitternd presse ich mich gegen die Wand.

Es ist Yared! Er späht in die Zelle. »Alessandra?«

Vorsichtig schiebe ich Elija von meinem Schoß hinunter und lege ihn auf das Stroh. Dann rappele ich mich auf und taumele

Yared entgegen. Er schließt mich in seine Arme und hält mich fest. »Bist du verletzt?«

Ich berichte ihm, was Uthman mir angetan hat.

»Blutest du?«, fragt er entsetzt.

»Nein«, beruhige ich ihn. »Ich habe nur Schmerzen.«

»Alessandra, ich hatte nie die Absicht, als Wesir nach Al-Kahira zurückzukehren. Ich liebe nur dich.«

Ich sehe ihm in die Augen. »Und Jadiya und das Kind?«

Traurig schüttelt er den Kopf.

»O Gott, Yared!«, flüstere ich bestürzt. »Das tut mir so leid!«

Benyamin stürmt in die Zelle. Er trägt die Rüstung eines Mamelucken und ein Schwert und hat sich ein aufgerolltes Seil über die Schulter geworfen. »Könntet ihr euer verliebtes Getuschel auf später verschieben? Wir sollten so schnell wie möglich verschwinden.« Er löscht den Kerzenstummel und gibt ihn mir. Dann nimmt er die Hand des Jungen, der uns mit glänzenden Augen anguckt. »Komm, Elija!«

Als wir die Treppe zum erleuchteten Innenhof der Zitadelle hinaufhasten, schlägt ein Feuerball keine fünf Ellen neben uns mit Donnergetöse ein. Funken stieben in alle Richtungen, als er weiterrollt und eine Spur aus loderndem Feuer hinter sich herzieht. Etliche Mamelucken ducken sich schreiend, dann versuchen sie, das Feuer zu löschen.

»*¡Por Dios!* Ich dachte, die Mandjaniks brennen!«, ruft Benyamin und legt seinen Arm schützend um Elija. Der Junge starrt mit aufgerissenen Augen um sich.

Yared antwortet nicht. Er hält meine Hand und beobachtet den Innenhof, auf den ein Pfeilhagel niedergeht. Sein Blick huscht hinauf zur Wehrmauer oberhalb der erleuchteten Arkaden, dann zum Davidsturm direkt über uns. »Y'allah! Dort hinüber!« Zwischen den gebrüllten Befehlen, den Schmerzensschreien und dem Tosen des Feuers kann ich ihn kaum verstehen. Er deutet auf die gegenüberliegende Festungsmauer. Dann hastet er in geduckter Haltung los und zieht mich hinter sich her.

Benyamin folgt uns mit Elija an der Hand. Pfeile zischen durch die Luft und bleiben neben uns im Boden stecken.

Ein Mamelucke wird getroffen – ein Pfeil ragt aus seiner Schulter. Er hat Yared erkannt und hält ihn mit schmerzverzerrtem Gesicht auf. »W'Allah! Wesir, du solltest nicht …«

Yared bleibt stehen, will etwas sagen, doch Benyamin springt vor, packt ihn am Arm und brüllt: »Deckung!«

Ein neuer Feuerball donnert Funken sprühend in den Innenhof und zerbirst, als er aufprallt. Yared stößt mich zu Boden und wirft sich auf mich, um mich vor den hoch auflodernden Flammen zu schützen, die den Mamelucken, der keine zwei Schritte entfernt steht, in eine menschliche Fackel verwandeln. Scharfkantige Steinsplitter spritzen in alle Richtungen.

»Alles in Ordnung?«, keucht Yared, als er aufspringt und mich auf die Beine zieht.

»Ja.«

»Dann weiter!«

Durch den Innenhof stürmen wir zur Westmauer, wo sich nur wenige Kriegssklaven befinden – der Angriff erfolgt von Osten. Wir stolpern die Treppe hinauf zum verlassenen Wehrgang, den wir in gebeugter Haltung in Richtung der Moschee an der Südwestecke der Zitadelle entlanghasten. Die tiefen Schatten, die der lodernde Feuerschein im Hof wirft, und der dichte Rauch geben uns Deckung. Als wir das Dach der Moschee erreichen, bleibt Yared stehen und sieht sich um.

Weit und breit kein Mamelucke.

Yareds gedankenvoller Blick fliegt zurück zum Davidsturm. Zu Uthman, der wie ein Bruder für ihn war. Und zu dem Leben mit

Jadiya und seinem ungeborenen Kind, das Yared hinter sich zurücklässt, wenn er mit mir flieht.

Ich drücke seine Hand. Er schaut mich an. Dann küsst er mich. »Komm!«

Über das Dach der Moschee folge ich ihm zur Südwestecke der Zitadelle. Yared und Benyamin lehnen sich über die Zinnen, um zur Residenz der Kreuzfahrerkönige hinüberzusehen – sie ist nur wenige Schritte entfernt, jenseits des tiefen Festungsgrabens. Benyamin deutet auf die vorkragenden Pechnasen am südlichen Wehrturm, von dessen Brustwehr Yareds Mamelucken Brandpfeile auf die Angreifer im armenischen Viertel schießen.

Yared mustert die Wehrerker und nickt. »So machen wir's!«

»Na, dann los!« Benyamin nimmt Elijas Hand und stürmt zum Turm, dessen Pforte nicht bewacht wird. Die Kriegssklaven auf den Zinnen beachten uns nicht.

Nacheinander huschen wir in den Turm. Yared verriegelt die Tür zum Wehrgang, während Benyamin das mitgebrachte Seil verknotet und durch die Pechnase, die direkt neben der Festungsmauer nach Westen weist, hinabwirft. Dann tritt er einen Schritt zurück.

»Wer zuerst?«, fragt er.

»Du«, entscheidet Yared. »Dann Alessandra und Elija. Ich komme nach.«

»Wie du willst.« Benyamin ergreift das Seil mit beiden Händen, schiebt sich rückwärts in die schmale Pechnase und klettert am Seil hinunter. Ich beuge mich über das Gussloch, kann ihn in den tiefen Schatten neben der Festungsmauer jedoch nicht erkennen.

Yared drängt sich neben mich, um durch das schmale Loch zu spähen. Ich spüre seinen Atem auf meinem Gesicht – er hat Raki getrunken. Und nicht nur einen. »Siehst du ihn?«

»Nein.«

»Er wird sich umsehen, bevor er uns das Signal gibt, ihm zu folgen.«

Ich nicke.

Elija zupft an meinem Ärmel. »Ich hab Angst.«

»Sei ganz ruhig, Mäuschen. Bald sind wir in Sicherheit.«

»Ich freue mich auf Rom«, nuschelt er in weinerlichem Ton.

»Ich auch. Und wie.«

Durch die Pechnase luge ich nach unten. Neben der Festungsmauer glimmt ein Zunder auf, der eine winkende Hand beleuchtet. Benyamin signalisiert: Alles in Ordnung! Dann verlischt das Glimmen, das kaum heller ist als ein Glühwürmchen.

»Komm, Elija. Du bist dran.« Während Yared das Seil hochzieht, schiebe ich den Jungen zum schräg abwärts führenden Gussloch, das mit getrocknetem Pech verklebt ist. Yared verknotet das Seilende um Elijahs Brust. »Halt dich gut fest, auch wenn die verletzte Hand wehtut. Ja, genau so. Und jetzt ab mit dir. Benyamin wartet unten auf dich.« Elija verschwindet durch den engen Spalt, und Yared lässt ihn am Seil hinab in die Tiefe.

Sobald Benyamin den Knoten gelöst hat, zieht Yared das Seil wieder hoch. »Jetzt du.«

Bald darauf hasten wir vier an der Außenmauer entlang zur Moschee, die über uns in den feurig glühenden Nachthimmel aufragt. Im Innenhof der Zitadelle brennt es noch immer. Bei den Ställen der Kreuzfahrer biegen wir um die Ecke. Vor uns ragt der wuchtige Nordwestturm auf. Jenseits des Festungsgrabens führt das verfallene Jaffator in die Stadt – dahinter beginnt die Davidstraße.

»Tughan greift von der anderen Seite aus an, weil er hier keine Munition für seine Mandjaniks findet«, flüstert Yared, während er über die äußere Wehrmauer in die nächtliche Finsternis späht.

»Während der Kreuzzüge wurden im Umkreis von mehreren Meilen sämtliche Steine, die als Geschosse verwendet werden konnten, eingesammelt. Und alle Bäume gefällt. Dort draußen ist keiner seiner Mamelucken.«

»Lass uns verschwinden!«, dränge ich.

»Und wohin?«, fragt Benyamin.

»Zur Grabeskirche.« Ich berichte, was ich in der Bibliothek des Patriarchats über Abu Salihs Gottesschrein herausgefunden habe. Und was sich in dem Tabot der Grabeskirche befindet. »Die Tafel in Solomons Schrein ist aus dunklem Holz.«

»Wie sieht sie aus?«, fragt Yared, während wir im Schutz der Dunkelheit an der Stadtmauer nach Norden hasten. »Wie die Gesetzestafeln des Moses?«

»Nein«, keuche ich außer Atem. Wir erreichen die Nordwestecke und biegen an Tankreds Turm nach Osten zum Damaskustor ab. Ein stechender Schmerz durchzuckt meinen Unterleib. Ich bleibe stehen und beuge mich vor. Yared stützt mich und sieht mich sorgenvoll an. »In der Mitte ist ein Kreuz eingraviert. Es steht auf einem Sockel, der wie eine Truhe aussieht. Die ist kunstvoll mit fünf Kreuzen verziert. Sie erinnern mich ein wenig an Templerkreuze.«

»So wie die Lade der Templer im Vatikan?«

»So ähnlich. Oberhalb des eingravierten Kreuzes steht eine Inschrift in Geez, die mir vage bekannt vorkam – vermutlich bezeichnet sie den Namen desjenigen, dem dieser Altarstein gewidmet ist, denn nichts anderes ist diese geschnitzte Tafel.«

»Ein Altarstein?«, fragt Yared verwirrt. Neben einem undurchdringlichen Gestrüpp aus Christdorn bleibt er stehen und hält mich am Arm fest. »Ich verstehe nicht …«

»Die Tafel ähnelt dem Maqta-Altarstein der Kopten«, erkläre ich und atme tief durch. »In den Kirchen von Ägypten wird auf dem Maqta, der auf dem Altar steht, die Eucharistie gefeiert.

Das habe ich in Al-Iskanderiya gesehen, als Tayeb und ich vor sechs Jahren an Weihnachten dort waren. Auch die Syrer haben einen Altarstein, den sie Thabilitho nennen. Ich habe ihn in der Markuskirche gesehen, als Mar Philoxenos mir von dem Mord an Mar Abdul Masih berichtete. Das Thabilitho symbolisiert das Kreuz, an dem Christus starb.«

»Aber ich dachte …« Er verstummt.

»Ja, ich auch«, nicke ich. »Ich habe die Inschrift auf der Tafel mit der auf den Ikonen von Iyasus Christos verglichen. Es ist dieselbe.«

»Das Tabot ist Christus geweiht?«

»Die heilige Lade ist ein Symbol für sein Grab, seinen Tod und seine Auferstehung. Und für den neuen Bund, den er am Abend vor der Kreuzigung gestiftet hat. Der Schrein ist eine Nachbildung der Lade des Gottesbundes – jedoch nicht des alten Bundes, den Gott auf dem Berg Sinai mit den Juden schloss, sondern des neuen Bundes, den er auf dem Berg Zion mit den Christen schloss.«

Yared schweigt. In der Finsternis kann ich sein Gesicht nicht erkennen. »Und nun?«, fragt er schließlich.

»Ich will wissen, wohin die Schatzkarte der Templer führt.«

Benyamin, der mit Elija an der Hand neben uns stehen geblieben ist, stöhnt entsetzt auf. »Ich fasse es nicht! Du willst heute Nacht noch in den Tempelberg?«

Wenig später kämpfen wir uns durch das Dornengestrüpp am Damaskustor. Alles ist ruhig – nur der Lärm der Schlacht weht von der Zitadelle zu uns herüber. Wir durchqueren das Stadttor, das seit der Eroberung durch Sultan Salah ad-Din offen steht. Unsere Schritte hallen durch die stille Gasse, als wir durch die finsteren Gewölbe des Souk Khan ez-Zeit an den Läden aus der Kreuzfahrerzeit vorbei zur Via Dolorosa hasten. Die Straße führt nach rechts an der Mauer des äthiopischen Klosters entlang zum griechisch-orthodoxen Patriarchat.

Die Mauer ist zu hoch. Wir können sie nicht erklimmen.

»Was jetzt?«, keucht Benyamin außer Atem.

»Kommt mit!« Kurz entschlossen haste ich geradeaus weiter zu den Souks, die zur Davidstraße und zur Kettenstraße führen. Yared, Benyamin und Elija folgen mir.

Wie im Judenviertel haben die Häuser im Christenviertel nur zwei Stockwerke und flache Dächer, die durch Stiegen und Stege miteinander verbunden sind. Über eine steile Treppe steigen wir auf eine Dachterrasse, springen mit einem weiten Satz über eine schmale Gasse hinweg auf das nächste Dach und huschen nach Westen in Richtung der blau schimmernden Kuppel der Grabeskirche. Über die armenische und die koptische Kapelle an der Ostseite des Hofes erreichen wir schließlich das Dach der Golgatakapelle. Dann erklimmen wir eine schmale Holztreppe zur Kuppel des Katholikons, wo sich die Tür befindet, die ich Tristão vor eineinhalb Stunden vor der Nase zugeschlagen habe. Auf der anderen Seite huschen wir hinüber zum hölzernen Steg, der zur Dachterrasse des benachbarten Franziskanerklosters führt.

Der Schlüssel zur Treppe, die in die Basilika hinunterführt, ist verschwunden!

Hat Gebre Christos sein Handkreuz aus der Kapelle geholt?

Beunruhigt bleibe ich stehen und starre in die finsteren Nischen auf dem Dach der Grabeskirche. Doch das diffuse Kerzenlicht aus dem Katholikon, das durch die Fenster der Kuppel fällt, reicht nicht aus, um irgendetwas zu erkennen.

Wo ist Tristão?

Dann durchzuckt es mich schmerzhaft: Tayeb!

Er kann sich gegen ihn nicht wehren!

Geschwind renne ich über den schmalen Steg und tappe die Treppe hinunter in den Garten des äthiopischen Klosters. Die anderen folgen mir. Tiefe Schatten hängen zwischen den Feigen- und Granatapfelbäumen.

Durch die Mauern dringt leise der Gesang der griechisch-orthodoxen Mitternachtsmesse. Die äthiopischen Mönche schlafen.

Tayeb liegt wach in den Kissen, als wir seine Kammer betreten. Neben seinem Bett brennt eine Butterlampe.

»Ich habe mir solche Sorgen gemacht!«, begrüßt er mich mit heiserer Stimme. »Gebre Christos hat mir erzählt, was heute Mittag in der Al-Aqsa geschehen ist. Arslan ist tot.«

Yared setzt sich auf den Bettrand und ergreift Tayebs Hand, um seinen Puls zu fühlen. »Wie geht es dir?«

»Ich fühle mich schwach.«

Yared legt ihm eine Hand auf die schweißnasse Stirn. »Dein Fieber ist gefährlich hoch. Hast du heute etwas gegessen?«

»Lamm mit süßen Zwiebeln und Dattelgemüse, Injera-Fladenbrot und Bier.«

»Hat es dir geschmeckt?«

Tayeb verzieht das Gesicht. »Das Fleisch war beinahe roh. Und viel zu scharf gewürzt.«

»Kann ich mir vorstellen. Scharfer Pfeffer lindert die Schmerzen, fördert das Wohlbefinden und senkt das Fieber. Hast du noch Schmerzen?«

Tayeb schüttelt den Kopf. »Das Mittel in dem kleinen Schwamm, den du mir gegeben hast, wirkt zuverlässig. Aber es berauscht wie Haschisch.«

»Es *ist* Haschisch. Mit Wicken und Bilsenkraut.« Yared atmet tief durch. »Hör zu, Tayeb. Wir müssen dich so schnell wie möglich aus der Stadt herausbringen.« In kurzen Worten erklärt er Tayeb, was in den letzten Stunden geschehen ist. »Benyamin wird Elija und dich in die Höhle des Zedekia bringen. Dort seid ihr in Sicherheit vor Uthmans oder Tughans Mamelucken, die nach

Alessandra und mir suchen werden, sobald die Schlacht um die Zitadelle entschieden und unsere Flucht entdeckt ist.«

»Und ihr?«, fragt Tayeb bestürzt. »Ihr wollt in den Tempelberg, nicht wahr?«

»Ja«, sagen Yared und ich gleichzeitig.

»Sobald wir aus dem Labyrinth zurückkehren, fliehen wir gemeinsam nach Akko«, fügt Yared hinzu, während Benyamin sich die verschnürte Lederhülle der Baruch-Apokalypse umhängt und Tayebs Schultern stützt, um ihm beim Aufsetzen zu helfen.

Mein Freund tastet nach meinem Notizbuch, das auf dem Tisch neben seinem Bett liegt, und gibt es mir. »Ich habe die Botschaft der Templer entschlüsselt.«

»Und?«

»Sieh dir die Skizze des Tempelbergs an.«

Ich schlage das Büchlein auf und betrachte den Plan der unterirdischen Gänge und Zisternen. Den Weg hat Tayeb mit roter Wachskreide eingetragen.

Mir stockt der Atem, als ich das Labyrinth betrachte. Der markierte Weg endet an einem roten Templerkreuz.

Was ist dort?

Eine geheime Kammer unter dem Felsendom, in der seit zwei Jahrtausenden der Gottesschrein verborgen liegt, wie es die Baruch-Apokalypse verspricht?

Meine Hände zittern vor Aufregung – das Schatzsucherfieber hat mich wieder gepackt! Ich gebe das Notizbuch an Yared weiter, der ebenso aufgeregt ist wie ich, und sehe Tayeb an. »Erwähnt der Text die Bundeslade?«

Yared

Kapitel 66

In der Kettenstraße nahe dem römischen Aquädukt
20. Dhu'l Hijja 848, 23. Nisan 5205
Osterdienstag, 30. März 1445
Wenige Minuten nach ein Uhr nachts

Alessandra bleibt plötzlich stehen, wendet sich um und blickt die finstere Tariq as-Silsileh entlang zur hell erleuchteten Zitadelle.

»Was ist?«, flüstere ich.

Unruhig umklammere ich den Griff der Schaufel aus dem Garten des äthiopischen Klosters.

Sie hebt die Hand und horcht mit geneigtem Kopf.

Ich spüre ihre Anspannung. Sie ist erschöpft. Und nach Uthmans Schlägen und Tritten hat sie sicherlich große Schmerzen. Im Schuppen des Gärtners hat Elija mir erzählt, wie Uthman vorhin gewütet hat. Es hätte nicht viel gefehlt, und er hätte sie umgebracht.

In der Kettenstraße ist es still.

»Ich glaube nicht, dass Uthman uns schon verfolgen lässt. Selbst wenn er unsere Flucht bemerkt hat«, flüstere ich. »Der Kampf um die Zitadelle ist noch nicht vorbei.«

Sie schüttelt den Kopf. »Vor seinen Mamelucken habe ich keine Angst. Selbst wenn Uthman auf die Idee kommt, dass wir in die Grabeskirche geflohen sind, verliert sich dort unsere Spur. Mein Abschiedsbrief an Gebre Christos enthält keinen Hinweis, wohin wir verschwunden sind. Nein, es ist nicht Uthman, den ich fürchte. Sondern Tristão.«

»Er kennt den Weg durch das Labyrinth.«

»Und er kennt die Baruch-Apokalypse, die Mar Abdul Masih ihm offenbar vorgelesen hat, bevor er sie übersetzte. Er weiß von dem Versteck der Bundeslade unter dem Allerheiligsten des Tempels.«

Ich atme tief durch.

»Na komm, lass uns gehen«, flüstert sie, tastet nach meiner Hand und haucht mir einen Kuss auf die Lippen. Sie lässt mich erst los, als wir den Einstieg zum Wartungsschacht des Aquädukts unterhalb des Kettentors erreicht haben. Das Tor, das wenige Schritte neben der Klagemauer auf den Tempelberg führt, ist geschlossen. Der Haram ash-Sharif wird von meinen Mamelucken bewacht.

Während Alessandra die mitgebrachte Fackel entzündet, sehe ich hinüber zur Klagemauer, die rechts vor uns in den Nachthimmel aufragt und im Feuerschein der Zitadelle zu glühen scheint.

Die römische Wasserleitung, die Wasser von den Salomonischen Teichen zum Tempelberg leitet, ist Teil eines großartigen Viadukts, das zur Zeit von König Herodes ein tiefes Tal überspannte und den Tempelberg mit dem Königspalast verband. Die Ausmaße der Brücke, die wie die Klagemauer zur Hälfte im Boden verschüttet liegt, lassen mich erahnen, wie mächtig einst der herodianische Komplex von Tempel, Palast und Zitadelle war. Auf diesem versunkenen Viadukt verläuft nun die Kettenstraße bis zum Kettentor.

Sie bedeutet mir, ihr zu folgen.

Durch den engen Wartungsschacht erreichen wir ein gemauertes Bogengewölbe, das die ganze Breite des Viadukts einnimmt. Die Bögen, die mit Quadersteinen vermauert sind, waren in der Antike offen. Wir müssen durch ein Tor, einen schmalen Gang entlang, eine enge, gewundene Treppe hinunter, dann haben wir den Zugang zum Aquädukt erreicht.

Die senkrechten Wände der Wasserleitung sind glatt poliert, die flache Decke ist so hoch, dass wir nur die Schultern einziehen und den Kopf senken müssen, um durch das knietiefe Wasser zu stapfen.

Alessandra reicht mir die Fackel und folgt mir durch den engen Korridor in den Tempelberg. Hinter der Klagemauer wird die Wasserrinne aus Stein zu einem gewölbten Kanal aus gegossener Bronze. Wir durchqueren den Teil des Tempelbergs, den Herodes zwischen dem Felsen Morija und der gewaltigen Stützmauer mit Schutt und Erde auffüllen ließ, um Salomos Tempelplattform anzuheben und zu erweitern. Der Korridor biegt schräg nach rechts ab, in Richtung des Brunnens des Kelches vor der Al-Aqsa. Etliche Ellen vor uns zweigen zwei Wartungsgänge ab: drei Stufen führen hinauf in schmale Korridore, die sich links und rechts in der Finsternis verlieren.

Mit dem aufgeschlagenen Notizbuch bleibt Alessandra neben mir stehen. »Die Karte der Templer ist sehr genau.« Sie deutet auf den Gang, der nach Süden führt. »Dieser Korridor endet unterhalb des alten Templerpalastes und verzweigt sich bis dahin zwei- oder dreimal. Einer der Gänge führt zu der Zisterne, in deren Nähe ich die Tempelbibliothek gefunden habe.«

»Und der andere?«

»Führt am Felsendom vorbei nach Norden.«

»Wohin?«

»Keine Ahnung.« Sie klappt das Büchlein zu und steckt es wieder ein. »Lass uns weitergehen. Da vorn ist eine kleine Höhle, siehst du? Dort endet die Bronzeverkleidung – dahinter ist die Wasserleitung aus dem Fels Morija geschlagen.«

Kurz darauf haben wir die Grotte erreicht. Alessandra hockt sich auf eine trockene Felsbank, die aus dem knietiefen Wasser ragt, zieht fröstelnd die Beine an und legt ihre Arme um die angezogenen Knie. Ihr Lächeln wirkt maskenhaft. Bestimmt hat sie Schmerzen.

Ich setze mich neben sie, lege meinen Arm um ihre Schultern und ziehe sie an mich, um sie zu küssen. »Sag mal, was hältst du davon, wenn du dich ein bisschen ausruhst, während ich den Gang erforsche, der, wenn man den Templern Glauben schenkt, zur Halle der Cherubim unterhalb des Felsendoms führt? Wenn ich mich davon überzeugt habe, dass er frei ist, komme ich zurück und hole dich.«

Sie zögert, wendet verzagt den Blick ab und starrt in die Finsternis. Schließlich atmet sie tief durch und nickt resigniert. Ich ahne, wie schwer es ihr fällt, ihre Schwäche einzugestehen. Sie ist so erschöpft, dass sie mit den Tränen ringt.

Ich küsse sie zärtlich.

Dann stehe ich auf und nehme die Fackel. Sie zieht einen Kerzenstummel aus der Zunderdose an ihrem Gürtel und entzündet ihn. Sobald sie die Kerze mit einigen Tropfen Wachs neben sich auf dem Felsen festgedrückt hat, reicht sie mir ihr Notizbuch mit der Karte der Templer. »Willst du die Schaufel mitnehmen?«

»Nein, ich lasse sie hier. Wenn der Gang eingestürzt ist, komme ich zurück.«

»Ist gut.«

»Leg dich hin, und ruh dich aus.«

Sie lacht freudlos und rafft ihr Gewand um sich.

»Pass auf dich auf!«

»Du auch.«

Ein letzter Kuss, dann verlasse ich die Höhle und wende mich nach Osten. Nach wenigen Schritten stoße ich auf eine Zisterne, die die Form eines lateinischen T hat und deren Gewölbe wie der Aufgang zur Grabkammer in der großen Pyramide von Gizeh geformt ist, die ich vor einigen Jahren erforscht habe. Grabräuber hatten einen Schacht durch die Steinlagen getrieben, den ich entlanggekrochen bin.

Wieder spüre ich das beklemmende Gefühl, das ich auch in der Grabkammer des Pharaos empfunden habe, und atme tief durch, um meinen Herzschlag zu beruhigen.

Die Zisterne ist fünfzehn Schritte lang und fünf Schritte breit. Wie tief sie ist, kann ich nicht erkennen, denn sie ist bis zu meinen Knien mit Wasser gefüllt, das so schlammig ist wie der Nil während der Flut. Die Zisterne ist eine Senkgrube, die das Wasser für die Riten des Tempels reinigen soll. Nur ›lebendiges Wasser‹, das rein und fließend ist, darf für die Liturgie verwendet werden.

Um auf die andere Seite der Zisterne zu gelangen, wo die Wasserleitung mit dem gereinigten Wasser weiter nach Osten führt, muss ich mit der Fackel in der Hand schwimmen. Schon will ich mich ins trübe Wasser gleiten lassen, als ich mit den Füßen eine schmale Brücke ertaste, die unter der Wasseroberfläche entlangführt.

Schritt für Schritt taste ich mich durch das knietiefe Wasser, das diesen steinernen Steg überspült. Schließlich betrete ich auf der anderen Seite der Zisterne wieder den Tunnel.

Zwanzig Schritte weiter, unterhalb des Brunnens des Kelches vor der Al-Aqsa, führen sieben Stufen zu einem trockenen Gang, der nach Norden in Richtung Felsendom führt. Ist das der Korridor, den die Templer in ihrer Schatzkarte beschrieben haben? Ist Tristão auf der Flucht vor Arslan vor vier Nächten diesen Gang entlang geflohen? Ich bin mir nicht sicher und folge der Wasserrinne, die zu der gewaltigen Zisterne führen muss, wo Alessandra die verschollene Tempelbibliothek entdeckt hat.

Da vorn ist noch ein Gang! Er führt nach Süden, vermutlich

in die Gewölbe unter der Moschee, die die Templer als Lagerräume nutzten und die Sultan Salah ad-Din versiegeln ließ. Ich spähe in den Korridor und erkenne im diffusen Schein meiner Fackel eine Kreuzung mit einem Korridor, der von Osten nach Westen verläuft.

Ich kehre um, wate zurück zum Gang, der zum Felsendom führt, steige die Stufen hinauf und gehe vorsichtig weiter. Er macht einen leichten Bogen, sodass ich nicht erkennen kann, wohin er führt. Nach zwanzig Schritten stoße ich auf eine Kammer mit antiken Steinkrügen. Alle sind leer.

Nachdem ich noch drei weitere Kammern entdeckt habe, erreiche ich endlich die Zisterne, wo Tayeb Tristãos Sohn getötet hat. Sie ist gewaltig. Staunend blicke ich zur Decke empor, die durch das geschmolzene Gold wie ein Sternenhimmel funkelt. Ein faszinierender Anblick!

Ich folge dem Gang in Richtung Felsendom. Ein kühler Luftstrom weht mir entgegen, als ich nach links um die Ecke biege und die Halle der Cherubim betrete, deren Wände ganz schwach mit Palmetten- und Blütenornamenten und geflügelten Wesen bemalt sind.

Dort an der Wand entdecke ich das verblasste goldglänzende Bild, das mich vor vier Nächten in den Bann geschlagen hat – zwei Cherubim, die mit ausgebreiteten Schwingen die goldene Bundeslade bewachen.

Am Ende dieser Säulenhalle führen Stufen zu zwei Galerien. Ich steige zur rechten hinauf, doch sie endet nach wenigen Schritten in einem Haufen herabgefallener Quadersteine. Der Geruch von Staub hängt in der Luft. In diesem Gang hat Alessandra das zerbrochene Schwert gefunden. Ich ziehe ihr Notizbuch hervor und schlage die Karte auf. Kein Zweifel, hinter diesem eingestürzten Gang liegt der Schatz der Templer – wir werden graben müssen.

Mein Blick huscht hinauf zum geborstenen Gewölbe, auf dem die Plattform des Felsendoms ruht. Mehrere Quader hängen schief herab. Die morschen Holzbalken, die sie abstützen, sehen aus, als könnten sie jeden Augenblick zusammenbrechen. Mit der Klinge meines Dolches kratze ich einen Holzsplitter heraus und zerreibe ihn zwischen meinen Fingern. Er riecht verrottet.

Ich atme tief durch. Sollen wir es wagen?

Alessandra

Kapitel 67

Im Labyrinth des Tempelbergs
20. Dhu'l Hijja 848, 23. Nisan 5205
Osterdienstag, 30. März 1445
Kurz vor ein Uhr dreißig nachts

Wo Yared nur bleibt? Beunruhigt setze ich mich auf, lehne mich gegen die kalte Felswand und blinzele zum schmalen Eingang der Höhle.

Leise rauscht das Wasser durch den Gang. Doch kein Lichtschimmer verrät, dass er endlich zurückkommt.

Was ist bloß geschehen? Ist er verletzt?

Wie konnte ich ihn nur allein gehen lassen!

Ich atme tief durch und frage mich, ob ich ihm folgen soll. Vielleicht braucht er Hilfe. Das Schreckensbild eines eingestürzten Gewölbes, unter dem Yared schwer verletzt begraben liegt, zerrt an meinen Nerven.

Ich schließe die Augen, lausche dem Glucksen des Wassers und versuche, mich zu beruhigen. Und den reißenden Schmerz zu ignorieren, der sich in Krämpfen durch meinen Unterleib wühlt. Stöhnend lehne ich mich zurück und strecke die Beine aus.

Ein leises Plätschern lässt mich aufhorchen – Schritte im knietiefen Wasser?

Kein Lichtschimmer dringt in die Höhle. Im Gang ist es finster wie in Dantes Inferno.

Ich beuge mich vor und rufe: »Yared?«

Wo ist seine Fackel?

Keine Antwort.

»*Yared!*«

Die tiefe Stille macht mir Angst.

Wer ist dort?

Ein schrecklicher Gedanke raubt mir den Atem – Tristão ist Benyamin, Tayeb und Elija in die Höhle des Zedekia gefolgt und hat sie … Großer Gott!

»Benyamin?«, flüstere ich und taste nach meinem Dolch. »Bist du das?«

Die Schritte nähern sich.

Mein Herz rast.

Ich ziehe die Klinge und halte den Griff fest umklammert. Meine Hand zittert.

Das Plätschern ist schon ganz nah!

Ein Mann in weißem Gewand bleibt vor dem Eingang zur Höhle stehen und zieht sein Schwert. Dann tritt er in den Lichtschein meiner Kerze.

Es ist Tristão.

Yared

Kapitel 68

Im Labyrinth des Tempelbergs
20. Dhu'l Hijja 848, 23. Nisan 5205
Osterdienstag, 30. März 1445
Kurz vor ein Uhr dreißig nachts

Ich verlasse das eingestürzte Gewölbe und betrete den Gang zum Felsendom. Nach wenigen Schritten stecke ich meine Fackel in eine Wandhalterung und steige eine Treppe hoch zu einer Kammer unterhalb des Qubbet as-Sakhra. Durch das Loch in der Decke, wo zuvor die geborstene Bodenplatte gesteckt hat, dringt ein schwacher Lichtschein zu mir herab. Ich schleiche die steilen Stufen hinauf, um einen Blick in den Kuppelsaal zu werfen.

Er wirkt still und verlassen …

… ist es aber nicht!

Schritte auf den Stufen zum Brunnen der Seelen!

Ich ducke mich hinter der geborstenen Marmorplatte und spähe zur Treppe. Einer meiner Mamelucken, der in der Kammer unter dem Morijafelsen gebetet hat, kommt die Stufen herauf. Im Arm hält er den Koran, den Uthman auf dem Geländer liegen gelassen hat.

Blickt er in meine Richtung? Hat er mich gehört?

Ich halte den Atem an.

Allmächtiger Gott! Er legt den Koran weg, umfasst den Griff seines Schwertes und kommt direkt auf mich zu!

Alessandra

Kapitel 69

Im Labyrinth des Tempelbergs
20. Dhu'l Hijja 848, 23. Nisan 5205
Osterdienstag, 30. März 1445
Kurz vor ein Uhr dreißig nachts

Mit dem Schwert in der Hand betritt Tristão die Höhle. O Gott, wo war er so lange? Was ist mit Tayeb und den anderen? Tristão kennt die Zedekia-Höhle! Er kommt näher und bedroht mich mit der blitzenden Klinge. »Leg deinen Dolch mit beiden Händen auf den Felsen neben dir. Langsam, ganz langsam. Und versuch ja nicht, ihn nach mir zu werfen.«

Ich tue so, als würde ich gehorchen.

Ich richte mich auf, die rechte Hand mit dem Dolch unter den Falten meines Gewandes verborgen. Mit einer raschen Bewegung gleite ich ins knietiefe Wasser der Höhle, schnelle hoch und werfe mich gegen ihn. Tristão springt zur Seite, um mir auszuweichen und mir die Klinge aus der Hand zu schlagen. Ich stolpere und verliere das Gleichgewicht. Tristãos Faust trifft meine Schulter mit einer solchen Wucht, dass ich herumgerissen werde. Sein nächster Schlag schleudert mich ins aufspritzende Wasser. Dann ist er über mir. Verzweifelt versuche ich, mich aufzurichten. Immer wieder schlucke ich Wasser und ringe nach Atem. Er reißt mir den Dolch aus der Hand und bricht mir dabei fast das Handgelenk. Schreiend vor Schmerz versuche ich, mich zu befreien –

doch vergeblich. Ich ziehe die Knie an und trete mit aller Kraft nach ihm.

Japsend ringt er nach Atem, beugt sich vornüber und fasst sich in den Schritt. »Ich bring dich um!«, keucht er mit verzerrtem Gesicht und tastet im trüben Wasser nach meinem Dolch. Dann richtet er sich wieder auf. »Steh auf!«, befiehlt er barsch und atmet tief durch. »Keine plötzlichen Bewegungen. Kein Geschrei. Weder Yared noch Benyamin können dir helfen. Wenn du nicht genau das tust, was ich dir sage, töte ich dich. Verstanden?«

»Ja.«

Mühsam stehe ich auf.

»Du weißt, was ich will.«

»Die Bundeslade.«

»Wo ist sie?«

»Das weiß ich nicht«, lüge ich kaltblütig. »Yared hat mein Notizbuch mit der Schatzkarte der Templer mitgenommen.«

Verblüfft starrt er mich an. »Was für eine Schatzkarte?«

»In der Baruch-Apokalypse haben wir eine verborgene Botschaft der Templer entdeckt. Eine Beschreibung des Labyrinths. Tayeb hat den Weg zur Bundeslade in meine Skizze des Tempelbergs eingetragen.«

Er zögert.

»Kein Notizbuch – keine Lade«, verdeutliche ich.

Tristão stößt zornig einen Fluch aus.

»Was nun?«, frage ich herausfordernd.

»Eine kleine Planänderung.« Er richtet die Klinge seines Schwertes auf mich. »Du kommst mit!«

Yared

Kapitel 70

Im Labyrinth des Tempelbergs
20. Dhu'l Hijja 848, 23. Nisan 5205
Osterdienstag, 30. März 1445
Kurz vor ein Uhr dreißig nachts

Der Mamelucke legt die Hand auf den Griff seines Schwertes und kommt direkt auf mich zu!

Leise husche ich die Treppe wieder hinunter in die Kammer, verberge mich in den Schatten und lausche den sich nähernden Schritten.

Der Mamelucke bleibt neben der geborstenen Marmorplatte stehen und wirft einen Blick hinab ins Labyrinth. Ich kann seinen Atem hören.

Ich taste nach dem Griff des Schwertes. Es widerstrebt mir, einen meiner Mamelucken zu töten. Aber wenn er …

Ein Knirschen hallt durch den Felsendom.

Ich halte die Luft an und horche angespannt.

Leise Schritte, die sich entfernen.

Wohin geht er? Dann höre ich, wie sich das Portal öffnet.

Nichts. Kein lauter Ruf, der die anderen alarmiert. Keine hastigen Schritte, die zum Felsendom stürmen.

Alles bleibt ruhig.

Aufatmend verlasse ich die Kammer, um so schnell wie möglich zu Alessandra zurückzukehren. Mir ist nicht wohl bei dem Gedanken, dass ich sie so lange warten lasse.

Alessandra

Kapitel 71

Im Labyrinth des Tempelbergs
20. Dhu'l Hijja 848, 23. Nisan 5205
Osterdienstag, 30. März 1445
Kurz nach ein Uhr dreißig nachts

Tristão stößt mich vor sich her durch die Wasserrinne. Mit zwei Streifen Stoff aus dem Saum meines Gewandes hat Tristão mir die Augen verbunden und die Hände gefesselt. In welche Richtung wir uns bewegen, kann ich nur erahnen, denn vor dem Eingang der Höhle hat er mich so oft um mich selbst gedreht, dass mir schwindelig wurde und ich keine Orientierung mehr habe. Vermutlich gehen wir nach Westen, denn das Wasser des Aquädukts strömt mir entgegen.

»Nicht so langsam!«

Ein harter Stoß lässt mich straucheln. Mit einem erstickten Schrei stürze ich nach vorn ins knietiefe Wasser. Nur mit Mühe kann ich mich aufrichten. Plötzlich durchzuckt ein reißender Schmerz meine Brust. Haltlos sacke ich zurück ins Wasser, ringe nach Atem, schlucke Wasser und muss husten.

»Du verfluchtes Miststück!«, flucht Tristão wütend. Er packt mich am Arm und reißt mich hoch. »Steh auf! Na los!«

Schwankend komme ich wieder auf die Beine. Durch die schwarze Augenbinde kann ich das Licht der Fackel nur erahnen. Tristão hat sie in der Tasche gefunden, die wir in aller Eile in der Grabeskirche gepackt hatten. Meine Kerze habe ich rasch wieder in der Zunderdose an meinem Gürtel verstaut, bevor Tristão mir die Hände fesselte.

»Worauf wartest du? Weiter!« Er schiebt mich vorwärts.

In Gedanken zähle ich meine Schritte.

Als Tristão unvermittelt stehen bleibt, habe ich dreiundzwanzig Schritte gemacht. Er fasst mich an den Schultern und dreht mich mehrmals um mich selbst. Dann schiebt er mich einen Schritt zur Seite.

»Drei Stufen!«, warnt er und stößt mich grob hinauf.

Ich weiß jetzt, wo ich bin. Wir gehen nach Süden. Die Klagemauer ist nur wenige Ellen rechts von mir. Er treibt mich durch einen der beiden Wartungsgänge, die vom Aquädukt nach Norden und Süden abzweigen. Als Yared und ich vorhin den Tempelberg betraten, habe ich die Karte der Templer in meinem Notizbuch studiert. Ich ahne, wohin er mich bringen will. Und was er dort mit mir vorhat.

ঌ Yared ও

Kapitel 72

Im Labyrinth des Tempelbergs
20. Dhu'l Hijja 848, 23. Nisan 5205
Osterdienstag, 30. März 1445
Kurz nach ein Uhr dreißig nachts

✡ Wie spät ist es? Ich habe länger gebraucht, als ich gedacht habe. Hoffentlich sorgt sich Alessandra nicht um mich.

Ich verlasse den Gang und steige hinab in die Wasserrinne, die nach rechts zum römischen Aquädukt führt. Vor mir öffnet sich die Zisterne. Und wenige Schritte dahinter die Höhle, wo Alessandra auf mich …

Aus der Felsnische dringt kein Lichtschimmer mehr! Ist Alessandras Kerze erloschen? Oder …? Allmächtiger Gott!

Beunruhigt beschleunige ich meine Schritte und haste mit der lodernden Fackel über den Steg durch das entgegenströmende Wasser.

Da ist der Eingang zur Höhle!

»Alessandra?«

Keine Antwort.

Ich betrete die Felsnische und bleibe entsetzt stehen.

Wo ist sie?

»Alessandra!«

Sie hat keine Nachricht hinterlassen, dass sie mir gefolgt ist.

Mein Blut gefriert zu Eis. Ein schmerzhaftes Kribbeln durchzuckt meine Glieder.

Die Tasche ist durchwühlt. Eine Fackel ist verschwunden. Ebenso die kleine Kerze, die sie mit einigen Tropfen Wachs auf dem Fels befestigt hatte.

Nur noch ein Spritzer Wachs ist geblieben. Mit zitternden Fingern berühre ich ihn. Er ist noch warm.

»Alessandra!«, schreie ich. Meine bebende Stimme hallt von den Wänden wider.

Nichts als Stille.

Wie konnte ich sie allein lassen!

Dann entdecke ich ein paar schwarze Fäden, die auf dem trüben Wasser treiben. Stammen sie von ihrem Gewand?

Lähmende Furcht raubt mir den Atem.

Ich umklammere den Griff meines Schwertes so fest, dass meine vor Kälte klammen Finger schmerzen.

Tristão muss uns gefolgt sein. Er hat Alessandra in seiner Gewalt. Wahrscheinlich ist sie verletzt und blutet und hat sich mit einem Streifen Stoff aus dem Saum ihres Gewandes verbunden. Tristão wird sie töten – aus Rache für Rodrigo und Lançarote und aus ohnmächtiger Wut, weil sie ihn exkommunizieren ließ. Er wird sie töten – wie Leonardo, Abdul Masih, Ghiorghi und Eleazar –, sobald er weiß, wo er die Bundeslade finden kann.

Alessandra

Kapitel 73

Im Labyrinth des Tempelbergs
20. Dhu'l Hijja 848, 23. Nisan 5205
Osterdienstag, 30. März 1445
Kurz nach ein Uhr dreißig nachts

Tristão wirft sich mit der Schulter gegen ein Portal und schiebt es auf. Die alten Scharniere sind rostig und quietschen. Die Luft, die mir entgegenweht, ist kühl und riecht muffig nach feuchtem Sand und verrottendem Holz.

Wir sind im Gewölbe unterhalb der Al-Aqsa, das Tayeb und ich erst vor wenigen Tagen erforscht haben.

Tristão packt mich an der Schulter und zieht mich in den Raum. Dann schiebt er das Portal wieder zu und verriegelt es. Endlich nimmt er mir die Augenbinde ab.

Es ist ein gewaltiges Gewölbe, das an die Ställe Salomos erinnert, die nicht weit entfernt sind. Am südlichen Ende der Halle, wohin der Schein der Fackel nicht reicht, lag früher eines der gewaltigen Tore, durch die in der Antike die Gläubigen in den Tempel strömten. Sultan Salah ad-Din ließ es zumauern. Reste des Baumaterials – Steinquader, Sand und gebrannter Kalk – lagern dort neben einem zerlegten Holzgerüst, mehreren Leitern und etlichen Seilen.

Hinter mir führen Stufen hinauf zum Platz vor der Al-Aqsa. Der Treppenaufgang endet direkt vor dem Portal der Moschee. Hier sind Tayeb und ich heruntergestiegen, um dieses Gewölbe zu erforschen und seine gewaltige Größe in meine Skizze des Tempelbergs einzutragen.

Die Freiheit ist keine zwanzig Schritte entfernt!

Yareds Mamelucken bewachen den Tempelberg – zumindest nehme ich an, dass sie trotz der Schlacht um die Zitadelle Yareds Befehlen gehorchen. Werden die Tscherkessen mir beistehen, wenn ich entkommen kann?

»Versuch ja nicht, zu fliehen!«, warnt mich Tristão und bedroht mich mit dem Schwert.

»Woher kennst du dieses Gewölbe?«

»Am Karfreitag habe ich mich vor diesem verfluchten Tscherkessen hier versteckt, der mich verfolgt hat.«

»Arslan.«

»Sobald er in den Felsendom zurückgekehrt war, habe ich Rodrigo geholt. Lançarote hat mir geholfen, ihn aus dem Labyrinth ins Kloster auf dem Berg Zion zu bringen.« Er treibt mich vorwärts. »Weiter!«

»Wohin?«

»Dort drüben ist ein kleiner Raum. Siehst du ihn?«

»Ja.«

»Deine Grabkammer.« Er stößt mich vor sich her bis in den kleinen Raum, von dem aus wohl einst Herodes' Tempelwächter die gewaltigen Tore bewachten. Er ist nicht groß. Fünf Schritte lang, vier Schritte breit. Die Decke ist niedrig. Fünf Handbreit über meinem Kopf.

Ich ringe nach Atem und kämpfe gegen die Panik an, denn ich ahne, was Tristão vorhat. O Gott, nicht das!

Er steckt seine Fackel in eine Wandhalterung neben dem Eingang. Dann kommt er bedrohlich näher. »Wo ist die Lade?«

»Eher zerstöre ich sie, bevor ich sie dir überlasse!«

Er schlägt mir so heftig ins Gesicht, dass ich rückwärts gegen die Wand taumele. Keuchend ringe ich nach Atem. Um ein Haar hätte er mir die Nase gebrochen. Blut rinnt mir über die Lippen. Mit dem Handrücken wische ich es fort und zucke zusammen, als ich aus Versehen die Nase berühre. Tristão steht Uthman an Gewalttätigkeit in nichts nach.

»Wo ist sie?«, knirscht er wutentbrannt und hebt erneut die Fäuste.

Ich muss Zeit gewinnen, damit Yared mich finden kann! Aber sucht er mich denn überhaupt? Wieso, um Gottes willen, ist er nicht rechtzeitig zurückgekehrt?

»Va all'inferno!«

Mein Trotz erzürnt Tristão so sehr, dass er am ganzen Körper bebt. Sein Fausthieb trifft mich in den Unterleib. Ich keuche vor Schmerz und sinke auf die Knie.

»Ich weiß nicht, wo sie ist, du verfluchter Bastard des Satans!«, schreie ich ihn an. Meine Stimme überschlägt sich. »Lass mich … in Ruhe! Ich kann es dir nicht sagen!«

Mit aller Kraft tritt er mir ins Gesicht. Der Absatz seines Stiefels trifft mich an Stirn und Schläfe. Ich taumele hintenüber, schlage mit dem Kopf gegen die Wand und rutsche an den Steinquadern nach unten, bis ich auf dem Boden liegen bleibe.

»Du Judenhure!«, flucht Tristão und starrt auf mich herab.

Ich versuche, mich aufzurichten, schaffe es mit den gefesselten Händen jedoch nicht. Funken sprühen vor meinen Augen. Blut rinnt aus meiner Nase und tropft mir über die Lippen. Mir ist so sterbenselend, dass ich gegen das Würgen in meiner Kehle ankämpfen muss.

Für einen Moment schließe ich die Lider, um mich zu beruhigen. Und um den Schmerz niederzuringen. Und den Zorn und den Hass.

Dann wird es finster in mir.

Als ich aus meiner Ohnmacht erwache und die Augen öffne, ist Tristão verschwunden.

Wie lange war ich bewusstlos?

Die Fackel steckt noch in der Wandhalterung und erleuchtet den kleinen Raum.

Meine Grabkammer.

Ich will mich aufrichten, doch der pochende Schmerz in meinem Kopf ist so stark, dass ich zurücksinke. Ich bin an Armen und Beinen mit einem Hanfstrick gefesselt, der zerfasert aussieht und vermodert riecht, jedoch noch immer seinen Zweck erfüllt. Ich kann mich nicht bewegen.

Mit angehaltenem Atem lausche ich auf die Geräusche, die aus dem Gewölbe zu mir dringen. Ein Kratzen. Als würde nasser Sand in einem hölzernen Eimer umgerührt. Jetzt ist es still. Dann ein Rascheln, wie von einem Sack. Ein feines Rieseln, als ob feiner Staub …

Ich keuche vor Schreck.

Es ist gebrannter Kalk.

Tristão mischt Mauermörtel!

Das Schaben im Eimer verstummt. Tristão hat mich gehört. Er taucht im Eingang der Kammer auf, um nach mir zu sehen. »Sieh an, ein Lebenszeichen! Wie schön! Wer hat schon die Gelegenheit, sein eigenes Begräbnis mitzuerleben!«

Ich antworte nicht. Behutsam bewege ich mich hin und her und versuche, meine Hände aus den Fesseln zu winden. Vergebens.

Er verschwindet aus meinem Blickfeld und kehrt mit einem Eimer zurück. Im Eingang kniet er nieder und verteilt mit bloßen Händen einen Streifen feuchten Mörtel quer über den Gang auf dem Boden. Entsetzt beobachte ich, wie er wieder verschwindet und wenig später mit einem Steinquader auftaucht. Ächzend setzt er ihn auf den feuchten Mörtel und holt den nächsten.

Er will mich lebendig einmauern!

Damit ich nicht entkommen kann, während er Yared tötet und die Bundeslade sucht!

Als er den dritten Stein setzt, sieht er zu mir herüber. Ich wende den Blick ab.

»Schau es dir an. Das ist das Letzte, was du zu sehen bekommst.«

Ich achte nicht auf ihn. Meine Ohnmacht lässt mich vor Zorn beben.

»Ich habe gesagt, du sollst es dir ansehen!«, brüllt er mich an.

»Nein.« Trotzig starre ich die Wand an.

»Sieh her!«

Ich rühre mich nicht.

Zornig steigt er über die ersten gemauerten Steine hinweg, beugt sich über mich, vergewissert sich, dass die Fesseln sich nicht gelöst haben. Dann packt er meinen Kopf, schlägt ihn gegen die Wand und dreht ihn so, dass ich den Eingang beobachten muss. Heiße Tränen des Schmerzes und der Verzweiflung rinnen mir über die Wangen. Ich blinzele sie fort.

»Ein unvergesslicher Anblick, nicht wahr?« Er deutet auf die Quadersteine. »In meiner Kerkerzelle in Fes haben mich die gottlosen Mauren auch eingemauert. Ich weiß, was du gerade durchmachst! Glaub mir, es wird noch schlimmer, wenn es finster um dich wird und du keuchend nach Atem ringst. Ein Gefühl, das du nie vergessen wirst. In einer Kammer dieser Größe wird es zwei oder drei Tage dauern, bis du qualvoll erstickst. Noch heute werde ich von schrecklichen Albträumen gequält. Verfluchte Mauren!«

»Wenn du im Kerker eingemauert warst, wie ist dir dann die Flucht gelungen?«, knirsche ich.

Tristão lacht höhnisch. »Du glaubst doch nicht im Ernst, dass ich dir das verrate?«

Er verlässt die Kammer und holt den nächsten Stein. Jetzt ist die erste Steinlage vollendet. Eine Schicht Mörtel, eine weitere Schicht Steine. Gelähmt vor Entsetzen beobachte ich, wie die Mauer Stein um Stein wächst.

Die Mauer reicht Tristão schon bis zur Brust und wirft einen tiefen Schatten in die Kammer, als er plötzlich innehält und den Stein, den er eben hinaufwuchten wollte, ächzend auf dem Boden absetzt. Er richtet sich auf und lauscht angestrengt.

Was hat er gehört?

Es sind knirschende Schritte, die in meiner fast fertigen Gruft hohl widerhallen.

Jemand kommt die Treppe von der Al-Aqsa herunter!

Das Herz klopft mir bis zum Hals.

Ist es Yared?

ꕤ Yared ꕤ

Kapitel 74

Im Labyrinth des Tempelbergs
20. Dhu'l Hijja 848, 23. Nisan 5205
Osterdienstag, 30. März 1445
Kurz vor zwei Uhr nachts

Panisch haste ich durch das mir entgegenströmende Wasser – da vorn, wo die Bronzeverkleidung des Kanals endet, mündet das Aquädukt in den Tempelberg. Kein Zeichen von ihr, keine Nachricht, die sie mit dem roten Wachsstift in ihrer Zunderdose an die Wände des Kanals gemalt hätte, kein Lebenszeichen. Nichts!

Jetzt habe ich die beiden Wartungstunnel des Aquädukts erreicht, die nach Norden und Süden von der Wasserleitung abzweigen. Ratlos bleibe ich stehen. Wohin? Zum Felsendom oder zur Al-Aqsa?

Ich ziehe das Notizbuch hervor und schlage den Plan des Tempelbergs auf, den Alessandra vor einigen Tagen gezeichnet hat. Die großen Zisternen mit ihren Verbindungskanälen befinden sich im Süden, nahe der Al-Aqsa, dem alten Templerpalast und den Ställen Salomos. Unterhalb der Plattform des Felsendoms gibt es etliche kleinere Höhlen im Felsen Morija, die Alessandra und Tayeb jedoch nicht erkundet haben. Der Norden ist unerforschte Terra incognita. Was ist dort? Die Kellergewölbe und der Kerker der Burg Antonia, die einst die Nordwestecke des Tempelbergs beherrschte?

Ich starre auf den Plan.

Ich spüre, dass Alessandra noch lebt. Sie kann nicht tot sein. Tristão hat sie entführt. Doch wohin?

Kurz entschlossen stecke ich das Notizbuch ein, haste die Stufen hinauf und renne, so schnell ich kann, den Gang entlang, der kaum breiter ist als die Schulterplatten meines Harnischs. Zuerst macht er einen weiten Bogen nach rechts, dahinter führt er weiter geradeaus.

Außer meinen Schritten, die im finsteren Gang widerhallen, ist nichts zu hören.

Kein verzweifelter Ruf, kein Schmerzensschrei. Nur Stille.

Nach zweihundert Schritten ist der Korridor nicht mehr aus unregelmäßig geformten Bruchsteinen gemauert, sondern aus dem Felsen herausgeschlagen. Die Wände sind glatt. Die Decke ist nicht mehr so niedrig, sodass ich aufrecht gehen kann.

Dann weitet sich der Gang zu einem hohen Gewölbe.

Leise betrete ich den Raum.

Auf der anderen Seite verschwindet der Gang in der Finsternis.

Ein Portal.

Lautlos husche ich näher heran, lege mein Ohr an das verwitterte Holz und lausche angestrengt. Doch außer dem Rauschen des Blutes in meinen Ohren kann ich nichts hören.

Der Torflügel knirscht über den staubigen Boden, als ich ihn eine Handbreit aufschiebe, um in den Raum dahinter zu spähen. Ein kalter Windhauch strömt mir entgegen.

Ich öffne das Portal und trete hindurch. Im Licht meiner Fackel erkenne ich einen Raum mit hohem Tonnengewölbe.

Und eine Treppe, die nach unten führt.

Alessandra

Kapitel 75

Im Labyrinth des Tempelbergs
20. Dhu'l Hijja 848, 23. Nisan 5205
Osterdienstag, 30. März 1445
Kurz vor zwei Uhr nachts

Schritte auf der Treppe! Ich erstarre vor Schreck.

Mit einem unterdrückten Fluch reißt Tristão die Fackel aus der Wandhalterung, löscht sie im Mörteleimer und huscht lautlos in die Finsternis.

Ein Mamelucke kommt mit einer Fackel die Treppe herunter.

Als von oben ein Ruf zu ihm dringt, bleibt er stehen, wendet sich mit einem knirschenden Geräusch um und antwortet in derselben Sprache. Ist es Tscherkessisch? Oder Georgisch?

Dem strengen Tonfall nach zu schließen, hat ihm sein Vorgesetzter sehr energisch verboten, das Gewölbe unterhalb der Al-Aqsa zu betreten. Was ihn jedoch nicht davon abhält, es trotzdem zu tun. Vermutlich hat er die zerborstene Marmorplatte im Felsendom gesehen und will das geheimnisumwitterte Labyrinth auf eigene Faust erforschen.

Er kommt die Treppe noch ein Stück weiter herunter. Dann bleibt er stehen und sieht sich um.

Es ist so still, dass ich seinen Atem hören kann.

Mein Kopf schmerzt, und ich habe einen Geschmack wie von Kupfer im Mund. Das ist das Blut auf meinen Lippen.

Wieder ein Ruf von oben – vermutlich die ungeduldige Aufforderung, sofort zurückzukommen. Die Antwort klingt ebenso genervt. Die beiden Stimmen werden lauter, nachdrücklicher. Es hört sich an, als ob jeden Augenblick ein Streit losbrechen könnte. Dann herrscht plötzlich Schweigen.

Ich halte den Atem an. Was soll ich tun? Ihn bitten, mich zu befreien? Damit würde ich Yareds Mamelucken ins Labyrinth holen, die vielleicht durch Uthman erfahren haben, dass Yared und ich geflohen sind. Sie würden uns in die Zitadelle zurückschleppen. Oder soll ich mich ruhig verhalten und hoffen, dass er verschwindet und mich meinem grausigen Schicksal überlässt? Mich schaudert vor Anspannung.

Wo ist Tristão?

Die Entscheidung, wie ich mich verhalten soll, nimmt mir der Mamelucke ab. Langsam kommt er näher. Offenbar hat er den Eimer mit dem frischen Mörtel bemerkt. Wenn er in die Kammer späht, wird er mich entdecken.

Ich rufe ihn auf Arabisch.

Mit erhobener Fackel blickt er über die Mauer. »Contessa Alessandra?«, fragt er erstaunt.

Ich kenne ihn. Er heißt Nikolas und stammt aus Tiflis, der Hauptstadt Georgiens. Gemeinsam mit seinem Freund Ghiorghi hat er das verlassene Kloster auf dem Zionsberg besetzt, als Tristão Elija entführt hatte. Beim Sturmangriff auf die Höhle des Zedekia war er ebenso dabei wie gestern Mittag beim Kampf gegen Tughans Mamelucken in der Al-Aqsa.

»W'Allah!«, stöhnt Nikolas, als er das Hanfseil erkennt, mit dem meine Arme und Beine gefesselt sind. »Was ist geschehen?«

»Ich bin entführt worden. Bitte hilf mir.«

Nikolas steckt seine Fackel in die Wandhalterung, schiebt mit dem Fuß rumpelnd und knirschend den Mörteleimer beiseite, wuchtet ächzend einen Steinquader aus der Mauer und lässt ihn mit einem dumpfen Schlag zu Boden fallen. Dann hebt er einen zweiten heraus. Und noch einen.

Erleichtert atme ich auf. Offenbar hat er noch nicht von dem Streit zwischen Uthman und Yared und unserer Flucht aus der Zitadelle gehört. Sonst würde er …

Mir stockt der Atem.

Ein Schemen huscht lautlos heran und nähert sich Nikolas von hinten. Die Klinge eines Schwertes blitzt im Schein der Fackel.

Es ist Tristão.

Yared

Kapitel 76

Im Labyrinth des Tempelbergs
20. Dhu'l Hijja 848, 23. Nisan 5205
Osterdienstag, 30. März 1445
Zwei Uhr nachts

Schier endlos führt die Treppe nach unten. Der leise Windhauch, der mir entgegenströmt, ist eisig kalt. Ich muss achtgeben, dass ich auf den glatten Stufen nicht ausrutsche.

Die Stiege mündet in eine Halle, die ins Felsgestein geschlagen wurde. Drei Gänge verlieren sich in der Finsternis. Eine Treppe führt noch tiefer in den Tempelberg hinein.

Niedergeschlagen bleibe ich stehen.

Allmächtiger Gott, wie groß ist dieses Labyrinth? Wie viele Ebenen von Zisternen, Schächten, Gängen und Kammern gibt es? Wie soll ich Alessandra nur finden?

Ich atme tief durch.

»Alessandra?«

Keine Antwort.

Ich leuchte in den Gang, der weiter nach Norden führt. Zu den römischen Gewölben der Burg Antonia.

»Alessandra!«

Nichts als Schweigen.

In einer Kammer in der Nähe lehnen römische Amphoren an der Wand. Galiläischer Wein für Pontius Pilatus?

Weiter!

Der Gang endet in einem Verlies unterhalb des Prätoriums. Die Wände sind bedeckt von eingeritzten Templerkreuzen. Auch Hugues de Payns, der erste Großmeister des Templerordens, hat seinen Namen in die Wand gekratzt. Ist dies die Zelle, in der Jesus Christus vor der Kreuzigung eingekerkert war? Haben die Templer das Verlies in eine Kapelle umgewandelt?

Ich stütze mich an der Wand ab und dehne meine verkrampften Muskeln. Meine Wunden schmerzen.

Weiter!

»Alessandra!«

Meine Stimme bebt vor Angst.

Ich eile den Gang zurück und haste, zwei Stufen auf einmal nehmend, die endlose Treppe hinauf. Dann folge ich dem nächsten Gang. Nach wenigen Schritten macht er eine Biegung nach Nordosten und wendet sich dann nach Osten. Er endet in einer Säulenhalle mit einer Stiege. Ich steige hinauf, hebe die Falltür an und spähe hinaus.

Ein warmer Windhauch weht mir entgegen. Die Nacht ist mild und sternenklar.

Vor mir schimmert die goldene Kuppel des beleuchteten Felsendoms zwischen den Eukalyptusbäumen hindurch. Zwei meiner Mamelucken hocken auf dem Rand der Plattform, teilen sich einen Zweig Datteln und unterhalten sich. Leise trägt der Nachtwind ihr Gelächter zu mir herüber.

Wie gern würde ich ihnen befehlen, mir ins Labyrinth zu folgen, um Alessandra zu suchen.

Angestrengt lausche ich auf Kampfgeräusche von der Zitadelle. Aber alles ist ruhig. Kein Geschrei, kein Rumpeln der Mandjaniks. Und kein Feuerschein über dem Nachthimmel. Ist die Schlacht zu Ende? Hat Uthman die Angreifer zurückgeschlagen? Oder hat Tughan die Zitadelle erobert?

Wie auch immer – meine Flucht mit Alessandra wurde entdeckt. Ich habe Angst um Benyamin, Tayeb und Elija. Gegen Uthmans oder Tughans Mamelucken, die nach mir suchen, können sie nichts ausrichten.

Ich muss zurück.

Alessandra

Kapitel 77

Im Labyrinth des Tempelbergs
20. Dhu'l Hijja 848, 23. Nisan 5205
Osterdienstag, 30. März 1445
Zwei Uhr nachts

Unbemerkt nähert sich Tristão dem Mamelucken, der gerade einen weiteren Stein aus der Mauer wuchtet und zu Boden fallen lässt.

»Nikolas!«, warne ich ihn. »Hinter dir!«

Geschmeidig hebt Tristão die blitzende Klinge über seinen Kopf und lässt sie, als Nikolas herumwirbelt und sein Schwert zieht, mit einer weiten, halbmondförmigen Bewegung auf den Georgier niedersausen. Die Klinge zischt durch die Luft. Das Blut spritzt bis zu mir herüber, als Tristão Nikolas mit einem einzigen kraftvollen Hieb tötet. Der junge Mamelucke sinkt zu Boden.

Tristão wischt sein Schwert an Nikolas' Kleidern ab und schiebt es zurück in die Scheide. Dann packt er den Toten und schleppt ihn etliche Schritte weiter in eine finstere Nische nahe dem zugemauerten Tempelportal. Ich höre, wie die silberbeschlagene Scheide seines Schwertes über den Steinboden schleift.

Die Blutspur, die Nikolas hinterlässt, kann ich mir gut vorstellen – ich war dabei, als mein Großvater Marcantonio Colonna auf dem Campo dei Fiori enthauptet und sein Kopf in einen Korb geworfen wurde. So viel Blut!

So viel Hass und so viel Zorn!

Ich atme tief durch, um mich zu beruhigen.

Eine Weile ist Tristão damit beschäftigt, die Blutspur mit Sand abzudecken, damit der Tote nicht so schnell gefunden wird. Dann kommt er zu mir zurück und setzt wortlos seine Arbeit an meinem Grabmal fort. Wieder wächst die Mauer in die Höhe. Bald muss Tristão auf irgendetwas hinaufsteigen, um die schweren Steinquader hochzuwuchten.

Dann macht er sich an die sechste und letzte Reihe.

Es wird immer finsterer in meiner Gruft.

»Tristão! Um Gottes willen, tu das nicht.«

Der erste Stein ist verfugt. Er steigt hinunter und holt den nächsten. Es dauert, bis er zurückkehrt, auf den Eimer steigt und den Quader hinaufwuchtet.

»Tristão! Um der Liebe Christi willen!«

Er antwortet nicht und verschwindet erneut.

Nur noch zwei Steine!

Kurz darauf ist er zurück, hebt ächzend den Quader hoch. Es knirscht, als er ihn über den bereits antrocknenden Mörtel schiebt.

»Tristão!«

Ungerührt von meinem Flehen wuchtet er schließlich den letzten Stein in die verbliebene Öffnung und verschmiert die Fuge zum Türsturz mit Mörtel.

Jetzt ist es ganz finster geworden in meiner Gruft.

꧁ Yared ꧂

Kapitel 78

Im Labyrinth des Tempelbergs
20. Dhu'l Hijja 848, 23. Nisan 5205
Osterdienstag, 30. März 1445
Kurz nach zwei Uhr nachts

✡ Was war das? Das ferne Echo eines Schreis?

Ich bleibe stehen und lausche, kann jedoch außer dem Plätschern und Glucksen des Wassers, das vom römischen Aquädukt in die Zisternen fließt, nichts hören.

Habe ich mich getäuscht? Das Geräusch war sehr leise, kaum mehr als ein Wispern. Und ich dachte schon, ich hätte Alessandra rufen hören.

Ich stürze los.

Nach wenigen Schritten erreiche ich die erste Kreuzung, die in der Karte in Alessandras Notizbuch verzeichnet ist. Ein Gang führt nach rechts und endet in einer Kammer direkt hinter den Steinquadern der Klagemauer, ein anderer führt nach links zum Brunnen des Kelches. Der Korridor führt geradeaus weiter zum alten Hauptquartier der Templer neben der Al-Aqsa.

Woher kam der Schrei?

Ich horche in die Stille.

Mit der Hand am Griff meines Schwertes haste ich weiter.

Der Gang macht zuerst eine Biegung nach rechts, dann nach links.

Ein Lichtschimmer!

Ich haste zurück, verberge meine Fackel in einer Nische des aus Bruchsteinen gemauerten Ganges und spähe vorsichtig um die Ecke.

Ein Mann mit einer Fackel nähert sich mit schnellen Schritten.

Tristão.

Um ein Haar wäre er direkt in die Klinge meines Schwertes gelaufen. Überrascht springt er zurück. Seine Hand zuckt zum Griff seiner Waffe. Schwungvoll werfe ich mich gegen ihn und drücke ihn mit dem Rücken gegen die Wand.

»Dreh dich um! Hände an die Wand!«

»Verfluchter Jude!« Er bewegt sich nicht.

Ich ramme ihm meine Faust in den Unterleib. Er japst nach Luft und presst beide Hände auf den Bauch. Grob packe ich ihn an den Schultern, drehe ihn um und stoße ihn gegen die Bruchsteine.

»Beine auseinander! Und Hände an die Wand! Na wird's bald!«

»Verreck doch, Jude!«

Als er mir seinen Ellbogen ins Gesicht rammen will, versetze ich ihm einen Hieb in sein Rückgrat. Schmerzerfüllt stöhnt er auf. Er muss sich mit beiden Händen an der Wand abstützen, um nicht zu Boden zu stürzen.

»Na also, es geht doch!«, kommentiere ich trocken, während ich ihm den Schwertgurt abnehme. »Wo ist sie?«

Er antwortet nicht.

»Ich habe gehört, wie sie deinen Namen gerufen hat. Sie ist nicht weit entfernt. Wo ist sie?«

»Du wirst sie niemals finden, Jude!«

Ich atme tief durch, um mich zu beruhigen.

»Du weißt, wo mein größter Schatz verborgen ist, ich weiß, wo dein größter Schatz begraben ist«, stößt er hasserfüllt hervor.

»Begraben?«, stöhne ich entsetzt. »Wie geht es ihr?«
»Sie lebt – noch.«
»Du verdammter …«
»Wenn du mich tötest, siehst du sie nicht wieder!«
»Was hast du mit ihr gemacht?«
»Du hast nur eine Möglichkeit, das herauszufinden.«
»Nun sag schon!«
»Du musst mir folgen.«
»Wohin?«
Er lacht höhnisch.
»Also gut. Was willst du?«, knirsche ich.
»Das Notizbuch. Den Plan der Templer, der mich zur Bundeslade führt.«
Ich zögere.
»Du hast es doch bei dir.«
Ich antworte nicht.
»Sobald ich es habe, bekommst du Alessandra zurück.«
»Wenn du ihr auch nur …«
»Zum letzten Mal: Ich will das Notizbuch!«, brüllt er zornig. »Hast du das kapiert, Jude?«
Wenn ich ihm das Büchlein gebe, hat er alle Trümpfe in der Hand. Wenn ich ihm folge, um Alessandras Leben zu retten, kann er mich jederzeit in eine Falle locken und töten. Dann wird auch Alessandra sterben.
Das Gefühl der Ohnmacht ist unerträglich. Zornig umklammere ich den Griff meines Schwertes. Am liebsten würde ich ihn jetzt töten. Es wäre so einfach …
»Entscheide dich!«, presst Tristão hervor. »Der Mörtel trocknet schnell. Ich habe sie lebendig begraben!«

Alessandra

Kapitel 79

Im Labyrinth des Tempelbergs
20. Dhu'l Hijja 848, 23. Nisan 5205
Osterdienstag, 30. März 1445
Nach zwei Uhr nachts

Keuchend schiebe ich mich zur Mauer hinüber. Mein Mund ist trocken von dem Staub in meiner Gruft, meine Hände sind taub vor Kälte. Ich zittere am ganzen Körper.

Keine Panik!, versuche ich mich zu beruhigen. Wenn es nur nicht so finster wäre!

Mit den gefesselten Händen drehe ich meinen Gürtel, sodass die silberne Zunderdose nach hinten rutscht. Es ist schwierig, den Korkdeckel zu öffnen, doch schließlich springt er auf. Ich lasse das Feuerzeug auf den Boden gleiten und taste nach dem Zündstein. Da ist er! Und die kleine Kerze! Ich schiebe den trockenen Zunder ganz nah an die Wand und versuche, einen Funken hineinzuschlagen. Vergeblich! Der Zunder fängt kein Feuer.

Nicht aufgeben!

Dann endlich fliegt ein Funke. Der Zunder glüht.

Ich lasse den Feuerstein fallen, taste mit zitternden Fingern nach der Kerze und halte sie in den glimmenden Zunder. Wenn ich doch nur etwas sehen könnte! Brennt die Kerze?

Es wird heller.

Die Kerze brennt … flackert …

Ich halte den Atem an und bewege mich nicht, damit sie nicht verlischt.

Das Licht brennt weiter. Erleichtert atme ich auf.

Neben der Kerze liegend, warte ich ab, bis ein wenig Wachs geschmolzen ist. Dann setze ich mich wieder auf, tropfe es auf den Boden und drücke die Kerze hinein, damit sie aufrecht stehen bleibt. Es gelingt!

Vorsichtig halte ich das zerfaserte Seil meiner Fesseln über die Flamme. Der Strick beginnt zu glimmen und fängt schließlich Feuer. Ich stöhne vor Schmerz. Doch schließlich kann ich meine Hände befreien und die Fesseln abstreifen. Jetzt noch die Fußfesseln! Es dauert nicht lange, und auch sie sind gelöst.

Mühsam rappele ich mich auf, taumele vor Erschöpfung und Schmerz und stolpere gegen die Wand. Ich muss mich festhalten, um nicht zu stürzen und dabei vielleicht die Kerze umzureißen.

Ich lehne den Kopf gegen die Wand und lausche.

Kein Geräusch.

Ist Tristão weggegangen?

Hoffentlich!

Der Gedanke daran, dass ich ihn töten werde, gibt mir die Kraft, mich mit der Schulter gegen die Wand aus fest verfugten Steinquadern zu werfen.

Sie bewegt sich nicht. Ist der Mörtel schon getrocknet?

Ich entsinne mich, wie ich mich mit Tayeb in den Hügeln des Mugello nördlich von Florenz auf unsere Expedition durch die Wüste nach Timbuktu vorbereitet habe. Wie ich jeden Tag die vierhundertvierzehn Stufen von Giottos Campanile hinaufgehetzt bin, um Kraft und Ausdauer zu gewinnen. Wie ich vor sechs Jahren mit schmerzenden Beinen die Treppen hinauf zur Domkuppel von Santa Maria del Fiore gerannt bin, um dem schwarzen Mönch zu entkommen, der mich in der Kathedrale ermorden wollte, weil er das vergessene Evangelium in seinen Besitz bringen wollte.

Verdammt, ich kann es schaffen!

Ich weiche zurück zur gegenüberliegenden Wand, stoße mich ab und werfe mich mit aller Wucht gegen die Mauer.

Krachend verschiebt sich ein Steinquader in Schulterhöhe. Zwar nur einen Fingerbreit, aber es ist ein Anfang.

Weiter!

Wieder nehme ich Anlauf und stoße gegen das Mauerwerk.

Die Mauer schwankt. Aber sie hält.

Mit aller Kraft lehne ich mich gegen den verschobenen Quader. Gott sei Dank hat Tristão die Steine nicht versetzt verlegt. Trotz des großen Gewichts der Quader ist die Mauer deshalb nicht stabil. Mit einem Knirschen ruckt der Stein ein Stück weiter nach außen und zieht die beiden auf ihm lastenden Quader mit sich. Mit aller Kraft drücke ich dagegen. Die Lücke zwischen den Quadern und dem Türsturz ist groß, und der Mörtel ist noch nicht getrocknet, sodass die Steine keinen Halt haben.

Dumpf poltern die drei Steinquader in das finstere Gewölbe. Mit einem kräftigen Stoß schiebe ich die beiden nächsten hinterher, dann noch einen und noch einen … Schließlich ist die Lücke groß genug. Ich hole meine Kerze, steige auf die verbleibenden zwei Quadersteine und schiebe mich durch die enge Öffnung.

Die Fackel, die Nikolas in die Wandhalterung gesteckt hat, ist verschwunden. Wo ist mein Dolch? Tristão hat ihn mir abgenommen, als ich bewusstlos war.

Mit der Kerze in der Hand folge ich der Spur des Sandes, den Tristão auf den Boden gestreut hat, um das Blut des Mamelucken zu verdecken. Nikolas liegt am Ende der Halle unter einem aufgerollten Seil. Neben ihm finde ich meinen Dolch. Ich stecke ihn ein und nehme Nikolas' Schwertgurt an mich.

Die Klinge ist seit dem Sturm auf die Zedekia-Höhle noch immer mit Ruß geschwärzt. Ich stecke sie zurück in die Scheide und hänge mir den Gurt quer über den Rücken, sodass der Griff des Schwertes über meine rechte Schulter ragt. Im Übungskampf gegen Tayeb habe ich gelernt, dass ich die für mich viel zu lange Klinge schneller ziehen kann, wenn ich über die Schulter greife und das Schwert auf meinen Gegner niedersausen lasse.

Ich verlasse das Gewölbe.

Der Gang führt zu einer Kreuzung. Mit der Kerze hinter meinem Rücken spähe ich vorsichtig um die Ecke.

Feuerschein! Zwei Fackeln!

Ich blinzele den Gang hinunter.

Ist das nicht ein weißer Habit mit rotem Kreuz?

Es ist Tristão. Und er ist nicht allein.

Nur weg von hier!

Ich lösche meine Kerze und husche in den finsteren Gang, der zum Kanal des römischen Aquädukts führt.

Yared

Kapitel 80

Im Labyrinth des Tempelbergs
20. Dhu'l Hijja 848, 23. Nisan 5205
Osterdienstag, 30. März 1445
Zwei Uhr fünfzehn nachts

Tristão führt mich den langen Gang entlang. Das Licht seiner Fackel blendet mich, sodass ich vor uns nichts als Finsternis erkennen kann. Plötzlich bleibt er unvermittelt stehen, sodass ich beinahe gegen ihn pralle. Er deutet in einen Korridor, der nach rechts abbiegt und nach wenigen Schritten vor einem Portal endet. »Sie ist da drin.«

Mit der Schwertspitze stoße ich ihn vorwärts. »Geh schon!«

Er geht weiter bis zum Portal. Die rostigen Scharniere quietschen, als er sich mit der Schulter gegen die Torflügel wirft, um sie aufzuschieben.

Der Geruch von feuchtem Sand weht uns entgegen. Und von noch etwas anderem. Ich packe den Schwertgriff noch fester. »Es riecht nach Blut.«

»Ich habe einen Mamelucken getötet, der Alessandra befreien wollte. Seine Leiche liegt nahe bei dem zugemauerten Portal.«

Ich schlucke. »Wer ist es?«

»Alessandra nannte ihn Nikolas.«

»Du gottverdammter …!«, fluche ich mit rauer Stimme.

Was, um Himmels willen, wollte Nikolas hier unten? Sie werden ihn suchen und seine Leiche finden. Wir müssen so schnell wie möglich verschwinden.

»Wo ist Alessandra?« Meine Kehle ist so trocken, dass meine Worte wie das trockene Rascheln von uraltem Papyrus klingen.

Tristão zeigt mit seiner Fackel auf das Ende des lang gestreckten Gewölbes unterhalb der Al-Aqsa. »Da vorne.«

Ich nicke ihm zu. »Nach dir.«

Wir gehen an der Treppe vorbei, die zum Platz vor der Moschee hinaufführt. Bewachen meine Mamelucken die Al-Aqsa? Hat Uthman sie wissen lassen, was in der Zitadelle geschehen ist?

Plötzlich bleibt Tristão stehen.

Fassungslos starrt er auf eine eingebrochene Wand aus Quadersteinen. Hatte er den Durchgang zu einer Kammer zugemauert? Mehrere Steine sind von innen aus der Mauer herausgedrückt worden und liegen auf dem Boden. Eine mit Blut durchtränkte Sandspur führt in die Finsternis. »Sie … sie ist geflohen«, flüstert er mit erstickter Stimme und greift an seine Hüfte – doch seinen Schwertgurt, an dem auch sein Dolch befestigt ist, habe ich ihm abgenommen. Er ist unbewaffnet. Und gerät in Panik.

Ich stoße ihm die Spitze meines Schwertes in den Rücken. »Weiter!«

Wir gehen zur eingestürzten Wand. Ich schiebe meine Fackel durch den Spalt und werfe einen Blick in die Kammer, die beinahe Alessandras Grab geworden wäre. Heißer Zorn flammt in mir auf. Auf dem Boden liegen verkohlte Fesseln. Und daneben erkenne ich … Gott im Himmel! … etliche Blutspritzer!

»Was hast du ihr angetan!« Ich wirbele herum und hebe mein Schwert.

Tristão reißt beide Arme schützend über seinen Kopf, wirft sich blitzschnell herum und flieht zurück zum Portal. Als ich ihm folgen will, gleite ich auf dem blutnassen Sand aus und stürze zu

Boden. Sofort springe ich wieder auf und hetze zum Tor, durch das Tristão verschwunden ist, und weiter in den Gang.

Tristão hat zwanzig Schritte Vorsprung. Mit fliegendem Habit hastet er den Gang hinunter zur Wasserleitung des römischen Aquädukts – mit Alessandras Notizbuch.

ೲ Alessandra ೲ

Kapitel 81

Im Labyrinth des Tempelbergs
20. Dhu'l Hija 848, 23. Nisan 5205
Osterdienstag, 30. März 1445
Zwei Uhr fünfzehn nachts

Das Licht einer Fackel spiegelt sich auf dem fließenden Wasser! Ich wate einen Schritt zurück und spähe um die Ecke in den Gang, der zum Gewölbe unter der Al-Aqsa führt.

Jemand nähert sich mit einer Fackel.

Tristão! Ist er auf der Flucht?

Ich lösche meine Kerze, trete zurück, suche mir einen sicheren Stand in der Wasserrinne und ziehe mein Schwert.

Als Tristão zu mir ins Wasser springt, reiße ich die mit Ruß geschwärzte Klinge hoch. »Im Namen Seiner Heiligkeit des Papstes nehme ich Euch fest, Dom Tristão de Castro. Ihr seid exkommuniziert und zum Tode verur…«

Mit einem zornigen Schrei wirft sich Tristão auf mich und drängt mich derart ungestüm gegen die Wand, dass ich beinahe das Gleichgewicht verloren hätte und ins Wasser gestürzt wäre. Mit der brennenden Fackel schlägt er auf mein Handgelenk und entwindet mir die Waffe. Dann zieht er mich schützend vor sich und presst mir die Klinge gegen die Kehle.

Yared taucht aus dem Gang auf, in der einen Hand eine Fackel, in der anderen sein Schwert.

»Lass dein Schwert fallen, Jude! Oder sie stirbt!«, keucht Tristão.

Yared zögert. »Du gottverfluchter …!«

Schmerzhaft schneidet die Klinge in meine Kehle. Ich ringe nach Atem. Das Herz schlägt dröhnend in meinen Ohren. »Tu, was er sagt!«, flüstere ich atemlos.

Yared sieht mich an. »Alessandra, ich will …«

»Bitte, Yared! Tu, was er sagt!«, wiederhole ich eindringlich, während ich so tue, als würde ich beschwichtigend die Hand heben. Als ich sie wieder fallen lasse, taste ich nach meinem Dolch. Tristão, der mit der Fackel in der erhobenen Hand hinter mir steht, kann meine Hände nicht sehen.

Yared begreift. Er lässt das Schwert ins knietiefe Wasser fallen. Zwischen den Lichtreflexen auf der Wasseroberfläche ist die Klinge kaum noch zu erkennen. Als er sich wieder aufrichtet, wirft er einen Blick über Tristãos Schulter. Er wirkt erschrocken. Um Gottes willen, was hat er gesehen?

Auch Tristão scheint Yareds Entsetzen bemerkt zu haben. Er wirbelt herum, wohl um zu sehen, was Yared so erschreckt hat.

In diesem Augenblick reiße ich meinen Dolch hoch, werfe mich gegen ihn, sodass er zu taumeln beginnt, ducke mich unter der Klinge des Schwertes hindurch und ramme ihm mit aller Kraft meinen Dolch in die linke Schulter.

Tristão brüllt vor Schmerz, lässt die Fackel fallen, die im Wasser zischend verlischt, und stolpert los, um zu fliehen. Er stürzt im Wasser, springt jedoch sofort wieder auf, taumelt die Stufen hinauf und verschwindet in dem Gang, der nach Norden führt.

Wohin will er? Zum Felsendom! Er wird entkommen!

Yared packt mich am Arm und deutet in Richtung des römischen Aquädukts. »Siehst du?«

Das Licht einer Fackel. Jemand kommt auf uns zu.

Mir bleibt das Herz stehen.

Ein Mamelucke in Helm und Harnisch.

Yared

Kapitel 82

Im Labyrinth des Tempelbergs
20. Dhu'l Hijja 848, 23. Nisan 5205
Osterdienstag, 30. März 1445
Zwei Uhr fünfzehn nachts

»Yared?«, ruft er.

Ich will mich schon abwenden und mit Alessandra fliehen, als ich ihn erkenne. »Benyamin!«

Schwer atmend bleibt er vor uns stehen.

»Wieso bist du nicht bei Tayeb und Elija?«

Er sieht mich an und legt mir die Hand auf die Schulter. »Beruhige dich, Yared! Den beiden geht es gut.«

»Wo sind sie?«, fragt Alessandra ängstlich.

»Die Schlacht um die Zitadelle ist zu Ende. Uthmans Mamelucken suchen euch in der ganzen Stadt. Die Höhle schien mir nicht mehr sicher genug zu sein«, berichtet er. »Ich habe Tayeb und Elija zu Rabbi Eleazars Sohn Yonatan gebracht. Er besitzt einen Esel. Er bringt die beiden nach Betlehem zu seinem Bruder Aviram und bleibt bei ihnen. Sie müssten schon bald in Betlehem ankommen. Yonatan wird Tayeb und Elija morgen nach Akko geleiten.«

Alessandra atmet erleichtert auf. Ich lege meinen Arm um ihre Schultern und ziehe sie an mich. Sie ist völlig erschöpft und zittert am ganzen Körper.

»Yonatan lässt dir Grüße bestellen«, fährt Benyamin fort. »Er ist froh, dir helfen zu können, wie dein Vater einst seinem Vater geholfen hat, aus dem Kerker der Inquisition zu entkommen.«

Alessandra nickt stumm.

Rasch berichte ich Benyamin, was während der letzten Stunde geschehen ist. »Wir müssen so schnell wie möglich verschwinden. Tristão ist geflohen. Er hat Alessandras Notizbuch.«

»O nein!«, stöhnt sie.

»Hol unsere Ausrüstung aus der Höhle, und führe Benyamin zu dem eingestürzten Gewölbe, wo du das Templerschwert gefunden hast. Wartet dort auf mich.«

»Und du?«

»Ich verstecke Nikolas' Leiche und verwische so gut es geht die Spuren des Kampfes. Dann komme ich nach.«

ꝏ Alessandra ꝏ

Kapitel 83

Im Labyrinth des Tempelbergs
20. Dhu'l Hijja 848, 23. Nisan 5205
Osterdienstag, 30. März 1445
Gegen vier Uhr dreißig morgens

Endlich haben Yared und Benyamin den Schutt des eingestürzten Ganges so weit abgetragen, dass ich den flachen Hang hinaufkriechen kann. Vorsichtig bewege ich mich auf dem Bauch durch den Spalt zwischen dem zerborstenen scharfkantigen Steinschutt und der Decke, die nur eine Elle über mir ist und auf der das Gewicht der Plattform des Felsendoms lastet. Mit dem beklemmenden Gefühl, das ich schon in der Genisa der versunkenen Synagoge in Al-Iskanderiya empfunden habe, schiebe ich mich vorwärts, um einen Blick in den verschütteten Gang zu werfen.

»Was ist?«, drängt Benyamin ungeduldig. »Kannst du etwas erkennen?«

»Der Gang führt weiter geradeaus und biegt dann nach links ab.«

»Droht er einzustürzen?«

Mit ausgestrecktem Arm halte ich die Fackel so weit wie möglich in den finsteren Stollen. Das Licht blendet mich. Ich ziehe sie zurück. »Sieht nicht so aus.«

Langsam gleite ich weiter über die spitzen Steinsplitter und steige den Hang hinunter in den Korridor, der wenige Schritte weiter nicht aus Steinquadern gemauert, sondern aus dem Felsen Morija herausgeschlagen ist. Das eingestürzte Stück des Ganges verläuft offenbar durch eine Aufschüttung aus Bruchsteinen, die dem Druck der Plattform des Felsendoms nicht mehr standgehalten hat und in sich zusammengefallen ist. Der Felsengang kann nicht einstürzen – das hoffe ich zumindest.

Steinsplitter kullern den Hang hinunter. Yared schiebt sich durch den freigeräumten Spalt, klettert über das Geröll hinunter und kommt zu mir herüber.

Er umarmt mich. »Wie geht es dir?«

»Abgesehen von einem akuten Anfall von Schatzsucherfieber?«, frotzele ich. »Pass auf, dass du dich nicht infizierst. Dieses Leiden ist unheilbar.«

»Zu spät!« Lachend streicht er mir eine Strähne aus dem Gesicht. »Die Symptome des Schatzsucherfiebers kenne ich genau: aufgeregtes Herzklopfen, zitternde Knie und eine fast ekstatische Euphorie. Sie ähneln denen der Verliebtheit.« Er küsst mich zärtlich.

Ungestüm erwidere ich seinen Kuss.

Benyamin rutscht den Abhang hinunter, schultert die Tasche mit unserer Ausrüstung und tritt neben uns. Unser verliebtes Getuschel scheint er taktvoll zu überhören. »Gehen wir?«

Wir folgen dem aus dem Fels gemeißelten Stollen, der nach wenigen Schritten nach links abbiegt.

»Die Baruch-Apokalypse beschreibt, wie ein Engel vom Himmel ins Allerheiligste herabstieg, um die Bundeslade, die Edelsteine, mit denen der Hohepriester geschmückt wurde, und den Tempelschatz zu verbergen«, flüstert Benyamin ergriffen. »Wir müssen unter dem Felsen Morija im Felsendom sein. Es kann nicht mehr weit sein.«

Vor uns erstreckt sich eine Treppe.

Mit jeder Stufe, die wir hinabsteigen, wird die Luft kühler.

Der Gang führt weiter geradeaus, in Richtung Westen.

Nach fünfundzwanzig Schritten endet der massive Fels. Der Korridor ist aus glatt behauenen Steinquadern gemauert. Wir befinden uns in der mit Geröll aufgefüllten Senke zwischen dem Felsen Morija, der nach Westen hin steil abfällt, und der massiven Stützmauer, die die Klagemauer bildet.

Sind diese Quader in der Höhle des Zedekia, in den Steinbrüchen Salomos, geschlagen worden? Gehört dieser Gang zu den Fundamenten von Salomos Tempel? Oder hat Herodes ihn gemeinsam mit den gewaltigen Stützmauern errichten lassen?

Der Gang endet in einer kleinen Kammer.

Verwirrt sieht Benyamin sich um. Sie ist leer.

Mein Blick fällt auf einen zerbrochenen Stein zu meinen Füßen. Ich bücke mich und hebe ihn auf.

Es ist eine babylonische Keilschrifttafel.

Verwundert starre ich die feinen keilförmigen Schriftzeichen darauf an. Sind die babylonischen Eroberer auf der Suche nach dem Tempelschatz ins Labyrinth eingedrungen? Haben sie die Bundeslade doch nach Babylon gebracht? Der verborgene Text der Templer in der Baruch-Apokalypse erwähnt den Gottesschrein ja nicht ausdrücklich …

Ich gebe Yared die Keilschrifttafel. Er betrachtet sie aufmerksam, doch er kann sie ebenso wenig lesen wie ich.

»Was nun?«, fragt Benyamin.

»›Niemand kann den Gral erreichen, den nicht der Himmel ausersehen, und daraufhin zum Gral beruft. Lapis ex coelis ist sein Name‹«, murmele ich und taste die Mauer der Kammer ab, vor der der Gang endet. Die Steine sind kleiner als die glatt behauenen Quader des Korridors und nicht durch Mörtel verbunden.

»Was ist?« Benyamin blickt mich verdutzt an.

»Es ist ein Vers aus Wolfram von Eschenbachs *Parzival*«, erklärt ihm Yared. »Tritt einen Schritt zurück!«

»Aber …«

»Die Templer hatten während der Belagerung durch Sultan Salah ad-Din nicht viel Zeit, diese Mauer aufzurichten. Sie sind sehr hastig vorgegangen. Die Keilschrifttafel, die vermutlich in der Schatzkammer gelegen hat, ist versehentlich hinausgelangt. Hätten die Templer genügend Zeit gehabt, hätten sie die Tontafel, die Sultan Salah ad-Din zum Versteck der Bundeslade führen konnte, mitgenommen«, erkläre ich, während sich Yared schwungvoll dagegenwirft.

Knirschend bewegt sich ein Stein.

»Was sollte Salah ad-Din mit der Bundeslade anfangen?«, fragt Benyamin, während er stirnrunzelnd Yared beobachtet, der sich an dem verrutschten Stein zu schaffen macht.

Ich wende mich zu ihm um. »Die Bundeslade sollte ein Zeichen seiner Herrschaft sein. In der zweiten Sure steht: ›Und ihr Prophet sprach zu ihnen: Seht, ein Zeichen seiner Königsherrschaft ist es, dass er die Bundeslade zu euch bringen wird, in der die Frieden verheißende Gegenwart eures Herrn ist. Die Engel werden sie tragen. Siehe, hierin ist wahrlich ein Zeichen für euch, sofern ihr Gläubige seid.‹

Salah ad-Din, erst einmal im Besitz der Lade, wäre Sultan von Gottes Gnaden. Mit Allahs Segen, der seine Herrschaft als Sultan des mächtigsten Reiches des Islam legitimiert, würde der ›Befreier des Islam‹ die Christen in einem Djihad vernichten. Denn in der neunten Sure steht geschrieben: ›Allah sandte seine Sakina, seine segensreiche Gegenwart, auf seinen Gesandten und auf die Gläubigen nieder und schickte Heerscharen herab, um die Ungläubigen zu bestrafen.‹

Einige muslimische Gelehrte glauben, die Lade werde dereinst durch den Mahdi gefunden werden, den von den Muslimen erwarteten endzeitlichen Propheten, den letzten Nachfolger Mohammeds als Gesandten Gottes. Er werde die Menschen zum wahren Glauben führen und die Ungläubigen in einem Djihad besiegen.

Im Oktober 1187 erschien Sultan Salah ad-Din vor den Toren von Jerusalem und begann, die Stadt zu belagern. Die Lage war verzweifelt. Während Balian von Ibelin mit Salah ad-Din verhandelte, versiegelten die Templer die Schatzkammer. Sie wollten verhindern, dass die Lade nach der Eroberung von Jerusalem Salah ad-Din in die Hände fällt.«

Yared hat inzwischen zwei Steine aus der Mauer entfernt. Ich helfe ihm, noch mehr herauszubrechen und auf den Boden zu werfen.

Dann ist das Loch in der Mauer groß genug, dass ich den Arm mit der Fackel bis zur Schulter hindurchschieben und hineinspähen kann. Geblendet vom Feuerschein blinzele ich in den Raum. Vor Aufregung klopft mein Herz bis zum Hals. Meine Hände zittern.

»Und?«, drängt Yared ungeduldig. »Was siehst du?«

Ich senke die Fackel, und die Bewegung löst ein goldenes Glitzern in der Kammer aus.

Zwinkernd versuche ich, etwas zu erkennen.

Auf dem Boden liegt …

»Ein goldener Cherub mit ausgebreiteten Schwingen!«

Dann gleitet mein Blick tiefer in die Kammer. An ihrem Ende …

»O mein Gott!«, flüstere ich ergriffen. »Da schimmert etwas!«

Yared

Kapitel 84

Im Labyrinth des Tempelbergs
20. Dhu'l Hijja 848, 23. Nisan 5205
Osterdienstag, 30. März 1445
Kurz vor fünf Uhr morgens

✡ Alessandra zieht ihren Arm zurück. Gemeinsam mit Benyamin reißen wir die Mauer ein.

Ich betrete die Schatzkammer als Erster. In stummer Ehrfurcht bleibe ich stehen. Alessandra tritt neben mich und nimmt meine Hand. Ich kann kaum glauben, was dort im Schein unserer Fackeln glitzert und funkelt!

Im Staub liegt die Statuette einer geflügelten Sphinx mit majestätischem Löwenkörper, Menschenkopf mit Königskrone und kraftvoll ausgebreiteten Adlerschwingen aus vergoldetem Elfenbein. Die Augen der Figur fehlen – sie bestanden vermutlich aus buntem Glas. Es ist der Cherub, den Alessandra gesehen hat. Ist er babylonisch? Oder ägyptisch? Sie hebt ihn auf, um ihn genauer zu betrachten. »Sieh nur, wie schön er ist!«

Staunend kniet Benyamin vor den Scherben einer Schale aus weißem Alabaster und betrachtet die beinahe transparenten Steinsplitter. Wurde das Gefäß, das einst die Form einer voll erblühten Lotusblüte hatte, im Tempelkult verwendet?

»Ich fasse es nicht!«, flüstert er, als er sich aufrichtet und mir die Splitter zeigt. »Yared, wir sind wirklich hier!«

Ich nicke ergriffen.

Drei Schritte weiter liegt eine Keilschrifttafel, die in sieben Fragmente zerbrochen ist. Alessandra beugt sich über die Bruchstücke. »Was ist das? Das Verzeichnis der nach Babylon verschleppten Tempelschätze?«, scherzt sie. Wie ihre Augen leuchten! Obwohl die Schatzkammer schon vor Jahrhunderten ausgeräumt wurde!

Plötzlich hebt Benyamin den Kopf und lauscht. »War da nicht eben ein Geräusch? Ein Knirschen?«

Ich horche in die Stille. »Ich habe nichts gehört.«

Benyamin zuckt mit den Schultern. »Na, vielleicht habe ich mich getäuscht.«

»Da ist ein Gang!« Alessandra deutet auf einen finsteren Durchgang. Ich folge ihr in die nächste Kammer …

… und bleibe abrupt stehen.

Sie ist eingestürzt.

Mein Blick huscht zur gewölbten Decke, auf der das Gewicht des Felsendoms ruht. Einige der Gewölbesteine sind vermutlich seit einem Erdbeben gerissen. Der hintere Teil des geborstenen Gewölbes ist in sich zusammengestürzt. Zwischen den herabgefallenen Steinquadern schimmern Splitter von vergoldetem Akazienholz. Zwei lange Tragstangen ragen aus dem Haufen aus Staub und Steinen. Eine goldene Zierleiste. Tafeln aus Akazienholz. Und der Flügel eines goldenen Cherubs.

»Allmächtiger Gott meiner Väter!«, flüstere ich entsetzt. Ein lähmendes Gefühl von Trauer und Hoffnungslosigkeit überwältigt mich.

»Das glaube ich einfach nicht!« Benyamin blickt mich verzweifelt an. »Sieh nur, Yared, die Gesetzestafeln mit den Zehn Geboten!«

Ich schüttele den Kopf und bringe kein Wort heraus.

»Jetzt weiß ich, warum die Templer die Lade nie geborgen haben«, haucht Alessandra fassungslos. »Schon während der Eroberung durch die Babylonier war sie …«

Ein Geräusch hinter uns lässt mich herumfahren.

Es ist Tristão. Entsetzt starrt er die zersplitterten Trümmer der Bundeslade an.

Alessandra

Kapitel 85

Im Labyrinth des Tempelbergs
20. Dhu'l Hijja 848, 23. Nisan 5205
Osterdienstag, 30. März 1445
Fünf Uhr morgens

Tristão hat sich schnell wieder in der Gewalt. Ungestüm drängt er sich mir entgegen, packt mich an der Schulter, zieht meinen Dolch aus der Scheide, reißt mich mit Gewalt an sich und presst die scharfe Klinge an meine Kehle. Ich versuche, mich ihm zu entwinden – doch vergeblich! Trotz der Wunde an der linken Schulter, die ich ihm mit meinem Dolch beigebracht habe, ist er erstaunlich kraftvoll. Jeden Muskel bis zum Äußersten gespannt, presst er mich an sich.

Yared und Benyamin ziehen die Schwerter.

»Werft die Waffen weg! Oder sie stirbt!«, brüllt Tristão.

Yared zögert.

»Sofort!«

Die beiden Schwerter poltern auf den Boden. Yared sieht mich bleich an.

Meine Hand verkrampft sich um den kleinen Cherub aus Elfenbein und Gold, den ich vorhin aufgehoben habe. In der anderen Hand halte ich die Fackel.

Tristão weicht einen Schritt zurück, dann noch einen. Er will mit mir entkommen und mich dann unbehelligt von Benyamin und Yared töten!

Rückwärts gehend betritt er mit mir die Schatzkammer. Er kann nicht sehen, wohin er tritt, weil er Yared und Benyamin beobachtet, die uns langsam folgen. Tristão macht einen weiteren Schritt zurück und hat schon fast den aufgebrochenen Durchgang erreicht, als er auf eine der gewölbten Scherben des Alabasterkelches tritt, einen rasenden Herzschlag lang das Gleichgewicht verliert und taumelt.

In diesem Augenblick werfe ich mich mit aller Kraft gegen ihn, um ihn umzureißen, ducke mich unter der Klinge meines Dolches hindurch und stoße ihm den Flügel des Cherubs ins Gesicht. Die scharfkantige Spitze reißt die durch die Brandwunde entstellte rechte Seite seines Gesichtes auf. Er schreit vor Schmerz und Überraschung, stolpert rückwärts, lässt den Dolch fallen und reißt beide Hände hoch, um sich vor weiteren Schlägen gegen seine Augen und seine gebrochene Nase zu schützen.

»Va all'inferno, Satana!« Der Cherub zischt durch die Luft, der ausgebreitete Flügel bohrt sich in seine Halsschlagader. Blut spritzt aus der Wunde. Wie von Sinnen stoße ich die scharfkantige Schwinge noch tiefer in seinen Hals.

Schreiend vor Schmerz stößt Tristão mich zurück und presst beide Hände auf die blutsprudelnde Wunde. Vergeblich! Binnen weniger Augenblicke sinkt er auf die Knie, ringt röchelnd nach Atem und kippt schließlich vornüber in die Blutlache.

Er ist tot.

Ich knie nieder, ziehe den Cherub aus der Wunde und wische ihn an Tristãos Habit ab. Dann erhebe ich mich.

Yared umarmt mich und hält mich fest. Ich zittere am ganzen Körper und lehne mich erschöpft gegen ihn.

»O Gott, ich dachte, er tötet dich!«, flüstert er mit bebender Stimme und streicht mir über das Haar.

Nur langsam fällt die Anspannung von mir ab. Tränen rinnen mir über die Wangen. Yared küsst sie fort.

Benyamin tritt neben uns. »Die Lade ist zerstört«, murmelt er traurig. »So wie deine Hoffnung auf ein Königreich Israel.«

Yared nickt versonnen und legt ihm ermutigend die Hand auf die Schulter.

»Was nun?«

Yared blickt mich an. »Ich habe alles, was ich brauche, um glücklich zu sein. Ich habe einen anderen Schatz gefunden.«

Wir küssen uns mit aller Leidenschaft.

Hand in Hand verlassen wir das Labyrinth.

Dramatis Personae

Die mit einem * gekennzeichneten Personen sind historisch.

Alessandra d'Ascoli
(Alessandra Colonna) Humanistische Gelehrte und Vertraute von Papst Eugenius, Tochter von Fra Luca d'Ascoli und Adriana Colonna, Cousine von Papst Martin.

Arslan
(Djelal ad-Din Arslan) Tscherkessischer Königsmamelucke, Ziehsohn von Sultan Jaqmaq und Befehlshaber von Yareds Mameluckenleibwache.

Bedlay ibn Saad ad-Din*
(Sihab ad-Din Ahmed Badlay oder Arwe Bedlay, ›das Biest‹) Sultan von Adal (1432–1445).

Benyamin
(Benyamin ben Yoel Halevi) Yareds Sekretär und Freund, Bruder von Yareds Gemahlin Rebekka, Rabbi aus Sevilla.

Eleazar
Rabbi und Vorsteher der jüdischen Gemeinde, Vater von Yonatan und Aviram.

Elija
Gassenjunge aus Jerusalem.

Eugenius IV.*
Gabriel Condulmer (1383–1447), römischer Pontifex (1431–1447).

Abuna Gabriel* und Abuna Mikael*
Patriarchen von Äthiopien (gleichzeitig), ernannt 1438 durch den koptischen Papst Yoannis al-Maksi.

Gebre Christos*
(›Diener Christi‹) Abt des äthiopischen Klosters in der Grabeskirche. 1441–1443 Reise zum Unionskonzil in Florenz.

Ghiorghi
(Imad ad-Din Ghiorghi) Mamelucke aus Georgien, Alessandras Leibwächter.

Fra Girolamo da Salerno
Franziskanermönch in der Grabeskirche.

Jadiya
Prinzessin von Ägypten, Tochter von Sultan Jaqmaq, Yareds Geliebte.

Jaqmaq*
Sultan Al-Ashrafi az-Zahir Sayf ad-Din Jaqmaq (1373–1453). Sultan der Burji-Mameluckendynastie von Ägypten (1438–1453).

Joachim*
Griechisch-orthodoxer Patriarch von Jerusalem (1431–1450).

Karim, Khalid, Akiva, Ioannis und Basilios
Gassenjungen aus Jerusalem.

Lançarote de Santarém
Ritter und Geheimagent des Christusordens in Jerusalem.

Mar Abdul Masih
Syrisch-orthodoxer Mönch des Klosters des heiligen Markus, Übersetzer des aramäischen Papyrus.

Mar Philoxenos bar Sanherib
Syrisch-orthodoxer Abt des Klosters des heiligen Markus.

Muhammad IX.*
(Abu Abdallah al-Aysar al-Ghalib Muhammad IX. as-Saghir ben Nasr) Sultan der Nasridendynastie von Granada 1419–1427, 1430–1431, 1432–1445, 1448–1453.

Rodrigo de Guzmán
Ritter und Geheimagent des Christusordens in Jerusalem.

Solomon*
Prinz der salomonischen Dynastie, Neffe des Kaisers Zara Yakob.

Tayeb
Alessandras Freund, muslimischer Gelehrter aus Agadez.

Tesfa Iyasus
Äthiopischer Mönch in der Grabeskirche.

Tristão de Castro
Ritter und Geheimagent des Christusordens.

Tughan al-Uthmani*
Gestürzter Vizekönig von Damaskus.

Uthman al-Mansur*
Sohn und Nachfolger von Sultan Jaqmaq, Prinz von Ägypten. Uthman bestieg 1453 nach der Abdankung seines Vaters Jaqmaq als Sultan Al-Mansur Fakhr ad-Din Uthman den ägyptischen Thron, regierte jedoch nur wenige Wochen, bevor er gestürzt wurde.

Yared al-Gharnati
Arzt und Ratgeber des Sultans von Granada, später des Sultans von Ägypten.

Yusuf Abu Talib
Imam der Al-Aqsa.

Zara Yakob*
(1399 – 1468) Neguse Negest (König der Könige) von Äthiopien (1434 – 1468), Thronname Konstantin I. Amda Tseyon.
Die in den Intermezzi beschriebene Schlacht hat so nicht stattgefunden. Die historische Schlacht zwischen Kaiser Zara Yakob und Sultan Bedlay fand tatsächlich am 25. Dezember 1445, am ersten Weihnachtsfeiertag, in Gomit in der Provinz Dawaro, südlich von Addis Abeba, statt, nicht an Fasika, am Ostersonntag, in der Nähe von Aksum. Zara Yakob ließ Bedlays Leichnam zerhacken und über Städte und Klöster im ganzen Reich verteilen, wo seine sterblichen Überreste gesteinigt wurden, bevor sie der Verwesung überlassen wurden.

Al-Quds	Jerusalem
Al-Kahira	Kairo
Al-Iskanderiya	Alexandria
Dimashq	Damaskus
Gharnata	Granada
Qurtuba	Córdoba
Medinat an-Nabi	Medina
Al-Mariya	Almeria
Malaqa	Málaga
Tarabulus al-Gharb	Tripolis
Isbiliya	Sevilla
Bab al-Mandeb	Tor der Tränen (Meerenge zwischen dem Roten Meer und dem Golf von Aden)

»Die Geschichte von Jesus Christus ist ein heiliggesprochenes Märchen.«

Barbara Goldstein
DIE EVANGELISTIN
Roman
624 Seiten
ISBN 978-3-404-15794-5

Venedig 1515: Als die berühmte Humanistin Celestina ermordet werden soll, rettet sie der Rabbi Elija, der vor der spanischen Inquisition geflohen ist. Trotz aller Gefahren verlieben sie sich. Bei der gemeinsamen Übersetzung der Evangelien machen sie eine unglaubliche Entdeckung: Die Evangelisten erzählen nicht die Wahrheit über Christus. Dieser war ein gesalbter König Israels, wurde als Rebell gegen die römische Herrschaft gekreuzigt und überlebte! – Doch als Elija von der Inquisition festgenommen wird, muss Celestina sich entscheiden: für die Wahrheit – oder das Leben des Mannes, den sie liebt ...